現代文學 66

徐聯軍 著

博客思出版社

美國記者伍德沃德寫了一本書，《恐懼：特朗普在白宮》。

該書曝出了諸多白宮亂象，輿論大嘩。

「這是一本科幻小說。」

——特朗普

眾人釋然：哈，原來只是科幻小說。

那沒什麼好看的，散啦，走了！

……現實的世界遠比科幻小說要精彩離奇得多，

可憐的人呵，你的想像力實在是太貧乏了！

哦，別生氣，我不是針對你一個人……

CONTENTS

目錄

CONTENTS

第一章 真耶夢耶

好一幅夕陽西下圖。落日染紅了天邊的雲彩，大海如同凝固的血色池塘，我站在朝向西邊的陽臺上，貪婪地欣賞這美景。

頭頂的雲山益發厚重，太陽變成了紅色的丹丸，一半落入了大海，一半噴發出絲絲的濃墨，分割著整個天地。

一股細細的黝黑直線線從彤雲中垂降而下，刺入海中，這是惡魔的吸血管在盜取大地的血液。

「惡魔又出現了。」我驚歎道，縱身而起，我輕輕伸腳離開陽臺，腳下就出現了祥雲。我腳踏祥雲，一個筋斗，進入了超音速飛行，無形的護身罩在身前推開氣牆，空氣中的水蒸汽在高壓下凝結成水霧，震動的空氣分子發出尖銳的嘯叫，在高空拉出長長的航跡，瞬間我就來到了天地之間。

近看這惡魔的吸血管，如同一股細細的龍捲風，來回扭轉搖擺，它從血的海洋抽取生命能量，直送入天上的血的雲山。

我揮出手中的金箍棒，要打斷這罪惡的風。金箍棒化作金色的鞭子，「啪」的一聲脆響，把罡風從中間切開，鮮血四方噴湧，被打斷的血管四處亂竄，像失去控制的救火水管，我得意地大笑起來。

忽然，一股風頭倏忽之間鑽入了我的頭頂，順著脊柱進入腹腔，攪動著腸子，拉扯著五臟。猛然間，師父舍利子的告誡在耳邊響起：「再五百年後，降風災吹你，這風喚做『罡風』，自囟門吹入六腑，過丹田，穿九竅，骨肉消疏，其身自解。」

禁不住我呼救道：「師父救我。」

師父的身影就出現在天邊，用拂塵指著我冷笑道：「你這猢猻，弄什麼精神。出什麼風頭。這個功夫，可好在人前賣弄。」

我感覺自己變成了一塊被擰緊的毛巾，生命從我身上被擠走，不由得不大聲疾呼：「師父救我，師父救我。」

……

「小郝，小郝，你醒醒……」一陣陣的呼喊聲，伴隨著鐵架子搖晃碰撞的聲音，我從睡夢中驚醒過來。「小郝，我的吊瓶好像打完了。」

我迷迷糊糊，從病床上一躍而起，果然，不但吊瓶裡沒有藥水，連滴壺裡也沒有藥水了，水線都快降到針頭部位，我趕緊把流量調節旋鈕壓到了最緊處，卻發現那旋鈕已經鎖緊了藥水，於是我趕緊按響了呼喚鈴。

起床太急了，我有點兒眩暈，這個小病房太古老，牆壁刷的白牆粉，很粗糙，上面印著數處蒼蠅蚊子的血跡，慘白的日光燈，冷冷清清的，一點兒也不柔和。呼喚按鈕還是老式的黑底紅圓頭按鈕，在山海市，也是碩果僅存的史前遺跡的醫院了。

這病房只有不到十平米，不靠門的三面牆邊有三張病床，東哥在北面的病床，這老式病床就像是用行軍床改造的，還有鐵架子欄杆，這種老式病床已經不多見了，再過兩年就可以送博物館展覽。病床的後面擺著一隻氧氣鋼瓶，氧氣管在他鼻子邊，篩檢程式的水瓶發出咕嚕咕嚕的聲音。

我搖搖頭，深呼吸兩次清醒了一點兒，看看手錶，才半夜十二點十分。又看看手機，時間沒錯，我在睡著之前設置了鬧鐘，是十二點三十分叫醒，還差二十分鐘。

「咦。這個吊瓶水怎麼打得這麼快？應該一個小時，這怎麼才三十幾分鐘就打完了。」我自言自語道。

「是我把速度調快了。」東哥的眼睛直直的，很亮。

「這是營養針，主要是脂肪，糖和蛋白質，不能打得太快，容易堵仵毛細血管，血糖也會升

得太快，對身體有害的。」我生氣地大聲道。

東哥把臉扭過去，「我現在還用得著害怕這個嗎？」

一陣沉默。

東哥轉回頭，看著我說道：「小郝，其實剛才我想自殺。我把吊瓶速度加快，想等藥水沒了，空氣打進了血管，人就死了。可是我看著藥水一點點減少，心裡就是害怕，越來越害怕，最後就自己把吊瓶鎖了。我真沒用，連自殺也做不到。」

我感覺喉嚨好乾，「東……東哥，你怎麼會這麼想？就算是要死，也得把後事交代清楚吧。也要趁著還好的時候，和親戚朋友道別吧。」

「說的也是，那明天我就寫遺囑，還要和朋友們道別。」阿東平靜地說道。

護士曾敏推門進來，埋怨我說道：「怎麼這麼不小心，這個吊瓶不能太快了，知道你想睡覺，也不能太快。」

我趕緊點頭哈腰地道歉：「嘿嘿，不小心睡著了，麻煩曾護士了。」

曾護士心靈手巧，熟練地一遍遍揉捏輸液管，把輸液管中的氣泡擠出來，用針筒加入生理鹽水，清理了滯留針，封閉了針頭。轉過身說道：「今天藥水都打完了，你們關燈睡覺吧。」

我趕緊連聲道謝，送曾護士離開。

轉過身，我看到東哥的引流袋快要過半，伸出手要給他清理，東哥急忙提醒說道：「戴手套，戴口罩。小心點。別傳染了。」

雖然我知道觸摸接觸是不會傳染這個病的，可是東哥堅持要絕對隔離，我也就順從他。口罩就在我脖子下面，拉上來就好，手套在桌子旁邊繫著的袋子裡，裡面有一打兒口罩，還有一大包一次性手套，這些都是東哥的妹妹準備好的，隨時可以更換。

我抽出一副手套戴好，把引流袋的開口打開，裡面褐色的液體放到了痰盂裡。

東哥的腸道已經被腫瘤堵塞，可是唾液腺和胰腺依然分泌液體進入腸道，人每天分泌的液體大約有三升的體積，足以裝滿兩大可樂瓶，這些液體就需要引出，從鼻子插入一根導管，穿過食道和胃部，直到十二指腸位置，把蓄積的液體引出到瓶子裡面，差不多每過兩個小時就要清理一次引流瓶。

然後，我把小便壺塞到被子裡面，扶著東哥半起身，幫著他小便。還好東哥已經不需要大便了，不然還要抱他下床，還要整理好他身上的吊瓶軟管、引流管，肚子上的電位計電纜等等，都要擺弄到位才行，伺候病人可不是一個輕鬆的活計。

東哥的身體很輕，像空氣一樣輕，體重只有廿四公斤，真正的皮包骨，不知羨煞多少減肥人士。他已經不能吃飯喝水，全靠營養針滴注進血管裡，每天從早上九點到晚上十二點半，一共要注射二十多個吊瓶，三十多種藥物。

他的肝，腸道，胰腺都已經出現了腫瘤，就算是正常人到了這個程度，也無法進行手術了。他身體太虛弱，一旦開刀，很可能下不了手術臺，何況他還有那種病，據說全國也只有京城的那一所醫院會給這種病人動手術。

我把東哥放平，把被子給他掖好，東哥特別怕冷，在這個四月初的夜晚，即使病房裡還有一些暖氣，也要打開電褥子給他冰冷的身體加溫。

把夜壺和痰盂拿到衛生間倒掉，沖洗，刷乾淨，拿回病房擺好。

我摘掉一次性手套，扔到垃圾桶裡，然後從床頭的瓶子中，擠出一點兒消毒液在手上搓勻。這也是東哥要求的，每次都要消毒，杜絕傳染。

我坐在床頭，休息一下。

這個病房有三張床位，住著兩個病人，另一個病人是一個六十多歲的老頭，今天下午五點多才來的，來了就躺在病床上睡覺，以前還和東哥聊聊天，最近兩次來醫院就是睡一覺，拿點兒藥就走了，也不打吊瓶，只是吃了幾片免費藥。

這間小病房本來還是挺寬鬆的，只是安排了東哥一個重病號，做陪護的我睡一個床，另一個床放了東哥和我的一些日用品，這老頭住進來以後，我就暫時和雜物一起睡一個床了。

氣無力，提刀殺人更是不要提嘍。

聽護士說，這老頭病情也已經進入晚期，陸陸續續住了三四次醫院，他的兒子只有第一次住院時出現過，當時老頭渾身皰疹，以為是感染了皮膚病，但知道父親得了這種病之後，兒子就再也沒來過。

老頭以前沒有正式工作，也沒有醫療保險，他的錢都花光了，兒子也不給他交醫藥費，上上次的住院費還沒有結清，現在醫院也只能給他一些免費的藥片吃吃，無法給他安排住院。

東哥說這老頭二十多年前就沒有了老伴，為了解決生理需要，只能在農村大集上找便宜的野雞，在大集旁邊的小出租屋裡，價格一次只要三十元，快速簡便又實惠。野雞們為了降低成本提高利潤率，連套套的投入也削減了。

老頭也記不得到底是哪一次，被哪一隻野雞給傳染了，不過自從知道自己得了這個病，他就不再去大集。

一提到這事兒，老頭就發誓要拿把刀子，把大集的野雞統統都殺光。可現在老頭連走路都有

第二章　東哥的故事

我關燈躺下，東哥是夜行動物，他打開了手機看微信，看新聞。在黑夜中手機的螢光照著東哥的臉，他在手機上打字，和他國外的朋友們聯繫，晚上正是他們活動的時間。

東哥從十八歲就在山海市的一家著名大酒店工作，那是八十年代中期，當時來山海市的外賓，富豪，著名演員，很多都下榻這所酒店。東哥是語言天才，自學英語、粵語、閩南語等，說得都非常流利。東哥是歌唱天才，嗓音高亢，樂感精準，是歌廳裡的明星。東哥為人豪爽，工作熱情細心，高挑的身材，帥氣的年輕臉龐，總是笑容溫和。

賓客們都很喜歡他，每次來山海市都指定要東哥服務。過了五六年，東哥就從客房部主管提升到大堂經理的職位，年級輕輕月收入就超過仟元，在八十年代的中國，這已經算是高收入階層了。

大酒店是個漂亮女孩紮堆的地方，年輕英俊瀟灑多金的東哥，自然是許多女孩的夢中情人，有好幾個女孩在明爭暗奪地追求過東哥。

但八十年代，那時候的女孩都比較矜持，還不流行直接出手，就是寫寫信啦，碰碰手啦，遞個眼神啦，用些小手段表達自己的感情。而處男東哥一心撲在工作上，還不懂得女人是拿來幹什麼用的，本身還沒有體現出這方面的需求，所以就一直沒有女友。

直到有一天，東哥命中的魔障出現了。

那是一家電臺的女記者，經常來酒店採訪各路名人。名人們並不是那麼容易見到的，東哥卻可以輕鬆地幫她搞定，女記者做了幾次非常成功的名人訪談，在這座城市的廣播界也開始小有名氣。

女記者並不漂亮，以她的身材容貌，如果在這家大酒店的眾多女服務員中排位的話，鐵定是敬陪末座。不過這並不妨礙女記者的野心，她就要三軍陣中，取上將人頭。

那時候的東哥就像一隻草原上孤獨的美味小羊羔，幾隻餓狼圍著他打轉，正在互相戒備，猶豫著什麼時候可以出手呢，忽然從遠處跑來一匹母狼，一口就把小羊羔叼走了。

那是東哥從未見過的手段，女人直接表白示愛，投懷送抱，在那個年代還是極其罕見的。女記者宣示主權之後，接下來就是鞏固陣地。東哥剛上班，女記者就在大廳等著他，給東哥送來熱騰騰的早飯；端茶送水，各種零食奉上，遞毛巾按摩肩膀，撒嬌聊天，全天候送溫暖。下班後一起逛街吃飯，然後就把小羔羊拉倒自己房間，大快朵頤。

東哥終於開竅了，他沉迷在這新奇的感覺中不能自拔。可是東哥的媽媽和妹妹卻不喜歡女記者，雖然只是見過一面，但憑藉女人的直覺，只是交談幾句就能把對方的底盤摸透，這女記者言語輕佻，虛榮誇張，小心眼，野心大，絕對不是良伴。

媽媽和妹妹的反對讓東哥很痛苦，女記者的溫柔繩索緊緊把他牢牢鎖住，無力也無法解脫。

這種情況直到女記者的肚子有了情況，鬧出了人命，才不得不匆匆結婚。

婚後，女記者翻身農奴把歌唱，從僕人變成了主人，把東哥指使得團團轉，東哥開始學習做家務，洗衣服，做飯，修電器等新手藝。為了限制東哥接觸其他美女，女記者經常要求東哥請假在家；等女兒出生以後，東哥請假的頻率就更高了。

時間一長，大酒店也不可能讓一個經常請假的人擔任大堂經理這個要職，東哥就被調回客房部，又從客房部經理變成了助理。幾年後，在那一年的全國下崗熱潮中，東哥也被下崗回家，成了住家男人，地位進一步下降。

東哥也不是沒有找工作，可是被大酒店養叼

了胃口的東哥，對工作的要求極高，女記者更是嚴格把關；首先要事情少，可以隨時請假，其次要工資高，最好要離家近，而且美女不能太多以防勾引東哥。這樣的工作根本不可能找到，東哥在家裡清閒了兩年，人就疲遝了，工作更難找。

最受不了的是女記者與日俱增的冷嘲熱諷，讓東哥的心理底線越來越難以堅持。終於有一天，東哥爆發了，東哥怒了，東哥醒了，東哥堅決要離婚。女兒歸了女記者，東哥一個人住在媽媽家，恢復了婚前的單身狀態。

住在媽媽家的兩年，東哥也試著做了一些小生意，可他完全不擅長於此。這時候，東哥有一個表哥，多年前已經移民在西班牙定居，做一些小生意，混得還不錯，鼓勵東哥去國外試試。

於是東哥就辦了一張商務簽證，來到了一座西班牙海邊美麗的小城，這裡安靜祥和，有蔚藍的地中海，綿長的白色沙灘，美麗的海邊別墅連綿不絕。

東哥就在這裡潛伏下來，表哥幫他找了一份工作，在飯店裡面做侍應生，偷偷摸摸打黑工，賺錢雖少，也有一仟歐元每月，相當於國內一萬元工資，世紀初，在國內也算高收入了。

東哥的語言天賦在這裡得到了發揮，僅僅半年，日常西班牙語交流就沒有問題，而且在端盤子上菜之餘，東哥還演唱英文歌曲，很受客人們歡迎，小費收入不菲。雖然異鄉的生活總有不習慣，思鄉的苦悶縈繞心頭，好在衣食無憂，過得還是不錯的。

幾年後，西班牙國土換人，全國大赦，東哥幸運地取得了綠卡，可以自由地來往亞歐之間。每年東哥都會回國一次，看望媽媽、女兒還有妹妹，以慰相思之情。東哥的事業也進入了高潮，身份問題的解決，使得東哥的月收入達到兩仟歐元；隨著歐元的堅挺，無數的英國、北歐遊客湧入這裡，精通英語和西班牙語的東哥在其中遊刃有餘，小費收入大增。

東哥的歌唱事業也開始起步，在西班牙的華人演唱大賽中，東哥奪得了亞軍。食客們都喜

歡東哥的演唱，他們給東哥起了個外號「侍者歌手」，還上了當地報紙，很多客人為了追捧東哥來到這家飯店，飯店老闆對東哥也非常依賴。

東哥灌制了自己的小唱片，業餘時間在沙灘的遊客中推銷，還現場卡拉OK演唱，每天都能售出十張二十張的，每張都有五歐元的收入。

那些好日子啊，真是東哥的黃金時代。也是西班牙和歐盟的黃金時代。人們好像都很有錢，隨隨便便就甩給你十歐元小費，不管什麼東西都很好賣，好像歐元是燙手貨一樣，人們急急忙忙要把它花出去。

無數的前蘇聯、東歐、非洲難民湧入西班牙，很多就從事性工作，西班牙政府也不太管這種閒事，海邊的沙灘流鶯遍地，非常便宜。東哥也經常光顧，花點兒小錢就能解決生理需要。東哥被傷過之後，對婚姻敬而遠之，絕對不找固定女友，欲望來了就到沙灘走走，隨便抓一個，消消火後就回家。

直到二〇〇八年的一天，東哥忽然高燒數日不退，吃消炎藥和退燒藥都不起作用，於是第一次來到西班牙的醫院檢查。據東哥描述說，當西班牙的醫生拿著東哥的血檢報告，一項項地打勾點頭，這個OK，這個OK，OK……等到了報告最底下的CD4指標時，醫生就不OK了，醫生愣住了，東哥傻掉了。

經過一再確認化驗，事實很殘酷，東哥得了HIV。他不幸中標了。

那一年是中國第一次辦奧運會，那一年從美國發端的經濟危機橫掃世界，那一年歐豬五國的經濟跌入了深淵。（葡萄牙、義大利、愛爾蘭、希臘、西班牙，五個債權評級很低，瀕臨破產的國家，首字母PIIGS發音近似為豬，故名。次貸危機之後，差點兒把歐盟拖下水。）

忽然一夜之間，沙灘上的遊客和流鶯全都消失無蹤，寥寥幾個來吃飯的客人再也不給小費，連酒店的工資也下降了三佰歐元。

西班牙政府為了徵稅，香煙價格大漲，東哥開始抽國內帶回來的便宜中國品牌香煙，經常有流浪的外國人攔住他，只為了討一支香煙抽，抽完了還說，咦，你們中國香煙 very good，能不能再來一支。東哥就說滾你一邊去，地主家也沒有餘糧了。

當時相比國內，西班牙對 HIV 的醫療保障手段還是要完善得多，每個月可以免費領取抗病毒藥物，一種是蛋白酶抑制劑，另外一種是核苷類逆轉錄酶抑制劑，兩種藥物聯合使用，可以大大增強身體的免疫能力，殺死血液中的病毒，使得 CD4 指標變得和正常人差不多，這就是所謂的「雞尾酒療法」。西班牙的醫院每三個月可以做一次免費的血液檢查，一些慈善機構和醫療機構還會上門服務，指導日常生活注意事項。

正常人血液檢查的 CD4 指標參數是五百以上，而 HIV 病人的 CD4 數值會下降到二百以下，如果 CD4 在二百以下，說明一個人的免疫抵抗力很差，很難抵抗細菌病毒的感染。「雞尾酒療法」雖然不能完全消滅 HIV 病毒，但可以抑制病毒的繁殖。

如果能夠按照要求準時吃藥，注意營養和休息，適當運動，生活節制的話，體內長時間幾乎檢測不到 HIV 病毒，病毒載量幾乎為零，CD4 指標能達到五百以上，幾乎和正常人一樣。在最理想的情況下，維持十年還是問題不大的。

但是時間久了，病毒會自發變異，對抗病毒藥物產生耐藥性，藥物的作用逐漸下降。而且是藥三分毒，長期服用抗病毒藥物會傷害胃腸功能，肝腎也會受到影響，這時就需要更換效果更好的藥物，或者使用各種其他藥物治療副作用引起的器官病症，如果有好運氣眷顧，也許能夠維持免疫系統的穩定。

在這段看起來和正常人一樣的時間裡，一般正常的接觸不會傳播 HIV，但無隔離的性接觸還是可能會傳染。一旦停止用藥，HIV 病毒就會大舉反彈，身體指標直線下降，所以要嚴格按照時間吃藥。如果生活不注意，吸煙喝酒熬夜等不節制的話，病毒就會在身體的弱點處開始爆發，最終摧毀整個身體。

HIV的治療是世界性的難題，傳統的抗感染藥物都是通過激發正常的免疫系統來消滅病毒，免疫系統就像身體裡消滅入侵者的軍隊，而HIV病毒直接侵入消滅免疫細胞，這讓免疫系統無能為力。「雞尾酒療法」只是創造了一種化學環境，使得病毒不能離開被感染的免疫細胞，「抑制」而不是「消滅」HIV病毒。

其實，不僅HIV是不治之症，高血壓、糖尿病、癌症等疾病也是如此，只能依靠藥物和生活節制來緩解病情的發展，拖到壽命差不多到期，看起來也就和正常人一樣了。這些疾病之所以無法根治，就是因為這些疾病都與遺傳基因有關，而每個人的遺傳基因是有差異的，準確地說，每個人的遺傳基因都是獨一無二的。治療遺傳基因的病症，只能根據個人的情況單獨定製。事實上，定製醫療才是未來醫療的必然歸宿。

第三章　年輕的我

「東哥，以後不要再這樣了。」看著正在手機上打字的東哥，我說道。

「什麼？」

「不要再自殺了。」我無奈地說道。

「嗯，」東哥關掉手機螢幕，放下手機，屋裡陷入黑暗中，過了一會兒，東哥問道：「小郝，你以前自殺過嗎？」

我不由得苦笑一聲：「東哥，我好歹也是一代有為青年，自殺這種事情，我以前也經常有這種想法的。」

東哥在床上翻了個身，鐵床發出吱吱嘎嘎的聲音，「我曾經有一次站在高樓頂上，心想只要這樣跳下去，就沒有煩惱了。也曾經拿著一大瓶安眠藥，心想只要吃下去，一睡不起也就這樣過去了。我想了好多次去死，可都沒有去做。小郝，你說說看，我是不是一個很軟弱的人？我對自己控制力太差了，不然也不會得這個病。得這個病就應該趕緊去死，不要拖累別人，自己也不遭罪。」東哥平靜地說著。

我知道這個時候勸說是沒有用的，只能順著他的意思往下說：「自殺，倒是簡單，關鍵是死了以後太難看了。你看那跳樓的，火葬場整容師都沒法整出形狀；上吊的，舌頭伸出來縮不回去；摸電門的，渾身烏漆抹黑的；服毒的，五孔流血，淒慘至極啊。」

「不是五孔流血，是七孔流血。」東哥糾正我道，「兩個眼孔，兩個鼻孔，兩個耳孔，一個嘴巴，這不是七孔流血嗎？」

「都這個時候啦，五孔七孔的，還有必要計較嗎？」東哥打斷了我演講的思路，我都出離憤怒了，「不管多麼難，只要活著，時間會慢慢沖淡別人的看法，很快他們就不再談論你，忘了你。

要是就這麼死了，人們就會說，你看你看，這個人意志力就是薄弱，受不了壓力居然自殺了。所以說，東哥，我們都要堅持著活下去，我們是為自己活著的，不是為別人活著的。」

「嘿，你倒是真會勸人。」東哥平轉身回頭，「不說這個啦，對了，小郝，我聽劉護士長稱呼你郝教授，你怎麼就成『叫獸』了呢？你是不是對人家小姑娘口無遮攔，毛手毛腳，做出『叫獸』行為了？」

「怎……怎麼會呢？我是那……那樣的人嗎？」居然被人懷疑我高尚的品德，雖然我的品德不能算是很高尚，但是小劉護士的確長得挺漂亮，苗條的身材，眉目如畫，很配她的護士服。

「我的確做過教授的，正經兒八百的教授……」

。。。。。

我，郝建輝，出身在山海市北面的平陽縣，一座歷史悠久的縣級市，我們家是在一座離市中心不遠的鄉鎮，南面有翠綠秀麗的雙龍山，山中有無數眼的温泉，在鎮北部的金山是一座古老的金礦，多年來一直盛產黃金。所以小鎮還是蠻富裕的，與縣城相差不大，我的爸爸在鎮中學教物理，媽媽在小學當數學老師。

那些年，金礦對水源的污染比較厲害，金礦附近的村民喝水都得買大桶純淨水。附近依靠金礦生活，開小賣部賣點兒東西給工人，開旅館給來辦事的人住，也有直接依賴金礦生活的，我的舅舅就在金礦上班，不愛上學的表哥他們經常在礦井休假的時候偷摸地下井，背一些金礦石出來，一次賣個仟八佰元的零花錢。

有時候，他們幾個混小子會到廢料池拿一些廢泥，到河邊藥魚，金礦的提煉要用到劇毒的氰化物，提煉了黃金的廢礦渣就堆積在山谷的一個個巨大水泥池子裡，像大堆的紅色泥巴山。把一捧泥巴放到河裡，路過的魚就會翻過白肚皮，只要用網一撈就行了。這個魚自己不吃，都拿到集市賣給外面的人，毒素並不多，一時半會兒的吃不死人。

當然這些都不是重點，重點是在小山村長大的我，擁有一個遠大的理想：我要投身物理學研究，我要成為中國的愛因斯坦。

當一個人有了理想，並且發誓為了理想而努力奮鬥，並且真的奮鬥的時候，你就走在了接近理想的路上了。

從小學到初中，我都是我們鎮上學校裡面成績最好的那一個，高中我進了平陽市一中，即使在整個山海市，一中也是學習成績最好的學校之一，每年考進清華北大的有好幾十個人。在這裡，你就會明白什麼叫做群英薈萃，天才雲集。以我的成績，在級部裡面只能算是中等水準。

有些傢伙有變態的記憶力，比如我的同桌方雨，能把整本厚厚的中英文字典背下來。隨便你拿出一個單詞，他都能把後面的翻譯和解釋都背出來，簡直是活體翻譯機，後來他做了同步翻譯，進了外交部。

我前面桌子的女同學方捷是個幾何天才，幾乎沒有幾何題能難得住她，她總是能從意想不到的角度，精彩絕倫的推理邏輯，解算出異常複雜的幾何難題，方捷也是班中學習成績的前三名。

順便說一句，我們班學習最好的三個人都是女生，儘管我從高一就不服氣，我曾經是初中班級的佼佼者，到了高中卻被幾個女生壓在頭頂，實在是可忍孰不可忍。和我一樣心態的男生不在少數，可是直到高中畢業也沒有翻過身來，天才始終是天才，不是我們這些凡人可以達到的境界。

為了追上這三個傑出女性，我們用盡了所有的努力，我還曾經被他們攛掇著去追求方捷，她的確是一個很不錯的女孩，清秀而苗條，溫文爾雅，年輕的我真的喜歡上了她。然而當我當眾向她表白的時候，她毫不猶豫地回絕了我，猶如當面一掌，乾脆而俐落。

後來她大學到了英國劍橋去讀書，我再也沒有見到她，再後來聽同學說她畢業回國了，在一處航空航太研究所工作，屬於保密性質，再沒有聽說誰見過她。

被拒絕的苦悶一直潛藏在我的心底，我發誓

要達到學問的最高峰，有一天要追上那個女孩，比她的成績更高，以報答她對我的蔑視。這種「屈辱感」一直維持了多年，直到時間的流水漸漸沖淡傷痕，一個中意的女孩來到面前。

我學習成績只能中等的原因，就是偏向理科，數理化在班上總是前幾名，生物學也很好，特別對物理感興趣，物理考試總是級部第一名，沒辦法，我的物理分數基本都是滿分。有一兩次考九十九分，我都會特別認真地找評分老師計較為何扣掉我這一分。

與理科相比，我的文科成績就不太行，特別是英語，只能在班級排在後面幾人。我也曾經努力過，同桌方雨也輔導過我，可是英語這個東西，需要一種感覺，像唱歌，像開車一樣，有的人幾下就熟練掌握，而有的人就是特別難開悟。

我對物理的追求非常超前，高中課本上講的那些已經遠遠不能滿足要求，我自學了大學高等物理知識，這些書市面上賣的不太多，學校圖書館也很少，我都是在縣圖書館裡面找到書，自己慢慢啃，慢慢查，就這麼學懂了理論力學、流體力學、光學、相對論、量子力學基礎等。

物理研究到深處，必須要掌握高等數學知識作為研究工具，這些微積分變換函數連高中數學老師都理解得似是而非的，我也只能幾本書互相對比，慢慢參悟。

大學我考入了人大，這裡是全國高能物理學最厲害的學院，那些當年困擾我的難題，在這裡被老師們輕而易舉地解答，思路是如此的清晰，答案是如此的完美，物理學在我眼前展開了新世界的畫面，她是如此的協調，靈動，像一首優美的樂章。

我喜歡待在實驗室裡擺弄實驗儀器，楊振寧先生曾經說過，一個物理學家不但要有理論知識，還要懂得實驗儀器。要想成為一個好的物理學家，就要做一個實驗室的行家，要瞭解儀器的原理，儀器的誤差範圍，資料的正常形態和異常形態，如何調試校準儀器，甚至如何維修儀器。

高能物理量子力學是我選定的研究方向，測

試技術就非常重要，光譜技術、波譜技術，衍射技術，核磁共振、電子自旋共振、紅外、可見與紫外吸收光譜、螢光技術、旋光色散與圓二色譜、莫斯鮑爾譜、鐳射-喇曼光譜以及X射線衍射和中子衍射等。測試儀器的種類很多，物理學的發展在很大程度上取決於測試技術方法的改進。

我不但仔細閱讀設備説明書，向老師學習如何操作儀器，還向儀器廠家的售後人員學習調試和校準技術。另外，我還自學了電路和軟體知識，向儀器供應商索要圖紙，自己動手維修故障，更深層次地學習儀器的原理。

我的畢業論文指導沈金虎教授非常欣賞我，他建議我畢業後到美國攻讀研究生和博士，在更高層的環境中增長見識，回國後為國家的物理學做出貢獻。

沈教授的博士學位是在美國米范大學取得的，他給自己的美國導師寫了推薦信，米范大學的人和我郵件溝通幾次，然後就錄取我了。儘管我的英語水準並不太好，托福考試成績僅僅勉強及格，這是我的痛點，即使我在美國求學生活了六七年後，英語「聽讀寫」這三樣問題都不大，只有「説」這一項，我好像一開口説英語就緊張，就結巴，可是説漢語就沒事了，母語説起來好流利，俏皮話經典語句隨口就蹦出來。

我在米范大學用了四年時間取得了碩士和博士學位，可是在這裡，發生的一些事情，讓我的「愛因斯坦」夢想開始逐漸動搖和瓦解。

米范大學是美國著名的物理學高等院校，這裡的研究員多次獲得諾貝爾獎，這裡是一所物理學清教徒的神聖殿堂，這裡的人不修邊幅，頭髮凌亂，整天埋頭紮在實驗室裡，操作服上到處是油漬和顏料的痕跡。

在實驗室的路邊，你經常可以看到這樣的人，他們坐在長椅上，眼睛直勾勾地看著前面，口中念念有詞；有時會突然抓緊自己的頭髮，彷佛要打開天窗説亮話；有時候臉上會露出色迷迷的微笑，口角還會流下口水。不用懷疑，這裡不是精神病院，這裡是米范大學物理系的教授們。

想在這群狂信士清教徒中生存下來，就要和他們一樣安貧樂道。

然而他們也不是沒有慾望的，每年的實驗室專案撥款預算申請日，是他們競爭的焦點，那一天他們會打扮得煥然一新，花枝招展，他們鼓動如簧之舌，在辯論會上把自己的專案吹得天花亂墜，好像他們馬上就要取得物理學歷史性的重大突破，一定可以拿到諾貝爾物理獎一樣，只要再提供一點點微不足道的研究經費，這一切就會立刻實現。這些天才們為了一筆研究撥款，展現出了推銷員的糾纏，政治家的承諾，演員的素養，武術家的反應，幾乎每次都要大打出手。

這跟我的想像有很大的差距，我認為我們這些天才聚集在一起，應該是有人揮舞著支票，懇求我們去搞科研，而不是像一群餓狼一樣爭奪研發資金。我的物理學家的夢想產生了一些動搖。

博士畢業之後去哪裡？是在米范大學繼續攻讀博士後，還是在美國找一份實驗室的工作，像那幫實驗室老鼠一樣度過一生？還是回到國內，在學校或者研究所找一份工作呢？人生的選擇路口又出現在面前。

在假期的這一天，我沒有回國，我的高中同學徐大斌來找我，他的大學也是在人大讀的生物學專業，後來進入美國金利大學攻讀分子生物學博士學位。大斌找我的目的，是他們實驗室有一台新型的基因測序儀壞了，這台機器是中國海大生物科技公司生產的第一批產品，海大公司一直致力於基因測序和設備生產，他們收購了美國一家測序儀上市企業股份，取得了他們的基因測序儀的專利所有權。在改進了設備的缺陷後，第一批推向市場的產品就賣給了金利大學的實驗室。

基因測序儀是生命科學最基本和最重要的儀器，它可以測定基因鏈的 ATGC 排列的順序，能在基因層面上發現生物結構的根本構成。這種設備在農業、醫學、防疫、微生物等與生物有關的研究中，處於核心地位。

每年的測序儀市場有幾十億美元的銷售額，這還是因為測序儀價格昂貴，一般的客戶根本消費不起，同時測序儀的耗材價格也極其昂貴，測試流程耗時數週，所以也不能作為醫保檢查手段，無法走進醫院，只在大型專業的研究機構有一些使用。如果測序儀價格和使用成本下降到常人能夠接收的程度，測序儀將是一個巨大的市場。

當我跟著大斌走進他們大學實驗室以後，就被實驗室恢弘的氣勢所震撼，這裡足有五十多台基因測序儀在工作，每一台的價格都在一佰萬美元以上，除了角落裡的這一台之外。

從外觀和做工看，這台機器一點兒也不遜色那些美國貨，大斌說，海大生產的這台測序儀，是半賣半送給金利大學的，價格只要六十萬美金，一開始工作得很不錯，從年初到五月都沒有問題，校方對此非常滿意，準備再購買五台，雙方已經談好價格，五台優惠價格五佰萬美元。

可是進入六月，這台機器的資料就經常出現問題，錯誤率大增，海大公司的售後服務人員從中國來了三次，神奇的是，每當海大的人到現場之後，一站到跟前兒，機器就正常了！他們走後沒兩天，毛病又出來了！雙方陷入了爭執，到了八月，校方就中止了採購意向，和另外一家美國公司簽訂了五台測序儀的合同。

大斌正好在這個實驗室做博士生，海大的售後公司負責人范經理也是魯省人，和我們是老鄉，就委託他觀察這台機器，隨時聯繫。

大斌學的是生物專業，操作測序儀和分析資料沒問題，可是維修方面他不專業，於是就想起了我，讓我這個業餘維修高手來碰碰運氣。

當我打開這台機器的時候，不由得對中國製造的高水準而驕傲，這台機器的機械零件加工之細緻，表面處理之完美，電路佈置的精巧美觀，都是世界儀器行業最高水準的。我開始向大斌學習測序儀的原理、操作、資料分析等，很快就掌握了這台儀器。

基因測序儀，在美國市場上正在銷售的品牌有三十多家，每一家的技術路線都不同，各自有自己的專利，這是一個充滿了創意和機會的市場。

從一九九八年第一台自動化的基因測序儀開

始，十幾年來，基因測序儀已經成熟了兩代，而第三代單分子基因測序儀正處於萌芽階段。

一九九九年，世界各國聯合起來合力測定一個人類細胞的基因圖譜，每個國家分配一部分工作，歷經三年，花費三十億美元繪出了第一套人類基因組圖譜。

到了二〇〇六年，隨著新型基因測序儀的出現，只要十萬美元，一個月的時間就可以做出一套人類基因圖譜。

二〇一二年，第二代的測序儀出現，在最理想的情況下，只需要花費一萬美元，一週時間就可以繪出一個人的基因圖譜。而現在，在這個實驗室，在批量流水化操作的自動工序之下，測序一套基因圖譜只要五仟美元，五天時間。

這裡的機器每天廿四小時不停工作，測序的工作排得滿滿當當，僅僅一週時間，我從大斌那裡學會了實驗室所有測序儀的操作原理。我收集了每一家產品的電路圖、零件組裝圖、原理圖、交流資料等資料。很快，我找到了海大這台測序儀出現故障的問題根源：一個是氣壓，一個是接地。

每當這裡出現低氣壓天氣的時候，這台機器的資料就會出問題，從測試原理看，氣壓如果低到一定程度，其膠體溶液的流動就會出現差異，測試結果一定會出問題。

這是因為這種測序儀的基本原理有點特別：它的技術方案的優點是資料通量高，測試速度快；缺點是試樣製備程式太過複雜，不易操作。美國CG公司因為這個原因，市場銷售並不好，一直賠錢，所以才被海大以較低的價格收購。

海大收購之後，自主研製了自動制樣機，解決了制樣問題，受到市場的歡迎。但是這個方案還隱藏一個氣壓問題，海大因為地處海邊城市，沒有經歷過低氣壓的環境，所以沒有發現這個問題。而金利大學的地理位置位於海拔一千五百米的小高原，氣壓比較低，而且在夏天容易遭遇特殊的低氣壓氣候，所以才會出現問題。

另一個是電路接地問題，這是國內電路設計

的老毛病了，對接地問題太忽視：電源接地線，信號接地線，遮罩接地線，這些接地線，海大的電路沒有進行正確隔離，儀器處理的微電壓信號，容易受到干擾而失真，特別是在電磁複雜的環境下。

方案經過海大的同意之後，我給這套測序儀增加了一套空氣穩壓裝置，另外重新設計了接地電路，增加了信號遮罩元件。改造後的使用效果非常好，測試結果比最早時候還要好，海大和校方都非常滿意。

除了必要的費用之外，海大還另外匯給我兩仟美元作為感謝酬金，這是我從學二十年來第一次見到回頭錢，不由得我不心潮澎湃啊。

第四章　量子教授

我在實驗室已經待了兩週，明天我就會離開這裡回到米范大學，這時，一幫西裝筆挺的傢伙走進了實驗室。當看到帶頭的一位氣勢十足，像電影明星一般，被後面的傢伙們眾星捧月一樣恭維的人物之後，大斌立刻從歪在實驗椅子上的狀態彈了起來，雙手貼在褲縫上，站得筆直，像接受檢閱的士兵。

這個囂張的傢伙走到我們這裡，向我問道：

「嘿，青年，這裡的一切都好嗎？」

我可不知道這是什麼大人物，我歪著頭，指著海大這台機器說道：「在這實驗室裡，中國的測序儀是最好的，你應該多買一些。」一拿著海大的錢，要替海大多說好話，這是天經地義的。

這個囂張傢伙兩手插口袋，臉上露出酷酷的微笑，長相頗有點兒像硬派明星布魯斯・威利斯，只是笑起來嘴巴有點兒歪，露出不屑一顧的微笑，他對我說道：「好好幹，青年。」

他旁邊一個瘦瘦的矮個子年輕人，穿著黑色的牛仔褲，白色運動鞋，紫色的緊身T恤，顏色搭配就像他的身材一樣都很不協調，只是這張臉的長相，看起來似乎在哪裡見過，這年輕人用手向實驗室一揮，說道：「教授，我給你兩億美元，要這裡50%的股份。」

這個囂張教授臉色姿勢絲毫沒有改變，不屑一顧地說道：「我這裡暫時不需要投資，不如我們去看看其他項目。」

我對大斌用中文道：「哎哎。這誰啊這是。癩蛤蟆打哈欠，好大的口氣！」

大斌趕緊把我推到一邊兒，擠出笑臉，點頭哈腰地介紹著各種儀器，帶著他們在實驗室轉了一圈兒，送了他們出去。

大斌回來之後，指著我的腦袋罵道：「我說

你這裡面都是臭狗屎嗎？你難道不上網嗎？這，這是多麼大名鼎鼎的人物啊！那是我們學校的約翰量子教授，世界頂尖的生物學家！第三代基因技術公司的創始人！很可能獲得生物諾貝爾獎！他有好幾家公司已經在納斯達克上市，量子教授的身家至少二十億美元。那個年輕人更是大名鼎鼎，你經常用的聊天軟體就是屬於他的。人家的身家最少二佰億美金，現在揮著鈔票到處投資高科技，聽說他要成立一家人類基因資料庫，以後要存儲幾十萬人的基因資訊，開發各種藥物。」

大斌的每一句話都引起我的驚歎聲，比起米范大學理論物理系的清貧偏僻，這裡才是科學的城市中心繁華地段啊。

這讓我想起了當年秦國李斯在韓國的感歎，當年李斯同學從荀子老師的法家學院畢業，投簡歷應聘到韓國政府，本以為憑藉自己的才能，至少可以幹一個法官之類的公務員，結果卻被分配到糧食倉庫當管理員。

一天，李斯同學去出恭，他的一串粑粑剛剛落入坑中，一群又黑又瘦又髒的老鼠就一擁而上，奮力爭奪，打得頭破血流；李斯同學想起了糧食倉庫中的米老鼠家族，它們清潔衛生，毛髮油亮，雙目有神，姿態優雅，非常講究餐桌禮儀。與茅坑裡面的傢伙們完全不同。

李斯同學於是頓悟了：「人的才能其實是差不多的，身處的環境才是最重要的，我要離開破落的茅坑韓國，到強大的糧倉秦國去吃香的喝辣的。」於是李斯輔助秦始皇一統天下，做了丞相，最後老了卻被腰斬於市，臨死的時候對他兒子喟歎道：「啊呀。人老了就應該離開權力中心，牽著黃狗出東門，去過閒雲野鶴的生活啊。你要接受老子的教訓，懂得功成身退的道理哦。」

我決定改變我的理想，離開貧窮的理論物理界，進入富裕的基因學的廣闊天地。在米范大學物理學博士畢業後，我報考了金利大學量子教授的博士後，憑藉我的理論和實踐知識，量子教授順利錄取了我。

學好數理化，走遍天下都不怕。這句話是至

理名言。生物學研究到深處，其實就是研究分子，要用到大量數學和量子物理的知識，比起那些生物專業的學生痛苦地補課量子力學和高等數學，我在這方面駕輕就熟，毫無困難。

量子教授對我特別賞識，讓我進入他的三代基因測序儀研發組，在這裡有三十多名各個方面有專長的工程師，齊心合力完善測序儀的各部分設施。

這種測序儀的基本原理與第二代的測序儀完全不同，你可以把DNA 鏈條想像成一根兩股線絞成的麻繩纏成一團。第二代測序儀的測序方法有很多種，但主要的思路是先把這團麻繩劈成兩股，然後把一股線繞線上軸上，後面的方法有很多不同方案，有的是用一個核糖核酸已知並螢光標定好的探針來逐條讀取基因資訊；有的是逐段進行反應染色，DNA 的 ATGC 四種嘌呤和嘧啶就會在鐳射激發之下，呈現出不同顏色的螢光，拍攝就可以讀取這些螢光的排列；還有的製作一片標定了鹼基順序的基因晶片，然後與DNA 鹼基進行對比。

第二代的基因測序儀的基本方法大都是分段讀取，但因為每一段都很短，容易出現累積誤差，所以每一次測序先需要進行擴增，把這一段基因複製多份，以便進行多次測試，對比消除誤差，測試後還需要消洗，這佔用了大量時間，如果從最開始準備試樣算起，一直到最終測試完成，總週期長達數週，對於醫院的腫瘤病人來說，這個時間太久了，等結果出來腫瘤基因早就變異，或者病人已經不行了。

量子教授的方案屬於單分子測序的第三代測序技術，與第二代方案不同，DNA 不需要擴增，也取消了把一股線繞線上軸上的步驟，他用蛋白酶把線剪成上千個小段，然後加入一種化學物質把這些小段連接起來，就像是一個個小夾子把線段連接起來，然後每個小段進入一個納米直徑的小孔，用一種吲哚五染料染色，螢光非常強烈，用鐳射照射小孔中的小段基因，就可以產生衍射效應，讀出每個小孔中的每段基因的序列。

比起二代測序儀，它準確性高不需要擴增，消洗程式也比較簡單快速，測試時間大大減少。

使用這個技術的測序儀，量子教授測序了自己的DNA，只需要三天時間，花費了不到一萬美元的成本，未來批量測試預計測序成本會下降到一仟美元以內。

第三代測序儀採用單分子測量技術，速度快，準確性好，價格便宜，是未來的發展方向。一旦成功，DNA 測序儀將進入各個醫院，為病人提供快速測序服務，根據基因的問題，提供專用的藥物，可以使用很少的藥物達到最大的效果。那時候，這種儀器的市場將是每年幾佰億美元的規模，耗材也有每年幾十億美元的市場。擁有儀器專利技術的公司，將是一個巨無霸企業。

但是量子教授的測序儀還有一些比較困難的問題，主要是測序的資料穩定性不好，可以想像，用幾千個夾子把一堆小線段，連成一個大線段，任何一個環節出問題，整個測序就會失敗。第二個問題是加工納米精度的小孔，對材料和加工工藝要求極高，小孔的尺寸精度誤差是納米級的，多孔板的厚度只有幾十個納米，這麼微小的孔板極容易堵塞和破裂，對試劑的純度要求也是極高的。工程師們已經努力了三年，還是沒有把測序儀的穩定性達到滿足市場要求的程度。

現在我們的研究團隊日以繼夜地工作著，因為在英國劍橋大學（我稱它為賤貨大學，因為我的高中初戀方捷，準確地說是踩碎我初戀的女同學，跑到那裡去留學了），也正在研發第三代測序儀，我們爭分奪秒地競爭著世界首台實用型設備問世。

他們的測序原理和我們不同，他們把一根DNA 單鏈通過一個納米尺寸直徑的小孔，在小孔上佈置感測器，測量 基信號，就可以對DNA 測序。

從原理講，英國方案似乎是不錯的方案，因為不需要複雜昂貴的鐳射系統，無需染色步驟，體積可以變得很小，他們的領頭人BEAN 教授（因為對那女孩的不滿，我對那裡的人都贈送了不雅外號，稱他「笨蛋」教授，對「笨蛋」教授的不幸躺槍，我深表遺憾），在一次發佈會上用手托著他的測序儀模型，只有老式摩托羅拉大哥大一

般大小，還露出白癡一般的笑容。順便說一句，我們的測序儀有電冰箱大小，我是指美式雙開門電冰箱。

「笨蛋」教授的籌錢方法也挺特別，他用網路眾籌的手段，很新穎，他說每人眾籌一仟英鎊，儀器研發成功後，給投資者免費做DNA 排序一次。結果到現在了，那個掌上型第三代測序儀還沒有上市。說到籌錢，我的老闆（我對量子教授的尊稱）可以把「笨蛋」教授甩開一萬光年，老闆只要稍稍示意一下，就有大批投資者揮舞著支票送上門來，錢，從來都不是什麼麻煩。

英國方案的問題一點兒也不比我們少，且不說納米孔的加工難度和溶劑雜質的干擾，僅僅是測序儀使用的電腦，也不可能做得那麼小。一個人有廿三對染色體，用第二代測序儀，DNA 資料量最少也要一百多個GB。測序儀使用的電腦，要求計算速度超快，都是使用市面上速度最快的CPU；記憶體最低要求是128G，高一點兒的要求是512G 記憶體條。而普通家用電腦一般是4G，高一點的8G，用於視頻處理的用16G 記憶體條就足夠了，這已經是家庭高級配置。所以，測序儀僅電腦的硬體成本就不下十萬元，需要採用特殊的水冷散熱主機殼，掌上型根本不可能做到。

人類的基因，如果用兩位二進位資料表述ATGC 的話，其實只要3GB 多的資料量就夠了，之所以要一百多G，那是因為測序要進行多次測試，互相對比以減少誤差，這個多次測試，指的是最少十五次才能把理論誤差降到十萬分之一以內的程度。

關於電腦的問題，後來「笨蛋」教授也做過解釋，他說他的儀器因為準確性很高，所以不需要做那麼多次校對實驗，所以資料量大減，使用普通微型電腦就能滿足要求。不得不說「笨蛋」教授的想法很有創意，如果他願意去寫科幻小說的話，估計一定很有前途。

其實，「笨蛋」教授的思路還是有可以借鑒的地方，那就是盡可能摒棄複雜昂貴、體積龐大的雷射器的使用，提高單次測序的成功率，以減少每次測序的成本。我認為這兩種方法都存在著難以克服的困難，解決之道只有創新思路，另闢蹊徑。

我記得在人大的畢業論文集中，我看過一篇《關於使用碳納米管微型霍爾感測器測量氫鍵》的博士論文，這篇論文的設計給了我一個靈感：是否可以用碳納米管霍爾感測器做出一把切刀，劃過DNA 的雙鏈之間的氫鍵。

如果把氫鍵簡化一下，其實就是一道磁力線，DNA 的堿基對中，AT 之間是雙氫鍵，CG 是三氫鍵，微型納米級的霍爾感測器經過這兩種氫鍵時，會產生不一樣的電壓信號，根據正負和大小的不同，會產生 ±2 和 ±3 四種信號，對應 ATGC 四種堿基對。

我向量子教授陳述了我的想法，量子教授非常支持我，鼓勵我先製造一台驗證機，並且交給我二佰萬美元的研發資金，由我支配使用，在實驗樓的頂層最好的實驗室為我開闢了一個獨立的專案組，人員由我選擇。

我的實驗原理很簡單：把一個碳納米管制作的微型霍爾感測器，劃過一個氫鍵，磁力線在感測器上就會產生一個電流信號，雙氫鍵有兩個脈衝，而三氫鍵有三個脈衝，根據磁力線的正反，就有正負脈衝的差別，就可以知道基因排序。就像用刀切開竹子，在竹節的地方會有一個大的阻力，根據阻力的不同，就可以判定竹節的結構。

人類的DNA 鏈條完全拉長大概有三米的長度，因為DNA 是正反向的雙螺旋線，切刀並不是把兩股線分開，而是劃過之後，螺旋線又恢復原形，所以可以在同一個DNA 鏈條上做多次測試，糾正誤差。我設計了兩道測試刀，測試兩次進行對比以校正錯誤。我稱呼這種測序儀的原理為「分線刀」模式。

「分線刀」模式不使用昂貴的鐳射和光學照相設施，所以機器的體積和價格大大降低，驗證機的體積只有一台微波爐大小，當然驗證機只有一路測試通道，我估計正式投產的測序儀因為要大批量測試，應該要十六路測試通道，可以同時測序十六條DNA，大大提高測試效率，那時候體

積就會大一些。

因為這種模式的干擾很少，資料量大大減少，只需要產生6GB的資料量，而且資料不是圖像分辨模式，而是串列數位信號模式，所以對電腦的要求大大降低，只需要用市面上的普通商用電腦就能夠滿足要求，電腦成本只有二代測序儀的五分之一。主要的成本就是碳納米管霍爾感測器分線刀的製作，這個需要用到納米組裝技術，由手工製作，分線刀頭的直徑只有幾個納米，一套兩把刀單價就要十六萬美元。不過這也是因為第一次製作，其中研發成本占了大頭，如果將來進入大規模生產，價格就會直線下降，年產一千的話，價格可以降到二萬美元一套刀。

經過六個月的日夜製作，第一台「分線刀」測序儀驗證機制作完成，在隨後的測試中，它體現了驚人的重複準確性，快速度和低測試成本優勢。我為我的設計取得了美國的技術專利，正式的工廠生產型儀器，已經開始設計製作。設備估計一年後可以上市，成本大約七十萬美元，每次測序一次人類基因組，只需要不到一佰美元的藥劑成本，不到一天時間就能夠完成。

老闆幫我註冊了一家公司，名叫「top-gun」公司，注資一仟萬美元，我以技術占股51%。老闆的手下，至少有三個像我這樣的公司，老闆只是投資分紅，不參與經營和管理，這些公司大多數是他的學生們開設的，對科技人才給予充分的尊重信任，使得學生們對老闆死心塌地的效忠。

聞到美金味道的風投公司，揮舞著支票要求入股，都被量子教授出面擋住。量子教授有足夠的資金支持自己的學生，只有在最適合的時候，才會讓公司上市融資，借助金融界的資產放大能力，把財富做到最大水準，如今他的學生中，已經有三個上市公司創始人，身價十億美元以上，而我就是他的下一個扶持目標。

這一年，我博士後畢業，直接出任新公司的CEO，年薪佰萬美元。我的確是走對了這一步，這時的我，只要按部就班地走下去，人生巔峰就在前面。

第五章　孟德爾教授

我想這個人最大的特長就是有自知之明，我知道自己在技術創意方面還不錯，但並不擅長企業管理，所以做CEO 時只在週一上午去公司聽取報告，在相關檔上簽字。老闆派來一個人事專家，幫我尋找到了合適的技術工程師，採購員，會計出納，內勤，總經理，還給我配了一個秘書聯繫工作。而我的時間用在了學習生物醫學方面的知識。

生物系的孟德爾教授是金利大學的另一個猛人，獲得過生物學最高發明獎，已經七十多歲了也不退休，依然埋頭在實驗室，像一個勤懇耕作的老農民，對科研是發自內心的真愛，我稱呼孟德爾教授「老頭」，老頭滿頭白髮，一臉皺褶，如果包上羊白肚兒頭巾，活脫脫像陝北放羊的老農民。

我們的交往是因為新型測序儀的緣故，老頭是基因編輯和基因免疫方面的權威，精準基因編輯一直是一項科學難題，需要最快的速度測定DNA 序列。

基因編輯，就是把基因的一段程式敲掉。如果是要添加一段基因，那就叫轉基因。國際上，轉基因食品是受限制的，因為轉基因食品可能造成基因污染，基因程式的嫁接需要把一段程式的頭尾甲基化，就像是塗上了膠水，黏在DNA 段落中，用測序儀是可以發現被修改的基因段落的，就像是一篇完整的Word 文稿，插入了一段首尾有特殊標記的文字，很容易被找到插入的地方，所以轉基因是非自然的。

而基因編輯則不同，測序儀無法分辨DNA 是否被編輯過還是自然變異的，就像Word 檔稿只是被刪除了幾個字，無論是作者刪除的還是其他人刪除的，根本看不出差異。自然狀態下的生物變

異，很多也是這種方式，這是從細菌一直遺留下來的基因本能。

基因編輯是細胞的本能，幾億年前，在生物還只有單細胞狀態的時候，細菌會被病毒感染，假如細菌放大成一個人那麼大，那麼病毒的大小就像是蚊子，這個蚊子會叮咬細菌，把自己的遺傳信息RNA注入細菌的細胞核中，插入到了細菌DNA的鏈條中，這時候，細菌就會得病死去，細菌的身體就成了病毒的食物。然而細菌不會束手待擒，他會用一段蛋白酶，清除自己DNA鏈條中的某一段基因段落，把病毒植入的部分基因鏈切掉，細菌就不會死掉了，這種工具叫基因剪刀。

這項能力一直被繼承了下來，當生物進化到了多細胞以後，細胞編輯DNA的能力逐漸退化，最終消失。這是因為多細胞生物被感染後，可以把感染的細胞殺死，而整個群體無恙。基因中的「廢資訊」其實很多是細胞抵抗病毒入侵的歷史記憶，但是太多的記憶也會拖累細胞的可靠性和壽命，妨礙細胞的專業化和進化。所以這項「免疫」功能就被單獨保留在「免疫細胞」當中，而其他細胞「遮罩」了基因編輯能力。

但基因編輯在胚胎階段，還是可以改變生物遺傳信息的，這非常有用。

例如，小麥的白粉病是因為基因當中有一段缺陷，用基因剪刀把種子胚胎的這一段基因剪掉之後，白粉病就消失了，而且後代也不會有白粉病了。動植物的很多遺傳疾病，其實只要在胚胎階段，找到那一段有問題的基因，剪掉之後就會正常。

基因的問題，一旦胚胎細胞開始增殖成熟，就很難再治癒。胚胎細胞就像是一個「原始檔案」，不管這個生物多麼的複雜，所有的資訊都包含在這個小小的細胞的DNA中。就拿一個人來說，這個DNA的資訊總共只有3GB，而且大部分是無用的隱藏的「廢資訊」，真正被使用到的「有用資訊」，只有不到20%，也就是五六百兆的資料量，只相當於電腦硬碟中，大一點兒的一張高清照片檔的大小。可是就是這區區幾百兆的資訊，就包含了身體精密的結構的全部內容，而且會保留很久，不斷遺傳下去，大自然的生命資訊技術是多麼高明啊。

胚胎細胞會首先分裂成很多功能幹細胞，幹細胞再分裂成各個器官的細胞，當細胞老化到功能喪失以後，免疫系統會殺死這些老去的細胞，幹細胞會繼續分裂新的器官細胞補充進來。每一次分裂，幹細胞的基因資訊都會發生一點點小改變，所以不僅每個人的基因是獨一無二的，每個細胞的DNA 都是獨一無二的。

如果把每一個細胞想像成一個人，它也是有自己的欲望的，每個細胞的基本欲望都是分裂成兩個細胞。可是大部分動物都是由幹細胞分裂出器官細胞，器官細胞被遮罩了分裂本能，只能生長老化，然後死亡，被清除出身體組織。

有些幹細胞的基因會因為各種原因發生變異，可以生成新的可裂變的器官細胞，新細胞變得不會老化，而且可以自我不斷繁殖，這就形成了腫瘤，最厲害的腫瘤細胞可以不斷繁殖生長，永遠也不會老去。如果人類的身體都是由這一類細胞構成的，那麼人類也就不會老去了。然而事實卻完全相反，不受控制地增殖的細胞最終會殺死其他器官，造成整體的失衡，最終殺死人體生命。

這時，最佳的解決方案其實是把幹細胞的錯誤基因剪掉，在體外進行幹細胞增殖，然後殺死體內有問題的幹細胞，植入修改好的幹細胞，重新生長出健康的器官，這樣癌症就可以治癒了。

不僅僅是癌症，從根本上來說，除了物理化學損傷之外，人類所有的疾病幾乎都可以歸根到基因變異，即使是流感這樣的小病，也是流感病毒把它的一段基因注射到了人類細胞核中，改變了基因的遺傳信息，造成身體的疾病。

如果人類的基因不發生致命變異，原則上說，人是可以長生不老的。可惜的是，幹細胞在不斷繁殖時，變異一年年累積，最終細胞變得問題百出，疾患也就無法治癒，最終只能壽終正寢了。

在這一年裡，我跟隨孟德爾教授進入了一個新知識的海洋，這裡和物理學截然不同，這裡更像是密碼學的天地，基因工程學的工作像是密碼破譯員，要解釋基因的一段資訊和身體的結構之間有什麼關係，這需要全世界基因工作者的通力合作。每天一點一滴地積累，基因的秘密會被慢慢解開，那些讓醫生束手無策的疾病，終究會得到治療。

一年的時間過去了，但我的測序儀還沒有上市，問題出在分線刀的批量製造上，品質差異很大，廢品率奇高，無法滿足需要。在美國找了三家供應商，都做不出符合要求的刀具。在日本和德國各找到一家生產碳納米材料的工廠，仍然不能生產出合格的批量產品。最後還是我輾轉找到了寫那篇論文的人大的學長陳成仁大哥，他在莞城一家集團公司擔任一所工廠的廠長，順利地把分線刀生產了出來，測試完全合格。

這一來又是半年多時間過去，批量生產的第一批五台樣機被送到幾家醫療研究機構使用，效果非常好，後續的訂單也即將到來，工廠開始了批量化生產。一切都開始順利起來，我還是喜歡生活在學校的象牙塔中，鑽研生物學，探索未知的生命領域。

而這時，我接到了大斌的電話。大斌博士畢業後，來到華南醫科大學，成為這裡的講師。這所大學是中國重點醫科學院，學術氛圍非常自由，最近幾年，在基因治療研究方面處於國內領先水準。大斌向校方推薦了我，校方希望能聘請我為副教授，幫助他們帶研究生，提高分子生物學的科研水準。

為了這個事情，我請教了老闆和老頭，從我本人的願望出發，我也希望自己回國授業，為國家的科技水準做出貢獻，但是現在正是新設備上市的時候，每天都非常忙碌，一旦自己離開後出現什麼問題，對於投資方量子教授而言會造成損失。

結果兩位都非常支持我回中國任教，量子教授的意思是希望我在中國也開設一家工廠，生產測序儀供應中國市場。中國是世界上測序儀需求的第一大市場，目前 80% 的測序儀從美國進口，每年的進口額度有三十多億美元，中國只有海大一家公司能生產測序儀，獨佔國內剩餘的 20% 市場份額。

但是實際上，美國生產的測序儀所使用的機械和電子零件，很大一部分是在中國投資工廠生產，或者是中國企業生產，零部件進口到美國組裝。

美國進口零件需要交納 20% 的稅費，組裝成機器後，出口中國一般是經過中間進出口代理商的管道，即使中國對測序儀這類高性能儀器免除關稅，但加上 17% 的增值稅，還有中間環節的手續費，價格比美國還是要高 50%。

如果直接在中國組裝，那麼成本會大大下降，估計價格只需要一半就可以維持相同的利潤。這將使得我們有機會進入醫院系統，甚至壟斷全球的測序儀市場。

孟德爾教授也非常支持我回國，而且他還請我在中國開設一間胚胎研究的實驗室，老頭會在實驗室建好之後去中國，從事一段時間的胚胎基因研究。

在美國的一些州，人類胚胎基因編輯是違法的，受到嚴格的監管，墮胎在很多州都是違法行為，而在中國是合法行為。美國的人類胚胎研究是一個碰不得的禁區，任何敢於觸碰這個範疇的研究者，都會被釘在火刑架上。

這個禁忌的原因居然有很大一部分是宗教原因，美國的國教是基督教的新教派，篤信只有上帝能造人，人不能造人。這是美國的政治正確，人權高於一切。

這個奇葩的理由從羅馬時期一直到黑暗的中世紀，延續到現在。矛盾的是，就在二百年前，教會還規定過敢於解剖屍體者會被上絞刑架呢，更不要說給活人開刀。宗教的愚昧無知到現在還在限制科學進步，當然宗教要生存，必須和科學勢不兩立，要不然呢？難道基督教的信仰者更崇信達爾文適者生存論？

可是如果不准動人類的基因，只能讓一些得了重病的病人去等死。活著的就剩下健康人了。所謂的自然免疫療法，就是「優勝劣汰，適者生存」的自然選擇價值觀。

從科學技術的發展角度看，基因技術將是繼網路技術之後，下一個技術的制高點。誰掌握了基因的核心技術，誰就將引領下一個世紀的發展潮頭，這是眾多有識之士的共同看法，自我禁忌，只會自廢武功，必將落後衰落。

老頭激動地詛咒道，願上帝讓那些愚昧的人也得上那些重病吧。你看看他們是否還會繼續堅持人類基因不可觸碰的原則。

老頭語重心長地說道：「基因科學的未來在中國，只有打破了思想牢籠的國家，才能用科學的態度看待胚胎基因學，西方人以為別的生物基因都可以碰，唯獨人類自己的基因至高無上，完美無瑕，是上帝精心的傑作，絕對不能動。這些狂妄的教徒，已經沒救了。」

量子教授用手指按在嘴唇上，神秘地笑著說道：「知道嗎，我每次到教堂祈禱，都會在心裡面駁斥牧師們的狗屁演講，如果上帝是善良和萬能的，那他為什麼要創造充滿邪惡念頭的人類？如果一個人，他擁有無所不能的能力，永遠不死的身體和不受限制的權力，你們猜他會幹什麼？我敢打賭這個人會殺死所有人，毀滅這個世界，只為了滿足他肉體裡面那變態的欲望。所以，人類的肉體一定不是上帝創造的，那是魔鬼的作品。上帝創造的是人類心中僅存的高尚靈魂。只有它能拯救邪惡的肉體。我們回到上帝身邊的是我們的純淨的靈魂，邪惡的肉體在大火中化為灰燼。啊。讓火焰燒盡我罪惡的身軀吧……」老闆嘴唇顫抖，使用了大量的古法英語，像是演出《哈姆雷特》的話劇演員。

第六章‧侯校長

離開祖國六年多之後，我回到了鵬城，這是一座充滿了年輕和活力的城市，比起美國城市，這裡有更多的高樓大廈，更密集的人流，更繁華的商業，更多的機會。

華南醫科大學就在城市的東部，一座秀美山嶺的南邊，不遠處是點點小島點綴的海岸線，校園裡椰樹海風，花草飄香，各種不同設計風格的建築掩映在綠樹叢中。

幾年沒見的徐大斌胖了不少，回到中國的他成家立業，工作穩定，人也圓潤了很多。而我這些年一直沉浸在研究的海洋裡，每週七天，每天十五小時都是待在實驗室或者教室裡面，除了吃飯。睡覺和必需的活動，我的心思都集中在了學業和事業上。

有時候對鏡自覽，又黑又瘦的，腰身有點兒彎曲，這就是一屌絲兒青年啊。快三十歲了，沒有時間去休息，不懂娛樂，沒精力尋找愛情。即使我那個金髮碧眼的女秘書不斷地搔首弄姿挑撥我，但一想到計畫中的無數工作，就沒有心情去搭理她。

大斌帶我從小橋穿過一座瘦長的小湖，來到一座白色的建築，在二樓的校長辦公室，見到了侯副校長。這是一個典型的廣東中年人，瘦小而精神，辦事乾脆俐落，語音非常洪亮，中氣十足，表情充滿了感染力，很容易親近和信任。

寒暄之後，侯校長拿出一個小包，上面縫著一張布條，寫著我的名字。他打開包，從裡面把一樣樣的東西拿出來，擺在我的面前，逐一解釋各種用途。「郝博士是我們廣省千人計畫引進的高端人才，在這裡居住使用的各種證件和材料，我們已經給您辦理齊全，請看看還有什麼需要的。」

說著拿起桌上的第一本證件：「這是教授資格證，啊，現在還是副教授，要任教三年後才會升為正教授，主要是郝博士太年輕了，不到三十歲的副教授，全國也沒有多少個。哈哈。」

拿起第二本證件：「這是特區居住證，以後在鵬城租房，買車，辦理社保，結婚和子女上學等，都要用到居住證。」

然後拎起一串鑰匙，還有一本紅本子：「這是分配給你的一套住房，不大，只有七十五平米，不過離學校很近，學校自己建設的社區，物業管理還是不錯的，是一個鬧中取靜的好住所，裡面的裝修和傢俱、家電都是現成的，連日用品和家紡都準備好了，拎包入住就可以，社區有家政服務，打個電話就會幫你收拾衛生。這是房屋使用權證，現在只有使用權，沒有所有權，但不需要交房租，如果您能夠在我們學校任教超過十年，十年之後這所房子就轉讓給你，這是鵬城市政府的特別政策。鵬城的房子太貴了，這樣就可以免除教授們的後顧之憂了。」

他又指著桌上另一串，明顯那是車鑰匙，說道：「這是配給郝博士的一部汽車，是今年新款的別克君越，我幫你選的，郝博士應該更喜歡用美式車吧。行車使用的證件在車上的手套箱裡，上車後你可以檢查一下。郝博士在美國的駕照，可以在鵬城直接轉換辦理國內駕照，我可以讓秘書帶你去辦一下。」

聽到這裡，我不禁羞愧不已：「哦，我還沒有駕照呢。其實，我還不會開車。」媽媽的嘮叨似乎又在耳邊響起：「老大不小的人了。要找個女朋友。學會開車。買個房子。不要讓我擔心。」

侯校長一愣，隨即笑了起來：「呵呵，小郝真是專注事業啊，沒事，駕照現在開始學，一兩個月就能辦好。另外，到國內了，就要學會手機上安裝各種APP，像微信，淘寶，支付寶，打車，地圖等等，生活很方便的。如果自己不能開車，出遠門你可以找一個代駕，也可以找計程車，滴滴車也行。其實最簡單的辦法是在國內找個女朋友，什麼事情都幫你處理好了，哈哈哈。」

笑罷了，他指著另外一摞裝在塑膠袋中的證件卡片說道：「這些是繳納電費，煤氣費，有線電視費，網路費的證件卡片，大斌你待會兒陪著郝博士去房間給他講一下。」說著指了指正在泡茶的徐大斌，看來大斌和侯校長很熟，好茶葉在哪裡他門兒清，沖泡的茶香瀰漫在辦公室裡，應該是好茶。

侯校長拍拍桌子，說道：「差不多就這些了，這裡是一份清單和交接簽字表，這裡還有一份正式聘用合同，關於工資和福利待遇都是我們提前溝通好的，已經列明，需要我們雙方簽字蓋章，學校的部分已經簽好，您的部分也請簽字。郝博士您看看還需要什麼嗎？」

我在指定的位置簽完字，收起小包，表情嚴肅地說道：「車子，房子，位子全都有了，學校的安排我沒有意見。」我看到侯校長的臉色緊了一下，不禁暗暗後悔自己的說話沒有水準，人家費心費力給你辦理好這麼多事情，自己連一句感謝的話都不說，實在是太過分了。

我從公事包裡面掏出一包資料，遞給侯校長。他打開後我對他說道：「這是我們在美國的公司生產的第三代基因測序儀，目前成熟的產品已經開始投放市場，我計畫在國內也開辦一家工廠，把主要的生產基地落在國內，我想聽聽校長的建議。」

侯校長迅速閱讀了後面的資料，一股笑意浮上他的臉龐，高興地說道：「這個儀器非常好啊，我們學校早就想買幾台這樣的設備，小郝，你能把這個專案放到國內，這是為中國的高端醫療設備做出很大貢獻啊。說說看，你有什麼計畫？」

我拿出一本早已編輯好的計畫書遞給他：「我需要一處五英畝以上的廠房，微電子組裝清潔等級，防塵防靜電設施等級達到ISO二級要求，交通盡可能方便，有齊全的生活設施。生產線設備由美國提供，配套附屬設備可以考察國內使用。關於資金，我公司預計投資五億人民幣，全部由我方提供。」

侯校長放下了計畫書，滿意地微笑道：「郝

總，關於廠房用地，我們鵬城幾大高校在松崗區聯合辦理了一處高科技創業產業園，你的這個專案很適合那裡，那裡建設有一百多套高標準廠房，距離學校只有三十公里遠，距離空港不到十公里，周圍生活設施齊全，電子機械配套廠家齊全。更重要的是，工業園對高科技企業，特別是填補國家空白，世界領先的高科技企業，實行三免五減政策：三年免稅，五年減半徵收所得稅，增值稅按照高科技企業3%計取。另外，產業園對入住的高科技企業免收一年的廠房租金，減半徵收三年的廠房租金。」

聽到這個招商條件，我不禁動容，如此優惠的條件真是太好了，我們的生產成本可以再次降低至少二十個百分點，「太好了，那請侯校長給安排，我準備儘快去現場考察一下，另外，校長能否給我推薦一個人事管理的經理，或者是推薦一家獵頭公司，我準備開始招聘各部門的人員，開始建廠的準備工作。」

侯校長沉吟一會兒，說道：「我向你推薦我的一個學生吧，她叫陳建君，十年前曾經是我的本科學生，後來到美國南加大學讀研究生，還沒畢業就已經應聘進入美國MTN檢測儀器公司，工作了八年，擔任公司的亞太地區總經理。MTN是醫療儀器的專業公司，郝總應該聽說過這家公司吧？因為私人家庭感情問題，陳建君去年辭職了，現在還沒有工作，前幾天我見過她一面，看起來已經從感情的陰影中走出來了。以陳建君的能力，絕對可以擔任這家公司的總經理。你看能不能抽時間見一面？」

侯校長的面子當然要給，他看好的學生應該不會錯：「好的，我們談一談，如果陳小姐願意，我就把建廠的工作託付給她。」

侯校長很高興，把徐大斌沖好的香茶給我送過來，拍拍我的肩膀，微笑著說道：「還有一件事啊，郝總投資五億人民幣，有沒有考慮市場融資一部分款項？」

我一皺眉頭，說道：「這個企業的出資方是我的博士後導師，約翰．量子教授，有很多風投基金追隨他，五億人民幣對他而言很輕鬆，似乎不用融資分股吧？」

侯校長搖搖頭，說道：「不是這麼回事。你想啊，在國內開設這樣一家高科技公司，需要很多方面的說明，如果能得到社會資金的投資入股，他們就會幫你保駕護航，你應該要考慮到以後在國內或者港都上市的問題，提前佈局，以後就會更加順利。你可以請教一下你的導師，看看他是什麼意見。」

我瞬間明白了其中的原委，向侯校長伸出大拇指，然後抱拳感謝。侯校長看我明白了他的意思，滿意地微笑著坐下，說道：「明天我陪你去科技園參觀，我給你推薦一下科技園的法律顧問機構，海逸律師事務所的馮剛大律師，今後有關法律方面的問題，以及上市的準備和輔導工作，他都可以幫到你。科技園已經有兩家公司在滬深股市上市，都是馮律師操辦的，他很有經驗。」

侯校長為我出謀劃策，辛苦奔走，這個朋友和師長以後要慢慢交心相處。我決定把孟德爾教授的囑託也向他諮詢，只是今天麻煩人家這麼久，不知道是否合適。我沉吟一下說道：「侯校長，還有一件事情，我想和您講一下。」

這時進來了侯校長的助理，說道：「校長，鵬城鹽田區領導視察團還有半個小時就到，王校長他們也要出發去校門口迎接，您看……」

侯校長站起來說道：「那麼，郝博士，咱們邊走邊說，你看怎麼樣？」

走在花園一般的校園中，我把孟德爾教授想在中國建設基因實驗室的計畫說完之後，侯校長出乎意料地興奮：「小郝啊，你是說孟德爾教授願意到中國來進行科研研究？那麼他願意和國內同行交流嗎？他願意偶爾開一兩場報告會嗎？」

我笑道：「孟德爾教授是很隨和的一個老頭，對於推廣分子生物學非常熱心，我想這是沒有問題的。」

侯校長猛地一拍掌，高興地說道：「好，孟德爾教授是生物最高獎得主，世界著名基因學家，如果他能來我國工作，我們熱烈歡迎，這對我們

學校提高檔次和知名度也是大有幫助。一會兒見到王校長和其他校長，我們一起向他彙報一下，王校長一定會非常高興的。」

醫科大學的大門外，三個老教授站在門崗的位置正在說話，侯校長緊走幾步，上前點頭招呼：「王校長您好，劉副校長好，歐陽院長好，抱歉我來晚了，有一件重要的事情要和你們說，這位是美國金利大學的博士後郝建輝先生，是我們這一次廣省千人計畫引進的高級人才，生物學基因學權威，他的導師，生物學最高獎得主，孟德爾教授托他傳話，希望在中國建一所實驗室，到中國來進行基因研究的工作。」

王校長驚訝道：「孟德爾教授，我和他還認識呢。我曾經訪美學術交流和他對面交談過兩次，孟德爾教授水準非常高。如果不是涉及胚胎基因研究的問題，孟德爾教授完全可以獲得諾貝爾獎。這樣吧，侯校長，你晚上八點帶著小郝來我家，我們一起仔細談一談，那時候美國正是白天，我們可以和孟德爾教授聯繫一下，如果教授能夠在近期安排訪問鵬城，正好下個月有一個全國基因技術研討大會，能請教授到場就更好了。」

這時候，一輛金龍客車開過來，看來是區領導們已經到了。侯校長說道：「那麼大斌你領著小郝先去看看房子，安排好生活起居的事情，好好休息一下。我們下午七點半見面，就在我家社區四號樓二〇一室，校長在一號樓一〇二室，晚上我們一起過去。」

學校安排的宿舍是一個七十多平米的套二房間，在十六樓靠西頭的位置，南面陽臺可以飽覽大海，北面可以看到整個校園就在腳下。進門左手是客廳，右手是餐廳廚房，向前走直對著的是衛生間，左右是臥室和一個書房。小小的房間，充滿溫馨感，傢俱都是實木的，沒有一點兒異味，都是全新的用具，連電視機和冰箱都是新的，廚房的微波爐，烤箱都已經安裝清潔乾淨，隨時可以打開使用。

大斌看著驚歎道：「哎呀，這個房間真是太好了，真是羨慕你啊。」

我問道：「怎麼？你的房間不好嗎？」

大斌搖頭道：「我是應聘進來的，又不是千人計畫進來的，哪有資格分到這樣的房子。我在外面租房，一個月要三仟多，還是和別人合租，就這樣，我差不多一半的工資都用來租房子，還好後年我就要評上副教授了，工資會漲不少。早知道我就再學一年，拿到博士後再回來了。」

我笑道：「好辦啊，你搬過來和我一起住唄。」

「謝了，我和我女朋友，今年就要結婚，我已經買了房子。購房合同都已經簽好，就等著交定金錢了。」大斌的臉上有點兒愁容。

「聽說鵬城的房子很貴的。」我說道。

大斌皺眉說道：「六萬塊一平米。高層的樓房，七十幾平米要五佰萬大洋，比美國的別墅都貴好幾倍。我就算當了副教授，一年不吃不喝，也只能買兩平米，要三十八年才能付清，還幸虧我老婆也是博士，我們享受優惠政策，可以首付10%，公積金貸款三十年，除了公積金外，每月只要自己另外出五仟元就行了。要不然這日子沒法過了，鵬城居，大不易啊。以後還要買車，生小孩，花錢的地方多著呢。」

我看著滿臉愁容的大斌，笑道：「好辦啊，你幫我籌辦實驗室，以後負責實驗室管理運行，我每個月給你一萬元薪水，是美元哦，這你應該夠了吧。」在美國，一個專業博士級的實驗室主管，年薪要二十多萬美元，兼職的給十萬應該沒問題的。

大斌大喜：「好兄弟，你真是我救苦救難的觀世音菩薩啊，來來，抱一個。」說完就真的撲過來。

我一把推開這個死變態，「滾一邊去，我他媽的又不是GAY！」

第七章　王校長

與侯校長家的中式裝修風格不同，王校長的家是西式風格，小酒吧的吧臺上，義大利風格的咖啡機，手繪圖案的骨瓷，校長的長髮漂亮女兒端過來一杯濃香的咖啡放在我面前，配上一點兒脱脂牛奶，放兩顆糖，輕輕地喝一口，再來一塊兒芳香的松仁烘餅，這是我喜歡的格調，可以放鬆地聊天。

剛剛與孟德爾教授的通話中，王校長也和教授聊了一會兒，説起當年技術交流的情形，他似乎回憶起當年的榮耀，也為今天脱離了實驗室，從事了行政管理工作而惋惜。

燈光下的王校長，略微瘦削，收拾得一絲不苟，非常整潔的一個人。

他舒服地斜倚在沙發上，接過女兒遞過來的咖啡，微笑道：「這麼説，孟德爾教授的意思還是想開展胚胎幹細胞的研究，那在中國的確是最合適的。」

王校長攪動著咖啡，説道，「經過文化大革命的中國，思想的枷鎖被打碎，小平同志南巡為中國人的改革開放奠定了基礎。只要黨的基本路線不動搖，膽子就要大一些，要敢於實驗。判斷對錯的標準，要看是否有利於發展生產力，是否有利於增強國家的綜合國力，是否有利於提高人民的生活水準。」

我讚歎道：「鄧小平真是一代偉人啊。他的話簡單，實用，好記，真理就應該是這樣的吧。」

王校長放下咖啡杯，手指點著我，「年輕人能有你這想法的，不容易啊。不過，小平同志是我心目中的偶像，你以後也不好直呼其名，也要和我一樣説『小平同志』好吧。」

我笑著敬了一個禮道：「是，校長。小平同志。」作怪的樣子逗得坐在咖啡機旁邊的校長的漂亮女兒噗嗤一聲笑了起來。

王校長搖頭，說道：「胚胎研究固然敏感，但也是最出成果的。很多遺傳方面的疾病治療，生命科學的最關鍵根源問題，必須從胚胎研究開始。國內的胚胎研究是一個熱門課題，我們學校要站在基因研究的前端。中國對胚胎研究的政策底線是：只要不涉及到生育問題，胚胎研究就不受制約。畢竟，胚胎一旦變成了嬰兒，事情的本質就變了。」

這是一個很嚴肅的問題，我點頭道：「在美國，只要是涉及人類胚胎實驗的，就必須經過全國倫理委員會的批准，幾乎是寸步難行。中國能做到這一步，已經是很不容易了。」

「我國也有倫理道德委員會，專門管理涉及道德問題的研究課題審批。可是他們既不管錢，也沒有權，誰也管不了，現在幾乎淪為了擺設。倫理道德每個人的看法都不相同，這不是法律，對錯分明，所以倫理道德委員會也不願意找麻煩，想找他們審批一個科研專案，想得到一個明確的答覆很難，可以說是千難萬難，所以也沒人願意搭理他們。現在管理層有一種說法，要立法規定倫理道德委員會的行為準則，以法律規定道德。真是不知道會是什麼結果啊。」

王校長喝了一口咖啡，沉吟一下說道：「其實美國一直向我國施壓，要求我們和他們一致性限制胚胎方面的研究，我國堅持著保留那一點底線不動搖。世界上完全跟隨美國的，也就那麼幾個國家，其實很多大國幾十年前就秘密從事胚胎研究，甚至在生育方面早就越過底線；美國也不是自己標榜的那麼純潔，沒少從事政府秘密資助的生育研究。我國怎麼可能自己綁住自己的手腳，聽從美國的擺佈。但是想自己建立一間胚胎方面的實驗室，審批還是很難通過的，即使你有再多的金錢，私人申辦實驗室也幾乎不可能。」

我在回國之後，就諮詢過這方面的專業人士，明白王校長說的是事實，所以我說道：「是的校長，所以孟德爾教授的意思也是與我們大學合作，並遵守中國的法律規定，服從我國的審查

制度。另外也願意與我們學校分享科研成果，並培養我國的研究人才。」

王校長笑道：「那就沒有問題了，至於孟德爾教授說的一億元投資嘛，學校今年是拿不出這麼多，不過每年兩仟萬，五年分期付清的話，還是可以的，畢竟大學的各項花費很多，我再向鹽田區洪區長申請一筆銀行無息貸款，應該沒有問題。」

我說道：「校長，您看這樣可以嗎。學校開立一個募捐帳戶，由孟德爾教授在美國收購的基金會向帳戶捐款，這樣就解決了資金問題，至於科研成果共用的分配方案，孟德爾教授的意見是可以智慧財產權五五分成。您看，即使學校全部投資實驗室，也不可能全部擁有實驗室的科研成果，而美國全部投資的話，學校也可以均分成果，名義上還是學校投資，可以用來培養學生，減少實驗室費用。」

王校長坐直了身子，認真思考了一會兒，說道：「可以，沒問題，這幾天我讓秘書擬定一個共建實驗室合同，然後儘快實施專案。」

侯校長在旁邊笑道：「這樣很好啊，我剛才還在計算從哪塊預算裡面擠出這兩仟萬呢，或者請企業再給一些贊助，現在就沒有壓力了。」

我想起了大斌的狀況，說道：「是啊，鵬城居大不易，學校的講師和助教都是年輕人，正是成家立業的時候，應該盡可能多給他們增加一些收入，減輕他們的負擔。」

兩位校長深有感觸的一起點頭，旁邊的校長女兒笑道：「感謝郝教授，惦記著我們這些窮講師，就怕兩位校長正在計算著這兩仟萬。拿來做什麼專案呢？」

王校長笑罵道：「胡說八道，學校今年一定給講師們提高工資，再不提高工資，人心都留不住了。」轉頭對我說道：「這是我女兒王潔，在護理學院當專業講師，從咱們學校研究生畢業的，都二十八了，整天瘋瘋癲癲的，沒個人樣。」

王潔衝著父親做了個鬼臉，給我們再續上咖啡。這是一個很文靜可愛的女孩，誰能娶到她，一定很有福氣，我心想著。

王校長又和侯副校長研究一會兒學校工作，涉及畢業生的招聘會，研究生複試的安排，學校春季運動會等事情。對我說道：「今年暑假之前，就不給你安排教學任務了，你主要抓緊實驗室的建設工作，孟德爾教授的訪華交流活動。當然，這段時間，你也要關心教學內容的準備，做好備課提綱的寫作和審核，下學期就要擔任教學工作。另外，你的工廠建設如果需要學校的支援，學校也會給予盡可能的幫助。我只有一個願望，就是你的公司為國家的高科技事業做出貢獻。」

我點頭道：「感謝校長的支持，我一定儘快抓緊工作進程，及時向您彙報。」

侯校長說道：「今天時間不早了，就不打擾校長休息了。明天我領著小郝去科技園看看，您安排的幾件事情我會儘快辦好。」

顯然王校長已經聽他講過這事情，對我說道：「小郝，高科技產品就像是海鮮，越是趁著新鮮早上市，越是可以多賺錢，你們要抓緊時間，提高效率，有什麼需要協調的問題，可以直接找我們。那樣，我就不留你們了，小潔，替我送送侯校長和郝老師。」

在樓下與王潔揮手再見，向我們自己的宿舍走去，侯校長笑著問道：「小郝，你看王潔怎麼樣，還沒有男朋友，要不要我給你們介紹一下。」

我也笑道：「王潔很不錯，只是有點兒太快了吧，別嚇著人家姑娘，我是單身一人，倒是沒有問題的。」

「好，這事我讓我老婆找校長夫人去溝通，女人們談這事比較好，當然，最主要是看姑娘的意願是什麼。如果姑娘說不願意，你就不要勉強；如果姑娘說可以考慮，你就可以放手去追了。這麼好條件的女孩可不好找。」侯校長業務很熟練，看來沒少幹這事。

第八章・陳建君

位於松崗區的高科技創業園區，原來是一座巨大的台資鞋廠，隨著國內工人工資的提高，鞋廠搬遷去了東南亞。按照廣省騰籠換鳥的政策，工業園要引進高科技，低污染的企業，此處就被鵬城四大高校聯合承接設計，變成了一處充滿新型文化氛圍的高新科技區。

原來的鞋廠規模極大，當年高峰時有超過十萬人聚集在工廠周圍，為了這些人的生活娛樂，這裡有大量廉價出租房，廉價大排檔飯店，旱冰場，乒乓球檯球室，棋牌室，美容美髮，小超市，五金機電，醫院，托兒所，小學等等，完全是一座小城鎮的樣子。打工妹們下班之後，就在這裡吃飯，唱歌，成家，照顧小孩。當工廠遷走以後，打工妹們紛紛離開，人去樓空，小鎮變得冷冷清清。

高科技創業園建立之後，整個小鎮被重新設計，原來的廠房還算結實，只要重新按照高標準廠房的要求，添置適當的設備，重新塗刷裝修一番，就可以成為新的電子工業和精密機械的廠房。原來集體群居的簡易樓房被推平，重新建設了公寓式高層，供新來的高科技白領們入住。

小鎮的周圍，房地產開發商已經把所有的土地都圈走，到處是施工的工地，通向小鎮的公路被工程車壓得坑坑窪窪的，我們的商務車在這段三四公里的破路上，夾在一隊拉渣土的工程車中間，搖搖晃晃地足足走了三十多分鐘才離開這段路。侯校長親自開車，車上就我們兩個人，他一路給我介紹著情況。

進入高科技園區，道路豁然開朗，一切都變得乾淨整潔，兩側是樹木鮮花，白色的廠房，一座座排列，路邊有寬闊的停車位，很多汽車停在工廠大門兩側，已經有不少工廠搬遷進來，大多是赫赫有名的企業。整個科技園乾淨整潔，馬路上行人汽車不多，安靜祥和的感覺，我第一眼就留下很好的印象。

「這一片是科技園一期工程，企業已經入住兩年了，廠房基本都在二十畝以上，屬於大型企業區，現在已經住滿了。我們要去的是二期工程，那裡今年剛剛建好，入住了一半的企業，工廠面積都在十畝以下，入駐的大都是中型企業，我已經聯繫好，有三個廠房可以讓我們挑選。一會兒我們先見到陳建君，你看看她是否合你的意。」侯校長滔滔不絕，如果他不做校長，而是做一個企業家，一定會創出一份大事業的。

汽車在園區管理委員會的辦公室停下，我們下車後，侯校長撥通電話，就看到兩位女士從辦公樓走出來，侯校長上前招呼，互相介紹。原來這位就是陳建君，很成熟穩重美麗的女人，office lady 的裝扮，精明幹練。另一位叫做阿梅，是她的大學同學，閨蜜，打扮得花枝招展，長髮披肩，很有魅力，自我介紹居然是一家連鎖婦產醫院的副院長，從名片看還是一家合資的專業高檔次婦產科醫院。

我們一路看過三家工廠，陳建君對這三家工廠都有中肯的評價，的確是一個有經驗的管理者。她從我簡單的對工廠未來佈置的介紹中，她就能準確推測出生產車間的大體佈局，然後指出三家廠房的優缺點，最終推薦其中一家，讓我很滿意。

陳建君對各種醫療設備非常瞭解，她當年就職的MTN公司是國際知名的醫療設備集團，涵蓋了各種高檔醫療設備。陳建君作為亞太總經理，熟悉全亞洲所有的大型醫院和連鎖機構，對市場行銷駕輕就熟，我相信今後的市場行銷肯定沒有問題。

午飯時，我誠摯邀請陳建君擔任工廠的總經理，負責工廠的建設統籌和管理，她也愉快地同意了我的邀請。接下來的工作就是先註冊企業，然後購買廠房的五十年產權，招聘各部門主管和人員，接收流水線設備，接待美國派來的安裝人員，學習操作和維護技術，試製產品，完善各項

管理和財務制度，建立國內外供應商鏈體系，開拓銷售市場等。

基因測序儀產品的品牌在美國註冊的品牌名稱「TOPGUN」，是「頂級武器」的意思，就是基因檢測的「頂級武器」。中國生產的品牌也要用這個商標，工廠的中文名字就是音譯過來「拓撲罡」儀器。在註冊之日起，註冊資金是一億人民幣，很快就會打入帳戶，其他四個億的運行資金，會在一個月之內陸續打入帳戶。

下午，侯校長和阿梅先離開了，我和陳建君去見海逸律師所的馮剛律師，馮律師已經和侯校長溝通過，他是一個效率極高的傢伙，提前就準備好了一切。首先拿出一份標準聘用合同，是和陳建君的總經理合同，有了這份律師事務所認證的合同，對我們雙方都是一種保障，合同期限和金額是空白的，我添上十年期限，這是聘用合同的最長期限，工資是年薪三佰萬人民幣，獎金和業績提成另計，不在合同範圍內。

第二份合同是招股授權合同，由海逸律師事務所委託銷售兩億元公司股權。

第三份是法律諮詢委託合同，關於公司之後的訴訟，糾紛事宜，委託海逸律師所代理。

這件大事辦好之後，建廠的重擔就落在了陳建君身上。晚上與馮律師和陳建君回到鵬城，一起吃晚飯時，馮律師說到科技園三期已經開始建設，只是地角稍稍偏僻，已經到了鵬城的邊界線位置，那裡是山區，從外面看不出來有廠房，交通也只有一條狹小的公路，條件不太好，廠房出租率很低，所以房價也很低，但環境很好，將來肯定會升值，建議我可以考慮投資。我感覺可以在那裡建設一所實驗室分所，一些保密性的實驗可以在那裡進行，就答應過幾天去看看。

交談中得知，陳建君卅二歲，離婚，單身一人，住在鹽田區，租住的房子離醫科大學學校不遠。她的老家和我是一個省份的，都來自孔孟的故鄉，也算是半個老鄉。

鵬城市是一座充滿了活力與效率的地方，每天的工作滿滿當當，各個配合的部門都效率很高，幾乎沒有任何停滯，工廠和實驗室有條不紊地進行著，效率遠超過美國的建廠過程，僅僅過了一週，各種註冊手續就已經辦好，廠房的購買手續也開始進行，實驗室的建設申請，學校已經遞交相關部門審批，估計一個月之內可以辦好。

我一直在忙碌這兩件事情，美國的資金通過基金公司剛剛到賬，分別存入了工廠和學校帳戶。一個月之後，實驗室的審批已經辦好，學校在實驗樓劃出三百平米的面積，用於設備的安裝。學校的實驗樓很緊張，暫時只能給這麼多，這個面積顯然不夠，幸好我有先見之明，早就知道實驗室面積不夠，在馮剛律師的建議之下，在科技園三期購買了一座實驗樓，準備以後把部分實驗內容在那裡舉行，學校也都同意了。

購買的實驗樓在三期工程的邊緣，半山的一處平地上，從山下幾乎看不到這所實驗室。這座山的海拔有五百多米高，晴天爬上山頂，可以俯瞰鵬城大部分面積，這裡是鵬城和莞城的交界，雖然屬於鵬城市，但不在特區的範圍內。

我購買的是一座三層板型樓房，每一層使用面積接近一千平米，大通間毛坯，需要重新隔斷裝修，安排水、電、壓縮空氣、空調、氧氣製作和存儲，純淨水過濾除菌、濕度調節、管道、運輸電梯等裝置。這些都委託一家裝修公司核算施工。

樓下有一座很大的院子，面積超過兩千平米，荒草叢生，只有簡易的圍牆，這裡也需要重新鋪設路面，建設新的停車場，變電站，小發電房，圍牆和安保設施等。我對裝修實驗室的佈局並不太懂，這個工作我交給了大斌負責，他長期在實驗室工作，對佈局很擅長，安排得井井有條，進展很順利。

購買這座廠房，只花費了四仟萬元，即使只按照樓房使用面積計算，每平米也只有一萬三仟元，在鵬城也是最便宜的廠房了，這筆資金就從出售股份省下來的兩億元中出，裝修和設備採購工作預計也要花費至少三四仟萬元，大約施工三到四個月的時間。

美國的工廠今年預計總共可以生產三百台測序儀，每台的售價一佰五十萬美元，加上其他消耗品和服務費，銷售額超過四億美元，利潤很高，量子博士對中國的投資毫不吝嗇，一旦在中國批量生產，價格可以降到每台一佰萬美元，就有希望進軍全球的醫療品市場，預計市場銷售量至少每年三千台。這是一個利潤豐厚的市場。

工廠中，陳建君已經把各部門的人招聘齊全，一共有五十六人，在科技園安排了宿舍，開始了每天的培訓。從美國和國內訂購的設備已經下單，有的開始陸續起運，現在國內訂購的配套設備已經開始陸續抵達，美國的設備兩週後就開始陸續報關，工程師將隨後來到中國，一邊安裝一邊培訓。

馮律師的企業股份權銷售非常順利，美國公司的靚麗業績報告，使得投資者踴躍購買，僅僅兩週就銷售一空，成功地獲得兩億元建設款。

這些天，我去科技園基本是陳建君開車接送，大斌剛剛拿到駕照，還是個開車二把手，我真的不敢相信他，看來我需要自己學車拿駕照了。學校分配給我的汽車，我直接給了陳建君，她沒有買車，住的地方也找不到車庫，好在她的家離我只有兩站路，每天早晨會走到我家樓下，開車接我去科技園，或者自己開車來回，晚上再把車還到我的車位。

我也挺奇怪，問了陳建君一次，按道理MSN的總經理收入應該不低，為何連車都沒買？後來從她的閨蜜阿梅口中知道，原來陳建君辭職後，父母得了大病，他們來自農村，沒有大病醫保，花了很多錢最後還是沒有治好，去年建君父母都已經去世，她把車都賣了才籌足醫療費。

這一個月我還在編寫我的教學提綱，作為一名教授，必須負擔一定的教學工作，我將會為基因工程專業的本科生上課，主要講述分子生物學和基因檢測學兩門課程。我發現國內的課本有很多錯誤的地方，有些已經被後來證明是錯誤的理論還放在教科書中，有些表述含混的內容，現在已經有了明確的結論。

教學提綱並不是隨便就可以修改的，新的內容，特別是與教科書矛盾的內容，必須先經過學校的認可，然後教育部審批後下發通知，這樣才能印新內容的教科書。好在大學的專業課程審批速度比較快，審查不像中學課本那麼嚴格，估計在暑假就能批復，新學期的新生上課，就可以用到新課本了。

第九章　小潔

這一天，我走在校園中，還有兩週時間，孟德爾教授就要來鵬城，準備安排三場講座和演講，我要準備好會場，發出邀請函，印刷會議刊物等，各種繁瑣工作。到現在了，還沒有找到合適的專業同聲翻譯，普通的同聲翻譯好找，但生物科技和基因專業詞彙有大量的簡寫詞和專用單詞，很少有翻譯熟悉這些用語，看來到時候只好由我要擔任翻譯了。孟德爾教授的稿件剛發過來，我準備到辦公室列印出來仔細看一下，翻譯的時候也能有所準備。

這時候侯校長打來電話：「小郝啊，王校長夫人回話了，小潔願意和你見面，時間約在兩天後，週五晚上八點，頤和假日酒店，過會兒我把見面具體地址和時間發給你。」

我一時半會還沒有反應過來，啊的一聲作為回答。

侯校長接著說道：「你要好好收拾一下，要見未來的丈母娘大人了，別穿一身的實驗室老鼠衣服，搞一套好西裝，買一束花，這些我也不太懂，你找大斌幫你吧，那小子很懂行，學校附屬醫院最美的女博士，他一週就追到手了。小郝，你聽明白了嗎？」

我又驚又喜，我就要去相親了嗎？是不是要結束單身的生活了？找一個賢慧的妻子，每天一起吃飯，上班，睡覺，生孩子，為生活奔忙。我腦子一陣子混亂，只聽到前三四句，幾乎沒有聽清後面的大段話語。

「嗯嗯，我會找大斌幫忙，我這就找大斌幫忙。」算上我的不成功的初戀，這是我第二次準備和一個女孩談戀愛，我該怎麼準備？一向辦事有規劃的我，現在大腦一片空白，只有大斌是我的救命稻草，我馬上給他撥過去電話。

「兄弟，快來給我救命。我有大麻煩了。」我照著電話嚎叫著，路過的學生驚訝地看著我，好像欣賞一個神經病人。

「鎮定，鎮定，有什麼問題找我就找對人了。你有什麼困難告訴我。我都能為你解決。」大斌的語氣像是傳銷員，有一種神奇的安撫神經的力量，我的情緒突然就穩定了下來。

「前幾天不是和你說過，侯校長要給我和王校長的女兒牽線搭橋嘛，剛才他來電話，說對方已經同意見面，週五約在頤和假日酒店，侯校長要我好好準備一下，還向我推薦了您老，誇您老是愛情專家呢。」我諂媚道。

電話中大斌倒吸一口冷氣：「嘶。頤和假日大酒店。看來會是個大場面啊。這裡面絕對不簡單啊。以我的豐富相親經驗看，女方的親戚們很可能埋伏在會場，用各種手段考驗你。」

「怎麼會這樣。」我大驚，「找女朋友而已嘛，怎麼還要過五關斬六將。」

大斌向我解釋道：「但凡條件比較好的家庭，如果有個長相漂亮一點兒的女兒，二十五歲到二十九歲之間還在單身，那是最麻煩的。你說找個平庸的、家境不好的男人吧，不甘心。找個成功的、有錢家庭的男人吧，怕花心。千般挑剔，萬般考驗的，好多有情人就這麼散夥了。不過沒關係，一旦女生到了三十歲了還沒有嫁出去，她們家就怕貨砸手裡了，那時候是個差不多的男人就嫁了。」專家果然是專家，對行情摸得很熟。

「王潔今年才二十八歲，這不是正好處在麻煩期裡面嗎？不好辦啊！」我已經冷靜下來，開始能夠正常思維了。

「等我晚上回去，咱們見面再聊，放心，我給你組織一個愛情諮詢團隊，一定可以搞定。」大斌的話就是讓人放心啊。我來到辦公室，安心開始了一天的工作。

晚上七點在一家川菜館見面，大斌帶著剛剛領證的新夫人，名叫周華健，與那位著名男歌星同名，還真是個美麗的女博士，現在是一名兒科

的主治大夫，大斌算是賺到了。另外一對，女子是周華健大夫的閨蜜，叫馮媛媛，也是一位兒科的主治大夫，她身旁的男朋友是一位軟體工程師，名叫程源。

馮媛媛還是小潔的準閨蜜，本科時的同班同學，雖然不算是最親密的那種，也算是比較親近的一類，比較瞭解小潔的情況，大斌把他們請來，顯然是準備知彼知己了。

聊一會天，大家都熟悉了，吃一點兒菜，喝一點兒啤酒，氣氛開始熱烈。這就是我很想回國的重要原因，有人情味，熱鬧，不像在美國，冷冷清清的，總是無法融入他們的文化中。

我舉杯敬酒，謙虛地說道：「我在這裡感謝諸位的熱情相助，王潔我在校長家見過，非常好的一個女孩，我真心希望能夠追到她，只是鄙人才疏學淺，不擅長對女孩表達，希望各位不吝賜教。」

馮媛媛把啤酒一飲而盡，這位一看就是女中豪傑，說道：「郝博士啊，王潔家裡的情況，我是非常瞭解的，你聽我細細道來。」我趕緊給馮小姐的空杯子倒滿啤酒，「王校長是胡建人，王夫人是魔都人，夫人家曾經是魔都大資本家，解放時他們家逃到美國，八十年代從國外回來投資，王夫人是一家著名藥業集團的老總，我曾經見過她一面，也聽過她的報告，非常非常強勢的一個女強人，在家裡是說一不二的。王校長在外面是領導，在家裡就是受氣小三，地位比女兒還低，所以他們家是王夫人說了算。」

我不由得皺起了眉頭，想起了父親叮囑我的時候說的話：「兒子啊，挑老婆最重要的是看丈母娘，丈母娘溫柔賢慧，她女兒也不會差，丈母娘太強的話，女兒大多不好相處。」

馮媛媛繼續說道：「這王夫人是四姐妹，都是商界響噹噹的角色，姐妹四個關係很深，所以你這次相親，有可能她們姐妹四個都會到場。王夫人一般會和女兒一起，有可能問你很尷尬的問題嗽。以前小潔的兩次相親，就把人家男孩都嚇跑了。」

我倒吸一口冷氣，心裡不由得打起了退堂鼓，這樣的富豪之家，門不當戶不對，又是女人強勢的傳統，就算是娶到手，也只能伏低做小，把男子漢雄風拋到九霄雲外了。只是想到小潔那溫婉甜美的微笑，文雅柔美的舉止，卻又不捨得放棄。

大斌雄心勃勃地接口道：「馮媛媛說了困難的方面，要追到這樣的大小姐的確很難，但是，主席教導我們，世上無難事，只要肯登攀，只要堅持不懈地追求，可上九天攬月，可下五洋捉鱉，談笑凱歌還。」

馮媛媛點頭說道：「嗯，攬月可以，捉鱉就算了。說完了困難，接下來就是成功的條件了。第一，王潔已經廿八歲，生日是九月份，再過兩個月就廿九歲了，如果女人過了三十歲才結婚，別人就會認為女孩太挑剔，或者沒人要，王夫人也不得不放低要求。第二，郝博士的條件也算是不錯的了，年輕的教授，有錢，長相嘛，也還不是太難看。」

我一口茶水剛喝下去，被這句話給岔入了氣管，一口老茶噴出，劇烈咳嗽了起來，想我郝某人也是儀表堂堂，臉盤周正之人，雖然個頭不太高，只有一米七二，前額的頭髮密度稍稍有點少，那是動腦過度的後遺症，還有人說我走路有點兒駝背，那是我習慣於思考。本人的優點是內在的美，這從我炯炯有神的雙眼就能看出來。

大斌拍著我的後背，桌上的四個人同情地看著我，眼神似乎是在看一個可憐的乞丐，大斌鼓勵我道：「我們還有一個最重要的優勢，那就是馮媛媛女士，堅固的堡壘最容易從內部攻破，女孩最容易從閨蜜處突破。你看我就是通過閨蜜追到了周女士，當時好幾個男的追她，最後還是我成功了。」大斌得意洋洋，非常自得的樣子。

周華健皺起好看的眉頭，問道：「那是誰啊？是哪個閨蜜出賣了我？」

大斌趕緊搖頭：「你就不要問了，現在咱們都結婚了，我答應人家要保密的。」

周華健看向馮媛媛，馮媛媛趕快搖頭擺手：

「不是我，不是我。咱們倆那麼好的關係，我怎麼可能出賣你。」兩個女孩來自同一個城市，從小就在一起上學，父母都是朋友，屬於鐵杆閨蜜；那時候的照片，馮媛媛一頭男孩一般的短髮，周華健長髮飄飄，兩個女孩摟肩搭背，像是一對學生情侶。

周華健瞪著大斌，喝道：「說。」

大斌雙手緊緊捂住嘴巴，不停地搖頭。

程源開口說道：「哎哎，今天是討論郝博士的相親問題的，你們兩口子的問題回家解決吧。他不說你就嚴刑拷打，跪鍵盤，跪遙控器，跪搓衣板，跪榴槤。看他能不能扛得住。」

大斌顫抖的手指著程源，「你，你，你這個陰險小人，落井下石，不得……」

馮媛媛一巴掌打下大斌的手，喝道：「哼，我們家小程說得對，你的事放一邊，先說郝博士的事情。首先呢，你要搞一套好點兒的西服，最好是量身定制的，不過現在定做也來不及了，那你先要買一套名牌西服。」

大斌說道：「我知道哪裡有好的西服專賣店，明天我帶你去。」

馮媛媛繼續說道：「第二呢，你要找一家好的理髮店，重新設計髮型，最好是設計一個短髮形象，要精明俐落的那種，要能掩蓋你的禿頂。話說你現在的髮型太失敗了，亂蓬蓬的，好像一個五十歲的中年油膩大叔。哎，郝博士你多大了？多久理一次頭髮？」

我有氣無力地回答道：「我比大斌小一歲，今年廿九。一般我兩個月剃一次頭，找個近一點的理髮店就行。我對這個沒有要求的。」

馮媛媛看我的眼神就像看一個傻子，「人家王夫人有要求。還有，你要糾正一下自己的走路姿勢，要挺胸抬頭，充滿自信。還有你的坐姿，不要歪歪扭扭，要挺直腰桿；還有你的眼神，要正視對方，不要歪眉斜眼的；還有你說話的方式，要語氣尊敬，內容正派，收起你那套小幽默，王夫人會認為你看不起她。」

我的自尊心啊，已經千瘡百孔，我努力抬起

頭，回答道：「是，我儘量努力。就是眼正，身正，行為正，思想正，做一個四正好青年唄。」

馮媛媛和周華健同時點點頭，馮媛媛道：「嗯，孺子可教，還有挽救的機會！四正青年，這個詞不錯，不如叫罡男吧，臺灣有罡女一詞，就是說比正點的女孩更正點的意思。不管出身怎樣，貧富如何，罡男總是最打動中老年婦女的。」

要抬頭挺胸，直腰收腹，這樣衣服看起來才會筆挺；手錶的位置要不上不下，露出一小半在袖子之外，金錶才會優雅不土豪；幾乎貼著頭皮的短髮，要配上微微的自信笑容，顯得精神奕奕。我手捧一束鮮花，十一朵玫瑰不多不少，代表一心一意來追求女孩。

這一身的行頭，花了我三多萬元，要知道我從來沒有買過超過三佰人民幣的衣服，也從來沒有戴過名牌手錶，話說有了手機還要手錶幹什麼。這倒不是我心疼錢，只是習慣使然。

大斌說了，咱大小也算是有錢人了，權當這些是固定資產投資，想想也對啊，過幾天孟德爾教授來做報告，我這個當現場翻譯的，的確應該穿著得體一些，化化妝，收拾一下髮型，精神抖擻一些，這樣子的照片拍出來才會上鏡，不會降低孟德爾老頭的演講檔次。

走在頤和假日酒店金碧輝煌的大廳，感覺好彆扭，這種走路的姿勢很累，衣服的領子摩擦我的脖子前面鎖骨部位，要把頭抬高，胸部挺起支撐開襯衣領子，才能減少摩擦力。我感覺別人都用異樣的眼光在看我，也許是手中的鮮花太顯眼了吧，我抑制住想把鮮花藏在背後的衝動。

週五下午四點半，泰山廳，我看看手錶，還差五分鐘到時間，要稍稍早點進去等著，男方不可以遲到。服務員引導的時候說這是酒店最大的包間，出五樓電梯對面就是這一間。服務員推開大門，我就走進了房間。

大酒店的豪華包間裡面，一張方桌擺在中間，三把椅子，母女兩個已經坐在一邊，兩邊是兩道屏風，我能聽到後面無數道呼吸聲，屏風後面有伏兵。

我趕忙抱歉道：「對不起，我來晚了。」

小潔微笑道：「沒有啦，是我們早來了一些。」小潔的聲音是那麼悅耳動聽，吸引了我的目光，今天小潔很漂亮，頭髮挽起，眉目如畫，紅唇配上微笑，讓人沉醉。我屏息凝神，送上手中的鮮花，「小潔，今天你真漂亮。」笑容浮現在小潔的臉上，我感覺房間頓時亮了起來。

旁邊傳來一聲咳嗽，我猛然驚醒，壞了，原先準備的臺詞不是這樣的，彩排中，扮演伯母的馮媛媛說過，「見面先問候『伯母好』，然後再說『小潔您好』，不要色瞇瞇地盯著人家姑娘看。」

我趕緊把手中的高級香水瓶遞上，「伯母您好，小小意思，不成敬意。」

小潔的母親穿著非常得體，一身繡花的女士西裝，搭配典雅的珍珠項鍊，五十多歲了一點兒也沒有中年婦女的鬆弛皮膚，看起來像是小潔的大姐一般，只是眼神凌厲，對我放在桌上的香水瞟都沒瞟一眼。開口說了一句：「坐吧。」

我規規矩矩地坐好，伯母問道：「小郝是哪裡人呢？」

我規規矩矩地回答道：「我是山海市平陽縣人，我的家鄉是著名的黃金產地，溫泉之鄉，風景很美，伯母有時間可以去看看。」這是彩排中的重點劃題，屬於必考科目。

伯母又問道：「那你的父母是做什麼工作的？身體還好嗎？」我心中充滿感激，馮媛媛老師，您又猜對兩道題目了。

我規規矩矩地回答道：「我父親是中學老師，母親是小學教師。現在退休在家，身體健康。」

伯母說道：「哦，還是書香世家啊。」

我規規矩矩地回答道：「不敢當，伯母。教師收入微薄，家境並不富裕，家父諄諄教導，傳家耕與讀，興家儉與勤，我一直不敢忘記。」

我微微有一點兒分神，想起在我剛上高中的時候，父母就退休了，微薄的退休金支撐我大學和留學的費用，還要額外打工多賺一點兒錢。祖母和外祖父母的身體不好，前幾年一個接一個地漸漸去世，父母照顧老人很辛勞，而我已經好幾年沒回家看看他們了，今年無論如何要回家鄉一趟。

伯母的表情一點兒波動都沒有，淡淡地端起咖啡杯，抿了一口，問道：「你以前談過戀愛嗎？」

馮老師又猜對了一道必考題。我規規矩矩地回答道：「沒有正式談過，這是我第一次正式談戀愛呢。」我瞟了一眼小潔，姑娘遞給我一個鼓勵的微笑，一股勇氣從我胸中升起，是的，我想和這個姑娘在一起，結束單身生活。

伯母又問道：「小郝，你是屬什麼的？」

神奇的馮老師啊，您又猜對一道必考題。我規規矩矩地回答道：「我今年廿九歲，屬相大龍。」

伯母沉吟道：「嗯，大龍，我們小潔是小龍。比你小一歲，屬相倒也不衝突，只是大龍壓小龍，你以後不會欺負我們小潔吧。」

這個問題沒在猜題範圍內，我不由得一愣，趕緊賭咒發誓道：「不會不會，伯母，我以後一定會好好對待小潔，絕不會欺負她。」

伯母微微一笑，說道：「好了好了，不要緊張，工作之外，你還喜歡做些什麼？有什麼愛好嗎？」

聖母馮老師，我讚美您，終於又回到您的劃題範圍之內了。我規規矩矩地回答道：「伯母，我一直在美國留學，全身心投入科研，沒有吸煙喝酒等嗜好，最大的愛好就是上網看看小說，我還註冊了網路作家，大學時還寫過兩本小說呢，只是水準不高，沒有寫出名氣來。」

「如果你結婚後，過年的時候，你是準備回父母老家過年？還是到女方家裡過年呢？」伯母問完之後，轉頭看了小潔一眼，小潔擔心地看著我。

我的馮老師啊，我崇拜您！您的預測簡直無微而不至。這麼偏門的問題您都猜題無誤。我規規矩矩地回答：「我打算成家定居之後，給父母

在家的附近也買一所房子，一方面比較容易照顧，另一方面不需要來回奔波；做了點兒好吃的，可以拿一些送到父母那裡，還是溫熱的；過年的時候，八點之前，帶著妻兒在爺爺奶奶家過年，八點之後去姥姥姥爺家過年，這是最理想的了。」我看到一抹暈紅爬上小潔的臉，好像漫天的雲霞，我不禁看直了眼。

一聲咳嗽打斷了我的凝視，伯母說道：「好吧，今天就到這裡吧，以後你們再單獨聯繫吧。」

以後單獨聯繫？看來我是驗收通過了？一陣狂喜湧上心頭，我強壓住澎湃的心潮，起身鞠躬告辭。

剛剛走出房門，還沒走到電梯，就聽見七嘴八舌的男女聲音從房中傳出來，看來是伏兵們待不住了。

走出酒店的第一時間，我就給馮媛媛打電話：「馮老師您好，我是小郝啊。今天非常感謝你，您運籌帷幄，明見千里，燭照細微……」

「得了得了，快說結果是什麼，馬屁以後再拍。我現在忙著呢。那個誰，把這個病號的報告拿過來。」馮媛媛顯然很忙。

「伯母同意我可以和小潔約會了，這應該是成功了。都是您猜題範圍準確的功勞啊。晚上我準備再次請大家吃飯，這次是海鮮大餐，挑最好的。」我恭維道。

聽到電話裡一陣子忙亂，馮老師的聲音才傳過來：「我這幾天出外勤，沒時間，下週再吃你的海鮮大餐吧。不過這些題目不是我猜的，我從來沒相親過，哪有那本事啊。告訴你吧，是王潔告訴我相親時，她媽媽可能問到的題目，讓我透露給你的，你這個傻小子，人家姑娘早就看好你了。恭喜啊。」

這太意外了，幸福的感覺湧上心頭，馮媛媛的話繼續傳過來：「一會兒我把王潔的微信號給你，你明天再約人家，今天不要約了。一開始要老實一點兒，不要毛手毛腳的，慢慢接近才行，別嚇著人家姑娘。我有事忙，就這樣吧。」

被心愛的人愛著是一種什麼感覺呢？我感覺

整個身心都泡在溫泉裡，從裡到外的溫暖，有一種衝動，我迫不及待要見到我的心上人，有無數的情感要向她傾訴，我要看著她溫柔的眼睛，她的挺翹的小巧鼻子，她的微笑的嘴角，我要拉著她的手，我要溫柔地抱著我的心上人。

可是理智告訴我，要耐心等待，要慢慢靠近，幸福的果實要慢慢等它成熟才能採摘。這一夜我夢見自己在一片桃花林中，小潔在前面跑，我在後面追，繞過一棵棵花樹，花瓣在天上飛，可我怎麼也追不上小潔，怎麼也捉不到她的手。

第二天的晚上七點半，晚飯過後，我和小潔在樓下見面，圍著社區的環形道，我們慢慢走著，一圈又一圈，天南地北的聊天，一直走了一個多小時，很多路過的遛彎的老師認識小潔，都微笑著看著我們。九點，我送小潔到樓下，互致晚安，我們沒有拉手，更沒有進一步的動作。

王夫人的想法是這樣的：女兒在三十歲之前結婚，最好是在二十九歲定親，不要太著急，之前要多陪著爸爸媽媽。

每三天一次，在相同的時間，我和小潔在樓下見面，沿著相同的道路遛彎，在相同的時間送小潔回到樓下。我們談笑著，卻不記得到底説過什麼。我們一直沒有肌膚的接觸，小心保持著距離，眼睛裡卻全是對方的身影。我們已經為我們的人生做好了規劃，再過一年，我們就會定親，然後再過幾個月，我們就會結為夫妻，永遠生活在一起，養育自己的孩子，照顧父母，成為一個幸福的家庭。

第十章　技術交流會

孟德爾教授來中國了，演講廳被擠得水洩不通，前排坐著學校的幾位校長，省市領導有三十多人。即使不懂得基因技術，也覺得聽一場生物學大獎得主的演講，是一份高大上的榮耀。

整個演講廳有上千人，當孟德爾教授開始演講的時候，我在旁邊的小檯子上做著同步翻譯，調音師調整了我和孟德爾教授的麥克風頻率，我的麥克風聲調調低，而孟德爾教授的頻率調高一些，這樣演講幾乎不用中斷，只要他的語速稍稍放慢，我的翻譯幾乎是同步進行，台下的聽眾可以選擇關注英語還是漢語。

孟德爾教授的演講主題，是基因醫學的新發展和未來展望，重點介紹教授新發明的基因編輯工具，傳統的基因編輯的問題是成功率比較低，原因是使用RNA或者病毒作為定址資訊載體，有的在編輯的過程中容易變化，導致尋靶錯誤；有的查詢語句本身就容易出錯。

形象地說，假如基因是一篇一百萬字的小說，要把其中的一段文字當中的「美麗」兩個字刪除，如果使用「美麗」兩個字進行查詢，可能找到幾百個「美麗」，不能保證刪除的是想要刪除的位置。那麼只能把查詢變長，查詢準則擴大到全句「我的美麗的愛人」，這樣查詢的結果可能只有幾句，這樣就大大提高了準確率。可是問題是刪除的內容超多了，把「我的美麗的愛人」全刪除了，這可能產生意料之外的結果。

孟德爾教授的發明，是選用三個碳納米管的套環，碳納米管有吸附作用，可以吸附DNA片段的鹼基，DNA盡頭增加一個夾子片段，形成一個首尾閉合的圓環，第一道圓環承載著一個內容比較長的段落的信息，這樣可以迅速找到這個段落，很難有兩段完全相同內容的段落，所以查詢的錯誤率幾乎為零。

第二個圓環短一些，承載著段落中的一句話，可以確定一句話的位置。一個段落中，完全相同的兩句話，出現的幾率也幾乎為零，錯誤的可能性也幾乎沒有。

第三個圓環只有一個詞的長度，可以確定微小修改的位置。相當於在一句話中查詢一個單詞，相同的詞彙出現在一句話中，這種可能性極低，如果有相同的詞彙，可以在檢查中輕而易舉地發現，只要給單詞在多一點長度就可以區分。

三個DNA 圓環形成同心圓，而修剪蛋白酶被另一個碳納米管圓環承載，這個環把三個圓環串起來，當第一道圓環找到段落的時候，第一道圓環會解開；然後第二段圓環會找到句子，第二道圓環也會解開；然後是第三道最小的圓環找到單詞，第三道圓環也會解開，這時候剪刀蛋白酶被釋放，切除第三段DNA 指定的單詞。

這種基因編輯技術，相當於使用了三重查詢，可以相當精確地定位目標，基因編輯就比較簡單了。我幫助孟德爾教授修改的演講PPT，增加了一段DNA 定位的動畫，栩栩如生地講解了這個過程，台下的聽眾紛紛點頭，接受了這個理論。

孟德爾教授在隨後的實驗資料中，分別展示了玉米、小麥、棉花、果蠅、小白鼠、猴子等幾種生物進行了基因編輯的實驗報告，實驗資料展現了極高的準確率，而且修剪的速度非常快。唯一的問題是DNA 套環製作比較麻煩，價格非常高，這種技術需要繼續改進。

孟德爾教授宣佈將與華南醫科大學共建基因實驗室，並在實驗室建成後到鵬城做交流學者，每年在中國工作幾個月。

教授的演講獲得了一陣陣熱烈的掌聲，演講持續了一個半小時，聽眾們一直處在興奮激動的狀態。會後，市領導上臺握手致意，在隨後的交流中，各個學校和研究部門的學者們，紛紛就他們科研中的難題，向孟德爾教授提問。

有水稻研究，去除某種疾病的；有畜牧業提高飼料轉化率的；有治療癌症的基因免疫療法探

索的；有幹細胞移植實驗的。由於會議時間有限，學者們紛紛通過我約定時間，留下交流題目和詳細內容，準備和孟德爾教授詳細交談。

接下來的一週時間，孟德爾教授與十幾個國內科研團隊進行交流，除了為他們提供一些研究方向的建議之外，也虛心向中國同行學習新的研究思路。

中國和美國的科研方式有一些不同，美國的研究雖然也注重基礎研究，但更加注重實用性，美國的研發團隊人員組成的學科範圍更廣，一個醫療研發團隊中，有數學家或化學家一點兒也不奇怪，這為研究的突破提供了一種不同的思路。

而中國的研發團隊，人員組成比較單一，都是一個專業的成員，優點是有時候在某一個課題形成很深度的研究，缺點是廣度和實用範圍不夠好。

孟德爾教授也在尋找一個主課題，作為今後研究的突破點。中國的幾個研究項目引起了他的興趣，在幹細胞和基因編輯新工具的課題上，國內的幾所大學做出了創新性的課題。

一個來自東北地區的大學生物學團隊研究的肺部幹細胞研究就非常有創意，在徹底治療肺癌方面很有發展前途。他們已經可以從氣管粘液中提取幹細胞，能大量繁殖擴增肺部幹細胞，然後回輸到肺部，可以修復一些嚴重的肺部損失，已經取得不錯的療效。這種方法也可以用於其他器官的幹細胞研究，徹底治療其他癌症，具有很好的普及性。

但是也有很多困難，首先很多癌症是因為幹細胞的基因本身就有問題，如何編輯幹細胞基因，生產出「健康」的幹細胞，是他們團隊關注的要點。另外肺部幹細胞的屬性與皮膚乾細胞接近，是能夠在培養皿中大量擴增的細胞，而人體的其他大多數細胞，是很難在培養皿中繁殖，或者不能長時間繁殖的。

另外一個問題是被刺激大量繁殖的幹細胞，其實與癌細胞有些相似，都是不受控制地大規模增殖，而且不能自製，最終發展成類似癌症的情況。

孟德爾教授建議他們使用基因測序，先尋找正常幹細胞和癌變幹細胞的基因差異，然後製作查詢基因鏈和基因剪刀，剪除幹細胞的錯誤基因，最後繁殖幹細胞並再一次基因測序和回輸實驗。這裡最重要的尋找靶點的工作，並推薦了「拓撲罡」三代基因測序儀快速測序能力。關於細胞體外擴增的難題，孟德爾教授也沒有太好的辦法，也許使用細胞克隆技術，或者胚胎幹細胞，才能解決這個問題。

來自中原的一所大學，他們的教授開發了一款新型的「基因剪刀」，其工作原理與現在通行的「基因剪刀」不是一個系列，屬於原創發明。但是這種工具的實驗重複性很差，十次實驗只有不到一次是成功的，所以這個教授的理論被大家質疑。

孟德爾教授卻認為這種基因工具很有前途，這位教授如果成功研製出這種「基因工具」的話，無疑是具備拿諾貝爾生理學獎的成果。實驗成功率低的原因可能是需要一些輔助工具，他建議這位教授試試自己的碳納米管環套定位技術，這種方式除了查詢定位準確之外，還可以固定住修改的基因，方便工具的操作。

也許，基因工具不僅有「基因剪刀」，可能還需要「基因錘子」「基因鉗子」「基因老虎鉗」等各種維修工具。也許將來維修基因，就像是維修工修理機器一樣，帶著各種各樣的維修工具，修理損壞的，缺失的，多餘的基因，從而治療人類很多現在的不治之症，讓人們更健康，更長壽。

技術的發展，終究的目的，是要造福人類自身。如果人類更健康長壽，那麼知識和技術會更好地繼承和發展，反過來會促進生產技術的發展，讓人類更強大。

在眾多交流的學者團隊中，有一組來自連鎖婦產科醫院的科研組特別引人注目，因為這是由三個美女組成的團隊。其中一個我還認識，就是陳建君的閨蜜阿梅，另外兩個一個是來自美國的維佐拉教授，是一位四十多歲的金髮女教授，

她和孟德爾教授早就相識，在美國就曾經有過合作；還有一位只有二十多歲的女孩叫張佳璿，是一位剛博士畢業的新人。

這家連鎖醫院最早是一家羊城的私人婦科月子調理中心，創始人是一位有接生婆家傳的女士，因為優質的服務，良好的調理效果，醫院規模不斷擴大，後來獲得了胡建醫療集團基金的收購，註冊成立了婦產科醫院。然後不斷發展，逐漸在全國開設連鎖醫院。這家基金也吸收了美國一家大型機構注資，引進了美國的研發管理人才，在醫療手段有了新的突破，採用的新型美式孕產婦調養方案，也得到了很多家庭的歡迎。

這家婦產科機構目前是國內數一數二的試管嬰兒輔助生育機構，技術非常成熟可靠，在全國擁有極高的聲譽，雖然收費很高，但還是有很多產婦入住，而且還要提前幾個月預約床位。

這個三美女課題組屬於鵬城婦產醫院投資組建的一個編外醫療科室，阿梅是醫院的派出代表，負責試管嬰兒手術實施和組織；另兩位是從美國來的，專案申請和研發負責人，她們科室的課題只有一個：愛滋病試管嬰兒。

九十年代中，計劃生育辦公室下發了一個檔，內容是禁止進行愛滋病輔助生育。這項規定的目的是想控制日益氾濫的愛滋病傳播，出發點是，假如愛滋病人沒有後代，那麼愛滋病的數量會減少一些，歷史上，麻風病人也是這個處理方法。然而實際上，愛滋病人還是會生育後代，後代幾乎不可避免地得病。愛滋病人想要生出正常的嬰兒，必須通過體外受精的輔助生育方式，清除病毒的干擾，並注意藥物和接觸隔離，還是可能生下正常的孩子的。

計生委的這項規定明顯違反了憲法賦予公民的生育基本權利，歧視愛滋病人，剝奪其生育權，明顯是反人性基本規則的壞法規，所以也無法執行。

這項規定只是一個部門規定，其實並不是正規的法律檔，不具備法律效力，後來實際上被取締，變成廢紙一張了。在國內已經有幾家機構進行著愛滋病輔助生育治療，只是礙於計生委的面子，都是偷偷摸摸進行，不敢大肆宣傳而已。

這家醫療機構採用了美國的體外受精和病毒阻斷技術。卵細胞和精子經過嚴格清洗，保證沒有病毒存在，然後在試管受精後植入子宮。HIV產婦需要堅持吃病毒阻斷藥物，就可以防止胎兒感染。但藥物對胎兒的副作用很大，對產婦的傷害更大，需要配合其他激素藥物治療才能堅持下來。在嬰兒出生手術時，需要使用特殊的工具和方法，防止嬰兒感染，這些工具都是一次性用品，價格極其昂貴。

在嬰兒的出生後的養育階段，要小心隔離患病父母和嬰兒的接觸，不能用母乳餵養。不能親吻孩子。因為嬰兒的皮膚太稚嫩，抵抗力太弱小，病毒可能通過皮膚傳播。一個嬰兒從輔助懷孕，到產出後培育，長大到有三個月大，最終離開醫院回家，要花費伍佰萬元巨資。

儘管有這麼多的艱難，可是這依然不能阻擋病人夫妻生下健康後代的渴望。每年有四百多對病人夫妻申請入駐這個特殊科室。而科室只能接收不到二十對愛滋病夫妻入駐。

即使在這樣嚴格的措施之下，能夠生下健康嬰兒的比例也只有60%，倒不是嬰兒感染愛滋病毒，而是藥物的副作用對嬰兒造成的損傷。這種副作用的後遺症，需要經過艱難的治療才可能恢復。

在懷孕期間，孕婦的痛苦，更是非常恐怖，沒有堅強的信念，是根本無法堅持下來的，也只有人類本身蘊含的偉大的母性，才會驅動女人忍受這樣恐怖的折磨。

第十一章　基因編輯技術

三個美女的諮詢是在密室進行的，只有我們五個人。

維佐拉的問題是：「能否使用基因技術修剪胚胎的Δ32基因，使得胚胎具備天然的愛滋病毒免疫能力？如果可以做到的話，孕婦就不需要服用病毒阻隔藥物，不需要特殊的醫療條件，生下的孩子也可以母乳餵養，可以隨便撫摸，終生不會得愛滋病。」

當維佐拉教授提出這個驚世駭俗的想法時，孟德爾教授和我都陷入了沉思。在北歐地區，有不到10%的北歐白人，或者說是不到千分之一的地球人，具有天生的Δ32基因突變，他們能天然免疫很多病毒的傳染，包括愛滋病、天花、鼠疫等。即使高濃度病毒的血液注射進他們體內，他們也不會得上愛滋病。

這個免疫突變的發現，源於一位名叫克羅恩的同性戀患者，是美國同性戀團體中的一員，在這個團體中，同性戀聚集在一起，一人有病就會大範圍傳播。他身邊陸續有七十多人死於愛滋病，而他卻安然無恙，他相信自己血液內有愛滋病毒抗體，檢查後發現了Δ32變異，導致他的HIV免疫能力。

孟德爾教授說道：「理論上，使用基因編輯技術，給胚胎細胞製造Δ32基因突變，是可以產生免疫愛滋病的嬰兒的，如果在受精卵中使用基因剪刀，完全可以精確定位修剪。只是，這個嬰兒的出生是否會出現其他基因變異，是否涉及倫理道德問題，法律是否認可，社會輿論是否認可，都是大問題。」

維佐拉教授是一位婦產科試管嬰兒專家，她說道：「新概念總是讓大眾難以接受，就像試管嬰兒技術，在誕生最初的時候，社會輿論中也有很多反對聲音，可是隨著生育技術的發展，人們逐漸接受了這項技術，每年全世界有幾十萬夫婦做試管嬰兒手術，法律和倫理都已經不成為障礙。如果基因編輯範圍僅限於愛滋病人，只有進行試管嬰兒時，進行Δ32 基因變異，才是最理想的治療辦法。如果把手術方案和後果告知他們夫婦，取得他們的完全授權，這項技術也許也能被大眾輿論所接受的。畢竟，這只是針對有生育後代要求的愛滋病夫妻。影響範圍比較小。」

阿梅說道：「在中國，愛滋病試管嬰兒生育技術是合法的，但如果要進行基因編輯實驗，需要中國倫理道德委員會的批准。倫理委員會一般不願意承擔責任。因為萬一不批准而方案有效，他們就會成為阻擋創新發展的攔路石。而如果批准了卻生下有問題的嬰兒，造成社會輿論的聲討，他們就成了罪惡的幫手。所以，這種情況，他們都是推給各個醫院自己的倫理委員會簽字。這個簽字還是很容易做到的，隨便找幾個熟悉的醫生簽字就可以。只是手術過程需要高度保密，資料絕對不能洩露出去。等幾年之後確實有效了，再慢慢在適當的場合公開。這個成果，是人類歷史上的第一次，也許，我們就能摸到諾貝爾獎呢！」

諾貝爾獎啊！阿梅的這些話充滿了誘惑，每個人的科學最高夢想啊！連孟德爾教授也不禁嚮往了起來。是啊，諾貝爾獎，那可是諾貝爾獎啊！

孟德爾教授說道：「Δ32 基因突變手術，用我的新技術，方案已經非常可靠，還是有很大把握的。至於變異後的嬰兒是否會有基因缺陷，從歐洲那些Δ32 變異的人群表現看，還是很正常的。我推測，他們很可能會對蟲媒傳染疾病的抵抗力比較差，特別是通過蚊子傳染的各種疾病，例如瘧疾、黃熱病、西尼羅河病毒等，人類祖先中的變異者，有可能對這些病毒的抵抗力比較差。所以這些變異人群大多居住在寒帶，或者蚊蟲疾病比較少的地方，而在熱帶和溫帶蚊蟲傳染病比較多的地區，這種基因突變的人口極少。不過這些可以使用藥物和衣物防蚊蟲措施，比較容易解決。至於會不會有其他缺陷，只能生下來看看了，

畢竟誰也沒見過基因變異的嬰兒。」

阿梅説道：「那麼，孟德爾教授，我們如果做這個研究，是否可以取得您的指導呢？」

孟德爾教授説道：「當然可以，只要你們把倫理審核手續辦理完備，把保密制度組織好，我可以幫助你們。啊，對了，郝博士正在籌建一座基因實驗室，你們可以合作進行實驗。」

阿梅對我笑道：「郝博士，您可以幫我們嗎？」三個美女楚楚可憐地望著你，誰能拒絕呢？

「沒有問題。」我回答道，「實驗室兩個月之後就會建成，位置還挺隱秘的，保密問題可以得到保障。至於需要的設備和藥劑，我會開始準備，實驗方案我們也會擬定出來。」

「好，一言為定，」阿梅説道：「研發費用我們醫院承擔，貴實驗室我們先支付一仟萬元費用，您看有什麼要求？」

這是實驗室第一筆專案收入啊。我笑道：「就這些錢了。夠用了。」

阿梅笑道：「痛快。找一天郝博士帶我去實驗室看看吧。知道您不會開車，我去接您。」

孟德爾博士與國內科研團隊的交流進行了五天，離開鵬城時，學校領導到機場送行，雙方已經確定兩個月後，教授會正式進入實驗室工作，有十幾個專案單位與實驗室提前簽約，預計簽約金有一億多人民幣，教授對這次中國之行非常滿意。

這個實驗室的真正投資方，是美國的一家科技基金會，他們一直跟隨投資孟德爾教授的研究，獲利頗豐。這個中國實驗室他們投資一億元，預計五年能收回成本，現在看利潤遠大於預期。

第十二章　實驗室

這天阿梅和我約好去看實驗室，和美女出行是一件愉快的事，和三位美女同行就更加愉悅了。

今天是週末，她們三個穿著郊遊的衣服，阿梅駕駛著賓士商務車，後備箱裡居然有燒烤野營的全套用具。從出發開始，三個人就興高采烈地聊著，用英語和漢語混合著交談，一會兒是野營和郊遊的事情，一會兒問我的生活情況。美女不停地送上削好的水果，遞來打開的飲料。俗話說，三個女人等於五百隻鴨子，聽著他們嘰嘰喳喳，看著窗外陽光下的風景，真是一件愉快的事情。

被美女們圍繞和照料的感覺的確是非常美好，時間過得飛快，這也符合愛因斯坦的時間相對論，汽車繞過山腳，爬上上山的公路，在林蔭道中繞了幾個彎，就進入了實驗室的大門外。

大斌的裝修工程進度很快，這裡已經豎起了一道三米多高的圍牆，塗料油漆只刷了一半，有幾個工人正在使用噴刷機施工，以後會種植爬牆植物，形成一道綠色的牆壁。正大門的上面是拱形梁，電動門有五米多寬，四五米高，異常堅固。

門衛是科技園統一安排的保安公司提供，監控設施已經到位。我們的研究有一些屬於保密項目，搞得隱秘一些沒有壞處。

看到我從車中露出臉來，門衛趕緊打開鐵門，車子開進去，裡面是一片嶄新的剛裝修好的庭院景象。

整個大院子重新鋪設了地面，使用了一種高滲透性的高分子地面材料，下雨後，雨水可以快速滲透到地下，保證地面的乾爽無積水。中間挖了一個一百多平方米的小池塘，周圍設計了遊廊和涼亭，以後會在池塘種植荷花睡蓮等植物，還會放養一些錦鯉等觀賞魚進去，形成一個觀魚乘

涼的好地方。

有遮陽棚的停車場已經建好，停放的車輛不會被太陽曬太熱。我們停車後走下來，在鵬城炎熱的夏天，山裡的溫度明顯比市區低不少，微風帶來樹木的清香，感覺涼爽而愜意。

走進大樓，進入一樓右手的辦公區，大斌夫妻正在裡面說笑著。看到我領著三個穿著花衣服，帶著遮陽帽的美女走進辦公室，兩個人非常驚訝。

我趕快上前介紹：「這幾位是連鎖婦產醫院的梅院長，維佐拉教授和張博士，她們是我們研究所的第一個大客戶，要好好接待哦。」

轉身向三位美女介紹道：「這是今後實驗室的管理負責人，徐大斌博士，這一位是來視察監督工作的徐夫人周華健博士。嫂子，感謝您對大斌工作的支持，您這是來送溫暖了嗎？」

大斌媳婦白了我一眼，說道：「小郝啊，大斌天天待在實驗室，三個多月了沒休一天假，你倒好，十天沒來看看了。」

我尷尬地笑笑：「嗨，這不是孟德爾教授來訪，我這個翻譯官離不開嘛。教授一走，我這不就趕緊過來了。那個，實驗室裝修進度怎麼樣了？」

大斌拿起圖紙，說道：「走，我帶你們去看看。」

他向著辦公區右手的設備房隔間走去，打開門，看到一個大書櫃一般的巨大電腦，兩個工程師正在調試著。

大斌介紹道：「這是正在安裝的中央電腦，有10P的存儲量，卅倍於市面最快的177CPU處理器速度，將來的資料都通過聯網集中到這裡，現在網路佈設已經完畢，正在調試實驗室資料庫系統。這套資料庫是我們學校開發的大型SQL資料庫，可以適用於各種檢測資料存儲和查詢。我們正在和一家大資料公司商談，購買他們的雲技術服務。」

這套電腦軟硬體花了二佰多萬的預算，不過物有所值，這會大大方便實驗資料的管理，減少分散式電腦的成本，而且升級更容易，總體成本其實更低。

基因實驗室每天產生海量的資料，一台測序儀每天產生三百G以上的資料量，非常驚人。如果使用實驗室自身的存儲能力，成本很高，而且查詢困難，分析資料更困難。使用雲服務就可以解決存儲和查詢問題，雲技術可以提供大資料服務，對資料的分析手段更豐富，更容易出成果。

走出電腦房，回到辦公區，大斌指著雜亂的大廳說道：「下週這裡就建好隔斷式辦公區，有三十二套標準辦公桌，六間獨立辦公室，一大一小兩個會議室，三間接待室。預計兩週就可以建好。現在已經開始招標辦公室設備，辦公傢俱，列印影印機，電腦分機，電話分機等等都會在這時候安裝。」

我點頭道：「嗯，那麼兩週後就應該把辦公室人員安排進來了。你這邊有什麼安排？」

大斌說道：「實驗室人員，學校那裡侯校長幫助安排的，有五個今年畢業的研究生已經分配給我們，兩個人在學校的實驗室負責安裝，另外三個被我拉來做助手，負責監督進度，採購招標等，已經可以獨立工作了。現在需要兩個總台接待，後勤、人事各一人，文繪圖案設計一人，倉庫管理員兩人。實驗人員要二十人，這個已經招聘好了，大多是今年的畢業生，現在已經在學校的實驗室開始了培訓，等這裡的設備開始安裝，他們就會陸續過來。」

眾人走出房間來，到了走廊裡。大斌指著對面的房間說，「那個地方準備以後作為實驗送件的接收整備區，以後樣品將在那裡登記，存放和預處理，然後送到樓上相關科室進行實驗。現在已經送來的設備還沒有開箱，準備等樓上的實驗設備到貨後，一起開始安裝。那裡的盡頭是倉庫，各種藥品和消耗品，零備件，原材料，資料等都放在倉庫。」

一層的整個牆面、地面和樓梯都已施工了大部分，裝修工人們正在安裝插座，鋪設大理石牆面、地板等，到處是忙碌的工人。

來到二樓，這裡進度更快一些，各個實驗室

的隔間已經做好，正在安裝房門，地板已經鋪好。大斌說，過幾天實驗台就會到貨，二樓先開始安裝，之後再去一樓安裝實驗台。二樓的面積非常大，按照實驗室的訂單數量看，即使實驗儀器陸續到來，安裝齊全也僅僅使用了一半的面積，另一半實驗室的用途看今後的情況安排。

三樓的施工已經結束，這裡是住宿區和活動室，食堂等。傢俱有的已經安裝，正在陸續到來，宿舍有三十間客房，房間都是賓館的標準間配備，有獨立的衛生間和洗浴室。除了實驗員居住之外，也可以給客戶使用。活動室有檯球桌和乒乓球桌，餐廳的桌椅和餐具都已經齊全，可以供應五十人一起進餐，現在雇傭了一對潮汕來的中年夫妻做飯，施工人員可以在餐廳吃飯，節約了時間。

參觀期間，大斌的電話不斷響起，有聯繫送貨的，有缺少原料零件的，有完工驗收的，裝修工作千頭萬緒，負責人需要高度負責，異常忙碌。大斌向眾人道歉，一批傢俱和工作臺剛剛送貨，大斌要過去安排，暫時不能陪著眾人。

接下來的參觀由我帶領，我們走到了樓層的頂上，這裡已經被改造成了空中花園，有玻璃花房，無水栽培的設備，還有一個個培養植物的栽培箱，將來的植物實驗，可以使用這裡進行栽培；對面一個區域準備作為動物養殖區，以後會放置一些籠子，現在只有一個個簡易隔間，不知誰養了一窩鴿子，在那裡咕咕的叫著。

站在這裡，可以看到山下很遠的地方，遠處的城市在陽光下蒸騰著霧氣，綿延到了山腳附近，層層的綠色擋住了暑熱，一座座小樓房隱現在樹叢中。

阿梅對實驗室的情況非常滿意，她們的醫療科室，分配在醫院的角落裡，只有三四百平米的面積，手術室和醫療設備是與其他科室相隔離的，只能單獨使用，也擠在科室裡面，佔據了大部分的面積，所以只有三間住院病房，只夠安排五六對夫妻，非常擁擠。

看到這裡寬敞明亮的房間，阿梅對我說：「郝博士，你們這裡條件實在是太好了，空氣清新，氣候涼爽，可以當療養所了，我以後要經常到這裡來。」

我隨口說：「沒問題，我這裡掃榻相迎。」

阿梅的臉居然紅了一下，嫵媚地瞟了我一眼。大斌媳婦奇怪地看著我，我忽然明白這裡肯定有誤會產生了，趕緊補充道：「您是我的第一個大客戶，客戶就是上帝，上帝永遠是正確的，我們的職責就是永遠讓上帝滿足。」

阿梅哼了一聲：「想不到郝教授你說話，很有傳銷人員的風範啊。」

第十三章　野餐

實驗室的後院，有兩棵高大的龍眼樹，樹冠比樓頂還高出幾米，是當地農民種植了百年的老樹，建設科技園的時候，特意保留了下來。七八月份正是龍眼結果的時候，黃色的果實重重地壓彎了枝頭，幾位美女看見，都興奮地要去摘龍眼吃。

大斌居然拿來一個鋁合金的人字梯，還有一套專用的龍眼採摘器，不銹鋼管制作，三節連接起來，有四米多長，頭部是一個塑膠製成的開口兜子，裡面有一把剪樹枝刀，套住龍眼然後拉動繩子，剪刀就會剪斷樹枝，龍眼就會落到兜子裡面，然後倒在地面上，地面鋪上軟的墊子，或者有人用布兜接住從高處落下來的龍眼串。這個工具是大斌從淘寶訂購的。

他笑著說：「我一來這裡就看中了這兩棵樹，那時候就已經開始開花結果，這龍眼的結果期有兩個多月，我已經吃了一個月的龍眼了，雖然不如市面上賣的甜，但味道特別香。這老樹太高了，樹頂有二十米，龍眼果大都在五米到十米之間，摘起來不方便，要用梯子和專用工具。」

來到後院，這裡的地面和前院一樣，也是用滲水材料鋪設，周圍的牆邊種植了竹子。兩棵大龍眼樹籠罩了大半個院子，樹幹要兩個人才能合抱過來，龍眼樹的樹冠很濃密，樹下幾乎沒有陽光投射過來，形成了一片陰涼的空間。地上有幾個掉落的龍眼，抬頭看一串串黃綠色的果實像葡萄一樣垂下來。

大斌把人字梯支起來，爬到梯子頂上站好，梯子有三米多高，加上大斌身高，手就能伸到有五米高度，已經可以夠到一些龍眼果。拿著採摘器就能大範圍的採摘。

開始剪龍眼，下面美女們拉起一塊床單，接

住掉下來的水果，一串串成熟的龍眼從天而降，四個女子邊接邊吃。這幾個高學歷的女子，顯然都沒有過這樣的經歷，高興地大呼小叫，像群沒見過世面的小女孩，引得幹活的工人們伸頭過來看熱鬧。

龍眼的確很好吃，清香的味道，淡淡的甜味，讓人欲罷不能。正是結果的旺季，樹上的龍眼很多，不一會兒大斌已經摘下了上百斤，龍眼營養豐富，滋補身體，幫助睡眠，美容美顏，是女孩最好的水果，大斌幾乎把它誇讚上了天。

找來幾個紙箱，把水果搬上她們的車廂，然後把野餐用的工具從車上搬了下來。拿來一套桌椅，幾個女人採摘之餘，興高采烈地要在樹下準備燒烤野餐。

她們準備的燒烤食物，居然品種異常豐富，有肉串，海鮮串，蔬菜串，丸子豆腐，各種調料應有盡有，裝在一個大保溫盒子中。燒烤用的爐子，木炭，引火塊，甚至火柴，筷子碗碟等餐具，都一應俱全。

阿梅說，這是她從美團訂購的送餐服務，只要說明燒烤的人數，選擇配菜配料等，就會在指定時間地點送貨上門。用完之後，再通知賣家收回燒烤用具，她們就會上門帶走，非常方便。除了燒烤之外，涮鍋，自助餐等都可以提供上門服務。國內的網路服務，已經超過了國外，更加人性化，更加享受。

濃密的樹蔭下，炭火被點燃，兩個男士自然是燒烤的主力，女士們優雅地坐著聊天，打開葡萄酒，慢慢地品嘗。

四個美女都是學醫學生物的，都可以用英語輕鬆交流，慢慢就聊到了這次的科研題目，作為兒科醫生的周華健博士，對基因技術在生育中的使用本能地有一種反感，她是傳統醫學的捍衛者。

「我不反對基因檢測技術的應用，實際上，這種技術已經在孕期檢查中使用，例如唐氏嬰兒的篩查等，不過直接改變胎兒的基因組，相當於重新造人，這個胎兒出生後會產生怎樣的變異？嬰兒是否會把這個變異遺傳下去？都是很大的問

題。」

阿梅把她頭上粉色的帽子整理了一下，笑著說：「周大夫，我們這個實驗是針對特殊病人的，跟普通人不一樣，她們有這個強烈的要求，希望自己的後代不會再得這個病。至於是否產生失誤，導致不良變異，這就要看那位正在送烤肉的郝教授了。」

我把烤好的羊肉串和魷魚串端過來，炭火的烘烤，讓不太耐熱的我滿頭大汗。我放下盤子，做個請食用的手勢，「幾位美女先嘗嘗我的手藝，有讚揚的話儘管說出來，我都能承受得了。先給我來瓶冰水，謝謝。」

阿梅遞過來一瓶礦泉水，送過一條毛巾給我擦汗，笑嘻嘻地問我：「剛才我們說到了基因編輯的成功率，正想向教授您請教一下呢。」

我一口氣喝了半瓶水，擦乾淨汗水，正正儀表，作為一名人民教師，回答學生的問題一定要態度端正，「阿梅同學的問題很好，實際上，傳統的基因剪刀技術有很大的失誤率，他們只能在胚胎發育後，進行基因排序檢查，只保留正常的胚胎。這個成功率只有20%-30%。但孟德爾教授的基因編輯技術可以大大提高成功率，在植物和動物的胚胎實驗中，成功率高達95%以上。我們這次的人類胚胎實驗，第一步的目的，就是確定正確的操作規範，使得成功率提高到最高程度，最好是百分百。」

阿梅拿著毛巾和水瓶，兩眼盯著我，聽得很認真，這是個好學生，維佐拉和張佳璿也認真聽講，只有大斌媳婦拿起烤肉，先來了一串羊肉，聽我講完，說道：「嗯，郝教授的廣告做得很好，烤肉也深得我家大斌的真傳，我看那邊又快要烤好了，你是不是該回去端菜了。」

幾個女人都沒心沒肺地哄笑起來，阿梅推過我轉身，我搖著頭走向燒烤爐，太息道：「唉，唯小人與小女子為難養也。」

中午的燒烤野餐在愉快中結束，三個美女開車回去，周華健開車把我送去測序儀工廠，路上，她問我：「小郝，我看那個阿梅對你似乎是有點兒意思。你不會對她也有點兒意思吧。」漢語的表達真是讓人著急啊。

我是趕緊搖頭，賭咒發誓：「哪能啊，嫂子，我和小潔是真心的，我不會喜歡別的女人了。你千萬別和小潔說這事，還有馮媛媛，那個大嘴巴什麼事到她嘴裡都變了味。」

周華健笑著揮揮手：「好了好了，我不會跟別人說。還有一個事，你要是做胚胎實驗，很容易引起爭議，最好要小心一些。」

我點點頭，「我知道，所以要做好批准手續。學校已經在為實驗室申請專項內容，其中就包括了人體幹細胞和胚胎幹細胞研究，我們都會在合理合法的範圍內進行。」

周華健嚴肅地說道：「阿梅的專案目標，是要生育出基因編輯的嬰兒，這就越過了底線，你可堅決不能參與生育的活動。」

我說道：「放心嫂子，我知道底線在哪裡。我們只是做胚胎的基因編輯實驗，我們實驗室沒有資格，也沒有能力做生育實驗的。至於她們醫院怎樣處理，那是他們醫院的事情，與我們實驗室無關，我們也管不到她們醫院。您放心好了。」

第十四章　師哥來投

陳建君已經搬到了科技園居住，租了一套新的公寓，有了停車位，我的車也給了她使用，不能再來接送我，來科技園只能打計程車或快車。

我開始了學習駕駛，考自動擋汽車的C2駕駛證書，特急VIP加快速度拿證，兩週就可以拿到駕照。趁著這段實驗室、工廠開工，學校開學的空檔期，我要學會自己駕駛。

我訂購了一輛國產的混合動力SUV汽車，把它停在駕校裡，用它來學習駕駛技術。每天要練習三四個小時，還要學習駕駛理論。VIP的學費是普通學費的三倍，提供足夠的場地，教練一對一全程陪同，全程無等待地練習，真是物有所值。兩週後我就順利考取了駕照，以後就能自己開車上路，告別打車和坐別人車的歷史。

第一次開車帶著小潔出去兜風，公路上密集的車輛讓我緊張，還好有小潔在旁邊指導和鼓勵，我們順利地來到了海邊的公園。

坐在車中看著海上的落日，是一副驚人豔麗的圖畫，夕陽照在愛人的臉上，是我看不夠的美麗。小潔的手就放在扶手箱上，我輕輕地把手放在她的手背上，我們第一次的牽手，如同電流通過身體，讓我忍不住輕輕顫抖。

工廠建設的效率很高，兩個月的時間，大部分的配套設備已經安裝到位，一些零件已經入庫，美國的生產線安裝工程師已經來了兩個，正在進行地基的施工。再過一個月，主要設備就會到來，生產線就可以開始正式安裝。

陳建君瘦了一些，皮膚也黑了很多，工作的確很辛苦，但她精神很好，忙碌的工作可以使人忘記煩惱，看來她已經從過去的抑鬱中解脫了出來。

陳建君的身邊，有一個青年男子，身材高大，劍眉朗目，是一個標準帥哥。眉目間依稀有些熟悉的感覺，我正在想著這是哪一位的時候，這位主動打招呼道：「老弟，好久不見了。」

熟悉的爽朗帶勁的東北口音讓我想起來了，這是陳成仁大師哥，一年多前為了分線刀的製造，我們還電話溝通過。當年我上大一的時候，陳師哥上大四，還是學生會的主席，以後他在國內上研究生和博士，是國內研究碳納米管技術的先驅人物。

我連忙上前握手：「陳師哥，您好您好，回國後一直想去看您，我這個設備的技術還是借助您的幫助才能研發上市呢。您能來給我們指導，真是太歡迎了。」

陳師哥拍拍我的肩膀，說道：「老弟，我正是來找你說這個事情的。」陳師哥就是這麼一個直爽的人，從不拐彎抹角，只不過這種性格，在機關事業單位不容易混啊。

當年他博士畢業，進入一家科研院所，結果僅僅一年就辭職離開，開了一家小規模的工廠，加工製作碳納米管材料。這是真正的碳納米管，要使用納米組裝技術，生產微小部件，不是社會上那些掛羊頭賣狗肉的所謂碳納米技術，只是把舊的炭黑材料技術改一個名字而已，其實就是炭黑廠。這家小工廠就在莞城，經營得很艱難，後來被索那集團收購，成為下屬的加工廠，日子過得好一些了。

我不插手原材料的採購，不清楚分線刀具體的價格，只是看過成本匡算表：測序儀有納米分線刀十六套，加上備件十六套，成本高達卅二萬美元。是所有部件中最貴的部分，占了成本中的一半。

測序儀售價高達一佰五十萬美元，原料成本就要六十萬美元，去除各種其他管理費用，毛利潤有七十萬美元，扣除稅等，純利潤每台有四十多萬美元，利潤率達到了30%，相當好的成績。

「那我們到裡面談。」經歷過一些社交場合，我變得沉穩了一些，談商務的事情需要一個合適的場合，可以冷靜地思考和判斷，忌諱毛躁與衝

動。

在會議室的沙發上坐好，我問道：「師哥，您喝茶還是咖啡？」

陳師哥擺擺手，說道：「我不喝，還是說事情吧。」

我和陳建君說道：「給我來一杯綠茶吧，濃一些。」

陳建君點頭出去了，我轉頭對師哥說道：「師哥，您說說情況吧。」

陳師哥先歎了一口氣，「唉。師哥是來求老弟收留的。」

我一愣，「哦？師哥的公司，效益應該不錯的吧，誰會捨得您離開呢？」

陳師哥搖頭道：「老弟啊，我的工廠以前效益不好，每年只有幾百萬的產值，十幾個老工人一直跟著我幹這家工廠，不離不棄，只有最近幾個月，索那集團轉手了你們公司的訂單，日子才好過了。你們的納米霍爾感測器第一批訂貨一萬隻，價格一仟元一隻，效益還不錯；可是第二批訂購三萬隻，集團公司的價格只給我們六佰元一隻。老弟你應該知道，這納米霍爾感測器要用鉑銥合金的貴金屬，要手工進行納米組裝，成本價就要八佰元一隻。六佰元的話就要賠本，集團的意思是使用便宜的材料，簡化納米組裝技術，降低成本。可是那樣的話，感測器的品質會下降很多，我絕對不能答應的。我本來就和集團的採購經理不對付，現在徹底翻臉了，沒法子待下去，只好來找老弟，希望您給幫幫忙。」

我心中暗暗狂喜：回國以後真是事事順利啊。這難道是上帝在幫我嗎？這明明是一坨黃金從天上掉下來，直接落在我的懷抱裡啊。一仟元人民幣採購，轉手一萬美金賣出，這他喵的是六十多倍的利潤。賣毒品的聽到這個利潤率，都會羞愧得無地自容啊。以後誰再跟我說國內企業就知道低價競爭，我就和誰急。國內企業掌握了技術壟斷權，小刀子也是很鋒利的。冷靜，冷靜，不要著急，慢慢來。

接過陳建君送來的茶杯，在師哥急切的眼光

盯視下，我慢慢地喝了一口茶水，很濃很苦，看來陳大小姐也不會沖茶啊。我平靜地問道：「那師哥您有什麼打算呢？」

陳師哥說道：「我想離開莞城，帶著工人到你這裡來，他們都是多年經驗的老工人了，拖家帶口的不容易，你給他們開一份差不多的工資就好。我嘛，你給我陳建君一半的工資就行，你看怎樣？」

我心想：師哥你要是以後知道分線刀的利潤率，肯定和我翻臉啊，這個便宜不能沾。再問問他的情況。

我問道：「師哥，您和索那集團，有沒有什麼約束性的合同或協議之類的？別再您到我這裡來了，他們再到法院投訴您。」

陳師哥說：「沒有合同，我們只是租用他們的廠房和設備，就是幾部高倍顯微鏡之類，十萬元以內的那種，隧道顯微鏡是我自己研發的，體積不大，隨手就拎走，也只有我的工人們會用，送給他們也用不了。」

我又問：「那師哥您知道您製作的感測器，索那集團賣給我們公司多少錢一把嗎？」

陳師哥搖搖頭，說到：「我不知道啊。管他呢，賣多高那是人家的手段。我只要賺我的就好了。」

我決定告訴他實情，這世界有兩種人能成為銷售高手，一種是極精明的人，你不敢欺他；另一種是極老實的人，你不忍欺他。陳師哥就是後一種，不過只有誠心交往，才能得到他永遠的忠誠，我決定交這個朋友。

我說道：「師哥，索那集團賣給我一萬一套。是一萬美元。」說完我就準備好欣賞陳師哥的表情。

陳師哥一愣，然後 撇嘴，伸出大拇指，贊道：「厲害。夠黑。」然後就沒有其他話了。

這就完事了嗎？這位陳師哥是和尚轉世的吧？居然沒有火氣。還是因為反應太慢了，現在還沒有算明白帳目？

人家拿區區一仟元人民幣買你獨家產品，然

後轉手一萬美元賣出，居然還要把採購價格再壓低到六佰元，世界上有這樣欺負人的嗎？

聽到這個消息，陳師哥難道不應該暴跳如雷，破口大罵的嗎？怎麼會這麼平靜呢？

「師哥，您不生氣嗎？」我斜眼瞅著他。

師哥歎了一口氣，說：「生啥氣啊。我現在還有點兒擔心呢。老弟，索那集團背景很深厚的。我砸了他們的生意，跑到你這裡來，就怕他們對你不利啊。」

這個師哥啊，怪不得混得這麼慘，都慘到這份上了，居然還有心替我擔心。

我揮揮手，說：「法制社會，我怕他幹嗎。師哥不用擔心。不過，你的計畫我看不合適。」我正在考慮投資方案和措辭，沉吟了一下。

師哥有些沮喪，明顯是誤會我了，他聲音低沉道：「那真是麻煩您了，我另外再想辦法吧。」

「不不不，師哥，你誤會了。我是這麼計畫的，我給你投資伍仟萬元建廠，占49%的股份，就在這個科技園的三區，我再買下一處廠房作為你的工廠。我用三仟元一把的價格購買你的分線刀，就是你說的碳納米管霍爾感測器，價格貴是因為你要建廠購買新設備的投資。另外，我還需要你研製一些碳納米管的元件，用於生物遺傳工程實驗。總之，師哥您以後只要有好產品，都不需要擔心銷售問題。」

陳師哥的大嘴一直大張著，等我說完才合上。他喉結上下動了好幾下，艱難地咽下了一口唾沫，端起我的茶杯對我說：「老弟，大恩不言謝，我以後就是你的人了，這裡以茶代酒，我幹了它。」

事情發生得太快，我來不及阻攔，陳師哥抬頭就把這杯茶一飲而盡，苦澀的茶水嗆得他猛烈咳嗽出來。

陳師哥嗓子被齁住了：「我靠，這什麼東西。這玩意兒你也能喝？」看來陳大小姐沖的茶水，不是誰都能禁受得了的。

第十五章　開學了

作為北方人，我最受不了的就是鵬城炎熱潮濕的氣候，偏偏來這裡的時間正是夏季，好在鵬城的九月氣候開始稍稍涼爽，雨水也減少了。新生進入校門，我也開始了教授的生涯，第一次踏上了講臺。

我擔任了本科生的分子生物專業老師，同時還開始帶領新一屆的生物工程碩士研究生。每週給大一學生上兩節課，講述分子生物學的基本課程。分配給我的研究生有四個，兩男兩女，每週上兩次專業導師輔導課。作為新的年輕教師，我先帶兩屆研究生後，升級成正教授，才有資格帶博士生。

當我走進大教室，面對一百五十多名大學生，並沒有感到緊張。我告訴自己，學生們是來學知識的，不是來看我這個人的。我平靜地開始講述分子生物學的起源，歷史和發展，現代的主要課題，未來的研究方向等。

我對這個學期的課程安排做了一些說明，重點講述了一些主要概念和詞彙，包括中英文的詞彙介紹。另外佈置了課外網路查閱的資料，讓學生們寫一份不少於三千字的閱讀作業。

時間過得很快，我的第一堂課程接近尾聲。

我總結道：「同學們，雖然現在的生物學研究，已經進入了分子階段，看起來科學家已經在創造新的生命，可是實際上，我們還是無法真正『創造』生命，到現在為止，科學家只能編輯生命基因，卻無法真正地創造能夠自我繁殖，新陳代謝的生命體。

我們無法用沒有生命的無機分子或有機分子，製造一個哪怕最簡單的生命體。我們可以合成蛋白質，合成核糖核酸，合成一切生命的基本

元素，但就是無法組成一個基本的生命體。生命的奧秘到底是什麼?對科學家們而言，還始終是如同終極真理一樣的難題。

生命就像是這個宇宙一樣，當你瞭解得越多，你遇到的疑問就越多。每一個生命物種都是獨特的，每一個生命體都有差異，甚至每一個生命體的每一個細胞都是獨一無二的。從排列複雜性來説，其複雜程度不亞於宇宙的原子數量。

生命每時每刻都在發展變化，無限衍生著其複雜程度，這是一套極其巨大的系統，能夠倖存下來的物種，都是無數萬年以來不斷衍生淘汰的結果，能夠生存下來的都是萬億分之一的幸運兒。

所以，我們對生命依然要抱有絕對的尊重。

我們現在還不能狂妄地以為自己掌握了生命的奧秘，以為自己能夠創造新的生命，以為自己能夠改變生命的世界。我們現在的工作，只是在生命大海中製造的一個小小浪花，而且就連這種行為，也只是生命發展本身的一種創舉。

生命發展到了這樣一個階段：生命不但可以新陳代謝，可以繁殖自己，還可以有目標地改變自己。不再是完全地聽從概率的安排，無規律地遺傳，而是開始自己掌握自己的部分遺傳。

總有一天，生命也許會自己定製，那時候，生命會極大地發展，展現出遠超現在的能力，就像是生產力的發展和科技的發展一樣，生命自身也會加速發展。

基因技術必將成為網路技術之後，下一個技術行業的高峰，你們很幸運地加入了這個行業，我們現在就站在了新世界機遇的門口。努力吧，同學們。下課。」

同學們熱烈地鼓掌，我也分不清他們是因為我講課精彩，還是出於聽到宣佈下課的激動心情，反正我都要點頭表示感謝。當然不可否認，我還是有一些演説能力的。

我和研究生們的課程是在實驗室裡開始的。

研究生的第一年要上基礎課和專業課，有的導師課外項目很多，研究生就被當做不要工資的全日制小工使用，研究生上課的時間比較少。這樣的研究生畢業後往往動手能力很強，社會關係經驗也比較豐富，但理論知識就相對比較欠缺。有的導師專案少，或者專案不需要學生幫忙，那麼學生就有很多時間上課，比較負責的導師會給他們佈置閱讀作業，查閱相關論文和研究報告，所以這樣的學生往往理論功底比較深。

學校的實驗室已經開始了部分設備的安裝調試，我要求他們全程跟蹤，學習儀器的操作、校準、維修，建立設備檔案，零備件倉庫，消耗品清單等，開始實驗室運營的知識培訓。

實驗室的第一個訂單是羊城一家腫瘤科醫院的靶向蛋白酶測序，要進行十幾份腫瘤細胞的基因測序工作，對比致癌基因的組成，分析生成癌症的靶向蛋白，為研製定向治療藥物做基礎研究。

在孟德爾教授的交流會之後，我手中至少有二十多個專案意向，這一個是所有專案中比較簡單的專案。目前實驗室的測序儀還沒有到貨，美國工廠的訂單排到了一年之後，我準備等鵬城工廠的設備下線後，最先裝備這裡的實驗室。現在只能借用其他實驗室的設備，這裡只有一台海大儀器生產的二代測序儀，工作量非常巨大，測序訂單已經安排到了一個月以後。

實驗室裡還有多台第一代基因測序儀，都是國產品牌，價格便宜，只有十幾萬元；功能也比較簡單，使用電泳螢光分析法，速度很慢。國產的第一代基因測序儀，已經投入了大規模生產，有一些結構比較簡單，功能比較單一的PCR儀器，價格低到只有幾仟元，廣泛應用在養殖和種植等行業。

例如：浙省的肉鴿養殖，有的養殖場發現了新商機：鴿子蛋營養豐富，對女性有獨特的調養作用，受到市場青睞。一對鴿子蛋能賣到十元錢，相當於一隻肉鴿的價錢，於是養殖場開始賣蛋賺錢。

但是鴿子是一夫一妻制的鳥類，乳鴿成熟後，會自動一公一母配對，終生不離開，如果伴侶死去，另一個也會鬱鬱而終。麻煩的是一對夫妻只能有一個母鴿子下蛋，公鴿子浪費飼料，很

不經濟。後來一個偶然的機會，發現兩隻母鴿子也可以生活在一起，而且可以都下蛋。還不是受精蛋，更容易保存，產蛋率高了一倍，利潤大增。

問題是乳鴿在成年之前長得一模一樣，無法分清公母。所以只有一個辦法：基因檢測。依靠國產PCR檢測儀器和檢測藥劑成本的急劇下降，鑒別一隻乳鴿的性別基因，成本只要兩元錢。有了賺頭，技術大規模推廣，鴿子蛋也大規模走向市場。

目前國產的簡易基因檢測設備，以及相關的試劑和藥品，已經出口世界各地，市場佔有率不斷提升，這是一個佰億美元級別的大市場。

關於蛋的改進，聽説胡建農業大學正在進行鴿子基因編輯工作，希望培養出產蛋率更高的品種。現在的鴿子品種每個月只下兩隻蛋，新的品種希望鴿子能像母雞一樣天天產蛋。基因技術對養殖業的巨大作用可見一斑。

如果使用第一代基因測序儀，進行人體全基因組檢測，那就是一件天量的工作，好在尋找蛋白酶並不需要全基因譜排序，只需要對第七對染色體的其中一小段進行排序對比，資料量只有全基因圖譜的萬分之一。可是僅僅是這萬分之一的資料量，使用三台一代測序儀，十幾個細胞測試下來，也需要長達一個月的時間。

如果能夠使用二代測序儀，估計僅僅使用一台機器，用時一天多就足夠了。如果我們的三代測序儀到貨，這個工作連一小時都不用。這就是基因測序儀代差的效率差別。所以我們的三代測序儀，即便價格比二代機貴了50%，仍然受到市場追捧。

不過使用一代機也有一個好處，可以培養學生們基因測序的基礎知識，循序漸進地瞭解最基本的DNA提取、消解、切斷和夾蛋白的組裝，以及螢光光譜顯微鏡的使用等基礎知識。

四個人中，男生叫代昆和管冊，代昆是來自山海市科技大學化學系，動手能力極強，實驗的前道工序進行得非常熟練，但明顯對細胞學、生物學、基因測序的基本知識瞭解很少。

管冊是胡州大學的生物系畢業，生物理論比較豐富，這個實驗的基本方法，他在本科四年的時候學習過，但是明顯沒有親自動手從頭到尾認真仔細地實驗過，這次他主要動嘴，照著說明書制定方案，由代昆和何霞動手實驗。

兩個女生名叫何霞和周玉芬，何霞來自本校的生物系，周玉芬來自北方大學的數學系專業，本校學生對實驗操作比較重視，何霞就已經可以熟練操作一代測序儀，是這次工作的主力。

周玉芬明顯各項技能都比較缺乏，她還需要艱難地補習物理化學生物知識，但是我卻最看好周玉芬的未來，她的數學基礎非常好，而且對實驗結果的分析有一種天生的直覺。這是一種天賦，真正優秀的科學家不一定非得需要太專業的能力，但是能從紛繁複雜的實驗結果中直接找出問題的根源，這種「洞察力」才是最重要的天賦。

三台測序儀的校準明顯有一些問題，而且因為是不同的品牌，測試資料有些誤差，這些機器使用了六七年，從來沒有校準過，需要購買標準片進行重新校準，這也是一項繁複的工作，不過正是這些最基礎的工作，考驗了四個學生的技能，僅僅一個月之後，他們就已經熟練掌握了一代測序儀的使用，測序工作有條不紊地進行著，按期交付了實驗結果。

四個學生的學習牛活異常緊張，每天從八點開始，到晚上八點，十二個小時不停頓的學習工作，他們輪班去上課，對一些基礎課程，例如英語、政治、數學等課程，我讓他們請假多一些，專業課不要落下。

我倒不是歧視基礎課程，只是我認為英語離開了語言環境去學習，就如同在凳子上學習游泳，在教練場上學習駕駛一樣，水準很難真正提高，與其在教室浪費時間，不如到實驗室閱讀英語論文，而口語和聽力等出國後再學也來得及。

至於政治，雖然將來不是一定要去當官，但從中學習正確的思考方式，瞭解國家政策和未來發展方向也是很有必要的。只是沒必要花太長時間。

數學是非常重要的，應該好好學習的，但是研究生的數學課，微積分高數知識占多數，與本科時期的數學內容嚴重重疊，對基因分析使用的數學工具很少涉及，對資料統計，電腦資料庫知識介紹的太簡略，這方面需要強化學習。

第十六章　測序儀下線

這個期間，在科技園的工廠，生產線開始了安裝調試，調試過程非常順利，僅僅一個多月之後，第一台試生產的測序儀就已經組裝下線。當這台設備剛剛校驗調試完成，我就迫不及待把它運到了實驗室，開始了一系列測序工程。

首先接手的就是國家下發的物種基因資料庫專案，華南醫科大學今年承接的基因測序工作量很大，如果用那台海大的測序儀，需要三年不眠不休地工作才行，新的測序儀訂單要半年之後才會到貨，王校長對我們工廠的測序儀可以說望眼欲穿。

第三代測序儀的工作開始之後，果然非常犀利，效率超過第二代測序儀的十幾倍！而且制樣工序非常簡單快速，僅僅工作了一個月，就已經完成了大部分的測序工作，準確率也非常理想。

國家基因資料庫的馮院士專門到我們實驗室考察，認真地瞭解和查看了這台設備，對第三代測序儀給予極高的評價，並準備回研究院就提議購買。

拓撲罡工廠的生產逐步啟動，一開始配合還比較生疏，組裝速度比較慢，一週只能組裝一台設備；一個月以後，工藝基本成熟，人手也配合嫻熟，兩天可以組裝一台設備。這些設備的訂單，在美國早就有了預訂合同，設備剛組裝調試好，一下線就包裝送到機場，直接空運給客戶。

陳師哥的廠房和工人已安頓好，開始生產分線刀，我給他們三仟元人民幣一隻的價格，陳師哥獲利已經非常滿意，而我們相比原來的一萬美元一隻的高價，成本下降到只有不到二十分之一。

算一算價廉物美的配套設施全部在國內訂購，國內稅收的免稅優惠政策，出口退稅補貼政策，相對低廉的工資，全天加班無怨無悔的員工

們的工作幹勁，陳建君預估正常生產後，這條生產線可以年產至少三百台測序儀，每台的平均成本只有六十萬人民幣左右，年成本一點八億人民幣；而已簽訂合同的銷售價格是平均一佰五十萬美元一台，每年就是四點五億美元的產值。高科技產品，利潤相當驚人。

高額的利潤率，巨大的市場成長空間，給當時購買兩億元股份的投資者帶來了巨大的驚喜。在第一台測序儀下線後一個月，工廠舉辦了答謝宴會，邀請投資者和重要客戶到廠參觀，舉辦一次正規的開工儀式。

宴會在工廠的大廳舉行，請五星級香格里拉酒店配送自助午餐，客人們有學校的領導，幾大基因研究所的院長，馮律師邀請的投資界的重要人物，市區領導也被邀請參加，量子教授特意從美國飛過來，一位紅杉投資的經紀人隨行。

我帶領眾人參觀了生產線，觀看了新設備調試的資料，回到大廳，宴會開始，我端著酒杯，走上講臺。眾人圍在小講臺周圍，我微微舉杯點頭執意，開始了演講：

「謝謝各位領導，各位朋友的光臨。正如大家剛剛看到的，拓撲罡公司的第三代測序儀國內生產線，已經正式開始，這是目前世界上最先進的基因測序儀，可以大大提高測序效率，降低測序成本。

在這裡我首先要感謝我的導師，美國金利大學的著名學者量子教授，是他引領我走入基因檢測的世界。我還要感謝華南醫科大學的各位領導，特別是王校長和侯副校長，是你們幫我克服了工廠建設的困難。也要感謝區領導，科技開發區的各位領導的配合幫助，感謝各位投資商的大力幫助，感謝陳總經理，馮律師，感謝工廠的各位員工努力工作，謝謝大家。」

我舉起酒杯向各位敬酒，眾人也都舉杯示意。我繼續說道：

「目前公司手握訂單已經超過一千台，後續訂單還在不斷增加，而大家看到的這一條生產線，年產量只有三百台。第二條生產線即將開工建設，預計四個月後就可以完成安裝調試，可以增加年產能五百台。

我們的第三條生產線，正在進行設計工作，這一條生產線將要生產一種新設計的低成本的測序儀，年產量要超過三千台，價格要低於二佰萬人民幣，使得人類全基因組測序只要一天就能完成，每次的測序成本低於一仟元人民幣。我們的理想是將第三代基因測序儀進入醫院，成為常規檢測手段，如同血液檢查、B超、CT、核磁共振一樣，為癌症、免疫遺傳疾病，過敏症等疑難疾病的治療，提供有力的手段。

我們可以大膽地預測，未來的治療手段中，藥物治療將根據病人的基因變異情況，訂製精準靶向藥物，以前需要長期服藥，無法治癒的慢性疾病，例如三高、痛風、帕金森綜合症、血友症等遺傳類疾病等，都可以使用最少的藥物，最精準的對準病源，徹底消滅病患，減少病人的痛苦，同時降低社會醫療成本。

拓撲罡公司也將繼續創新，製造出更好的設備，滿足社會的需求。謝謝大家。」

我再次舉杯向眾人致意，人們舉杯相碰，輕柔的音樂響起，午餐會正式開始。

我走下小講臺，眾人紛紛圍了上來，王校長首先說道：「小郝啊，這位是我們鵬城市委書記第一秘書，王強秘書長，他代表書記來看望指導工作。」

我趕忙上前握手，「謝謝市領導的關心和幫助，鵬城的審批工作效率非常高，這裡是投資建設的熱土啊，不愧是國內改革開放的先鋒。」

王大秘書看起來很年輕，但非常沉穩。輕輕握手之後，說道：「葉書記得知郝教授的高科技產品落戶鵬城非常關心，囑咐我過來看看您有沒有遇到什麼困難，有什麼要求，儘管提出來，我們儘量協調滿足。」

我擺手說道：「沒有沒有，現在已經非常滿意了，鵬城市的工作無可挑剔。感謝領導關心啊。」

王秘書遞上了他的一張名片，「那麼郝教授，

如果您有什麼情況需要反映，可以直接找我，您也可以把這個微信號加入您通訊錄中，這是鵬城市政府群，很多企業家都加入其中，有困難大家一起解決，有想法大家互相幫助嘛。」

我也趕緊遞上我的名片，互相寒暄幾句，量子教授和他那位投資商走過來，我把他們互相介紹，王校長和量子教授聊了幾句。量子教授介紹旁邊的那位中年禿頂男子道：「這位是詹姆斯．沃西先生，是著名的紅杉投資顧問經理，這次過來是關於‘top-gun’公司在納斯達克上市的問題。」

還沒等到這位詹姆斯開口，旁邊聽到對話的馮律師就著急了：「嗨，郝教授，您不是答應將來在鵬城上市嗎？怎麼又要在美國上市？」

詹姆斯先生搖搖手，說道：「不不，這次我們的上市計畫，只是美國的‘top-gun’公司，不涉及國內這家工廠。郝先生擁有美國公司51%的股權，量子教授擁有49%的股權，我們紅杉公司計畫出資四億美元，從兩位手中收購40%的股權，並幫助你們在納斯達克上市。我們預計股票市值將不低於一佰億美元。郝先生您看怎樣？」

我雙手一攤，看著量子教授說道：「老師，股票投資我是不懂的，您看怎樣？」

量子教授摸摸鬍鬚，笑道：「詹姆斯是我多年的朋友了，你可以信任他，他給你的條件沒有問題，我建議你按照他的意思去做。」

我向詹姆斯伸出手，說道：「我老師信任的人，一定沒有問題，那就拜託您了。」

轉眼成為億萬富翁，並沒有使我有什麼激動的情緒，我並不會因此而改變自己的生活。當然有了錢，自己的一些想法和理想，可以更方便地去實現了。

馮律師介紹給我認識的，是發展銀行的劉行長，以及財富券商的鄒理事長，他們是吃下兩億股份的大股東，佔有40%的股份。這次是來商議鵬城上市的事情。目前國內的工廠，我擁有的60%股份，其中有28%屬於量子教授。

鄒理事長計畫出資十億人民幣另外購買11%

的股份，這樣他們就擁有51% 的掌控權。如果IPO 成功之後，我們各自拿出30% 的股份上市融資，到時候我雖然只持有19% 的股份，但仍是第一大個人股東。如果上市成功，股票的市值會使我身價增加至少六十億人民幣。

眾人聽到這兩個消息，議論紛紛，向我投來了羨慕的目光。王秘書也向我祝賀，鵬城將增加了一個佰億級別的公司，對政績也是一個很大貢獻。

幾天後，實驗室的設備基本到齊，我們的簽約專案也開始進行，孟德爾教授再過兩週就會來鵬城，有十幾位國內各大院校和研究機構的教授研究員，向我們學校申請跟隨學習研究，但都被婉言謝絕。孟德爾教授到國內來的目的，我是很清楚的，就是針對胚胎幹細胞研究的。所以，他還是建議盡可能保密，主要的實驗室不在學校，而在科技園三期的實驗室中。

這一天，鵬城的有線電視臺記者來學校採訪，我們只做了不到一個小時的訪談，聊了一下公司的發展，醫科大學的研究前沿等問題。有線電視臺的女記者很漂亮，我知道她在有意無意地接近我，可我並沒有接受她的暗示。

現在我的精力主要集中在科研專案上，連和小潔的約會都縮減到一週一次了。

第十七章　蚊子

有人說，目前最熱門的技術就是人工智慧和基因生物兩項，這的確是有道理的。

從事基因生物研究的人，專案的確很多，實驗室成立以後，除了上門預約的科研專案，從相關網站上可以申請的專案多得數不清。我們實驗室資質註冊後，很多專案主動上門請求合作。在孟德爾教授來之前的兩週，我只接了兩個靶向基因檢測，還有一個蚊子基因檢測。

靶向基因檢測我分配給了他們四個研究生，經過第一次基因檢測的實習過程，他們對測試流程已經熟悉，這次使用三代測序儀，他們可以很快就做出結果，最重要的是資料分析工作，這需要他們四個大量學習基礎知識，而這是最佳的提高基因理論學習水準的方式。

蚊子基因檢測是廣省的重點科研項目，這裡地處亞熱帶，氣候炎熱，降雨豐沛，蚊蟲自然是極多的。每年蚊子引起傳染病造成的死亡至少有幾百人。隨著物流運輸的增加，世界各地的蚊子也來到這裡，繁衍生殖，帶來各種新型傳染病。

每年用於消滅蚊蟲的花費有上佰億元，各種驅蚊滅蚊的藥水，蚊香，滅蚊燈，粘紙，蚊帳，電子拍等手段一起用上，蚊子的數量絲毫不減，而且還出現了抗殺蟲劑的蚊子，不怕蚊香的蚊子，毒性更強的蚊子，飛行無聲的蚊子，體型更小的蚊子，形形色色的蚊子，給居民造成了極大的困擾。

廣省成立過一家專門繁育蚊子的公司，用一種病毒感染蚊子，使得它們的後代不能繁殖，把得病的蚊子放出去感染其他蚊子，就可以大量減少地區的蚊蟲。每年這家公司要放出幾千萬隻感染的蚊子，的確也取得了不錯的效果。但蚊子是一種經過幾億年繁衍發展的物種，適應能力極強，很快就出現了抗病毒的品種，使得這種方式的效果大打折扣。而且每年繁殖的幾千萬隻蚊子，要消耗廣省幾佰萬元的衛生防疫費用，這種面向蚊子的細菌武器漸漸失去關注，新的基因武器被提上日程。

最早投資轉基因蚊子的，是全球首富微軟比爾．蓋茲。他的基金會致力於消滅瘧疾，為此投資了各種防瘧疾研發機構，實驗各種消滅瘧疾的手段，幾年來已經投入近二十億美元。瘧疾每年造成幾十萬人死亡，如果能夠消滅瘧疾，就可以救人無數，是一件有大功德的事業。比爾．蓋茲能有這樣的慈善心，的確值得人們尊重。

其中英國的一個方案就是用基因編輯手段培養一種轉基因蚊子，繁衍的後代會不能繁殖，把這種蚊子放到自然界，和野外蚊子交配，就有了無生育能力的蚊子，這樣蚊子就會被消滅了。

他們把這種蚊子在幾個國家實驗，果然效果不錯，使得蚊子數量減少了90%，減輕了黃熱症和寨卡病毒的傳染。不過缺點也有，就是每年都需要投放轉基因蚊子花費很大。

華南醫科大學的方案是利用雌雄蚊子的差異，培養一種特殊的雄蚊，生育的後代全部是雄蚊，而雄蚊是吸食花蜜露水，不吸血的。用這種方式可以使得雌蚊子大量減少，最終使得蚊子消失。這種方法的優點是後代的雄蚊可以不斷繁殖，不需要每年投放蚊子，基因缺陷的雄蚊會一代代生存遺傳下去。我的工作是這個專案的一個分項，要排序蚊子基因，並設計基因剪刀修剪它。

人類的基因是廿三對染色體，蚊子只有三對染色體，但這並不是說蚊子的DNA 就簡單，實際上，物種的複雜程度與染色體數目關係不大，染色體數目的多少，就像是一篇小說分成幾卷一樣，卷數多的小說，內容不一定多。

例如：染色體最多的物種是一種蕨類植物，有一千多條染色體。狗有卅九對染色體。而大猩猩有廿四對染色體，和人類不一樣的哦。這也是那些宗教人士反對達爾文進化論，說人類不是黑猩猩進化出來理由之一，你看染色體數目都不一

樣嘛。人怎麼可能是猩猩進化來的。

但實際上，把人和黑猩猩的基因測序對比，會發現有99%以上是相同的，就像是兩篇小説，絕大部分內容相同，只是一個是廿三卷，一個是廿四卷，人類的染色體把其中兩卷合成了一卷。

這種情形在馬（卅二對染色體）和驢（卅一對染色體）之間也有相似的情形。馬和驢雖然染色體數目不同，但內容高度相似，並且交配後會誕下後代，就是騾子，騾子的染色體數量介於馬和驢中間，是卅一點五對，六十三條，是一個奇數，所以大多數騾子不能繁殖後代，但也有極個別的騾子是能夠有後代的。

至於人和猩猩之間是否會有後代，這個還沒有報導過，理論上應該是很困難。人和大猩猩的染色體形狀差異比較大，很難配對，所以生育的可能性很小。這説明人和黑猩猩的遺傳差距，至少比馬和驢之間的差距要大很多。只是這個實驗在道德上實在是太邪惡了，想一想都是罪過，也不會有人膽敢去試驗。

言歸正傳，蚊子的三對染色體中也有一對性染色體，雄性是XY，雌性是XX，這和哺乳動物一樣的，把X染色體剪掉一段，就變成了Y染色體，可以生成YY雄蚊，後代就全部是雄蚊了。再後一代，雄蚊的比例也是相當高的，只要雄蚊數量夠多，蚊子就會性別失衡，最終被滅絕。

問題是以前用傳統基因剪刀手段製作出的基因編輯的蚊子，成功率很低，只有不到10%成功率，雄蚊只有62%的數量比率。需要一種更好的轉基因工具。負責這個項目的生物系陳教授聽過孟德爾教授的課程，就找到我，希望提供碳納米管基因引導環，精確找到蚊子的X基因，剪斷一段指定的DNA。

我雖然知道引導環的製作流程，但從來沒有動手實驗過，以前孟德爾教授都是委託美國的一家公司製作。現在我打算請陳師兄幫我訂製引導環。

陳師兄的工廠租用了一間科技園三期的小型三層廠房，面積只有五百平米，每年的租金只要五十萬元。給他注資的伍仟萬元，他先花了三仟多萬元，購買了一套等離子蒸發沉澱光刻設備，有了這套設備，就可以快速大規模生產切線刀，甚至可以使用鎳鈷合金代替鉑鉉合金，切線刀的成本可以下降到一佰元一把。這也是我有信心把測序儀的價格下降到二佰萬人民幣以內的原因。

另外，陳師哥又花了一仟多萬，訂製了兩套隧道顯微鏡，用於納米拼裝操作，這兩套新型隧道顯微鏡，使用了單壁碳納米管探針，直徑只有0.5納米，這比他們之前使用的金屬探針，精度和耐用性提高百倍，納米移動和組裝的效率大增。

專業的人就是專業，聽過我的要求之後，陳師哥只用了三天，就製作出了一百多套引導環，單價只要了一佰元一套。這個數量只夠我們做一次小規模的基因編輯實驗。如果基因引導環技術大量使用的話，引導環的使用量會非常驚人，這又是一個巨大的市場。

把引導環製作成基因剪刀，注射到蚊子的受精卵中，很快，結果就出來了，效果很好，改造的蚊子胚胎，出生的一百隻蚊子有98%是YY雄性蚊子。然後，就需要這批變異雄蚊與野外雌蚊子交配了。

當第一代基因編輯蚊子從卵孵化，經過幼蟲和蛹，最終成蟲飛行，具有繁殖能力，繁育出下一代蚊子，足有幾萬枚卵，100%都是雄蚊。這個過程需要三週時間。

這個過程再來兩次繁殖，就能生成上億隻蚊子，可以把這些雄蚊子放到各地自然環境中。首先在莞城市樟樹鎮開始實驗，效果非常理想，只用了不到兩個月，這個鎮子的這個品種的蚊子數量減少了九成多。剩下的大多是也是雄蚊，雌蚊子非常罕見。

然而，蚊子的適應能力是很強的。樟樹鎮的蚊子有卅二個品種，不同品種的蚊子之間基因內容的差距超過了3%。比人和黑猩猩的差距超過三倍多。所以不同品種的蚊子之間不會繁殖，當這個品種的蚊子數量減少後，其他品種蚊子的數量開始激增，補足了這個品種缺失的數量。

之後的幾個月，這個品種的雌蚊子不斷從外地遷移過來，X染色體不斷稀釋Y染色體，雌蚊子的出生率又開始上升了。如果要消滅這些雌蚊子，就需要不斷投入更多的基因編輯雄蚊。投入真是非常不菲。

依我看，想依靠基因技術滅絕一個地區的蚊子，其實是不可能完成的任務。蚊子的種類很多，還會產生變異，繁殖速度又超快，基因編輯的蚊子數量太少，如同用一個水瓢要舀幹一個大海一般，根本做不到。生命系統經過長時間的進化，經歷過的各種危機和險阻，自身的基因具有強大的變異適應能力，蚊子這種動物，除了南極洲之外，它可以生活在熱帶的沼澤，溫帶的原野，西伯利亞的寒冷森林，分佈在世界的各個角落裡。在寒帶的冬季，他們會進入休眠狀態，沉睡大半年之後，一旦溫度適宜，就會迅速繁殖，一個月之後就會漫天飛舞。

蚊子是最能適應地球嚴酷環境的動物，想依靠基因手段消滅蚊子，不見得比化學藥劑的手段更有效。在這段實驗期間，有些專家在網路上怪叫，說什麼基因滅絕蚊子會破壞大自然的生態平衡之類的，基因武器將來會滅絕人類。都是狂妄自大，杞人憂天，不值一笑的。

真正長久奏效的滅蚊措施還是整頓環境衛生，清理污水，增加食用蚊子的魚類，蛙類，壁虎類，鳥類等蚊蟲天敵的數目，恢復生態的平衡，才能減少野外的蚊子數量。

在泰國曼谷地區，蚊子的數量就出奇的少，當地人信奉佛教，不殺生，這樣壁虎、青蛙、小魚等蚊蟲的天敵數量特別多，在街道房屋的牆壁上，經常可以看到大量壁虎出沒，這些動物每一個每天都要消滅上百隻蚊子，那些有寄生病毒的蚊子會比較弱，而更容易被它們捕食，所以曼谷地區的蚊蠅飛蟲很少，蟲類的傳染病也比較少。泰國南部，當地信奉佛教就比較少一些，他們討厭壁虎之類的動物，蚊蟲天敵少了，蚊子就非常多，傳染病也就多了起來。

所以，人類科技還沒有你想像的那麼強大，

比起自然界的生物力量，還差得很遠。真正值得人類依靠的，還是自然界的力量。

不過基因手段，在殺滅一個地區的特殊品種的某種傳染源蚊子，短期內還是很有效的。這個實驗的週期很長，有兩三年的時間，我的研究生們也參與進去了，他們召集了一些有興趣的本科生，組成了一個志願團隊，調查了幾個地區的蚊子情況，寫出來一份水準不錯的科研報告，獲得了廣省大學生科學創新一等獎。

第十八章……十四天

實驗室的設備完全準備好了之後，孟德爾教授來了，我開車到機場去接機。與他同行的，還有一位女士，來自我的博士母校米范大學的薩默爾教授，在生物界很有名氣，是胚胎學的專家。

我早就聽說過這位瘋狂女士的事蹟，據說她母親是婦產科醫生，小時候帶孩子還要上班，就只好把她放在產科手術室裡，手術的間隙給她餵奶。在小女孩時，薩默爾就決心研究小孩子是怎麼出生的，十六歲就生了孩子，現在有四十歲了，已經生了五個孩子，從來沒有結婚，父親是誰也是個謎。

據孟老頭介紹，這位近期剛取得了一項重要成果：把人體受精卵體外培育時間延長到了十三天。

隨著試管嬰兒技術的出現，科學家對胚胎的發育過程已經非常瞭解。卵細胞和精子結合後，細胞就開始不斷分裂，逐漸變成二個，四個，八個，十六個細胞，第五天形成了原始囊胚，分成了內外兩層結構，到此為止，囊胚還是局限在卵細胞的範圍內，進一步就要分裂成兩個卵囊。這時候如果沒有移植進子宮著床，這個囊胚就不能移植了。

在培養皿中，這個胚囊到第七天，如果沒有母體供應的激素和營養，卵囊就不能分裂，只會死去。而薩默爾教授使用了特別配置的生長素和營養液，設計了新的培養皿結構，讓這個胚囊還在繼續分裂，一直到了第十三天，才不得不結束實驗。

我駕駛汽車，行駛在機場高速路上，聽了孟老頭的介紹，我對這位女狂人的實驗也很感興趣，我相信每個人都會對自己是怎麼來的問題很感興趣。我問坐在副駕駛座位的她：「那麼，薩默爾，受精卵在試管中只能生存十四天嗎？」

這位女士剛剛點燃了一隻香煙，打開窗縫通氣，風吹亂了她金黃色的長髮，不得不說，這曾經是一位標準的金髮美女，有一張明星般精緻的臉，雖然已經四十歲了，如果能化化妝，遮擋一下眼角和嘴邊的皺紋，穿一件女士的服裝而不是工作服一樣的東西，把頭髮保養梳理一下，絕對可以勝過大多數年輕女孩。

我減慢了車速，讓視窗的風小一些，她吐出一口煙氣，搖搖頭，苦笑道：「我也不知道啊。為了申請這個實驗，我花了兩年時間。實驗期間，有好多亂七八糟的委員會要來監督，實驗過程我每天只能兩次看到卵細胞的情況，那些監督的白癡倒是比我觀察的時間還多。因為不能超過十四天的規定，在第十三天就放棄了實驗，把那個胚胎粉碎了。FXXK。」

所有關於人類胚胎的實驗，都會涉及倫理問題，胚胎是不是「人」？什麼時候可以算作「人」？人們爭論不休，因為各國倫理學和宗教人士都非常關注，生物學界就召集各國專家投票，從此有了一個規定：人類胚胎實驗不能超過十四天，理由是：因為十四天之後，胚胎就開始有了神經發育，那就是有了痛感，是一個「人」了。

而一旦涉及到人，就不是生物學範疇，而是醫學的範疇了。就要受到道德法律的限制。在醫學中，人不是生物，人是神，是至高無上的上帝。這很好理解，因為病人是醫院的客戶，客戶就是上帝，這符合商業精神。

基因編輯工作早就有人做過，但是必須嚴格按照規定，受精卵被移植到子宮後，不能超過14天，到時間必須把它流產出來，殺死它。在它變成他（她）之前。

這條規定，在培養皿中同樣適用，第十四天，神經板開始發育，有可能這個細胞就有了感覺，有可能這個細胞知道痛苦，雖然沒有證據證明這一點，但是必須要消滅這個胚胎。

如果按照這個神邏輯，超過十四天的胎兒就

應該禁止墮胎，因為那是一個「人」，墮胎就是殺「人」，不管這個胎兒是不小心懷上的，還是被強迫懷上的，打胎的女人就是殺人犯。流產的女人也是殺人犯。

說實話，如果一個學生採用這樣的邏輯回答老師的問題，老師一定會叫家長，送孩子去精神科檢查一下。

這世界上，除了極少數女人，恐怕大多數女人，一生中難免遇到過流產和墮胎的事情。難道女人都是殺人犯，都有罪嗎？

這簡直是一個混蛋邏輯。

在胎兒出生之前，它應該還是女人身體的一部分，就像身體的其他器官一樣。人對自己的身體是有支配權的。你可以決定自己是否剪頭髮，剪指甲，整容，捐獻器官，也同樣可以自己決定是否墮胎。

胚胎是女人的一個器官，女人才應該對它有決定權。什麼倫理人士，宗教人士，還是請閉上嘴吧。如果你能不幸懷孕，還能堅持生下來，那你才是蠢得徹底。

我好奇地問道：「那麼，教授，如果胚胎體外培養沒有限制，您認為有沒有可能，在實驗室中把受精卵培育成一個嬰兒？就像科幻小說裡寫的那樣。例如卵生動物，把受精卵產下來，在合適的溫度下就可以孵化出來；或者是像魚類，雌魚產下卵子，雄魚受精，然後受精卵就可以自己發育成小魚。哺乳動物和人是否可以在特殊設備中發育成熟呢？」

薩默爾堅定地回答我：「不可能，這個絕對做不到。在這個實驗之前，我已經進行了十年小白鼠胚胎體外培育實驗，鼠類從受精卵發育到分娩產出，只需要十七－十九天，我在培養皿中實驗了五千多個小白鼠胚胎，使用了各種方式類比子宮的物理和化學環境。但是，小白鼠胚胎最多只活到了第九天，當神經溝開始出現，體節出現，而且胚胎開始反轉，這個時候，白鼠的子宮會對用胚胎反轉的三維空間結構，自動做出調整，而培養皿顯然做不到這一點。另外，小白鼠和胚胎之間還有一些電流信號的資訊溝通，生物化學變化極其複雜，現在無法全部類比。不過哺乳動物也有卵生的單孔目，如鴨嘴獸等，如果改變哺乳動物的幾個基因，也許會培養出可以卵生的哺乳動物。人類也有可能在改變幾個基因後，變成可以卵生的胚胎。那就可能可以在體外生長了。」

這可真是一個驚世駭俗的理論了。

如果薩默爾教授說的真能實現的話，人們可以用基因變異培育產卵的家畜，讓牛下蛋。母牛一個月產一次蛋，每次下五六個，小牛孵化出來用營養液餵養成牛，那樣養殖效率就會大增。

也許有一天，會出現產卵的人類，長翅膀的人類，由鰓呼吸、有魚鰭能潛水的人類，等等，今天的人類，只是未來無數種人類的起點，將來的人類差異之大，一定遠不止皮膚顏色和頭髮眼珠的顏色差別，人類的進化也許有無數可能，速度也許會很快，因為人類已經有了最強大的基因工具，未來，人類可以設計自己，讓自己變成自己想要的樣子。想想還真是讓人激動不已呢。

狂人女教授問我：「郝，你們中國有沒有監督委員會和倫理委員會？有沒有十四天限制令？」

我說道：「有啊，我們的規定和美國差不多，只不過我們國家對胚胎實驗監督沒有那麼嚴格，雖然有十四天規定，只要保證不生育出來，基本沒有太大問題。」

女狂人說道：「西方國家說你們國家的計劃生育是強制墮胎，是人類歷史的第一次反自然實驗，是不尊重人權，你們是怎麼看的？」

這就涉及到政治問題了，我小心翼翼地說：「其實現在也已經放鬆一些了，計劃生育，是為了補救以前錯誤的生育政策，要不然人口爆炸，國家就會陷入混亂，歷史上中國出現過幾次人口爆炸，都造成了社會的大動盪。所以計劃生育也是不得已的政策，大部分的人是能夠理解的。中國現在的年輕人不願意生養孩子，人口已經有了過度下降的苗頭，所以，強制墮胎已經基本沒有出現過，相反隨著生育率的減少，我看鼓勵生育

的政策就會很快推出來了。」

薩默爾顯然有點失望，說道：「那麼，可以提供實驗的人類胚胎其實也不多，是吧？」

我苦笑道：「的確不多，願意捐獻提供實驗胚胎的女性，在中國還是很少的。不過這次比較幸運，連鎖婦產醫院和我們合作，他們可以提供足量的實驗胚胎。」

薩默爾說道：「其實對於你們國家實行計劃生育，優生優育的政策，我是贊同的。如果不這麼做，你們現在肯定不止十四億人口，恐怕廿億都不止，那對你們國家，對世界，都是一場災難。」

這讓我很驚訝，一個來自美國的女科學家居然贊同計劃生育。我說道：「教授，現在的輿論中，計劃生育，優生優育已經是一個貶義詞，就像納粹優生學一樣，被認為是不民主，不人權的政策。您怎麼會支持呢？」

薩默爾後面的話更讓我震驚，她說道：「如果美國面臨當年你們國家的狀態，一定也會實行同樣的政策。不管你願意不願意承認，人類自身的繁衍，也是社會生產的一部分，也必須有計劃地調節控制。」

孟德爾教授笑道：「薩默爾是一個真正的共產主義信仰者，她是美國共產黨的成員呢。」

第十九章　基因碼農

萬事俱備，只欠東風，孟德爾教授到達之後，實驗室舉辦了一個盛大的開業儀式，邀請了國內各實驗室參加，重點介紹了實驗室的專案和設備。

基因實驗室的設備都是最先進的新設備，例如最新的細胞分選儀，可以多通道快速分選細胞；我們生產的第三代測序儀自然是優先供應，已經有了兩台測序儀就位；新式的超高解析度螢光顯微鏡，我們配備了三台。與會的那些實驗室的負責人看得兩眼冒光，不斷打聽設備的來源和性能。

這裡的設備大多都是國際大牌設備，很多知名設備和試劑供應商，也來到開業儀式現場，發放資料，介紹性能，把開業儀式變成了設備交流會。

很多專案都是實驗室互相交流進行的，每個實驗室不可能配齊所有的儀器，而且實驗人員也各有特長，所以有的項目必須找專業實驗室去做。需要瞭解其他實驗室的情況，有一些專業的生物實驗室雜誌和網站，把國內的各高校和研究機構的實驗室，各個實驗室的特長，介紹得很詳細，而且進行業務的拉線搭橋，介紹業務。從這個方面來說，國內的實驗室經營也是相當正規和高效。當然，最重要的因素還是人，有一個在學術上知名的科學家領銜實驗室，就很容易獲得眾多專案。

學校這所實驗室是有華南醫科大學和我合股成立的實驗室，學校占股50%，我占20%，孟德爾占30%。科技園的那所實驗室，我占30%，學校占50%，孟德爾教授占20% 股份。註冊了兩所科技有限公司，都是由我擔任法人代表。

學校的實驗室主要承接與其他實驗室合作的專案，培訓研究生和本科生的實驗教學，還有一項是關於基因免疫的基礎理論研究、藥物設計研

究。這是孟德爾教授的主項，有兩名大型醫療機構派來的博士後跟隨學習。

基因免疫學是一門新學科，癌細胞往往會產生特別的抗體，欺騙身體的免疫系統，使得免疫系統以為這是正常細胞，從而躲過免疫攻擊。基因免疫療法根據每個病人癌細胞基因的情況，設計專門的免疫藥物，改變免疫系統的識別代碼，辨認出癌細胞，從而消滅癌症。

在科技園實驗室，薩默爾教授很快就和阿梅三人組見面，開始了胚胎基因編輯和體外培育實驗。這次阿梅她們一次就帶來十個卵細胞，還帶來了胚胎實驗需要的各種批准檔，有了這些批准檔，我們就可以合理合法進行實驗了。

她們把精子和碳納米基因資訊引導環，一起注射到卵細胞中，受精卵放入培養皿，一直培養到了第十四天，也沒有取出。胚胎在培養皿中還活著，直到第二十天，胚胎才停止了增殖和新陳代謝。

這也創造了一項紀錄，只是這個紀錄是不能公開的。

另外一項紀錄，是我們使用了超高清螢光顯微鏡，全程記錄了胚胎在這二十天的發育過程。這在以前是從來沒有過的。而胚胎一旦植入子宮，就再也無法觀察它的生長變化了，所以人類胚胎到底是怎麼從幾個細胞變成一個複雜的人體還是一個謎，但可以肯定，大多數醫學難題都將隨著這個謎底的揭開而得到解決。

胚胎在培養皿中，超高清顯微鏡可以看到每一次分裂成長的細節，細到了看到分子變化的程度，而這也是得益於超高清螢光顯微鏡的威力。

這種顯微鏡獲得過諾貝爾獎，發明者海爾先生來自前南斯拉夫的山村，一個普通村民家的孩子，後來因逃避戰爭來到德國，攻讀理論物理專業，博士畢業後進入生物行業。按照這位老哥的話說：理論物理畢業生很難找工作，只能當計程車司機。當然這不是貶低計程車司機行業。於是他就去學生物。他對螢光顯微鏡很感興趣，下決心提高螢光顯微鏡的解析度。

傳統螢光成像的極限是30納米，因為光線邊緣的衍射，成像的精度無法提高。超解析度螢光顯微鏡是用不同頻率的鐳射，分開照射，然後把圖像合成為一個圖像，這就可以消除衍射的影響，精度提高到三納米，可以看到蛋白質分子的圖像。

這項發明對生物學的意義，不亞於氣泡室的發明對物理學的意義。所以憑此獲得了諾貝爾獎也是實至名歸。最重要的是，這項發明的價格並不貴，只要在傳統的螢光顯微鏡上，增加一個鐳射控制盒，一套分析軟體，就可以實現超解析度顯微鏡功能。我把這套顯微鏡也推薦給了陳師哥，大大提高了納米引導環的製作效率。

基因編輯過的胚胎細胞被拿來做基因測序，實驗非常成功，十個胚胎的Δ32基因都被成功切除，成功率100%。

我在這段時間的另一個研究目標，是設計一套基因排序軟體，用來進行基因對比，查詢，異常檢查，基因對生命的影響等。

這是一個異常龐大的軟體，在美國，也只是各個實驗室零散的自己編輯的軟體，一些大公司雖然推出了基因編輯軟體，可是使用起來有很多問題，而且升級修改的過程太慢，讓我無法忍受。

所以我的想法，第一是整合我和孟德爾教授手中已有的軟體，設計一套開放的免費的測試軟體，第二是把基因測試資料放在雲空間，讓使用這套軟體的各個實驗室可以共用研究資料，修正其中的各個方法和誤差，不斷反覆運算更新，取得進步。第三是使用者可以使用這套軟體，發佈科研服務專案，公佈專案價格和要求，中標者就要繳納15%給軟體公司，我們不會提取這筆資金，只會用於獎勵資料登錄的實驗室，同時支援軟體的更新和完善，維持公司的運轉。

我註冊了一家軟體公司，找到了馮媛媛的老公幫忙，那位程源先生，正好他所在的一家美國軟體公司裁員，卅三歲的程源剛剛被辭退，正惶惶不安的時候，第二天我就找上了他，擔任我這家新成立的軟體公司總經理，這也算是報答了馮

媛媛的人情了。

程源相當有經驗，對雲資料庫也非常瞭解。他迅速組織了一套研發班子，購買了一套雲系統資料庫，僅僅一週時間，就做出了系統設計方案，開始分派任務，製作各個軟體模組。

我這才見識了國內軟體行業恐怖的工作熱情和效率，現在大多數軟體公司實行的是九九六制度：九點上班，九點下班，每週工作六天。據説這還是比較輕鬆的工作節奏。有的軟體公司就沒有休息日，全天廿四小時工作，累了就在辦公室睡一覺，醒了接著幹。

只有小年輕的程式師才能經受這樣的魔鬼工作強度，卅歲以後的程式師找工作就比較難一些。我是希望正常的九五五工作制就好，每天上班九點，下班五點，每週五天，這樣比較人性化。那家破產的美國軟體公司以前就是這麼幹的，所以被稱作「程式師養老院」。

程源招來的十個人，都是那家美國公司的「老人」，都在卅五歲以上，工作時間習慣了九五五，但是這幫傢伙的經驗太豐富了，配合也十分默契，工作效率很高。一個月之後，程式框架就基本完成，推出了1.0測試版。

這套系統可以快速查詢測序數據，調用和比較的功能也非常完善，大型資料庫的介面設計也很容易使用，另外還設計有移動手機版本。我們的儀器聯網之後，使用者可以使用自己的帳戶，遠端監控儀器的運行，遙控操作機器等功能。以後其他儀器廠家也可以加入進來，增加物聯網功能。

這套測試版經過幾個實驗室的試用之後，根據回饋回來的意見，改進了一些功能後，推出了公測版本，在一百多所實驗室測試，獲得了很好的評價，再次反覆運算升級後，在軟體公司成立四個月之後，正式版本開始發行。

出乎意料的是，最積極加入的竟然是儀器公司，他們借助軟體的物聯網功能，升級自己的老設備，為新設備配備這套軟體。儀器公司每增加一套軟體，要繳納五佰元軟體費用，給他們一個註冊號，這樣他們就可以把實驗資料放在雲空間裡，不需要再配備一個超大硬碟了，僅此一項就節約了大量儀器配置成本。而軟體遠端操作可以方便地在我們的系統中實現，更是節約了儀器廠的成本。

每套軟體五佰元的價格，很快就賣出了接近一萬套軟體，五佰萬元基本可以收回開發的成本了，今後的其他盈利完全可以保證公司的運行。

我為這套軟體花費了最多的時間，教學時間花費第二多，然後是實驗室的幾項科研專案，佔據時間反而不是很多。工作繁忙緊張，和小潔的見面只是每週一次，其他時間僅靠電話聊幾分鐘而已。

時間過得很快，轉眼就到了年底，耶誕節前夕，孟德爾教授和薩默爾教授收拾行囊，回到美國。預計要到明年三月中旬才會回來。這幾個月的工作讓兩位教授特別滿意，中國的科研氣氛熱烈而高效，限制很少，更容易出成果，比起美國來各有特點。

而我和小潔也商定明年的三月中旬訂婚。今年過年，我的父母也會來鵬城，我們今年在這裡過春節，等到訂婚之後才回家鄉。

明年一月，top-gun 公司將在納斯達克上市，我需要去美國一趟。四月，拓撲罡公司也將上市，各項審核正在緊鑼密鼓地進行著。

這一年，我在國內擔任了五家公司的CEO：拓撲罡公司，兩家實驗室註冊的公司，陳師哥的碳納米管科技公司，基因軟體公司。

最近還有一家公司正在籌備之中，隨著實驗室設備的安裝與系統軟體的發佈，國外幾家儀器廠家找上門來，希望我們代理他們的儀器銷售。這也是一個很大的市場，我準備交給我那四個研究生弟子負責，從籌備到註冊，從招募人員到公司制度制定，都由他們獨立完成，我只是投資，不怕他們犯錯誤，我希望看到一個全新的公司模式在他們手中誕生，他們在這個環境中能快速成才。

連鎖婦產醫院的基因編輯胚胎專案又進行了

兩次，一共實驗了三十二枚卵細胞基因編輯，卅一枚獲得了成功，失敗的那個也許是操作問題，也許是因為培養皿的問題，總之還需要進行確認。

下一步就是使用HIV病人的卵細胞進行再一次的實驗，同時開始申請胚胎試管嬰兒實驗，取得倫理道德委員會的行文批准。這是最難的一步，但卻是最重要的一步，基因編輯嬰兒太敏感了，不得不小心謹慎。

第二十章　飛機上

當新的一年到來的時候，學生們開始放寒假，我也準備好行裝，到美國參加公司的上市儀式。一月的鵬城是最好的季節，草地上各種鮮花開放，空氣中發散淡淡的香味，身穿一套毛料西服，配上襯衫領帶，在十幾度乾爽的氣温裡，非常舒適輕鬆。

在國際機場辦理好了登機手續，進入候機區，一會兒就開始了排隊登機。

忽然，有人拍了我的肩膀一下，我回頭一看，居然是阿梅。她穿著一身淡粉色的西服裙裝，長髮披肩，精明幹練的辦公室女郎形象。

「嗨，阿梅。想不到在這裡遇見你，你也是這個航班嗎？」我問道。

阿梅的笑容很美，「是啊，我去紐約參加總院的年會。」說完打量我一會兒，看看我的身後，「怎麼只有你一個人呢？沒有帶秘書和助理？」

我笑道：「呵呵，我一個窮教師，帶什麼秘書助理啊。」

阿梅一歪頭，長髮遮住了她半邊臉，她抿嘴笑著斜眼看著我，「郝總啊，你的事蹟都上報紙電視了，幾十億的大老闆，好意思跟我們打工仔哭窮嗎？我又不會找你借錢。」

我苦笑著搖搖頭。一頓，換了個話題：「對了，你是建君的閨蜜，我想問你個事情啊。我這次本來想帶著建君去美國，可她一直推脫有事不去，你知道她有什麼事情嗎？」

阿梅用手指整理了一下頭髮，搖搖頭，說道：「我也不太清楚，女人嘛，出門總是麻煩，可能是這段時間會來親戚吧。」

我皺眉思索著，自言自語道：「來親戚？她沒說來親戚啊。而且她離婚一個人，爸媽都去世了，還有什麼重要親戚啊？」

阿梅笑著拍了我一下，哂笑道：「小夥子，對女人還很陌生嘛。看來需要一個女人好好教教你啊。建君她是來姨媽。」

我一愣後恍然，感歎道：「女人真是不容易啊，建君工作很勤勞，幾乎沒有休息日，每天工作十二個多小時，實在是太辛苦了。工廠幸虧有了她，才會這麼順利的投產，我這次從美國回來，一定要好好感謝她。」

阿梅嚴肅地說道：「建君也很感謝你的信任，她是那種士為知己者死的人，特別忠誠，只要你信任她，她就會全心全意為你工作，你可不能辜負她喔。」

我點點頭，排隊到了驗票口，進入了通道，來到座位處。

我訂的是經濟艙，摳門節約的習慣多年伴隨著我，已經深入到了基因裡，經濟艙和商務艙價格差好幾倍，而速度都是一樣快，我可不願意當冤大頭。

我的座位隔著一道牆壁就是商務艙，阿梅的座位是商務艙，正巧就在我的隔壁斜對面，她好幾次好奇地回頭看著我。

我從公事包裡拿出了PAD，打開文件，仔細閱讀。這是基因測序軟體2.0的修改版方案，隨著資料量的急劇增加，雲資料庫的分析速度逐漸變慢，根據客戶的回饋意見，程式源的建議是與專業大資料公司開展合作，擴大雲空間和運算速度，另外最好自己裝備超級電腦。

基因工程的計算量特別巨大，如果要進行兩個人類全基因譜的對比，使用目前的雲計算技術，即使是粗略的計算，也至少要十天才能完成。現在市面上的親子鑑定技術，其實只是抽取幾百個檢測點進行對比，相比全基因譜幾十億點的資料，誤差率其實還是挺高的。但是全基因譜的對比耗資費時，一般人也承受不起。

一般進行一次親子鑑定，只需要幾仟元，而進行一次全基因測序，至少要兩三萬元；進行一次全基因分析對比，則至少要花費幾十萬元。我的計畫中，下一代基因測序儀要能夠同時進行兩套基因的測序，可以邊測序邊對比，測序結束，對比結果也同時得出，這就可以大大降低費用。

要想提高計算速度，完全依靠雲計算是不夠的，雲計算是一種共用資源技術，對一般的應用是足夠的，但對於大規模計算，因為雲計算是間斷性的使用網路計算資源，速度會比理論速度低得多，只有百分之一的速度。

雲技術另外一個問題是安全和保密性的問題，儘管我們簽約的網路服務公司是一家國內著名的有實力的公司，但誰也不能保證他們會一直穩定地保證資料不會丟失，畢竟他們也是使用別人的伺服器。當然還有保密性的要求，資料保存在雲端，雖然自己有密碼，可是對真正的駭客而言，破解這些密碼都不是太大的困難，甚至比小偷開鎖都快。

所以最好還是自己配備一套超算機，現在市面上的超算機，商用的普通型號，價格都在佰萬元人民幣左右，大型的要仟萬元以上，而且每年的升級維護費用，也要用「不菲」來形容。

但是有了自己的超算系統，在運算速度上就會極大提高，同樣的全基因譜對比，只需要十幾個小時就可以搞定。另外的優點是可以獨立資料備份，提高資料的安全性；可以使用特製的加密軟體和硬體，保護客戶的私密。

問題是，隨著資料量的急速增加，一台超算機很快就會不夠用，很可能會需要更多的機器，這是一個成本的「無底洞」。這也是我頭疼的地方，一次投入幾仟萬進去，倒也沒有什麼壓力，但是長期不斷地投入，一旦停止投入，資料庫有可能就會崩潰，這個選擇就比較困難了。

正在我皺眉沉思的時候，聞到了一股淡淡的好聞的香水味道，我茫然抬頭看過去，不知道什麼時候，阿梅坐在了我的旁邊。記得是一個滿身香煙味的中年禿頂男子坐在這裡的，什麼時候換成了阿梅的？我皺著眉頭，茫然地瞅著她，這個時候的我，看起來肯定像是個智力障礙患者。

阿梅噗的一聲笑了，「我剛才和那個人換了座位，已經在這裡坐了一會兒了。我看，飛機都

起飛了，你還不知道吧。」

我轉頭看向窗外，那裡是一片雲霧繚繞，真的唉，飛機起飛了呢。

我回頭訕笑道：「嘿嘿，腦子想事走神了，不好意思啊。」

阿梅翻了一個好看的白眼，撇了撇嘴說道：「應該抱歉的是我，打斷了您的思路，沒準兒一個大創意就這麼丟了呢。」

我關掉了PAD，笑道：「是啊，剛剛有了一個很好的想法，應該可以賺幾佰億美元的，讓你一下子給打斷了。你說你怎麼賠吧。」

阿梅笑著打了我腿一下，抬起手指著我說道：「不要調戲一個單身老女人啊，小心她以身相許。」

「囉。小妹妹，你這麼兇悍，你家長知道嗎？」我驚歎道。

阿梅就這麼微笑盯著我，我居然有點兒不自在起來，這個妖女。「好了好了，算我怕了你，對不起，梅大小姐花容月貌，溫柔體貼，人見人愛，花見花開。回頭就找個稱心如意的郎君，從此過上放蕩的生活。」

阿梅呸的啐了一口，「沒個正行，虧你還是個教授，怎麼教育你的學生。哎，這次你要到美國哪個城市啊？」

我笑道：「我到紐約，待三天，辦好公司的事情，就直接回國。你呢？」

阿梅說道：「我們總部就在新澤西，我要一週後離開。」

阿梅非常健談，我們愉快地聊天，時間過得很快。飛機從鵬城到洛杉磯，要飛行十三個小時，飛機上特別容易犯睏，特別是吃過午餐之後。一會兒，我們就眼神迷離，互相倚靠著睡著了。

等睜開眼，窗外已經天黑，看手錶下午三點半，飛機向東飛，夜晚也提前到臨。我側頭看到阿梅歪著頭，枕著我的肩膀，打著小鼾聲，睡得正香。我不敢打擾她，肩膀不敢動作，鼻子聞到阿梅頭髮散發出的香味，腦中想到了小潔，要是這副樣子被小潔看到，不知道她會怎樣想呢？

第二十一章　上市

在洛杉磯機場降落後，轉乘美國國內航班，到達紐約機場。

一月的紐約，天寒地凍，氣溫攝氏零下十七度。機場暖氣明顯不夠用，溫度只有4-5℃的樣子，與鵬城現在最高20℃的氣候天差地遠。阿梅明顯沒有準備，只穿了一套普通的風衣，凍得瑟瑟發抖，緊緊靠在我的懷裡。提出行李後，我從裡面取出了羽絨服給阿梅穿上，自己只是增加了一件毛衣。

還好公司安排了接機的車輛，先把阿梅送到她在新澤西預訂的酒店，然後到了紐約我的酒店。在酒店見到了美國工廠的總經理約翰先生，紅杉基金的詹姆斯·沃西先生，還有幾個證券承銷商，量子教授是第二大股東這次卻不會出席儀式。

這次上市的路演都是由總經理約翰負責，我和量子教授分別給予他0.5%的股份，辛苦了一年，明天的上市將是最好的報答。

納斯達克的股票評級有三個層次，最高層是全球精選企業，都是知名品牌大公司；第二層是全球企業，經營業績比較好，成長性好的公司；第三層是資本投資企業，屬於新興企業，一般資本比較少，效益一般甚至暫時虧損，但未來有成長想像力的公司。

我們「top-gun」公司屬於第二層，由於生物基因工程屬於熱門行業，這類股票非常受市場追捧，加上這一年多來，市場的良好聲譽，所以承銷商非常樂觀，認為一定會有比較理想的溢價。

第二天，來到華爾街的納斯達克證券大樓。納斯達克是電子股票交易市場，不像道鐘斯股票，還保留著人工交易。這裡只有一塊塊的大螢幕，顯示著各個股票的價格波動情況。

一月是新股上市的淡季，今天只有三家新股

票上市，早上九點半，我們十幾個人站在螢幕牆的前面，隨著股市的開啟，出現了我們「TOPGUN」股票的資訊。開盤價格是廿美元，一共發行兩億股，市值四十億美元。

我們開啟了香檳，碰杯，拍照，儀式結束了，就這麼簡單。

旁邊忽然傳來了一聲響鑼，這是一家來自港城的網路公司登陸納斯達克，港城的本地股票上市，都會在儀式上鳴鑼，他們把這個習慣帶到了紐約，的確是挺新穎的。我們幾個放下酒杯，過去參觀一番。

另一家上市公司慶祝活動搞得更加熱烈，還邀請了明星助陣，記者採訪等活動。相比起來，我們公司的上市儀式有些太寒酸了，下次如果在國內上市，一定要搞得熱鬧一些。

我們在旁邊看了一會兒股市，新上市的股票沒有漲跌板限制，僅僅半小時，我們股票的價格就拉升到了廿六美元，據承銷商説，今天的股票價格預計會突破三十美元。

一月雖然是上市的淡季，但卻是交易的旺季，股票價格在第一季度大概率會上升。到了第二季度，從四月開始，納斯達克的上市進入旺季，每天至少有十幾家上市企業，但股票的價格大多數會有所下降。

當我們回到酒店，吃著自助午餐時，股票中午休市的價格，已經達到了廿九點五美元，下午一定會突破卅美元。

今天手機資訊不斷響起，都是慶祝股票上市的，下午我在酒店裡，忙著回信，等到了休市，價格已經達到了卅二點五美元。TOPGUN股票的市值達到了六十五億美元，我擁有30%的公司股票，身價升到了接近廿億美元。

晚上，我們在一家夜總會開了一場Party，邀請了合作的客戶，包括德州儀器，HP電腦等，還有思科軟體公司，客戶有幾個重要的生物實驗室的負責人參加。除了邀請了幾個歌星演出助興，還有大批美女助陣。

像這樣的商業Party，參加聚會的幾個老闆，都帶著自己的夫人，大家聽聽歌，跳跳舞，端著酒杯，隨意地聊天，我和幾個老闆商談甚歡。

HP電腦剛剛推出了一款新型超級電腦，性能很好，而且十年內保證升級維修服務，每台給我的優惠價只要一佰萬美元，我訂購了五台，隨後會找他們簽訂合同。

我和幾大實驗室的主管商定，今後他們介紹的客戶，每台機器給予他們實驗室10%的贊助金，鼓勵他們推廣我們的設備。

我們熱烈討論公司未來的發展，我介紹了在中國的企業情況，他們都非常感興趣，特別是簡化版測序儀的生產，基因引導環的製作，基因網路資料庫的使用，中國基因藥物的研發情況等，這些產品在美國也有很大的市場空間，他們也紛紛表示有興趣去中國考察，今後進行合作經營。

聚會結束後，送走了客人們，回到酒店的房間，洗澡上床後，拿起手機給小潔通話，此時的鵬城正是中午，小潔應該是休息時間了。

「輝哥。」電話裡傳來小潔的聲音，還是那麼温婉動聽。

「小潔，在做什麼呢？」我問道。

「今天是週末，陪爸爸媽媽吃飯，正在說你呢。」

「是嗎。原來是董事長大駕光臨了，校長現在一定是誠惶誠恐吧。」我玩笑道。

「開著免提呢。」小潔趕緊提醒我，隨即傳來手機被奪走的聲音，王校長的聲音傳來：「好你個小郝，原來背後一直在編排我。」

我趕緊回答，「不敢啊，校長，您和夫人相敬如賓，舉案齊眉，眉飛色舞，誰不欽佩……」

校長打斷了我的嘮叨：「好了好了，別胡說八道了，說正事，我今大看了美股報導，你們公司上市了，而且股價大漲，恭喜你啊，成了一個創業富翁。不過你不可以只顧享受，要在科研的道路上繼續探索，不斷前進。」

我趕緊回答道：「是，校長，學生謹記您的教誨，努力工作，視金錢如糞土……」

校長笑罵道：「滾，我正在吃飯呢。現在聽

聽董事長的訓話吧。」

伯母在笑罵聲中接過電話，說道：「小郝啊，恭喜你了，公司上市，事業有成，下一步就要準備成家了。聽說你爸爸媽媽準備來鵬城，幾時能到啊？」

我說道：「伯母，我爸媽預定是二月二日的飛機，想在過年之前和您見一面，您看看什麼時間方便？」

伯母說道：「很好，那我們就在二月六日見面，今年過年是二月十日，我們今年會在港城一起過年。你美國那裡是半夜了，忙了一天，好好休息吧。」

掛斷電話，我深呼吸一口氣，是的，我準備好成家了。電話鈴聲響起，我拿起手機，居然是阿梅的電話。

「喂，大老闆，恭喜發財吆。」電話裡傳來阿梅故作粗聲粗氣的聲音。

「去你的，三更半夜來嚇人，你精神不錯嘛。」我沒好氣說道。

「怎麼，打擾了大老闆的夜生活，您生氣了嗎？」這次換成了嫵媚的女聲。

「哪有夜生活，現在洗洗睡了。」

「是這樣的，明天是週末，維佐拉家裡舉辦一個燒烤Party，你有空參加嗎？」

「好啊，明天沒有什麼事情，我去。」我答應道。

「我得提前告訴你，這是一個HIV志願者團隊的聚會，維佐拉是這個團隊的隊長，這樣的聚會，你還會參加嗎？」

「沒有問題，我在美國待過好幾年，也參加過這種公益性聚會的，什麼大場面沒見過。這是很好的事情啊。」

我曾經跟隨量子教授參加過幾次慈善公益活動，這也是美國社會當中比較好的一種行為，國內雖然也有，但數量太少，似乎慈善公益只是富人的行為，我沒錢就不參加了的感覺。其實慈善公益應該每個人都參與進去才對。

「那好，你明天下午兩半點到達吧，我把地

址發給你，好了大老闆，晚安。」阿梅模仿林志玲的娃娃音，還真是很像呢。

第二十二章　營地篝火

維佐拉的家位於長島的別墅區內，距離曼哈頓只有三四十公里，幾座平緩的小丘陵，高大的落葉樹木，掩映著一座座精美的別墅，不遠處就是沙灘和大海。

這裡富豪雲集，房價高居全美之冠，維佐拉的前夫是一家投行的老闆，在長島有幾處房產，離婚之後，這處別墅就判給了維佐拉，而這裡就成了「營地篝火」志願團的活動場地。

今天的天氣很好，陽光明媚，溫度適宜，在導航的引領下，我開車沿著海岸線前行，很快就到達這座臨海別墅。沒有圍牆和大門，只有一些灌木圍繞著一片草地，別墅是一座左右對稱的美式三層樓建築，每層的面積至少三四百平米，外觀看起來挺簡樸的。

我開車進入停車場，進入樓房的門口，是一個不大的接待廳，有一個小小的吧台，一位年輕的女孩站在台前，身後有一個大男孩正在擦拭一面壁畫牆，那個牆面是用細小的馬賽克瓷磚拼接好的圖案，一幅海邊篝火圖，人們圍著篝火跳舞。上面文字標注是「營地篝火志願團」。

那位女子問道：「您好先生，請問您找哪位？」

我收回了打量壁畫的目光，說道：「我叫郝，阿梅女士約我過來的。」

那女子說道：「哦，是的，郝先生，阿梅已經交代過，皮特，你領這位先生進去吧。」那位叫皮特的男子放下抹布，領著我進入了別墅的內部，穿過一道門，眼前是向南的玻璃大廳，明媚的陽光充滿了房間，裡面已經有十幾個男女，中間放著幾個大桌子，周圍還有一圈沙發和茶几。有站著切菜的，有坐著串肉串的，有正在揉麵做麵包胚的，還有正在醃制魚肉海鮮的，熱氣騰騰，一片忙碌交談的景象。

我很快就看見了阿梅和維佐拉，他們正在把肉串放到托盤上，看到我進來，連忙向我招手。我向她們打招呼：「好久不見了，維佐拉，想不到你還有這麼好的一處大房子，面朝大海，春暖花開啊。」

維佐拉穿著一件白色的高領毛衣，頭髮梳成髮髻，很高雅，她笑道：「你要是喜歡，這裡隨時歡迎你，這裡是一個大家庭。」

阿梅今天穿著粉紅色的絨衣，圍著一件廚師圍裙，臉上紅撲撲的，忙得出汗了。她上來挽住我的胳膊，笑道：「既然郝先生都到了，就讓大傢伙兒都歇歇吧，來來，給你換上工作服。」這個娘們，居然準備把我當大牲口使用。

維佐拉笑著打了阿梅一下，「別聽她胡說，都已經準備好了，三點就會開始，外面已經開始生火了。」

人們收拾好食材，整理好走出玻璃大廳，外面是石頭鋪設的院子，一道小小的柵欄外面，就是金黃的沙灘，遠處是蔚藍的大海，這裡是一片海灣的內海，海面非常平靜，只有很小的波浪，微風帶來了海洋的味道。

燒烤爐中的炭火被點燃，PARTY正式開始。聚會一共有三十多人，男女老少各種人都有，這個聚會沒有酒，也沒有人抽煙，燒烤好的菜肴就端到一排自助餐盤中，隨個人喜好取用。飲料只有礦泉水和蘇打水，食物不用辣椒，油脂也很少，非常清淡健康，這也符合我的生活習慣，我也不喜歡吃油膩辛辣太多的食物。

阿梅和我走在一起，拿著一個盤子，盛了兩隻烤肉，一些蔬菜，她給我介紹「營地篝火」志願團的情況：「這裡的志願者，大部分都是HIV患者，他們是最熱心參與活動的人，有些到醫院照顧愛滋病病人，有些幫助情緒低落的病人，有些給窮困的病人提供食物和工作。在美國，雖然宣傳上講不能歧視愛滋病人，但實際上，他們在生活和工作中經常被欺負，被排斥，基本很難找工作。」

我問道：「那麼志願團的資金來源是什麼呢？」

維佐拉走了過來，說道：「主要是一些基金會的撥款，在美國有三百多萬HIV患者，我們這樣規模的志願團有很多，所以基金也不夠用，只能維持日常簡單的開銷。還有一部分是有些團員的捐贈，就像那個女士，詹娜小姐，她有自己的一家美甲店，她會就招聘一些人去打工，還會給一些捐款。」

阿梅說道：「剛才領你進來的那個大男孩皮特，今年上大學二年級，他從小就得了HIV，原因很恐怖，他的爸爸不願意養他，竟然把愛滋病人的血液注射給他，讓他得了愛滋病。但這個男孩堅強地活了下來，至今身體也很好，他熱心公益活動，是『營地篝火』團隊的骨幹。後來他爸爸被抓進監獄，皮特以後也沒有怨恨他，還到監獄去看望他，皮特真是一個善良的人。」

我感歎道：「人們歧視愛滋病人，認為他們是濫交、吸毒、同性戀，是一幫墮落的人，受到上帝懲罰的人。這是不對的。」

維佐拉遞過兩盤烤土豆，說道：「是的，他們只是一些不幸的人，人們被欲望支配，總是難免做出一些荒唐事，只是他們比較不走運。那些沒有得病的人應該引以為戒，更不能歧視HIV病人。世界上的HIV病人每過七八年，數量就會增加一倍，現在世界上公開資料已經有超過3000萬攜帶者，實際可能比這個數字多得多。這是一個可怕的速度。除了呼籲人們克制自己的行為，醫學和生物學的科學家應該打破各種禁忌，儘快研究出治癒愛滋病的措施，消滅這種疾病，像消滅天花一樣，讓這種病毒在人間絕跡。這也是我，對上帝許下的諾言。」

我欽佩地看著維佐拉，這個消瘦的女人，眼睛炯炯有神，看著這些團員們，充滿了愛的光輝，我心想：「這是一個聖女啊，為了拯救病人，不惜離開富豪的生活，把家捐獻出來。我一定要儘量幫助她們。」

「兩位美女，本人最近發了一筆小財，想捐

獻出一些，做一點善事，以感謝上帝的眷顧。不知道是否可以給你們團隊捐獻一點兒錢呢？」

阿梅鼓掌笑道：「好啊好啊，你現在是大老闆，給我們捐獻多少啊？」

我拿出了支票簿，寫下了廿萬美元，簽上字撕下來遞給了維佐拉，說道：「小小意思，請收下，希望能幫助到你們。」

維佐拉雙手接過支票，連聲感謝，「郝，謝謝你，你有一顆善良的心，我們大家都會感謝你的。」說完就把志願團的幾個人召集過來，向他們說了我捐款的事情，他們過來表示了感謝，我謙虛地回應著。

其實，這點錢並不能解決HIV患者的問題，最重要的是找到一種可行的治療方法，能夠治癒愛滋病。我暗下決心，以後要捐款給國內外的志願者團隊，資助愛滋病治療研究機構，為消滅愛滋病做出貢獻。

我問阿梅：「我們國內也有這樣的志願者團隊嗎？」

阿梅說道：「國內有不少的，有團委組織的青年志願者，有紅絲帶組織，還有聯合國愛滋病規劃署等等，很多病人結成了互助微信團，病人們互相問候，有困難就會互相幫助。我們科研組在鵬城建設了一個志願團隊，是『營地篝火』的分支，一開始是為參加HIV生育的患者建立的，現在會員已經有八百多人。志願者中，有患者，也有正常人，大家一起給社會上的病人解決困難，提供需要的服務。」

維佐拉聽到我們的對話，接著說道：「根據研究發現，愛滋病人的心態非常重要，積極自信，對未來抱著希望，規劃好生活的病人，可以存活很長的時間，基本與正常人無異，而且健康狀況也好得多；而消極恐懼，甚至自暴自棄的病人，存活超過十年都很難。其實即使是正常人，如果存在和他們一樣的恐懼無望的精神狀態，也不可能活太久。所以，殺死他們的不僅僅是愛滋病毒，還有他們的精神狀態。」

「是的。」阿梅說道：「HIV病毒在猿類身

體中廣泛存在，但是猿類很少發病，基本和正常一樣，這應該和它們不受心態干擾有關，而這種心態干擾，大都來自與社會上對愛滋病人的恐懼與歧視。我們志願者要做的，就是幫助人們瞭解HIV，消除歧視和恐懼，建立信心和希望。」

我說道：「維佐拉，阿梅，你們的工作很偉大，這讓我也理解了你們為什麼那麼執著於胚胎基因編輯實驗，我以後也會盡我所能地幫助你。對了，你們這裡有Δ32變異的人嗎？」

維佐拉指著一個端著盤子的中年女子，一邊招手一邊說道：「愛麗絲就是愛滋病免疫者，她的父母是芬蘭人，而且是兩個染色體基因位點都是Δ32變異，是純合子變異，這非常稀少。愛麗絲非常支持我們的基因編輯研究工作，而且她還是無償血液捐助者，造血幹細胞捐獻者。」

一個人的基因雙鏈，一半來自父親，一半來自母親，如果兩邊都發生變異，就是純合子，在變異人群中，也只有不到10%是純合子，在北歐的白人中也只有不到1%的比例，這種變異可以完全免疫各種愛滋病。只有一個基因位點的變異者，叫雜合子變異，只能免疫HIV-1型愛滋病，對HIV-2的免疫的能力就差一些，不過雜合子比例高得多，接近北歐白人的10%。

HIV-2病毒很少見，只在西非某個地區比較多，國內只發現了少數幾個。HIV-1的發作速度和毒害性遠遠超過了HIV-2病毒，HIV-2病毒繁殖比較慢，毒性小，基本不太會影響人的壽命。而感染了HIV-2病毒的患者，很可能對HIV-1有了免疫力。所以，有些機構研究用減毒的HIV-2病毒做疫苗，植入人體以免疫HIV-1病毒。不過這也是個危險的方案，一旦免疫失敗，HIV-2也會帶來愛滋病相近的後果。

這家研究機構還徵集了志願者，他們自願植入了HIV-2病毒，並開始實驗是否對HIV-1免疫。我對這些志願者報以最大的敬意，這世界上總有一些勇敢者，為人類奉獻一切，他們是人類進步的原動力。

愛麗絲走過來，她皮膚白皙，頭髮淡金色，

過來拉著維佐拉的手，靠在她身邊，雖然是四十多歲的中年婦女，可還是性格有些靦腆，不善交際的一個人。我們互相介紹之後，我問道：「愛麗絲，你的血液是否會對愛滋病有療效呢？」

愛麗絲說道：「我的血液是專門捐助給愛滋病治療醫院使用的，美國我知道有五個和我一樣的 Δ32 純合子變異血液捐助者，我們的血液對有的愛滋病患者非常有效，可以大大緩解病情，但有的效果不大，這應該是與抗體是否符合有關係。因為歐洲有兩例造血幹細胞移植後，治癒愛滋病的病例存在，所以我的造血幹細胞被醫生拿來研究，只是到現在我還沒有遇到一個適合移植的。」

我又問道：「那你的這個純合子基因遺傳下去了嗎？」

愛麗絲說道：「沒有，我的兩個女兒沒有遺傳純合子基因，因為我的丈夫不是 Δ32 變異者，女兒們只有一個基因位點有突變，屬於雜合子基因，只對 HIV-1 有免疫作用，不過也很難感染愛滋病了。聽維佐拉說你們的基因編輯實驗，可以製造出純合子的基因變異，這是真的嗎？」

我看了一眼維佐拉，她點點頭，看來對愛麗絲可以絕對信任的，我說道：「是的，我們製造的胚胎都是純合子的基因，基因編輯引導環把兩個基因位點的 CCR5 基因都刪除了。卅三例中只有一個是雜合子，應該是引導基因的問題，我們還會繼續實驗，以確定準確性。」

愛麗絲道：「如果這個孩子生下來，那麼，他也會和我一樣免疫愛滋病了嗎？」

我說道：「從來沒有生下這樣的嬰兒，誰也不知道會是什麼樣子。不過應該是可以吧。只是這個實驗，需要得到倫理道德委員會的批准。」

愛麗絲問道：「如果他們一直不批准呢？那就一直不實驗了嗎。」

是啊，如果不批准，到底做不做了呢。道德委員會的批准。

想讓一幫官僚承擔責任，估計極大的概率是不可能通過的，一百年也不可能，絕對不可能的事情。

那麼就這麼什麼都不做，讓愛滋病人在絕望中死去嗎？

就這麼什麼也不做，任由愛滋病發展，讓三千萬愛滋病人變成三億，三十億人，最終會輪到我們自己，輪到我們自己的孩子們，有一天如果他們也得上這種病，也在絕望中等死嗎？

不，我不願意。

我看到維佐拉和阿梅的眼睛中，也有一股倔強的神情，我知道了我們是同道者。

有些事情必須要做，必須有人去做。至於這麼做正確與否，是否符合倫理道德，就讓歷史去評說吧。

第二十三章　申請

隨著春節的來臨，鵬城的人們像是北歸的大雁，紛紛飛離這裡。街道變得寬敞明亮，汽車的速度變快了，擁堵不見了，連空氣也似乎清新了許多，充滿了輕鬆的感覺。

今天我開車去機場接我的父母。好久沒有見到他們，心裡還真是激動啊。

從美國回來後的半個月，是在更加忙碌中度過的。

我的四個研究生沒有放假回家，他們組建的儀器公司正式開業了，我投資了全部兩仟萬元啟動資金，擔任董事長，擁有60%的股權，他們四個分別有10%的股權，只是我這個董事長基本不參與日常管理，只管拿分紅就好。

他們在學校旁邊的孵化創業園區租了一套寫字間。因為屬於大學創業團隊，享受各種稅收優惠和補貼：免稅三年，免租金一年，每招聘一個大學畢業生，補貼公司五仟元，還有專案申報特批的優惠等等。

有如此的優惠，他們四個人放開手腳招人，短期內就有了一百多名正式員工，現在正在聘請的培訓公司裡進行技能上崗培訓。他們準備在幾個大城市設立分公司，建立實驗室，首先在大學和質檢機構推廣，鋪開儀器的銷售管道。

管冊是一個銷售方面的歪才，他的胡攪蠻纏能夠輕鬆打開別人的防備，讓人不自覺地親近他，他已經帶著兩個助理，做成了兩個十幾萬美元的訂單，公司有了第一筆收入。

代昆就很適合售後服務，鞏固客戶，除了調試設備外，還要為客戶培訓操作人員，提供消耗品和一些配套的小設備，他與客戶們建立了很好的關係，他們都願意幫助推薦我們的儀器。

何霞主管財務和內勤，應該說她是一個被生

物學耽擱了的管理人才，她把財務、人事、培訓等部門管理串聯得井井有條，讓每個人都發揮出最大的能力。

周玉芬現在成了研發的主管，國外來的儀器要進行軟體的改造，基本是她在完成，一些儀器的改進也需要她把關。

我認為他們四個可以很好地互補，這個公司絕對會發展壯大的。

拓撲工廠的生產線現在已經達到了三日產兩台測序儀的水準，工人們配合已經熟練，現在正在插入多一倍的人手，開始學習裝配，準備開設中班，中班從下午四點到晚上十二點，實行兩班輪換制。

新的生產線正在安裝過程中，因為第一條生產線已經積累的經驗，進度非常快，預計兩個月後就可以投產。

陳師哥的工廠搬遷了新的位址，他購買了一處科技園第三期的廠房，廠房有三千平米，但陳師哥把它拆掉重新修建了三層的廠房，廠房面積增加到一點五萬平米，這筆花費，加上配套設施，廠房裝修，設備添置等，花費超過一點五億元，陳師哥放膽貸款一億元，準備大幹一場。

去年陳師哥生產分線刀五萬隻，每支三仟元，扣除成本和設備購買，賺了接近八仟萬元。新型的分線刀採用鎳鈷合金代替鉉鉑合金，性能基本接近，而生產成本大幅度下降，我們準備生產新型的低價格測序儀，這種分線刀我給的採購價是八佰元一個，利潤也相當好。

隨著高解析度螢光顯微鏡的使用，碳納米管引導環的製造已經開始了半自動化生產，由原先每人每天手工拼裝只能製作不到十個，提高到每人每天二千個，價格從一佰元一個，下降到十元一個。新的自動化生產線正在設計研發中，預計將來一條生產線使用五名工人，每天可以生產十萬多支的引導環，價格將降低到一元一個，基因編輯的價格將大大下降，從事基因工作的人員將不再為昂貴的藥劑成本擔心，而我們也將會壟斷引導環市場。

陳師哥是一個銳意進取的人，他的目光瞄準了碳納米管電極的技術開發，他採用改性導電陶瓷底層，使用電火花法生成了單壁碳納米管電極，這是一種高性能的鋰電池負極材料，可以把聚合物鋰離子電池或者超級電容的儲能係數提高接近一倍。

碳納米管電極是一項方興未艾的新技術，但都還沒有達到批量化。高昂價格無法為市場提供大量的電極產品，陳師哥已經在實驗室製備了不使用貴金屬材料的碳納米管電極，批量化生產工藝正在實驗中，已經沒有不能解決的困難。

一旦這種產品推向市場，將會在鋰電池和超級電容市場獲得大量的訂單，每年幾佰億元人民幣銷售額不是夢，甚至可能會有更大的市場空間。

在機場的出口，我看到父母拖著行李箱，東張西望地從裡面出來，三年沒有見面了。他們顯得老了許多，步態也有些蹣跚，我感到眼睛發酸，趕忙忍住淚水要流下來的衝動，向他們揮手。媽媽走上前抱住了我，身體輕輕顫抖，眼淚流在我的肩頭。爸爸微笑地看著我們，這一刻，我感覺溫馨而踏實。

我住在書房，加了一張小單人床，讓父母住臥室的雙人床。以前感覺寬敞的小屋，現在有些擁擠了，中國人結婚要買房子，我也要準備了。

前幾天和小潔談起買房子的事情，這件事一定要徵求女方的意見，小潔說等兩天再說，結果這個星期天，她帶著我去看了董事長安排的房子。

第一處是座四層樓半山別墅，有六百多平米，裝修豪華，距離學校不到十公里；第二處位於南山區市中心名城廣場的頂層豪宅，整個頂層只有兩家住戶，每一家都有五百多平米的面積，也是各種傢俱家電齊全，拎包就能入住。這兩處房產的價格，每一處都是幾仟萬的價值。

小潔傳達董事長的指示，將來讓我們隨便選一處自己住，另一處給親家住。就不要再另外買房了。

阿梅回國後，開始為新的實驗目標申請批准手續，報告遞交上去後，猶如石沉大海，兩週之

後，醫院的大老闆從澳大利亞回來，親自召見阿梅，兩人談了很久，第二天阿梅找到了我，我們在科技園的實驗樓見面。

阿梅穿著一件深色的風衣，臉色很疲憊，頭髮也很潦草，我給她倒了一杯咖啡，說道：「看著你現在的樣子，我很心痛，你要堅持下去，不要放棄治療啊。」

阿梅一愣，下意識地問道：「什麼治療？」

我隨手翻過來一面鏡子，給她照著看自己的尊容，一面笑道：「你看看你自己的樣子，一點兒都不化妝打扮，像個討飯的女神經，哪個男人會要你。你趕快覺醒吧。」

阿梅看到自己邋遢的樣子，捂住嘴驚聲尖叫了起來，轉身就跑到衛生間補妝去了。我不由得搖頭，幸虧是在假期，實驗室沒有多少人，不然聽到這聲尖叫，肯定以為我把這個瘋女人怎麼怎麼樣了呢。

一直過了十幾分鐘，阿梅才從外面進來，收拾得煥然一新，她坐下喝了一杯咖啡，才說起實驗審批的事情。

「陳總和我談了，他很希望看到抗ＨＩＶ嬰兒能夠誕生。人為設置的倫理禁區早晚會被打破，只是這第一個打破禁區的人，一定會成為布魯諾那樣的悲劇人物，被捆在火刑柱上活活燒死。」

我笑了，說道：「沒有你說的那麼可怕，現在是什麼社會了？還有宗教裁判所嗎？他們能拿我們怎樣？把我們也給燒了，沒有那種可能性。哪一條法律能殺死追求真理的科學家。頂多是開除學校教師的資格，不讓你當醫生了。我還會在乎那一點點工資嗎？放心吧，有我這個大老闆兜底，餓不死你，也不會成布魯諾的。」

阿梅擔憂地看著我，說道：「建輝，人言可畏，輿論是一把殺人的刀，能把人架在火上烤，再強大的勢力在輿論面前都不堪一擊，你不要小看了。」

我點點頭，說道：「你放心吧，出了事情，頂多不做科學家，去當企業家就是了。」

阿梅說道：「這個實驗，最重要的是得到倫

理道德委員會的批准，陳總已經搞定了同意書。但是提前告訴我，一旦事情洩露，醫院就會否認這份授權書的真實性。要不然整個醫院，全國各個城市幾百所連鎖醫院，都將毀於一旦。那就太可怕了。」

我也不禁猶豫了起來，是啊，如果我不做這項實驗，也會擁有佰億元的身家，心愛的妻子，前程遠大的事業。

但是當我想起「營地篝火」社團裡愛滋病人希望的眼神，就下定了決心，我必須做這件事，既然上天給我一次這樣的機會，就要努力去完成，雖千萬人吾往矣。

我點點頭，「是的，為了愛滋病的治療，我決定去做。」

我站起來走到窗前，溫暖的陽光灑滿窗外的院子，池塘邊的小亭子，門衛大叔端著魚食正在給游魚餵料，魚兒們張著嘴擠在一起，爭先恐後地等著魚食落下。

我說道：「你們的實驗室太小，而且人來人往的，很難保密。不如就搬到這裡吧。我把這個實驗樓空出來，讓這些病人單獨使用，避免和其他人接觸。這裡我也會清空人員，另外建設一個新實驗室，接續的這段時間，大部分實驗放到學校那裡……」

忽然之間，一雙手臂抱在我的腰上，一個柔軟豐盈的身體貼在我的後背，一個光滑的臉頰貼在我的臉龐，我不由得身體發硬，「阿……梅，別……這樣，我……我是有主的人了。」

腰間的胳膊抱得更緊了，我感覺後背有兩個肉球頂著，想不到這個女人還挺有料的。阿梅說道：「建輝，你剛才的樣子真的好帥，讓我抱一會兒吧。」

可能是做賊心虛吧，我看到那個喂魚的大叔似乎抬頭向這個視窗看過來，似乎聽到門外有人走路的聲音，我拍拍阿梅的手，「有人來了。」

阿梅趕緊鬆開手，走回去坐下來，端起咖啡喝了一口，隨後兩手緊緊捂住通紅的臉，低下頭把臉埋在長髮裡。

我也坐下來，小心臟跳得撲通撲通的，這他喵的太刺激了。

「我是有媳婦的人了，丈母娘老厲害了，你可別找不自在，給自己惹麻煩。」我告誡道。

阿梅抬頭狠狠盯了我一眼，哼了一聲，拔腿就走了。

第二十四章　訂親過年

進入二月，鵬城繁花似錦，大學校園裡沒有了學生，大多數老師也回家過年，校園顯得冷冷清清，但這很合我父母的意，他們住在農村小鎮清淨習慣了，剛來鵬城時，對鵬城巨大的人流和噪音非常不適應，我對他們說，這還是學校的學生大部分放假回家了，等開學以後，那時候會更熱鬧，要是進了市中心就更加噪音巨大了。

王校長一家今年在港城過年，春節前他們夫妻和我父母見了一面，選在一家普通的飯店吃了一頓飯，這是我要求的，不要找豪華酒店，就是一般中等的酒店就好。我沒有想到他們談得很開心，王校長也是曾經吃過苦的人，出生在胡建的山區，生活也是蠻艱難的，校長夫人就是那時候去鄉間旅遊認識了校長，後來校長考入魔都的大學，與校長夫人再次相遇，結婚成家，說起來也是一段精彩的人生故事。

我的父親是山村小鎮出生，後來考入山海市讀師範學校，和同鄉的母親較好，畢業後一起回到家鄉當老師。從我的內心講，我希望找一個像我媽媽那樣的女人做妻子，能夠同甘共苦過一生，得妻如此，此生足矣。

爸媽對小潔十分滿意，希望我們能早點結婚，校長夫人說以前請高人給小潔算過命，那位高人說小潔要三十歲之後才能結婚，否則一定會離婚。

兩家老人約定在三月十六日辦訂婚儀式，酒店由校長夫人選定，到時候校長夫人家的幾個姐妹會來；男方準備一套首飾，我家只有我父母兩個人到場。校長夫人邀請我父母春節後到香港遊玩，我父母也愉快地答應了。

我和小潔坐在父母身邊，靜靜聽著他們的安排，側臉看了一眼小潔，發現她一雙大大的眼睛

一直盯著我看。我向她微微一笑，笑容立刻也出現在愛人的臉上，像花兒開放，整個房間都亮了起來。

馬上就要春節了，從美國ＴＧ公司訂購的三台超級電腦到港，程源帶著四個同事沒有回家過節，就在公司裡面加班加點地安裝調試。在大年三十的晚上，我開車到公司，送去酒菜，在實驗室裡和他們幾個慶祝新年。

一分錢一分貨，幾佰萬美元沒有白花，新的超算性能非常好，許多以前做不到的功能，現在可以輕而易舉地完成。他們幾個準備整個春節假期不回家，爭取在春節公共假期結束之前，調試好新的軟體系統。這套系統的功能非常強大，可以迅速完成全基因對比和分析，速度比以前提高幾千倍。我們相信推出市場後，一定會受到極大歡迎。

員工們如此賣命，老闆自然不能吝嗇，我給每人派發十萬元過年紅包，引得他們高聲慶祝，連連用礦泉水敬酒，我灌了一肚子水回家睡覺。

春節要打電話拜年，我接到了阿梅的電話，她說已經開始招募ＩＶ生育的志願者，現在已經有二十多對夫妻報名，估計節後會更多，因為保密的原因，都是阿梅逐一電話聯絡的，基本上每一對被詢問的夫妻都同意參與志願實驗，但阿梅要求他們保守秘密，不要在朋友圈散發消息，這個實驗是否能夠進行還是一個未知數。

我給我的老師們打電話，高中的班主任祝賀我事業有成，希望我在有空的時候，回學校給同學們做個演講，鼓勵學生們更好地上進。我想也的確應該回報我的學校，找時間一定要回去一次，捐點款，出點愛心。

我給人大的恩師沈金虎教授拜年，沈教授正在參與國家核聚變反應堆的研製，春節也不休息，時間很緊張，他說這座反應堆是世界上最先進的，已經進行了數次時間超過半小時的核聚變實驗，創造了多次世界紀錄。不久的將來，核聚變就會來到世界上，提供源源不斷的能量。我為我們國家驕傲，在高能物理領域，我們國家已經站在了最前沿。

我給美國的量子教授打電話拜年，他很驚奇，這還是第一次有人給他拜中國年。他現在正在參加一項美國國家基因協會組織的DNA對照蛋白質組資料庫工作，彙集全世界的檢查資料，組成一套人體蛋白質和DNA結構的對照表，為病理分析和藥物研發提供基礎資料。我告訴了他我們的超算資料庫，他非常感興趣，囑咐我資料庫上市的時候，一定要給他試用一下。

我們的top-gun公司股票，現在的股價已經達到了五十美元，但這對我們這兩個原始股東沒有什麼意義，我們也不會賣出自己的股票，我們只是依靠分紅就足夠了。這次到三月份進行的股票分紅，公司今年的銷售額超過了十億美元，準備拿出一點二億美元進行分紅，我預計會得到三仟萬美元股票分紅，而量子教授會得到二仟萬美元。

教授問我準備拿這些錢做什麼用，我說準備在國內再成立兩家公司，一個是基因測序公司，一家藥物研發公司。國內對基因測序的需求量增加很快，市場利潤相當不錯。藥物研發就更是國家積極鼓勵的產業，市場前景也相當廣闊。

量子教授已經六十五歲了，他倒是有些想享受生活，已經購買了一處小島，正在裝修，他準備休休假，調養一下疲憊的身體，邀請我結婚後，去他的小島遊玩，這倒是個不錯的蜜月旅行目的地。

給孟德爾教授打電話拜年，他正在忙著做實驗，他說諾貝爾獎已經通知他成為了生物獎候選人，原因是他的基因引導環的設計，今年或者明年，孟德爾教授的發明都有很大的機會榮獲諾貝爾獎。

電話被薩默爾教授接過去，原來這位女狂人教授也在這裡做實驗。這次回鵬城孟德爾教授會晚一些，三月份女教授會先獨自到鵬城，她已經研發了新式的培養皿，由可調比重的仿羊水液體組成，可以使得胚胎懸浮在液體中。這次她要實驗胚胎的長時間體外培養，爭取能超過一個月的

生存期。

我告訴了她我們正在招募HIV志願者，準備進行抗艾滋嬰兒的實驗。女教授很激動，她強烈要求能夠參與這個實驗。我要求她嚴格保密，她毫不猶豫就答應了。

我和小潔陪著父母到港城遊玩，我們一起到珠寶店購買了鑽戒和一套首飾，訂婚時候作為聘禮使用。

當天晚上我就匆匆回到了實驗室，新軟體系統的發佈就要開始了，這幾天正在進行緊張的測試。我作為一個熟練的基因分析師，還是一個重要的組織者，必須是全程跟蹤的，現在也過上了七二四的愉快生活。

當社會上的春節假期結束，我們的軟體也在市場上發佈，極高的運行速度，友好清新的介面，專業的分析結果，立刻受到了市場的熱捧，很多儀器廠家要求購買正式版本，用於連結儀器的安裝系統，即使我們每一部全版功能收費伍仟元，他們也毫不猶豫地接受。開售僅僅一週，就售出了一千多套系統，看來又是一款熱銷的產品。

阿梅帶著倫理委員會的授權書找到了我，我拿著計畫書和批准函找到了王校長，這個實驗必須向學校彙報。我的準岳父校長看過報告，卻陷入了沉思。

「建輝，這個實驗的重要性我也清楚，可是風險太大了，太大了。一旦出問題，有可能學校就會承受巨大的風險，這個責任不是我一個人能夠承擔的，我要開一個校長會，統一意見才行。你怎麼看？」

我說道：「校長，我知道這個風險很大，這樣您看行不行：科技園的實驗室股份全部轉給我，學校的實驗室股份全部轉給學校，這個實驗只在科技園進行，出了問題我一個人承擔。」

準岳父搖搖頭：「年輕人有勇氣是好的，可是這個實驗的風險太大，你一個人是承擔不了的，你畢竟是學校的老師，出了問題，學校不能逃脫責任的。」

我不禁有點兒生氣，為什麼總是責任責任

的。難道拯救愛滋病人不是責任嗎？那些為醫學獻身的精神，難道就不再重要了嗎？

我說道：「校長，要不然我就從學校辭職好了，我不是學校的老師，就不會牽連到學校了。」

校長有點兒不高興了：「小郝，你是我的女婿，我要為你和小潔考慮，也要為學校考慮。我對你現在的成就很滿意，相信你將來一定會成為基因生物領域的學術領頭人，我也不反對你更進一步，取得更好的科研成果。可是，基因編輯嬰兒……」校長拍拍那份報告，「實在是太敏感了。」

校長會上，劉副校長不置可否，侯副校長很贊成我的計畫，而歐陽院長堅決反對。

歐陽說道：「這件事簡直是喪心病狂，一點兒沒有科學家的社會責任感，嬰兒出生後有問題誰負責？怎麼負責？嬰兒以後長大會把變異的基因遺傳下去，代代不息，這不是後患無窮嗎？」

侯副校長說道：「嬰兒自然是由父母負責，愛滋病的父母急切希望生育健康的子女，只要他們理解這個風險，願意成為實驗的志願者，那就可以進行這項實驗。那些醫學志願者不就是這麼來的嗎？難道他們不是承受很大風險嗎？關於基因變異會遺傳的問題，這是一件很自然的現象，即使沒有基因編輯，人類在生育下一代的時候，也會發生幾百個基因位點的變異，正常的生育過程中，有明顯基因缺陷的比例，至少是10%，還有很多基因問題是後期逐漸表現出來的，Δ32 基因位點編輯造成的變異只是一個基因位點的變異。只要嬰兒可以正常長大，生育子女，那就說明這個變異沒有問題，如果變異引起的問題比較大，那就會被自然淘汰，你擔心什麼後患無窮？都這麼想，基因學那裡還會有進步。」

侯校長和歐陽院長的觀點針鋒相對，兩個人大吵了起來，會議不歡而散。

幾次校長協商之後，準岳父找到我，擔憂地說道：「建輝，對不起了，因為歐陽院長堅決反對，我們提出了一個方案，就是你從學校裡暫時停薪留職，實驗室的股份徹底分開，你不再擔任

學校實驗室的負責人，但還是帶領研究生教學，只是不再給本科授課。這樣出了問題，學校也有退路。也能設法保護你。你看行不行。」

我感覺這個方案還可以接受，點頭說道：「好，就這麼辦吧。」

只用了一週股權轉移就全部辦好，停薪留職也辦好了手續，簽字的時候，我有點兒傷感。停薪留職，會在我的檔案上留下一個污點，評選正教授也許就變得遙遙無期了，自己的付出真的值得嗎？

我想是值得的，只要能夠試驗成功，必將對愛滋病的治療開闢一個新天地，這是人類第一次HIV免疫嬰兒，第一個被基因編輯了的嬰兒，意義非常重大。

我簽字了。

三月十六日，訂親儀式在香格里拉酒店舉行，父母一直笑得合不攏嘴，校長夫人和她的姐妹們也很高興，只有校長有點憂愁的樣子，不過也沒有說什麼。

訂親之後，父母就離開鵬城回家鄉了。

我和小潔準備明年四月結婚，生活還是和以前一樣，我們兩三天見面一次，挽著手坐在一起聊天，現在我喜歡摟著小潔的纖腰，談著婚後的生活。小潔是個好姑娘，她會靠在我的肩頭，輕輕柔柔地訴說著，小潔說婚後會好好照顧我的生活，她來洗衣做飯，讓我安心工作。

王校長聽了很吃味，女兒從小就嬌生慣養的，真是十指不沾陽春水，在家裡從來不幹一點兒家務活，嫁給我居然主動要給我洗衣做飯。女兒果然是給別人養的。

第二十五章　志願者

薩默爾從美國來到鵬城，四個女人會合之後，開始了最後一批胚胎基因編輯實驗，連鎖醫院提供了十一枚卵細胞。

這次使用了新型的培養皿。內部有仿羊水不斷循環供氧，胚胎在其中度過了整整五週的時間。創造了新的紀錄。

五週時間，胚胎已經發育到有一粒芝麻大小，拖著短短的尾巴，像一個小蝌蚪，現在已經是三個胚層，在顯微鏡下，可以看到這個小蝌蚪已經有了一個「心臟」，正在極快地跳動著，血液開始在簡單的血管中循環，但由於卵黃囊已經消耗殆盡，沒有新的營養供應，胚胎也就無法繼續發育，終於死去。

這期間的實驗報告，她們做了一份修改時間的報告，把一次實驗寫成了兩次實驗，每次都在十四天之內，天衣無縫。

對胚胎進行的基因測序結果，這十一個胎兒全部成功，都是Δ32 純合子基因。加上以前的卅三個實驗，總共進行了四十四個胚胎基因編輯，四十三個是成功的。這個成功率，已經可以保證胎兒實驗的準確性。

◦　◦　◦　◦　◦

在這期間，志願人員的招收一直在進行著，我們的計畫是採用保守的三組對比方案，每一組招收八對夫妻志願者。

第一組是男方HIV，女方正常，這個方案可以保證嬰兒的基因編輯不受病毒干擾，如果其他組失敗，最起碼可以驗證基因編輯是否成功。

第二組是女方HIV，而男方正常。這一組理論上比起男女雙方都是HIV 成功率高一些，孕婦將不使用阻斷劑，胎兒完全依靠自己的Δ32 變異免疫HIV。

第三組男女方都是HIV，這是最危險的情況，孕婦也不使用阻斷劑，胎兒的基因測序和病毒檢查要更多一些。

HIV病毒只能侵入某些淋巴細胞，在精液和血液中雖然有病毒，但卵子和精子是不會感染HIV病毒的，自然界的雌雄生育方式確實可以遮罩大部分的傳染病。

實驗計畫是催卵之後，把精子和卵子清洗，確保體液中沒有病毒，接著進行體外受精和基因引導植入，然後把受精卵植入子宮。在此期間，要經常檢查胎兒的發育情況。

自然孕育的情況下，產婦正常情況，一次只會產生一個卵細胞，而試管嬰兒的手術過程中，每個產婦要先進行催卵，產婦會產出幾個卵細胞。體外受精之後一般會選擇健康的受精卵，植入三到四個受精卵，然後看發育情況，摘除發育不好的胚胎，只保留一兩個胚胎繼續發育。

這個過程就可以進行各個胚胎的基因測序，剔除不合格的胚胎，可以保證生下來的都是健康的嬰兒。這就是目前常用的試管嬰兒技術，為不能生育的夫妻，提供了一個可靠的生育方案，到現在，全世界每年都有五十多萬試管嬰兒誕生，為不能生育的家庭解決了煩惱，這是一個相當巨大的數量。

過程聽起來很殘酷，但從另一個角度想想，人工淘汰的過程，與自然淘汰相比，準確性更高，不需要等到有缺陷的後代生長起來後，經歷人生的痛苦，再被疾病自然淘汰，所以直接在胚胎時期就淘汰，其實更「仁慈」。

從細胞的結構講，人的每一個細胞都包含了所有的基因資訊，無論是頭髮、指甲、皮膚，甚至吐出的一口痰中包含的細胞，其細胞核中的基因資訊，與胚胎中的資訊，是基本相同的。就像一本書，無論是硬皮書，軟皮書，精裝版，簡裝版，內容都是一樣的。

所以，胚胎並不比其他細胞更「高級」，如果你知道一毫升精液當中足有一千五百萬個以上的精子，每次的射精都會產生數億的精子，那你就不會對受精卵和胚胎產生「神聖感」了。有些人執著地認為胚胎就是人，明顯是混淆了「人」的概念。

「人」和「我」的概念密不可分。提到人，總會從「我」的角度來看待，那麼什麼是「我」呢？

當剪掉頭髮，我還是我嗎？當然是的。

那麼再剪掉指甲，我還是我嗎？當然是的。

那麼因為某種原因去掉一隻手，我還是我嗎？當然還是的。

那麼去掉四肢呢？去掉內臟呢？去掉什麼東西，我就不是我了呢？我是什麼呢？

我就是我，即使「我」已經死去多年，我還是我。

但沒有一個東西叫做「我」，我，只是一個概念。同理，「人」也是一個概念，這也是佛教「人我皆空」的論斷。

人不是低級的生物「獸人」，也不是神話宗教的「神人」，馬克思說「勞動創造了人本身」，這不僅僅是說了人類進化的由來，也說明「人」其實是一個社會概念，是社會勞動的產物，離開社會勞動，空談人毫無意義。人，是因為其所附屬的社會關係，財富，法律地位，而與其他生命形式有了差別。

糾結於胚胎的人的屬性，其實是糾結於法律的人的屬性，法律上賦予一個人的權利，成就了人的「神性」，人權是不可侵犯的。但法律對「人」的概念本身經常是模糊不清的。如果胎兒是「人」，那麼墮胎是不是殺人？如果對一個無法治療的病人放棄治療，是不是殺人？

糾結於人的「神」屬性，把人擺在太高的位置，就會擺脫不了自相矛盾的困境。法律本身是社會勞動生產關係的一種形式，是為社會生產力服務的，而不是制約生產力發展的。應該修改的是法律，是人們的自私自大的執念，而不是禁錮生物醫學的科學探索和進步。

招收志願者的過程，阿梅已經進行有兩個月了，其他人都沒有和志願者見過面，只有阿梅和

他們接觸。

知道志願者情況的人越少越好，他們大都非常敏感。有的甚至根本就沒有進行HIV登記，就是自己買藥吃，或者請私人醫生治療，還有的在國外得病，從國外拿藥郵寄回來吃藥，到國外檢查病情。

如果是在工作的人，就會嚴守機密，不讓同事知道自己得了這個病。即使是當老闆的，也不能讓自己的客戶知道自己是愛滋病，那樣對企業是毀滅性的。能知道內情的，只有自己最親近的最信得過的親人。

能進行這個手術的家庭，至少在經濟方面還是比較寬裕，志願者是免費的。即使扣除了醫院場地的租金，這項實驗每個人預計需要五十萬元的成本費用，廿四人的費用，高達一仟二佰萬，這筆費用全部由連鎖醫院支付。

在我的朋友中，只有大斌知道這個實驗，他雖然擔心我，但也支持我。為了保密，整個實驗室都用來做醫院，連門衛都換成阿梅找來的可靠的人員。

原有的實驗人員都搬遷到新成立的基因測序公司，這是一家合資公司，由大斌擔任總經理，我投資45%，擔任CEO，一家醫療機構占10%，一家基金占10%，還有35%是由一家著名的網路公司投資加入，在南山區提供了一處辦公樓，新的設備很快開始了採購安裝，預計三個月後就會開始正式進行基因測序接單，目前市場上的測序訂單量非常充足。

整個保密實驗室只有內部人員才能進入，必須電話通知裡面的人員才能開門進入。院牆和大樓增加了多部紅外攝像頭，一旦有外人靠近圍牆，就會自動報警。

這裡的人員除了她們四個女人，還有從連鎖醫院專案組調配的十幾個護士和醫師，都是以前從事HIV生育的熟人，是阿梅信任的人。各種醫療器材正在陸續搬遷進來，忙碌了兩個月，醫院終於完成了改造，第一批志願者很快就到來了。

第二十六章　鵬城上市和併購

時間進入了四月，志願者的召集已經結束，按照計畫一共是廿四對夫妻，都已經入住這座新改建的醫院。他們都已經簽署了同意書，這份同意書足有五十多頁，裡面詳細描述了實驗的風險。即使同意書的內容如此驚悚，仍然有大批的志願者願意接受，愛滋病患者其實已經無路可退，為了一個生育不會得病的後代，他們願意接受任何的條件，付出任何代價。

維佐拉和薩默爾在之前的四十四次胚胎實驗中，已經熟練掌握了基因編輯的方法，而試管嬰兒的操作方法我並不熟悉，這事完全由她們四個女士帶領一幫醫師護士負責，我只要做基因測序分析時，出具分析結果就可以。分析資料是在網路傳輸資料，超算機自動出具報告，不需要我插手。

我只去過醫院兩次，審核一下報告內容，每次很短的時間，第一次連志願者都沒有見到。第二次看到幾個志願者正在做檢查，每個人都是戴著墨鏡和大口罩的，連醫師和護士都看不到他們的真面目。

當時我去了一趟廁所，聽到隔壁的手機響了，一個人在接電話，「喂，什麼事？」顯然口罩讓他的聲音很不自然，於是他摘下了口罩。

「不要廢話，你們投資十億美元，想要35%的股份是不可能的，我最多只能給你32%，而且，你們只能分紅，不能要經營決策權。什麼？我只有10% 的股份沒權力說話？那你們拿著錢滾蛋，有的是基金哭著喊著找我。嗯，嗯，那就這樣吧，明天你們到京城找我，就這樣吧。」隔壁的傢伙是癩蛤蟆喘氣，好大的口氣啊。

我走出衛生間隔間去洗手，這時候隔壁也打開門，那個傢伙剛剛掛了電話，手裡的墨鏡和口

罩還沒有來得及戴上，突然看見我，愣了一下，趕緊拉上了口罩戴上墨鏡。我馬上就認出了他，著名的網路公司名人：南哥。

我們都沒有說話，洗手之後就匆匆離開了。

我也沒有向阿梅打聽南哥是怎麼回事，保密，是我們自覺的約定。

這幾天馮律師的工作異常繁忙，拓撲罡公司的上市已經是板上釘釘的事情，靚麗的財報，熱門的基因概念，讓網下申購異常火爆。預計公司發行三十億股，申購價格每股是二點二元。

經過幾次折算和交易，我的占股比例已經從 60% 下降到 18%，量子教授的 28% 股份都已經折算成了八億人民幣的現金，我的 14% 股份折算成了四億現金，股份出售給港城一家人壽保險公司，這家保險公司對生物基因的股票特別感興趣，目前持有 30% 的股票，卻從不插手經營管理。

量子教授的意思是把他自己的這筆錢留在中國投資，因為這筆錢如果從中國匯到美國，首先就要繳納 35% 的收入稅，非常不值得。他把這筆資金委託一家美國來華的基因公司，投資於醫學和生物學科研專案。這家基金公司的眼光也很毒辣，專門投資一些冷門的生物學研究，很多投資都是打了水漂，但是只要十筆投資中有一筆成功了，就足以撈回所有本錢而且大賺特賺。

中國的醫學和生物市場持續穩定增長，至少在將來一百年內，這個市場都是只有上升沒有下降，所以投資這個市場是穩賺不賠的。量子教授還計畫到中國來，與我合作開設一家投資基金，過一段時間，他會派代表到鵬城，商量投資事宜。

上市的這一天，各大股東集合在交易大廳的展示廳，鵬城的股市模仿港城的股市，為上市企業的開股儀式準備了足夠友好的環境，我們邀請了廣省生物學會的主席，證券公司主席到場講話，我作為 CEO 感謝各位的光臨，慶祝公司上市，祝願股票大漲，讓支援我們的股東受益。

現場邀請了歌星演唱，展示廳有一面巨大的銅鐘，當我們幾個股東，一起用木槌敲響銅鐘，大家舉杯慶祝。

股票開始連續十天都是漲停，股價突破了五元，公司估值達到了一佰五十億元，而我個人的股票市值達到了四十五億元。

工廠的第二條生產線調試完畢，開始試生產。產量提高到了每兩天三台的水準，從第一條生產線把中班的工人調配到第二條生產線，取消了中班配置，只保留白班，這對提高安裝品質有好處。

市場銷售價格下降到了一佰二十萬美元一台，價格的下降提高了銷售數量，國內的訂單足有兩千多台，交貨期排到兩年之後。

客戶的訂金就有幾個億放在帳戶上，加上上市募集的三十多億，公司的現金多到發愁的程度。關於資金的投資方向，陳建君建議收購美國MTN公司的檢測儀器分部，這家公司生產包括自動生化分析儀，超高清顯微鏡使用的鐳射激發元件，細胞流變儀，流式細胞分離機，電場式細胞分離機，槽式電泳儀等，這些設備很多國內不能生產，或者生產工藝和品質不達標，每年國內要進口大量的檢測儀器。

MTN 公司是一家道鐘斯上市公司，市值近仟億美元，已經經營了百年的歷史。最早是以檢測儀器發家，但是近些年每年的儀器銷售額只有幾億美元，股東的貪婪，使得公司不斷併購重組，公司的經營方向幾經變化，現在主要的盈利來源是金融和房地產，對儀器的研發投入逐漸減少，同時對利潤的要求太高，使得儀器的銷售價格太高，市場佔有率一直下降，影響力逐漸衰退。這兩年MTN 公司一直想出售儀器部門，只是因為要價居然高達一佰多億美元，所以一直沒有人接手。

現任MTN 的儀器部總經理強生，曾經是亞太部的副總經理，是陳建君的手下，與她關係很好，兩人一直保持著溝通。強生告訴陳建君，公司經營連續第四年利潤下降，今年預計虧損一仟萬美元。股東們已經不能忍受，強烈要求降價出售變現，而收購價格內部的底價其實只要十億美元就可以出手。

陳建君認為MTS 公司的儀器擁有世界一流的

技術和專利，只要銷售價格適應市場，提高售後服務品質，增加研發投入，加強行銷網路建設，五年之內完全可以達到三十億美元以上的全球銷售額，盈利超過五億美元沒有問題。

當我向董事們徵求意見，他們非常支援這次收購，港城的人壽保險公司與MTN高層也有接觸，他們也從內部進行了消息打探，肯定確有此事。於是，拓撲罡公司正式向MTN提出了收購儀器部門的要約。

雙方的談判非常順利，在各方的努力下，只經過一個多月的談判，MTN儀器部以十三億美元，折合人民幣九十億的價格成交，多出的價格，是因為一次性購買了MTN儀器所擁有的專利權，雖然很多專利只剩下幾年的保護期，但只要在續交一些費用，還可以再延續十年的保護期，多花了三億美元還是非常划算的。

這次併購MTN的行動，極大地刺激了股票的市值，一個多月以來，拓撲罡股票連續上漲，經歷過十幾個漲停，股價已經上漲超過了廿元，公司市值增長了四倍，達到了六佰億元的總市值。這次的收購資金，一部分來自內部接近四十億的股票資金，還有一部分是發行了五十億債券。相對於公司市值的巨大漲幅，這些債務完全可以承受。

由於陳建君在這次收購行動中的重要作用，她被董事會納入董事名單，擁有公司0.5%的股份，也踏入了億萬富翁的行列。她被任命為收購之後新公司的總經理，全權負責公司的運營。

我對這次收購最感興趣的，是MTN公司擁有的一些專利文件，其中最感興趣的是他們幾年前研發的一項鐳射製冷設備的專利，這位元專利的擁有者基洛夫先生，也來自美國米范大學，比我博士畢業早五六年。基洛夫來自俄羅斯，在美國博士畢業之後進入了MTN公司，一直在售後服務部門默默無聞，他研究製造的鐳射製冷設備，售價高達五佰萬美元，在市場上僅僅銷售了兩台。原因是MTN的高層認為這個設備只有研究基礎物理的少數機構會用到，市場容量很小，所以就制定了如此高額離譜的價格。事實上，鐳射製冷機的成本不會超過五十萬美元，如果能夠批量生產，成本完全可以壓縮到廿萬美元之內。

鐳射製冷技術的應用領域很廣，特別是微觀環境的觀察，例如微電路領域，微機械加工領域等，另外的一個重要用途就是在生物基因方面，這個市場的需求量是每年上百台，絕對值得大規模生產。

分子因為熱運動，在常溫下，振動速度高達每小時幾千公里，比得上高速飛行的飛機的速度。在接近零下二七三攝氏度，也就是0K時，分子振動速度仍然有每小時上百公里。分子溫度只有低於萬分之一K的時候，振動速度才能小於一米每小時，在超低溫顯微鏡下，能分辨出分子的移動情況。

低溫用鐳射製冷的方法產生，從六個角度射出的互相反相的鐳射，會把交匯點的原子振動能量帶走，使得原子的振動速度逐漸變慢，這就是鐳射製冷的原理。這項發明的原創，獲得了一九九七年諾貝爾物理獎，華裔物理學家朱棣文因此獲獎。

使用這個設備，可以使得DNA 分子的運動變慢，就可以觀察到RNA 複製資訊的過程，蛋白質合成的過程，DNA 分裂的過程等等。這是生物研究的重要利器。

我與基洛夫通話後，邀請他來中國研究提高這種設備，我會出資　明他建設新工廠，提高生產量，爭取把銷售價格降低到一佰萬美元之內，每年生產銷售上百台鐳射製冷機，他愉快地接受邀請，很快就會來到中國。

四月底，孟德爾教授來到鵬城，這次他行程保密，直接住到了科技園的實驗室，和他們四個女科學家一起研究基因編輯胚胎的發育情況。

第二十七章　新藥

上市和併購的事情，只佔據了一部分的精力，我的大部分時間，還是放在了基因和資料庫的研究上。

人的DNA資料量非常龐大，研究難度很高，這一段時間，我的研究主要集中在病毒的遺傳基因研究上面。病毒是最簡單的生命體，沒有DNA，只有RNA鏈條，一般只有幾個K的資料量，這樣研究就相對簡單。

病毒中基因鏈最長的要屬SARS非典冠狀病毒，其RNA有15K的長度，在病毒中算是最長一類的了，但其複雜性卻不是太大。HIV病毒只有3-5K的RNA長度，但是HIV結構遠比SARS複雜。

非典SARS病毒可以從細胞的週邊收集需要的蛋白質和核酸等營養，迅速繁殖，所以發病非常迅速，往往一週就會致命。但是這種快速發病的病毒，人體只要扛過一週，就會很快產生抗體，最終完全消滅這種病毒。

愛滋病毒需要進入細胞核內部，利用細胞的DNA來轉錄自己的遺傳信息，才能複製自己，從進化角度講，是一種比SARS病毒更原始的病毒，但愛滋病毒具有限制自身繁殖的能力，這種「自製」能力，使得人的抗體很難辨別和消滅它。一般來講，從人體免疫系統的「人生觀」來講，凡是有害的、需要消滅的「壞細胞」，都是繁殖速度超快的細胞。「好細胞」都是自律的，繁殖不太快的。

但是，一旦病毒攻擊了細胞，人體免疫系統就派出T細胞會消滅整個染病細胞，而愛滋病毒較慢的繁殖速度就成了劣勢；所以愛滋病毒別出心裁地攻擊T細胞，這樣就沒有細胞能夠攻擊它。

擁有這種能力的不只是愛滋病毒，天花病毒也具有某種類似的能力，他們可以攻擊淋巴系統。在中世紀，天花病毒肆虐歐洲幾個世紀，造成了無數的死亡，但也篩選出了T細胞變異的人類，也就是Δ32變異的人類，幸運地擁有了抵抗天花病毒的能力，也同時具有了抗愛滋病的能力。

有的研究者認為，理論上，天花疫苗應該也可以產生對愛滋病的免疫效果，但天花病毒已經在地球被消滅，只有一點點被嚴密保留在國際病原體實驗室的冰櫃裡面，受到最嚴格的監控。從八十年代開始，世界上就不再接種天花疫苗，天花疫苗都很少能找到了。接種天花疫苗，其實就是接種少量天花病毒，有可能會使人得上天花，造成天花的再次氾濫，所以這種實驗被禁止。

當天花在地球消失之後，愛滋病才被發現並開始氾濫，是不是人類消滅了天花病毒，才導致了愛滋病的氾濫？兩者之間是否有相關性？這也是有一些可能性。

愛滋病毒和非典病毒有共同的地方，就是對抗體有很強的變異適應能力。一旦人體免疫系統產生一種抗體，可以消滅這種病毒時，這種病毒就會自發產生變異，使得這種抗體失效。這也是這兩種病毒難以消滅的原因。

但非典病毒因為其「不自制」，會被免疫系統頻繁攻擊，最終造成的感染死亡率「僅僅」只有10%左右。而愛滋病毒雖然發病慢，但沒有抗體能完全消滅它，最終人體的免疫系統在愛滋病毒的持續攻擊下潰敗，死亡率接近100%。所以，「自律」才是最厲害的武器。

愛滋病毒的「自律」也不是一直能夠保持住的，HIV病毒在人體抵抗力下降到很低程度的時候就會拋棄自律，大肆繁殖，當人體徹底失去免疫力的時候，死亡也就來臨了。

病毒自律的缺點是病毒的傳播難度加大。愛滋病毒大多數通過性交、輸血、注射傳播。在自然界，只有性交才能傳播，但只有人類和一些猿類、猴類會有社交生活，而且會有不以繁殖為目的的頻繁性交活動。所以，也只有他們才成為愛滋病毒的攜帶者。

猴類的病毒是SIV變異愛滋病毒，很多猴類

攜帶這種病毒，但一般不會發病，和正常猴子沒有區別。大猩猩和黑猩猩這些猿類較多的攜帶是HIV-2病毒，發病也極少。只有西非的一種黑猩猩攜帶HIV-1病毒，但它們也極少發病，而人類的發病卻非常猛烈，只要攜帶了HIV-1病毒，幾乎不可避免地會死亡。

傳統的愛滋病治療方案，都是抑制HIV病毒的繁殖，如果從另一個角度想，是否可以製造一種藥物，讓愛滋病毒以為人體的抵抗已經崩潰，需要大肆繁殖了，這時候再使用另一種藥物，大規模殺死病毒？

是否可以製造一種藥物，讓病毒產生「自律」行為，自我限制繁殖速度，從而給人體的免疫系統創造一些時間。

這也許是免疫治療的一種新方法，涉及一系列蛋白質，呈現互相牽扯的複雜關係，通過超級電腦的輔助計算，我準備通過改造HIV病毒和一種酵母菌，生產一種基因藥物，調節人體的免疫環境，從而控制病毒的繁殖。

HIV病毒是一種逆轉錄病毒，一般的生物過程都是轉錄過程，就是從DNA到RNA到蛋白質，而逆轉錄就是從病毒RNA到人類DNA，病毒改變了DNA序列。

世上所有有害的東西，其實都有大用處。逆轉錄病毒可以修改基因的能力，被用來進行轉基因操作，這就是令人談虎色變的轉基因技術了。人類在研究這些病毒的過程中，逐漸發現了生命的奧秘，掌握這樣的技術之後，就會逐漸用於改進我們的世界，就像人類掌握了火，掌握了電，掌握了核能一樣。發展的人類才能不斷生存下去，如果有一天，人類科技不再進步了，那麼距離毀滅就不遠了。

我的實驗方法是首先編輯HIV病毒的RNA基因序列，然後製作引導環，用它侵入酵母菌，生產出幾種活性抗原蛋白，也可以稱為干擾素。酵母菌容易培植，繁殖速度很快，遺傳穩定，可以大規模生產抗體。

在實驗中，一共培養出了三種類型系列的抗

原，一種是自律蛋白，可以抑制HIV病毒的繁殖；一種是增殖蛋白，會啟動病毒的大規模繁殖；還有一種標誌蛋白，可以把被HIV侵入的T細胞標記出來，為其他免疫細胞的攻擊提供目標，這種蛋白似乎沒有什麼用處，因為正常T細胞攻擊感染細胞，很可能正常T細胞也被感染。

愛滋病的治療藥物，研發出來之後要進行生物實驗，這是最困難的事情。其他病毒可以使用小白鼠實驗，或者用豬進行實驗，但是愛滋病只能用和人最接近的黑猩猩進行實驗，即使黑猩猩實驗成功了，在人體試驗中差別也是非常大。黑猩猩和人的愛滋病致病機理差別實在是太巨大了。

而進行人體試驗的話，審批程式，招收志願者等，手續異常複雜，時間相當漫長，花費更是巨大。在醫學界，人體試驗已經有了一系列的代理公司，他們可以幫你跑手續，招收藥物實驗人員，雖然收費不菲，也是物有所值。

藥物研發是一個高風險的行業，如果一種藥物被審核通過，療效顯著的話，就會獲得巨大的利潤。但是一旦研發失敗，損失也是非常巨大的。所以大部分研發機構是附屬大型醫藥公司，獨立醫藥公司也有很多，但規模一般都很小，經常有研發失敗後急於出售的公司。

我委託馮律師幫忙購買了一家藥物開發公司，他找到了的這家公司，以前曾經開發一種中藥注射液，因為安全問題無法完全解決，最終破產拍賣，被馮律師接手，只花了五十萬人民幣，這家公司雖然註冊資金是一仟萬人民幣，但賬上已經沒有幾塊錢了。在我充入資金，更改了法人後，公司就屬於我了。這家公司有二十多個研究人員，大多是畢業不久的醫學和藥劑學新人，幾個有藥劑師資格的實驗室人員，有一定的工作經驗，我都保留了下來。

三種新藥首先進行的是動物毒性實驗，首先進行了小白鼠實驗，小白鼠沒有死去，有一些不適的反應，飲食減少，但不影響生存。

之後是猴子實驗，這次發現猴子的抵抗力更

好，沒有發現有異常現象。

經過了三個月的動物實驗，證明這些藥物的毒性不會致命。時間到了九月份，藥物的人體試驗已經申請批復，可以開始一期人體試驗。

新藥要經過一共四期實驗，要分別取得和驗證毒性，安全性，有效性，劑量，代謝原理等資料，確保滿足藥物的有效性，副作用範圍可接受性等條件，才能獲得審批藥物批號，正式生產上市。這個時間，短則一兩年，長則四五年甚至更久。實驗的投資，按照藥物功效的不同，費用從幾佰萬到幾仟萬甚至上億元都有可能。而一旦失敗，這家公司的前身破產就是例子。

藥物人體試驗的審批，我們委託給一家代理機構　明辦理，他們對實驗流程非常熟悉，因為是愛滋病治療的藥物，屬於比較重要的急需的藥物。所以比較受重視，實驗方案，研究者手冊，知情者同意書樣本等，很快就獲得了實驗審批。這家機構聯繫了市內一家傳染病醫院，請一位主任醫生負責，醫院的倫理委員會也很快批准實驗，專門開闢了一間病房，試藥人也主要從HIV患者中招收。

中國每年要研發出一萬多種新藥，用於治療各種疾病，另外從國外進口的藥物，因為國人和外國人的體質可能有差異，必須重新做人體試驗，才能取得上市資格。所以需要招用大量的試藥志願者，這些人被成為「試藥人」，大多數是招用醫學院的在校大學生，或者是其他院校的學生，也有很多社會人員。但專用的藥物需要招聘特定疾病的人。我開發的這種藥物，是用於愛滋病治療的藥物，需要招用大量HIV患者。

HIV有關的朋友圈、微信群、QQ群有很多，這家機構在裡面發出徵召令，招收卅名試藥人，為期一週，報酬二仟元，包括免費檢查、注射新藥、描述藥物反應等。需要患病確診三年以上，但還沒有到愛滋病發病期的病人，男女均可。前來應聘的患者足有三百多人，挑選了卅人後進行了三種蛋白質的注射實驗，主要驗證藥物的副作用和毒性，以及劑量範圍。

第一批有十人是注射增殖蛋白，注射量選擇我們認為已經很少了，白鼠都沒有什麼反應的注射量，結果病人全都出現了嚴重的頭暈、嘔吐症狀，一半的患者伴有出現高燒不退的現象，CD4和CD8的指標嚴重下跌，病毒進入了大規模的繁殖。我們立即停止了用藥，然後使用大劑量的抗病毒藥物注射，兩天之後，患者全部恢復正常。這批試藥人要在一個月之後再次來檢查實驗藥物反應。

第二批十人實驗自律蛋白質，定量選擇也很少，注射後病人沒有任何反應，身體檢查也沒有異常，輕鬆就度過了實驗。

第三批十人試用標記蛋白，也沒有什麼反應，看不出療效。

這次實驗驗證了自律蛋白和標記蛋白的副作用比較小，可以加大一倍的劑量試試，而增殖蛋白副作用比較劇烈。下一次實驗需要檢查效果，減少劑量。

九月，阿梅告訴我，在科技園的醫院，孕婦已經懷孕五個月了，嬰兒的檢查很正常，實驗非常順利，HIV孕婦不用阻斷藥，嬰兒的狀況也非常好，羊水抽檢沒有發現HIV病毒浸入。生下正常嬰兒的可能性很高。

現在的情況，孕婦只要和正常的愛滋病人一樣吃藥就可以，醫院已經允許她們回家住幾天再回醫院觀察。醫院的條件也非常好，病人們都很滿意。

孟德爾教授和薩默爾教授準備動身回國，預計三個月後，等孕婦們快要生育前他們會回來，一起見證這些嬰兒的出生。

第二十八章　誕生

進入十二月，一期藥物臨床實驗已經進行了三次，已經驗證了新藥的安全性和劑量範圍，可以進入二期臨床實驗。這次要進行藥理對比實驗，需要的試藥人數量要達到三百人，實驗時間超過兩週，要進行安慰劑對比實驗，就是給一些人注射生理鹽水，但向他描述的是注射特效藥，看看這兩種情況的療效是否有不同。

這個實驗每個志願者每次都要付給接近一萬元的報酬，而且要至少做三次，花費要一仟五佰萬元的實驗費用。所以新藥的研製是一項高額花費，以至於能夠投入藥物研發的公司，一定有規模很大的製藥企業支援，需要大量資金和時間的消耗。

這次的試藥人專門招聘愛滋病發病期的病人，傳統抗病毒藥物開始出現抗藥性，病人至少開始淋巴腫大，甚至有腫瘤出現的情況。

實驗中發現，這三種干擾素蛋白的輔助治療效果還是非常顯著的，病人的病情得到了控制，有了一些好轉，腫瘤都開始變小。雖然沒有徹底解決病症，但藥物的確有效。

這是多年來國內首次開發出抗愛滋病干擾素，傳染病醫院非常重視這次實驗，專門配備了一整個科室的人員監督用藥情況。其他地區的傳染病醫院醫生和病人聞訊趕來，都想試驗一下這種新藥的效果。

我們發現，這些藥物對一部分患者特別有效，而有一部分效果不是很明顯，經過分析研究，這兩部分病人的HIV病毒，有明顯得差異，是兩種不同類型的病毒。

其實，每個人感染的HIV病毒在長期潛伏之後，都會產生很多變異，隨便找出兩個患者，他們的HIV病毒的差異率至少超過2%以上，HIV病毒的RNA很短，只有3-5K的信息量，隨便更換幾個位點，就有1%的差異，這就造成干擾素的效果差異比較大。

我的新設想，是為每一個愛滋病人單獨訂製干擾素，方法就是提取病人的HIV病毒，利用引導環引編輯病毒的RNA，然後植入酵母菌，生產出專用干擾素，注射之後，就可以干擾HIV的生活節奏，最終消滅病毒。這種方法雖然不能完全消滅病毒，但可以把他們限制在一個可接受的水準。

二期臨床實驗剛剛進行了第一個批次，消耗了兩個多月的時間。這時候，科技園醫院裡，嬰兒開始出生了。

當時志願者進行試管嬰兒手術受孕，基本在同一個月裡面，胎兒也在同一個月陸續出生。廿四對夫妻生下來卅六個孩子，經過基因測序，只有一個孩子是雜合子，其他都是純合子基因。

孩子們都很健康，都沒有遺傳疾病，有的已經開始哺乳，即使是HIV的母親，也可以正常哺乳，這對一個母親而言，是一件非常幸福的事情。即使那些經歷了剖腹生育手術的母親，興奮的心情，依然使她們精神煥發。是的，希望和美好的未來才是最好的良藥。

按照計畫，嬰兒們應該在這裡居住三個月，經過仔細觀察再離開。但經過一個多月的檢查，母子的身體情況一切正常，有的夫妻就要求回家調養，畢竟醫院總是不如家中照顧周到。而且在醫院裡，他們都被要求佩戴墨鏡和口罩，儘量少說話，這的確讓人很不舒服。

阿梅最擔心的是保密問題，在醫院裡，他們使用的手機被嚴格控制，相機口都被貼上封條，禁止私自拍照；微信嚴禁提到基因編輯的消息，只能說是正常的試管嬰兒；需要拍照的時候，必須經過醫生的嚴格審查。而一旦他們回到家中，洩露了基因編輯嬰兒的資訊，一定會是一場滔天大禍。

病人們也很配合醫院嚴格的保密要求，畢竟誰也不願意洩露自己有愛滋病的情況，特別是被

基因編輯的嬰兒。阿梅警告他們，一旦被醫療部門知道嬰兒是被基因編輯過的，很可能被拿去做實驗小白鼠，一生都不得安寧。這一點深得嬰兒父母的同意，他們紛紛發誓，要嚴格保守機密，絕不洩露嬰兒的情況。

至於醫護人員，他們進入醫院就不准攜帶手機，而且禁止在微信中提到這裡，更主要的是他們都是阿梅多年的同事，是互相可以信任的人。而且這裡每個病人都嚴格身份保密，醫生護士除了病情，不得與病人私下交談，只有阿梅知道他們的身份。

經過一段時間的考慮之後，阿梅同意讓父母和新生兒分批次回家，但是需要每週回醫院檢查一次，直到孩子滿百日，重點還是反覆要求他們要嚴格保密。

在這段時間，我基本上的主要精力放在了新藥物的研製上，只是到醫院看過一次嬰兒。孟德爾教授和薩默爾教授非常興奮，這次研究他們得到了大量資料，有一系列的新研究設想等待他們去實現。只是到了耶誕節，他們要準備回國度假，美國人對耶誕節相當於中國人對春節的執著。

我決定停止藥物實驗，更改計畫，以後按照每一個病人的HIV基因情況訂製干擾素，再次進行實驗，沒有想到卻遭到傳染病醫院的拒絕，理由是不符合藥物病床實驗的要求，因為藥物實驗只能針對某一種藥物或一個藥物組合配方進行實驗，如果藥物改變了，所有的實驗資料就作廢了，就必須從頭開始進行取證工作。

我以前都是在藥理實驗室製作藥物，或者分析室的電腦前分析實驗資料，製成的藥物交給代理公司，他們去找病人試藥，我還從來沒有看到病人。

這是我第一次來到了傳染病醫院，我要和他們的黃院長談談，關於訂製用藥的實驗方案。代理公司的李總經理在醫院的停車場接我。這是一個五十多歲的油膩中年大叔，胖胖的，滿臉笑容，握手的時候，感覺他的手好像是氣球一樣也是胖胖的。

我們走過停車場，李總指著不遠處一座孤零零的三層的病房樓笑道：「郝生，那裡就是愛滋病專用的病房，我們的實驗室就在三樓。」我轉頭望過去，小樓掩映在高大的樹木中，有人在進進出出，也有人在陽臺上打電話，和其他病房沒有什麼不同，只是因為知道了這裡是愛滋病的樓房，無端生出一股陰森的感覺。

傳染病醫院的主樓是一座十八層的新建大廈，坐電梯到達十六樓後，進入院長辦公室，黃院長看起來瘦小精神。有六十歲的樣子。

寒暄過後，黃院長一口川味普通話，說道：「郝教授，你的新藥實驗效果還是比較滿意的，希望你抓緊實驗進程，爭取儘快上市。」

我說道：「院長，您是清楚的，EIV病毒非常容易變異，干擾素最佳的方案就是針對每個病人設計藥物，這樣才能達到最佳效果，而且副作用也最小。」

黃院長擺擺手，說道：「郝教授，我當然清楚，訂製藥物肯定比通用藥物的效果要好，就像訂製的西服，肯定比批量的西服更美觀舒適一樣。但是，你考慮過費用問題嗎？訂製藥物的價格是批量藥物的多少倍？至少十倍吧，病人能承受得起嗎？醫保體系肯定不會接受這種高價藥物的，這種藥物不能報銷的話，價格還不得高的離譜。只有富人才能用的起吧。那這種藥研製出來還有什麼意義呢？你說是不是。」

我可不是那麼容易被說服的人，我說道：「院長，其實這種製藥的方法並不是太昂貴，我可以研發這種簡易的製藥設備提供給醫院，這樣醫院就可以根據病人的具體病毒專門研製干擾素。」

黃院長明顯有些意外：「你是說醫院也可以自己訂製生產藥物？這個機器複雜嗎？醫院的人員能操作嗎？」

我說道：「我們公司的製藥過程，操作的人員都是一些年輕人，只是一般藥劑學院本科專科畢業的，他們都能夠順利操作，我想醫院的藥劑師一定沒有問題。所有制藥程式中，最複雜的是

訂製引導環，這個需要首先基因編輯病人的HIV病毒的RNA，然後轉接到碳納米管引導環中，然後進行酵母菌的轉基因操作，轉基因酵母菌生產的抗原進行電泳提純，就可以提取出需要的干擾素了。我估計你們醫院的藥劑師，只需要培訓一個月，完全可以自己獨立操作。」

黃院長聽完這個過程，長出一口氣：「製藥還是挺複雜的啊，不知道我們能不能掌握呢。我們這裡的醫生護士只會照藥物說明書抓藥，如果都是新藥，他們不會開藥方啊。」

我鼓勵道：「沒有問題，我們公司負責給你們提供干擾素的使用資料，保證你們操作熟練。這就像中醫配藥一樣，對每個病人調整配方，達到最好的療效。」

黃院長用手指點著我，說道：「郝教授，我們都是講科學的人，就不要提中醫藥那幫人了。我這裡一年到頭，不知道有多少病人相信中醫能治病，結果花了大把的金錢，一點兒效果也沒有，我跟你說句老實話，也許你不愛聽，不過這是真的：中醫都是騙子。」

我還是挺驚訝地：「不會吧？總有一些管用的吧？我小時候家鄉有一位道長，中醫就很厲害，治好了不少疑難雜症，況且，青蒿素還得了諾貝爾獎呢。」

黃院長冷笑道：「管用個屁。憑藉幾個土方碰運氣治好幾個病人就說是神醫。我的醫院一律不准用中藥，特別是那些中藥注射液，絕對不能用，副作用很大，治療效果不行，都是騙人的。青蒿素不能叫中藥，青蒿素叫中藥的話，抗生素也應該叫中藥了，抗生素也是用玉米澱粉生產的嘛。我告訴你，有些藥販子到我這裡推銷降血壓、降血糖血脂的中藥，我一化驗，裡面都摻了西藥，還是副作用很大的便宜西藥，你說中藥是不是騙子吧。」

我也苦笑道：「好吧，黃院長，不提中藥了。那麼訂製干擾素的事情，你們醫院可以安排人到我們公司學習操作，等你們熟練了，就可以搬一套設備到醫院，你們就可以自己製造干擾素了。」

黃院長給我倒杯茶，媚笑著説道：「郝總啊，您這套設備預計要多少錢？」

我説道：「第一套設備，自動化程度肯定不高，需要根據你們醫院的操作習慣，研製一套新的設備，這套設備就免費送給你們醫院使用。以後的設備，肯定要操作簡單，自動化程度高，售價要看製造成本，儘量降低價格了。」

黃院長親自遞過茶杯，不好意思道：「郝總啊，那你們在新藥上投入的幾佰萬，不就拉稀了嗎？太可惜了。」

我喝了一口茶，説道：「不要緊，我們儘量挽回損失，你們醫院幫我們組織卅名病人，就給我們的訂製干擾素做試藥人，為期三個月，試藥人免費的。你看怎樣？」

黃院長回答得很痛快：「OK，一言為定。」

第二十九章　豬流感

第二天，當我開始請配套廠家幫忙設計改進酵母培養機，在實驗室準備各種配套設備，準備培訓教材的時候，黃院長的電話打了過來，口氣很緊急。

「郝總，長話短說，增城發現了豬流感疫情，是從美國傳過來的，已經發生變異，一個工人被傳染，正在我們醫院搶救，現在需要儘快研製出流感疫苗，控制疫情的蔓延，我想請您也參與疫苗製作，請問您是否接受這個光榮的任務。」

黃院長的話都說到這份上了，不行也得行啊，何況這是我的專長，我說道：「病毒樣本提取了嗎？有就馬上送過來，我們首先進行病毒基因測序。」

黃院長馬上說道：「我這就派人送過去，我派我們醫院最好的藥劑師過去，正好跟您學習製作疫苗的流程。」

時間過了不到一個小時，藥劑師就到了，這是一位姓黃的老藥劑師，羊城人，花白的山羊鬍子，很酷很有型，我稱呼他黃藥師。

拿到病毒樣本後，我立刻放進自動試樣處理機，我們的測序儀不需要進行消解的好處，就是時間很短，流程簡單，只需要一個小時，實驗樣本處理完成。

然後，放進測序儀。流感病毒也是沒有DNA，只有RNA 鏈條，而且信息量不長，只有12K的信息量，短短十分鐘就測序完畢。

資料上傳到分析資料庫進行對比分析，目前資料庫中已有流感病毒的RNA 資訊五十多大類，一千多種。經過對比，找到了這種病毒的靶點基因，正是這種基因變異，使得病毒可以騙過現在的藥物抗體。

找到這種基因後，我們可以把這一段基因資

訊，製作成一小段RNA鏈條，附著在碳納米管引導環上，然後用它來插入酵母菌的DNA中。

酵母菌在漫長的進化歷史中，無數次遇到這種情形，自己的DNA被病毒進入，這時候，酵母菌就會產生抗原蛋白，以及配套的蛋白酶，自己剪除DNA上被插入的資訊。酵母菌繁殖的後代，也會生產這種抗體蛋白。酵母菌在適當的溫度和營養條件下，繁殖速度非常快，僅僅一天，就生產了足夠的抗原蛋白。

第二天下午，黃藥師拿著抗原回到醫院，給搶救室中插著呼吸管的病人注射，靶點抗原就像是磁鐵一樣吸附住病毒體，引來免疫巨噬細胞的進攻，病毒數量在迅速減少。半個小時之後，病人就恢復了自主呼吸。一個小時之後，病人恢復清醒。兩個小時之後，病人可以下床行走了。

抗原給與病豬接觸的人員注射，經過檢查，再也沒有發現豬流感病毒的出現。

這次流感防疫，從發現病人，到疫苗製作，消滅疫情，只用了五天時間。這震撼了傳染病系統，以往的疫苗製作，需要藥廠組織研發、實驗、生產，鑒定，週期都是按照月為單位計算的，往往很難控制急性傳染病的快速傳播。流行傳染病的特點就是爆發迅速，如果一開始就控制住疫情，就會把傳染病消滅在萌芽階段。醫院如果能自製抗體疫苗，就可以大大節約時間，提高防治能力。

廣省防疫系統派出二十人的藥劑師隊伍，由黃藥師帶隊，專門到公司學習抗原蛋白的生產技術。而我們在這一次緊急操作中，也有了不少改進的想法，製造出了一些自動化輔助設備，使得操作更簡單，效率更高。

僅僅一個月的培訓，黃藥師他們就基本掌握了使用方法。今後有問題，我們公司的售後服務部門會馬上趕到現場，實行三年全免費售後服務，免維修費，免零件費，免培訓費。

我們已經把這一套設備組成一個半自動化的小型流水線，讓試樣製作到測序，可以一步完成，由於後續工作基本實現了自動化，對人員的要求大大降低。

測序儀使用了新研製的低成本型測序儀，這種測序儀已經開始投產，有高中低三款機型。最貴的有十六套分線刀，售價六佰萬人民幣，中等型號有八套分線刀，售價二佰萬人民幣，而最便宜的低配型號，只有兩套分線刀，電腦和控制系統都是採用普通工業電路板，銷售價格只需五十萬人民幣。

因為病毒的基因鏈資料很少，只需要兩個鎳鈷合金分線刀就完全可以滿足要求，電腦只用普通的工控主機板就可以，所以就選用了低配測序儀。

引導環的製作，使用了自動化的培養皿，因為病毒基因鏈很短，只需要配備了普通的螢光顯微鏡，價格幾萬元的就可以滿足要求。當然基因資料庫分析和使用要另外收取技術軟體安裝和註冊費，另外還有技術諮詢費，除非醫院能自己分析基因資料，製作基因資料鏈，這個技術對藥劑師來說，要求就太高了。

至於酵母菌培養箱和蛋白電泳分離機，國內就有專業的生產廠家，價格都在十幾萬左右。

這套最低配置流水線的成本只有一佰卅萬元，再加上稅收，售後服務等成本，銷售價格標定為二佰七十萬元。這個價格，完全在醫院的接受範圍之內。

僅僅省城的防疫系統醫院，就下單購買了三十多套流水線，足夠藥研公司忙上半年，話說藥研公司似乎變成了設備生產商，生產車間和售後服務成了最忙的部門，相關的配套設施有十幾個配套廠家，也都進入了繁忙期。

這段培訓的時間，我們也為HIV患者開始定制抗原蛋白，繁殖抗原會引起HIV病毒加速繁殖，使得淋巴細胞產生免疫反應，主動引導聚集被標記的感染T細胞，被巨噬細胞進行消滅。效果的確是相當的好，只是給每個人定制的藥物，價格的確不菲，我們只是進行了三十個人的測試。

這三十個人都是屬於愛滋病發病初期，病毒開始出現耐藥性，淋巴開始腫大，免疫抵抗力開始下降，CD4指標降到二百以下的情況。我們根據每個人的HIV病毒定制的抗體，效果的確是非常好，CD4 指標迅速回到了五百左右，淋巴消腫，病毒數量急劇減少。

儘管這種方法是有效的，但是HIV 病毒並不是僅僅存在在T細胞中，它們還隱藏在骨髓中，極難被殺死，只要病毒還有殘留，過一段時間，病毒就會變異，重新繁殖佔領人體。這時候只能使用每個月注射一次自律抗原，使得病毒放慢繁殖速度。估計病人一年不使用雞尾酒療法藥物，指標也不會惡化多少，大大減輕病人的身體負擔。

只是生產線每天只能給一個人製造抗原，三十人輪流也要一個月時間。一條生產線需要三名藥劑師操作，使用的各種藥劑和配件成本，一個月也要五六十萬的花費，每個病人的花費接近兩萬元。

但是黃院長卻不這麼看，他說這些嚴重的病人每個月的住院費，醫藥費都要花費近五六元，這還不包含人血白蛋白、胸腺五肽等貴重的免疫類藥物、不在醫保報銷範圍、病人自費的藥物。如果這樣計算的話，生產定制抗原價格還是比較合算的。

HIV 患者每天都要服用「雞尾酒療法」抗病毒藥物，所謂是藥三分毒，抗病毒藥物更是對肝腎損傷極大，長時間服用，會極大地影響內臟，大多數人在幾年之後，胃腸都會出問題。必須戒煙戒酒，飲食規律衛生，吃藥嚴格定時定量，注意休息等等。

根據統計，服藥的人比不服藥的人，平均能多活十年左右。病毒會逐漸產生抗藥性，如果換藥，往往藥物反應異常劇烈，而且有些藥物是不報銷的，花費巨大，不在醫保範圍的藥物，每年至少十萬元以上的花費。

常用藥物雖然是免費的，可是國家醫保要掏錢從製藥公司購買巨量的藥物，這些藥物的價格相當昂貴，一個病人一個月大約要三仟多元的藥物，每年接近四萬元。一個愛滋病發病期住院的病人，估計在最後的兩三年內，至少要五六次住院治療，每次都是四五萬的醫保花費，所有這些都是醫保報銷，其實就是由社會上那些繳納醫療保險的健康的人，分擔報銷病人的醫藥費。愛滋病對整個

醫療系統，對社會的負擔，其實是相當沉重的。

如果定制抗原的成本能夠下降到一個更低的程度，可以大範圍的使用，那麼完全可以減少花費，而且大大提高了愛滋病患者的生存幾率。抗原只需要每月肌肉注射一次，平時基本不需要吃藥，每年定制一次抗原，把針劑放到冷凍冰箱保存就可以了。這樣可以大大減少病人服藥的痛苦，提高愛滋病人的生存品質。

所有這些設想，都需要一套大規模的自動化流水線，可以一次生產多份，至少一次十份的抗原，這樣就基本一年的產量也許可以滿足三千名病人的需要了。

藥研公司現在到處招聘有經驗的機械和電氣工程師，而且尋找了兩家設計公司，幫助設計這條流水線。

父母親再次來到鵬城，我們和小潔、校長、董事長一起到港城過春節，我們討論結婚儀式，我和小潔都不喜歡大操大辦，婚宴要簡單一些，不要超過十桌的宴席，人來得要少一些。我們都希望到國外度蜜月，到風景優美的地方旅行。

當大家都在看春晚的時候，我忽然接到阿梅的電話，她告訴我，有一對兒第一組的夫妻，妻子正常丈夫HIV，生了一對雙胞胎女兒，在春節團聚時，妻子的弟弟發了一條朋友圈，說愛滋病姐夫和姐姐有了一對雙胞胎，聽說是被基因編輯了，不會傳染愛滋病。朋友圈發出一個小時，妻子看到後嚴令傻弟弟刪除朋友圈內容。現在不知道有多少人看到這條資訊，是否會被有心人單獨保存了文本。

這讓我心裡極不舒服，沒有心情再看春節晚會，我知道，紙包不住火，這種事情早晚都會暴露，只是最好暴露得晚一些，讓我們對孩子的觀察研究有了確定的答案，然後把研究結果公之於眾，為HIV病人的生育提供良好的解決方案。

如果真的出事，滿城皆知的話，我就要找一個合適的機會，向大眾解釋這項科研的始末，我相信總有人能理解HIV病人的痛苦，贊成這個解決辦法的。

第三十章　暴露

春節過後，送走父母，我開始準備結婚的事情，酒店預定，婚慶公司預定，請柬的準備，伴郎伴娘的邀請等等，至於住房，我不喜歡太大的房子，還是決定住在學校宿舍，一方面工作方便，另一方面距離校長很近，平時蹭飯比較方便。

HIV志願者召集再一次啟動了，經過上一批實驗，連鎖醫院的陳總對結果非常滿意，要求儘快進行第二次實驗，預計招收卅六對志願夫妻，婚姻正常，能夠辦理出生許可證。

讓我們都沒有想到的是，春節期間，那個傻弟弟發出的資訊，兜兜轉轉到了國外，在推特上慢慢傳播著，在一次國外的基因生物學大會上，一名記者提問中國的衛生部官員：「據說中國國內已經有科學家進行基因編輯嬰兒的實驗，這種研究是否違反了國內的法律？」

這位官員回答道：「我沒有聽說過國內有這種研究，國內法律也不允許這方面的實驗。你如果有這方面的證據，可以提供給我們，如果屬實，政府將嚴肅查處。」

第二天，國外的報紙和網站上就登出了那對雙胞胎的照片，幸運的是，那個傻貨弟弟沒有把他姐姐的樣子發出去，只有兩個嬰兒的臉。

阿梅異常緊張，那對夫妻也非常害怕，如果被查到，她們全家就會被放置在大庭廣眾之下，眾目睽睽之中，承受無盡的評論。其他不論，僅僅男方是愛滋病患者這一條，一旦被公開，就足夠毀了這個家庭。

查找資訊的來源很快就找到了國內的微信，目標指向了鵬城，然後失去了目標，因為當時很快被發現並刪除了資訊，又經過了一個多月的時間，電腦網路中已經無法查到這條資訊的來源地。

於是，調查機構開始審查鵬城市的生物醫學

實驗，查看審批專案，並沒有發現基因編輯嬰兒的實驗申請，但是查到了連鎖醫院有大量胚胎基因編輯的申請，檢查過醫院倫理委員會的申請專案，也都符合規定。

當調查機構檢查到華南醫科大學的時候，當時反對實驗的歐陽院長跳了出來，一口舉報是我進行了基因編輯嬰兒實驗。

當然調查的過程是我後來知道的，當時的我正在製作全自動的抗原生產流水線，這套流水線，可以同時生產十份抗原，流水線的價格雖然提高到了四佰萬元，但產量提高十倍，操作更加簡單。

這也是我第一次涉及機械領域的製作，我們給藥物調配工段配套了三套小型機械手，聘請了一家機器人設計公司幫忙製作，這套機械手可以精准調製藥物，解決了人工加藥調製的不穩定性。鵬城是國內機器人工業最發達的地方，只要你提出要求，很快就能給你設計出你想要的機器人，這一點，其他地方都比不了。

這一天我早上醒來，在廚房準備簡單早飯，透過視窗，忽然就發現樓下有一些電視臺的人，他們很好認，都有電視臺的標記，扛著攝影機，拿著話筒，足有四五家電視臺的樣子。這是出什麼大事了？

我的手機響了起來，是侯副校長打來的，我接起電話，侯副校長的吼聲就從耳機傳來。「郝建輝，你在哪裡？。」

我嚇了一跳，愣愣地說道：「我在宿舍呢，正準備吃飯呢。」這時，耳機裡傳來了另有電話打來的提示。

侯副校長喊道：「記住，不要出門，不要給任何人開門，不要接電話。誰的問話都不要回答。你東窗事發了。」

我腦袋還有點蒙圈，問道：「什麼？」侯副校長就掛斷了電話。

這時候，我的手機鈴聲響了起來，是一個不認識的號碼，我沒有接，把手機放在在餐桌上。我已經明白了，是基因實驗的事情暴露了，這些記者是來採訪我的。

過了一會兒，鈴聲停了。接著又響了起來，我拿過來看，又是另一個不認識的電話。我直接按了拒接，把它設為黑名單。「怎麼辦？」我心裡想著。

電話鈴聲又響起來了，又一個不認識的號碼。拒接，拉黑。「絕對不能牽扯到阿梅他們。不能牽扯到學校。」

電話鈴聲響起，是阿梅的頭像。接不接？我看著手機，猶豫著。

不能接。按照侯副校長的意思，問題很嚴重，現在的我有可能已經被監控，任何在這段時間和我有聯繫的人，都有可能被調查。

我準備要把所有的連絡人和電話記錄統統刪掉。還有微信的記錄，郵箱的記錄，所有可能被查到的證據統統刪掉。

阿梅的來電又一次響起來，拒接。拉黑。阿梅的連絡人刪除。

我進入手機設置，鈴聲又響了起來，我不管不顧，先關掉手機鈴聲，然後開始刪除手機連絡人，通話記錄，全選全刪。

微信中的無數交流和照片，全部清除。收藏也不能漏過，全部清除。

如同電影中的地下工作者，暴露之後的第一件事情，就是銷毀情報，這是一種本能下意識的行為。

忽然傳來了敲門聲，砰砰砰，砰砰砰，急促的聲音嚇了我一跳，差點把手機丟在地上。我走過去，從貓眼向外看。

我認識她，鵬城電視臺的女主持人，曾經採訪過我。不能開門。

我回到沙發上，繼續刪除手機的內容，短信也全部刪除，手機郵箱開始全選，刪除。門外傳來女主持的叫聲：「郝教授，開開門，我知道你在家。」

我打開了筆記型電腦，那裡保存的通訊和聯絡資料都要刪除，郵箱內容要刪除，徹底刪除，清空痕跡。

敲門聲消失了，電腦中與基因編輯嬰兒有關

的內容也刪除完成了，我怔怔地坐在那裡，如同一段記憶要從腦中消除，一塊肌肉從肢體上撕裂，當劇痛猛然傳來，卻清醒地認識到，失去的這一切也許再也不能回來了。

我站起來打開陽臺的玻璃拉門，走到外面，看到鬱鬱蔥蔥的樹林，遠處的大海。

「剛才發生的一切，只是一場噩夢吧？」我使勁掐了一下自己的腿，很痛，不是夢。忽然樓下有閃光燈的亮光，我低頭一看，有幾個長焦距照相機，正在對著我拍照。這真的不是夢。

我剛剛回到房間，敲門聲再次響起，門外傳來了威嚴的聲音：「郝建輝，開門。我們是鵬城公安局經偵大隊的執法人員，你因為涉嫌組織非法人體試驗罪，請到我處接受調查訊問。請你立刻開門，否則將採取強制手段。」

我搖搖頭，噩夢還在繼續呢。我打開門，門外站著五個員警，三男兩女。一個身材高大的男員警打開一張紙板夾子紙遞給我，上面夾著一張蓋章的紙。我拿來一看，是一份拘傳證，要求我到市公安局接受訊問。

這時男員警身後的一個女警遞過一枝筆，指著拘傳證底部的簽名處，說道：「請您在這裡簽名。」我接過筆簽名之後，這女警又遞過一盒印泥油，說道：「請您在這裡按下手印。」我於是按下了紅手印。

這時，帶隊的男員警說道：「我們需要你上交手機和電腦，請配合我們的工作。」

我把手機交給他，然後走到筆記型電腦跟前，說道：「就只有這一台電腦。」

男員警問道：「手機和電腦的開機密碼是什麼？」

我很配合，說道：「都是我名字的字母HJH0532。」

男員警點點頭，一揮手，身後那個女員警上前收起了我的電腦。他說道：「跟我們走吧，請您配合我們的工作，我就不給你戴手鐲了。」

我點點頭，跟著男員警走出門，幾個員警在我身後關門跟著下樓。

一走出單元門，十幾個記者呼啦一聲圍了上來，話筒就塞到我的嘴邊，亂哄哄地提問著：「請問你是否進行了基因編輯嬰兒的實驗？」「實驗的目的是什麼？」「那些孩子現在怎樣了？」「這個實驗是否得到了學校批准？」

我一言不發，低頭走著，腦海中如同翻江倒海，質問著自己：「我做錯什麼了嗎？我強迫別人做什麼了嗎？我為了我個人的名利損害別人了嗎？我侵犯了法律的條文了嗎？沒有。我沒有做錯什麼事情。我不是罪犯。」

警車停在路邊，我走到那裡，站在打開的車門前，回過頭，對著一堆麥克風說道：「歷史會證明我做的是正確的。我不後悔。」

第三十一章　審訊

鵬城公安局審訊室，這是一間不大的房間，沒有窗戶，燈光是慘白的日光燈管，還有一根在不穩定的閃爍。只有我一個人坐在這裡，安靜地能聽到自己的心跳聲。

我坐在椅子上，手扶著椅子前的橫杠，靜靜地等著，忽然有一種不好的預感，也許從今天起，我的人生從此就將改變，過去的一切都會離我遠去，這個世界將會展現它可怕的一面。

審訊室的門被推開，兩男一女三個員警走進房間，一個四十多歲中年警官，一個是二十多歲的青年警官，女員警是到我家給我遞筆和印泥的那個。

到審訊台坐好。他們放好水杯，慢慢打開本子，從容不迫地整理了一下衣服，拿起鋼筆，靜靜地看著我。

中間的那個中年員警開口了：「姓名？」

「郝建輝。」

「年齡？」

「卅一歲。」

「籍貫？」

「齊省山海市平陽市新店鎮南廟村。」

「職業？」

「華南醫科大學生物系副教授，美國TOPGUN股份公司董事長，中國拓撲罡股份公司CEO董事長，成仁新材料公司董事長，深海基因董事長，華南醫科大學基因實驗室主任，四海縱橫儀器公司董事長，敏原製藥公司董事長；哦對了，我還是魔都基源沃西基金理事會的主席，嗯，就這些了。」

「呵呵。」旁邊那個年輕的警官笑了，「這麼多公司的董事長？這得多有錢哪。」

那個中年人翻翻手裡的資料，笑道：「僅僅

兩家上市的公司，他手裡的股票就價值超過一佰億人民幣。咱們現在審問的可是一個大土豪。」

旁邊那個女警放下筆，說道：「這麼年輕就有這麼多錢，來路一定不正吧？」

我心裡不由得來氣，我賺的每一分錢都是乾乾淨淨的，憑本事掙來的，你個傻妞胡說什麼呢。我說道：「過獎了，我只是適逢其會，換了您，如果站在風口上，您也能飛起來。」

那女員警得意地笑道：「嘿嘿，算你識貨。」

那兩個男員警反應了過來，一起笑了起來。中年員警對女警笑道：「人家文化人說話水準高，罵人都不帶髒字的。那句話的原話是：站在風口，豬也能飛，他這是罵你是母豬呢。傻丫頭。」

那傻瓜女警猛的一拍桌子，一聲巨響在審訊室回蕩，她猛的站了起來，一個閃身就到了我的身前，一把抓住我的衣領，就把我從審訊椅上提了起來。如果不是審訊椅的橫杠壓著我大腿，我一定會雙腳離地。這時我雙腿生疼，這女暴龍的力氣好大。

「郝建輝，老實交代你的罪行。不然老娘叫你好看。」這女暴龍的口水噴在我臉上，聲音震耳欲聾，我轉頭躲避，卻看到那兩個男員警幸災樂禍的微笑。

我冷冷地看著這個女員警，忽然發現，這傻妞長的還是可以的，只是她咬牙切齒，橫眉冷目的猙獰樣子，配上她的女式大蓋警帽，有一種說不出的喜感，我不由得噗嗤笑了出來。這一聲笑，引得那兩位吃瓜看戲的男員警也哈哈大笑了起來，審訊室的嚴肅氣氛被徹底破壞了。

笑聲中，那個女警把我扔到椅子上，用手恨恨地指著我，又指指那兩個男員警，氣鼓鼓地坐回到椅子上。

那個中年男員警拍拍女警的肩膀笑道：「好了，小娟，別生氣了，審問犯人要平心靜氣，哪能像你剛才那麼衝動。你剛進經偵大隊，要好好學習。嫌疑犯在沒有定罪之前，就要作為正常公民對待，像你剛才那樣舉止粗魯，人家會投訴你的。明白？」

然後他轉頭問我：「郝先生，我希望您誠實回答我的問題。」

我想起電影裡面演的情形，為了防止亂説話，都是找律師來幫忙。我説道：「我申請聯繫我的律師，現在我不能回答你的問題。」

中年員警説道：「沒有必要聯繫律師，你這次只是拘傳手續，十二小時之內就會釋放你，我們只是進行一些正常詢問，我希望你能如實回答，因為這些問題，以後會有無數人來問你，你最好不要撒謊，不然會很麻煩，你明白了嗎？」

我説道：「警官，我只想知道，我到底犯了什麼罪呢？」

中年警官説道：「從法律的角度看，你沒有犯罪，你進行的基因編輯嬰兒的實驗，雖然違反了衛生部制定的禁止愛滋病輔助生育的規定，但是那只是部門規定，不是法律條文，所以你不屬於犯罪，也沒有相關處罰的條文，這個我想你應該清楚。」這個員警倒是很誠實，我對他有了好感。

「那好吧，你問吧，我會如實回答。」我説道。

審訊終於又回到了正常狀態，女警也開始記錄，中年警官問道：「你是否進行了基因編輯嬰兒的實驗？」

我回答：「是的。」

問：「是誰組織的？」

答：「是我自己出資組織的，沒有其他人投資。」

問：「有多少志願者參加實驗？」

任何人都知道，醫學實驗不可能只有一個實驗者，如果説只有這一對夫妻參加實驗，肯定沒有人相信。

答：「有八對夫妻，丈夫是HIV 攜帶者，妻子是正常人。」我這樣説的目的，可以避免愛滋病輔助生育的罪名，畢竟懷孕的不是愛滋病患者。確實第一組就是這樣的，也不算是撒謊。

問：「你從哪裡招募的志願者？」

答：「從微信群發佈的資訊，患者自願報

名。」

問：「有多少人報名參加實驗？」

答：「有三百多對夫妻報名。」

問：「患者是否簽訂同意書？是否清楚知道實驗內容和後果？」

答：「是的，我們向他們說明了實驗可能存在的風險，並且簽訂了知情同意書，我的電腦裡有文本樣本，內容非常詳細，病人完全清楚實驗的風險。」

問：「這個實驗，你們學校知情嗎？」

答：「學校不知情。」

問：「實驗資金是誰提供的，是否是你的企業提供的。」

答：「實驗資金是我個人提供的，沒有經過企業的投資，與他們無關。」

問：「有多少嬰兒出生？」

這個問題讓我猶豫不決，我不能透露志願者的身份，也不能說只生出了這一個，那也太假了。

答：「除了這一對雙胞胎，還有一個懷孕。另外一對夫妻中途退出實驗，其他的沒有懷孕。」

問：「這對雙胞胎的父母是誰？」

答：「對不起，我不能提供。我們有保密協議，如果我洩露了志願者身份，就要賠償志願者一億人民幣，你們願意提供這筆錢嗎？如果把兩億人民幣打到我的帳戶上，我可以考慮透露志願者身份的事情。我想志願者看在一億元賠償金的份上，也許願意露面，而我也需要相同的精神損失補償金。要是沒有人願意出錢，還是不要來麻煩我了。」我用極快的語速說道，看著那個暴力女員警忙著打字，我心裡就莫名地高興，叫你欺負我，累死你個臭丫頭。

那個臭丫頭埋頭打字，鍵盤敲得劈里啪啦的，忙得焦頭爛額，中年警官抬頭瞥了我一眼，對女警說道：「小娟，不用記那麼多，只寫，不能提供。就好了。」這中年警官心態觀察力好厲害，一眼就看穿了我的小把戲。

問：「你為什麼要進行這樣的實驗？」

答：「愛滋病人也有繁衍健康後代的要求，

他們自身受到社會歧視，非常痛苦，不願意自己的後代也受到這種歧視，所以我希望用這樣的實驗解除他們的痛苦。」

問：「志願者需要花錢嗎？」

答：「志願者是全部免費的，所有費用都是我們提供。」

問：「試管嬰兒手術是誰提供的？」

答：「是我招聘的幾個醫師進行的，請恕我不能提供他們的姓名。」

問：「這八個志願者提供了多少卵細胞？」

答：「一共提供了卅二枚卵細胞。」

問：「剩餘多少枚？」

答：「剩餘廿二枚，已經全部銷毀。」

中年警官合上筆記本，說道：「郝教授，今天的提問就到這裡，你可以休息等候一會兒，資料部門正在檢查你的手機和電腦，檢查完成，你就可以拿回去離開了。如果有問題，我們會電話通知你，如果需要你到這裡做筆錄，也希望你主動配合。」

我點點頭，這時候那個年輕男警官過來給我打開審訊椅的鎖，我站起來，和他們一起離開了審訊室，來到等候室的沙發上坐好，年輕警官給我端過來一份午飯和一瓶水，讓我在這裡等候通知。

過了差不多有一個小時，那個女員警就把我的手機和電腦拿來給我，在表格上簽字後，那女警說道：「好了，這裡沒你什麼事，你可以走了。外面有好多人在等你呢。」

第三十二章　新住處

下午三點鐘，我剛走出公安局的大門，就發現坐在門口臺階上的一幫記者，呼啦一聲站了起來，像一群餓狼一般撲上來，閃光燈不斷亮起來，七嘴八舌的提問，就直衝我的耳朵而來。

我捂住耳朵，瞇上眼睛，閉緊嘴巴，從記者的攝像機叢林中擠過去。忽然有人拉住我的胳膊，我一看，是徐大斌和陳建君，他們來接我了。我隨著他們來到停車場，那幫記者依然不依不饒，跟著拍攝，不斷地提問，連他們兩個也沒有放過。

大斌開車離開停車場，向著科技園的方向開去。我鬆了一口氣，對陳建君說：「幸虧你們過來接我，你們怎麼知道我在公安局的？」

陳建君埋怨道：「你啊，這麼大的事情準備一個人承擔嗎？現在網上都鬧翻天了，全都在評論你的實驗，全都在罵你，說你是瘋狂科學家，基因剪刀手，嬰兒殺手，說啥的都有，你這下子臭名遠揚了。」

我苦笑搖頭道：「難道就沒有好的評價嗎？這種事情總有不同看法吧？網路上一般各種評論都有，總有好評給一個的吧？」

大斌說道：「還真有一個，是科技部的一個研究員，說你這個研究成果是世界第一個基因編輯嬰兒，是科技創舉，是中國生命科技的巨大進步呢。」

我精神一振，「哦，還真有識貨的呢。後來呢？」

大斌說道：「文章一發表，就引來網路的一片謾罵聲，這篇文章只在知乎網站上放了兩個小時，就被撤下了。」

我不由得愣住了，陳建君擔憂地說道：「建輝，看來你很可能得罪了某個大勢力了，要不然不可能這麼短的時間，輿論就搞到街頭巷尾，眾

所周知，而且是一邊倒的反對聲音。你想想，你到底得罪什麼人了？」

我搖頭道：「我怎麼會得罪什麼大人物呢？我這個人你們最清楚了，整天關在實驗室裡，大門不出，二門不入的，比大家閨秀還宅男呢。除了兩次上市，我就沒出過門。而且上市過程處理得都很好啊，沒有什麼矛盾發生，大家都挺融洽的，我沒有記得我得罪過什麼人吶。」

大斌說道：「聽說是省衛健委和教育廳的重要官員親自來到學校，要求嚴肅處理你。現在實驗室已經被封閉。而且發出了開除你的通知書，你的宿舍也被查封了，不准你回去，說要保留證據。」

我腦袋一片混亂，不知道說什麼好，呆呆地發愣。

陳建君說道：「建輝，你先到我那裡住吧，我在科技園租的宿舍，記者們找不到你的。一會兒讓大斌去給你買假頭套和墨鏡口罩，出門戴上就沒人認出你了。先度過這一段時間，等輿論冷卻了，再慢慢想辦法。」

我點點頭，也只能這樣了，被學校辭職我也不怕，咱好歹是個億萬富翁，並不在乎學校那點兒薪水，此處不留爺，自有留爺處。

我打開了手機電源，手機啟動之後，只見七八十個未接電話出現在提示上，我最關心的是小潔，我看到有七八個電話是小潔打過來的。我回撥了過去，鈴聲只響了一聲，電話就被接了起來。「輝哥，你怎麼樣了？」小潔擔心的聲音傳來，聲音有點兒回音。

我安慰小潔道：「放心吧，我沒有事兒，我現在去建君那裡住幾天，避避風頭，你不要擔心了。我找機會去見你，現在先這樣吧，等我安頓下來再聯繫你。」說完我就掛斷了手機。

很明顯的，我感覺手機的聲音有點兒滯後，現代手機即使信號不好，也不應該這樣的，熟悉電子技術的我醒悟了過來，我很可能被監控手機了。

我讀過一篇美國反間諜小說，小說講了一個主人公因為被懷疑是間諜，被中央情報局跟蹤監控的故事，當手機被監控的時候，如果是一個水準比較低層次的監控，典型的特徵就是語音會出現延遲，如果是高水準的監控，聲音幾乎聽不出異常，但可以通過示波器發現信號被監控。如果關閉聯網功能，看是否有流量顯示，就能看出是否有人監控。判斷監控還有一個辦法，用自己的手機給自己的號碼打一個電話，如果手機電話忙音就是正常的，如果鈴聲響起就說明被監聽了。

我給自己的手機號碼打了一個電話，鈴聲響起來，我迅速掛斷了電話，我被監聽了。看到建君疑惑地準備向我提問，我趕緊做了一個禁聲的手勢，然後指指手機，雙手在耳旁做了一個耳機的樣子。

我從扶手箱裡面找到一根針，先拿出了SIM卡，然後關掉了WIFI和移動資料功能，我發現流量速度顯示不見了，這說明對方只是在我的手機安裝了間諜軟體，沒有安裝硬體監控設備。

我打開手機設置，發現ROOT修改許可權被打開了，我關閉之後，搜查了系統資訊，發現被安裝隱藏了一個間諜軟體，這種很低級的跟蹤手法，真是太容易破解了，我只要刪除這個軟體就可以了。

然後我把SIM卡插入了卡槽中，恢復上網功能，然後給自己打了一個電話，這次響起手機忙音，正常了。為了防止手機被定位，我又下載了一個手機定位修改軟體，這個軟體可以發出錯誤的定位資訊，使得監控我位置的傢伙得到錯誤的定位。

做完這一切，我長舒一口氣，開口說道：「好了，手機監控解除了。」

大斌擔心地說道：「建輝，難道是公安局在監控你的手機嗎？那太可怕了。」

我想了想，搖頭說道：「不太像是公安局，他們想要監控我的話，直接監控我的SIM卡就好了，我根本就看不出來。這個監控的人水準很LOW，我估計是哪個人私自幹的，而且還是一個笨蛋幹的。」

汽車開進了科技園，來到居住區，這個社區

很大，有五六十座高樓，有商場，遊樂場，學校等等，人流量很大，而且住戶基本是來自全國五湖四海的人。這是科技園建設的宿舍區，專門提供給科技園的職工居住，房子只租不賣，租金只有鹽田區的三分之一，像陳建君租住的一百多平米的房子，租金只要一仟八佰元。

大斌直接開車去商場，幫我購買一些日用品，換洗衣服，假髮墨鏡等，我和陳建君坐電梯上樓。這是一座二十三層的塔式樓房，有三部電梯，每一層有二十家住戶，她住在十七樓。

打開房門進入房間，我打量著房間，這裡收拾得很乾淨整潔，有一股淡淡的香味，迎面是一間客廳，進門左邊是廚房，右面是衛生間，再進去左右各有兩個房間。

忽然，從廚房走出一個女子，穿著貼身的粉紅色內衣，手上還拿著一顆菜，定睛一看原來是阿梅。阿梅見到我，驚呼一聲，就撲了上來，緊緊抱住了我。

我兩手拿著手機和電腦，有點手足無措，我看見陳建君站在旁邊，還搖搖頭翻了個白眼，轉過了身去。

我搖搖肩膀，阿梅從我懷裡抬起頭，眼睛發紅，淚水流了出來：「建輝，對不起，這件事不應該連累你，都是我做的，我不能讓你來承擔罵名。」

我用袖子給阿梅擦擦眼淚，笑道：「咦，別跟我爭啊。大丈夫不能就五鼎食，便就五鼎烹。不能流芳百世，便要遺臭萬年。我都開始出名了，你再插進來算什麼事啊。再說，你出來了，那些病人怎麼辦？你看換了我就沒事了，我根本不知道那些病人是誰啊。他們能拿我怎麼樣？對不對？好了，別哭了，我沒事，我很好，放心吧。哈。」

阿梅終於停止了哭聲，拉著我到沙發坐下，說道：「我和陳總聯繫過，他說讓我告訴你，他會盡力地幫助你，另外希望你盡可能保密，不要接受任何新聞採訪，不要亂說話。」

我點點頭，說道：「我明白，我現在說什麼

都是錯，先消失一段時間，慢慢冷卻下來處理再說。阿梅，我和陳建君都感覺，一定是有什麼大勢力在推動這件事，你認為呢？」

阿梅説道：「對了，陳總説你是觸動了那些人的蛋糕了。是誰的利益呢？」

我皺眉沉思，説道：「難道是國內的基督教組織？他們一直反對基因技術，認為只有上帝才能造人，只有上帝才能改變人的基因，可能是我們的實驗觸及了他們的教義了，所以他們才會鼓動網路宣傳，組織媒體報導，貶低打擊我個人。」

阿梅説道：「有可能，基督教完全有這個實力和動力，不過信仰的東西，來得快，去得也快，我們忍一忍就過去了。」

陳建君端過來茶水，笑道：「原來你們兩個關係已經這麼深厚了。瞞得我好苦。」

我喝口水，説道：「對了。我們是革命戰友，同志情誼，患難與共的好兄弟。」

我看到她們閨蜜兩個同時翻了一個白眼，不由得我笑了起來。

第三十三章　退婚

阿梅的烹調技術真的不錯，當一道道色香味俱佳的菜肴端上桌的時候，不由得我讚歎連連。

這時候大斌也購物回來，我戴上墨鏡，戴上假髮，鏡子中出現了完全不一樣的我，有一點兒流浪漢的感覺，相信走在那幫記者面前，他們也認不出我。

大家看著我的古怪樣子，都笑了起來，只是我敏感地發現，大斌似乎有一些鬱悶的感覺。我摘下墨鏡和假髮，問道：「大斌，有什麼事嗎？怎麼看你有心事的樣子？」

大斌歎口氣，坐下來，說道：「咱們還是先吃飯吧，這事已經發生了，也就不著急什麼了？」

大家喝湯，吃飯，我還是真的有點兒餓了，中午公安局的盒飯不好吃，阿梅做的菜非常和我的胃口，我吃了兩大碗米飯。

飯後，阿梅和陳建君收拾桌子，在廚房洗刷碗筷。這時候，大斌才對我說道：「我接到學校的通知，你被學校正式開除了。我也被學校開除了。而且侯校長被撤掉副校長職務，要求他提前辦理病退手續。」

我不由得大吃一驚：「什麼？怎麼還搞起了株連？這只是我一個人的科研課題，怎麼好像成了政治錯誤一樣？」

大斌搖搖頭，說道：「我也不理解，聽說是上面派人下達的命令，要嚴肅整頓科研風氣，追究領導錯誤。建輝，這一次的事情搞大發了。」

我抱歉地說道：「大斌，對不起，給你添麻煩了。」

大斌擺擺手，笑道：「嗨，這算什麼，學校那點兒工資，還不如給你打工賺的十分之一多，我們現在實驗室承接的專案很多，賺錢養家沒有問題，有你這個大老闆在，有啥好害怕的。還有啊，你那四個研究生，學校要給他們重新安排導師，他們一直為你說好話，說你是一個好老師，不會做壞事。」

患難見真情，我心中感到一陣溫暖。我明天一定要見見侯校長，只有他在那個時候打電話通知我，其他人，包括王校長都沒有替我說話，想到這個，我的心裡有一點兒不舒服。

我還要見見我那四個學生，儀器公司的事情，我要告訴他們，我希望他們繼續做下去，不要因為我的原因放棄事業。

這時候，我的電話鈴聲響起來，我拾起電話，看到是小潔媽媽打來的電話，我趕緊接聽：「伯母您好。」

未來丈母娘在電話的聲音有點兒疲憊，她說道：「小郝啊，我從美國回來剛剛下飛機，明天找個時間我們談談吧，好嗎？明天上午九點半，就在頤和假日酒店，四〇一房間。」

我忽然有一種不好的預感，「好的，伯母，我明天準時到。」

我戴著墨鏡和假髮，走進了頤和假日酒店的大廳，還是熟悉的環境，我想起當時相親時忐忑的樣子，不由得有一些好笑，當我來到四樓，敲響401的房門。

校長夫人打開門，看到戴著假髮墨鏡的我，皺皺眉頭，問道：「先生您找哪位？」我摘下墨鏡，校長夫人驚訝地捂住嘴巴，向周圍看看，趕緊讓我進去。

我進去坐下，拿下假髮，對校長夫人笑道：「伯母，不好意思，這也是為了躲避記者，不得不這樣。」

校長夫人點點頭，從包裡拿出了一份英文報紙遞給我，我好奇地打開一看，這是一份在美國非常著名的日報，上面有關於我的一篇文章，看日期是在三天前刊登的，還有我的一張照片，是我在美國公司上市時拍照的，當時經濟日報曾經用過這張照片，文章的內容就是中國科學家郝建輝不顧倫理道德，擅自給胚胎進行基因編輯，並生下了嬰兒，犯下了滔天大罪等等。

我放下報紙，說道：「原來是這樣，國內的報導，就是因為這份報紙的原因，想不到，這份報紙在中國的影響力這麼大。」

校長夫人說道：「事情比你想像的還要嚴重，一個月前，在世界衛生大會上，這家報紙的記者就這個問題，提問國內衛健部部長，在回答採訪時，部長說中國不可能有這樣的事，結果現在轉頭就被打臉。部長還沒有說話，下面的人馬上就開始嚴查肇事者。目前國內基因生物的研究非常熱門，有不少研究在世界處於領先地位，但國外對中國的議論也很多。據說，他們要提請立法，禁止類似實驗，要拿你做一個榜樣，殺雞儆猴。」

我不由得嗤之以鼻：「哼，歐洲各國制定了基因生物實驗的法律，嚴禁進行胚胎實驗，嚴重的就要坐十幾年牢房，結果歐洲的基因技術在世界上根本沒有話語權。美國雖然沒有懲罰性法律，但社會輿論和倫理限制很嚴格；很多科學家跑到中國搞研究，所以中國的基因技術處於世界領先地位。如果中國立法限制基因學研究，就是自縛手腳，自殘了研發能力。」

校長夫人低聲說道：「法律制定後，第一個就會用來制裁你，你可能會坐牢。」

我皺眉說道：「不會吧，現在國內又沒有相關的法律，怎麼給我判刑，就算是馬上立法，法律制定之前的罪名也不能追究的。」

校長夫人說道：「法律一旦通過，很可能就會給你判刑。再說你以為只有監獄才能坐牢嗎？只要你身敗名裂，沒有人敢和你接觸，那在外面和牢獄沒有什麼區別。你不要以為自己開公司有錢了，就天不怕地不怕，你沒有什麼後臺，得罪了大領導，分分鐘讓你身敗名裂。」

我問道：「那麼，伯母，我應該怎麼做？」

校長夫人靜靜地看了我一會兒，悠悠說道：「你現在什麼也不要做，不要拋頭露面，盡可能躲避記者，不要在公司做業務專案，更不要參加學術會議。我儘量動用我的關係，打探情況，看看是否能幫你在大領導那裡轉圜一下。」

我心裡很感激，說道：「謝謝您，伯母。」

校長夫人搖搖頭，說道：「還有一件重要的事情，如果沒有現在這件事的發生，你本來是我很中意的女婿；可是，出了這件事，你和小潔就不能結婚了，你，明白了嗎？」

那種不好的預感又來了，我說道：「是，伯母，我和小潔的婚事，只能延後了，等我的事情處理好，再和小潔結婚吧。」

校長夫人還是搖頭：「小郝，難道你還不明白嗎？你的這種情況，只會連累王校長，連累小潔。你還不明白嗎？如果我們之間有這種關係，連我也無法幫你。」

我的心臟忽然有一陣揪緊的疼痛，那是一種遙遠的感覺，是我小學時有一次考試不及格，媽媽痛罵我時，我痛哭流淚之後心臟有一股揪緊的感覺。

我居然努力擠出了一絲微笑，依然抱著一絲幻想，說道：「伯母您是要我離開小潔嗎？可是我怎麼跟她說呢？小潔是個好姑娘，她知道我正在人生的低谷，知道是我怕連累她，所以我如果這時候提出分手，以小潔的性格，她一定不會答應的。」

校長夫人說道：「所以你得想個辦法，這樣吧，你找個女人，就說你已經移情別戀了。最好說那個女人已經懷了你的孩子。找人做一個假的結婚證更好。小潔是個傻孩子，一定會信以為真，和你分手的。」

心臟的刺痛一陣陣傳來，我有種呼吸不能的感覺，可是我明白，校長夫人的話是對的，我愛小潔，所以我不能連累她。只要小潔能夠幸福，我願意為她做任何事情，包括離開小潔。

我使勁地呼吸，深深地呼吸了兩口氣，說道：「我知道了，伯母，我去找個女人，辦一個假結婚，然後和小潔一刀兩斷，永遠不再見面。好了，伯母，我先走了。對不起。」我的眼圈一陣子發酸，似乎眼淚就要流出來了，我趕忙忍住，把眼淚憋了回去，轉身離開。

我在電梯裡戴上墨鏡，戴上假髮，我低著頭，

彷彿有一根沉重的扁擔壓在我的肩頭，我想坐下來，我想躺下來，我不想再掙扎。

三月的校園鮮花盛開，我卻心灰意冷，慢慢走過校園，走進教師宿舍區，我抬頭看著自己的房間，那裡我已經不能進去。我繼續向前走，宿舍社區裡，小路兩邊是高高的樹木，樹下有木製的長椅。我和小潔曾經在這裡一圈圈走著笑著，坐在樹下休息聊天，今後再也不會有了。

前面的長椅上坐著一個人，我走近了一看，居然是侯副校長。他正在樹蔭下看著一本古書，文字還是老式的豎排，侯校長用手指指著，慢慢地讀著。

我站在他身前，過了一會兒，侯校長抬頭疑惑地看著我，我摘下墨鏡，侯校長嘿嘿笑了，拍拍長椅，讓我坐了下來。

我歉意地說道：「侯校長，我連累您了，真是對不起。」

侯校長笑道：「嗨，沒關係。就算沒有這件事，過幾年我就退休了，現在早退休兩年，還能沾國家的便宜，好事啊。在我們這個年紀，很多事情早就看開了，你還年輕，血氣方剛，經歷過這次挫折，你會變得更有韌性。」

我很感謝侯校長的寬容，於是我把心中的疑問向校長請教：「校長，科學研究講究創新立異，突破思維限制。歷史上醫學的發展，從手術開刀，到解剖屍體，然後製作人體標本，人們進行各種藥物的人體試驗，甚至大規模在社會人群中使用不可靠的病毒疫苗，使用試管嬰兒技術，等等，這些醫學手段，都在逐漸突破倫理道德的限制。在重大疾病面前，倫理總是不堪一擊，我認為，倫理的對立面應該是黑暗的政治，是邪惡的欲望。科學創造應該是和倫理站在一起的，不應該對立的。」

侯校長點點頭，說道：「新事物的出現，總是讓人感到害怕，基因技術在以前的宣傳中，給老百姓留下的印象就是邪惡的，不能接受的，所以會造成很多誤解。」

我說道：「我認為這是中國文化中的『不敢

為天下先』思想流毒，只要誰敢做了第一個，就要被大家仇視謾罵，就要把他拉下來。所以中國永遠沒有真正的創新。」

侯校長搖頭道：「你錯誤理解了，『不敢為天下先』，這句話出自老子《道德經》，『我有三寶，持而保之：一曰慈，二曰儉，三曰不敢為天下先。慈故能勇；儉故能廣；不敢為天下先，故能成器長。』第一要慈愛世人，才能勇敢付出，第二要克制欲望，保持儉樸，才能施捨大眾；第三就是謙虛內斂，不要以為自己是天下第一，不爭名奪利，這樣才能長久地受到尊重敬仰。所以，『不敢為天下先』是說了一個『謙』字。世界上學問之海無邊無際，你見識的越多，你不懂的就越多，所以真正的大學問家，都是謙虛好學之人，這一點你要好好體會。」

我恭敬受教，說道：「是，老師，您真是儒學大家，學生理解了。」

侯校長說道：「儒學大家不敢當，其實我是一個基督教徒。」

我驚訝道：「您是基督教徒？我還懷疑是基督教組織來攻擊我呢？畢竟基督教堅持上帝造人，最反對基因技術了。」

侯校長笑道：「不要胡說，現代基督教已經非常開放，對科學技術接受程度很高，不會干涉具體的科學研究，我就沒有聽說哪個基督教組織反對你。我估計，你應該是觸動了製藥集團的利益了，基因技術和製藥集團天生相剋，基因技術很有希望根治大部分的不治之症，而這些疾病以前都是需要長期吃藥來續命的，基因技術斷了製藥集團生存根本，斷人財路，如殺人父母。所以李總理曾經精確總結道：觸動利益甚於觸及靈魂啊。」

第三十四章 隱私

今天我的電話特別多。

量子教授從美國打電話來安慰我，他希望我能找一個合適的時間，在一個合適的場合，公開發佈一些實驗資料，取得科學界的認可。如果有其他科學家重複做了這個實驗，驗證了實驗價值，那麼我受到的輿論壓力才會真正消除。我也比較贊成這個想法，我需要仔細考慮一下。

我給孟德爾教授去了電話，老頭子居然不知道我的遭遇，他幾乎每天都埋在實驗室中，認真整理這次實驗的資料，相比起來，我就不能聚精會神於一件事情，所以也很難在科學研究上取得突破性的進展。這一點我要向孟德爾老先生學習。我沒有告訴他我的情況，只是祝願老頭子取得重要發現，獲得諾貝爾獎。孟德爾沒時間聽我廢話，匆匆掛斷了電話。

周玉芬代表四個學生給我打電話，他們很擔心我，希望我不要太在意社會輿論，總有一天，人們會理解基因技術的重要性。我告訴他們要完成研究生學業，爭取繼續讀博士和博士後，儀器公司還是交給他們打理，如果需要我的幫助，儘管跟我聯繫。

我給陳師哥打電話，他正在忙著做實驗，碳納米管電極的研究取得了很大突破，陳師哥在低壓氬氣的環境中，使用電離弧光技術，生產出大面積碳納米管電極，如同一把有無數細絲的毛刷，可以極大地增加電極的接觸面積，用於電池和超級電容，把電量存儲成倍提高。聽著陳師哥滔滔不絕的講述，我的心情莫名地輕鬆起來。陳師哥安慰我說，「不管別人怎麼說你，你有技術，有錢，他能把你怎麼滴？你該幹啥就幹啥，該吃吃該喝喝，氣死那幫王八蛋。」我覺得有道理。

程源居然也給我打來了電話，這個傢伙從來

都是我打電話給他的，這一次居然破天荒地給我打電話，這就讓我很感謝了。程源對我說：「網路上看起來好像是一群人自由發表意見，其實背後都是錢在推動的，那些所謂的大V，基本全是看錢辦事，誰給錢多，就幫誰說話。有一些有相反意見的，他們就出錢雇傭水軍，鋪天蓋地地臭罵他們，水軍很便宜的，一條回覆可以賺五毛錢，所以水軍又叫做五毛黨。你其實也可以花錢雇水軍，他們可以幫你反駁謾罵那些大V，這樣就會引起輿論爭議，你就坐山觀虎鬥好了。交給我操辦，我估計花個二三十萬足夠了。我跟你說，網路上的事就是錢的事，沒有錢不能解決的，如果不能解決，就多花點兒錢，肯定行。」我回答他：「我不想花錢請網路水軍，公理自在人心，只有人們真正接受了基因編輯，才能真正解決問題。」

我還接到了幾個電視臺的採訪電話，沒有直接粗暴地拒絕，而是委婉告訴他們，現在的我如果接受採訪，只會使情況更糟糕，這段時間我會準備把實驗資料和具體方法，製作成PPT，等合適的時候進行新聞發佈會。

我一直不停地接電話，打電話，不願意讓自己閒下來。因為一旦靜下來，小潔的身影就會出現在我眼前，我該如何向她說分手，這會如何傷害她，我都不敢想。

當我開車回到陳建君的宿舍，已經是下午五點鐘，房間裡沒有人，陳建君還沒有下班。一天的忙碌，我出了不少汗，要洗洗澡，換換衣服。

當我洗刷完畢，站在鏡子前，看著自己的樣子，還是一個蠻不錯的青年，如果一切都沒有發生，我和小潔就會永遠在一起，生活會是多麼美好啊。我歎息一聲，低頭收拾洗漱臺上的垃圾，準備扔到垃圾桶中。我的拖鞋碰了垃圾桶一下，把它挪動了一個位置。

在垃圾桶的後面的瓷磚上，有一張橙黃色的紙片，明顯是從藥紙盒的頭部撕下來的，我拾起來隨便看了一眼，就要扔進垃圾桶。忽然，我的手停住了，我把紙片拿到眼前，仔細看上面的小字，是英文的，沒錯，是「zidovudine」。

用Zi打頭的藥物很少，所以引起我的好奇，居然真是「齊多夫定」，核苷類抗逆轉錄病毒藥物，是愛滋病的專用藥。

我看了一下垃圾桶裡面，是新換的垃圾袋，乾乾淨淨沒有任何垃圾。這是陳建君的藥嗎？還是只是一個藥盒？難道陳建君是一個愛滋病患者嗎？我想起她突然從MTN公司辭職，她不願意和我一起去美國，阿梅應該知道陳建君的事情，所以在機場回答我的問題時，故意把話題引向其他方向。

我聽到了門鎖打開的聲音，陳建君回來了，看到我從浴室出來，對我笑了笑，問道：「今天過得好嗎？」

「挺好的，我去見了侯校長，他精神狀態很好，開始研究國學了呢。」我仔細打量這陳建君，穿著一身藍色的女士西服，齊肩長的頭髮，整齊而自然，她的臉屬於圓一些的鴨蛋臉，稍稍化妝，柔和而幹練，可作為職業女性典範。

「沒去見你的丈母娘嗎？」陳建君笑著問道。

「見了。」一提起這事，鬱悶感就湧上心頭。

「怎麼了？看你不高興的樣子，丈母娘給你出難題了？是不是要你入贅他們家？其實入贅也無所謂的，待遇都差不多？你就從了她吧。」陳建君抱著胳膊，挑著手指，調笑著我。

我忽然有種想法，我不是要找個女人假結婚嗎？其實陳建君是假結婚是比較理想的物件。第一，她離過婚，如果沒有結過婚的女子，第一次結婚是假結婚，一般都不願意。第二，小潔認識陳建君，如果我找一個不認識的女人突然結婚，小潔肯定會懷疑。第三，雖然陳建君比我大四歲，但她皮膚很好，看起來年輕漂亮，而且溫柔體貼，有一種母性的光輝，是內向男孩的不二選擇。

我得求她答應我，這可不是一件容易的事情。

我深深地歎了一口氣：「唉，人家不願意做我的丈母娘了。」

陳建君吃了一驚，「怎麼了？哦，又是因為

那個實驗的事情。看來很嚴重啊。你丈母娘可能聽到什麼消息，害怕連累自己吧。」

「是啊，後果很嚴重，我答應了校長夫人，只是不知道怎麼和小潔說。」能有一個人訴說我的煩惱，至少心情會好一些。

陳建君沉思一會兒，說道：「小潔如果是真的愛你，就不會在乎你有什麼麻煩；如果她不愛你，不管你說不說，她都會離開你。我建議你還是直接和小潔講明白了比較好。」

我搖頭道：「不，小潔我是瞭解的，她是一個好姑娘，她肯定是愛我的，我的擔心正是她不願意分手。如果我們結婚，校長和校長夫人的事業就會受到連累和傷害，我不願意這樣。我給不了小潔未來的幸福，所以我必須離開小潔。」

陳建君握住我的手，眼圈紅了，聲音哽咽道：「因為愛她，所以離開她。小潔如果知道你有這份心意，一定不會離開你的，一生一世都會和你在一起。」

我說道：「所以我要找一個人，幫我演一齣戲，讓小潔以為我變心了，不愛她了，這樣才能讓她離開我。」

陳建君驚訝道：「演戲？怎麼演？」

我鬆開她的手，說道：「我準備找一個女人，辦一份假的結婚證，然後拿著假結婚證給小潔看，這樣小潔就會對我死心了。可是後來想想，假的結婚證很容易被查出來，最好還是辦一個真的結婚證，等過一兩年，然後再離婚就是了。那時候小潔也許就忘了我，和其他人結婚了。」

「假結婚？找個女人？你不會是想找我吧。」聰明的女人，反應就是快。「我不行的。我不適合結婚的。」陳建君搖頭反對著。

「幫幫我，只是一個假結婚，然後我們再離婚就可以了。我們還是朋友，什麼都沒變。」我勸她道。

陳建君使勁搖頭：「不行的，建輝，我不能結婚的，我身體有毛病，不能結婚。你不要逼我。」

我已經明白我想的是真的，我從口袋裡面拿

出那張橙黃色的小紙片，遞給陳建君道：「我在浴室的地上發現的，是因為這個嗎？」

看到那張「齊多夫定」包裝盒的紙片，陳建君大驚失色，眼睛大睜著看著我，身體卻軟倒在沙發上，「對不起，建輝，我不是故意要隱瞞你。我……」

我打斷了她的話：「好了，不要擔心，我和阿梅一樣，都是你的好朋友，我也是HIV救助志願者，我理解你。」

陳建君愣了一會兒，突然抱住我的胳膊，放聲大哭。一個單身離異的女人，沒有父母，沒有子女，身患愛滋病，不知道哪一天就會孤獨地死去，無聲無息地離開這個世界，沒有人會想著她，就像她從來沒在這個世界存在過，這是怎樣的一種痛苦。

她的哭聲充滿了恐懼，委屈，怨恨，讓我這個從來不哭的男子漢，都有點兒鼻子發酸了。

我拍著她的頭，安慰道：「我們都是不幸的人，以後互相幫助吧。至少不是孤單的一個人了，是吧。」

陳建君終於抬起頭，哽咽著慢慢停止了哭聲，說道：「我的前夫因為在外面風流，得了愛滋病，然後傳染了我，我查出得病後精神影響很大，加上父母生病，就辭去了工作，直到認識你。啊，對不起，我得先去洗洗臉。」

等了十幾分鐘，陳建君從洗漱間走了出來，她已經恢復了冷靜，她坐在我的對面，說道：「建輝，我願意幫你，但是我有一個條件。」

「你說。」我有點好奇。

陳建君說道：「HIV孕婦是不是可以用基因編輯，生出抗愛滋病毒的健康孩子？」

我沉吟一下，決定不對陳建君隱瞞真相，「是的，我們實驗了十六個HIV孕婦，全都懷孕生育了基因編輯的孩子，全都成功了。但為了不違反愛滋病輔助生育的規定，而且為了協議中的保密條款，我不能透露這個情況，你也不能對其他人說，你要發誓。」

陳建君說道：「我發誓我不會對任何人說這

件事。建輝，我和你假結婚的條件是，你幫我生下一個孩子。一個永遠不會得愛滋病的孩子。我一直想生個孩子，可是一直沒有如願，我希望我死之後，我的孩子會到墳頭來祭奠我，逢年過節會給我燒一刀紙錢，讓我不會做一個孤魂野鬼。」

第三十五章　領證

聽了陳建君的要求，我不由得沉吟起來，「建君，在這個敏感的時候做這個手術，完全是頂風作案，性質加倍惡劣。如果以前可以說是不清楚實驗後果的嚴重性，現在就是明目張膽的對抗了。」

陳建君微笑道：「我們結婚之後就是夫妻，我們用自己的身體驗證基因編輯的準確性，這是為醫療科學而獻身，別人有什麼權利干涉我們？」

我說道：「中外歷史上的確有很多猛人，為了攻克疾病治療的難關，大膽的用自己的身體做實驗，古有神農嚐百草，現在有屠呦呦用自己身體試藥，都是一段佳話。可是還沒有人用自己的老婆孩子做實驗，這好像不太靠譜吧？」

陳建君從桌子對面轉過來，抱住我的胳膊，說道：「我雖然是愛滋病患者，但是我是一個中國公民，一個和正常人權利平等的公民。生孩子是憲法賦予我的權利，我願意生一個經過基因編輯後，不會感染愛滋病毒的孩子，誰能阻攔我呢？如果那些所謂的倫理捍衛者敢出來阻攔我，那好吧，如果不進行基因編輯，我們生的孩子傳染了愛滋病，那個倫理捍衛者能出來負責嗎？拿什麼負責？負責得起嗎？所以只要我們自己生下了抗病毒的正常的孩子，對你的非議就會被打破了。」

聽了建君的這番話，我的腦子有點兒發暈，她說的似乎很有道理，我無法反對，而且我也被她的勇氣和決心感染了，「好吧，那我就幫你生一個孩子。我需要聯繫阿梅，試管嬰兒手術是她們動手，我只是提供基因引導環而已，引導環的植入也是她們進行，我只在先期胚胎實驗的時候，指導過她們引導環的使用方法。」

陳建君驚訝道：「就是說這個實驗其實不是你做的，是阿梅他們醫院做的，憑什麼讓你來承擔所有責任？你只是一個無辜者。」

我擺擺手，然後攥緊拳頭，說道：「不，建君，我也參與了這個專案，是我自願決定承擔這個責任，如果是阿梅他們出來承擔責任，不僅是愛滋病實驗者會被暴露，甚至整個專案組也會被解散，這是國內唯一為愛滋病生育提供治療的專案組，絕對不能關掉。而我，只是被從學校辭退而已，我能承受得起。」

陳建君大聲說道：「你能承受得起？你現在都要和自己的愛人分手了，你還能承受得起嗎？」

我苦笑一聲，說道：「一開始我也沒想到後果會這麼嚴重。可是既然已經到了這個地步，即使交代了阿梅他們，也不會減輕我的狀況，我已經沒有退路，想反悔也沒有用了，只能咬著牙走下去。其實，經過和侯校長交談，我已經明白了，我的基因製藥法，已經觸動了某些人的利益，他們早就盯住了我，一旦我有疏漏，就會咬死我不放，基因編輯嬰兒實驗只是一個藉口而已。其實只要我在藥物實驗中一旦出現一次小問題，都會被他們抓住不放，然後大加宣傳，直到徹底搞臭我，搞臭基因療法。一九九九年美國的基因療法出現事故，就被大肆宣揚是邪惡療法，使得十幾年的時間，沒有人敢於進行基因治療，這就是一個事例。」

我越說越激動，揮舞著手臂，激憤不已：「事實上，每一種新的醫療技術都伴隨著失敗的風險，即使現在普遍接受的治療方案，因為失誤造成的傷亡也有很多，可是很多不治之症必須使用創新的治療辦法，更多的生命被這些新療法搶救回來，醫療領域的創新永遠不會停止。無論那些既得利益者如何阻止，基因治療終究會被社會大眾接受，成為最重要的一種治療方法。科學的神殿需要祭品，我願意做那個犧牲者。」

陳建君鬆開我的胳膊，靜靜地看著我，眼睛裡閃著光，堅定地說道：「建輝，我願意陪著你。說說你的計畫吧。」

我認真地整理了一下思路，說道：「我準備這段時間整理基因編輯的實驗資料，包括實驗準

備，藥劑準備，使用設備，調試參數，檢測結果，後期結果等等，全部公之於眾，不註冊專利，全部免費使用。我準備在兩個月之後鵬城舉辦的基因生物學國際會議上，正式發表這些資料。我希望有人能夠重複驗證我的實驗，真正打開倫理審查的限制。」

我喝了一口水，看了一眼注視著我的陳建君，說道：「關於結婚的事情，我不太瞭解過程，還要問問你呢。」

陳建君擺擺手：「結婚很簡單，只要拿著戶口本，身份證，照片，然後到一方戶口所在地婚姻登記就可以領證。對了，我有鵬城市的戶口，我們可以在這裡登記。」

我說道：「我在半年前也把戶口搬進了鵬城，落戶在學校，現在學校辭退了我，我需要辦理手續，然後到宿舍拿我的證件。」

陳建君不愧是多年的企業管理者，對各種辦事流程都很熟悉：「學校辭退手續你需要儘快辦好，把檔案放到區勞動服務中心，然後你和你自己的公司簽訂一份勞動合同，這樣你就是有單位的人，可以續交五險一金。」

我這就明白了，說道：「關於生孩子的事情，我知道也有很多手續要辦，我們改天問問阿梅吧。」

陳建君在公司裡也辦理過職工生育的手續，她說道：「生孩子必須先有結婚證，然後到街道和計生辦去辦理生育證，還有很多檢查手續，不過這個我來辦就好了。」

我感歎道：「好吧，那就麻煩你了。」

陳建君笑道：「這些手續雖然挺多的，不過只要一步步走下來就好了。最麻煩的是你怎麼和小潔說明白，你想好了嗎？」

我不由得捂住腦袋，苦惱極了。是啊，怎麼和小潔說呢。

陳建君笑著說道：「這樣吧，到時候我先替你去說，我就說我已經和你上過床，有了你的孩子，小潔一怒之下，就會和你分手了，這樣你就避免尷尬了，怎麼樣？」

「咦，這倒是個好主意，謝謝你了建君姐。」

我高興起來了。

陳建君笑道：「別高興得太早，我是有條件的哦。」

我的心提了起來：「什麼條件？」

陳建君笑道：「別緊張嘛。建輝，我想我的孩子只要你的精子。我不希望孩子的父親，是一個不認識的陌生人。」

我感到有點兒頭痛，我不會是作繭自縛，弄假成真了吧。

陳建君說道：「你放心吧，等小潔忘記你了，我們就離婚，孩子以後跟我姓。」

我說道：「好吧，明天上午我就去學校辦理離職手續，然後和我的敏原製藥公司簽一份勞動合同，下午我們就可以去登記結婚了。」

陳建君笑道：「那我們今晚出去吃頓飯慶祝一下吧。雖然是假結婚，是不是也需要買一對兒結婚戒指，搞一個簡單的求婚儀式啊。」

我苦笑道：「姐姐，戒指今晚就去買一對兒，求婚儀式就沒必要了吧。簡潔一點兒不好嗎？」

陳建君這次很痛快，笑道：「好吧，那就這樣吧。」

我心虛地擦擦汗，問道：「不會再提條件了吧？」

她搖搖頭，微笑一下：「這會兒沒有了。」

第二天上午，我到了學校人事科，辦理我的辭退手續，人事科的李科長看到我，趕緊把我叫到辦公室中，拿出我的檔案和手續表格，看來早就準備好了。

李科長歉意地說道：「不好意思啊，郝博士，你的事情社會輿論太大了，要不然學校是絕對不會這樣做的。你要理解學校啊。」

我拿過表格，在上面簽字，說道：「我理解，就算學校不開除我，我也會主動辭職的。」

李科長說道：「學校的宿舍需要收回來，郝博士的鑰匙需要交回，房間裡面你的東西可以收拾一下拿走了，我陪你去一趟吧。」

我們開車去到宿舍，撕開封條，打開門，我

拿出我的行李箱，把我的東西一件件裝走，放進車中，李科長也幫著我搬了一些。我在這個房間住了接近兩年，零零碎碎的書籍，雜誌，資料，日用品數量不少，裝滿了汽車後備箱和後座。當然，其中最重要的是我的戶口本，這是結婚必需的東西，另外就是護照等各種資料，我放進我的隨身背包裡面。

我拿著我的檔案和介紹信，來到了鹽田區的勞動服務公司，在這裡，敏原公司的朱總經理和一名內勤小姐正在等著我，我把檔案交給他們，他們就和櫃檯的辦事員交接，很快拿過來一份勞動合同，我簽字按手印，檔案就轉入了敏原製藥公司裡。我的新工作是敏原製藥工程師，合同期兩年，工資月薪一萬元，享受五險一金，條件還不錯呢。

朱總經理問道：「董事長，您結婚這麼大的事情，是不是大家給您慶祝一下。」

我擺擺手，說道：「還是不要了，你看我現在麻煩纏身，還是低調的好一些。我的情況對公司業務有影響嗎？」

朱總經理笑道：「當然有影響，不過是好影響。設備銷售很好，很多醫院的醫生為您打抱不平。醫生們平時就不滿倫理委員會，這幫人整天不幹人事，到處指手畫腳。國家應該對醫學和藥物實驗制定法律，設置一個標準，什麼可以幹，什麼不可以幹，明明白白，清清楚楚的。不要搞些什麼倫理監督委員會，標準成了他們手裡的權力，想怎麼用就怎麼用，想制裁誰就制裁誰，那些做實驗的製藥公司，如果不給他們送紅包，倫理委員會就不批准實驗，他們自己就是倫理淪喪之輩，哪有資格監督別人。」朱總經理以前是一家藥企的研發主任，沒少受倫理委員會的氣。

我說道：「不管醫生怎麼說，我們的銷售人員不能這樣說。醫學實驗都是涉及人身安全的，法律很難裁定是治病還是致命。限制多了就會阻礙醫學科技的發展，限制少了會引起社會倫理道德的批評，正是因為法律的矛盾，才搞一個倫理委員會來督查，或者說，來承擔責任做垃圾桶。

一個部門一旦設立，就像是一頭怪獸誕生，它要為自己的生存尋找生存的理由，搶奪資源，改善自己的環境，不斷長大變成一個不能被去除的大怪獸。」

但是我知道，僅僅成立一個倫理委員會並不能解決問題，只會帶來新的問題。問題的根源是標準的迷茫。判斷對錯的標準是什麼？這個思想問題不解決，再設立一百個監督委員會也沒有用。

所以說，還是小平同志的論斷是堅定的、正確的：判斷對錯的標準，要看是否有利於發展生產力，是否有利於增強國家的綜合國力，是否有利於提高人民的生活水準。

外國人設立了倫理委員會，但他們解決不了這個問題。中國人不用非跟外國人學，我們有自己的制度，自己的指導方針政策，我相信一定會解決這個問題的，中國人也可以為世界樹立一個新榜樣。

下午，我和陳建君相約在婚姻登記處外面見面後，她說道：「上午我給阿梅打電話，說了我們假結婚的事情。也說了我們要做試管嬰兒的事情，阿梅同意幫忙，她說這幾天她準備一下，下週一我們去醫院進行檢查。」

我點點頭，阿梅是陳建君最好的閨蜜，還有我的因素，這個忙她一定會幫的。

我們先去拍了結婚用的合照，一樓是結婚的，二樓是離婚的，我們進了一樓的辦公廳，今天下午辦事的人不多，只有兩三對登記結婚的年輕人，幸福的笑容洋溢仕臉上。

我看到他們登記完成拿證之後，會給每個視窗送去喜糖喜煙，回頭對陳建君說道：「我們是不是應該出去買點喜糖，你看人家都在送呢。」

陳建君打開手包，我往裡面一看，紅袋子包裝的喜糖，還有紅雙喜香煙都準備好了。我向她豎起了大拇指。

登記很順利，很快就拿到了結婚證，結婚證的外觀像是護照，我打開仔細看著，還別說，我和陳建君的合照看起來還蠻和諧的呢。

第三十六章……分手

這幾天，小潔給我打了好幾個電話我都沒有接，有時候，我會忍不住翻開她的照片，愣愣地看著發呆。

在有心人的推動之下，基因編輯嬰兒的事情不斷發酵，很快就從網路上流傳出去，有些地方報紙做了專題報導，他們雖然採訪不到我，但攔不住他們找來我的舊照片，隨口胡說八道，連我的小學中學的事蹟他們都能翻找出來，真是神通廣大。在網路上，我的形象已經變成了這個樣子：

一個來自貧窮山村的孩子，努力學習考上了大學，然後幸運地到美國留學，有了成績後就狂性大發，無視法律和規定，為了出名和發財就任性妄為，就像那些窮山村走出來，上大學，做公務員，當了官，然後就貪污受賄，腐敗被捕的人一樣。窮人暴富，受不了花花世界的誘惑，暴露了眼界低下的本性。在一些人的眼中，這就是寒門出身的人必然的樣子。

我沒有理會這一切，開始準備演講的PPT，我準備用大量的圖片來描述基因編輯的過程，要生動活潑，容易理解；要準備中英文兩種版本；要資料詳實，除了彙總的資料，原始資料也準備好連結檔；我把實驗過程每一步都詳細的描述，使用什麼藥劑，哪裡生產的；使用什麼儀器設備，品牌型號等等；實驗過程有什麼注意事項等等。很多資料我手裡並不完全，特別是試管嬰兒手術的注意事項，我還要向阿梅仔細討教。

我還註冊我自己的博客，我準備把資料放在博客上，這樣人人都可以獲取詳細的實驗資料，按照這個步驟，大多數生物學實驗室都可以重複這個實驗。

我相信一定會有人再次申請進行這個實驗，如果倫理委員會批准，那我的實驗就是合法的；如果倫理委員會一次次的駁回不准，那就說明我繞過倫理委員會是不得已的行為。

領證後的第三天，陳建君約小潔見面，臨行前，她和我再一次核對計畫。

陳建君：「我和小潔約在九點半見面，我會給她看我們的結婚證，還有准生證，估計小潔會給你打電話求證，要求見你一面。」

我冷靜地說道：「我會接電話，告訴她『我們分手吧』，然後拒絕和她見面。」

陳建君走後，我心情非常煩躁，打字時總是錯誤的鍵盤輸入，一遍遍地修改，最後胡亂關上筆記型電腦，在房中來回走動。

九點四十分，我的手機響了起來，是小潔的號碼。我接了起來：「喂。」

「建輝哥，這不是真的，你告訴我，這不是真的。」手機傳來小潔的哭聲。

我忍住心痛的感覺：「這是真的，我們分手吧。」好像有一把刀子在割我的心，我忍不住捂住心臟的部位。

「我要你過來，你親口跟我說，你過來。」小潔的聲音聲嘶力竭。

我深吸一口氣，「我們不要再見面了，忘了我吧。」

我掛斷了電話，默默地低下頭，腦中一片空白。我蜷縮在沙發中，低聲呻吟著，渾身發冷，頭痛欲裂，我想我可能是感冒了。

不知道過了多久，直到陳建君開門進來，我坐了起來。陳建君看到我的樣子，驚訝道：「你怎麼了？臉色這麼蒼白？」

我搖搖頭，說道：「沒事，只是有點兒不舒服，休息一會兒就好了。」

陳建君感歎道：「唉。看小潔哭的那麼淒慘，差一點兒我都不忍心想告訴她實情了。唉。只能怪你們倆沒有緣分了。」

我清清嗓子，說道：「忘了這個事吧，我這就聯繫阿梅，明天去見她，開始給你做試管嬰兒

手術，這一次我要全程跟蹤，記錄所有的步驟。」

陳建君撇撇嘴，說道：「男人啊，就是無情無義，轉眼就把愛人給忘了。」

阿梅的專案組現在還在科技園三區的實驗樓，她們的這個專案組不在連鎖婦科醫院的帳目上，我的實驗樓也只是屬於我自己，知道的人不多。所以這裡算是比較隱秘的，還在進行愛滋病人輔助生育工作，只是不再進行基因編輯工作。薩默爾和維佐拉已經回到美國，這裡全部由阿梅負責。

現在專案組已經不再接收新的病人，阿梅說陳總要求她們儘快處理好手中的病人，搬離鵬城，搬遷到北方的某個城市，離開這個是非之地。

我和陳建君到達醫院之後，陳建君要進行CT和B超檢查，看看子宮是否適合懷孕。我和阿梅在檢查室外面等候，我問道：「阿梅，你是建君最好的朋友，她是什麼時候得病的？現在的病情怎麼樣？懷孕生育能行嗎？」

阿梅的眼睛一直在打量著我，聽到我的問話，她垂下了頭，說道：「建君得病已經五年了，她的用藥一直是我從國外給她買的，建君的身體指標還不錯，懷孕應該沒有問題。」

停了一下，阿梅說道：「其實，你找假結婚的物件，可以來找我。我可以不要孩子的。」

有這樣一位紅顏知己，是人生的幸事，我深深地看了阿梅一眼，說道：「謝謝你，阿梅，謝謝你信任我。不過，你也知道，我不能找你結婚的。」我靠近她小聲說道，「你知道的太多了。」

阿梅抬起頭，說道：「建輝，我還是認為，你最好不要發表演講，在現在的輿論環境下，無論你怎麼說，你都是錯的。你還是耐心地等等看，當不成教授，就做一個企業家，慢慢地以後就有其他人做這個實驗，人們就理解你了。」

我知道阿梅是為我好，也知道她說的有道理，可是我有不同的看法，我要大聲說出我的研究過程，我要說出我對倫理道德的理解，我要呼籲人們重視愛滋病生育問題，理解基因治療的意義。

我搖搖頭，說道：「阿梅，無論我發表演講與否，他們都會針對我，不斷地攻擊下去，他們並非不知道連鎖醫院的事情，畢竟倫理審查書他們都見過，但是他們還是把目標對準我。這說明他們的目的不只是基因編輯嬰兒，而是基因治療這種技術。我必須站出來辯解，即使不被大多數人理解，只要有幾個人能理解我，我就達到目的了。」

這時候，建君從檢查室出來，我們來到辦公室，從電腦上可以直接讀片，阿梅仔細看片之後，說道：「建君的子宮和卵巢，從圖像看沒有問題。建君現在去做血常規，肝腎功能，結核免疫檢查，性激素檢查，染色體檢查；建輝你要做血常規，尿常規，精子檢查，染色體檢查。所有檢測正常後，就可以找時間準備催卵了。」

抽血之後，然後從口腔黏膜沾一些粘液做染色體檢查。建君被阿梅帶到實驗室進行檢測，護士送給我兩個收集瓶，一個是用來盛尿液，一個用來放精液。

我被送進採精室，這是一間隔音的小屋，裡面掛著一套美女照片的掛曆，還有一台精子採集器。屋裡有一張小沙發，一張小桌子，一個洗手盆，還有一個坐便器。我坐下來，先拿起礦泉水喝下去。

採精器的使用，我已經看過說明書，我先打開電視螢幕，裡面開始播放一段小黃片，我看了一會兒，開始有了反應，我把精液收集瓶套在採集器上，然後下面的插進去，調節好機器的抽送速度，靜靜地看著小黃片，等著自己搞出來。

不知道是什麼原因，我一點兒也沒有興奮，時間過去了十幾分鐘，我感覺有點兒痛，卻沒有出來的感覺，看來自動採精器不太管用。

這時候，忽然門被打開了，我大吃一驚。回頭一看，卻是阿梅進來了。

阿梅進來後，轉身就鎖上門，轉身看著我，慢慢脫下外衣，笑顏如花看著我，她走過來，抱住我的腰，臉貼在我的臉上，我轉回頭，一個柔軟的紅唇就貼上來，我立刻就來了感覺，興奮的

浪潮湧上了我的大腦，很快就一洩如注。

阿梅拿過我的收集瓶，摸了一下我的臉，轉身出去了。留著我在房間裡喘著粗氣，休息一會兒，平靜下來，洗洗手，收集了尿液，走出了採集室。

我在休息室等了幾分鐘，陳建君檢查完成，走了進來，我給她倒杯水，她打開手機，一邊開始回覆公司的資訊，一邊和我聊天。

過了大約三十分鐘，阿梅走了進來，拿著我們的檢測報告，對我們說道：「前期檢查完成了，你們的報告顯示，可以做試管嬰兒手術。這幾天要好好休息，減少工作，心情放鬆，注意營養，吃一些蛋白質比較豐富的食物。建輝你這幾天也要注意休息放鬆，每隔三天要射精一次，不能多，也不能少。你們在週六上午九點過來，建君注射催卵針，然後就要開始在這裡接受住院觀察。建輝最好也要在這裡陪伴。」

我們都點頭同意，離開實驗樓。我陪著陳建君回到公司，把今後一段時間的工作安排交接好。

第三十七章　試管嬰兒

陳建君建議我們在鵬城到處轉轉，我們這幾天遊覽動物園，慢慢地在公園閒逛，去海軍博物館參觀航母，晚上看看電影，聽聽音樂會。

我們從來沒有像這樣輕鬆自在，廣省美食天下聞名，我倆到處尋找著有名的飯店，尋找最喜歡的美食。

四月的陽光讓人心情愉快，笑容漸漸來到我們的臉上，我們暫時忘記了煩惱，盡情享受著難得的時光。

這天晚上，當我準備回到我自己的房間，建君叫住我，然後遞給我一個紙袋，我疑惑地打開一看，居然是兩本港城的龍虎豹雜誌。滿紙是赤裸裸的肉體，三天一次，看來是到時間了。

我好笑地看著她，陳建君居然滿臉通紅，我不由得戲謔道：「小姐姐，現在誰還看這種雜誌啊，我電腦裡面有精彩視頻，敢不敢來看看？」

陳建君的臉紅得像蘋果，她倔強地抬起頭，嘴硬道：「看就看，誰怕誰。」

哪個男人的筆記型電腦上沒有幾部小黃片？我打開電腦雲盤上的視頻，把聲音調大，隨著情節的繼續，我聽到陳建君的呼吸逐漸急促，我知道在她這個年齡的女人，正是慾壑難填的時候，慾望可以把一個女人的所有理智沖走。

我對她說道：「姐姐，我用手給你弄一下吧。」

陳建君咬著嘴唇，幾乎是呻吟的聲音，「不行啊，我有病毒。」

我說道：「我有醫用橡膠手套，沒事的。」

她點點頭，我從抽屜中拿出乳膠手套戴上，塗上了潤滑液，陳建君幾乎是急不可待地脫下了衣服，我輕輕撫摸著她的豐滿柔滑的肌膚，慢慢尋找著她的興奮點，她側著臉咬著嘴唇不敢看我，

從這個角度看，陳建君和小潔真的挺像的呢。

陳建君的呻吟聲逐漸響起，身子開始扭動，如果沒有病毒，她會是一個多麼美好的人兒啊。

她的皮膚逐漸發紅，肌肉逐漸緊繃，在我的雙手揉搓之下，她漸漸進入了高峰，在一聲聲急促的呻吟聲中，她渾身癱軟了下來。

我小心地摘掉手套，扔到垃圾桶中，走到衛生間，擰了一塊熱毛巾，給建君慢慢擦去身上的汗水，疲憊的她居然睡了過去。

我拿過一條毛巾被給她蓋住身子，關掉電腦視頻，靜靜地看著這個女人熟睡的臉，看著她睡夢中露出的微笑。我對她輕輕說道：「姐姐，雖然我們是假夫妻，可是我會儘量讓你幸福，希望你能度過一段美好的時光。」

週六我們回到實驗樓，發現這裡的人數明顯少了很多，阿梅說現在只剩下六個病人，再過兩週，他們也就全部出院了。這裡的設備已經開始逐漸搬走，一些不是必需的醫護人員也開始撤離，只剩下了不到十名醫生護士。不過給建君做手術的人也夠用了。

試管嬰兒需要產生多枚卵子，以提高受孕成功率，這就需要注射排卵藥物。排卵針需要在月經前一週注射，每天都會用超音波檢查卵細胞發育情況，排卵針藥物的身體反應非常大，陳建君出現了頭暈嘔吐的現象，這個是正常的情況。

三天後，陳建君兩側腹部出現脹痛的情形，阿梅檢查後說，她的卵細胞發育非常成熟，經過催卵針的刺激，發現接近成熟的卵子足有八枚。

一般兩個卵巢每個月只有一邊的卵巢產出一枚卵子，兩個卵巢輪流工作，負擔比較小。使用排卵針後，兩邊卵巢會同時排出多枚卵子，大多數女性有四五枚，個別多的有七八枚，也有天賦異稟的，可以排卵超過十枚的。

當檢查到卵子已經發育成熟時，就要用穿刺採集器，在超音波成像的引導下，穿過卵巢外層，把卵子一枚枚取出來。這個過程需要局部麻醉，由阿梅親自動手，顯然她是幹這個的行家，速度非常快，每一次下針都直接取出一枚卵子。

卵子的大小有0.2毫米直徑，用肉眼就能看見。卵子是非常強大的細胞，幾乎沒有病毒和細菌能夠感染它。愛滋病毒在體液中雖然有存活，但也無法侵入卵子。只是採集出來的卵子需要進行清洗，去除體液中可能存在的病毒，以防感染受精卵。然後還要經過觀察篩選，挑選出最好的三四枚卵子進行人工受精。

下面就要輪到採集精子的程式，我走進採精室，發現那台採精器已經不見了，牆上只是掛著那套美女掛曆，我坐在沙發上，看著掛曆，不由得苦笑，美女倒是挺漂亮，只是衣服很多，僅僅露出事業線的上半部分，難道要我對著掛曆，發揮想像力，使用五姑娘神功嗎？這個難度可不低啊。

這個時候門鎖嘩啦一聲，門被打開，阿梅走了進來，她鎖上門，插上插銷，脱下外套的醫生白大褂，露出裡面緊身的護士服，戴上了粉色的護士帽，這根本不是標準的護士服，一看就是情趣內衣店的產品。阿梅走到我的身前，在沙發前面蹲下來，我從上方看下去，真是波濤洶湧，白浪翻滾啊。看得我眼暈。

「先生對不起，我們這裡的設備搬走了，現在由我為您提供人工服務。」阿梅用娃娃音説著話，兩手開始解開我的腰帶，這個迷死人的妖精。

專業人士的手工服務還是很專業的，沒有幾下，我就繳械投降。

小護士忽閃著大眼睛，微笑著用雙手繼續服務著，説道：「先生，您的身體好像不太行啊，我給您按摩一下吧。」男人不能説不行。我感覺熱血沸騰，戰意飛升。

那個妖精放開雙手，直接坐了上來，如同駿馬上的女騎士，上下顛簸。

不過顯然這一位小護士不是專業騎師，只幾分鐘工夫，就腰腿酸軟，被馬兒翻身壓在身下，駿馬和騎師換了個位置。

在顯微鏡下，卵子像是一個巨大球體，而精子像一群蝌蚪，蝌蚪們被裝在細細的玻璃針管中，急速地擺動著尾巴。當針管輕輕地靠近卵子，穿過細胞外罩，一枚動作最快的精子就奮力向前，

鑽進了卵子之中。

我和陳建君在旁邊看著這個過程，再過半個小時，精子的DNA和卵子中的DNA編組基本完成，編輯用的基因引導環，就要被導入受精卵中，用來剪除 Δ32 基因。

過了廿五分鐘，我和陳建君的手分別放在按鈕上，阿梅說道：「這一步注入基因編輯引導環的程式，由你們夫妻兩個動手，按下按鈕之後一分鐘，設備會自動注入引導環，所以這一步基因編輯是由你們自己完成的。如果你們不想進行基因編輯，可以離開座椅，沒有編輯的受精卵會繼續進行子宮植入。你們下決心了嗎？」

我點頭：「是的，我決定了。」

陳建君也點頭道：「我決定了。」

阿梅說道：「好的，那我開始倒計時，三、二、一，開始。」

我和陳建君同時按下了按鈕，一隻細細的針管插進了受精卵中，很快又退出來。看不見的微小的引導環，已經進入了卵子的細胞核內，它會沿著DNA鏈條尋找它的目的地，當找到 Δ32 的準確位置之後，它會釋放出基因剪刀，剪除這段基因。用過作廢的引導環，在細胞分裂後，會自動脫離細胞。

取出的八枚卵子，挑選出品質比較好的有五枚，同樣的步驟，一共進行了五個卵細胞的操作，花費了一天的時間。

受精卵將在培養液中開始分裂，三天之後分裂成為囊胚，觀察分裂情況，挑選正常的囊胚植入子宮。五個囊胚，挑選出看起來最好的三個囊胚移植進入子宮。

囊胚移植進入子宮後，就是最關鍵的著宮過程，受精卵有一半的幾率可以在宮壁附著生根，一半的幾率不能生根，被排出體外。在這個期間，要注射黃體酮等保胎激素，要保持仰臥靜養三天的時間，在今後的一週內都要儘量保持仰臥姿勢，等到確認懷孕，才可以緩慢運動，直到一個月之後才能出門行走。

所以試管嬰兒是一個非常考驗母親忍耐力的

手術，這是一個相當痛苦的過程，而且很多大齡的婦女，受孕的幾率只有30%，要做多次這個手術才可能懷孕，身體的損傷，精神的壓力是非常大的。

頭三天陳建君仰臥著不能動，我就給她擦拭身體，餵流質的食物，幫她大小便清理，按摩身上的肌肉，陪著聊天解悶，幫她接電話等等。即使這樣，三天之後她可以翻身，腰背也是很板結酸痛。

接下來的一週，陳建君可以下床大小便，慢慢活動，其餘時間只能躺著，不能坐和站立超過十分鐘。這樣的姿勢，人會感覺頭暈噁心，而且腰酸背痛，很難受。

幸運的是尿液檢查確定已經懷孕了。過了這七天，可以慢慢走動，然後進行了超音波檢查，檢查發現有兩個胚胎著宮成功，開始生長了。

當受孕第三週，就可以抽液進行基因測序檢查，兩個嬰兒是一男一女，是Δ32 純合子基因，手術非常成功。

現在醫院裡面只有我們這一對病人了，醫生也只剩下阿梅一個人，還有兩個護士。醫院的設備每天都在搬走，已經沒有大型的儀器。阿梅給陳建君在連鎖婦科醫院訂好了高級包間，後續的孕期，可以在醫院全程監管進行，這屬於VIP 級別的護理，全程要花費三佰多萬人民幣的費用，對於我們而言，倒也不算太昂貴。

阿梅給我留下了新的手機號碼，專案組將全部搬遷去中原省的一個山區，在那裡已經建好了一座完備的醫院，針對愛滋病患者的醫療和生育治療。阿梅是院長，過幾天就要出發。

性愛會上癮，這幾天，每當晚上護士們休息，陳建君睡著，阿梅就會把我給拖走，有時候是採精室，有時候是辦公室，有時候是她的房間，還有一次居然把我拉到後院大龍眼樹下。想到很快就要分開，我們瘋狂地做著，好像要補足將來的欠帳。

然而分手的時間總會到來，當阿梅和陳建君淚水漣漣，擁抱分手，她留給我的深情一眼卻深深刻印在我心裡。

第三十八章　陳總

經過這次跟蹤試管嬰兒實驗，我對基因編輯的過程有了更多的感受。如果把基因剪刀視作一種藥物，其實人們的感覺也許就不會太過突兀。

無論是試管嬰兒生育，還是基因編輯嬰兒的生育，都要使用大量的藥物，包括激素類藥物，抗生素類藥物，免疫藥物，血液製品等，其實每一種藥物都可能改變人體的基因，特別是免疫類藥物就是通過修改基因對疾病的「記憶」而起作用的。既然都是對基因進行「編輯」的藥物，為什麼還要有分別歧視呢？

我整整製作了三百多頁的PPT，詳細介紹了引導環的使用方法，如何提高成功率，胚胎在各個階段的變化，與正常細胞的差異等等，使用了大量的顯微照片。我還找到一位動畫製作師幫我製作了幾段基因編輯時的動畫視頻。

兩個月過去了，我的PPT已經準備完畢，我以敏原製藥公司CEO的名義，向鵬城基因生物學大會，提出參會報告申請。然而，申請卻被駁回，理由是會議議程已經安排滿員，沒有時間聽取我的報告。

這一天我接到一個陌生的，從新加坡打過來的電話，說著胡建普通話：「喂，郝先生您好，我是陳瑞理，我們見過一面的，您還記得我嗎？」

我當然記得他，阿梅口中的陳先生，連鎖醫院的董事長，醫療界的投資大腕，而且還是拓撲公司前十位的個人股東之一，在股東會上見過一面，是一個矮矮瘦瘦的中年人，不引人注意，但非常精明。「當然，陳先生，我記得您。」

「郝先生，我聽朋友說，你要參加這屆基因大會，我希望你最好不要參會，我曾經托阿梅轉告過您，我希望您能理解我的想法。」陳先生語氣很誠懇。

我其實也能理解他們的想法，一旦事情鬧大，很可能會追究到他們的醫院，給他們帶來麻煩。「我理解您，陳先生，我的演講也許會引起軒然大波，給醫院也造成衝擊。可是我不理解的是，陳先生當時為什麼要支持胚胎實驗？支援愛滋病輔助生育？僅僅是為了賺錢嗎？」

電話那邊的陳先生愣了一會兒，然後嗤笑了一聲，說道：「賺什麼錢哦。一年就治療不到二十個病人。是，每個人要五佰萬的費用，可是每個人要住院一年半，醫藥費就要一佰多萬，用的器械只能一次使用，每個人又要一佰多萬，醫院要配備五十多個醫護人員，根本不賺錢。不過到了我們這個階段，錢不是最重要的，最重要的是做一些創造性的工作，你說對不對？其實除了這個專案之外，我還投資了很多先進治療方法的研究，大都是賠錢的。只是醫院的未來發展，需要具備一些獨有的先進技術，不投資不行啊。」這陳先生看來很擅長聊天。

我問道：「那麼，如果我出了問題，會連累到你們醫院嗎？」

他回答道：「不會，最多只能追究到專案組為止了。那份倫理委員會授權書，也沒有協力廠商存檔，只要醫院堅持說那是偽造的，就沒有辦法證明是真的。醫院也的確沒有人參與其中，我們不怕任何追查。」

我又問道：「那你還怕什麼呢？你在全國有幾百家醫院，你們家族在全國估計得有幾萬所醫院。鵬城這一家小小的醫院只是九牛一毛，根本不算什麼吧？」

「唉，老弟，家家有本難念的經。我們陳氏一門，是祖傳的醫藥世家，父親當年是赤腳醫生。胡建的北方山區，八山一水一分田，非常貧窮，老百姓看不起病，都是請赤腳醫生治病的。我從小跟著父親行醫，記得當時治病幾乎不收錢。使用的中藥都是從山上採的，不要錢，只有西藥才要錢，還都是用最便宜的西藥。我父親救活過無數人，在家鄉，人人見了都稱他『陳爺』。後來赤腳醫生被取消了行醫資格，父親帶著徒弟們四

處行醫，與別人合作開醫院，逐漸做大。參與的人多了，也就良莠不齊，有的醫院管理不正規，欺騙病人，破壞了我們的信譽。我接管家族業務以後，進行醫院正規化，高端化改造，我投資兼併國內的醫院，引入了國外投資方，引入了外國私營醫院管理經驗和先進醫療技術，投資高科技研發，與原來的經營方式進行了切割，這也得罪了不少人。胡建人很團結，但也很保守排外，有人對我的位置一直有想法，只等著一個機會。其實做不做族長的也無所謂，我是擔心那些人上位之後亂搞。老弟，我告訴你，現在有好幾路人馬在盯著你。我們系統中就有幾派人就參與其中，他們要通過搞臭你來搞掉我。你知道嗎，幸虧你的公司股票拉進了一些有勢力的投資方，要不然就憑你一個新人，得罪幾大製藥集團和醫藥代理集團，他們早就收拾你了。小老弟，你闖進猛獸園中還不自知吧。」

我終於對我的處境有了一個真正的看法，我問道：「那麼，陳總，我可以退出來嗎？」

電話對面沉默了一會兒：「來不及了，你已經退不出來了。一旦你的股票投資方和對方達成妥協，他們就會對你動手。你有沒有發現，最近一段時間沒人找你麻煩了，這是開戰前的寧靜啊。」

我呵呵一笑說道：「也就是說，我拼死掙扎是死，不聲不響還是會死，對嗎？」

「是的。等一下，我明白你的意思了，你要在他們準備好之前大鬧一場，引起社會關注，這樣他們就不敢動你了。是不是？」

我說道：「有這個方面的考慮，最重要的是，我準備把實驗方案完全公之於眾，免費讓大家使用，這樣一定會有科學家要求重複這個實驗，那麼我就不是唯一做這個實驗的人了，他們也就沒必要盯著我。」

陳總歎息道：「這也許是一個好辦法，可惜啊，多年的科研成果，現在變成了免費共用的了。不過，這是置之死地而後生啊，非常冒險。我建議你找一個好律師，讓律師隨時陪著你，然後重要的一點，千萬不要出國。」

我驚訝道：「為什麼不能出國呢？」

陳總說道：「現在國內的大型製藥公司都有國外幾大藥企的參股，其實是受國外的控制，一旦你出國，他們絕對會對你動手，到時候你可能會遇到交通事故，甚至飛機失事，最後你會死無全屍。所以，千萬不要出國。實在堅持不住了，就化妝潛入市井，在人群中躲避，直到有第二個人跳出來做這個實驗。」

我說道：「謝謝陳總的理解，只是這個基因大會，我現在還是沒有辦法進入會場，他們拒絕我的參會。」

陳總說道：「這個包在我身上，我來安排；到時候會有某個科學家的演講因故取消，臨時加入你作為替代課題交流。」

「謝謝您，陳總，再次感謝您的幫助。」我確實沒有想到陳總會是這樣一個人。

「不用客氣，現在我們是一條船上的人，互相幫助吧。小兄弟，我有一個想法，你看怎樣。你在演講和提問回答環節的時候，要儘量表現得狂妄自大，蠻不在乎的樣子，要激起會場人們的怒火，這樣才會達到讓你儘快出名的效果。你的名氣越大，你就越安全。」

「裝得像是一個壞人？像一個瘋狂科學家？」我疑惑道。

「對的啦。你要讓全場都在罵你，讓他們覺得你自己已經搞砸了一切，根本不需要再費勁對你出手了。這樣至少一段時間內，你還是安全的。」

「噢。裝壞人嗎？這很簡單。沒有問題的。」我答應道。

「我還要提醒你，你的演講時間很可能受限制，我建議你把內容限制在十分鐘之內，超過十分鐘，你的演講很可能被打斷。你的詳細資料可以在網上公佈，演講的內容盡可能簡練。記住，你參加這個會議，最主要的目的是出名。最快的辦法就是做一個瘋狂的壞科學家。」這位陳總還真是運籌帷幄之中啊，提前就預估好了可能遇到

的問題。

如果計算身家財富，這位陳先生恐怕要超過我十倍，現在人家在耐心和我溝通，指點我未來具體的做法，確實讓人感動，我再次感謝道：「謝謝您，陳先生，我會重新準備演講稿的。那麼，關於愛滋病人輔助生育的醫療組，您以後也準備放棄了嗎？」

「哦，這個工作我說了不算的，這是阿梅負責的事情，她說怎樣就怎樣了。」

這讓我很驚訝，想不到阿梅有這麼大的權力呢。想到那個癡癡傻傻瘋瘋癲癲的女人，我不由得微笑起來：「阿梅的確很有能力，而且很有愛心，她是一個很好的人，希望我的事情不要連累到她，請您也一定保護好阿梅，拜託了。」

「呵呵，這你就放心吧，阿梅是我最喜歡的人，我不會讓她出事的。你們的事情，阿梅都對我說了，你的那個假結婚辦得很好，徹底和你的前女友分手是非常正確的。王校長家的那位，是國內最大的醫藥代理集團的老闆，你的研究，受傷害最大的就是她們的業務，她怎麼可能要你做她女婿。」

雖然後面的內容讓我吃驚，可是我最關心的還是開頭那句「阿梅是我最喜歡的人」，阿梅和陳總是什麼關係？我旁敲側擊地問道：「阿梅真是個大嘴巴喔，什麼都和您說。」

話筒裡面傳來哈哈的笑聲：「建輝，難道阿梅沒有和你說，她也是姓陳的嗎？她是我的女兒啊。親生的。將來我的一切，都要留給她的。你明白了吧。」

「呃。呵。嗨。原來是這樣啊。阿梅的嘴巴還真是鎖得很嚴喔。真是虎父無犬女啊，佩服佩服！」

手機裡傳來得意的笑聲，陳總說道：「建輝啊，我會全力支持你，大膽地和他們鬥爭。這場爭鬥，不僅僅是傳統醫療醫藥系統和基因新療法的鬥爭，還有公立醫院和私立醫院體制之間的鬥爭。隨著人口的老齡化，公費醫保必然無法負擔不斷變得巨大的醫療費用，傳統公立醫療成本太高，價格太貴，還整天喊著賠本賠死了。可是你看看，整個國家，還有比醫院生意更興旺的行業嗎？醫療體系不改革是不行的。這裡面，不僅僅要看哪種制度可以降低成本，提高品質，還要看誰能搞出世界領先的創新技術。這是一場生死競爭。我們胡建人相信，世界上有兩種職業是最賺錢的，第一種是醫療。別人的性命掌握在你手裡；第二種是信仰。別人的思想掌握在手中。所以，這兩個行業也是競爭最厲害的，你要有心理準備。」

第三十九章　基因大會

第二屆世界基因大會在鵬城舉辦，這次會議共三天，除了會議演講，還有各家供應商展示的設備，藥品、耗材、期刊、協力廠商檢測服務等展覽，中國近幾年基因技術取得了巨大進展，在新技術和新專利的獲取數量上僅僅稍次於美國，追趕的勢頭很猛。

前兩天的會議，我們公司也進行了展覽，我使用公司的展覽商入場證，也進入了會場旁聽了會議內容。在會議議程安排上，沒有我的名字。

直到第三天，展覽商已經開始收拾攤位，準備離場，而會議室也分成了幾個專題組，在小會議室舉行演講。在關於基因編輯的會場議程安排上，赫然出現了我的名字和演講題目，《關於胚胎CCR5 基因編輯免疫愛滋病的實驗》。時間是上午的最後一場，在十二點三十開始，一點十分結束，一共是四十分鐘。

消息登出，頓時吸引了很多人來到這個階梯會議室，我也早早來到這裡，卻不被准許進入會場，直到十二點才被放進交流區，而且被要求在會議室後面的休息室等候，有兩個人看著我。

我打開筆記本，再一次複習演講內容，其實我都已經滾瓜爛熟，倒背如流了。

時間到了十二點半，前一個演講的人還是沒有結束，會場中甚至響起了噓聲。

十二點四十五，那個人的演講終於結束了，現在已經是中午吃飯的時間，有些人開始離開，有些人陸續走進來。

十二點五十五，在會務組人員的示意下，我走出了休息室，走上了演講主席臺，站在了麥克風前。我插上了電腦的投影儀信號線，十二點五十八，開始了演講。

今天會議室有二百多人，還有幾個攝像機在

錄影，我打開英文講稿，這是我精簡之後六十頁面的稿本，已經大大縮減了內容。我用英語開始快速演講，主要的內容就是介紹這種基因編輯方法的準確性，簡單介紹了實驗過程，使用的藥物，以及引導環的製作等等。

感覺只是一瞬間，十分鐘就過去了，時間到了一點十分，演講臺上的紅燈亮起，我趕快把最後幾頁翻過去，我最後把我的博客網站用大字顯示出來，詳細的實驗資料可以到那裡下載。演講結束了。

台下響起了稀稀落落的掌聲，我收拾電腦，準備離開。這時候幾個外國人走上台，攔住了我。

「等一下，郝先生，我們需要對你做一個採訪，請您配合。」

別人似乎沒有採訪啊，這是針對我的嗎？可是大庭廣眾之下似乎不可以拒絕，我點點頭，「好的，請吧。」

主席臺擺上了幾把椅子，還有幾張小茶几，放了幾個茶杯。我在中間的椅子坐下，兩邊各有一個外國的主持人坐下，他們拿著提問本子，上面已經列印好了需要提問的問題，顯然是早有準備了。

我來回看看，主席臺上還有兩把空的椅子，會議室已經坐滿了，可是還不斷有人走進來，座椅不夠用就站在走道上，台下有估計超過三四百人，兩台攝像機倒是在一直對著我拍攝。

右邊的主持人是個中年英國口音的男子開口說道：「好吧，我們開始採訪。」

忽然左邊的白頭發美國口音的男主持問道：「請問，你對那些胚胎做了什麼事情？你給他們植入了什麼嗎？」

我不由得眉頭一皺，這主持人很壞啊，一上來就給我戴了一頂大帽子，把我定性為瘋狂科學家了。我根本不理他，就按照我的計畫答非所問：「目前這個實驗已停止……」

還沒等我說完，右邊的英國主持人就打斷我的話：「你的臨床實驗是怎麼設計的？誰批准的？」

這又是一個模棱兩可的提問，我還是按照我的計畫來說話，根本不理會他們的提問：「我在基因會議上展示過我們的基因編輯技術，他們都對這項技術的精確性表示讚賞。除了科學家之外，我也與倫理學家交談過，我們制定了一份知情同意書，找人審查過，然後，然後就開展了計畫。」這次他們兩個人都沒有插話，等我說完，他們兩個也沒有開口。

沉默了一會兒，美國佬突然開口問道：「有幾個人審查過同意書？」

這個問題倒是明確無誤，我回答道：「七個人。」

美國佬接著問道：「給病人看知情同意書的人，是一個和專案無關的人，還是你的團隊的人？」

這是一個選擇題，必須選擇一個，我說道：「我們團隊的人員，向每個病人講解了同意書兩個小時，他們都瞭解了這個實驗的方法和風險。」

英國人突然問道：「你直接參與了嗎？」

我沒有參與知情書的講解，但我給醫生們講解過基因編輯實驗可能的脱靶風險，「是的，我參與了。」

英國人又問道：「你是如何招募的這些夫妻的？是通過一個什麼人？還是發佈告？你怎麼招募到這些特殊的夫妻的呢？」

我直截了當地回答道：「是通過一個愛滋病志願者小組。」

現場又沉默了一會兒，美國人突然開口：「現在我們請大衛先生給我們做一個講話。」

我順著他的手勢回頭看過去，本來空空的主席臺演講桌前，不知何時，站著一位七八十歲的老者，這人我見過，他是一九七五年的諾貝爾生物學獲得者，基因編輯技術的創始人，孟德爾教授的好朋友，大衛先生。台下響起了掌聲，觀眾顯然也知道他，大衛來鵬城基因大會的照片早就登上了網頁。

大衛開口說道：「首先，我要感謝郝先生能夠來參加會議。我一直認為，基因編輯生育技術不應該用於臨床實驗，除非能夠證明它是完全安全的，被社會公眾所接受的，否則就是不負責任的。孩子已經出生了，事情已經發生之後我們才知道，這個不是一個透明的過程，沒有被監督。我認為，社會上有很多疾病，比起給愛滋病人生孩子更加緊急。科學需要監督，需要透明度。當然我在這裡僅僅代表我自己的觀點，謝謝。」

我心裡歎了一口氣，是的，大衛先生是行業內值得尊敬的長者，我相信他的話是出自他的良心，沒有其他目的。但是，大衛先生只是從事病毒研究和基因技術研究，從來沒有接觸愛滋病人，根本不瞭解愛滋病的可怕。他以為這種慢性疾病不如馬上就要命的疾病重要，其實恰恰相反，正是因為它的慢，愛滋病比任何一種疾病都可怕。因為它會有更多的傳染機會。它不僅是肉體的疾病，更可怕的是它帶給病人精神上的折磨，社會的歧視。可以這麼說，對愛滋病人來說，世界就是地獄，活著比死亡更令人恐懼。

說到「完全」安全，試問這世界有完全安全的醫療手段嗎？也許剪頭髮算是完全安全的，剪指甲也是很安全的醫療手段。完全安全不會出事的醫療手段，好像還沒有誕生吧。基因療法永遠不可能完全安全的，但如果一個病人註定就要死去的時候，只有「不安全」的基因療法有可能救命，試問你用不用？

看著象牙塔走出的大衛先生，我知道這個老實人被別人利用了還不自知呢，我深深歎了一口氣。

英國主持人開口問道：「我們認為沒有必要給兩個嬰兒進行基因編輯實驗，父親是HIV陽性，母親是HIV陰性，你已經進行了精子清洗，已經可以產生未感染的胚胎，產生未感染的嬰兒，還有什麼必要實施基因編輯手術呢？你能說明一下病人需要手術的目的是什麼嗎？就算是父母簽署了知情同意書，你作為一個科學家，知情者，醫生，是否應該為病人考慮？為病人做出決定，而不是由病人來決定？」

這個傢伙的英文用了不少古法英語，說實話

我聽得暈頭轉向，搞不清他的本意是什麼，我說道：「精子清洗不能保證百分百安全，而且孩子出生後父親的接觸也有傳染的可能，除非父親永遠不觸碰孩子，而這是不可能的。」

美國主持人開口了，這種兩個主持人一左一右的方式，很容易搞得我頭暈：「還有其他懷孕的夫妻嗎？」這是一種突然襲擊式的提問。

我回答道：「是的，還有一對懷孕，但沒有生育。」這個我在公安局回答過，隱瞞不過去的。

美國人接著問道：「問您一個倫理問題：您如何理解您對這個嬰兒的責任？或者說，您打算怎麼對這對嬰兒負責？」

一股怒火從我的心底冒出來，美國人太壞了。我怎麼負責？無論我怎麼回答都是錯的。我還是不回答他的問題：「如果你的家庭有人得了愛滋病，你就會理解它會帶給你的痛苦，如果我們擁有這樣的技術並且分享它，世界將會變得更美好。所以我們決定免費分享這個技術，」

「孩子現在怎麼樣？」可惡的美國佬又一次打斷我的話，然後是一連串問題拋過來：「請你不要膚淺地回答，孩子已經出生，你如何負責？你會公開他們的身份嗎？你還要一直保密嗎？全世界都想知道，都非常想知道孩子是否健康。這個實驗是否會造成消極或積極的後果。你怎麼處理這個問題？」

我閉上眼睛休息一下，我感覺有點兒眩暈，現在已經快要下午兩點了，中午沒有吃飯，緊張忙碌之後，我知道我血糖肯定有點兒低了，而這會影響我的思考。我說道：「披露愛滋病人的身份是中國法律不允許的，孩子現在很好。」我開始使用封閉式防守策略。

英國佬問道：「當你開始這項實驗的時候，你是如何說服父母的？你有沒有告訴他們孩子避免傳染愛滋病還有其他的方案？你是如何通過倫理審查的？這個過程是怎樣的？有什麼機構參與其中？」

他們已經迫不及待要套出我的乾貨了，不要著急，兩位老外，今天讓你們領教中國太極拳綿手的厲害：「關於第一個問題，如何說服父母們，這個很簡單，他們都是志願者，他們有足夠的學識，瞭解愛滋病治療的方法，包括最新的治療技術。相信我，他們對愛滋病的瞭解超過了參會的大部分專家。他們非常瞭解基因編輯療法的潛在風險和益處，他們已經是這方面的專家了。」

英國佬看著手裡的提問提綱，接著問道：「說一下透明度問題吧，你是否願意在公共網站上發佈你的知情同意書內容？使得大眾可以審核，詳細閱讀你的實驗細節？」

我說道：「剛才在我演講的最後，已經公佈了網站地址，我也在公開的基因知識網站上公佈了詳細的資料，包括所有的實驗資料。知情同意書的空白文本在實驗開始之前幾個月，就已經在志願者公開網站刊登。」

英國佬看著手裡的提綱，照著宣讀道：「如果有人對你提出建議，你會改變主意嗎？我們都想知道你到底幹了什麼？我們想知道你進行知情同意書的程式，你說有四個人審查過，和病人進行了十分鐘的談話？在英國，普通公眾在十歲開始閱讀，大多數人都不懂基因組是什麼意思，我很感興趣——你是怎麼對他們解釋風險的？怎麼證明他們理解你的意思了？」

我擦，英國佬真不是個東西，東一榔頭西一棒槌地看似問了一大堆，其實給我挖了陷阱，我咳嗽一聲，說道：「你的記憶力出問題了，我從來沒說過什麼十分鐘，我說是：我們和病人交流了兩個小時。我們用的是中文，當然中國人用中文，你知道嗎？據我觀察，中國人的閱讀能力世界第一，中文遠比英文容易閱讀。如果你出去在馬路上隨便抓住十個四十歲以下的人，我和你打賭，至少有八個完全瞭解基因組是什麼。」

英國佬用傻子一般的腔調問道：「他們可以閱讀並瞭解它們？」

我用看傻子一樣的眼神同情地望著他：「絕對滴。他們都不傻，除了我們給他們從第一頁到第二十頁完整讀過之外，他們自己也互相討論過。」

英國佬接著問道：「你的團隊成員是否接受過知情同意方面的培訓？這是第一次嗎？」

這英國佬逮著知情同意書不算完了，非得讓我承認我欺騙了病人，或者我的人不專業，或者不具備相關資質，從而否認我所有的東西。我說道：「我的團隊進行過其他的志願者實驗，不會犯你的這種不專業的錯誤。」小樣的，我罵你都不帶髒字的。

美國佬開口問道：「有媒體問，你能說說這個實驗的資金來源嗎？」

我說道：「這是我自己投資的實驗，與其他人無關。」

美國佬接著問：「有沒有來自行業或者企業的投資？你自己有公司，你的公司參與了嗎？」

「沒有，只有我自己的資金。」還想把我的公司牽扯進來，門都沒有。

美國佬問：「你是否向他們支付費用？物品或……」

「沒有，」我打斷了他的話，讓你也嘗嘗被人打斷話語的滋味，「除了醫藥費用，不支付任何金錢。」

「誰應該為患者負責？必須要提供那些醫療服務嗎？你如何評估他們的心理健康？嬰兒的疫苗接種和神經發育怎麼樣了？請你回答我。」美國佬像神父質問一樣。

「知情同意書有細節規定。」說完我就閉了嘴，看著這兩個憨貨，他們還盯著我，以為我還有話說，可我就是不說，急死你們。

英國佬低頭看著問題提綱，開始照本宣科，「關於脱靶檢測，你說可以進行單細胞全基因測序，你是怎麼做到的？不允許對生殖細胞進行基因編輯，這是包括華人社區在內的國際社會的共識，我們假設你知道這是一條紅線，你為什麼要越過這條紅線？為什麼要秘密地進行這些臨床實驗？」

我暗罵英國佬太陰險，他把幾個問題攪合在一起，讓人感覺你已經觸犯了法律，而且你秘密進行實驗，生怕別人知道。我說道：「我要向大家推薦第三代基因測序儀，可以快速方便地進行全基因檢測，在這次會議上，這種設備也進行了展示，我可以給你一份資料，你好好研究一下。關於紅線，據我所知，全世界只有英國有禁止進行生殖細胞基因編輯的法律，其他國家，包括美國和中國，都沒有這項法律。否則我就只能坐在監獄接受你的採訪了。在中國，我們可以大大方方地進行基因實驗，只要相關方沒有異議就可以，就像你和你的妻子要結婚生子，只要你們兩個同意就好，不需要顧及其他人的想法。病人和醫生也是如此，醫生認為應該這樣治療，然後病人也同意了，這就可以了。難道還要等待批准，然後耽擱病情嗎？呵呵。」

「請你回答我的第二個問題，為什麼要對政府保密到這種程度。特別是當你知道科學家們普遍認為『你不能這樣做』，現在政府也指責你違反了法律，如果中國政府知道了你的計畫，他們也不會允許你這樣做。」

這英國佬還代表中國政府了，你連中國人都不是呢。能的你不行了。我嘲笑道：「法不禁止皆可行。這不是你們英國法律宣揚的嗎？中國法律沒有規定我必須向政府通報每個實驗，也沒有規定我不能對政府保密。那就是你有問題了。」

英國佬再也不能保持紳士風度了，他顯然感覺有點兒熱，扯開了襯衫領子，說道：「這兩個女孩是活生生的人，其中只有一個是對愛滋病毒免疫的，這是你要的滿意結果嗎？這些女孩會被區別對待嗎？他們是否適合生育下一代？他們會改變對下一代的選擇嗎？」

我說道：「你顯然沒有搞清楚純合子和雜合子的概念，雜合子對HIV-1，也就是絕大多數的愛滋病類型有免疫作用，並非你說的沒有免疫作用。歐洲有很多Δ32變異者，英國有1%-2%的人是變異者，大多數都是雜合子基因，但同樣可以免疫愛滋病毒。他們就生活在你身邊，但你根本察覺不到他們的差異。中國幾乎沒有這種變異者，這種基因變異到底有沒有問題，只能從現在開始研究。」

英國佬激動地說道：「他們還是個孩子啊，他們還沒有自主權，他們的基因會影響他們的成長，也會影響他們父母的認知。」

英國佬看來在中國生活過一段時間，看過不少中國的影視劇，還「他們還是個孩子啊」。這是中國人的專用語知道不？我撓撓頭：「那麼，你的問題是什麼呢？」英國佬當場被噎得說不出話來。

美國佬說道：「你有沒有想到社會各界的反對？如果你知道會有今天的反對聲，你還會做這個實驗嗎？」

我聲音低沉而堅定：「是的，我會的，我還是會的，我沒有做錯什麼，我應該用更正規的發表方式，可能唯一的遺憾是媒體洩露了實驗內容，引起了很多誤解，我要為這一點向大家抱歉。」

美國佬看看手錶，說道：「最後一個問題，如果是你的孩子，你會這樣做嗎？」

「當然了。」我毫不猶豫地說道，我忽然想到了陳建君，這幾天忙著開會的事情，應該帶她去檢查身體了呢。

台下響起一陣騷動，有人在喊著「騙子。」「你真不要臉。」「殺人犯。」聲音還挺整齊的，看來他們雇的托兒提前練過啊。挺敬業的。

第四十章　阿滋海默症

在超音波的圖像下，三個月的胎兒已經有拳頭大小，外觀已經基本和人一樣了，有胳膊有腿，喜歡動來動去的遊動，一根臍帶連接著母體，胎兒在快速成長著。

「龍鳳胎，非常健康，一下子就兒女雙全，最佳選擇。恭喜了。」超音波大夫笑道，連鎖婦科醫院的VIP套間，每一套都有近百平米，在這一層樓上，只有十間這樣的病房，大部分檢查都是主動進門服務，每天的各項檢查安排很詳細。

早上的檢查完成後，營養豐富的早餐就送進來，今天是西式早餐，新鮮的牛奶和雞蛋，剛剛烤好的麵包，蔬菜沙拉，幾片火腿，營養均衡不超量。

早飯後，今天的運動安排是游泳和瑜伽，教練已經在走廊等候，今天陳建君約了隔壁的呂太太一起做運動，我要去實驗室工作，我囑咐道：「建君，下午兩點馮律師過來，要公證簽字的檔已經放到你郵箱，你有時間再看看，沒問題下午我們就簽字。」

建君擔心地說道：「建輝，真的需要這樣做嗎？他們會這樣對你嗎？」

我已經決定把我的股份的絕大部分轉讓給陳建君，只保留敏原製藥一家公司，我要做好準備，和那些人鬥下去。

基因大會之後，我的形象就登上了網路頭條，他們選了張我一個人坐在椅子上的照片，我低頭抬眼的樣子，被修圖的人搞得像是一個猥瑣的偷窺男形象，膽怯而心虛的樣子，一看就不是好人。

無數的謾罵和羞辱充斥了網路，我的博客回覆中大部分是羞辱的文字，我知道這些都是五毛黨，直接把他們拉黑。我放在博客上的論文，已經被下載超過一萬次，我已經向《自然》期刊投

稿，正式申請發表研究論文。

孟德爾和薩默爾教授本來預計這個月到鵬城，現在計畫也只能取消，他們現在接到美國一家基金投資，進行神經幹細胞的胚胎分化研究，主要目標是治療阿滋海默病（AD）這類神經疾病。

AD 就是俗稱的老年癡呆症，得了這種疾病的老年人，會逐漸失去記憶，生活不能自理，神經系統慢慢粉化最終死去。這是一個緩慢痛苦的過程，記憶的失去，是一件非常可怕的事情，而且病人往往還受到別人的歧視，痛苦指數可以和愛滋病相提並論。

在美國有超過五百萬阿滋海默病人，每年的護理費、藥費、治療費高達近兩仟億美元。這還不包括親人所花費的時間成本，而且這是只有不到一半病人進入醫療系統的結果，如果全部病人都走醫保系統，那將是一個巨大的醫保資金花費。

中國的情況並不比美國更好，病人的數量也絕對超過了五百萬人，而且只有不到 20% 的 AD 病人進入醫保治療。

世界各國對 AD 投入鉅資進行研究，然而目前使用藥物治療只能緩解病情，一旦停止服藥，病情就會急劇惡化，這一點和愛滋病的治療也是相似的。

經過多年的研究，阿滋海默症是由基因問題引起的，基因靶標大致指向了 DNA 中的 APOE4 基因，如果能夠把 APOE4 轉化為正常的 APOE3，就能夠治癒 AD，這在白鼠實驗中已經證實有效。

美國進行過人體試驗，他們把用於基因編輯的線病毒注入病人的脊髓液中，病人的基因的確被改變了，病情也出現了很大好轉，但是這種改變出現了異常，病人最後因為腦腫瘤而死亡。

現代 AD 治療的研究中心轉移到神經幹細胞，神經幹細胞是可以繁殖分化產生各種神經組織細胞的一種細胞，在人體中，神經系統並不是固定的，像皮膚等器官一樣，神經系統也會新陳代謝，神經幹細胞會不斷分裂分化成新的神經細胞，代替已經老死的神經細胞。而阿滋海默病的神經細胞無法正常更新，導致神經系統受損。

如果把正常人的神經幹細胞引入病人體內，會產生排斥反應。而病人自身的神經幹細胞已經出現問題。所以最好的辦法是把病人的神經幹細胞的細胞核，引入胚胎細胞中，代替原有的細胞核，然後基因編輯細胞核的DNA，把APOE4修改成APOE3，然後進行引導增殖，使得胚胎細胞分化成神經幹細胞，當這種神經幹細胞數量增加到一定程度，就可以把它引入病人大腦，神經幹細胞會轉化為新的正常神經細胞，代替生病的細胞，從而治癒阿滋海默病。

這種設想要想實現，其實過程非常複雜，僅僅是細胞核的更換就是一個巨大的挑戰，而我進行這項研究，正是因為鐳射製冷技術的成熟。

基洛夫研製的鐳射製冷器件，與高解析度螢光顯微鐳射元件相結合，研製了新的超低溫製冷顯微鏡，可以把細胞核單獨冷凍到0.1K的低溫，使得細胞核變成超低溫固定體，同時保持細胞液的液體狀態。這種狀態就可以不破壞細胞結構地取出細胞核，同時也可以把細胞核植入胚胎空細胞之中。

現代實驗室使用的胚胎細胞來源非常廣泛，試管嬰兒產生的「廢」胚胎，一直使用液氮杜瓦瓶保存著，這個期間，液氮會不斷蒸發，需要定期補充，所以消費很大。而用戶放棄的胚胎細胞，就成為實驗室的重要來源，只要不到一仟元，就能買到一顆胚胎細胞。最近一段時間，由於國家研究機構的胚胎實驗受到了限制，胚胎細胞消耗量大減，剩餘的胚胎細胞庫存很多，價格也大大降低了，只要二三佰元就可以買到一枚「廢胚胎」細胞。

我們將美國寄來的阿滋海默病人神經幹細胞，以及胚胎細胞進行鐳射冷凍，然後用極細的探針把胚胎的細胞核取出，再放入神經幹細胞的細胞核，生成了新的胚胎細胞，然後在正常溫度下，注入基因編輯引導環，使得這個胚胎細胞的DNA 產生需要的變異。

然後把這枚胚胎細胞放入培養液中，使用干

擾素進行誘導。胚胎細胞開始分裂，只會產生了神經幹細胞。胚胎細胞的分裂能力，是幹細胞無法比擬的。胚胎細胞可以幾乎無限制、快速、穩定地分裂，而幹細胞分裂很容易發生變異，分裂速度也太慢。胚胎細胞的這種特性，使得在基因治療中有著不可替代的作用。

為了驗證有效性，我們獲准使用黑猩猩進行胚胎神經幹細胞實驗，培育出的黑猩猩的神經幹細胞被另一組動物實驗室，注入黑猩猩的大腦，進行動物病體實驗。

這些患有阿滋海默症的黑猩猩，也是從美國運來的。由於動物保護人士的反對，美國禁止使用猿類進行動物實驗，這批黑猩猩很早就進行阿滋海默病的動物實驗，法律通過之後，就轉移到了中國，目前中國還沒有這方面的限制，這批黑猩猩有十隻，由一家藥物實驗公司收養。

這個實驗已經開始了一段時間，新的神經幹細胞已經注射給其中的兩隻黑猩猩，我今天要去看的，就是這兩隻被植入胚胎神經幹細胞的黑猩猩。

實驗室位於山區，距離科技園只有十幾公里遠，一座封閉的院落，水泥外觀的兩層樓，一樓被分割成十個小房間，每一個房間都有被一道牆分成兩部分，中間有一道鐵門連接。每一個房間住著一隻黑猩猩。

走廊的兩邊是玻璃牆，使用的是動物園的設計，可以很方便地觀察黑猩猩的生活，房間有鐵窗，陽光可以投射進來，只要有陽光，幾乎每個黑猩猩都設法蹲在陽光照射到的地方。

我以前一直以為黑猩猩都長一個模樣，到這裡才發現原來黑猩猩和人一樣，有各種長相，區別很大。特別是給我們做實驗的這兩隻，梳著中分的頭形，紅色的嘴唇像是塗了口紅，身材比較瘦削，肌肉也不像其他黑猩猩那麼發達，而且腿型也比較長一些，很酷酷的樣子。管理員說這叫倭黑猩猩，與黑猩猩不是一個品種，他們之間有生殖隔離。倭黑猩猩和人類之間也有生殖隔離，兩個物種之間如果有生殖隔離，那麼進化差異至少要有上百萬年的差異，人類和猿類的差異到底有多遠，這還都是一個謎。

據管理員介紹，這批黑猩猩有的在美國做肝炎實驗，有的做過愛滋病實驗，這些得病的動物需要被嚴格隔離，雖然這個實驗室只有三個管理員，但卻有非常詳細的管理流程，絕對不能和動物進行任何接觸。當需要打掃衛生的時候，就會把中間的門鎖上，打掃那間空著的房屋，然後放好食物。黑猩猩很喜歡乾淨，他們會自己到那間剛剛打掃的房間居住，這樣管理員就可以打掃另一間房屋了。

倭黑猩猩非常聰明，管理員打開鐵門上的小洞，用英語喊了一聲：「抽血化驗」。那只倭黑猩猩就屁顛屁顛地跑過來，把多毛的手臂從洞中伸出來，管理員帶著一次性橡膠手套，抽完血，拍拍倭黑猩猩的胳膊，這個傢伙就自己跑回去了。

管理員說，只要他們聽話，就隔一段時間讓兩隻倭黑猩猩見面，這是兩隻雌雄老年的猩猩，三十多歲了，已經沒有了生育能力，但是見面後還是會互相摩擦生殖器，聊以互相安慰。

倭黑猩猩和人一樣，也會患上阿滋海默病，這兩隻猩猩就有這個症狀，本來已經動作遲緩，癡呆發愣，估計再活 兩年就壽命到期了。可是據管理員說，自從注射了胚胎神經幹細胞之後，又變得活潑好動起來，好像又恢復了年輕狀態，記憶力和表達能力大大增強。管理員不知道這是什麼藥物，說這是神藥啊，返老還童啊什麼的。

我當然不能說這是胚胎實驗品，含糊告訴他是新型海洋藥物，用來治療老年癡呆的，這個傢伙就挑起大拇指稱讚這是好藥。還祝願我們生產早點兒獲批進入市場。

我對另外三隻愛滋病實驗的黑猩猩很感興趣，管理員說他們在美國被注射了愛滋病毒已經十幾年了，血液中雖然能檢測到微量的愛滋病毒，但是到現在也沒有發病，這說明黑猩猩天生對愛滋病毒有免疫抵抗能力，但他們是如何做到的還是一個謎，我也準備申請進行這幾個黑猩猩全基因組測序工作，設法找到相關基因的差異。

管理員說這些黑猩猩定期就要放出來互相交配一番，不然他們就會脾氣火爆，無法管理。在其他類型的動物眼中，黑猩猩和人類一樣都很奇特，居然進行不以繁殖為目的的性交活動，白白浪費體能。

這是一種基因本能，還是一種社交活動？只有人類和黑猩猩以及某些猴類有愛滋病，是否與這個行為有關？行為模式和疾病肯定有關聯，這也是一個研究方向。

我們將提交實驗報告，申請進行人類試驗，這就需要經過一段時間的審批，還要倫理監督委員會的審批，進入臨床實驗過程。敏原製藥已經有過幾次這樣的經驗，審批的文件正在準備中。

第四十一章　再次拘傳

在基因大會十天之後，省電視臺播出了主題報導，對基因編輯嬰兒做了重點關注，而且是一邊倒的批判，我知道他們已經開始對我下手了。

我已經把幾家公司的股票轉給建君，幾家公司也委託給合適的人，他們都開始更換法人和股東，我的名字將從這些企業中消失。唯一保留我的法人名稱的，只剩敏原製藥公司，我每天就在這裡正常上班，實驗藥物，製造自動化疫苗生產線。

受到輿論的影響，公司股價大跌，但在我退出股東名單後，股價又迅速回復。

敏原製藥的阿滋海默病藥物臨床實驗申請沒有通過，理由是動物毒性實驗樣本太少，不足以證明安全性；倫理審查也沒有通過，理由是使用人類胚胎製作幹細胞，違反倫理規定的條款。

經過我的這次基因編輯嬰兒事件曝光之後，全國涉及胚胎的實驗都被嚴格審查，大多都無法被批准。我接到好幾個同行的電話，他們都在抱怨說原來的專案被叫停了，很多研究成果作廢。

有的開玩笑說，我當時做實驗的時候，應該起個其他名字，例如：愛滋病毒阻斷方案實驗，這樣就沒有倫理監督什麼事了。我也只好苦笑不已。

我聽朋友們轉述科技部的內部人士的話，勸我先不要再做研究了，最好現在退出基因科研領域，反正只要以我的名義申請的科研項目，都不會批准。而我也有了閒置時間，上班就寫寫軟體，下班就去醫院陪陳建君。

這樣的日子沒過幾天，公安局的警官就找到了公司，再次向我出示了拘傳證。伴隨著拘傳行動的，是一大批記者。事情很清楚，記者是怎麼知道我被拘傳的呢？據說警察局內部有專門通風

報信的人，在拘傳的時候伴隨著新聞機構，會給犯人極大的精神壓力，更容易取得需要的效果。

這一招對那些欠款不還的老賴挺管用，老賴被拘傳幾次，往往受不了新聞壓力，就會乖乖地執行。

在路上，我的手機響起來，我拿出手機，是陳建君打來的，現在的這個手機號碼是陳建君的名字辦理的，只有最信任的人有這個號碼。我接起電話，陳建君緊張的聲音響起來：「喂，建輝，你沒事吧？我看到網路報導你被捕了。你怎樣了？」

我輕輕笑道：「沒事，建君，和上次一樣，只是傳喚詢問，半天就完事了，別擔心，晚上我去看你。」

再次進了公安局，還是在那個小小的房間，這次沒有再等候，直接就進入了審訊程式。人員中上次主審的中年男警官換成了一個中年女警官，而那個年輕男員警和女警都還在。

中年女警官戴著高度近視鏡，短頭髮，人很瘦，兩個眼睛像老鷹一般盯著我，問道：「郝建輝，這是你第二次被拘傳，你已經觸犯了國家法律，你要老實交代，爭取寬大處理。」

我哧的一聲笑出來：「警官，不要嚇我，我犯什麼罪了？請您明示。」

那個女人說道：「非法組織人體生育實驗，造成人身傷害，最低判處十年有期徒刑，最高無期徒刑，你聽明白了嗎？」

這老女人想訛詐我，我左右看看，笑道：「警官，這裡好像是經偵大隊的審訊室吧，您給我定的罪名，應該在刑偵大隊審訊，您似乎越界了吧。」

這老女人面不改色，說道：「如果你老實交代參加試驗的志願者名單，而且由志願者作證，的確是自願參加人體試驗，那麼你的案件就是經濟案件。如果你不能提供名單，那麼你的實驗就無法證實是合法的，你的案件就要移送刑事部門，性質就完全不同了，你要想明白了。」

我說道：「警官，您應該知道，洩露愛滋病

志願者的資訊是犯法的。你不可能逼我做犯法的事情吧？」

老女人居然微微一笑，說道：「洩露病人資訊只是很輕的罪名，而非法組織人體生育實驗可是大罪，看你年紀輕輕，事業成功，前途無量，難道你真的願意為了那些不相關的人，在監獄坐牢十幾年？那些愛滋病人是他們自己無所顧忌、生活糜爛得來的性病，有什麼可同情的。值得為他們付出嗎？死有重於泰山，有輕於鴻……」

「夠了。」我大喝一聲，打斷了這老女人的胡說八道。一開始我聽這老女人的話還有一些道理，心裡居然微微動搖，但聽到後來，不由得想到了志願者當地的情形，我怒吼道：「愛滋病人也是人，也需要尊重。你自己是正常人，但這並不代表你可以歧視愛滋病人。你覺得歧視愛滋病是可以的，那是不是可以歧視肝炎患者，歧視老年癡呆患者，歧視癌症患者。你以為你比別人健康就可以歧視有殘疾的人嗎？如果哪一天疾病找到你，你會容忍別人歧視你嗎？」

那老女人臉色不停變換，最後居然呵呵笑起來，還開始鼓掌：「好，好，好。今天開了眼界了，我第一次在公安局的審訊室看到如此倡狂的案犯。我承認你說得對，歧視愛滋病是我不對，我向你道歉，對不起了，呵呵。」

這老女人面無表情，聲音尖銳刺耳，兩眼像刀子一樣盯著我渾身發麻，這哪有一點兒道歉的意思，更像是要狠狠報復，我不由得有點兒害怕，好像小學時脾氣暴躁的班主任女老師，長得和這老女人挺像的，動不動就把書本甩到不聽話的小孩臉上。她幾乎是全班學生的心理陰影，如果媽媽說一句「你再不聽話，我就找你班主任老師」，我們立馬就老實了。

老女人看我老實了下來，也放緩了一點兒語氣，誘惑般地柔聲說道：「你說出那對女孩的父母，我們會為你保密，我保證絕對不向外界透露是你說的，怎麼樣？」

我搖搖頭，說道：「我不知道。」我是真不知道，我從來不問阿梅的。

那老女人盯著我，說道：「你是中國共產黨員嗎？」

我搖搖頭，「不是。我倒是有入黨的想法。」

老女人搖搖頭，發出像貓頭鷹一樣的笑聲，「共產黨員可不好當啊，嚴刑拷打滋味可不好受，我再問你一遍，聽好了，兩個女孩的父母是誰？」

我搖搖頭，「我不知道。」

老女人發出宮廷太監一樣的奸笑聲，「有種，佩服。那我們過一會兒再來問你，你先站一邊兒歇歇吧。」

老女人站起來走到我身邊，打開我椅子上的鎖扣，把我拉起來，走到了牆邊。我驚訝地問道：「你要幹嘛？嚴刑拷打嗎？這是違法的，你要知道。」

老女人向身後擺擺手，那個年輕女警走過來，拿著一個凳子放在牆邊，然後站了上去。老女人喝道：「舉起手來。」兩手就推到我的腋下。

我嚇一跳，下意識就舉起雙手，只聽咔嚓一聲，站在凳子上的女警就用手銬把我雙手鎖上，吊在牆邊。

老女人冷笑著斜眼看著我，讓我想起了東廠的大太監，「站這兒冷靜一會兒，我們有的是時間，慢慢來。」說完幾個人走出審訊室，關上了門，燈光也熄滅了。

這個小房間沒有一點點燈光，完全陷入到了黑暗中。這個房間隔音效果也是極好，一點點外面的聲音也沒有。我站在這寂靜的黑暗中。

密封的小房間內，空調關了，溫度越來越高，我開始不停地流汗。黑暗寂靜的小房間讓我想起小時候放學走在寂靜的黑夜裡，什麼也看不見，沒有一點兒聲音，突然路邊似乎有野獸在翻動石頭，發出嘩啦嘩啦的聲音，我嚇得撒腿就跑，不知道摔倒了幾次，衣服劃破了，臉上也是血痕青印，從那以後，父母總是接我放學，雖然學校離家並不遠。

黑暗和幽閉喚起了我心中的恐懼，這恐懼不斷滋長，我才發現原來我是有一些幽閉恐懼症的，「開門，開門。放我出去。」我恐慌地喊起來，卻沒有人理會我。

我奮力掙扎著，我急需掙脫這手銬，從這黑房子裡逃出去。堅硬的手銬勒著我的手腕，碰撞著牆上的鐵管，發出刺耳的聲音，無論我如何掙扎都無法脫開。我心裡有一股執念升起，我要掙脫這手銬，哪怕扯斷我的手腕也在所不惜。

這深刻的恐懼化作了憤怒，我奮力掙扎著，嘶聲怒吼著，最後終於無力地垂下了身體。手腕和肩膀的劇痛讓我無法暈過去，如同無數鋼針在刺著我的身體，我任由汗水留下來，一動不動。肉體的痛苦慢慢變成了麻木，連大腦也慢慢變得麻木起來，我喘著粗氣，慢慢安靜下來。

第四十二章 逼供

不知道過了多久，門打開了，燈被點亮，刺眼的光線讓我閉上了眼睛。空調被打開，一股涼風灑了下來。有一個人給我打開手銬，我一下子癱軟在地。

兩個人托著我的腋窩，把我拖放到椅子上，然後鎖上了橫杠。我睜開眼，看到了那個可怕的老女人，像貓頭鷹一樣盯著我，嚇得我趕緊閉眼。

「呵呵，郝先生，還不想說點什麼嗎？」這老女人尖利的聲音讓人頭皮發麻。

我搖搖頭，一聲不吭。

「那，我們現在出去等等，讓郝先生再站著想想？」

我嚇了一跳，睜開眼睛，「不要了，我真的什麼都不知道。」

「還在嘴硬。你怎麼會不知道。」

這時候老女人身後的女員警說道：「你的意思是說，病人名單不是你掌握的，是另有其人嗎？」

三個經常盯著我，我點點頭。

老女人有露出了可怕的微笑，白色的牙齒在燈光下閃閃發光，「我也曾經奇怪過啊，你一個基因科學家怎麼會做試管嬰兒實驗呢，那需要婦科、產科的醫生配合。看來你不是主犯啊，那你還堅持什麼呢？真的要學堅貞不屈的革命同志啊。說說看，是誰知道病人名單的，說出來就放你回去。」老女人誘惑道。

我心裡湧起一股衝動，阿梅的名字幾乎要脫口而出，阿梅的樣子就出現在我眼前，巧笑嫣然。

我立刻閉上嘴巴，整個身體縮回到椅子裡。

「我勸你還是說出來，你看我這裡挺可怕的吧？我告訴你，刑事審訊室比這裡可怕十倍。我在那裡工作了二十年，還沒有犯人能堅持超過一天的。你不說是吧，那就把你送到刑訊室去。」

老女人語速很慢地說道。

我的心情隨著她的話語變化著，我的心一遍遍告訴自己，「我不能說，絕對不可以說出阿梅，阿梅也一定不會說出病人的資訊，她來這裡也會受苦，我不能讓阿梅也受苦。」我一言不發，閉上了眼睛。

「怎麼樣？說說是誰。說出來就放你走。」

老女人說道。

我閉緊嘴，不開口。

老女人陰惻惻地說道：「那，讓我們猜一猜，是你的夫人吧？也許你夫人知道是誰。你夫人是陳建君，幫你管理公司，是拓撲罡的總經理，嗯，好吧，我們明天傳喚你夫人去。」

我睜開眼，怒視著這個惡魔，怒吼道：「你不要過分啊，禍不及家人，你這是違法行為，你要執法犯法嗎？」

老女人輕蔑地笑道：「開口說話了，怎麼了，你的夫人就不能被傳喚嗎？公安局有權力對任何認為有犯罪嫌疑的人員進行傳喚，這是執行法律程式，你懂嗎？」

我盯著這個老女人的眼睛，惡狠狠地說道：「我老婆懷孕了，我告訴你，如果我老婆出了任何問題，我一定會報復你。到那個時候，你不要指望我再遵守什麼法律。我一個遺傳學科學家，一旦我報復起來，會很可怕的，超出你想像的可怕。你最好記住我的話。這可是你逼我的。」

我盯著這老女人，我想我的眼睛一定是充滿了血絲，這三個員警不說話了，往後坐了回去，靜靜地看著我。過了一會兒，老女人看看手錶，說道：「哎呀，要吃中午飯了，走吧，我們先去吃飯，讓郝先生先冷靜冷靜。」

說完三個人起身離開，打開門，我聽到身後滴滴幾聲按鍵的聲音，然後門關上了。這次他們離開沒有關燈，我坐在椅子上，橫杠擋住我的行動。我不知道他們在搞什麼花樣，難道這次準備放我在這裡，讓我一個人想想？

這時候空調的風力開始變大了起來，冷風從

吹向了我的後背，溫度越來越低。這是一種極不舒服的感覺，我把T恤的扣子扣緊，蜷縮在椅子中。

室溫越來越低，我感覺只有十幾度，我儘量蜷縮身體，減少散熱面積，然而這並不能抵擋體溫的快速流失，過了一會兒，我就渾身冷得發抖。

隨著時間的流逝，身體的顫抖越來越厲害，冷風吹得頭痛欲裂，喉嚨發乾發癢，這是感冒了的樣子。冰冷是一個非常厲害的武器，它把一個人的全身慢慢凍得凝固，慢慢折磨著一個人的決心，死亡的恐懼籠罩心頭。

時間不知道過了多久，我的意識開始模糊。忽然，身體居然不再顫抖，體內居然有了一絲溫暖的感覺，我看到阿梅來到我的身邊，穿著護士服，坐在我的腿上，用手摸著我的臉，彷佛在對著我說話，卻什麼也聽不到。

這時候，傳來門打開的聲音，一個女孩的聲音傳來，「哎呀，怎麼房間這麼冷？凍死人了。」那個女警來到我身前，估計是看到我通紅的臉，嚇了一跳，趕緊關掉了空調。

隨著室內溫度的升高，我開始連串的打噴嚏，感覺身體很冷，那個女警一摸我的額頭，說道：「看來是發燒了，需要趕快吃藥。」

這時候老女人也進來了，說道：「不准放開，審訊還沒有結束呢。」然後走到我的面前，扶著椅子扶手，低頭問道：「怎麼樣，想好了嗎？那個人是誰？」

我頭痛越來越厲害，但是我還是搖頭，一個字也不說。老女人一把抓住我的領子，怒吼道：「說，你給我說。」

這時候那個男員警走進來，說道：「林警官，馬處長和馮律師過來了，您冷靜一點兒。」

老女人扔下我，坐回到椅子上。這時候馮律師走到我眼前，說道：「郝先生，你怎麼了？看你狀態不太好，他們對你刑訊逼供了嗎？」

那老女人尖聲說道：「不要胡說，誰也沒有刑訊逼供，這個犯人只是感冒了，沒有事，可以繼續審問。」

馮律師摸了摸我的額頭，說道：「體溫這麼高，應該是發高燒了，我要求我的當事人先出去治療。」

這老女人說道：「不行，我們還沒有審問結束，不能出去。」

這是一個聲音說道：「林警官，這位先生是誰批准拘傳的？是什麼罪名？現在已經明顯生病了，不讓就醫，出了事情你能負責嗎？」

老女人立刻老實了，居然敬了個禮，小聲說道：「馬處長您好，這是李副局安排的任務，這還沒結束呢。」

馬處長看了看我，說道：「馬上放人，李副局那裡，我去解釋。」

當我走出公安局的大門，站在陽光下，居然有一種死裡逃生的感覺，我再也不願意進入這個大門了。在一串串噴嚏之後，馮律師說道：「小郝，我帶你去醫院，你打個電話給建君，說你出來了，讓她放心。」

我知道這是著涼了，只要多喝熱水，吃點兒維生素C，或者來碗熱薑湯發發汗，祛除寒氣就沒事了。我說道：「我沒事，不用去醫院，還是先送我回家吧，我這就打電話給建君。」

我拿出建君給我的手機，撥通了建君號碼，鈴聲響了四五聲，電話被接起來。

建君的聲音焦急地問道：「阿輝，你怎樣了，我急壞了，一直在等你的電話，馮律師把你帶出來了吧？你沒事吧？」

我微笑說道：「我沒事，多虧了馮律師，晚上再去醫院看你。」

我掛掉電話，對馮律師說道：「馮律師，我在裡面受到了刑訊逼供，他們對我非常殘暴，我準備投訴他們，你看我的手腕。」我給馮律師看我被手銬劃傷的兩隻手腕。

馮律師仔細問過我在裡面的遭遇，考慮了一會兒，搖搖頭，說道：「小郝，這種投訴是很難成功的，投訴刑訊逼供你根本找不到證據，他們可以說你是自己掙扎留下的傷痕，以後有這種情況，先給我打電話，我從律師事務所派人和在你

一起，他們就不會對你來硬的了。我在公安局還是有幾個朋友的，我晚上請他們坐坐，把你的事說清楚。」

我點點頭，無奈地說道：「謝謝您馮律師，如果沒有你，我真就麻煩大了。」

馮律師看著我的臉色，說道：「小郝，我覺得你狀態很不好，我認識一個老中醫，很厲害的，我帶你去看看吧。」

第四十三章　小柴胡湯

雖然是在溫暖陽光下，可是我仍然感覺渾身發冷，一陣陣頭暈噁心，直流虛汗。我扶住車門，喘了口氣，說道：「好吧，去看看中醫，除了小時候我媽領我看過幾次中醫，這是我二十年來第一次看中醫呢。搞基因的人，病了居然去看中醫，這感覺怪怪的！」

車開了十分鐘就到了中醫館，是在一個老小區的一樓，中間單元的三套房子被打通，形成了這個社區中醫院，麻雀雖小五臟俱全，這裡也配置有科室，病房，注射室，煎藥室，甚至有住院部。

我一進門就聞到一股淡淡的中藥味，抬頭就看到牆上掛著一塊塊牌匾錦旗，「聖手神醫」，「救死扶傷」之類的，最中間是醫院的門牌：臧家中醫院。

馮律師領著我走進診室，一個身材微胖的中年人正在給一個老人開藥方，馮律師打招呼道：「臧老弟，我來看你了。」

那人抬頭說道：「哦，老馮啊，稍等一會兒。」

馮律師和我坐下後，對我說道：「臧老弟是我的老朋友了，十年前我得了慢性闌尾炎，因為抗生素過敏，大夫不敢給我動手術，後來找了臧大夫，三副湯藥下去，闌尾炎就好了。從此以後我有什麼毛病都找臧大夫調理，你看現在我五十六歲了，什麼毛病都沒有，我跟你說啊，中國人還是要看中醫。」

這時候臧大夫的病人拿著藥方離開，我和馮律師走過去，馮律師笑道：「臧老弟，我這位小朋友最近身體不舒服，想請你給看看。」

臧大夫仔細看了我一眼，笑道：「呔。名人啊。大名鼎鼎的基因剪刀手駕到，蓬蓽生輝啊。」

看來我的名聲真是夠響亮了，他讓我坐下來，「來，讓我看看，舌頭亮出來。」

這中醫看病，望聞問切，看看我的舌苔，臉色，眼底，然後摸摸我的額頭，問問我的感覺，然後號脈。

臧大夫說道：「你這是寒邪入體，心腎不交，說人話就是空調病加憂鬱，只是你這種情況比較嚴重了，不能只當作感冒受涼治療，不然就影響肝脾，我給你開一副小柴胡湯加桂皮，你喝藥後要蓋被睡覺，不要開空調，要捂出汗來。晚上你會拉肚子，不要擔心，這是正常現象，明天就好了。只要這一副藥就行了，不要吃其他藥，要多休息，不要多想。有些事，你想不想，它都那個樣子，沒必要擔心。」

「小柴胡湯。」我笑道，「小柴胡湯和解供，半夏人參甘草從。更用黃芩加薑棗，少陽百病此為宗。小時候就背過這湯頭歌，中醫幾千年都是這個啊，還有桂枝湯，白虎湯，牡丹皮湯等等，兩千年前的《傷寒論》一直用到現在，中醫的確是最古老的醫學了，一點兒創新都沒有。」

臧大夫說道：「不要小看傷寒論，中醫的基礎就在這本書裡面，根據病人的身體狀況適當調整配方，可以治療很多疾病，相當管用的。年輕人不要只迷信西藥，小平同志說過，白貓黑貓捉住老鼠就是好貓，不管中藥西藥，治好病就是好藥，哈哈。」

馮律師說道：「老臧，是不是在你這裡熬好藥帶回去喝。」

臧大夫說道：「現在的中藥飲片都是與時俱進了，熬煮提煉好的晶體，配比好之後，回家用溫水沖開就可以喝了。給你藥方，到付款處交錢拿藥就行了。哦，我還要給你開一瓶遠志丸，你明天開始吃，能幫你安神助眠；心神的疾病主要靠自己來開通，藥物只是輔助，你要明白這點。」

無論中醫的效果如何，臧大夫的諄諄教導，讓我很暖心。

到了批價交款處，一副小柴胡湯去人參加桂皮，只要廿一元，一瓶遠志丸只要十九元，一共才四十元。中藥的確是很便宜，就是不知道效果怎麼樣。

我們拿藥之後，就開車回到建君的宿舍，打開門卻聞見廚房傳來飯菜的香味，折騰了一天，已經到了吃晚飯的時候了。

建君穿著做飯的圍裙走出廚房，看到我的臉色，驚訝道：「哎呀，你怎麼了？生病了嗎？」

我擋住她的手，說道：「應該是感冒了，現在發燒呢，別傳染你，你離我遠點。我已經和馮律師去看病開藥了，晚上吃點飯，我就喝藥休息。你還是回醫院吧，那裡條件好一些。」

陳建君說道：「我沒事，孕婦抵抗力強，一點點感冒而已沒事的。你到沙發休息，喝點兒熱水，我給你端飯來。」

看著陳建君忙碌的身影，我的心忽然沉靜了下來，真是好女人啊。如果沒有……

兩個人坐在餐桌旁，一碗湯，幾個青菜，雞肉，白灼蝦，白米飯，典型的廣式家常飯，我們相對吃飯。我問道：「建君，你的指標現在怎麼樣了？」

陳建君笑道：「可能是孩子有抵抗力的緣故，我的指標也非常好，比以往都好很多。病毒載量極低，幾乎檢測不出來。」

我考慮了一下，說道：「有可能孩子的造血細胞和你有交流，提高了你的抵抗能力。你要注意營養、休息和運動，不要過度勞累，也不能體重增加太多，不要操心公司的事情，生育的時候才是一道難關。」

陳建君瞥了我一眼，說道：「知道了，婦產科你也很懂嘛。真是全能人才。」

我也笑了，心情放鬆了下來，暫時忘掉了煩惱。

飯後休息一會兒，我打開裝藥的小塑膠盒，各種中藥被製成了大小不同，顏色各異的沖劑一般的小顆粒，我把它們倒在水杯中，沖入溫水，攪拌均勻了，一口氣喝下小柴胡湯，味道雖然挺衝，倒是不難喝。我蓋了一條毛巾被，躺下休息。

過了差不多一個小時，汗水忽然就從全身各

個地方冒了出來，肚子咕嚕嚕響起腸鳴聲來，於是有了便意。我趕忙來到廁所，一瀉千里，感覺一股股涼氣被排了出去，胃腸有了暖意，身體也舒服了很多。我來到床上，疲勞湧上大腦，眼前一黑，就睡了過去。

這裡一片黑暗，我似乎是蜷曲在一個小盒子裡面，無法動彈。我感覺腰酸背痛，我想直起身子，不行；我想活動一下手腳，也不行，現在我感覺所有的身體被牢牢禁錮，似乎被埋在石頭裡。

我這是在哪裡？我怎麼了？我這是死了嗎？寂靜中我聽見自己的心跳聲，如此有力而強烈；我發現自己居然不需要呼吸，一股涼涼的能量流從我的肚臍進入了全身，讓我精力充沛，身體肌肉中似乎有一股爆炸性的能力在蓄積。

我要衝破這牢籠。我開始狠狠地吸收著能量，涼涼的液體開始加速流入我的身體，如同液體充入水球，我的身體開始向外膨脹。我感覺肌肉似乎有開山闢地的力量，骨骼如同精鋼般堅強。

隨著身體的增強，我吸收能量的速度也在加快，漸漸的，我感覺肚臍的部位似乎有一股小小的漩渦在形成，能量的流入速度大增，我的身體在加速膨脹。我聽到周圍石頭被擠壓變形的聲音，岩石破碎的聲音。

我奮力吸收能量，那漩渦變成了龍捲風，能量從四面八方湧入我的身體，我大吼一聲「唵」，吼聲化作岩石的崩裂聲，整個黑暗都在粉碎中爆裂，淹沒在無邊的灰塵中。

終於能動了，我睜開眼睛，周圍全是濃霧般灰暗的粉塵，什麼也看不到。我把能量運到雙眼，頓時兩股強光從我的雙眼射出，我看到了粉塵外的世界。

這裡是海邊一座仙山，青松翠柏，巨大的山石之間，泉水流淌，我抬起頭，兩道強光穿透天空幽藍的空間，我看到一片懸浮的宮殿群，寫著「靈霄宮」三個字。

我感覺有數道看不見的光線向我射過來，緊緊盯著我看，當灰塵開始降落，我眼中的強光逐漸熄滅，那些凝視的視線才漸漸離開。周邊的那些能量也開始向我的丹田聚集，我眼中的亮光也逐漸消散。我開始活動手腳，慢慢試著站起身體。

塵埃落定的時候，我站在山頂，陽光照耀著我，清風吹拂著我。我仔細打量著自己，我居然有一身細密的金絲毛髮，每一根都似乎在向我點頭示意，似乎它們都是有生命的一樣。

我起身飛奔下山，在巨石間蹦跳，在樹林間飛蕩，這副身體是如此強健，只要我心中有想法，這身體就能準確執行。我來到一處水潭，這裡碧綠幽深，水準如鏡。我低下頭打量自己，一個猴子的形象出現在眼前。

這是做的夢吧？

我猛的一抖，從睡夢中醒來。渾身是汗，卻感覺一身慵懶和輕鬆，筋骨板結和頭痛發冷的感覺離我遠去。這小柴胡湯還真是有效，一副藥就基本好了。

我起身到衛生間擦拭全身，看著鏡子裡的自己，頭髮很長很潦草，臉色發灰，明天我該理理髮，好好收拾一下。

那瓶遠志丸，被我扔在角落裡，把它忘記了。

第四十四章……展示機台

吃過早飯，建君讓我在家休息，她自己開車去醫院。我洗過澡之後，收拾一下出門。建君所在的科技園宿舍在這片社區的中心位置，這片社區有五十多座樓房，南大門出去之後兩邊就是商業街，各種小超市，理髮店，鮮花店，寵物店，手機修理店一應俱全。

我走進理髮店，這個店很小，只有一個黃頭髮的小哥在店裡，上午理髮店裡沒有人，我開始洗頭剪髮，店裡的大電視正在播放新聞，洗完頭回來坐好，理髮小哥開動剪刀，開始理髮，此時廳中的電視開始重播昨天晚上的「重點訪談」欄目，居然說的就是我基因編輯嬰兒的事情，我的照片被放映了出來。

這時候的我正被剪髮小哥按著腦袋修剪頭髮，只能聽著電視中議論我的事情。忽然聽小哥一口河南腔說道：「嘿，老闆，電視裡的那個人，長得和你挺像的呢。」

我抬頭一看，可不是嗎。那裡正在播放我各個年齡段的照片，詳細介紹我的生平履歷呢。其詳細程度，僅次於介紹領導人的簡歷。我仔細地看著，有一些事情自己都記不清楚了，心中感慨時光荏苒，物是人非，口中說著：「是啊是啊，真的挺像的呢。」

剪髮小哥修剪了幾下頭髮，感歎道：「嘿，老闆，你看人家這次是出大名了，電視臺都專門介紹他一個人，想不出名都不行。」

我苦笑道：「是啊是啊，臭名遠揚，遺臭萬年了。」

理髮小哥提高了嗓門：「管他是香名還是臭名，現在這世道，出名就行，你看那些裝瘋賣傻地演員，不就是為了出名嗎？我要是能出名，叫我幹啥都行。」

我開玩笑地慫恿道：「你也可以的呀。你到電視臺大樓，脫光了從樓下跑到樓上，這一下子你就出名了。」

理髮小哥停住剪刀，猶豫了一下下，說道：「算了吧，我做人還是有底線的。」

理髮繼續進行中，當節目結束，我的頭髮也修剪完成，小哥讓我去洗頭，邊洗邊說道：「嘿，老闆，電視裡說那個跟你長得很像的人，給愛滋病人做基因編輯嬰兒，是一個大罪過。我怎麼覺得不對呢，我們家鄉隔壁的縣有個村，以前全村賣血，結果很多得了愛滋病，後來連生下的小孩都有愛滋病，要是這個基因編輯能夠預防小孩得病，不是很好的事嗎？成不成功的，嘗試一下才知道嗎。這給人科學家定上罪名了，以後誰還敢搞研究啊。」

我沒想到一個理髮小哥能夠理解我的事業，不由得感動道：「大智慧在民間啊。小哥，他們其實不是害怕愛滋病，他們害怕的是基因編輯改造人，害怕基因技術造出各種怪物。他們是看科幻片看多了。讀科幻小說中毒了。」

理髮小哥肅然起敬，問道：「嘿，老闆，那個基因技術真像你說的那麼厲害嗎？是不是想造什麼人就造什麼人？」

我說道：「炒作過分了。其實大自然才是最終裁定者，不合適的基因，要麼根本生不下來，要麼就很難生存，就說你，你會找一個長著三隻眼的女人做老婆嗎？不會吧。那三隻眼的基因不就遺傳不下去了嘛。自然淘汰了嘛。」

理髮小哥在鏡子裡向我拋出一個「你懂的」的淫蕩表情，笑道：「嘿，老闆，那得看第三個眼長在哪兒。」

我也笑了：「其實基因科學就像你們理髮師行業，你可以發揮想像力，設計各種各樣的髮型，你會擔心自己設計的髮型太難看，把世上的人都變醜了嗎？社會上普遍接受的就只是那麼幾種髮型，自己喜歡的就只有自己玩嘍。多餘的擔心就過分了。」

理髮小哥嚴肅地說道：「嘿，老闆，我就不

看科幻電影，也從來不看科幻小說，那些虛頭巴腦的東西，都是騙人的。」

我發現河南話說出來還是很動聽的。

洗完頭，吹乾後走出理髮店，這時候，我的手機響了，我接起來，是我的女研究生何霞打來的，她說道：「老師，今天第一台鐳射冷凍顯微鏡新品送到公司展示廳了，明天要給客戶做細胞核移植展示，您要來看看嗎？」

自從鐳射冷凍機研製使用成功後，公司聘請了一家工業設計公司，按照客戶的使用習慣，重新設計了這台鐳射冷凍和鐳射超高解析度螢光顯微鏡，包括外觀設計，工具配件，操作平臺，自動化軟體，資料庫，報表管理等內容。前前後後投資的研發經費，接近三仟萬元。

這還不算基洛夫在美國期間不斷失敗的成本，還有專利註冊的成本。高檔儀器的研發耗資巨大，而且市場前景無法判定，有可能一炮而紅，利潤豐厚；也可能市場容量太小，賣不了幾台，收不回成本，賠掉底褲。

我說道：「那我下午過去看看，先試用體驗一下。不過，明天的展示會我就不能參加了。對了，你們有沒有制定銷售價格策略？」

何霞說道：「這麼高檔的設備，我們計畫報價一仟二佰萬人民幣，先看看市場的反應，您看怎麼樣？據說學校物理實驗室進口的鐳射冷凍機都要報價上億呢。」

我說道：「可以，你們先請客戶試用一下，提出改進意見，繼續修正儀器，今年九月，可以安排參加美國拉斯維加斯儀器展覽會，爭取銷售到美國的大學和研究機構，一旦被美國的科研機構認可，那在全世界都可以順利銷售。美國市場的價格接受能力比較強，你們可以考慮在美國的銷售價格為二佰萬美元，一旦銷售成功，在國內一仟二佰萬人民幣就比較容易接受。」

四海縱橫儀器公司在寫字樓的九樓東側，面積二百多平米，佈置得非常緊湊，四十多名員工擠在狹小的面積工作。在牆邊有一排抽屜，上面是檔櫃，每個抽屜和檔櫃就是一個人的辦公桌。

除了經理和內勤，大部分人在外面出差，很少到公司。

新的辦公室，下半年即將啟用，位於學校附近的一處寫字樓，公司購買了兩層樓房，面積達到一千五百多平米，加上裝修，投資超過五仟萬元，屆時四海縱橫儀器公司將與收購的MSN儀器部合併，而且準備在莞城建立一家生產加工組裝廠，預計將生產五十多種檢測儀器。

公司的儀器銷售情況非常火爆，已經中標了大量學校和質檢科研單位的採購，因為儀器種類先進而且齊全，在行業中創出了名氣，業績不斷擴大，售後人員也異常繁忙。

明天的展示會已經邀請了省內的重要客戶，統計有一百多人報名參加展示學習會，他們將分期分批來公司。限於辦公室面積比較小，第一期只有三十多名客戶參加培訓。

這台鐳射冷凍顯微鏡是公司第一台自己研發的高檔儀器，採用了橙黃邊條和淡灰色護板的撞色設計，整體式結構，大型電腦液晶螢幕就鑲嵌在機器操作面板上，全機採用觸摸操作，無線聯網設計，外觀非常整潔俐落，操作很方便。

我試用了一下細胞核取出操作，我將載玻片放置在載玻臺上，先採用一千倍光學鏡頭，按下自動尋找按鈕，載玻台自動做圓周搜索移動，當視界中出現細胞的影像時，移動速度變慢，並自動把細胞放在視野的中心位置。

我仔細地觀察細胞，在大景深顯微鏡頭之下，螢幕上的細胞呈現得立體感很強，照明的光線也很柔和，這些光學鏡頭是在國內生產的，並不比德國蔡司的差。

我按下高解析度按鈕，鏡頭自動切換到鐳射掃描模式，相當於五萬倍放大比例，四個不同頻率的微小雷射器，發出四種顏色的細小微弱的鐳射線，來回掃描過細胞表面，反射到鏡頭中，進入高解析度CCD感測器。

在螢幕上，呈現出細胞細節清晰的圖像，細胞膜，細胞質，線粒體等各種細胞器歷歷可見，甚至能看到細胞核中DNA鏈條在不斷振動搖擺。

我用手指在螢幕上劃定細胞核區域，螢幕顯示這個區域的平均溫度是270K也就是-3℃，然後我設置溫度0.1K的溫度，點下鐳射冷凍按鈕，確定之後幾股看不見的鐳射從三維方向照射到我劃定的區域。降溫速度非常快，到零下二百攝氏度，只用了不到兩分鐘，這時候細胞核已經被冷凍，DNA分子鏈的振動速度大大降低。

溫度繼續降低，降溫速度幾乎沒有減慢，再過了三分鐘，細胞核中心溫度已經下降到了1K，這麼低的溫度，就是為了在移動過程中，保持超低溫固態形式，減少細胞核的損傷。而細胞的其他部分依然處於常溫液體狀態，不會阻礙細胞核的移出。

我按下取核按鈕，螢幕中出現了一道黑影，當它慢慢降落，影像逐漸變得清晰，是一把用鉑金屬製造的取核鑷子。鑷子有些像兩個挖耳勺對置的樣子，這時候圖像中的細胞變成了三維結構圖像，我按動位置調節按鈕，調整了一下鉤刀的位置和角度，鑷子處於閉合狀態，像一把扁刀，插入了細胞之中。

等鑷子靠近細胞核時，調整鑷子打開，把細胞核置於「挖耳勺」的兩把勺子中間，稍稍調整兩個勺子的距離，就夾住了細胞核，輕輕移出鑷子，就可以從細胞膜中完整地取出細胞核，低溫的細胞核要趕快放入液氮中保存。而原來的細胞還是完整保留著，破口處也會慢慢癒合。

這個完整的過程僅用了十五分鐘。現在放上第二個細胞，同樣取出細胞核，然後第二個細胞核放入第一個細胞的空囊中，再把第一個細胞核放到這個空置的細胞中，就完成了一次細胞核交換的過程，總共費時四十分鐘。

第四十五章　煩躁

操作完成後，一回頭，發現他們四個人都站在我的身後，靜靜地看著我，我說道：「我對這台儀器還是比較滿意的，只是感覺作業時間還是有點兒長，希望未來可以實現全程自動化，一鍵完成全部過程。」

管冊說道：「老師，我們也有這個想法，一方面準備製造一種全自動多頭的機器，可以同時進行多細胞移植，提高效率，另一方面製造一種簡化的設備，減少自動設備，增加手工作業，可以大大降低價格。」

我點點頭，「對的，一個產品要顧及各種需要，高中低搭配，才能穩固市場。」

何霞小心翼翼地說道：「老師，電視臺的訪談節目，您不要太在意，我們都支持您。」

我心中湧起一股感動，是的，我的學生還是認可我，這就可以了。我問道：「我的事情，對你們有什麼影響嗎？」

代昆說道：「老師，說起來也沒什麼，學校通知我們以後不要申請博士了而已，反正我們的事業已經在這個公司，博士與否也無所謂了。」

看來對他們還是有影響了。我歎了一口氣，說道：「聽說學校今年的博士生招收被加強了管理，人數大大減少，恐怕別的學生會抱怨我吧。」

管冊說道：「老師不用擔心，有害也有益。今年我們學校生物系的學生，出國深造的申請大都被拒絕了，很多畢業生應聘到我們公司上班，正好趕上公司急需用人。往年像咱們這樣小規模的公司，想招聘咱們學校的畢業生基本沒有可能。現在人數多了，很輕鬆就找了三十多優質畢業生，這就叫因禍得福。」

代昆說道：「老師，現在國內對生物技術的需求量很大，市場前景無限，科研技術水準也不

次於國外，我們完全可以根據市場的要求自己投資研發，提高技術水準，不一定非要跑到國外大學去上學，還給人家免費打工，在國內直接搞研發賺錢不是更好嗎？」

管冊介面道：「我們中國人的腦子很適合幹遺傳基因工程，現在國外重要的基因學研究人員大部分是華人。基因學的大發展一定在中國。基因工程一定會是繼網路工程之後，下一波的最重要新技術，中國這次要佔據核心地位。」

我環顧我的學生，他們的青春激情感染了我，「是的，世上無難事，只要肯登攀。為了中國的基因事業，我們一起努力。」

離開我的學生們，已經是下午四點多，我的手機響起，是敏原製藥的黃廠長打來的電話。

「郝總，不好了，工商和稅務突然到公司進行聯合檢查，要求封鎖所有資料，停止所有業務，所有人不能離開，還特別指定需要您到場，配合他們檢查。」

我吃了一驚，還是先安慰他說道：「沒事，不用緊張，我們沒有偷稅漏稅，也沒有違法行為，不怕他們查證。我馬上過去，你稍等一會兒。」

我趕快給馮律師去電話說明情況，馮律師說道：「工商稅務一般不會在這個時候執法，也不會一開始就要求封閉檢查，你過去後先查明對方身份，然後他們做任何事都要錄影取證，為以後訴訟提供證據，他們也就不敢亂來了。」

我問道：「如果他們不讓錄影呢？」

馮律師道：「那就打一一〇報警，我會立刻趕過去。」

我感激地說道：「謝謝您馮律師，幸虧有你，不然我都不知道怎麼辦了。」

馮律師說道：「小郝啊，從你這段時間的經歷看，針對你的那些人，已經開始行動了，你一定要堅持住。」

十五分鐘後，我驅車來到敏原製藥的辦公室，黃廠長正和五個穿著制服的人對峙，看到我過來，對我說道：「郝總，這幾位是區工商局的人員，他們要求檢查來往帳目和資料，我說要等您來才行。」

我點點頭，走過來一個穿著黑色工商衣服的人：「您好，我是貴州路街道工商所所長盧建，你就是這家公司的法人郝建輝吧，大名鼎鼎啊。經我們查實，你們公司有違規經營和偷稅漏稅嫌疑，現在將對你們公司進行檢查。請你們給予配合。」

我說道：「按照執法流程，各位要先證明身份，確定不是偽造冒充。」

盧建拿出一個證件，往我眼前一晃，說道：「放心吧郝總，誰敢冒充工商執法部門？」

我回頭對黃廠長說道：「你把他們的證件拍照，然後打電話到他們單位核實，是否有其人，是否有這次執法行動。」

那個盧所長急了說道：「哎，郝建輝，我們的身份是你可以查的嗎？再說現在單位都下班了，打電話也沒人接啊。」

我淡淡地看著這個傢伙的表演，停了一會兒說道：「黃廠長，打一一〇報警。李主任，讓保安進來，看住這幾個人。我懷疑他們是冒充工商來搗亂的。」

黃廠長猛地跳起來，衝到門口，對著外面驚慌等待的六十多名職工們，用湘南話大喊一聲：「兄弟們，抄傢伙，有人來搗亂了。」

工廠的不少職工，是黃廠長的湘南老鄉，這一嗓子像是熱鍋裡潑上一勺油，人群頓時炸了起來，湘人的抱團兇悍在這個時候體現出來，不到五秒鐘，工人們拿著各種工具衝進了辦公室。

那幾個人頓時慌了神，那個盧所長說道：「郝總，我們真是工商所的，絕對不是騙你的，你們這樣搞出事情是不好收場的。」

黃廠長對我說道：「郝總，工商所的老所長汪強我認識，現在調到局裡了，這幾個人我都沒見過，我這就打電話查一下，確定他們身份。」

過了十幾分鐘，黃廠長過來對我說道：「郝總，他們的確是貴州路工商所的人，不過並沒有這項任務，一會兒汪副局長會打電話找他們。」

這時候那位盧所長的手機響了，這傢伙躲到

窗邊，小聲說道：「汪局您好……是……不是……我也是奉命行事……好的，我們先收隊，我明天向您彙報具體情況，是。」

放下手機，那個盧所長走過來說道：「郝總，對不起了，我們的辦事手續還不健全，以後會注意的，今天先回去了，以後再見。」

這幫人走後，黃廠長也安排職工們下班，我給馮律師打了電話說明情況，只說了幾句話，我的蘋果手機就開始電量報警，今天似乎也沒有打幾個電話，也沒有上網什麼的，蘋果手機的品質真是越來越不行了，改天買個華為手機，我心裡想著，找出充電器開始充電。

黃廠長和朱總經理以及趕過來的銷售楊經理，我們坐在一起商量應對，黃廠長說道：「郝總，看來是有人要針對我們工廠了，您看怎麼辦？」

我揉捏著眉頭，一陣陣頭痛的感覺又湧了上來。我問道：「現在工廠的訂單還有多少？」

楊經理說道：「訂單很多，郝總，還有三百多套訂單等待交貨，我們一年只能生產不到一百套，還有不少客戶有意向購買。我們近一年的訂單都收了訂金，不能停啊。」

朱總經理也說道：「是啊，現在零配件訂單也都發出去了，訂貨款也都交了，一旦停止，供應商也會追討罰款的。」

我說道：「我其實早就有個想法，我想請你們分別註冊一家工廠，在不同的地方建廠，我來投資，但工廠是你們全權經營，利潤對半分成，你們看怎樣？」

三個人互相看看，黃廠長道：「郝總，那沒有問題，我可以到老家湘南註冊工廠，老朱到桂西，老楊就在潮客建廠，我們都是當地人，誰都不會查。」

我說道：「那就這樣，我先期給你們每個人一仟萬元啟動資金，你們把職工分配一下，自願的原則吧，趕快聯繫註冊建廠，以最快的速度開始生產。黃廠長負責三家工廠的技術管理，朱總還是負責行政管理和進貨採購，楊經理還是負責給三家工廠開拓市場。你們三個通力合作，做大做強。」

三個人想到今後自己擁有公司一半的股份，也都很激動，朱總經理說道：「郝總，您放心吧，我們三個永遠跟著您走。」

・・・・・・

開車回家的路上，蘋果手機的電池部分很燙手，我給陳建君打了幾分鐘電話，電量又下降了5%，我想可能手機有問題了。

到了科技園的社區，我下車走進了一家手機修理店，修理師傅是一個溫州人，他看看我的手機，問我故障情況，又插上一個測試儀器，過了一會兒，說道：「你的手機電池容量只剩下不到三分之一了，必須換一塊電池。」

我問：「你這裡能換嗎？多長時間？多少錢？」

師傅說道：「能換，要半個小時，原裝的五佰，國產的電池二佰元。你還別嫌貴，蘋果維修店的電池要八佰塊。黑得很。」

我笑道：「那您給換個原裝的吧，我等一會兒。」

師傅拿出了專用工具，蘋果手機是密封結構，換電池要用吸盤把螢幕先拆下來，拆開幾個電路，才能把電池拿出來，工藝還是很複雜的，如果操作不當，有可能損壞螢幕，那就要賠客戶錢了。

我坐下等著的時候，師傅忽然喊道：「老闆老闆，你過來看看。」

我過去櫃檯，溫州師傅給我看拆下來的電池：「你看這個電池，根本不是原裝的，摸起來有問題，我給你拆開看看行不行？」

這手機是我在蘋果專賣店買的，用了一段時間了，電池不可能有問題。我說道：「你拆吧，我看看怎麼回事。」

師傅用小刀劃開電池表皮，撕開之後我們兩個都愣了，只見一半是電池，另一半是一塊電路板，還在工作之中，信號燈還亮著。溫州師傅仔細看看，說道：「我靠，是手機監聽器，可以監

聽你的手機，你關機了都沒用，它可以把你說話發送出去，厲害啊，你被間諜跟蹤了。」

我忽然明白了，我在公安局被審訊時，手機被沒收，肯定就是在這段時間，被他們安裝了監聽設備。

一股怒火從我的胸中湧起，直接頂到我的大腦中，我一把抓過電池，狠狠摔在地上，然後用腳猛踹這塊電池，我簡直出離憤怒了，我破口大罵。

溫州師傅從櫃檯後跑出來，攔住了我，「老闆老闆，這電池會爆炸的，別踹了。」

我慢慢冷靜下來，把胸中的煩躁之氣壓制下去，對溫州師傅說道：「對不起了師傅，這肯定是我的對手監聽我，有什麼辦法防止監聽嗎？」

溫州師傅神秘地一笑，從櫃檯裡面拿出一個盒子：「有啊，這裡有手機防監聽外殼。採用主動干擾的方式，如果有監聽的，不管是軟體監聽，硬體監聽還是手機卡監聽，它都會發出噪音掩蓋你的聲音，通話正常而竊聽者除了噪音什麼也聽不到。這是華強北最新產品，價格是五仟元。」

五仟元不貴啊，我說道：「那好，給我來一套吧。」

第四十六章　竊聽

當我走出手機修理店，向著停車的位置走過去的時候，忽然感覺似乎有人在盯著我，我轉身一看，一個背著雙肩包的青年，正在用手機拍我。我轉向他走過去，悶聲問道：「你拍什麼呢？」

這個傢伙的手機沒有收起來，還在對著我拍，邊拍邊說道：「沒事沒事，我只是新聞頭標網站的人，拍一下你的樣子，不要緊張。」

我一巴掌甩了過去，把他的手機打得飛了出去，我朝著那個青年大吼：「滾，離我遠點兒，再拍我我就揍死你。」我的胸中那股怒火，如同地下的岩漿一般湧動，想找一個突破口衝出來。

晚上我來到醫院看望陳建君，懷著孩子的母親，臉上有一股聖潔的光輝，雖然素顏相對，可是還是有一種深深吸引人的魅力。看到陳建君，我的心漸漸平靜下來，陳建君問我：「你今天把記者的攝像機打翻了？」

我吃了一驚，「這麼快就上新聞了？」

陳建君捂嘴笑道，「我一直關注你的新聞，有新報導很快就知道了。」

說著打開了視頻，正是我惡狠狠地問記者，一招「見龍在田」把他攝像機打飛的情形，攝像機即使重重摔在地上，依然在正常工作，錄下了我威脅的話。視頻上的彈幕評論很多，有的評論「打得好」，有的評論「好一招降龍十八掌」，有的「不愧是基因剪刀手，速度就是快」。

我不由得搖頭苦笑，現在網路的宣傳速度實在是太快了。

我不願意把自己被竊聽跟蹤的事情告訴建君，她一個身體不好的女人，懷著雙胞胎，生孩子對她無異於闖鬼門關，但願她知道得少一些，少擔一些心事，最好在適當的時候，讓她和我脫離關係，不要受到我的牽連。

晚上十點，駕車離開醫院收費停車場的時候，一輛轎車跟在我的身後，走了兩個紅綠燈路口，那輛車還在我後面。我拐了幾個彎，那輛車依然跟著我。

又走了幾個路口，那輛車還在我的後面，我決定甩掉它。在下一個紅綠燈路口，我遠遠看到綠燈和數字在慢慢減少，我減慢了速度，等到綠燈剩餘兩秒時，突然加速衝了過去，後面的車只好停下。

我開車迅速右轉，然後左轉，走著隨意的方向，來到一處賓館的地下停車場。

我來到賓館的接待處，訂了一間房間住了下來。透過房間的窗戶向外看去，夜晚的鵬城燈火輝煌。我沒有開燈，靜靜地坐在黑暗的房間裡，看著窗外的城市，熙熙攘攘的車流。

晚上這時候，正是鵬城最熱鬧的時候，夜生活剛剛開始，每個人都在歡樂，只有我在這裡寂寞。

我不知道自己為什麼會到了這個地步。我仔細想想自己到底做錯了什麼。這樣做到底值不值得。

一會兒是愛滋病志願者營地的場景，一會兒是基因大會發言的場景，一會兒是在警察局被審問的場景，一個個場景在腦海盤旋，我無法入睡，一直折騰到天色微明，才在疲憊中昏昏入睡。

我在賓館中整整待了三天沒有出去，我知道一旦我出現在家裡或醫院，都會被別人跟蹤，我不喜歡這種感覺，我害怕被別人跟蹤。我對陳建君說我有點兒事情要處理，暫時不能去醫院看她。

第三天下午，我的腦袋想得很痛，我的思想似乎進入了一段閉環，像是一個死結一般無法解開。手機響了起來，居然是阿梅打來的電話。

「建輝，我來鵬城了，晚上去香港，我會出國一段時間。想見見你。」

我說道：「好的，我在福州南路的如家酒店，九〇二房間，你過來吧。」

我收拾了一下房間，洗了一個澡，等了不久，就有人敲門，開門後阿梅進來了。她戴著口罩和墨鏡，臉色很憔悴。

我們坐定之後，阿梅摘下墨鏡和口罩，我們互相看著對方，阿梅伸手撫摸著我的臉，說道：「建輝，你瘦了好多，受苦了。」說完眼淚就流了下來。

我看著阿梅消瘦的臉龐，說道：「你也瘦了好多，其實你出國走一走，散散心也是好的。」

阿梅說道：「建輝，我出國之後，就會隱姓埋名躲藏起來，你可以把責任都推到我身上來，這樣他們就不會為難你了。」

我伸出雙手，捧住她的臉，笑道：「傻丫頭，事情沒有那麼簡單，他們是要那些病人的資料，還要我停止基因藥物的研發，我供出你也沒有用，所以，我是不會說出阿梅的名字的。死也不會。」

阿梅撲進我的懷中，親吻在一起，我們的苦難在彼此之間融化，壓抑的情感找到了宣洩的出口，我們都不停地索取，直到天色變暗，阿梅穿上衣服離開賓館。

我早早入睡，一夜無夢，直到天亮，我的身體又恢復了體力，充滿精力。雖然阿梅的離開讓我感到孤單，但過去的事情不可改變，將來的事情無法預測，只能面對現在，努力生活。

我退房離開賓館，回到科技園的宿舍區，當我停車走到樓下，就看到幾個掛著照相機的狗仔隊的人，遠遠地就開始拍照，當我走進門口，他們就開始問我各種問題，我一言不發，逕直走進電梯，回到自己的房間。

第四十七章　三進宮

陳建君的這間宿舍樓下，整天埋伏的有記者，只要我走出家門，不管是到什麼地方，都有人跟蹤跟拍。

我懷疑我的房間已經被安裝了竊聽器和微型攝像頭，像這樣的房門，開鎖進來簡直是輕而易舉。於是我真的開始搜索起來：我認真翻看著每一處傢俱細節，每一個不知所謂的孔洞，燈具和玩具也不能放過，花盆裡的土也逐一翻找過。

我忙得滿頭大汗，像一個老農民梳理土地一樣仔細梳理房間，結果還是一無所獲。

除了買東西，我幾乎不出門，也不再到醫院去探望陳建君。

我感到總是有一雙眼睛在盯著我，後背仿佛是有一根刺，我想拔下來卻夠不到。

這時候卻從美國傳來了不好的消息，孟德爾教授和薩默爾教授被學校辭退了。我知道這個消息，還是從網路上看到的，他們都沒有聯繫我。

我打了孟德爾的電話，說起來我們師生之間沒有聯繫已經有兩個月了，我問候道：「老師您好。」

「郝，是你啊。你怎麼樣了？你還好吧。」孟德爾的聲音低沉，可還是關心著我。

我說道：「我還好，謝謝您，老師，我連累你了，對不起。」

「是我們連累你了，本來這件事情和你是沒有關係的，你只是提供基因測序而已，我已經寫了報告，說明了你的情況，他們應該會放過你的。」老師平靜地說道，這個老頭，還是那麼關心我。

我說道：「老師，他們要的不只是你我，他們的目標是整個基因行業，我們需要更多的人說明，才能渡過這個難關。薩默爾教授還好嗎？」

「很不好，她檢查出了宮頸癌，經過這件事情，病情已經發展到不可挽救的程度，我昨天去醫院看過她，估計最多只有幾天的壽命了。」

我大吃一驚，我想起那個眼神狂熱的女人，那個在胚胎學中有著獨特研究的科學家，對共產主義有著堅定信念的美國共產黨人，我們一起討論人工子宮的事情，暢想著人類新的未來。現在的她一定是躺在病床上，渾身插滿管子，生命就這樣一點點消失。

「生命就是這樣，只是一堆分子的集合，時間的罡風會吹散一切。」孟德爾教授喃喃低語著。

經偵大隊的人再次敲響我的房門，當那個可怕的中年女人出現在門口的時候，我的腿禁不住有些顫抖。

老女人遞給我一張拘傳令，讓我簽字，我說道：「我要給我的律師打個電話。」

老女人得意地笑道：「不用麻煩了，郝教授。馬處長因為經濟問題，已經被紀委調查，馮律師涉嫌行賄公職人員也被請去配合調查，所以沒有人保護你了。」

馮律師的電話處於關機狀態，看來是真的了，我又連累了一個朋友。

老女人笑道：「這下放心了吧。沒有保護傘了，可以老實跟我們走了嗎？」

我走出樓門，門外的狗仔隊們劈劈啪啪開始拍照，我逕直向他們走過去，一個個記者伸出話筒，七嘴八舌地問道：「郝教授，你這次是入獄了嗎？」

「郝教授，那對嬰兒現在怎麼樣了？你準備如何對待她們？」

「郝教授，國內基因行業都在罵你，你怎麼看的？」……

我站定之後，對他們說道：「各位，這是我第三次被拘傳去公安局，這三次你們都有看到，就在上一次，在公安局裡面，就是這個員警，對我實施了嚴刑拷問，就是想知道那兩個嬰兒在哪裡。我一直都沒有說，因為她們的父親是愛滋病人，我必須給他們保密身份，你們認為我做得對

不對？」

「郝建輝，你不要血口噴人，沒有人對你嚴刑拷打，我們從來沒有打過你，你不要污蔑我們人民公安幹警。」老女人急了，上來推搡我上車。

我一把撥開老女人的手，怒吼道：「用手銬吊在小黑屋裡算不算嚴刑拷打？在小房間裡把空調開到很低的溫度直吹幾個小時算不算嚴刑拷打？我告訴你，我不是罪犯。你問的內容是違法的，我有權利不回答你的問話。你再對我動手試試。」

聽到這麼勁爆的消息，這些記者們興奮了，紛紛把話筒和攝像機對準我：「郝教授，您能具體說說公安局嚴刑拷打的過程嗎？您現在還有傷痕或者後遺症嗎？……」

老女人尖聲大叫著：「員警辦案，統統閃開。」一邊說邊拖著我就走。

我向記者們喊道：「我出來就告訴你們細節，你們等著吧。」

當警車開動，老女人冷笑地對我說道：「郝建輝，你是不是以為那幫記者能保護你？只要局裡打個招呼，他們就會老老實實閉上嘴，你不要有僥倖心理。」

我笑道：「是嗎？警官，我沒有針對公安局，我只是針對你，你給我造成很大的痛苦。我要向你們公安局投訴你的違法行為。」

老女人顯然也有些害怕，退了一步說道：「好吧，我們保證不再對你身體進行懲罰，請你也老實配合我們的工作。」

我鼻子哼了一聲，算是答覆她。

進了公安局，過了一會兒，把我帶進了房間，這次換了一個審訊室，這是一個五十多平米的大房間，對面是一排玻璃窗，有鐵欄杆，靠窗就是一排審訊桌，桌子很長，有八個座位，坐著八個審訊人員。在審訊室的中間，孤零零地座椅只是一個方凳，沒有欄杆和擋圈。

上午的陽光通過窗戶照射進來，有些刺眼的感覺，他們八個人的臉隱藏在黑影裡，給我一種緊張的壓力。

坐在中間的是一個中年警官，他開口問道：「郝先生，首先我要告訴你一個好消息，這是我們經偵大隊最後一次拘傳你了，上面已經派出了一個專案調查團，專門調查你的這個案子。現在，我需要你回答幾個問題，請你配合。」

這個警官的審訊，給人一種尊嚴和尊重的感覺，不自覺地願意配合他，不像那個老女人的霸道，我說道：「好的，只要不是違法的問題，我都可以如實回答你。」

中年警官問道：「你這次實驗的倫理審查書，是不是連鎖婦產醫院批准的？」

這是一個非常明確的問題，我只能回答道：「是的。」

「連鎖醫院說這份審查書是偽造的，那麼，是你偽造的嗎？」

這個問題就不好回答了，我當然不能說是我偽造的，那樣就是自找罪名了。我說道：「不是我偽造的，我是請仲介公司給開具的倫理審查書，您知道的，新藥的實驗都是通過仲介公司辦理審批手續，招收志願者的。我們這些實驗室動物哪裡懂這些手續。」

「仲介公司？你說一下這家仲介公司的名稱，給你們辦理的負責人是誰。」

這個警官太厲害了，步步切入，讓你無法拒絕。我說道：「警官，辦事人早就出國了，我也沒有他的聯繫電話，連名字我也不記得了。」我開始耍賴了。

警官笑了笑，說道：「那麼我幫你回憶一下，其實根本沒有這麼一家仲介公司，和你合作的就是連鎖婦產醫院。是他們下設的一個愛滋病輔助生育課題組。你就是和這個課題組合作的實驗專案。對不對？」

我愣愣地沒有開口，等了大約兩三分鐘，一片沉默，我開口道：「我們需要一個精通試管嬰兒的課題組合作，這是肯定的。」

那警官沒有理會我，慢慢說道：「這個課題組的負責人是陳玉梅，是這個人，對吧？」

說完拿出一張大照片給我看，正是阿梅的照

片，照片中的阿梅含著笑，深情地看著我。我點點頭：「是她。」

「另外兩個負責人，一個是美國來的生育學教授，叫做維佐拉；還有一位是來自新加坡的醫學博士張佳璿，你看看是不是這兩個？」

說完又拿出兩張大照片，我一看正是她們的照片，我點頭道：「是的。」

「你的實驗課題，是不是來自美國的孟德爾教授帶來的專案？還有這個胚胎學專家薩默爾教授，他們為了躲避美國胚胎學研究的禁令和限制，到中國來進行這個專案，你作為他們的學生，不得不參與了他們的專案，對不對？」

我看到警官手裡的照片，正是薩默爾和孟德爾教授的照片。還沒等我開始思考這個問題，旁邊的一個警官用不純熟的中文說道：「王局長，我反對您的提問，您這是誘導口供，是不合法的。」

原來這位中年警官居然還是個局長，他對那個人說道：「史密斯警官，我在這裡陳述的都是事實，這個案件，之所以允許你們美國警方參與審訊，就是因為這個案件牽扯多名外國科研人員，我們當然要查清事情的來龍去脈。」

史密斯警官？這裡面居然有美國員警，雖然是個華裔。

那麼，這案子成了國際案件了？

第四十八章　誘供

王局長轉頭看著我，我沒有說話，他繼續問道：「郝教授，孟德爾教授和薩默爾教授是否參與了基因編輯生育實驗？請你誠實回答。」

這是事實，一查便知，我說道：「是的，他們參與了實驗。」我的心理很扭曲，我想到了在病床上奄奄一息的薩默爾，那個追求科學研究的女人，會不會因為我的這句話被蓋上恥辱的印章；我的老師孟德爾會不會被羞辱。「可是，他們只是操作人員，並不是領導者。」我補充道。

「好吧，請問，這個實驗室的資金來自哪裡？」

「是我個人提供的，這個問題我早就回答過。」

「這裡有一份科技部調查組到華南醫科大學的調查報考，詳細說明了你籌建的實驗室的資金來源，其中學校用實驗室折算一億元股份，一家基金會出資兩億元資金，折算一億元股份，這所實驗室從事大量的基因研究，其中就包括了孟德爾教授來華的交流和研究專案。一年半之前，你申請進行胚胎基因編輯實驗，學校不予批准，你就停薪留職離開學校，實驗室的股份被分開，一半的資金進入你自己的實驗室，這就是資金的來源，對不對？」

看來王局長已經掌握了大量具體的證據，資金的問題有詳細的來往帳目記錄，有據可查，根本無法隱瞞。我點頭道：「是的。」

王局長笑道：「你看，郝教授，我們的談話還是很愉快的。你是國家培養的科學人才，國家非常需要你這樣的高端人才，我們也會保護像你這樣留學回國做出貢獻的人才。我想問你一個問題是：經過查證，這家基因會的資金，來源是美國的史密斯—量子基金，是不是來自你的另一個

老師，量子教授？」

「我反對，你們這是誘供，是不合法的。」旁邊的美國員警打斷了王局長的話。

「史密斯先生，我陳述的都是事實。無論這個事實你喜歡還是不喜歡。請你尊重審訊室紀律，這在你要求旁聽之前已經承諾過，如果干擾了審訊過程，就會請你離開現場。」王局長很不客氣地回懟道。

審訊的氣氛被中斷了，我深深吸了一口氣，放鬆一下緊繃的神經。王局長的眼睛再次對準了我，問道：「郝教授，請你回答我剛才的問題，史密斯—量子基金，是否來自你的老師，量子教授？」

「這個基金會是由我的老師發起成立的，有一小部分資金來源於我的老師，大部分來自社會各界的捐助，主要投資方向就是基因研究領域。多年來，這項資金資助了大量實驗室，在國內，據我所知，已經投資了十幾家實驗室的研究，為國內基因研究做出了很多貢獻。」我如實回答道，這是事實，無法隱瞞。

旁邊的美國員警又舉起手來，請求發言，王局長做了一個請的姿勢，史密斯警官開口說道：「王局長，我認為我們不應該糾纏一些與本案件無關的事情，應該詢問關於愛滋病人的問題，謝謝。」

王局長微不可察地歎了口氣，眉頭皺了一皺，很不滿上級讓外國員警參與審訊過程。「郝教授，我們都知道連鎖婦產醫院的一個專案組參與了實驗，這個專案組的人員剛才你也都指認了。那麼，你對這個專案組瞭解嗎？對這家醫院瞭解嗎？」

我點點頭，「是的，我瞭解這個專案組，連鎖婦產醫院是投資人其中之一。」

王局長拿出一張照片，問我：「你認識這個人嗎？」

我仔細一看，是陳董事長，阿梅的父親。我點點頭：「認識。我們在拓撲亞股東會議上見過，他是股東之一。」

「這個人叫陳瑞理，現在居住在新加坡，連鎖婦產醫院的董事長，他不僅擁有連鎖婦產醫院，還是國內幾百家連鎖醫院的擁有者。但是卻籍籍無名，是一個隱形富翁。他具體有多少財富，一直是一個謎。我們相信他的資產在全國排名的話，應該至少可以進入前五十名。」王局長喝了一口水，讓我消化一下這個資訊。

「陳瑞理擁有連鎖婦產醫院三分之一的股份，另外三分之一是社會集資，或者說是胡建派系的集資，還有三分之一來自美國投資公司，就是所謂的醫療資金。」那個美國員警又把手舉起來了，王局長不得不停止詢問，無奈地歎了口氣，抬了抬下巴，做了個請說的姿勢。

「我認為這是誘供。應該訊問與本案有關的問題。請不要偏離主題。」

「你怎麼知道這與本案無關？從現在開始，請你不要插言打斷審訊，謝謝。」王局長很生氣，聲音很大。

他轉頭向我，愣了一會兒，才說道：「你看，被人一打擾，忘了剛才說到哪了。剛才我們說的是什麼來著？」

我說道：「你說三分之一的資金來自美國。」

「啊，是的，陳瑞理。這個陳董事長遠遠地操縱一切，投資各種醫學研究，他的女兒，就是陳玉梅，」說著，拿起了阿梅的照片，兩張照片擺在一起，還真是父女相似，這樣一對比，眼神、臉型還真是很像啊，「實際操作一切活動，郝教授，你告訴我，召集愛滋病志願者的人，是不是陳玉梅？」

「我，我，我不知道。」

「哦？不知道。好吧，陳玉梅是愛滋病輔助治療課題組的負責人，和全國的愛滋病組織都有聯絡，由她來召集志願者，非常容易。實際上，幫助愛滋病人生育是一項符合人權的行為，並不違法。即使幫助愛滋病人進行基因編輯嬰兒，國內也沒有法律規定禁止這個行為。從法律的角度講，也不違法。所以，郝教授，我們只想確認一下事實，陳玉梅是志願者的召集人。志願者的名

單，只有陳玉梅掌握。對不對？」

最後三個字，王局長猛的提高了嗓門，我下意識地渾身一抖，強忍住幾乎脱口而出的「對」字，低下頭去，閉口不言。現場鴉雀無聲，一片寂靜，過了不知道有多長時間，我感覺時間很長，我只是使勁低著頭，一聲不吭。

「好吧，其實你什麼也不説，我們也都明白了。陳玉梅三天前已經出國，先到新加坡找他的父親，然後就失蹤了。呵呵，出了事情，拍拍屁股就跑了，留下郝教授你一個人在火爐上，受盡煎熬，飽受辱罵，大好前程盡毀啊。你還要包庇她嗎？」

現場一片寂靜，我能感覺到，現場所有的眼睛都在盯著我。我還是一言不發，我緊緊咬住嘴唇，嘴唇的痛感讓我的大腦不至於混亂。

「就在陳玉梅出逃的前一天，她還給你去了電話，這裡有電話記錄。郝教授，我告訴你，我們已經開始通緝陳玉梅，不管你説不説，結果都是一樣的。你説了，罪名可以減輕，也沒有人再來騷擾你的生活，甚至有可能學校還會酌情原諒你的錯誤，恢復你的職務，你還是會過上過去的生活。如果不説，你知道會是什麼結果。來吧，説點什麼，是誰要求你做這個實驗？是誰召集的愛滋病志願者？」

我狠狠地低著頭，狠狠地咬緊牙關，嘴唇猛的劇痛，然後一股腥味苦澀進了嘴中，我用力吮吸，血液的腥膻味道進入了舌根，我依然一言不發。

「真的值得嗎？聽説醫科大學的校長女兒和你相愛，你們兩個都已經訂婚了，可是因為出了這件事，生生地解除了婚約。離開了你最愛的女人。這一切都值得嗎？為了一個逃出國的女人。為了一個不敢承擔責任的人。你説話。」

一股熱血衝上我的頭頂，我感覺眼前一暗，天旋地轉，身子似乎飄了起來，耳邊傳來幾聲驚呼，然後就陷入了無邊的黑暗中。

……

黑暗中，有一股力量托舉著我的身體，「嘩

啦」一聲，我的頭伸出了水面。狂風怒吼，白浪滔天，我隨著巨浪越來越高，我看到了沸騰的海面，遠處有一座島嶼，一道陽光從天空落下，籠罩著那座小島。海浪把我摔入深淵，又把我托舉到高峰，我的嘴中都是海水苦澀的味道。

海流推動著我向著島嶼的方向過去，終於風平浪靜，我奮力劃水，爬上了島嶼。

一個仙童走來説道：「這是仙人島嶼，外人不得入內。」

我拱手懇求道：「仙子，我是被海浪沖到此地的，求仙子收留。」

仙童道：「能否收留你，得我神仙師父同意才行，你跟我來。」

島上青松翠柏，鮮花芳香，白猿仙鶴，玉兔靈鹿，雲霧繚繞，靈氣充盈。在一處道觀，見到了白鬍子神仙，他説道：「看你長得一副猢猻樣子，你就姓孫吧，我給你起個名字叫孫悟空。」

我天天挑水打柴，清洗春米，忙忙碌碌。每到月初一，師父都會講法，島上的弟子，童子，動物，樹木都會趕來聽法，我聽得真法，無比欣喜。

一天天過去，不知不覺，我在島上度過了十八年，這一天我在春米，師父領著一班弟子路過，師父問我：「看你聽法頗有靈性，你有何誓願？」

我説道：「其餘無他，唯求成聖。求師父成全。」眾人一片大笑。

師父説道：「你只要每天好好這樣幹活，經年累月，終究就會脫俗成聖。」眾人又是一陣狂笑。

我躬身行禮道：「求師父傳授仙法。」眾人一齊看向師父。

師父説道：「要想成聖，需除盡世上一切邪惡，使罪惡不再發生，差不多就可以成聖了。」眾弟子又是一陣大笑。

我低頭行禮道：「謝謝師父教導。」

師父用手中浮塵杆子敲了春米杆三下，轉身背著手離開了。

夜晚三更，我從後門進了師父的寢宮，師父見我到來，說道：「果然是個有靈性的，今天就傳你真法，你仔細聽來。」

一年後，我和眾師兄弟玩耍，他們說：「孫師弟，耍兩手，看看師父傳你什麼本事。」我說道：「各位請賞光。」然後變成了一個大松樹，眾人一片驚歎。

這時師父走了過來，罵道：「你這個猢猻，居然在此喧鬧，給我滾出島去，不准再提師父的名諱。你走吧。不要回來了。」

我睜開眼睛，一片白色，消毒藥水的味道，我現在是在醫院裡面。

第四十九章　男人婆

我試著抬起頭，一陣陣頭暈的感覺，彷彿坐在搖晃的船上。這時候，有一隻手伸到我的脖子下面，扶著我慢慢坐起來，我仔細看去，居然是那個女暴龍員警。

「你感覺怎樣了？」這女警是典型的廣省白話口音的普通話，一聽就是本地人。

「我想上廁所。」不知道躺了多久，膀胱都要爆炸了。

「我扶你去。」這女子一把就拉起我，好大的力氣，這就是傳說中的女漢子，男人婆啊。

「我去男廁所？你個女人怎麼進去？我可不帶你進去參觀哦。」

「癡線（神經病）。房間裡就有衛生間，老娘我扶你進去掛上吊瓶就出來。」柳眉倒豎，杏眼圓睜，這男人婆架著我的胳膊，輕鬆就把我拖進了衛生間，掛好吊瓶，說道：「自己站好，撒完尿，穿好褲子再喊我。」說完關門出去了。

我憋得狠了，嘩啦啦站了好久，有點兒頭暈，我坐在馬桶上，靜靜休息一會兒。抬起手看看手錶，已經是下午七點半了，審訊的時候應該是上午十點半左右，也就是說，我昏迷了大概七個小時。

大腦還是有些模糊，記不得自己說了些什麼，好像說到了孟德爾教授，還有量子教授，還有阿梅。我難道把他們供認出來了嗎？那可糟糕了。

我的大腦一時清醒一時糊塗，坐在馬桶上久久不動。外面傳來男人婆的喊聲和敲門聲：「喂，喂，你怎麼樣了？有什麼情況？」

我沒有出聲，衛生間的門呼的一聲被推開，男人婆一個跨步衝了進來，看到我坐在馬桶上，還曝光了白屁股。

「汙糟嘢（髒東西）。點解（為什麼）不講話。」男人婆一口白話，盯著我上下打量，一點兒也沒有女生害羞的樣子。

「說人話！聽不懂。還不出去！沒看夠嗎？要不要我站起來你看仔細？」我看這男人婆就是欠罵。

「癡線。」男人婆摔門退了出去。氣走她之後，我忽然神清氣爽，我站起來提上褲子，拎起吊瓶，走出了房間。

我自己掛好吊瓶，躺在床上，清空的肚子，發出咕嚕嚕的聲音，原來我是餓了。我對站在牆角的男人婆說道：「喂，你去給我搞點兒吃的，我餓了。」

「剛咩野（說什麼呢），我是伺候你的下人嗎？」又是杏眼圓睜，柳眉倒豎，我就喜歡看這副模樣，看見了心裡就痛快了。

「這就是座監獄，我就是那罪犯，你就是那獄警，嗨，你聽說哪座監獄要罪犯自己找飯吃的，還不是獄警給送飯上來。趕緊的，不要磨磨蹭蹭的。」我看到那男人婆的肺都要氣炸了，衣服扣子都快蹦飛了吧？我翻翻身子，找了一個舒服的姿勢。

男人婆深吸幾口氣，搖搖頭，把煩惱甩甩，平靜了下來，冷笑道：「呵呵，這裡不是監獄，你現在是自由的，想走就可以走。我是非常佩服郝教授的，您一看審問的問題不好回答，直接就裝暈昏過去，厲害厲害，老娘我幹員警這麼多年了，第一次碰到你這樣的老手。佩服。」說完還拱拱手。

我揮揮手，說道：「哎，不要客氣，不要自稱老娘。你幹這一行沒多久，我是知道的。是你們把我送進來的，當然要負責到底，我覺得這間病房還挺安靜的，想好好住兩天調理調理呢。」

我看見一股紅霞湧上了男人婆的臉，我猜這一定不是羞怯的表情，她雙手做了一個下壓的動作，再次冷笑兩聲，「呵呵，這位郝先生，您的確需要調理調理，醫生檢查說你的內分泌失調，應激性血壓偏高，有可能引起抑鬱和失眠。年輕人要保重身體哦。不然到時候就無能為力了喔。」

「好了，不要廢話了，我要休息一會兒，去給我買份牛肉麵，肉要多一點兒，不要辣椒，去吧。」我懶洋洋地揮揮手。

我聽到一聲低沉的獅吼，男人婆從牆角嗖的一聲竄到床前，一把薅住我的領子，把我上半身拎了起來，廣省省罵伴著唾沫星子直接噴在我的臉上：「你個撲街，我頂你個肺。」

正在此時，病房的門被打開，王局長拎著一份盒飯走了進來，看到這個情形，大吼一聲：「王美娟，你幹什麼。」

男人婆吼道：「爸，別管閒事，我要教訓教訓這個混蛋。」原來王局長居然是她老爸，這有點兒意思了。

「快放手吧，我的姑奶奶，執法犯法你知道不？嗯？人家現在不是罪犯。快放手。」這局長老爸做的，低聲下氣，一點兒都沒有氣勢，看得出男人婆的驕橫是全方位的。奇怪的是王局長一口京片子，居然生出一個滿口廣東話的女兒。

「這小子把我當傭人使，就是欠揍。你來這裡幹什麼？」男人婆鬆手把我的頭扔回枕頭上。

「你老媽怕你餓著，派我來給你送吃的。」說完王局長就把食盒放在桌上，一層層打開，擺放出來，一股股香味撲鼻而來。

我起身一看，有翠綠頂著鵝黃色小花的炒菜心，有油亮新鮮的白灼基圍蝦，咖哩牛肉散發著濃香，蘑菇雞湯的口蘑漂在黃色的湯中，還有一大份米飯。

王局長收拾好以後，說道：「郝教授一起來吃點兒飯吧。」

我中午就沒有吃飯，說實話肚子早就餓了，看到這些美食，嘴裡已經流出了不爭氣的口水，我心虛地看看男人婆，她居然把湯分出一碗，放在我的面前，還把一雙筷子扔給我。

我接過筷子，趕緊點頭起手，說道：「多謝了。」

雞湯一入口，鮮香的味道就滿口縈繞，我贊道：「好湯啊，真的很好喝。」

伸手夾了一顆菜心，脆爽鮮甜，蔬菜的美味是我吃過的最好的味道。我讚歎道：「這位廚師實在是太厲害了，好吃好吃。」

王局長笑道：「這是美娟媽做的，家傳的烹調手藝，現在開了一家小飯店，生意還不錯呢。」

我吃了其他幾個菜，都各有特色，連米飯都飽滿芬芳，非常好吃。我說道：「局長您太有口福了，您夫人的飯店在哪裡，我一定要經常去吃，實在是太好吃了。」

男人婆哼了一聲，傲嬌地抬起頭說道：「想吃我媽做的飯，你提前一個多月預約，都不一定能吃得上。今天算你運氣好，跟著我沾光了。」

王局長歎了口氣，說道：「我老婆開了一個私家菜館，每天只做一桌菜，都是老朋友捧場，預約排出一個多月以後。她從小就想培養美娟做廚師，結果這個死丫頭就喜歡學武，整天練拳。」

男人婆插言道：「你懂什麼？我們家是詠春拳法正宗傳人，烹調只是輔助練功的小技法，不要本末倒置。」

王局長舉手投降道：「好好，我不懂。你們娘倆兒家傳武學，天下無敵，整天在家欺負我，實在是太厲害了。我要申請回京城工作，惹不起我躲得起。只怪我當年眼睛瞎，誰想到文文靜靜的女同學，居然是個母老虎。我好恨吶。」

王美娟冷笑道：「哼哼，不要對我發狠使勁，我無所謂，有膽對你老婆去講啊，看她打得你生活不能自理。還想到京城躲清靜，哼哼。」

吃人的嘴短，拿人的手軟，既然吃了人家的美食，就不能再為難人家，我辦理好出院手續，當晚就離開了醫院，已經是晚上九點了。

我打開手機，裡面有好幾個未接電話，我看到了父母的來電，先給他們回了電話，接電話的是媽媽：「媽，你們身體好嗎？」我問道。

「挺好的，小輝，我們聽大斌的父母說了你的事，你還想隱瞞我們到什麼時候。你怎樣了？實在不好過，就先回老家住一段時間，調理一下心情。」媽媽關心地問道。

「沒事，媽，我還要處理一些事情，暫時不

能回去了。」

「那你和小潔就這麼完了，你結婚了都不和我們說，聽說媳婦都懷孕了。你這孩子，這麼重要的事情，我們是不是應該過去幫忙照顧啊。」媽媽問道。

「不用不用，到時候我再跟你們解釋，你們先不要來了。」

「好吧，真讓人擔心，你一定好好的，昂。」媽媽擔心地說道。

「好的，放心吧。」

我掛斷電話，給陳建君打電話過去。

陳建君接到電話，著急地問道：「阿輝，你怎麼樣了？聽說你又被拘傳了，我打馮律師電話也沒人接。今天晚上馮律師才接電話，說你應該沒事，我才放心。」

我說道：「我沒事，已經出來了，一會兒到家。馮律師那裡有點兒麻煩，我再和他聯繫一下。你怎麼樣？沒事吧。」

陳建君說道：「現在沒事了，今天上午給你們打電話都不接，我心裡一著急，下面流出血來，兩個胎兒都受到驚嚇。我都嚇壞了，阿輝，我就怕會流產。後來醫生給我打了保胎針，跟我聊了好久，現在已經胎兒已經安靜了。」

我歉意地說道：「建君，對不起了，老是讓你擔心。」

第五十章……調查組

馮律師的電話打通，他剛剛回家，這一天也是在公安局度過的。他說馬處長雖然受到紀委審查，但他知道馬處長是清正廉潔的，不害怕審查，事實也正是如此，今晚，馬處長就已經回家，結束了審查，應該沒有問題了。

他聽說了我在審訊室暈倒的事情，很擔心我的身體，說要帶我再去看看臧大夫，給我開點兒滋補調理的藥方，我說現在沒事了，過幾天再說吧。

過了幾天，傳來了薩默爾教授去世的消息，再過了兩天，量子教授被金利大學開除的消息傳來。量子教授對被開除的事情倒是很看得開，現在的他已經很少從事科研工作，到處旅遊，還說過一段時間要到中國來旅遊。

在我出事的時候，量子教授就勸我把 top-gun 公司股票套現出手，我也同意委託他給辦理，經過幾個月的處理，現在已全部售罄，從此我與這家公司再也沒有關係。不過這家公司的原材料採購仍然不能離開陳師哥的公司，所以其實我還是間接控制著這家公司，畢竟獨家的技術才是說一不二的根本。

像我這樣在外國公司上市發行股票取得的現金，如果要離開美國，就要繳納至少 50% 的利得稅金。量子教授把這筆錢通過量子基金轉移到中國，只交了不多的手續費，就轉移到了我的帳戶。

過了不久，量子教授真的來中國了，不過他不願意去見學術界的人，他和一個普通的旅遊者一樣，到處走走，看看中國的風景名勝，體驗各地的美食，玩得不亦樂乎。他還勸我和他一樣出去瀟灑，反正有的是錢，幾輩子也花不完。

我把手中的大部分資金投入給了陳師哥，大概有十五億美元，占新工廠的 40% 的股份，陳師哥只有20%的股份。新工廠建在廣省和胡建省的交界處，占地二千多畝，生產碳納米管動力鋰電池的電極，估計需要三年的建廠期，需要採購海量的材料和設備，幾家大的汽車電池公司也投入了鉅資，建成之後，保守估計每年的銷售額將超過三四佰億人民幣，市場前景非常可觀。

另外一塊投資，是給軟體公司添置超級電腦，僅僅經過一年多的運營，基因計算的資料量就提高了十倍。現有的三台超算已經不敷使用，未來的計算量會更加龐大。程源建議購買一台國產的五仟萬億次超算機，運算速度五百倍以前的十萬億次超算機，售價接近三仟萬元人民幣，比美國產超算便宜一半，而且售後服務更好。我大筆一揮就給他們撥了款。

時間進入十月，陳建君的孕期已經有六個月，開始顯懷，她迫不及待地開始了胎教，每天給肚子裡的孩子讀書，臉上認真的樣子，很有母親的風範。

這個時候，科學院派出的調查組來到了鵬城，帶隊的就是基因工程院的馮院士。馮院士的實驗室已經購買了五台拓撲罡的測序儀，國內經過他介紹的客戶，已經至少購買了上百台測序儀。馮院士為人非常正直，這也是我最敬佩的師長之一。

我被通知下午兩點到學校的小會議室面談，當我開車到學校的停車場，熄火之後，看到前面一輛車門打開，小潔從副駕駛座出來，向前走去，一個男子從駕駛座出來，鎖上車也趕緊追上了小潔。

我愣愣地坐在車中，那似乎已經遙遠的心痛又從不知哪個地方跑出來，像是漏電的電線，發出劈劈啪啪的火花，帶來一陣陣刺痛。

我知道那個曾經我深愛著的女子，注定會找到自己的生活，直到完全把我遺忘，也許有一天我們再次面對面，她只會把我看作是一個普通人，微微笑一下，打一個招呼，然後揮手離開。

當我走進了會議室，看到五個老人坐在那裡談話，我都認得他們，除了馮院士，還有金院士

和楊院士，都是白髮蒼蒼，六七十歲的老人了，另外有王校長和歐陽副校長作陪。

看到王校長，我不禁又想起小潔，王校長看著我，似乎有話要講，但最後只是輕蔑地瞥了我一眼，繼續和他們聊天。我知道王校長其實是恨我對小潔的負心，而我偏偏不能對他說出實情。

我在小沙發上坐下，過了十幾分鐘，幾個老人的聊天結束了，兩位校長告辭走出了會議室。

馮院士向我招了招手，讓我到她們的沙發對面坐下，老人給我一隻新茶杯，給我倒上茶水，開口說道：「小郝啊，我們三個人受科學院的委託，專門來瞭解一下情況，我要和你說的是，明年的全國人代會將會提出生物實驗法規的立法提案，你的這件事，在國際上影響很大，國內外的科學家紛紛提出立法要求，限制胚胎實驗的倫理法規。你個人對這件事怎麼看？」

我斟酌了一下詞彙，對他們說道：「馮院士，得益於儀器和電腦技術的進步，生物醫學和基因學的理論技術進步是一個明顯的加速過程，這些研究已經進入到了生命的本質階段，研究人的胚胎是不可避免的。法律的難點是如何確認胚胎和人的分界線。從胚胎到人再到公民，這是一個特殊體漸變的過程，不同的階段，應該具有不同的法律權利，不宜全部使用公民權利法律。」

馮院士很感興趣，說道：「你這個提法挺有意思，胚胎的法律地位一直是一個爭論的焦點，胚胎的身份有主體說、客體說和仲介說三種看法，我國的法律主流看法是仲介說。而你的看法，似乎更具體一些。」

我說道：「是的，胚胎的地位是不斷變化的，我認為可以分為三個階段，以三個月為分界線，從受精卵到第三個月，胚胎才能發育齊全，這是從100%的物屬性。從第三個月到第六個月，胚胎在不斷成長，第六個月產出的嬰兒已經可以自然成活，這可以認為是50%的人和50%的物屬性。而從第六個月到出生，已經具備是70%的人和30%的物屬性，人的屬性佔據大部分，最後這三個月，已經不可以由母親決定是否可以流產了。

孩子出生後到三歲擁有了自我意識，這時候才能是100%的人屬性。從嬰兒到成人，不需要監管人，完全自主地決定自己的生活，擁有公民的全部權利，全世界的法律都認為應該到十八歲。父母作為自然的第一監管人，在胚胎階段也擁有相同的權利，受精卵階段，父母擁有100%的決定權，在六個月之前，母親擁有墮胎的權利。當六個月以後，胎兒的人權超過物權，母親就不可以決定是否墮胎。孩子出生後，父母有監督權，同時又有撫養的義務，嬰兒三歲之後，成為擁有自主意識的人，就有了部分自主決定的權利，直到十八歲，擁有完全自主的公民法律權力。法律關於胚胎，胎兒，嬰兒，幼兒，少年，成年人，不同階段的人權、物權、法權在不同階段的關係，應該給予明晰的定義，才能適用新時代新技術的需要，畢竟以前是沒有胚胎技術的。」

三個院士耐心地聽完我的長篇大論，金院士說道：「小郝啊，你的這個胚胎人權物權的百分比劃分，如果是歐美的法學家聽到，一定會斥責你是大逆不道的。他們說，胎兒擁有了生命，具備了發育成人的可能性，就應該擁有人的權利，殺死胎兒就是殺人。美國一些州通過了禁止墮胎的法律，法理依據也是這個理論。」

我說道：「人的每一個細胞都有生命，如果條件適合，也不是沒有發育成人的可能性，如果按照這個理論，人就不能剪指甲剪頭髮，甚至不能吐痰和大小便了。因為這些行為都會殺死這些細胞，這是何其荒謬的理論。如果母親不適合懷孕，難道必須冒著生命危險或者社會危險，強行生下孩子？那麼母親的人權又由誰來保證？」

馮院士說道：「那麼，你是認為，這項禁止胚胎實驗的法律不應該通過嗎？」

我冷靜分析說道：「這項法律會扼殺中國基因科學的發展，同時也否定了計劃生育的工作和功績。」

三個老人互相看看，楊院士說道：「小郝，你知道嗎，自從你在博客上公開了實驗資料，到現在為止，僅僅在國內，我已經知道至少有三家

科研機構秘密開展了胚胎基因編輯實驗。你這裡應該有更詳細的資料吧？」

我說道：「基因引導環的需求量很大，每天都有上百個品種，幾萬個引導環的訂單。目前引導環已經實現網路訂單，自動化生產，被應用於各種生物基因實驗，至於到底有多少用於人類胚胎編輯實驗，那就無法得知了。對了，他們做基因編輯實驗，是如何進行保密的？」

楊院士笑道：「大家應該會吸取你的教訓，全程嚴密監控。」

馮院士說道：「歐美政府已經多次要求我國政府嚴厲懲罰你的這種行為，國內也有一股勢力，要把你變成一個典型，懲戒那些敢於做基因胚胎實驗的科學家。之所以附和國外各種勢力的說法，其實也是為了他們集團的利益考慮。但是我們國家的執政黨是信仰科學共產主義的共產黨，不是上帝的信徒，這些年來快速上升的醫療費用開支，使國家領導人非常擔心，必須不斷開拓新的治療方法，才能從根本上控制醫療費用的不斷上漲，所以國內也有很多人支持你的做法。你看，你一不小心就成了鬥爭的焦點。」

楊院士說道：「我們幾個老傢伙都是多年從事科研工作的人，非常理解你一個年輕人的心態，年輕人有想法，有創意，有幹勁，國家就有了希望。明天衛健委和科技部的幹部找你談話，他們可能不會像我們這麼客氣，不管怎樣，你都要堅持學習，不受外界干擾，只有這樣才會成為一個真正的科學家。你明白嗎？」

第五十一章　禁足

當我見到了調查組，才明白什麼叫做不客氣。他們居然請動了紀委的人員到我家中，把我帶到了紀委的辦公室進行審問，與其說是審問，不如說是「宣判」。

這個房間佈置得像是一件法庭，正面是高高的法官桌，三個調查員在上面，兩邊是原告被告桌，有幾位元書記官和記錄員。我孤獨地坐在會場中間，像是三堂會審的罪犯一樣。我想，這裡就缺一塊「明鏡高懸」的牌匾，還有一排手持水火棍的衙役了。

坐在中間的鐵面無私的中年人，來自衛健委的一個主任，嚴肅地對我說道：「郝建輝，經過我們大量調查，已經掌握了確鑿的證據，你為了自己的名利，擅自出資組織人員，包括國外的人員在內，進行非法的基因編輯胚胎實驗，並且生下了嬰兒。你要老實交代，坦白從寬，抗拒從嚴。」

我一聽這話兒就不高興了，心想，「這哪裡來的傻貨，說話一點兒水準都沒有。」我說道：「既然法官大人已經掌握了確鑿的證據，那就宣判吧，早點兒完事，大家早點兒回家休息。」

我看見有人掩口而笑，那「法官」勃然大怒，一拍桌子：「郝建輝，看來你還不知道這是什麼地方吧。這裡是紀委，罪犯到了這裡，就沒有敢不招供的，你給我老實點。」

我左右看看，說道：「你們把我帶到紀委幹什麼？錢都是我自己掙的，貪贓枉法與我無關。我又不是國家公務員，跟紀委有什麼關係？拜託你告訴我，我犯了哪條國法？要怎麼判刑？我到現在也搞不清楚呢。」

那人冷笑一聲，說道：「不要囂張，你以為鑽了國家法律的空子，就可以逍遙法外了嗎？告

訴你，天網恢恢疏而不漏，在我這裡，你不要妄想逃出去。」

我直接給了這傻貨一個後腦勺，轉過身背對著他們。

那人對旁邊的一個人說道：「劉剛同志，你看看這個犯人的態度，是不是請紀委的同志出面，拷問一下他，看他老實不老實。」

那位劉剛同志趕忙拒絕：「不不不，魏主任，我們之前不是說好了嗎。我們紀委只是借用場地給你們，派出兩名同志協助你們傳喚郝建輝，其他的都不能插手。再說了，我們紀委也是文明執法，以證據說服對方，絕對不會動用刑罰，這你要搞清楚。同時我要提醒您，魏同志，你們只是調查組。只有問詢的權力，沒有審問的權力。更沒有判決的權力，那是法院的事情。」

我轉頭看看這位劉剛同志，瘦瘦的一個戴眼鏡的中年人，挺慈祥的樣子。我想：「讓貪官污吏聞風喪膽的紀委，原來是很講原則的，並不是兇神惡煞啊。」我轉過身，對著那個魏同志說道：

「這位同志，你想問什麼問題，請不要拐彎抹角，有話請你直接問好了。」

這位魏主任顯然被一口氣噎住了，一時開不了口，旁邊一位中年女同志開口了：「郝建輝先生，你可能不知道，你的行為給國家造成了多大的損失。現在歐美國家開始限制對我國的基因學交流工作，招收中國籍生物學研究生和博士生配額數量大大減少。一些醫藥大公司被勒令禁止向中國出口那些重要的實驗器材。甚至國外的重要雜誌期刊已經開始限制中國的論文發佈，給我們教育系統的資格評定帶來很大的困擾。這些你都知道嗎？你也是美國培養的留學生，你應該知道這是多大的損失吧。」

我搖搖頭，說道：「這位同志，我雖然是在美國留學的，但我的能力大多數是通過我自己的研究獲得的，我的老師給我了很大幫助，這個不假，但我也給他們很大的幫助。據我所知，我們國內的生物基因研究已經達到了一個很高的水準。我們現在不再是單純地向國外學習，我們是有來有往，他們歐美如果不願意與我們交流，那是他們的損失。如果我國的生物基因技術是建立在國外培養的留學生基礎之上的，是依靠國外的大公司支持的，那豈不是建立在沙灘上的高塔，沒有根基，隨時都可能倒塌。」

我越說越激動，憤怒地站了起來，手臂揮舞，心情激奮：「中國的教育體系有個很大的問題，職稱評定必須在國外有名的期刊發表論文，否則你有再大的能力也不能提職。在我們這些中國知識份子心底深處，只有外國人的認可才能說明你的水準。這是嚴重的不自信。難道我們就不能聚集國內權威，建立自己的人才評價體系，非要國外的期刊認證？那我們中國的知識體系什麼時候能夠獨立？我們的科學體系根基是否能夠經受衝擊？難道這些不是科技管理體系的失敗嗎？」

我的一番話，有的人在低頭思索，而魏衛主任卻呵呵冷笑，說道：「你也不看看自己是什麼身份，一個小年輕，有什麼見識，也敢在我們這些人眼前大呼小叫的。」

我說道：「我知道自己人微言輕，可是我有骨頭，我希望我的國家也有骨頭，不要被歐美國家左右。」

那位中年女同志說道：「郝建輝，關於你的情況調查，我們幾個部門已經進行了幾個月的時間，過程和結論已經提交上級部門。現在我們通知你，你要留在你的家中，接受組織的監督檢查，你聽明白嗎？」

我知道，在執法中，有一種叫做「監視居住」是屬於比較重的處罰，僅次於有期徒刑，其實就是把自己的家做成了監獄，你只能在一個很小的範圍內活動。會有人一直跟蹤監視。中年女同志接著說道：「從今天起，你已經被列入了限制名單，你不能乘坐公共交通工具，包括飛機，火車，長途車等需要身份證驗證的場合，也不能入住賓館酒店，高消費娛樂場所等。你聽清楚了嗎？」

我知道，這也許就是答應外國人的，要嚴厲懲處我的措施，這已經是相當於坐牢了。我說道：「我清楚了，我會按照要求去做。」

中年女同志說道：「還有，你現在居住位址是你妻子租賃的房屋，不適合進行監視居住，我們在醫科大學的宿舍專門給你安排了房間，你要搬到那裡居住，活動範圍不能超過宿舍社區的範圍。你的生活必須全程錄影。這是法院的執行令，從今天就會開始執行，執行時間為六個月。」

我知道現在我反抗也毫無用處，我說道：「隨你們的便。」

那個魏主任嘲笑道：「你看看你激昂了半天，最後還不是這樣？」

自從我交回學校的宿舍鑰匙之後，這間房子就一直空著沒有分配，當我再次走進這間宿舍，一切都是原來的樣子，仿佛時光倒流。

陳建君挺著大肚子陪我走進來，她笑道：「這裡不錯啊，挺安靜的，還能看到大海呢。」

我笑笑說道：「是啊，以前陽臺沒有鐵籠子，看風景更好呢。」

建君摸著肚子說道：「有鐵籠子好啊，孩子們就不會爬出涼臺了。」

「郝建輝，從現在開始，你就不能離開這個房間，有什麼需要的東西，讓你老婆去拿過來。」兩個男法警被派來監控我的行動，還有一個年輕的剛畢業男警，正在安裝攝像頭。

我轉頭看去，這些法警都穿著便裝，背著一個挎包，裡面有警棍和手銬等。我說道：「警官，我平時吃飯怎麼辦呢。」

那個警官一揮手，「你要自己做飯，我這個獄警可不管飯。蔬菜米麵你自己準備，可以給你放在門口，我們要進行檢查之後才可以食用。我們幾個輪流出去吃飯，你必須保持在我們視線之內。」

作為監控人，警官們在小臥室辦公，每天三班輪換，每班有一個老手帶著一個年輕剛剛分配的實習警官執行任務。臥室內有監控電腦，拍攝我活動的視頻，一張小床給他們輪流休息使用。

警官說道：「還有，你的手機要上交，來電必須開免提，我們都要進行錄音。不能有訪客進來，只准你老婆進來探視你。」

我說道：「那我平時的工作怎麼辦？」

他摸摸下巴，說道：「工作？你這是被執法啊。還工作？好好反省錯誤吧。不要再做這些害人害己的事情了。」說完就氣衝衝地回小屋去了。

我對陳建君攤攤手，苦笑道：「你看，這裡的條件真的不行，你就不要在這裡住了，再過三個月你就要生孩子，這段時間就不要來回跑了。」

陳建君說道：「沒事的，我這段時間感覺身體特別好，你知道嗎，這兩個孩子已經懂事了，我和他們說話，他們會用動作回覆我呢。有時候他們兩個會打架，我只要一生氣說他們，他們就停手了。真希望他們不要生下來，一直在我肚子裡面呢。」

我笑道：「是啊，等他們生下來，滿屋子亂跑，有事沒事就喊你媽媽，那時候你就很煩了。」

陳建君悠然神往地微笑道：「才不會呢，我會一直疼愛他們，把他們打扮得漂漂亮亮的，怎麼親都不夠。對了，如果他們叫你爸爸，你會答應嗎？」

我愣了一下神，說道：「會的吧。」

第五十二章　大火暴雨

監視居住的生活真的不好過。

我每天只能待在自己的房間裡，只有上午十點鐘到十點半的半個小時可以在社區散步，還是在兩個人的監視之下。這時的社區基本沒有人，有一次我遇到了退休在家的侯副校長，他看到我後，正準備上前和我說話，就被法警攔住了。我只能尷尬地笑笑，繼續向前走去。

每天待在房間裡，不准用電腦，也不可以上網。手機被沒收，打電話要向他們申請，打給誰？多長時間？什麼事？都要一一說明，否則就不給我手機。

唯一允許的是可以看電視，看書。我現在喜歡上了看電視連續劇，我每天晚上都要追連續劇，以前沒時間看電視，現在才發現，國內的電視裡還是挺有意思的呢。

我的大部分書籍都放在陳建君的宿舍，她給我送了過來，放在門口有五十多本書，幾個獄警忙得不可開交，仔細檢查每一頁是否有特別的文字，英文書直接被淘汰出局，最後只放行了十本中文書給我，都是大學的物理，數學，電子控制的基礎課程，一本小說《西遊記》，還有一本烹飪的書。

我翻看了一遍，大學時的知識我記憶還是很深刻的，裡面的內容和習題現在做起來還是很輕鬆，幾本課本書實在沒有意思，我就開始翻看烹調書，開始學習做飯。

這本粵菜大全我都忘了是什麼時候買的，書中圖文並茂，很是深入淺出，適合我這個烹調入門客，我練習炒製各種菜肴，做的數量比較多，我吃不完，就給獄警們嚐嚐，一開始他們小心翼翼地，先讓一個人試吃，生怕我投了毒。我笑話他們這幫膽小鬼，我用的蔬菜肉類調味料，他們都是仔細檢查過的，而且都是從網上訂購，送到家裡來的，哪裡來的毒藥？再說我把他們毒死有什麼用？

隨著我烹調技術的提高，兩個多月過去，獄警和我都胖了不少。我承包了大家的伙食，他們對我的態度也好了很多，我可以在社區隨意走走，他們不再緊跟著我，即使超過半個小時，他們也不再催我，有一次我還和侯校長聊了一會兒，他們過來聽著我們談話，也並沒有阻止。

有一天我看到小潔了，她可能是回家拿東西，匆匆地走過去，我離她有三十米遠，靜靜地看著她走過去，然後我就回房間了。

《西遊記》是我最喜歡的小說，小時候父親就用它來給我講故事。在我上小學的時候，我經常給我的小夥伴講西遊記，講孫悟空斬妖除魔的故事，我的演講口才就是在那時候打下了基礎。

到了初中，開始在語文課本上學到了西遊記的片段課文，我的初中老師是個年輕的實習女教師，她十分看不起《西遊記》，認為古典四大名著中，《西遊記》荒誕不經，都是些神仙鬼怪的故事，根本不配進入四大名著行列。

到了高中，我的語文課曲老師是一個業餘作家，老資格的高級教師，她對《西遊記》極為推崇，認為古典四大名著，應該以《西遊記》為首，這是一本中國信仰的發展史，儒釋道三家互相競爭的發展史，修行者內心世界的發展史，是玄幻小說的鼻祖。

《西遊記》我已經讀過無數遍，每一次重讀都有新的感覺，也許是白天讀得太多了，晚上做夢經常夢到西遊記的情節，仿佛自己化身了孫悟空，上天入地，斬妖除魔。

再過兩週，陳建君就要生產了，我和獄警商量是否可以去醫院探望，他們挺幫忙的，向上級請示後，答應可以在生產期間去醫院探望一整天，產後住院期間可以每天探望一個小時，不過全程必須在至少三名獄警的陪同之下。

我也是挺緊張的，雙胞胎的生育，對母親的身體要求很高，尤其是對陳建君這樣有HIV的大

齡的產婦，手術將會特別地繁雜。陳建君也很緊張，我只能在電話中安慰她，答應她一定會到醫院陪著她。

陳建君說她已經寫好了遺囑，如果她不能活著離開醫院，就把所有的財產，包括我轉給她的財產，都轉回給我。她哭著要我向她保證，如果她死了，一定要照顧好她的孩子，就像照顧自己的孩子一樣。

我安慰她說，無論如何，都要先保證大人安全，現在的醫學手段，應該沒有問題的。我開玩笑地對她說道，要是她出事了，轉給我的財產就是遺產，遺產稅很高的，損失太大了。

預產期還有一週，陳建君的身體檢測指標都很好，預計能夠順利生產，我們都放心很多，每天的電話都不離開孩子的事情。

然而這一天卻發生了意外的事情，這天晚上我一邊吃水果，一邊看電視播放的新聞，忽然有一個短新聞引起我的注意，那是一團大火，新聞上說是一位科學家點燃了自己的森林別墅，把自己燒死在裡面。科學家的照片只有不到一秒，然而我已經看清楚了，那個人正是孟德爾教授。

我急急忙忙衝進了小臥室，對著坐在電腦前玩遊戲的警官說道：「曹警官，我想給我的老師打一個電話，幫忙給我手機，謝謝了。」

「你哪個老師？什麼事？多長時間？」小曹警官問道，拿出本子，準備登記。

「是金利大學的孟德爾教授，我看新聞剛才好像是說他出事了，我想確認一下。」我解釋道。

「那可不行，國外的電話不能打。有規定的，你也知道。」他收起了本子。

「求求你，我的老師可能出事了，你讓我打電話問一下。」我懇求道。

「真的不行，郝教授，你的電話記錄每天都要上報，我如果違規，會被開除的。」

我不能連累這個年輕的實習法警，另一個年長的杜警官從外面進來，問道：「怎麼了？出什麼事了？」

我知道我不能講實話，那樣只能被拒絕，我

趕緊說道：「沒事的，我剛剛想給我博士導師打電話，既然不允許那就算了。」

杜警官對小曹警官說道：「小曹，剛才我老婆打電話說家裡有點兒事，我先回去一趟，兩個小時我再回來，你自己值班沒有問題吧？」

小曹說道：「沒問題，杜隊長。」

這時候天已經黑了，外面響起了風聲，過了一會兒，有一陣陣的雨聲傳來。

我坐在沙發上看著電視機，希望能再次重播這條新聞，過了一會兒，小曹警官進了衛生間，關上門響起了嘩啦啦的水聲。

我開始有了想法，我走進小臥室，我的手機就放在桌子上，我不知道這是不是小曹故意放的。

我伸手拿起了我的手機，走到門口，輕輕地打開門，走出了房間。

我沒有進電梯，因為電梯裡面有監控錄影，我走樓梯開始上樓，一直爬了七八層，來到了樓房的頂樓。

即使在這裡已經住了一年多了，我也是第一次來到頂層，這裡有一個小門，旁邊就是電梯房，有電梯電機運行的嗡嗡聲。

我推了一下小門，沒有推開，門上面有一把掛鎖，我用了一下力氣，掛鎖的鎖鼻就從門上脫落了，原來只有一個螺絲連接在上面，一用力就掉了下來。

我走出門，外面是是一個兩三米的屋簷，黑夜中看到屋頂是一個個水泥橫樑和排氣管。風吹來的雨滴打在樓板上，發出劈劈啪啪的聲音。

我打開手機，找到了孟德爾教授的電話號碼，撥了過去，電話沒有人接聽，我撥了幾次電話都沒人接聽。於是我打給量子教授，我很快量子教授就接聽了電話。

「郝，你還好嗎？」老師問道。

「我還好，老師，我剛看電視新聞，是孟德爾教授出事了嗎？」

量子教授：「是的，我打電話找你一天了，你一直關機。」

我說：「我現在被監視居住，和監獄差不

多，手機都被沒收了，這是我偷出手機給你打的電話。」

量子教授：「那可真是連累你了。」

我急忙地問道：「你快告訴我孟德爾教授怎麼了？」

他歎了口氣，「孟德爾被學校辭退之後，一直在家裡沒有什麼事情，一個月之前，諾貝爾獎取消了他的獲獎預審資格，三天前，美國生物協會取消了他曾經獲得的所有獎項。他們要拿走他的獎盃。老頭兒就把所有的獎盃和資料都運到他森林中的休假小屋，放火燒掉了一切，連他自己的身體，這一下子誰也拿不走他的榮譽了。」

我拿著手機，愣在那裡，大腦一片空白。

「喂，你在聽嗎？」手機裡傳來了量子教授的呼聲。

「是的，我在聽。我知道的。」我喃喃地說道，我感覺一股冰冷在心底萌發。

量子教授說道：「我勸過老頭，都這個年齡了，休息一下不是正好。反正我們也不缺錢，可是我沒想到他對獎盃看得那麼重，比生命還重。你不要學他，你要好好活著，眼前的困難只是暫時的，人們終究會理解你。」

一道閃電劃過天空，雷聲轟隆隆傳來。我彷佛看到一堆火焰在飛騰，那是布魯諾被捆在火刑柱上行刑。

都以為宗教裁判所是最殘酷的機構，火刑是最殘酷的懲罰，可是人言的可怕程度超過了宗教裁判所。一個人要經受多大的痛苦，才寧願點燃火焰把自己燒死。相比之下，宗教裁判所的火刑其實是很溫柔的。

耳機中的聲音彷佛從遙遠的地方傳來逐漸模糊，我說道：「好的，我知道了。」

我掛斷了電話，我的身體一片冰涼。我慢慢走向雨中，這雨水有一種溫暖的感覺，我希望這雨水能融化我的冰冷。

我來到樓頂的邊緣，暴雨瞬間就淋濕我的全身，我從樓上看下去，幾輛警車開到了門口，一些員警跑進了宿舍樓。我知道這是接到了我失蹤的消息了。

大雨淋在我的身上，卻不能融化我心裡的冰冷，我不斷抹掉眼前的雨水。我看到員警們衝出樓門，開著警車離開了社區，這應該是去尋找我的人了。

我忽然有一個衝動，只要我從這裡跳下去，所有的煩惱就離我而去。

我抓住欄杆，爬上了臺階，身子探出去，這裡有二十四層樓高，跳下去肯定十死無生，我想到。

忽然，樓道的門被打開，小曹警官衝了出來，看到雨中的我，急忙喊道：「郝教授，不要想不開。快回來。」

我回頭看了他一眼，苦笑了一聲，又轉回頭來看著樓下。

小曹警官喊道：「郝教授，跳樓摔得很難看的，整容師都整不回原來的樣子，千萬不要跳樓啊。」

我猶豫了一下了，縮回頭來。

小曹又喊道：「郝教授，你老婆快要生孩子了，你這時候自殺，你老婆得多難受啊。」

他說的有道理啊，我怎麼會忘了陳建君呢？我要是自殺了，她會受很大影響的，就算是想死，也要等她生完孩子以後啊。

我跳下臺階，走了回來，對小曹說道：「你想多了，曹警官，我只是有點兒熱，想上來淋淋雨，沖沖涼而已，現在已經好了，我們回去吧。」

第五十三章　解脫

回到房間不久，十多名員警就來到這裡，對我進行了嚴厲的審問，要我交代電話的內容，即使我如實地，一次不漏地反覆說了多遍，他們也不相信我，還是一遍遍地審問我，看我是否會有自相矛盾的地方。

小曹和老杜被撤換走了，還好，小曹沒有說我自殺的事情，他們也沒有問這個事。經過一天的審問，我被關在臥室裡，不准看書，不准看電視，也不能放風，相當於關禁閉三天。

關禁閉其實對我無所謂的，我的心裡並不空虛，一個執念在我的意識深處萌發：當陳建君生完孩子，穩定下來之後，我就去自殺。結束這苦難的人生，重新投胎重新開始。

這執念是如此的頑固，彷佛有了生命一般，我對自己說，我的生命僅剩下一個月了，這一個月我要做好規劃，我要怎麼死去？在哪裡死去？還有什麼事情要交代嗎？還有誰要見見嗎？

我深深地體會到，精神世界，特別是一個人的世界觀，會深深影響一個人的行為模式。雖然生存是生命的本能，這本能驅使著人類不斷向前努力著，可是那些疲倦地停止了滾動的生命，就像河邊的石頭，上面逐漸長出了青苔，看起來和別的石頭非常不同，一般稱他們是精神病患者。在精神病醫生的眼中，他們和普通人截然不同，根本偽裝不出來。

在每個生命的基因深處，還都壓抑著毀滅和死亡的慾望，這慾望一旦被打開，人的思想會突然之間特別放鬆，似乎是一個重擔被甩開了。這些人看起來和正常的人一樣，甚至更加開朗活潑，玩世不恭，充滿了冒險的衝動，可是他們會突然之間走上自我毀滅的道路，看起來毫無徵兆，其實他們內心早就反覆計畫周詳，只為了走向死亡的方向。

活著是如此艱難，而死亡充滿誘惑，生存還是死亡，自古就是一個難題，在這裡已經有了選擇。

窗臺上小小的多肉植物已經很久沒有澆水，依然綻放出一支細細的花枝，挑著一朵透明的小花，在陽光下盡情地綻放。一隻小鳥來到窗戶的頂上，只露出一支長長的尾巴，嘰嘰喳喳地鳴叫著，過了一會兒，小鳥兒轉過身，低下頭，露出小腦袋盯著我看，然後就飛走了。

我把我喝的水給花兒澆上，把剩飯拿到窗外，等著花兒開得更鮮豔，等著鳥兒來到窗前。

那些以前在我大腦中不斷琢磨糾纏的研究課題和技術問題都被我拋棄了，連公司的經營，資金財產，別人的看法等等，我都毫不擔心，這些已經是與我無關的身外之物。對一個準備拋棄「肉身」的人來說，身外之物的確無足輕重，只是對「肉身」還有一些考慮。

生命應該如何結束？是否應該有尊嚴的結束？這副跟隨自己三十年的皮囊，是否應該保持得好一些。

我如同陷入了魔怔一般，反覆思考著這個問題：跳樓，首先被捨棄，太難看了，上吊也不好看；摸電門也不好；自焚如果比較徹底，倒是不錯的方案，但是找一個合適的場合卻不容易。

服毒倒是一個不錯的方案，如果有氰化鉀這種毒藥，倒是比較好的選擇。只要有零點幾克的純淨氰化鉀，放在舌頭上，人就會在幾秒鐘之內死去。時間短，身體不會扭曲變形，實在是自殺最好的選擇。當年的電腦人工智慧之父，英國數學家圖靈，自殺的方法就是在一顆蘋果上塗上氰化鉀，咬了一口就自殺了。這顆被咬了一口的蘋果，後來成為了蘋果公司的標誌，與伊甸園誘惑夏娃的蘋果，還有砸中牛頓腦袋的那顆蘋果，共同被認為是改變世界的三個蘋果。

只是氰化鉀藥物不好找。這種劇毒，以前只在電鍍等行業有一些使用，受到嚴格的監控，個人根本買不到的。

學好數理化，走遍天下都不怕。化學的問題，

不能難住我，我可以自製氰化鉀。使用市面上可以購買到的亞鐵氰化鉀就可以自製氰化鉀，通過高温分解反應，就可以製備氰化鉀晶體。這種亞鐵氰化鉀是一種實驗室使用的試劑，可以用於液體中澄清蛋白質，在科技園三區的實驗室裡有這種藥物。

現在的難題是如何逃脱這個監獄，讓他們找不到我。我仔細觀察著，進行各種推演，設計越獄的方案。

自從上次出事之後，監管的人已經增加到了每班四個人，我的一切行動都被嚴格監控，即使是上廁所和睡覺也會被監視器緊緊盯著，在監視器跟前一直有人監視，我的身上戴著手環，可以定位我的位置，同時監控我的心跳，一旦手環離開我的手腕，幾秒後就會立刻報警。

在這個房間的確是很難逃脱，唯一的機會，就是去醫院探望陳建君，在那裡人多混亂，我還可能有機會逃跑。

這一天，醫院打來電話，通知陳建君會在明天生產，作為丈夫，即使是在監獄裡，一般也是被允許探望的，何況是我這種「監視居住」的人。為了加強監控，他們居然派了五個人嚴密看護著我。

當我走進婦產醫院的產科病房前，先換上了醫護服裝，監控的幾個人不能進入手術室，只能守在外面。

我走進去看到臨產前的陳建君，她正在分娩前的宮縮陣痛之中，看到我走進來，臉上勉強擠出一點兒微笑，我開心地笑了。

我走過去握住她的手，笑著安慰道：「我聽大夫說了，你的身體狀況很好，孩子們的胎位也正常，最好採用自然無痛分娩，現在先經歷一下宮縮痛疼之後，再給你注射麻醉劑，那時候更容易放鬆肌肉關節，有助於順利生產。」

建君盯著我的臉，緊張地問道：「你不要緊吧？他們怎麼對付你了？」

我微笑道：「沒有啊。我很好，你放心吧。我會陪著你進產房，你可以拉著我的手，和我說說話，這樣你就不緊張了。」

一陣宮縮襲來，建君痛得呻吟起來，緊緊抓住我的手，我輕輕撫摸著她的手臂，額頭，輕輕地安慰著她。生命來到這個世界，是從痛苦開始的，無論是對別人還是對自己。人生在世，到底是幸運還是不幸？

大夫走過來，看看建君的情況，說道：「陣痛差不多了，可以注射麻醉劑。準備分娩吧。」

當陣痛越來越頻繁，孩子就要出生了。注射麻醉劑之後，宮縮的痛疼其實並不能完全消失，只是變成了可以承受的一種痛苦，陳建君的手一次次抓緊我的手，我輕輕笑著安慰她，給她描述兩個孩子圍繞她叫媽媽，要她餵奶的情景。

醫生用力按摩推拿著建君的肚子，當感覺到胎兒的頭部已經下沉進入產道後，就在產道部位橫切一刀，讓胎兒順利通過產道最緊張的地方。第一個孩子露出頭來，很快就被拉了出來，剪斷了臍帶，然後拍了拍屁股，嬰兒就發出響亮的哭聲。

大夫笑道：「是個男孩，健壯的男孩。」

陳建君喘息著，滿頭大汗，臉上露出笑容。

第二次宮縮緊接著傳來，下一個孩子的頭部來到了產道。顯然經過第一次生產，產道已經鬆弛了不少，第二個孩子順利生產了下來，是一個女孩，龍鳳雙胞胎。

經過生產兩個孩子之後的陳建君，已經累得沉睡過去，孩子們清洗好之後，放在小床上，我仔細地看著他們，雖然他們從遺傳上是我的後代，我應該是他們的父親。但他們卻是經過人工受精生育的，而且還修改編輯過DNA，從感情上講，我總感覺自己還不是他們完整的父親。人類的遺傳不僅僅是基因的遺傳，還有感情的遺傳，我和陳建君，從一開始就是假的婚姻，協商的借種生育，看著兩個沉睡的嬰兒，一種似有似無的陌生的感覺，讓我不停地仔細打量著他們。

這時候大夫走過來，對我說道：「郝教授，門外的人說，請你儘快出去，時間差不多了。」

我直起身來，點點頭，說道：「好的，是該離開了。」

第五十四章　逃走

第三天下午，我被批准再次到醫院探望。建君的病房，是一間一百多平米的大套房，陽光灑滿房間，建君正在給孩子餵奶，臉上是母性的溫柔。看到我走進來，她放下懷著的孩子，拍拍床位，讓我到床邊坐下。

「阿輝，前兩天有很多朋友都來看我，大家都很想見到你，都很關心你。現在各公司經營得都不錯，只有敏原製藥公司現已停業，他們三個廠長已開始在外地生產。你現在的難關，再堅持一下，馮律師一直在為你這件事奔波，聽說事情已經被上達到了國家領導人的層次，也許很快就有解決方案了，你一定要堅持下來。」

我無奈地苦笑一聲，笑道：「建君哪，堅持沒有那麼容易的。再待在鵬城，我會瘋掉的。我想離開鵬城一段時間，到老家去看看父母，散散心。也許我會消失一段時間，你不要擔心。孩子們只能拜託你來照顧，辛苦你了。」

建君緊張地抓著我的手：「你想逃走？這會不會讓你加重罪行。你怎麼逃走？這麼多人看著你。」

我輕輕拍著建君的手，笑著說道：「過三天我會再來看你，你幫我準備一輛車，加滿油，放一些現金，一套假髮，墨鏡，還有一些換洗的衣服，還要準備一個手機，另外你在衛生間準備一根長繩子，我下次來的時候從這裡逃走。現在我的情況，如果沒有定論，就會被一直監控下去，等於是無期徒刑。我不能任人擺佈，我要隱藏起來。」

建君猶豫了一下，點頭說道：「好，我給你準備好，你要小心些。」

我靜靜地攬著建君的肩膀，低頭看著小床上沉睡的孩子們，心裡變得很亂，假如我死了，陳建君會不會很難過？我知道是肯定的。她還不知道她幫我逃走，其實是送我走上不歸路，如果她事後知道，恐怕會更加難過吧。

我說道：「建君，我的情況現在會連累你，本來應該趕快辦理離婚手續的，現在來不及了，我給你寫一份離婚協議吧，我們分別都簽上字，如果他們逼迫你，你就拿出這個協議，就說我們已經協議離婚了，這樣他們就沒法追究你了。」

建君深深地看著我，沉默了好一會兒，垂下眼眉說道：「你寫吧，我收好就行。」

我找了一張白紙，寫道：「本人郝建輝，今與陳建君協議離婚，本人淨身出戶，全部家產留給陳建君，立此為據。」

然後我簽名，遞給陳建君，說道：「你也簽名吧，這樣就可以生效了。」

陳建君伸手接過紙張，疊了幾疊，放到抽屜裡，說道：「我需要的時候，自然會簽字的，先放在這裡吧。」

這時候傳來了敲門聲音，護士走了進來，端來了晚飯，對我說道：「郝先生，外面的警官說你已經來了一個小時，應該離開了。」

我站起來向建君告別，走出病房，門外的警衛是三個人，可能是我的表現比較老實，監控等級已經降低了。

回宿舍之後的幾天，我一直靜靜地思量逃走的過程，我已經反覆試過手腕上的定位腕表，這個表有監控心跳的作用，如果離體超過六秒鐘，就會開始報警，看來只能讓建君幫我戴一會兒了。

三天後，我再次來到醫院病房，建君的身體恢復很好，已經可以下地走路，正抱著一個孩子和醫生說話，看到我進來，對孩子笑道：「看，爸爸來了，讓爸爸抱抱吧。」

我接過孩子，只見他包在一個小小的繈褓裡，大大的眼睛看著我，像兩顆黑亮的葡萄，紅紅的嘴唇，柔嫩的肌膚，是一個很漂亮的男孩。建君抱起女兒，笑著對我說道：「你看，兒子像你，女兒像我，都隨我們最好的呢。」

「當然了，我的種子好，你的土地好，長出

來的果實自然是好的。」我笑著對懷中的兒子說道。

「瘋言瘋語的，醫生還在這裡呢。」建君嗔怪地說道。

那醫生很識相地笑道：「好好，我就不打擾你們夫妻打情罵俏，先出去了。」說完走出了病房，關上門。

建君和我放下孩子，來到了衣櫥前，建君打開櫥門，拿出兩個旅行包，一個打開是一根長繩子，而且做好了繩結方便攀登，另一個裝的是假髮墨鏡衣服等。

我摘下腕錶定位器，戴在建君手腕上，說道：「你過半個小時把手錶丟下樓去，那時候我已經跑遠了。」然後我換上衣服，戴上假髮和墨鏡，進到衛生間。

把繩子綁在衛生間的淋浴水管上。來到窗前，打開了衛生間窗戶。

現在是下午六點半，外面天色已經暗淡，建君指著左面的停車場，說道：「汽車在靠牆第二排的位置，離這裡三十米，你用遙控鑰匙就能很快找到。」我伸出頭向左邊看，按下車鑰匙，只見一輛白色SUV 的車燈閃爍，那就是我的汽車了。

我把繩子扔出窗外，這裡是四樓，並不太高，繩子長度富富有餘，繩子以後也許還有用，我說道：「建君，我下去後，你把繩子也扔下來。」

建君點點頭，我順著繩子向樓下滑下去，很快到了地面。建君解開繩子，扔了下來，我把繩子收到背包裡面，向建君擺擺手。

我向著汽車的方向跑去，跑了幾步，我回頭看去，只見建君還在向我揮手，我也向她揮手道別，建君的手忽然捂住嘴，她哭了起來。我忽然想到，這，是我們最後一面了，從此以後，陰陽兩隔了。

我使勁揮手，再見了，我的人生，再見了，我的過去。

我坐進車中，發動了汽車，副駕駛座的腳下，有一個大包，我拉開一看，是一包人民幣，一方方的都是十萬元一紮，滿滿地裝了一包。另外還有一部手機，已經安裝好並開機，直接就可以使用。

我開車駛出了醫院，向著科技園三期的實驗室開去。

行駛在鵬城的大道上，車流如河，向前湧動，在這個繁華的大城市中，每一輛車都要遵循著相同的規則，只要有一輛車不守規矩，就會造成整個交通體系的堵塞。

我打開收音機，裡面正播放著天氣預報，新的八號颱風將在明早劃過廣省，今夜會有狂風暴雨。

當我開到科技園三期的山腳下，已經到了晚上八點，天完全黑了下來，這裡的公路與市區大不相同，路上沒有路燈，路邊的樹木形成了遮天蔽日的林蔭道，一路上行，我一輛車也沒有遇到。

雨滴開始落下，風力開始變大，雨刷器開始撥動，雨水伴隨著樹葉被掃到角落。

汽車到了半山的實驗室門口，兩扇高大的鐵門出現在車燈照耀的光圈裡。這裡已經荒廢了七八個月，連看守都撤離了。

我下車來到門前，僅僅幾個月的時間，荒草已經長出米高，擋住了大門，我用力搖晃鐵門，紋絲不動。

我知道這鐵門的堅固程度，當時是做了特別加固的，要想開門，可以用遙控器開門，或者用鑰匙打開一個結實的小鐵櫃，使用開門按鈕，用電力開門。可是我沒有鑰匙，鐵櫃根本打不開。

這鐵門嚴絲合縫，根本無法進入，鐵門太高，也爬不上去，大風和雨水澆透了我的衣服，還是回到了車中。大門進不去了，只能另想辦法。

第五十五章……製毒

大門兩邊的圍牆比大門要低很多，只有三米多高，可以爬牆進去。

門兩邊的牆下是一道灌木和草地，不借助梯子等工具，人是很難躍上牆頭的。即使爬上牆頭，牆裡面的高度也很高，而且也種植了灌木，跳下去很可能會受傷，必須借助繩子等工具才行。

我把車頭轉向，加大油門，衝進了草地和灌木叢中，泥濘的地面讓車輪打滑，車子靠近了牆壁，我拿著繩子走下車來。

我來到車頭處，把繩子綁在防撞杆上，然後把繩子扔到了車頂，然後爬上了車頭，又爬到車頂上。

這車頂有一米八九高，加上我的身高，站在車頂，我已經比牆頭高出一個頭，可以看到牆內的情況了。車子距離牆還有半米的距離，我只要縱身一躍，就可以爬上牆頭了。只是我看到牆頭有防爬的釘子，當年的防護措施真的做得太充足了。

我先把繩子扔進牆內，然後跳下車，打開車門，抽出了腳墊，我擔心厚度不夠，還抽出了後備箱的墊子。

我把這些墊子扔到車頂，然後再次爬上了車頂。

風雨交加，我已經徹底被雨水澆透。我站在車頂，借著汽車的燈光，把墊子一層層鋪在牆頭。

看看估計厚度足夠，防爬釘應該不會紮透墊子，我後退兩步，在車頂向前猛跑兩步，縱身躍起，跳上牆頭。雙肘支撐在牆頭，我奮力把右腿抬起來，騎在了牆頭上。

我拉過繩子，順著繩子溜下牆，踏過牆邊的灌木叢和泥濘，向著實驗樓的大門走去。

黑洞洞的實驗樓一片寂靜，突然在門口我看

到幾雙發亮的眼睛，仔細一看居然是幾隻野貓在門廊下避雨。看到我走過來，他們想逃走又不願進入雨中，只好衝著我大聲吼叫。

我沒有搭理這些野貓，來到門前，使勁拉門，這道門果然是鎖緊的。

我又回頭衝進了暴雨中，來到了池塘跟前，池塘邊有不少鵝卵石，是用來佈景的。我拾起一塊比較細長一些的鵝卵石，回到門前。

我用鵝卵石尖端的部分，對著門上的玻璃猛撞。嘩啦一聲大響，玻璃被我打出一個缺口。我用盡力氣，再次撞擊，玻璃很快粉碎，而那些野貓也被我的暴力驚走，跑得無影無蹤。我從玻璃的破洞中伸手進去，擰開了門鎖。

實驗室的接待廳黑乎乎的，我打開手機的照明燈，找到了電源開關櫃，還好，這裡沒有上鎖。我打開電控櫃，把電源一一推上，這幾個月電費倒是沒有欠繳，順利通電，打開了電燈開關，頓時大廳和走廊的燈都亮了。

這裡幾個月的鎖閉，充滿了一股發黴的潮濕的味道。我走進右邊的集中辦公室，用手中的鵝卵石打開了總經理辦公室房門，找到了所有樓層的房門鑰匙串。這下可以放下手中的石頭，用鑰匙對付房門了。

我走出了辦公室區，進入對面的倉庫區，打開了試劑倉庫的房門，開燈後仔細尋找黃血鹽，這裡有二三百種藥劑，分門別類地存放著。在底下的抽屜格，終於找到了兩瓶，每瓶五百克的塑膠瓶。

一股疲憊湧上身體，濕透的衣服黏在身上，非常彆扭。來到衣櫃跟前，脫下濕漉漉的衣服，換上工作服。

實驗室的空氣很差，有一股灰塵和潮氣混合的惡味，我找到實驗室控制櫃，開啟換氣通風機，開啟空調除濕機，清理一下污濁的空氣。

黃血鹽在六百五十攝氏度加熱的情況下，會分解出氮氣，另外生成碳化鐵和氰化鉀的混合物，這兩種物質的沸點很高，在這個溫度下不會揮發，但是會有一些粉末混合在氣體中，飄散在空氣中，

形成煙霧。這個煙霧是有劇毒的，濃度卻不會致死，但是會致殘，會嚴重破壞呼吸系統和皮膚，造成血液中毒，所以要在加熱的過程中保持密閉，並通過管道排出廢氣。

在這個實驗室裡，有一座加熱馬弗爐，又叫做高溫灰化爐，最高可以加熱到一千一百攝氏度。馬弗爐放在排風櫃中，可以加熱高分子材料，測量灰分的比例。

馬弗爐長時間沒有使用，爐體會受潮，需要逐漸加溫，驅除水分，要不然可能會使得爐體受熱不均勻，導致爐體破裂。我把溫度設定在二百攝氏度，時間一小時，開動機器之後，我離開實驗室，向著樓上走去。

二樓的實驗室空空如也，我順著走廊一間間看過去。這裡曾經是孟德爾老頭的實驗室，老頭爽朗的笑聲就在耳邊回蕩。

這間是胚胎培育室，薩默爾教授在這裡創造了胚胎離體生存時間的世界紀錄。

這邊是受精卵手術室，一顆顆基因編輯的受精卵在這裡完成手術，如果給以足夠的時間，足夠的支援，這裡將會開啟生命進化的新篇章。

這一間是採精室，我打開燈，那個小沙發還在這裡，我走過去坐下，看到對面牆上還掛著那份美女掛曆。這是整個實驗室最具有紀念意義的物件了，我看著掛曆，想到了阿梅，想到在這裡的瘋，這裡的亂，一絲微笑掛在嘴角。

我走上三樓，推開了餐廳的門，一股風聲傳來，餐廳的一扇小窗戶，塑鋼窗沒有完全拉上，一直留著一道幾寸寬的通風縫隙；風帶著雨，夾雜著龍眼樹的葉子，在這個小窗外揮動著。

我走到窗前，看見外面的龍眼樹在風雨中枝葉搖擺，九月底，是龍眼果的末期，因為一直沒有人採摘，今年的樹下落了一層龍眼果，飄著濃濃的腐爛的水果的味道，還有一股甜甜的果酒的味道。

窗口一串遺存的龍眼果在來回搖晃，我拉開窗，伸手摘下這串龍眼，剝開一個的外皮，送入嘴中。還是那個清香的淡淡甜味，我想起大斌在梯子上採摘龍眼，美女們在樹下用床單接住落下的果實，她們的尖叫歡笑的聲音彷彿就在耳邊。

關上窗，我來到了神龕前面，這裡的大廚是潮汕師父，無論到了哪裡，都要擺上神龕供奉關帝爺。即使人離開，神龕和神像也不能離開，後來的人可以繼續供奉。我打開神龕下面的抽屜，裡面果然有佛香和火柴。

人只能死一次，必須要有儀式感。我拿出香盒，打開，抽出三支香，用火柴點燃，向著關帝爺躬身三拜，念叨：「關老爺保佑，讓我一路走好，我給您上香了。」

說完恭恭敬敬地上香插在香爐中，我在旁邊的椅子上坐下來。

這間餐廳，我和建君，阿梅曾經多次在這裡吃飯，潮汕大廚準備十幾樣菜色，做的海鮮很好吃，還有牛肉丸也不錯，如果沒有以後的事情，就這樣簡單地生活，那是多麼美好的事情啊。

我想起被拘傳的情形，被審訊的壓抑，受刑的恐懼，被誘供的憤怒，焦躁，鬱悶，抑制不住的怒火，心就像一隻被關在籠中的野獸，徒勞的嘶吼衝撞著。

當我想到了死，突然一股清涼從心底冒出，如清泉洗滌了我暴躁的心，是的，我可以解脫這一切，讓一切歸零。

當佛香漸漸燃燒殆盡，我看了看手機時間，已經是晚上十點，馬弗爐應該預熱好了，我起身走出去，下樓來到一樓的實驗室。

馬弗爐的設定時間到了，停止了加熱，但溫度還是挺高的，我先找出一個大的陶瓷坩堝，打開黃血鹽瓶子，把兩瓶鹽都倒了進去。

我打開馬弗爐的門，把坩堝放進去，關門後設定溫度是四百五十攝氏度，時間是兩個小時，啟動加熱之後，我打開通風櫃的抽氣扇高速擋位，關上玻璃門。

忙碌了一天，我現在感覺疲憊不堪，我從雜物櫃裡面找出了帆布行軍床，這是實驗室夜間連續實驗的標配，有些實驗必須跟在儀器旁邊，就在行軍床上睡一會兒。

我打開帆布床，一會兒就沉沉睡去，直到兩個小時之後，馬弗爐的蜂鳴報警聲把我從睡夢中驚醒。

我站起身，打著哈欠來到通風櫃跟前，打開玻璃門，戴上隔熱石棉手套，拿起坩堝鉗，打開了馬弗爐的門。

爐中的坩堝當中，只剩下一半多點體積的黑色粉末，我用鉗子把坩堝取出來，放在隔熱墊上冷卻。這些黑乎乎的東西，就是氰化鉀和碳化鐵的混合物，還有一些未分解的黃血鹽。

這個還不能直接吃，因為氰化鉀不純，有可能會毒不死人，但絕對會讓人骨骼變形，牙齒脫落，皮肉腐爛，人不人鬼不鬼，所以我下一步的工作是提純氰化鉀。

黃血鹽溶於丙酮弱溶於水，氰化鉀溶於水不溶於丙酮，而碳化鐵不溶於水也不溶於丙酮，所以只要用兩種溶液溶解過濾，就可以分離提純三種物質。

在等待冷卻的過程中，我準備好過濾器材，實驗室有兩種濾紙，一種是普通濾紙，一種是含活性炭的超細濾紙，我分別準備了一套過濾杯和支架。安裝好之後，坩堝也冷卻了。

首先要去除黃血鹽，我先把混合粉末倒進濾杯中，用丙酮溶液反覆浸泡洗滌過濾混合物，下面的燒杯中慢慢出現了粉色的液體，那是黃血鹽被沖刷出來了。

下一步我把裝著黑色粉末的普通濾紙，覆蓋在活性炭濾紙上面，用水慢慢洗滌，出來的就是透明的液體，這裡面就是純淨的氰化鉀，這個時候一口喝下去足以致命，但我想更完美一些，我要用完美的晶體來結束生命。

第五十六章　巽位

這些液體需要蒸餾出晶體，我把液體注入蒸餾瓶，在酒精爐上加熱蒸發，隨著液體沸騰蒸發，蒸餾瓶慢慢轉動，瓶底逐漸出現了細枝一樣的晶體，隨著水分逐漸減少，到最後完全乾涸，細枝逐漸滾動交織在一起，像是編織的蠶繭，最後只剩下一粒晶瑩的白色的，像剝了皮的杏仁一樣的白色晶體。

我把這顆晶體倒出來，盛在小勺子裡，拿到了眼前，我知道只要我含著它，只需幾秒鐘就會魂飛天外，甚至感覺不到痛疼。

我看著這粒完美的晶體，一生的畫面在眼前快速流逝，一個個相貌浮現在腦海中，他們像是無形的繩索，牽住我的手，讓我無法把那一粒晶體送入口中。而另一個聲音在腦海中輕聲訴說著：「來吧，來吧，吃下去就沒有痛苦了。」

我看著小勺慢慢向著嘴唇靠近，突然，我的手機鈴聲響了起來。

我倏地放下了勺子，大汗從額頭、前胸冒了出來，我急迫地呼吸著。剛才舉起勺子的動作，如同舉起千鈞重物。

生死之間兩為難，想平靜從容地跨越生死界限，絕不是如想的說的那麼輕鬆。也許只有真正大徹大悟的修行者，或者是真正的傻子，才能從容跨越這陰陽界限吧。

我拿起電話，果然是建君打來的，這個號碼只有建君才有。

「喂。」

「建輝，你走遠了嗎？他們剛才問我你要逃哪裡去，我什麼也沒說，他們剛剛離開醫院了。天下雨，路不好走。你要小心一點兒。」

「好。」

「後備箱裡我給你準備了吃的，有麵包，水

果，速食麵，牛奶還有火腿，餓了你就吃點，等開車出了廣省，你再到飯店吃飯，短時間一般不會跨省通緝你，你如果累了，就到高速公路休息區，把後座放倒，就是一張平平的床，在車裡睡一會兒吧。」

「嗯。」

「你沒有身份證。也沒有駕照，回老家這麼遠的路，只能在車裡休息，一定要小心員警查車，注意躲避。」

「好。」

「孩子們都睡了，我不能經常給你打電話，我怕他們監視我的手機，你要小心點啊。」建君的聲音有一些哽咽。

「知道了，掛了吧。」說完我就掛了電話。一股無名的煩躁又從心底升起，我開始恨自己，恨自己軟弱，恨自己反覆無常。

我放下電話，拿起勺子，眼睛直視著這顆晶體，對它說道：「來吧，結束了。」

我鼓起勇氣，準備把它投入口中。忽然，「砰」的一聲，門被一腳暴力地踹開，一個聲音厲喝道，「郝建輝，你幹什麼。」

我的手不由得一抖，那一粒完美的晶體，從勺子的邊緣滑落，落到大理石的實驗臺上，嘣的一聲向前彈出，又啪地一聲向左，又噠噠兩聲不知去向。

我趕忙低頭去找，桌子上胡亂擺放的過濾和蒸餾儀器，擋住了我的視線，我趕忙扒拉開這些玻璃器皿，尋找著那顆辛苦製作的晶體。

突然一隻手按住了我的後頸，一隻手抓住我的胳膊，「不許動，老實點，你找什麼呢。」

我猛的一仰脖子，一甩胳膊，那人被我甩開，她大叫一聲：「咦，你還不老實。」撲上來抓住我的左手手腕一擰，我不由得背過身去，一個肘尖猛的頂住我的後背，我不由得彎腰趴在實驗臺上，劇痛從肩膀傳來，我大聲喊痛，對方也放鬆了一點兒。

剛才的一瞬間，我已經看清楚來人，正是那個女漢子員警王美娟。

我被狠狠地壓在實驗臺上，臉貼在冰冷的大理石檯子上，突然，我看到了那一粒晶體，就在蒸餾瓶的底下。我伸出右手，用手指把它勾了出來，正當我準備用兩根手指夾起來時，被一隻手猛地奪了過去。

「咦，這是什麼？」王美娟問道，左手拿著這粒晶體，左看右看，「像一粒杏仁。」

她拿到鼻子前聞聞，「還有點兒杏仁味道呢。這是什麼？」說罷伸出舌頭，似乎是要舔一舔。

「不要。」我掙扎喊道，「那個有劇毒，一舔人就死了。」

王美娟嚇了一跳，趕緊把那裡晶體扔到大理石檯子上，「咦，你居然藏到這裡製毒，你想投毒害人嗎？哎呀不對，你這是準備自殺啊。哈哈哈。」這女漢子沒心沒肺地笑起來。

看來我今天是自殺不成了，長時間的計畫最終落空，我怒道：「放開我，你這個臭八婆，誰要你多管閒事。」

這男人婆只用一隻右手就輕鬆把我壓在實驗臺上動彈不得，口裡還說著刺激我的話：「索佬（傻吊），想不開就自殺，你是不是癡線（神經病）啊。你老婆怎麼辦？你孩子怎麼辦？還敢使勁。你老豆老母（老爸老媽）頂蓋（怎麼辦）？」

我奮力掙扎著，破口大罵道：「我活著才是他們的麻煩，我死了他們就沒事了。你他×的懂個屁。我想去死，這關你屁事啊。啊。你他×的算個屁啊。」

說完這句話，我就知道大事不妙，只聽得肩膀卡吧一聲脆響，一陣劇痛襲來，我兩眼一黑，就暈了過去。

……

「猴頭，裡面涼快嗎？」一個蒼老的聲音囂張地調笑道。

「涼快，涼快死了。」這是我在說話嗎？

「好，拿了我的就要給我交出來，吃了我的就要給我吐出來，你好好涼快吧，加把火。」

這是一片火紅的空間，擁有驚人的溫度，文

武兩條盤旋的火龍圍繞著我的身體，巨大的纏繞力和兇悍的火焰，正在逐漸突破我身體的防禦。

這是在遊戲中嗎？我看到自己的生命值血條正在一格格地減少，我使勁地掙扎，發現兩根穿過琵琶骨的鏈條，把我牢牢地綁在立柱上，立柱和鎖鏈已經被燒得通紅，我命在旦夕了。

我從心底喊出一句話：「師父救我。」

一個聲音從我腦海中冒出來：「你這猴頭，整天給我惹是生非。」

忽然間，鎖住我的鎖鏈就這麼斷裂了，我掙脫出來，肩膀上的血洞迅速癒合。師父的聲音對我說道：「去巽位。」

巽位在東南，從木，從風。我縮小身形，移形換位，來到了巽位，一條風龍竄入八卦爐中，在這裡的平衡位置，溫度大大下降，風力也可以承受。生命值下降的速度也停止了，師父的聲音對我說道：「孽障你聽好，最危險的地方，也是最好的修煉場，你好自為之吧。」

我肚子裡吃下去的那些丹藥，陰陽五行俱備，各種極端屬性互相衝突，不但不能提供給我法力，反而需要我的生命力去壓制互相衝突的藥力。

我開始借助這八卦爐中各種三昧真火，引入一絲到了體內，鍛煉這些丹藥，果然有效，丹藥的靈力化作流水，不斷補充我的生命能量。這是一種很舒服的感覺，如同回到了娘胎中，從臍帶輸送的能量讓我的元嬰不斷長大。

不知道過了多少天，各種屬性的丹藥靈力逐漸被吸收，丹田內那逐漸長大的元嬰，漸漸長成了我的模樣。陡然間，那另一個我飛出體外，我們兩眼相視，如同鏡子中的兩個。對方的心意，我的心意，我們都互相透徹，這就是我的元神了，我已經達到了元神境界，神力大增，擁有無限神通。元神倏忽之間，又回到了的體內，我感覺神力不斷增長，似乎有毀天滅地之能，無所畏懼。

這時候，八卦爐的火焰逐漸熄滅，丹爐的蓋子被打開，一張老臉出現在爐口，我神運雙目，兩道神光從眼中射出，射在毫無防備的老君臉上，那老兒怪叫一聲，翻身摔倒。

我縱身而出，身子一抖，渾身的黑炭飛散，又恢復了猴王的英姿。那幫燒火的童子神將，撲上來要抓我，我一個大盤旋，雙腿如閃電般連環踢出，把十幾個傢伙像踢皮球一樣射了出去。

我看到了那八卦爐，燒了我七七四十九天的丹爐，我怪叫一聲，飛身而起，聚集神力，雙腳猛踹，那巨大的八卦爐傾倒滾動，摔成一塊塊燃燒的火磚，從三十三天之上的離恨天兜率宮翻滾而下，每過一層天，體積就增大一倍。如同從天而降的隕石，撞翻了無數亭臺樓閣，引發陣陣大火，有幾塊最終降落到了人間界，化作了熊熊的火焰山。

天庭一片混亂，老君也不知躲到了哪裡，我得意地哈哈大笑，從耳中抽出金箍棒，喝道：「俺老孫來也。」向著下方靈霄宮，俯衝而去。

這時我的心中忽然有了一個奇怪的念頭：「我為什麼要說俺老孫？」

然後就醒了過來。

第五十七章 移情

我發現自己躺在濕漉漉的地磚上，肩膀的劇痛倒是消失了，只是感覺木木的，我輕輕地動了一下，可以抬起胳膊，說明還沒有傷筋動骨。不知道為什麼，我的胸口有些痛，我茫然地抬頭看去。

那個男人婆就跪在我的身邊，正用袖子擦著嘴。

見我醒來，她露出一絲詭異的笑容，微笑道：「你總算是醒了。我給你正骨你不醒，我用涼水澆你也不醒，按壓心臟你不醒，人工呼吸你幾下就醒了。看來還是這一招管用。」

我擦擦嘴，果然有一股唾沫星子的臭味，我有一種被同性強上的噁心感，忍不住做了個嘔吐的表情。

男人婆立刻柳眉倒豎杏眼圓睜，怒道：「哎，你這是什麼表情，老娘我可是第一次，不要得了便宜還賣乖啊。」

我想起來了，正是這個男人婆打斷了我的計畫，我恨恨地瞪了她一眼。男人婆顯然也有點兒心虛，「雖然是我把你的肩膀弄脫臼的，不過也是為了把你從自殺中解救出來，你應該感謝我才對啊。俗話說，好死不如賴活著，你說你的腦袋要傻到什麼程度，居然會想到自殺的。你跟我說說，你是怎麼想的？」

我忍不住翻了個白眼，哂笑道：「我是怎麼想的？我跟你說的著嗎？說了你也聽不懂啊。像你這樣胸大無腦的……呃，對不起，你好像連胸也沒有。根本就不理解人生痛苦。和你說還不如和一頭奶牛說呢。」

又是柳眉倒豎杏眼圓睜，這個樣子還挺好看的，「我頂你個肺，你個撲街，居然說我沒有胸，你看看這是什麼。」說完男人婆側過身子，使勁挺了挺胸。還別說，似乎好像還真是有點兒料。

我忽然感覺自己不太想死了，調理這男人婆還挺有意思的，她腦袋不太好使，而且抗精神擊打能力很強，不怕被折騰，如果我的負面情緒找到一個宣洩口，也許就不會那麼痛苦了吧？

這也許就是所謂的移情效果，把痛苦轉移到另一個目標，只是要可憐這個男人婆了，承受無妄之災。我同情地看了她一眼，男人婆頃刻就垂頭喪氣地低下頭：「看來是真的不大，怪不得沒有男人看上我。」

我心想：「不是沒有男人看不上你，只是你拳腳功夫太強，沒有男人敢喜歡你罷了。」我安慰她道：「主要是南方飲食習慣不好，整天吃大米當然不長胸，你看北方人吃饅頭，胸就長得大，吃饅頭補饅頭，以形補形，這是有道理的。」

說這話時，我慢慢坐了起來，身上的濕衣服極其難受，我要找一件乾淨的衣服換換。男人婆跟在後面，問道：「真的嗎？那我以後多吃饅頭，少吃米飯試試。」

我打開衣櫥，翻找了一下，都是一些發黴的舊工作服，沒有合適穿的，看來要到車上去找找換洗衣服了，我回答她道：「廣省的小饅頭不行，裡面加了糖，還要蘸著奶昔吃，效果太差，要補就吃山東大饅頭，你看山東女人又高又豐滿，就是因為吃大饅頭。」

男人婆像個好奇寶寶，跟在後面問道：「是嗎？你是山東人，有發言權啊，你老婆也是山東人，確實是又高又挺的，看來我要找找哪裡有賣山東大饅頭的。」

想起汽車，我翻翻口袋找車鑰匙，沒有找到，我回想了一下，似乎我沒有拔下汽車鑰匙，我隨口問道：「哎，男人婆，你是怎麼找到我的？」

她很不高興地說道：「我警告你，不准叫我男人婆，再叫我揍你個不商量。莫謂言之不預也。你剛剛逃走，公安局就接到了通知，正好我在值夜班，幸好我還有你這間實驗室的資料，我猜你會到這裡來，就開車過來看看，嘿嘿，果然讓我猜對了。」

我問她：「好吧，那我就叫你小王吧。小王吧，那你是怎麼進來的？」

男人婆挑了挑大拇指，說道：「嘿，要說你們有錢人，就是不一樣，那麼貴的一輛汽車，就扔在牆外草叢裡，也不熄火，開著車門和後備箱，亮著車燈，是我好心給你熄燈關門，喏，車鑰匙還在這裡呢。」說著掏出鑰匙遞給我。「我和你走一樣的路，從牆頭翻牆進來的，我說你求死的決心還真是堅定啊！佩服佩服。」

我伸手接過鑰匙，一邊向著實驗室外面走去，一邊問道：「娟兒啊，你打算怎麼處理我呢？是把我押回監獄嗎？」

男人婆跟在我身後，說道：「對了，自從見到你，我就一直忙著搞你，還沒時間打電話彙報呢，你等等，我現在彙報一下。」

我苦笑道：「我說娟兒啊，現在都半夜兩三點了，你不怕打擾別人睡覺嗎？我不會跑，你明早再彙報好吧。」

男人婆放下手機，說道：「好吧，明早上班再打電話，哎我說，你不要叫我娟兒，那是我媽這樣叫我的，我媽整天對我說：娟兒啊，你長點心吧；娟兒啊，你溫柔一點兒吧；娟兒啊，你愁死我了。整天嘮嘮叨叨，煩死了，你還是叫我小王吧。」

我走出實驗室，進了接待大廳，找到那一大串鑰匙，對男人婆說道：「好的，我說你這個小王吧，我想換身衣服，找點兒吃的，我現在都快要餓死了。」

外面的風雨現在變小了一些，我在雨傘架上抽出兩把雨傘，遞給男人婆一把，快步走過院子，來到傳達室。

打開傳達室的門之後，找到電源開關，推閘送電，然後按下開門按鈕，大鐵門轟隆隆地打開了。門外停著一輛警車，正是男人婆開來的，我說道：「你先把車開進院子吧，我也開進車來。」

男人婆先去開警車進院子，然後和我一起來到草叢中我的車，爬進車中，發動起來，倒車出了草叢。幸虧這是SUV，底盤比較高，輪胎比較寬，在泥濘的草地中行走自如。

我把車開進遮陽棚下的停車位，熄火後，看到坐在副駕駛位置上的男人婆，正在低頭翻動腳底下的大包，這時候抬頭說道：「真是有錢的土豪。跑路還帶著幾佰萬現金。要自殺求死了，就把這麼多錢和汽車隨手扔掉，哎呀，我真是對你佩服得五體投地啊。」

我得意地微微一笑，甩甩秀髮道：「雞皮小事，不算什麼。」

男人婆挑起大拇指，用粵語說道：「哇，你好犀利，好狗屎也。」（好厲害好牛逼之類的意思）

我狠狠白了她一眼，說道：「我說你這個小王吧，你以後對我說普通話好嗎？我聽不懂白話啊。」

男人婆身抻了抻脖子，開口說道：「好吧，你下一步準備幹什麼？」居然是字正腔圓的官音，像中央電視臺的播音員一樣。這突然的轉變讓我很不適應，我很是掏了幾下耳朵才感覺舒服了一點兒。

「我準備洗一個熱水澡，換身乾淨衣服，吃點兒夜宵，然後好好睡一覺，哈啊……明天的事明天再說吧。」我伸了一個懶腰，今天過得太刺激了，現在特別想睡覺。

「好啊，不過為了防止你再次逃跑，我要一直看著你。」

「除了吃飯你可以隨便看，男人換衣服、洗澡、睡覺，你都不能隨便看，少女不宜，看了會長雞眼的。」我笑道。

男人婆撇了撇嘴，不屑地說道：「就你，一個老男人有什麼好看的。再說我以前也看過了啊。沒關係的。」

看來我是低估了男人婆臉皮的厚度，像這種葷話，對她的傷害值幾乎是微不可察，我需要換一種方式試試。

我們走上了三樓，到了廚房，我把裝著食品的大袋子遞給她，說道：「我先去換衣服洗澡，你去廚房做飯，一會兒我過來吃。」

男人婆又是柳眉倒豎杏眼圓睜，怒道：「憑什麼讓我做飯，我才不做飯呢。」

我把手指豎在嘴前，噓聲說道：「淑女淑女。注意你的儀態，你一煩躁發火，體內雄性激素分泌，長得就更趨向男人婆了，你要保持溫柔美麗，員警這份工作也不能讓你變得粗糙。你要對自己有信心。你可以變得更漂亮。」

男人婆努力收腹挺胸，臉上擠出了一絲微笑：「好吧，你去沐浴更衣，我給您準備晚餐，要是你敢逃跑，我就打斷你的腿。」

我逗她道：「哪能呢，要是你一直保持這麼有女人味，我哪會捨得逃走啊。再說，車鑰匙都在你手裡呢。」

男人婆嬌嗔道：「滾你的蛋。」說完一扭腰身，去到廚房了。

晚飯是麵包配火腿腸，涪陵榨菜，飲料是礦泉水。吃完飯，我來到臥室，拿出被褥枕頭鋪好，回頭看站在那裡的男人婆：「我說你這個小王吧，去別的房間睡吧，我不會逃跑的，放心吧。」說完向床上一躺，好舒服啊。

眼角突然看到身影一閃，緊接著喀嚓一聲，我的手腕被一隻手銬鎖在床頭鐵欄杆上，我驚訝地一抖手，手腕上的手銬緊緊把我勒住。

「你、你……你這是幹什麼？你對我還是不放心嗎？」

男人婆找出被褥枕頭，在另一張床上鋪好，坐好之後，對我說道：「我今天值夜班，白天睡過覺了，現在我就看著你睡，放心吧，你現在很安全。」

我恨恨地轉身去睡，被手銬銬住的手搭在床頭欄杆上，豎起一隻中指。

第五十八章　北行

這是一場沒有夢的沉睡，當第二天白天醒來，周身是沉沉的疲軟，卻是身體恢復後的舒服。外面是陰沉沉的天色，一夜風雨過去，寧靜的偶爾只聽到一兩聲鳥鳴。

我的手已經自由，不知道何時，手銬已經解開，男人婆不知在何處。

我坐了起來，洗漱過後，走出房間，聽到廚房的響動，走過去看。男人婆居然穿了一件圍裙，正在煎雞蛋。不得不說，年輕女孩的身段和精氣神就是好看。

桌上擺了早飯，有米粥（不知道從廚房哪裡找來的，已經放了大半年的米，煮粥不知道還能不能喝），小菜（榨菜和海帶絲拆包裝袋即可），火腿腸（看起來像是昨晚剩下的），麵包也是昨天那幾袋子裡的。

鍋裡正在煎的雞蛋，還有煎蛋的花生油，應該都是這廚房的存貨，也已經有大半年的歷史了，到底從哪裡找到的？還能不能吃？咱也不敢說，咱也不敢問。

看到我進門，男人婆招呼我吃早飯，把煎好的雞蛋放在桌上，我定睛看去，煎蛋外形散亂，分不清蛋黃與蛋清，賣相慘不忍睹，失敗。沒有撒鹽或生抽，失敗。靠近後聞到一股臭雞蛋的味道，果然是過期了的，更失敗。

我一聲不吭坐下，伸手拿起了麵包，連吃兩口，拿起筷子直奔小菜，這桌子上唯二可以相信達到衛生標準的食物。男人婆把煎蛋送到我跟前，「柔聲」說道：「來呀，吃點兒煎蛋。」

古聖賢教導我們，無事獻殷勤，非奸即盜，這裡面肯定有問題，何況煎蛋已經有味道了。

我神色委屈地拒絕道：「我不能吃煎蛋的，吃了會過敏，拉肚肚，還是你自己吃吧。」

男人婆又把米粥送到我跟前，再次柔聲勸道：「來啊，喝點兒粥吧。」這聲音和姿態讓我毛骨悚然，不由得想起西遊記中，蜘蛛精請唐三藏吃人肉素餐的情景。

我擺手拒絕道：「貧僧喝水就好，不喜歡吃粥。」

男人婆凶相畢露，一拍桌子，怒道：「我從早晨忙到現在，給你做了米粥和煎蛋，你居然一口也不吃，是不是懷疑我下毒，好，我現在就吃給你看。」

男人婆端起碗來，一口喝下半碗粥，在我同情的目光中，大口吃下了一個煎蛋，當她拿起第二個煎蛋，只吃了一小塊，一股噁心的表情湧上了她的臉，兩個腮幫瞬間就鼓了起來。

不好，看來要發生井噴事故。我趕緊向後躲避。男人婆以迅雷不及掩耳盜鈴響叮噹之勢，轉身撲向洗菜池，哇的嘔吐了出來。

這個時候，我強壓住嗓子底下的笑聲，拼命抑制住臉上肌肉的抽搐，拿起紙巾走到她旁邊。

男人婆吐夠了，又漱了口，抽出紙巾擦過嘴，精神委頓，有氣無力，承認錯誤道：「看來大米和雞蛋是過期壞掉的，的確是不能吃。嘔。」

我拍拍胸口，臉上裝出慶倖的表情道：「幸虧我不喜歡喝米粥吃煎蛋，要不然我也就中招了。」

男人婆坐在桌邊，對食物一點兒興趣也沒有了。我把米粥和雞蛋扔掉，邊吃麵包邊問道：「王警官，請問您準備怎麼處理我？是要把我押回監獄嗎？」

「幸會幸會，郝教授，我們又見面了，哈哈。」身後傳來一陣笑聲，我回頭一看，是王局長來了，滿面笑容伸出雙手來和我握手。

我下意識地握手，一面咀嚼麵包，一面說道：「王局長這是來抓我歸案的嗎？怎麼好意思勞動您的大駕。」

王局長笑著擺擺手，說道：「郝教授，你知道嗎。現在有很多人保你，連市委葉書記都來問詢你的案子，按照刑事訴訟法的規定，你沒有觸犯現有法律，不具備逮捕的條件，也就不可以對你執行監視居住。法院在一些部門的壓力之下做出的判決現在已被質疑。所以，我們公安局是不會出頭去做惡人的。我們一會兒就收隊，您可以自由行動了。」

我疑惑道：「我自由了嗎？」

王局長說道：「你的限制令還沒有解除，還是不能乘坐飛機高鐵動車等交通工具，也不能入住酒店等消費場所。」

我問道：「那你們這是……？」

王局長說道：「郝教授您就當是沒見到我們就行了，好了，我們撤退。」說完一擺手，拉著發愣的女兒出門了。

我看到兩輛警車駛出大門，呆呆發愣，一時間還沒有反應過來。

看來我是自由了，我該上那裡去？也許應該執行原來的計畫，開車北上。

也許我應該回到家鄉，回到父母他們身旁。在故鄉的小鎮上，讓自己慢慢療傷，就像歌裡唱的那樣。

我再次發動汽車，離開這所實驗室，向著高速公路入口駛去。

高速公路一路向北，從繁華的都市，到收穫的原野，逐漸進入了丘陵山區，汽車一路以一百二十邁的速度奔馳，窗外的天地，美麗的風景，讓人精神開闊，看來應該經常出來旅遊一下。

下午三四點鐘，我感覺有一些疲勞，就開車下了高速公路，這裡是梅市，已經到了廣省的邊緣，向北進贛，向東北方向進胡建。

這是一座山明水秀的小鎮，旁邊就有一座千年古剎，叫靈光寺，白磚黑瓦，異常肅穆，在寺廟的後面，是一座五指形的山嶺，像是一隻立起來的手掌，我站在河邊的停車場上，看著這座五指山，忽然有些恍惚，現實與夢境，有時候也會出現交匯點，這個時間發生的事情，有時候感覺似乎早已在夢境中經歷過，如真似幻。

小鎮是一座美食聖地，小飯店做出的菜肴極具風味，梅菜扣肉是一絕，客家釀豆腐非常精緻

美味，吃過飯之後，我回到車上，這裡可以放平後座，像一張床一樣躺下，從天窗可以看到滿天星斗，我閉上眼睛進入了夢鄉。

當我睜開眼睛，看到星光依然在天空中，忽然開始有了輕輕的晃動，然後開始旋轉墜落，如同整個天空進入了一隻漏斗一般。我知道這是有大能神仙施展空間挪移，降臨到這裡的景象。

瞬間，一位白衣菩薩出現在天上，手持白玉淨瓶，瓶口插著垂柳，臉帶微笑。

我發現自己只能轉動眼珠，頭部以下被卡在山石之中，苔蘚和蒿草在我的臉上生長，只露出了眼睛和口。

白衣菩薩站在那裡，說道：「徒兒，你看，這裡就是佛祖留下的六字真言，山下壓著當年大鬧天宮的孫悟空，這狂妄的猴頭，居然敢挑戰佛祖，現在被壓在山下，已經五百年了，每年土地神會給他喂一次鐵丸充饑，喝一次銅水解渴，估計現在已經悔改了吧。」

我大聲喝道：「是什麼人？在揭我的短處。」

一隻手伸過來，把我臉上和耳邊的蒿草拔掉，我看見了一張英氣勃發的臉，長得居然和男人婆一模一樣，只是一身古裝，長髮及腰，背著一把長劍。

「大聖，你好，還認得我嗎？」這張臉讓開來，換了另一張臉。

「我認得你，你是南海普陀山觀世音菩薩。大聖什麼的，只是別人亂叫的，當不得真。」觀世音菩薩法力甚高，可說是佛祖之下第一人，為四大菩薩之首。

「我在這裡囚禁了好多年了，你是第一個來看我的，謝謝你了。」我眼睛轉過去，看著剛才那個女子，「也謝謝你，給我摘掉臉上的亂草。」

「那是我的徒兒，名叫龍女。我奉佛祖旨意，到東土尋找取經人，路過此處，駐足看望你。」

「呸，那佛陀詭計多端，當年就是他騙我，把我壓在五行山下，現在又要騙取東土之人，搶奪信仰之力。嘿嘿，用取經人引得天下矚目，實在是高招啊。只是菩薩你原來是東土道家修士，現在改信西方佛教，卻又充當開拓東土的馬前卒，是不是太過急切了。」我哂笑道。

「佛教大興，乃天道大勢，我只是順勢而為。東土道家分崩離析，自相攻殺，堂堂天庭，制服一個妖猴竟然需要佛祖出手。若不是佛祖慈悲，怎會留你一條性命。猴頭，若你悔過自新，我會向佛祖請示，放你出來。只須你立誓拜取經人為師，保護他去西天取經，大功告成之日，便是功德無量，立地成佛。」菩薩誘惑我道。

「不必了，我已經有了師父，不會再拜其他師父。」我拒絕道。

「你不是被逐出師門了嗎？幾百年前你的師父就失蹤了，師門早被別的門派攻破，燒成了白地，你現在無門無派，是個孤魂野鬼，為何不加入佛門，超脫六道輪回，享受無盡供養，豈不美哉。」佛教的蠱惑之術的確高深，我的心神不由得動搖了幾下。

隨著我元神修煉大成，佛祖六字真言金帖，已漸漸無法壓制我，再過六十年，我就可以逃脫壓制，再也無人可以禁錮我。為了不節外生枝，我假意答應，也未嘗不可。

「好吧，多謝菩薩指點門路，讓取經人來找我吧，我願意護送他去西天。」

菩薩大喜道：「善哉善哉，你有此心，我便讓取經人來救你，你便拜他為師。你原名孫悟空，既然入了佛門出家，就要舍了俗姓，法名就叫悟空吧。」

我說道：「既然拜了新的老師，名字就由老師來取吧，跟了新的師父的人，自然不能再用原來的名字。」

「甚好，甚好，如此我就告辭了。」星空再次旋轉，菩薩瞬間消失不見。

第五十九章　祖師爺

我決定去胡建看看，到阿梅的家鄉看看，那個出現無數的醫院老闆的地方。

沿著公路一路向東，路邊出現了一座座土樓，圓的方的，各式各樣，古代漢人南遷，為了自衛，建造家族土樓，形似碉堡，可以防備盜賊，保衛財產，這些南遷的漢人，自稱為客家人。

這些土樓，就是客家人心中的聖殿，無論走到世界哪個角落，最終的歸宿都是回到家鄉，回到土樓中。中國人內心深處都有一座土樓，那是對自己文化的堅守，對自己信念的不放棄，這份執著，是我們這個民族立於世界之林的根本。

一路都是連綿的山嶺，八山一水一分田，胡建的地理環境，不適合農耕，以前是一個貧窮的地方，人們離家出國，靠在外工作的收入補貼家用，這也許是本地人勤苦耐勞，開拓創新的源泉。思想的固守與行動的開拓，形成了這裡獨特的性格。

高速公路不斷在隧道橋樑間穿行，中國的基礎建設已達到一個很高的水準，以前封閉的地區，因為公路鐵路等設施的齊備，正在煥發出新的能量。

中午我在高速路的休息站吃飯，休息一個小時，下午繼續驅車趕路，下午六點多鐘，終於來到這個海邊的城市。這裡有很多別墅，大多是四五層樓的獨棟，外觀非常豪華。當地人很多在國內經營私人醫院，有錢了就在老家修建別墅，這麼多的豪華別墅，足見此地富豪之多。

在一家小餐館吃晚飯，老闆是一對兒老年夫妻，海魚燒的很是好吃，我問他們陳祖師住在哪裡，兩人非常警惕，都搖頭說不知道。我進超市買東西，問收錢的小姑娘陳祖師的住址，小姑娘也警惕地看著我，搖頭說不知道。

我聽阿梅說過，他們陳家就在這個小鎮，應該不會太遠。我回到車中，看了一會兒手機，準備躺下睡覺，明天再去尋找陳祖師。

這時候有幾個人從四周走過來，把我的車圍住，一個人伸手敲窗。

我這幾天獨自在外，精神非常警惕，當他們圍過來的時候，我已經從後座驚起，迅速回到駕駛座，一旦這些人有不軌舉動，我就發動汽車沖出去。

我把車窗打開一道縫隙，問道：「你們有什麼事？」

敲窗的是個健壯的青年，問道：「是你今天要找陳祖師？你有什麼事？」

我說道：「我的朋友是祖師的孫女，她現在出國了，我路過此地，看看老人。」

那個青年問道：「你女朋友叫什麼？」

我說道：「阿梅。」

「哦，那你是自己人了。你開車跟著我們，帶你去見祖師。」

幾個人走開後，一會兒兩輛車在前面帶路，我開車跟上他們，走了不遠，到了一座廟宇跟前，我下了車，借著路燈的亮光，抬頭看到廟門的匾額，寫著「陳醫娘祖廟」。

停車後，上臺階，穿過門樓牌坊，那人到了廟門前，推門進去，我也跟著走進去。繞過屏風，來到祖廟旁邊的四合院中，這個院子有二百多平米，對面是寬大的正殿，右面是帶著遊廊的一間間香房，左面是住房。

我們走到房門前，那青年伸手敲門，過了一會兒，一個白髮白鬚，戴著眼鏡的老人開門出來，青年恭敬地行禮說道：「祖爺您好，這位他說是阿梅的朋友，路過這裡，特地來看看您。」

老人仔細看了看我，平靜地笑道：「對，是他，進來坐吧。」

青年又施禮離開，我跟著老人走進房間，這是一間書畫室，牆上掛的，是一幅幅書法條幅，寬大的畫桌上，鋪著防滑的毛氈布，擺著硯臺，筆架，墨水和兩本字帖。靠著畫桌的另一半，是

一個茶海，擺著功夫茶具，木頭的沙發，磨得有些露出原木色。房間的另一邊，還有一張小餐桌，放了好多瓶瓶罐罐的，應該是一些吃的東西。

這個房間出乎意料地簡樸，像一個獨身退休的普通老人住的樣子，誰也不會想到，全國上萬家醫院的創始人，神秘的隱形富翁，就住在這麼簡單的地方。

老人讓我坐在沙發上，親自動手燒水沏茶，熟穩重的功夫茶，行雲流水地一套程式下來，一杯牛眼大的深色的茶水端到眼前，鐵觀音茶醇厚濃香的味道縈繞鼻尖，我輕輕喝下，精神一振。

老人開口微笑著說道：「我知道你的，瑞理和阿梅都和我提起過你，我也上網查過你的資料，大名鼎鼎的基因剪刀手嘛。別看我年齡大，我也上網的。」

我苦笑道：「嘿嘿，好事不出門，惡事傳千里，想不到我郝某人名傳天下了。」

老人揮了一下手，說道：「這件事還要多謝你承擔下來了，不過，天將降大任於斯人也，必先苦其心志，勞其筋骨。要有大擔當，必須經受大辛苦啊。」說完給我斟滿茶水。

我說道：「現在的我，什麼也不能做，就是一個逃走的囚犯，連火車也不能坐，賓館也不能住，我只想回到老家，回父母家中，再也不出來了，就這麼隱姓瞞名，退隱江湖，就像您老這樣，寫寫字，燒燒香，拜拜佛，安度一生就好了。」

老人笑著搖頭道：「如果你和我一樣七老八十了，我也贊成你退隱休息，頤養晚年。可是你只有三十歲，正是男人一生黃金時期，怎麼能辜負大好時光呢。」

我歎氣道：「祖爺，現在我想做事卻不能。他們時時刻刻盯著我，只要我出現一點點錯誤，就會把我抓進監獄。」

老人笑道：「那你就不做錯事，只做善事。」

我疑惑道：「只做善事？怎麼做呢？」

老人說道：「到社會的最底層，幫助最需要幫助的人，盡心盡力，不求回報。要用你的真心去幫助，不要用施捨俯視的目光。當你瞭解了人生真正的疾苦，你就會珍惜自己的這一生了。」

我疑惑道：「幫助最困難的人？這個我一直在做啊。我幫助愛滋病人生育免疫的嬰兒，我捐款幫助愛滋病志願團隊，難道這不是做善事嗎？可是那些人為了自己的利益，便要來加害我。做善事有用嗎？」

「不，你只是挑選那些富有的病人，而且你是為了科研，為了開拓市場，最終為還是為了賺錢。賺錢沒有錯，但你擋了別人的財路。別人要報復你，也是理所當然的。」老人端起茶杯，一口一口慢慢地啜飲著茶水。

我愣住了，我從來沒有從這個角度思考，在我的心中，一直認為自己是正義的。我自認為我是為了病人考慮。可是站在那些人的角度看，我卻是打碎了他們的飯碗，掀翻了他們的飯桌，是罪大惡極的人。

「祖爺，在這個世界做事，對一些人善，一定會對另一些人惡，根本無法圓滿的。瞻前顧後，只能什麼事都不做。」

「我以前也和你想的一樣，我要帶領父老鄉親走出貧困，發家致富。所以我不擇手段地打壓對手，想法設法地賺取最大利潤，花言巧語地誘騙患者，我的確是賺到了不少錢，我們這個村鎮以前很窮，連飯都吃不飽，每年都要出去要飯逃荒。可你看現在，家家蓋高樓，家產不到一個億，都不好意思出來見人。富有是富有了，可是這有什麼用呢？人人都說我們是騙子，敗壞了胡建人的名聲，唉……」老人歎息道。

「祖爺，據我所知，從這裡出去開醫院的人，並不都是你帶出的徒弟，良莠不齊，有些人幹出壞事，也不能歸罪到您的名下。現在阿梅的父親管理醫院系統，已經走上了高檔化，專業化的道路，逐漸被患者承認了。」我安慰道。

老人點頭說道：「我十四歲就退學回家種地，這裡人多地少，每個人平均只有不到四分地，根本不夠吃飯，我們要到山上採草藥補貼家用，我家是特別窮，我都娶不起老婆，就入贅給人當上門女婿。後來赤腳醫生也不讓幹了，只好帶著

徒弟們闖蕩江湖。本來只想混口飯吃，能夠活下來，沒想到居然混成了富翁。都是命啊。」

老人又喝了一杯茶，搖搖頭，繼續說道：「可是我知道，自己教育不行，眼界也窄，雖然身體不錯，但腦子已經跟不上形勢，於是二十年前，就把醫院讓給年輕人經營。自己回到家鄉，出錢建了這個祖廟，陳醫娘是我們陳家的祖先，一生行醫治病，活人無數，在這裡是和媽祖一樣的人物，以前民間都要給她拜祭上香。我想我們陳家能發家致富，一定是趁了祖先的蔭德。我修這間祖廟的另一個目的，是希望家鄉的父老鄉親，出外行醫時能遵守陳醫娘的訓示，治病救人，行善積德。人生最難的是得了一個善終，壽終正寢的時候，沒有後悔，沒有恐懼，人生就圓滿了。」

我問道：「可是祖爺，您還是沒有說清什麼是行善，什麼是為惡，具體應該怎麼做呢？」

「天之道，損有餘以補不足，人之道，損不足以奉有餘；故天道常恆，人道常變。以貧富這一方面論，天道是把富人的錢拿來給窮人，就像是政府的稅收；人道是把窮人的錢給富人，就像商界大都是富人賺走了窮人的錢。如果富人的錢全都被徵收去救濟窮人，那就沒有人努力工作創造財富，大家都等著別人救濟，國家就會窮困潦倒；但是，如果任由富人奪取窮人的財富，就會造成社會不公平，最終社會秩序就會崩塌。天道向下，人道向上，本無善惡之分，但須做好平衡。這只是我一個老年人的看法，具體怎麼做，還要你自己去感悟體驗。」說完，老人靜靜地看著我。

我似乎是懂了一些什麼，又似乎什麼也沒有懂，不知道該怎麼說。

老人說道：「好了，今天你就在這裡住下吧，好好休息，明天我帶你給醫娘上香，年輕人有這個想法就好，慢慢就想通了。」

第六十章　普陀島

第二天早上起來，洗漱之後，給醫娘上早香，祠堂有隨緣香火，任香客隨意取用，香火錢不拘多少隨意奉送。我跟著老人磕頭上香，奉茶換水，更換供果，擦洗祠堂。我留給祖廟十萬元香火錢，老人也不太在意，只是送我一個陶瓷做的吊牌，上面寫著「護心」二字，我把它掛在脖子上。

忙碌之後，來到街上的早茶店，叫上幾分早點。街上的行人見到老人，都恭敬行禮，年長的叫「陳爺」，年輕的叫「祖爺」，我想，大概一個人活到這個程度，就算是圓滿了吧。

我離開小鎮，繼續上路，一路向北，離開胡建進入了浙省，我準備去觀世音菩薩的法林普陀山看看。

普陀山是舟山群島中的一座小島，從陸地進舟山島，有公路橋直通過去，駕車到達普陀島對面的大島，天色已經漆黑。

這裡是全國最著名的漁場，海鮮品種豐富而新鮮，價格還非常便宜。吃飽喝足在海邊溜達一圈，看著對面的普陀山島，寺廟的燈光隱沒在山林中，菩薩高大的銅像在燈光照耀下特別醒目。在國內，觀世音菩薩亨用的香火，受到的尊崇，可以說是獨一無二的。

回到車中，接了一個建君的電話，每天的晚上八點左右，建君都會打電話問我怎麼樣了，和我説説孩子，聽完電話，我在車床上很快就進入了夢鄉。

睜開眼，看到陽光當頭暴曬，我又回到了五行山下，臉朝上被壓在這裡。距離菩薩來這裡的時間，又過去了十幾年。

忽然遠處傳來多人的腳步聲，他們逐漸爬上山，來到我的身前，一雙手把遮住我的雜草拔掉，我看到一個年輕和尚的臉，我開口問道：「你就

是那個去西天的取經人嗎？」

「是啊，你是誰呢？」和尚有點兒木訥，說話慢吞吞的。

「我是五百年前大鬧天宮的齊天大聖，被佛祖羈押在此，前者有個觀世音菩薩領了佛旨，到東土尋找取經人。她見到我，勸我保護取經人去西天，我答應了菩薩，願意保你取經，與你做個徒弟。」

那和尚慢吞吞露出笑臉，說道：「好啊，只是我沒有錘子鑿子，沒有辦法救你出來啊？」

我說道：「這山頂有一道如來佛留下的金字壓帖，你只要去把它揭下來，我就可以出來了。」

那和尚答應一聲，帶著幾個人，慢慢吞吞地爬上山，一直過了大半個時辰，這幫人才回來，向我說道：「那金字壓帖已經揭掉了，你可以出來了。」

我感覺到揭帖已經離開，大山不再是緊緊捆綁住我的全身，而是如同一張棉被蓋住我的身體，我隨時可以走出來，只要我變化身形，變小之後，就可以輕鬆鑽出山來。我對和尚說道：「你們下山去，離我遠點兒，我要出來了。」

和尚和那幾個人走下山，我對他們說道：「再遠點兒。」他們走出去六七里路，我傳聲說道：「還是近了，再遠點兒。」

直到確定他們看不到我了，我才說道：「好了，可以了。」我運起神力，整個山峰被我猛的掀了起來，如同巨大的爆炸，塵土飛揚中，整個山峰都飛上半天空。

我的真身一晃，就進入了隱身模式，這種隱身術，是我進入元神後期修煉的新功法，氣息全部收斂，絕對不會被其他大神看穿。

我拔下一根汗毛，變出我原來的模樣，達到元神巔峰之後，我的毛髮變出的自己，繼承了我大部分的記憶功法，和正常的我幾乎沒有區別，連金箍棒我都分出一小份給了他，他只是功力少很多，只有元嬰後期的功力。我可以用意念控制他，他也可以自己獨自行動和思考，如果切斷我的控制，它將成為了獨立的分身。

我保持著隱身狀態，看著那猴子分身翻滾著來到和尚面前，跪下叫師父，那和尚很是高興，給他起了一個名字叫「行者」，兩人告別其他人，出發西行。

我身下的五行山，原是如來神掌幻化，用六字金帖鎮壓，六字金帖從周圍吸收靈力，維持封禁的神力，五百多年來已經把方圓五百里範圍內的靈力吸收一空，包括陰陽二界的靈力，連陰陽二界的分界線都被腐蝕打通，此地便被我改名叫「二界山」。

現在金帖離去，積攢的靈力留在了這裡，二界山的靈力彙集在山心的源泉中，形成了一股靈力泉，在我的靈識掃描之下，如地下的明燈指引我的方向，我鑽入山腹，找到這股泉眼。被壓在五行山下的五百多年間，我無法吸收靈力，只能從仰望日月星辰的運行中，感悟天道，當我靠近這個靈泉時，一股股靈力湧入了我的體內，異常地舒爽。

我定睛看去，靈泉是一個不斷噴湧的，由無數細小的棱錐體晶粒組成，不斷地噴出，又不斷地重生，似乎永遠也不會消失。我張開大口，一口吸了過去，靈泉飛入我的口中，融入我的經脈，進入了中丹田之內，變成了一個泉眼，源源不斷地流出靈力。

盤腿打坐，穩固靈泉，只要一夜的時間，靈泉就安穩地駐紮在我的膻中丹田，供我慢慢吸收，足夠我超越元神境界，超凡入聖。現在，距離成聖，我的境界領悟經過五百年修煉已經足夠，靈力只需要時間就可以很快突破，唯一缺少的，是功德。

師父傳授的修煉方法與眾不同，對功力，感悟和功德三項都非常重視。佛家修煉重視功德，講究感悟，對靈力積累不太重視，修佛者只要功德圓滿，感悟到位，就能夠超凡入聖，成佛為祖。道家修煉重視靈力的積累，功力的提升，也需要關注感悟的提升，對功德不太重視，所以道家只要功力達到境界，感悟差不多，就可以超凡入聖。儒家修煉注重煉氣，錘煉浩然正氣，這是一種感

悟和功德合併的東西，首重感悟，對功德也比較重視，而對靈力的修煉不太注重。

功德的修煉，虛無縹緲，按照師父的說法，功德是來自信仰之力，這種修煉，以佛家最厲害。我忽然意識到，這次佛家組織的東土取經活動，的確是一件可以積累大功德的事情，應該予以積極地參與。

我飛向空中，保持著隱身狀態，感應尋找我的分身，卻發現這個分身已經遠遠地飛到了東海，在龍宮和東海龍王喝茶聊天。靈識略一掃描搜索，就找到了那個和尚，他正在路邊和一個老婦人交談，那老婦人的身後，站著一個小女孩，眉目間正是龍女的模樣，原來是觀音菩薩變身來點化幫助和尚。

那老婦人一身孝服，抱著幾件衣服鞋帽，正在問那和尚：「大師怎麼孤零零地站在這荒郊野外呢？」

和尚深施一禮，慢慢說道：「貧僧來自大唐，欲往西天取經。」

「西天十萬八千里，你怎能孤身行走，也沒有個伴兒？」

「貧僧有個徒兒，性情乖張，一言不合，倏的一聲就向東飛走不見了。」和尚說話慢吞吞的，表情卻很誇張。

「呃，往東去了，我家就在東面，也許是到我家去了吧，我見到了就勸他回來找你。這裡有幾件衣服和鞋帽，是我兒子的衣物，他也是個和尚，前幾天剛死了，我去廟中把衣服拿回來留個念想，現在就留給你徒弟穿吧，等他回來你給他穿上，他感念你的恩情，就不會離開你了。」菩薩演戲很有一套，瞎話說得像說著真事一樣。

和尚十分感動然而拒絕道：「多謝施主，只是我那徒兒頑劣，只怕回來穿了這衣帽，也不見得會有恒心跟我去西天。」

菩薩道：「我這裡有一篇定心真言，又叫緊箍咒兒，如果你那徒兒穿上衣帽，還是不聽你吩咐，你就念起這緊箍咒，他就再也不敢行兇，也不敢離你而去了。」

我仔細一看，原來帽子中藏有一個金環，而菩薩的懷中，還有兩個金環，稍稍推演，我就得知前因後果，這三個金環是佛祖賜給菩薩，用來禁錮我的法器，佛祖擔心我法力太強，本來賜下三個金環，但菩薩有私心，自己截留下了兩個，後來用於自己收的門人身上。

看到和尚正在仔細聽菩薩傳經，我離開這裡，向分身發出指令，要他趕快回到和尚身邊。過了一會兒，遠處出現一朵筋斗雲，磨磨蹭蹭地向這裡飛來，看來這分身很不情願回到和尚身邊。

這時候，菩薩化作一道金光，飛向東海方向，回到了普陀山紫竹林。

我從夢境中醒來，早晨的陽光在海面上跳躍，我起身收拾一下，出去吃過早餐。舟山的海岸，空氣特別的清新涼爽，來到客運碼頭，乘坐著輪渡，過海到普陀山島登陸。

普陀山是5A 景區，購買風景區門票和佛香，跟著導遊去各個寺廟和景區參觀，山上風景優美，遍佈禪寺，只是說實話，我對這些風景區沒有太多感覺，幾乎是千篇一律的寺廟，上香，祈禱，一遍遍相似的程式。

聽導遊說有很多寺廟是被胡建人承包的，除了醫院，寺廟是他們另一個喜歡投資的領域，世界上有兩種錢最好賺：一種是買命的錢，另一種是求解脫的錢。胡建人早就領悟到了。

導遊說，正宗的菩薩像，要到紫竹林禪院去，那裡的許願特別靈驗。

這個普陀山充滿了金錢的味道，不是一個修行者應該有的樣子，不過這也可能是世人喜歡的樣子。當人們長期經歷貧困，總認為有錢人才是成功者，對神靈的祈禱，也大都是保佑發財之類的話語，讓人生厭。

在紫竹林禪院，我見到了觀世音菩薩的白玉塑像，圓潤而慈祥，與我夢中所見的菩薩不同，夢中的菩薩神情瀟脫，意氣飛揚，精明而幽默，很有人世間大姐大的味道。倒是塑像旁邊的女弟子龍女，與夢中的一樣，像男人婆的模樣，攥拳叉腰，英姿颯爽的女武士樣子。

菩薩像的旁邊，一個和尚嘴裡碎碎念著經書，看到我跪拜菩薩，開口說道：「看施主你誠心誠意，不如請一支高香，我給你念一段經文，請菩薩保佑你升官發財，多子多福吧。」

我問道：「那請高香要多少錢？」

和尚神情肅穆道：「便宜的三佰，還有三仟元的，最好的是那種黃金高香，非常稀有珍貴，裡面有多種名貴香料，最低一萬八仟元，當然越多越好，越多你的誠心越足，菩薩保佑的靈驗就越高。」

我打開背包，拿出一方十萬元來，遞給和尚道：「那就請大師給我一支最好的高香吧。」來到觀音的道場，總要給一點兒見面薄禮吧。

和尚臉上的笑容像花兒一樣開放，高頌佛號：「南無阿彌陀佛，南無觀世音菩薩。施主真乃虔誠居士，觀音菩薩必定保佑，來來，這是黃金佛香，我再送你一支黃金蠟燭，用來點燃高香，然後你再來跪拜菩薩，我來給你念誦心經，祈福納祥。」

上香跪拜完畢，那和尚上前問道：「施主，貧僧稍稍擅長占卜，您是否願意卜算一卦，問一問前程吉祥，卦金只要八仟八佰元。」

我擺擺手：「我不信卜卦，我命由我不由天，我知道是我的選擇決定了命運。」

雖然在寺廟購買高香的信眾不少，可是像我這樣的大手筆的確不多見，圍觀的香客們交頭接耳，眼光怪異地看著我。

忽然，我看見幾十米外，在遊廊立柱的後面，站著一個藍色花布頭巾的村姑模樣女子，樣子很像龍女或者男人婆，我走上前去，準備仔細看一看，那村姑見我走過去，急忙扭頭就跑。

這一跑，熟悉的背影被我認出來了，正是男人婆。她居然跟蹤監視我。我緊追上去，邊追邊喊道：「哎，你是小王吧。我知道是你，別跑了，站住。」

這時一個壯漢從拐角處一步跨出來，撞在我的側面，我一個趔趄幾乎摔倒在地，那個傢伙向我打個手勢，說道：「唔好意思，唔好意思。」

一聽就是粵語白話，這是他們組團出來跟蹤我啊。

我向前一看，男人婆已經不見了蹤影，一回頭，那壯漢也不知躲到哪裡去了，真是一幫鬼鬼祟祟的傢伙。

這幫人能這麼準確地找到我，肯定是有我的線索，多次被跟蹤的經驗，我早就檢查過汽車和手機，都沒有安裝過跟蹤器的可能。很可能是建君的電話被監聽了。我給建君回了一個電話，要她去社區外面的修手機師父，檢查一下手機是否被監聽，配備一個防竊聽的手機套。

第六十一章　回家的路

晚上又在舟山住下，故意把汽車停在一處偏僻的停車場，仔細觀察周圍，看看那些跟蹤我的人到底在哪裡。那幫傢伙的確是很專業的跟蹤者，居然一點兒蹤跡也不能找到。

第二天早上天還濛濛亮，我就發動汽車，跑上了高速公路。一路走過浙北連片的城市和工廠，跨越錢塘灣跨海大橋。從超級大城市魔都旁邊掠過，穿過長江，一路用最快的速度飛奔。

我仔細觀察著前後左右，看有沒有跟蹤我的汽車，結果也是失望，沒有汽車跟蹤我。不過我知道，這幫傢伙一定有什麼其他辦法。我只管走自己的路，不一定什麼時候，那幫人就會露出馬腳。

一路高速公路，穿越江南平原和蘇北的山嶺，祖國的大好河山，風光多樣，進入了秋季，越往北走，氣候越是涼爽宜人。公路兩邊的村莊，變成了白牆黑瓦的樣子，有了一些北方鄉村的風格。

下午四點多鐘，我來到了位於蘇北的花果山景區，下了高速公路，在一座鎮上吃飯休息。

我停車吃飯的地方，是一個樓上住宿的農家旅館。飯店主人看到我的鵬城車牌，知道我是遠行的旅客，熱情地邀請我在這裡住宿。睡了幾天汽車，我的確需要有一個房間和床，有一個可以洗澡的地方。

我告訴主人我身份證丟失了，結果人家根本不在乎有沒有身份證。雖然房間條件很不好，幾乎就是一間飯店單間，撤掉桌椅，放一張床，擺一個床頭櫃，然後就成了旅館房間，並不比汽車的床更舒適。洗澡的地方是公共衛生間，自己進去鎖門沖洗，不過在房子中睡覺與車中的確有不同，有一種踏實感。

第二天開車來到花果山景區入口，購票進入了山門，進門就是西遊記的佈景，擺著孫悟空的雕像，師徒四人的雕像。

這裡的山不高，比較清秀，我隨著導遊慢慢溜達，風景區其實不大，最著名的水簾洞，可能因為是秋季缺水，水流不大，導遊說這水其實是水泵送來，循環使用的。山洞也是人工開鑿的，規模很小，遠不是西遊記描寫的景象。西遊記是想像的世界，在真實的環境中非要找一個對應的地方，註定是要失望的。

這裡也有寺廟，也有推銷佛香的和尚，山頂的幾塊石頭，斧鑿一番，就說這個是女媧遺落的補天石，那個是石猴出生的石卵。

猴子倒是也有幾隻，早就被遊客慣壞了，追著遊客要零食，這個也是全國各地的普遍現象。

這個所謂的花果山，原名叫雲臺山，雖然海拔高度只有六百多米，卻是蘇省第一高峰，一個人工斧鑿的遊樂園，與夢中的情景相差的太遠，也許當時吳承恩聽到了這裡的傳說，發揮想像力塑造了一個花果山。

下午不到一點，我就急忙離開了花果山景區，開車踏上行程。

沿著北上的公路一路疾行，九月底的北方，迎來了一場秋季冷雨。我拿出手機，給父母撥了電話，告訴他們回家的大體時間。

下了高速公路，已經到了下午六點，天色變暗。順著導航的指引，沿著縣道很快就來到了老家的小鎮，當把汽車停在父母家的樓下，走出汽車，抬頭看著父母家的燈光，近鄉情怯，竟遲遲不敢抬腳進門。

樓房門洞的燈光亮起，父親的身影出現在那裡，他們一直在關心著外面的情形，聽到汽車的聲音，就會開門來看看。

「回來了，回來了。」父親回頭向門裡叫道。媽媽的身影也出現在門口，「小輝，你總算回來了。快回家吧。」媽媽抱著我流下眼淚，我心裡有很多的歉疚，我讓媽媽擔心，直到現在回到家中，他們才放下心來。

我走進一樓的家中，還是以前的樣子，去年給他們買的別墅，他們只是去住了兩個月，就想念老房子老鄰居老朋友，又回到這裡。

晚飯我和父親一起喝了一杯白酒，向父母如實說了這段時間的事情，包括被審查，被傳喚，被隔離等等，當然不包括自殺的事情；說了和陳建君的假結婚，為了離開小潔，說了陳建君孩子的由來。我很平靜地訴說著，他們很緊張地聽著，父母沒有經歷過這種事情，也的確是無法提供什麼建議和幫助，只是希望我回家休息一段時間，在附近轉轉，散散心，放鬆一下自己。

又回到熟悉的房間，那張三尺半的單人床，熟悉的陽光曬後乾淨的床墊被褥，蕎麥皮枕頭的味道，熟悉的書桌書櫥衣櫃。我的人生轉了一個圈，又回到了起點。

晚上睡得很香，連夢都沒有一個。這是我多年來睡得最香甜的一覺，從晚上的九點，一直睡到了早上的九點。爸爸出去找老朋友下棋，媽媽早就做好了早飯，吃了一點兒，和媽媽說了一會兒話，又回到房間，一種慵懶放鬆的感覺，懶洋洋地只想再睡一會兒。

這時候有敲門的聲音，媽媽開門，是表哥張志博來看望她，還有兩天，中秋和國慶就要到來，表哥見到我，非常驚訝。自從出國求學，我們就沒有再見面，小時候我們是最好的夥伴，見面特別高興。

「志博哥，你現在怎樣，過得好嗎？還下礦背金子嗎？」我笑著問道。

「早就不下礦了，這些年金礦被兩家國營大企業承包，管理很嚴，根本進不去。現在國家對環保很重視，以前的洗金泥，現在都送到處理廠去毒處理了，連以前的舊泥都清理乾淨了，一噸洗金泥無害化處理要三佰塊錢，成本太高了，黃金肯定漲價，我敢肯定。」

「表哥和以前不一樣了呢。高瞻遠矚了啊。」我笑道。

「哪裡哪裡。比建輝你差遠了，你現在是世界名人了。」這傢伙還是一開口就懟人。

「你表哥現在經營一家溫泉莊園，離咱們家的別墅不遠，有空帶你去玩玩吧，你媽我還在裡面投了三佰萬呢，是大股東，今年六月給我分紅五十萬呢。」媽媽送過來茶水，驕傲地說道。

「對對，那個溫泉莊園不錯的，每天都有兩三個旅行團過來，除了洗溫泉，還有水果蔬菜採摘，效益很好的。明天是週一，遊客比較少，你過來玩吧，我讓他們給你安排好節目。再過兩天就是國慶假期了，那時候別來了，遊客爆棚，全是人了，溫泉水都是混的。」表哥笑道。

「怎麼，你還忙別的事啊。都不能陪我？」我逗他道。

「嗨，今年我又新開了一家土石方建築公司，買了幾台推土機和挖掘機，現在咱們鎮裡要建設一座小型機場，招標項目很多，我也中標了兩個施工專案。這是個重點工程，要求賊嚴，我天天盯在工地上，晚上都住在工地集裝箱房子裡，不敢離開啊。現在溫泉都交給我媳婦管了。」表哥叫苦道。

「志博現在是大忙人了，再也不吊兒郎當了。」媽媽笑道。

「建輝你還好吧？那件事對你影響大不大？實在不行，就回家鄉吧，這裡發財的機會也很多的。」表哥勸我道。

親人的關心讓我心中一暖，我揮揮手，說道：「放心吧，慢慢地人們就不關注這事了，該怎麼過還是怎麼過，濤聲依舊。」

媽媽擔心地說道：「志博，你是自己人，小姨我也不瞞你，你建輝弟弟是從鵬城逃走的，身份證都扔在那裡了，你和派出所的人熟，能不能幫他辦一個身份證？」

表哥說道：「行，小姨，我問問張所長，有回音我聯繫你。」

我第二天開車帶著爸媽去溫泉山莊，山莊位於半山腰處，左面有一片杏樹果園，都是百年的老杏樹，右面有一處葡萄園，種植的是晚收葡萄，掛著一串串紫色的果實。莊園前面菜地裡，是一片蔬菜地，足有三四畝地，油菜菠菜南瓜冬瓜，

各式各樣都有。

這座山有七八個山包，零落棋布著二三十家溫泉農家樂飯店，在山嶺之間，有一座大型的水庫，水質極佳，出產的淡水魚非常有名。優美的風景吸引了房地產開發商，水庫周邊建起了兩三處住房社區，平陽市和山海市的人很多喜歡在這裡度假休閒。

媽媽指著不遠處水庫邊的一片別墅區說道：「去年就在那裡買的別墅，花了一佰多萬，你表哥幫忙給裝修的，裝修比別墅貴一倍，花了二佰多萬呢。今晚我們去住別墅。」

莊園的一半是飯店，一個個單間全是北方風格的大通火炕，冬天在溫暖的火炕上吃火鍋，一定很享受。另一半是溫泉浴池，從地下打上來的溫泉水，含有硫磺等礦物質，溫度很高，非常清澈，需要兌些涼水調好溫度才能放到浴池裡。

泡這個溫泉浴池，要穿著泳衣，男女老少都在一個大池子裡，洗完後再去男女淋浴室沖洗，溫泉水滑洗凝脂，洗完之後皮膚很光滑舒服的。

第六十二章　頂包

今天我們來得很早，新換的池水，清澈見底，水池下面有石頭做的躺椅，爸媽坐在水中躺椅上，我躺在水中，異常舒適，極度放鬆，又有了想睡覺的感覺。

這時候幾個人也來洗澡，四個老人，一對夫妻，還有一個小男孩，看來這是完美的一家人，到這裡來溫泉旅遊的。

那個男的突然對我說道：「你好，請問，你是郝建輝嗎？」

我坐直身子一看，還真的認識，是我的初中同班同學，胡保凱，旁邊的他的妻子，也是我們初中同班的同學，當年還是班花的辛紅波。當年兩個人都考入了山海市科技大學，早早就結了婚，有了孩子，夫妻都留在山海市考上了公務員，工作收入都不錯的。

辛紅波的父母，和我爸媽都是認識的熟人，他們夫妻曾經在鎮上的醫院工作，退休後有時候一起出去活動。胡保凱的父母在另外一個鎮，他們的小孩子很乖，很聽話，長得也很可愛。

看到我一個人，辛紅波媽媽問我結婚了沒有，我笑著搖搖頭，媽媽說：「建輝還沒有正式結婚，也沒有女朋友，現在是單身一人。」辛紅波媽媽立刻爆發了紅娘情結，一定要介紹女孩給我相親，我連連苦笑擺手，相親這種事情我可不想做，現在是害人害己啊。

胡保凱很奇怪地看著我，在我出去沖洗的時候，他跟上來問我：「建輝，我一直在關注你的消息，網上說你已經結婚有孩子了，女方還是旁邊的坊子市人呢。怎麼你說沒結婚呢？」

我搖頭苦笑道：「已經離了，其實那孩子也不能算是我的，其中情況太複雜，一時半會兒的也說不清。」

胡保凱點頭說道：「建輝，你的事影響很大，我們工商所所長的兒子是學生物的，本來去年已經定好公派出國讀研究生，結果被取消了，所長還為你的事大發議論呢。」

我也不知道該說什麼才好，在社會輿論的大潮面前，個人的力量是如此渺小。

表哥很快回信了，身份證可以辦，只要拿著戶口本到戶籍科找張所長，可以走一個加急的程式，只要三四天就可以辦好。

第二天我拿著戶口本來到鎮上的派出所，派出所很小，只有二三十平米，坐著三個警員，都在一間辦公室裡面，鎮上所有的有關戶籍，報案，執法，投訴事項都在這裡處理。

張所長坐在面朝門口的辦公桌，一見我進來，根本不需要我自我介紹，就開口笑道：「喲，大家快看，我們鎮上的大名人來了。」

我遞上戶口本，苦笑道：「所長您不要取笑我，我現在正落難呢。」

所長接過戶口本，遞給旁邊的辦事員掃描，一邊對我說道：「志博找我給你辦身份證，我已經問過市戶籍科，你的戶口一直留在這裡，鵬城辦的是人才引進綠卡，所以補辦身份證只能在這裡。我給你辦一個加急的手續，市裡面三天就可以製好證，一天就能快遞到這裡，製證費五十元，加急費是一佰元，你用微信或支付寶都行。」

我掏出現金，遞過去說道：「多謝您費心了，我現在只能用現金。」

張所長笑道：「聽市裡的領導說，廣省公安局的人來平陽市公安局打過招呼，不過省局的意思是我們只配合國家下發的指令，廣省對你的禁止令不適用於魯省。所以，只要在魯省，你拿著身份證和正常人一樣，住賓館坐高鐵什麼都不耽誤。」

「這倒是一個好消息，我可以和正常人一樣生活了。謝謝您張所長。」

「建輝，我呢學問不行，但我特別佩服科學家，你能有這樣的學問，這樣的能力，是非常不容易的。所以不管怎樣，都不要放棄自己的事業。

不要埋沒了自己的志向。」張所長勸我道。

「是的，謝謝您。」我感動道。

回到家中，媽媽興高采烈，對我說道：「建輝，晚上我領你去相親，辛阿姨給你介紹了物件，是人民醫院的大夫，畢業兩年的研究生，家住在平陽市區，你看看照片，可漂亮了。」說著把手機戳到我的眼前，螢幕上一個女孩，看起來還行，可是我根本不想相親。

我撥開手機，苦笑道：「媽，我不想相親，我現在沒心情談物件。」

媽媽生氣地高聲說道：「你都三十二歲了，你看看人家胡保凱辛紅波，孩子都上學了，你要急死你媽嗎？你趕快找個老婆，生個孩子，趁我們還不老，可以幫你帶孩子。以後就留在家裡，找個工作，或者成立一家公司，踏踏實實地過日子，我們也就放心了。」

我頭痛不已，苦惱道：「媽，這種事要看緣分的，你不要逼我。」

「辛阿姨辛辛苦苦給你介紹了物件，都和媽說好了見面，你一口回絕總不好吧。就算是給媽一個面子，無論如何也要去看看，萬一你緣分到了，看上人家了呢？」

我無奈地點點頭，「好吧，我去。」

媽媽舒了一口氣，說道：「去見姑娘，總要收拾一下，出去理理髮，你看你這頭髮，幾個月沒剪頭了吧，像個要飯的。然後和我一起去商店轉轉，買一身好看一些的衣服，家裡都是你上學時候的老衣服。鞋子也要換換，這雙破皮鞋看著都難受……」媽媽的碎嘴吧嗒吧嗒，一連串的語句都不帶標點符號的，我又回憶起小時候被媽媽訓導的情形，這個時候不要試圖反抗，只能聽從吩咐，乖乖地聽話。

理髮，刮鬍子，買衣服褲子鞋子等等，收拾之後，攬鏡自觀，的確是年輕了好多，顯得精神了好多。

相親約會的地方，在平陽市的一家綜合商場的咖啡店，女孩名叫高珊，身材的確很高，足有一米七五，加上高跟鞋，我都要仰望對方，不過

身材確實很好，也長得挺漂亮。女孩的媽媽陪著一起來的，辛阿姨作為紅娘也在場，三個中老年婦女熱情地聊天，我和女孩沉默坐著喝咖啡。

過了一會兒，三個家長決定先去逛一下商場，讓我們單獨相處一會兒。她們走了以後，我們相視一笑，高珊拱手笑道：「大師兄，久仰久仰，我也是平陽一中畢業的，現在學校的光榮榜上，還有您的照片呢。」

「是嗎？那他們消息太閉塞了，要是知道我現在是這情況，還不得趕緊拆下我的照片，抹掉我的名字。」

高珊端起咖啡喝了一口，笑道：「其實我不願意出來相親，我希望能有一見鍾情的那種愛情，如果沒有，我是寧缺毋濫。可是媽媽整天煩我，說我已經是老女人沒人要啦，研究生不好找對象啦，煩死我了。」

我贊同道：「一場說走就走的旅行，一場奮不顧身的愛情，我也想要的。其實我也是被老媽給逼的出來相親，我現在麻煩纏身，說不定哪天就坐牢去了，相親幹什麼啊？」

女孩把咖啡杯在手裡轉來轉去，一副欲言又止的樣子，我笑道：「看你也是一豪爽的女漢子，有什麼話就講嘛。你這裝出來的扭扭捏捏的樣子，真是古怪。」

高珊仰頭大笑，真是個豪爽的女孩。她說道：「你看是這樣的啊，如果我們散夥的話，我媽還要逼我相親，你媽也不會放過你，不如我們假裝先談著，這樣他們就不會再來逼我們了，等我們各自有了心上人，到時候跟對方說一聲，再正式宣佈分手，你看怎麼樣？」

我仔細一想，還真是這麼個道理，點頭伸出手去說道：「成。你抓我一個頂包的。我也抓你個頂包的，咱們互相利用，這買賣做的，成交。」

我們又聊了一會兒，這高珊家原來是個滿族的，滿族姑娘從小就被驕縱，都愛自稱姑奶奶，她大學在京城上的醫學院，說話帶點兒京腔，聊天真是挺帶勁的。我們正說笑間，三個家長回來，看到我們的情形都露出了笑容，我們互相留下電話和微信號，約定以後見面。

開車回家的路上，媽媽問我們談得怎麼樣，我說還可以，就是女孩比我年輕五歲，身高也比我高，只怕以後不一定能成。這是我和高珊商量好的，這是留一個活扣，為以後的分手做好鋪墊。

媽媽說：「建輝啊，女孩比男方年輕才好，你社會經驗豐富，這樣她就會聽你的話。高珊這女子，身材好，一看就是能生養的，個頭高，孩子一定身材高，可以彌補你身高不足的缺陷吶。」

我聽了嘴角抽搐，原來我在自己老媽眼裡，是一個品質不佳的殘次退化品種，需要引進新品種進行改良。

第六十三章　運動

隨著中秋節和國慶日的來臨，家裡來來往往的親戚朋友就多了起來，這也是小城鎮的好處，人情味更濃厚一些。

這兩天我待在家裡足不出戶，只在拿新身份證的時候出了一趟門。有時候上網和建君聯繫一下，得知她已經出院，雇了兩個保姆幫忙照顧孩子們。原來的宿舍太小了，就在市中心買了一處大房子，那裡是重點小學的學區，附近有鵬城最好的幼稚園和小學，她連幾年後的事情都計畫好了。

現在各個公司的事務都是陳建君負責，她是一個天生的管理者，擅長授權和制衡，各公司經營配合得都很好，在各個公司總經理的心目中，陳建君已經是他們董事長，決策人。

自從我逃走之後，公安局只是在醫院裡審問了陳建君一次，然後再也沒人來問這件事情了，陳建君和馮律師到政法和衛健委等部門中打聽我的處理結果，結果驚訝地發現我的事情成了一個禁區，所有相關人員都三緘其口，實在是被逼問得抹不開面子，只說這件事上頭有通知，嚴禁評論。

我想，這也許是陳瑞理派系用力的結果，他們都是手眼通天的人物，況且這一次我也沒有做什麼謀財害命的壞事。

在網上，我看到一篇模糊其詞的報導，說東歐某國，已經有人重複了我的實驗，效果很好。我相信，世界上一定是有其他的研究機構重複了我的實驗，接受了我的教訓，他們的保密手段非常嚴密，但是實驗結果一定是影響了決策機構。

這兩天我有一種奇怪的感覺，總是感覺有人在窺視著我，這種感覺，就像一根刺在後背，夠不著拔不下，非常怪異。我曾經拉上窗簾，只露出一道縫隙，仔細觀察周圍是否有什麼人關注我這裡，可是什麼也沒有發現。

一股煩躁的情緒在我的心底又開始蔓延，現在的我，警惕敏感而且容易被激怒，如同一隻在荒野流浪的野獸，隨時防備著敵人的出現，隨時會亮出自己的爪牙，變得愈發危險。我也知道，這不是一種健康的心理狀態，可我就是無法解脫這種狀態。

這一天是週六，媽媽正在催我和高珊出去約會，事情就是這麼巧，正好電話鈴就響了，接起一看是高珊的電話，這姑奶奶約我去打羽毛球，卻是她媽媽逼他出門，這也隨了我老媽的意。

我收拾出運動服穿戴好，開車出發，按照高珊給我的位址導航，一個小時後進入了市區，來到她等我的運動館，停好車走進羽毛球館，這裡有十幾塊羽毛球場，只有三個場地有人練球，高珊正在旁邊預備熱身。看到我進來，她領著我去換了衣服，來到場地跟著她學習拉伸預熱身體。看著她輕鬆做著高抬腿，大下腰，而我把腿抬到直角都疼得齜牙咧嘴，高珊就嘲笑我未老先衰了。

我長這麼大，還是頭一次進球館鍛煉，羽毛球倒是在上初中的時候打過幾次，已經有十幾年沒有碰過球拍了，看這個架勢，這位姑奶奶是個羽毛球高手啊。

上場一開球，我就知道自己和高珊的球技天差地遠，人家輕鬆一抽一吊就會得分，幾個回合之後，為了照顧我的面子，她就不再主動進攻，而是放球讓我攻。而我無論如何抽殺，都被對方輕鬆救起球，女孩高挑的身材和大長腿，腳步又大又快，全場無死角運動。不一會兒，我就氣喘吁吁，大汗淋漓，缺乏運動的身體根本不能承受這種等級的運動強度。

人家女孩這時候連汗都沒有出，她讓我去喝口水，休息一下再打球。就這樣在這位教練的引導下，斷斷續續地經過一個半小時的運動，我感覺球技有了突飛猛進的提高。

高教練結束訓練，讓我去盥洗室沖洗更衣。當收拾好走出球館的時候，我感覺一身輕鬆，仿

佛有一些負面的東西隨著汗水流了出去，心情也變得舒暢了，我知道這是運動的好處，看來我的確需要經常運動了。

「高教練，跟您練球長進太快了。不知道是否能有幸和您老多練練球。要不我請您當我的羽毛球私人教練，您看行不行。」我恭維道。

「行啊，怎麼不行。我看你這小身板是必須好好操練一番，我呢，這一週全是早班，早上六點上班下午三點下班，下班後三點半咱們在這裡匯合，你行不行啊？」高教練答應道。

「行，沒問題，我這段時間就找一個賓館，住在附近，這樣就不用來回跑路了。我要在這段時間裡投入運動健身之中。」

高珊突然有點兒扭捏，說道：「這個嗎……你知道的，本人剛剛參加工作時間不長，工資到手只有三仟多塊，手頭比較有點兒緊，這球館一個小時的館費就要一佰八十塊錢，以後練球的費用，你能不能幫忙付一下。」

「赴湯蹈火，義不容辭啊。」我拍著胸脯，豪情萬丈，「我去辦兩張VIP年卡，咱倆隨時可以來練球，然後給你一個月三萬元的陪練費，這是鵬城普通羽毛球陪練的價格，算你給我的優惠折扣價吧。」

高珊嚇了一跳：「這麼多，不用不用，一個月三萬太多了，一年三萬就夠了，平陽小城市用不了那麼多錢。」

我笑著掏出手機，說道：「給我你支付寶付款碼。」掃描後我轉帳給她十八萬元，「先給你半年的教練費，本人大小算是一個有錢人，說多少就多少，不要跟我講價錢。」

看著高教練誠惶誠恐地數十八後面的那幾個零，在球場上失去的自信心又回到我的身體裡，我昂首挺胸，到球館辦公室辦了兩張運動會所會員卡，一張VIP年卡才八八八八元，全年可以隨時來打球，還可以享受洗浴、游泳館，乒乓球，健身館（不含教練費）的全年費用，相當超值。

和高教練中午去吃火鍋，我被她的好胃口驚呆了，要了一斤羊肉居然不夠，兩斤羊肉我只吃了一點兒，還有要的幾個海鮮和蔬菜等，大都被高教練風捲殘雲一般吃光了。

談話聊天中得知，高教練是第二人民醫院的骨科大夫，一般骨科大夫都是男醫生，女士極少，因為這個科目是一個需要一點兒力氣加一點兒勇氣的活兒，骨骼關節斷裂重組時劈裡啪啦的聲音，畢竟不是每個人心理都能受得了。尤其是女孩子。我擔心地問道：「高教練，接骨這活兒，醫院也讓您老來幹嗎？」

高教練剝好一隻大個海蝦，一口就吃了下去，邊咀嚼邊含糊說道：「那算什麼，我跟你說，我接過的最有意思的活兒，是一個女孩腿骨摔斷後，沒有及時看醫生，結果骨頭長歪了，我用木槌砸斷介面，重新接骨。那聲音比劈斷一根木柴的聲音脆爽多了。啪嚓一聲，那個女孩已經打了麻醉，應該根本感覺不到痛疼，可是一聽這聲音，嚇得噶嘍一聲就暈過去了。哈哈哈哈。」高屠夫張開大嘴沒心沒肺地笑著，露出嘴裡鮮紅的蝦肉。

我不由得伸手抹了抹額頭，搖頭苦笑說道：「怪不得你媽逼你相親，原來這是要在你完全變態之前，趕緊把你嫁出去，要不然貨就砸手裡了。不說別的，光是吃飯，怕是也把你爸媽吃怕了吧。」

高教練估計是經常被人說習慣了，根本不在乎我的話，撈光了鍋底的羊肉片，疊到自己的碗中，說道：「我從小就打羽毛球，體力活動太大，食量也大，這樣吃飯早就習慣了，我的那些姐妹們，看我吃飯就像看風景一樣。可我怎麼吃就是不胖，氣死她們了。」

扒拉了兩口米飯咽下去，高教練歎氣道：「唉，可惜本人心理素質不行，每到大賽就緊張，狀態發揮不出來，要不然按照正常訓練時候的狀態，我早該進羽毛球職業隊了。沒辦法，只好吃醫生這碗飯了。」吃完幾口就扒拉乾淨碗裡的米飯。

我在鵬城待得時間有點久了，飯量隨著那裡的習慣，已經變得很小，今天看著高教練吃飯，自己也吃超量了。

我撫摸著被撐的發漲的胃部，笑道：「吃多了，要不一起去轉轉吧，消化消化食兒。」

「好啊。」高教練踴躍道，「今天姑奶奶我有錢了，正想瀟灑一番呢。」

平陽的商業中心，沿著一條大街左右分佈，高教練買東西速度很快，在她身上，女孩常見的選擇困難症是不存在的，她走過衣服攤位，伸手就拿過一件，往身上一比劃，就這件了。化妝品直接拿起來扔到購物車，小食品更是隨手就拿過來，也不需要仔細研究一番。

當年跟著小潔去買衣服時，她挑挑選選，比來比去，最後還要把兩件衣服擺在一起，讓我替她做最後的決定，而我每次都是隨手一指，這件好，這件適合你，其實只是希望趕快結束購物，都大半天了還沒買好一件衣服。時間不值錢啊。

跟著高教練來到一家運動用品專賣店，高教練顯然是這家店的熟客，老闆大姐笑著接待，高教練指著羽毛球用品的一副球拍說道：「大姐，那套ＹＹ牌子的全碳纖維的球拍給我來四支，他兩支，我兩支。」

老闆大姐驚訝道：「吆，高大夫發財了嗎？這最貴的球拍您以前光看著流口水，這次這麼大方？一次買四支。這支要一仟二佰元，四支我給你優惠價四仟元。你的參數我知道，這位大哥的球拍參數要多少的？」老闆大姐很豪爽。

「嗯……」高教練眯著眼睛打量著我，似乎在評估我的分量，「球拍粗細選3G的吧，看他手不大，這個粗細應該可以。重量選3U吧，重心靠前調一些。穿線的磅數嗎……先給他用21磅的吧。他手腕力量太小，這個磅數進攻還能有點兒威脅。」

想不到一支小小的羽毛球拍，居然還有這麼多講究，聽著她們兩個人像江湖黑話一般的對白，明顯是看不起我這種羽毛球小白。

「張姐是我師姐，以前是專業隊的，水準比我高，找時間讓張姐訓訓你。」

張姐笑道：「哎，珊珊的球技其實比我高，現在我年齡大了，拳怕少壯，我就更加不行了。」

建輝你是新手，手腕力量比她小很多，所以給你調的參數比較低。高珊是個好姑娘，能做你女朋友，你可有福氣了……」話沒說完，張姐就忍不住噗哧笑起來了。

我和高教練忍不住同時翻了一個白眼，這假話說得，自己都忍不住了是吧。

第六十四章　不務正業的刺客們

開車把高教練送回去，我回家跟爸媽說了準備在平陽市區住一段時間，今天回來收拾一下衣服，明天就搬到賓館去住。媽媽很好奇地問道：「建輝，你和高珊的感情發展挺快嘛。這麼快就準備住在一起了？」

我趕緊糾正她的錯誤思想：「哪能呢，我們只是一塊訓練羽毛球，你知道嗎，高珊的羽毛球打得很厲害，我發現我需要鍛煉身體，所以就請她幫我訓練。」

媽媽聽了很高興：「太好了，你從小就不願意運動，體育成績一直在班裡墊底，現在經常運動運動，身體也會變好。高珊真是個好女孩，身體棒棒的，你要努力爭取把她娶回來。」

我撇撇嘴，心想，等你知道她的飯量和力氣，不知道會不會更喜歡？

爸爸開口說道：「建輝啊，你準備在市區住多久呢？」

我說道：「我想至少要一年吧，我會慢慢看情況，開始新的生活，找一個正經事情去做的。」

爸爸說道：「那你不用住酒店賓館，你叔叔在市區有一套房子要出租，我和他說一聲，你搬過去住就好。那房子就在商業街人民路，大套二戶型有一百平米，精裝修，帶一套被褥就可以，租金只要一仟五佰一個月，這錢我們給你叔叔就行。」

第二天我開車帶著衣服被褥床墊枕頭等一應物品，開車到了叔叔的房子，叔叔和嬸嬸在那裡等我，我們也是好久沒見面了，他們幫我收拾好房間，中午我們一起吃過飯，囑咐我有什麼需要就找他們，然後就離開了。

我休息一下，下午三點一刻開車出發，幾分鐘就到了體育館，我自己進行熱身訓練，一會兒，高珊和張姐走了進來，一起熱身之後開始練球。

高珊先教會我兩個基本動作，讓我不斷練習，她不停地給我吊球，讓我跳起扣殺，然後訓練我接球回球的正確動作。

我練習了半個小時之後，休息一會兒，張姐過來指導我的腳步，羽毛球的腳步訓練非常重要，也相當辛苦，只是十幾分鐘，我就累得幾乎喘不上氣來。

當我在一邊休息喝水的時候，張姐和高珊開始對打，專業的羽毛球選手還是很專業的，只見兩個人如同敏捷的獵豹，來回飛奔，出手抽殺勢大力沉，反應速度快如閃電，看得我在場下連連喝彩。這羽毛球在現場看的感覺，和電視機裡面看到的完全不同，球拍揮動帶起的呼嘯，羽毛球高速飛行的聲音，讓人腎上腺素分泌加快，情緒高昂。

一週的訓練下來，我的身體素質好了很多，移動速度加快了，耐力提高了，反應速度也迅速了不少，對陣高教練，也能偶爾扣殺得分，這讓我信心大增。

我所不知道的情況是，在一年多以前，當基因編輯的事情剛剛洩露不久，國際殺手組織就收到了刺殺我的懸賞令，當時的懸賞是二佰萬美元。可是因為我一直都沒有出國，各國殺手得不到機會刺殺我，這也是陳瑞理警告我不要出國的原因。

兩個月之前，國際殺手組織因為在中國刺殺難度的提高，把賞格升到了懸賞四佰萬美元，懸賞殺手到中國國內來刺殺我，殺手們潛入到了鵬城，卻發現我被監禁，無法動手。當我回到家鄉，懸賞金額因為中國內地難度增加而再次提高到了八佰萬美元，高額獎金刺激之下，殺手們聞風而動，一共有三個殺手向平陽市而來。

第一個殺手是臺灣來的黃朝陽，此人原是臺灣的軟體工程師，後來因為厭倦了程式猿的單調工作，進入了殺手組織，擅長使用冷兵器。曾完成過兩次任務，都是做成目標動作失誤，銳器刺入心臟的現場。

第二個殺手是來自烏克蘭的謝爾蓋，原是烏

克蘭特種兵，為了錢加入了國際雇傭軍，因為誤傷無辜被懲戒開除，擅長使用槍枝，完成任務三次，喜歡遠距離狙擊目標的眉心。

第三個殺手是來自韓國的河太賢，原為化學工程師，後來自己研製出一種新型毒品被逮捕，然後他販毒的同夥救走後逃到加拿大，加入了殺手組織，擅長用毒，完成任務三次，喜歡讓目標看起來像是吸毒死亡的樣子。

國際殺手組織是一個歷史悠久的跨國犯罪組織，極為神秘，總部在哪裡？負責人是誰？資金如何運行的？一直是一個謎，幾乎成為一個傳說般的存在。

但是這個神秘組織的確是存在的，它能獲得長久生存，的確是因為堅守著一些祖傳的奇怪的規則，才讓它沒有被消滅，甚至與政府部門有千絲萬縷的聯繫。國際殺手組織的對外名稱是「國際合作仲介所（ICA）」，有自己偽裝的網站，只有通過協力廠商組織才能接觸到它們，這些代理機構分佈世界各地，成為其業務觸角。

國際殺手組織嚴格遵守最重要的三項規則，違反了這三項規則，殺手即使成功刺殺，即使為公司創造了高額利潤，也不能得到獎勵，非但不能得到獎勵，還有可能被公司滅口，因為他讓組織置於危險的境地，成為社會矚目的對象。

第一規則：不能造成血腥場面，不能傷害無辜，盡可能不要留下犯罪證據。這是為了不造成社會影響，以免引起公眾矚目。曾經有個殺手為了刺殺一個嚴密保護中的間諜，造成了一次客機事故，整架飛機一百五十多人飛入大洋消失無蹤。雖然完成了任務，殺手組織收到了高額的傭金，但為了維持規則，組織還是消滅了這個殺手。

第二規則：不接受私人委託的第二次業務。這是為了防止多次接觸同一個人留下線索，但是可以接受其他組織機構的多次委託，例如各國政府的委託，或者是某些大型機構組織，例如金融機構或者宗教機構，或者是藥業公會，汽車行業工會等。和這些組織的合作，也會得到這些組織的保護。

第三規則：不能刺殺顧客，這是為了防止被刺殺者反過來雇傭刺殺顧客，使得組織變得唯利是圖，沒有信譽，另外還需要給顧客一個安全感，要讓顧客感覺到，只要和殺手組織合作過，至少殺手組織就不會對付自己。歷史上，曾經有殺手和顧客產生了矛盾，結果私自行動刺殺了顧客，結果組織為了維持規則，堅決消滅了這個殺手。

到中國執行任務，是殺手們非常忌諱的事情，危險指數太高，所以高級殺手們根本不願意接手這樣的任務。只有三個初級生手願意試試運氣。

這三個殺手來到平陽，互相並不知道對方的存在，每個人都是獨自行動。國際殺手組織的懸賞令，公佈有我的姓名和照片，至於何人接受這項懸賞，進而採取行動，就是一個秘密了。

中國國內的安檢密度世界第一，國內治安水準太高，任務極難完成，為了刺殺執行的可靠性，國際殺手組織為這個任務下發了三張執行單，每一單申請任務成功的殺手，都會先獲得廿萬美元的定金，用於在中國的行動費用。

國際殺手組織的行動規則是：執行任務如果行動成功，八佰萬美元獎金會給予成功的殺手，成功殺手的身價等級就會提高，而且其他殺手依然可以保留定金，這也是為了防止殺手之間為了爭奪獎金，互相拆臺的措施。如果行動失敗，而每個人都付出過努力，則定金依然留給刺客。

但是如果刺殺失敗，卻有人根本沒有採取行動，只想混日子白拿錢，殺手組織也不是慈善機構，最溫柔的處理措施就是要如數退還定金，有的會降低殺手的身價和等級，甚至被退出殺手組織。當然，至今為止，還沒有殺手可以活著退出殺手組織，當然也沒有人有膽量吞沒殺手組織的錢。

國際刑警組織與國際殺手組織的對抗已持續了很多年，雙方互相都在對方安排了臥底，知道了殺手組織的計畫之後，國際刑警組織及時通知了中國警方。

中國警方極為重視這個案件，專門組織了一

個調查組，負責追捕殺手，查找國內是否有殺手組織的分支機搆。

只不過，無論是國際刑警組織，還是中國警方都不知道，一共有三個，而不是一個殺手來中國執行任務。

中國警方的辦法就是嚴密監視我的周圍，看看是誰在接近我，然後等待機會，要在刺客們行動的時候動手抓捕，掌握確實的證據，才能定罪和拷問國內殺手。如果獲得鐵證，還可以把殺手俘虜做籌碼，獲得國外殺手組織的交換條件，方便國家在國外的一些特殊行動。

臺灣黃朝陽在我家對面樓層租了一間房子，每天用望遠鏡在觀察我的行蹤。冷兵器無法帶到中國內地，這位黃先生來到廚具批發市場，購買了一整套高檔廚師刀，還從網上購買了一套五金工具。他還訂購了戰術背心馬夾，有很多口袋，他把刀具工具分別插在馬夾的口袋裡，儘量做到外面穿上西服遮擋，絲毫看不出破綻，為了這個，黃朝陽對馬夾進行了仔細的修改，很是花費了一番工夫。

黃朝陽在我父母家附近轉了好多圈，仔細考察了地形，記錄了我的外出規律。只是他還不知道自己的行動已經落入警方的視線。

經過觀察，他已經有了思路，準備對我的汽車下手，讓我在一場汽車故障的交通事故中「正常」死去。

黃朝陽為了自己的新創意狠狠激動了一番，當晚他鑽到我的車底下，仔細研究我的汽車，突然發現，要在車上動手腳，造成我死亡的交通事故似乎不太容易。

我的這輛國產的混合動力汽車，安全措施還是相當充足的，像是胎壓測量，行車雷達，車身穩定控制，自動氣囊系統都非常充足。黃先生上網查詢，發現理論與實踐的距離有些遠。就在他思考的時候，在他動手之前，我就搬到了市區叔叔家居住。

於是黃先生也跟蹤我到了市區，他在我家附近盤下了一家修車店，有洗車保養修理業務，他刻苦鑽研技術，弄清我這種車的結構，設計出了讓我的車出大事故的方法；他努力拓展業務，雇人到處發小廣告，使用優惠措施吸引客戶，特別是在我的車上，天天投放優惠卡，首先是降低洗車價格，每次只要十元洗車費，另外保養和換油的價格也比同行便宜30%。這一招立刻生效，每天在門口洗車和保養的汽車排長隊，連員警都來維持治安。為了提高洗車效率，黃朝陽還投資五十萬元購買了一套高級洗車機，只要三分鐘就能清洗一輛車，一天可以產生二仟元純利潤，不到一年就可以收回投資，利潤很可觀。

烏克蘭的謝爾蓋在市場購買了兩支射釘槍，還有一大盒射釘彈藥。這兩天他一直在忙著改造射釘槍。裝修用的射釘槍沒有槍管，無法保證射擊距離和精度，他找了一家機械加工廠，加工了兩根帶膛線的無縫鋼管，製成了槍管；射釘槍的扳機很硬，他改造了擊發裝置，做成了精確射擊的二道火扳機；他設計安裝了準星，手工雕刻了槍托等等，最重要的是把射釘改成分裝式子彈。

改造後的兩支槍，謝爾蓋做了射擊實驗，精度不夠用，射釘槍用的火藥，注重高爆破速度以提高射釘穿透力，燃燒速度很快，所以產生的推力不夠穩定，彈道誤差太大，統計五十米內子彈散佈精度足足有一米多的固定誤差範圍，按照這個精度，只有到了二十米以內才能滿足射擊命中固定人體的要求，要保證射擊準確，一擊必殺，則需要靠近到十米以內的距離。

謝爾蓋曾經在晚上來到過我父母家，當時他準備在門口安裝一套支架，當開門的時候，兩支搶就會一起開火，穿透房門，擊斃開門的人。但是在他觀察發現我父母出門的機會要高得多，這套方案只能放棄了。

謝爾蓋跟隨我來到市區，他租住了一套廿樓的高層公寓房，我家是四層樓的房子，他住的高層公寓就在我家社區對面不遠，用望遠鏡能看到我的行動。

雖然沒有設計好刺殺方案，但是謝爾蓋發現了中國產的射釘槍真是個好東西，比起東歐和前

蘇聯地區使用的德國產射釘槍，中國貨顏色豔麗美觀，小巧輕盈，使用方便，最重要的是，價格還超便宜。

他找來一個俄語翻譯，把射釘槍的中文資料翻譯成俄語，發給他在烏克蘭經營裝飾器材公司的姐姐，結果他姐姐很感興趣，讓他採購一批射釘槍發貨到烏克蘭，謝爾蓋順便就成立了一家貿易公司。他發現從平陽到烏克蘭的貨運很方便，每天都有一趟中歐專列，用火車只要一週時間，就能在烏克蘭收到貨物。而從德國訂貨，雖然是烏克蘭的鄰國，交貨時間卻長達一個月，價格是中國貨的十倍。這買賣利潤很高。真是一個充滿機會的市場空間。

韓國的河太賢來到平陽後，也租了一套房子，他購買了兩大瓶黃血鹽，一整套加熱和過濾等化學裝備，開始了制取氰化鉀的工作。這個想法倒是和我以前不謀而合。

但是在加熱的時候，抽油煙機排出的毒煙順著煙道排出時，洩露出來一點點到了樓上鄰居家，引起了老人的噁心和嘔吐，被電話報警。員警敲擊河太賢的房門時，他迅速反應，以閃電般的速度把黃血鹽倒入下水道中，並在火上放上一鍋燒糊的杏仁。

員警被糊弄過去了，河太賢發現在家裡製毒的確不行，巧合的是，在一家韓國狗肉火鍋店吃飯的時候，聽到這個飯店的主人，一對韓國來的老年夫妻，在商量著想把飯店盤出去。河太賢眼珠一轉，有了主意，就熱情上前，和老夫妻商議買下了這個店面。

這個火鍋店是在大路街角處的一套帶院子的平房，廚房有高高的排氣煙筒，不怕影響到別人，河太賢可以放心大膽地製毒。只用一個晚上，他就製作了五枚氰化鉀純淨晶體，從這點兒來說，專業的化學家還是很專業的，比我的良品率高2.5倍。如果把這些晶體放在湯中，估計毒死幾百號人絕對沒有問題。現在只需要一個機會，等到目標上門來吃飯。

為了提高我上門吃飯的概率，河太賢準備製

作出更加精緻的韓國美食，創出名聲，吸引食客上門。以前老店主的韓式狗肉火鍋，風光過一陣子，時間一久，狗肉畢竟上不了大席面，生意逐漸冷清。

河太賢參考國內火鍋的優點，根據平陽地區喜歡海鮮的口味特點，創新了海魚下水火鍋。因為平陽周邊有不少海魚加工廠，國外的漁船把海洋捕撈的大魚送到這些加工廠，去頭去尾剔骨包裝後。再把淨魚肉發貨到歐洲美洲，那些人不能吃帶刺的魚肉，又懶得自己剔除魚刺，所以中國就成了世界魚類加工基地。這些工廠產生了大量的魚骨和魚下水，河太賢過世的母親就擅長製作魚下水，還開了一家小吃店，而他也從小學會跟著母親製作小吃。

魚下水處理好了其實非常美味，魚肝香滑軟嫩，營養豐富；魚腸用蘇打水稍稍泡發，會膨脹變大，用火鍋涮煮也不會縮小變硬，非常Q彈；魚食管的處理方法類似於重慶人處理黃喉，要剝掉一層硬皮，變得又白又嫩，口感脆爽勁道，很能吸收湯汁的調料，是一道美味；魚鰾洗淨後高溫熬煮，冷卻後變成了魚凍，也是高檔美食。

河太賢的創新之處，是用魚骨用來製作火鍋底湯，化學家採購了一套高壓加熱釜，特別配置了融骨藥物配方，魚骨在釜中完全溶解，成了奶白鮮美的魚湯，再配上當地生產的韓國口味小菜辣醬，不但口味相當獨特鮮美，而且喝了讓人上癮。

河太賢重新裝修了飯店，再次開業時，顧客盈門。因為原料成本比較低，價格實惠而美味，名聲很快就傳開了。

第六十五章　狗皮膏藥

我穿著游泳褲，斜坐在籐椅上，看著桌上的筆記型電腦，雙手快速地輸入程式，過去一年的時間，沒有碰過程式設計軟體了，僅僅一年，在基因行業就有了巨大的改變，出現了幾種新型的基因編輯工具，不僅僅可以刪除和插入基因段，還能在三維空間對基因形狀進行編輯，並能夠監控DNA 編輯的過程。而高清螢光顯微鏡也出現了新的可以觀看三維結構的顯微鏡，可以立體地觀察生物分子的結構。

這真是巨大的進步，在一年前還是不可想像的，基因技術的突飛猛進，預示著生物技術的巨大突破就在眼前，很快，人們就將看到瞠目結舌的研究成果出現，而我的基因編輯嬰兒，就會變得像小孩子遊戲一般的小把戲了。

程源負責的軟體公司，現在已經有十幾萬個客戶，基因資料庫的資料非常巨大，即使加上租來的幾台超算機也已經不能滿足要求。目前軟體公司正在和國家基因庫商談併購事宜，國家準備投入實二億人民幣收購公司 75% 的股份，新公司將把基因庫的排名世界前廿名的巨型超算機併入其中，使用最新一代光纖網路技術，運行速度和容量可以提高上千倍，同時將資料量提升到百萬人的級別。

談判已經成功，雙方的合併正在進行中，國家基因庫最感興趣的就是公司的這一套基因演算法分析資料庫系統，這個系統也是我自己的最高成就，我在其中使用了很多當年超前的人工智慧演算法程式，使得基因演算法變得高效簡潔，對計算資源的需求量大大減少。程源軟體和國家基因庫的工作，在很多專案上是重複的，合併之後，會強強聯合，對這部分市場，即使是在世界上，都形成了壟斷領先的地位，客戶資源大增，預計將獲得很高的收益。

我正在看到的是一年多以來，我設計的這一套人工智慧數學模型的成長情況，這套數學模型並不是固定不變的，它會隨著資料量的增加，自動反覆運算更新，自我提升自己的運算元數量內容和演算法的微調。

隨著不斷積累，可以看出基因演算法有很多的發展方向，基因演算法更像是解碼加密，如果密碼都是隨機的資料，解密只能是一種碰運氣的偶然結果，但是基因當中，似乎總有一些數碼段是固定不變的，在正常情況下，這些基因段有著很好的穩定性，其表達的蛋白質也有很好的穩定性。這些固定段佔據的數量還相當不少，這也為解碼基因的進化過程，創造了有利條件，可以再次大大減少計算量。

打個比方說，二戰時英國截獲德國的恩格爾密碼電報，雖然有電腦的幫助，計算量依然太大而無法破解，但他們發現，德國潛艇的電報最後總要加一句「嗨希特勒」，只要這幾個單詞的字母轉換密碼已經確定，就可以大大減少整個字母表的破譯難度。基因破譯也是類似，只要知道盡可能多的固定編譯程式，整個基因鏈破譯的難度就會大大下降。

我揉了揉臉，從快速的敲擊鍵盤中停了下來，這一段新程式將插入系統核心程式中進行調試，要過兩天才能看到測試結果。

我端起一杯咖啡，看向游泳池的方向，這裡是體育中心的游泳館，白天人很少，高教練正扶著梯子從池中走出來，水滴從身上滑下來，模特一般的骨架，運動員的健美肌肉，山東大饅頭的絕佳廣告，媽媽口中好生養的典型代表，大長腿走動的時候，有一種長頸鹿般飄逸的感覺，讓人賞心悅目。

今天高教練輪休，她陪我來游泳，來到休息區，她坐到我旁邊的椅子上，隨手摘掉游泳帽，甩開的長髮就披散到肩頭。

我遞給他一杯咖啡，高教練一飲而盡，非常豪爽，非常不淑女。我給高教練續了一杯咖啡，

她放到桌上，仔細看著我的電腦，那上面全是PYTHON 語言的程式語句，高教練看得一頭霧水，說道：「真是佩服你們這些科學家，寫的東西我一點兒也看不懂。我最佩服你打字的手法，確實飛快，這我就不如你了。」

我拱手笑道：「多謝教練誇獎，所謂術業有專攻，您老的推拿按摩手法，本人也是極為佩服的，您看什麼時候您老發發慈悲，再給學生推拿一下肩膀。學生一定不勝感激。」我諂媚地笑著。

自從被可惡的男人婆折斷了肩膀關節，雖然被復位了，但也留下了傷痕，在一次羽毛球正手劈殺球時，肩膀又脫臼了一次，高教練不愧是骨科高手，經她推拿按摩之後，肩膀就好了很多，而且她推拿得很舒服，連我脖子僵硬的老毛病都好了很多。

高教練輕輕打了我一下，拿起我的手，抬起我的胳膊，讓我肌肉放鬆，雙手微微推動，讓我的胳膊繞著肩關節輕輕轉動了兩圈，輕輕一拽，肩膀關節發出了咔吧的一聲脆響，一種很舒服的放鬆感傳遍身體，我忍不住呻吟了一聲。

高教練放下我的胳膊，說道：「關節是沒有大問題了，但是關節囊的全面恢復，還需要一段時間的休息，這條胳膊不能用大力氣，今天我給你帶了一份狗皮膏藥，是醫院老骨科大夫用真虎骨配置的，要用爐子加熱以後糊在肩膀上，一副藥貼三天，兩副藥包你肩關節完好無損。」

我往游泳池的周圍看了看，一個渾身是毛的俄羅斯老毛子正從水中爬上來，就像一隻大白熊從水中出來一樣，還渾身抖了抖，甩了甩水花，我不由得笑了起來。我轉身對高大夫比劃了一下周圍說道：「這個地方也沒有爐子啊。要不你到我租的房子去看看吧，那裡有煤氣灶，看看能不能用。」

那老毛子看到我笑，手還向著他比比劃劃的，可能誤會了以為我是在嘲笑他，瞪著大眼甩著肩膀，氣哼哼地向我走來。看來他是誤會我了，我趕緊做了個抱歉的手勢，大白熊依然向我走來。

這時，一個正在推著拖把擦地的清潔阿姨，

卻擋住了那個老毛子的去路，老毛子左走左擋，右走右擋，兩個人像是跳舞一樣同步來回了好幾次，像一頭大白熊和一個老太太在跳舞，扭來扭去的，看起來非常滑稽。老毛子總是不能突破清潔阿姨的阻擋，愣了一下，只好轉身回頭走開了。

那個阿姨小聲說了一句：「對唔住。」然後急急忙忙向著門口走去，這句話被我靈敏的耳朵聽到了。我忽然意識到了什麼，這聲音好像還挺耳熟的，還是廣省白話啊，一個北方的清潔阿姨，居然下意識地說著廣省白話。我激靈一下站了起來，向著那個清潔阿姨追了過去。

這段時間的鍛煉效果，在這個時刻體現了出來，我以獵豹的速度奔跑，瞬間追上了阿姨，我拍了一下她的肩膀，說道：「哎，你是小王吧。」

那個阿姨轉過身來，卻是一張不認識的臉，胖胖的，有些灰白的頭髮，足有五十多歲了，只有眼睛看起來水靈靈的。我失望說道：「對唔住，我認錯人了。」

那阿姨一聲不吭，面無表情地轉身走了。

我搖著頭回到籐椅坐下，高教練好奇地問道：「那是誰啊？你是不是認錯人了？剛才兩個人就像跳舞似的，好有意思。咯咯咯。」高教練沒心沒肺地笑起來。

我若有所思，那個阿姨雖然不認識，但那兩個眼睛的確有點兒眼熟，那樣一雙靈動調皮的眼睛，配上一副呆板木訥的臉，還真夠矛盾的，我忽然全身一振，猛然想到了一個可能性，倒吸一口冷氣，張口說道：「噫啊。會不會是她易容來監視我。」

我抬頭尋找，那清潔阿姨已經消失不見了，剛剛想起身追出門外看看，肩膀就被高教練拍了一下，嗔道：「你一驚一乍地搞什麼鬼？什麼易容，什麼監視？說來聽聽。我最喜歡聽這種事了。」

我回過神來，搖頭說道：「沒什麼，沒什麼，我可能想錯了。」

十月下旬的平陽，天氣陰沉，路邊的樹葉變成金黃的顏色，一股冷空氣南下，淒風冷雨吹落

滿地的落葉，我開車帶著高教練來到我家。進門之後，第一次上門的高教練好奇地跟著我，到各個房屋去參觀。

高教練感歎道：「有錢人真是幸福啊。一個人住這麼大的一套房子，太奢侈了，你再看看本姑娘我，現在還和父母擠在一起住。只有一間十平米的小房間，十分地擁擠啊。」

我擠兑高教練道：「什麼有錢人，這房子的租金還是爸媽幫我交的呢。要是你喜歡，你也可以過來住。」

高教練的臉居然紅了，羞澀地說道：「我只要是過來住一天，第二天我爸媽就會來逼婚，你準備好了嗎？」

我嚇了一跳，連忙擺手道：「這個，這個，這個還真的沒準備好。」

高教練哼了一聲，不滿地說道：「你還端起架子來了，就算你準備好了，姑奶奶我還沒準備好呢。廢話少說，還不去準備好煤氣爐。」

多年的獨自生活，我養成了清潔整理的好習慣，廚房被我整理打掃得乾乾淨淨，我按照高教練的指示，打開天然氣灶火，把火焰調成中火，打開油煙機，抽出煙氣。

高教練拿出一塊白色的疊在一起皮革，用力拉開一點兒，在火苗上來回烘烤，隨著皮革溫度的升高，黏住皮革的黑色膏藥逐漸軟化，皮革被慢慢拉開。

屋子裡瀰漫著一股濃濃的中草藥的香氣，我站在廚房門口，看著高大夫在灶火前忙碌，今天她穿了一件藍色的立領薄毛衣，緊身的牛仔褲，高挑健美，凹凸有致的好身材盡顯無遺。我忍不住有一點點色心升起，我想：「如果這時候，我上去從後面抱著她，她會怎麼反應？會不會把狗皮膏藥糊在我臉上？」

正在我胡思亂想時，膏藥已經完全拉開，高教練努努嘴對我說：「你去脱了上衣，露出肩膀，坐在凳子上等著我。」

我聽話地回到客廳，搬一把椅子，脱光上衣，趴在椅子背上坐好。過了一會兒，高大夫捧著狗皮膏藥出來，對我說：「忍著，別動。」

「啪。」狗皮膏藥猛的貼在我的肩膀上，瞬間皮膚熱的一下刺痛，但我咬牙忍住不動，痛疼很快就消失了。這狗皮膏藥很神奇，溫度雖然很高，但可能是導熱係數比較低的緣故，隨後熱量是一點點慢慢傳過來的，除了剛剛貼上時候感到燙，很快就變成了暖烘烘的舒服的感覺。

藥力隨著熱氣慢慢傳導到關節中，我的肩膀關節有點痛疼的那個地方，居然有了一點兒發癢的感覺，一股異常舒適的暖意流入身體。高大夫說：「這兩天，這條胳膊就不要提拉重物，但是要經常活動活動，第三天我再給你換一副膏藥，貼完了以後就沒事了。如果不這麼治療，你這個肩膀就會經常脫臼，使不出力氣了。」

第六十六章・修車

為了答謝治療之恩，今天晚飯在家裡招待高教練，我親自動手在廚房炒了幾道好菜，狠狠地顯擺了一番自己的廚藝。監視居住期間鍛煉出來的廚藝，再次得到了展示，高教練吃得很滿意。

飯後休息一會兒，我送高教練回家，她家離我家只有兩三公里，天色昏暗，氣溫明顯降低，風刮的更大，雨下得更急。我把高教練送到家門口，揮手告別，看她上樓之後，才開車離開。

在路上，汽車電腦就開始提示我，上次保養之後，我已經行駛了超過一萬公里，應該去維修站保養汽車了。

第二天上午，我把汽車開到離家不遠的一處修車店，這裡生意不錯，門口有不少車排隊，看來生意興隆，口碑挺好。

我開車進去，店員熱情接待，把我的車號輸入電腦，建立檔案，問清楚我需要保養的內容，這輛車只需要做常規的例行保養，更換機油和濾清器，更換空氣濾清器，汽油濾清器，清理空調濾清器等，整套保養的零件費和工費一共才報價五佰元，還送我一次洗車服務，真是物美價廉。

這家店的老闆走了過來，親自把車子開進修理車間去，親自動手把汽車升起來，開始保養車輛。這老闆個子高高的，有些駝背，戴著厚厚的眼鏡，臉上掛著憨厚的笑容，不像老闆，更像一個程式猿。

據店員介紹，老闆是臺灣人，姓黃，以前在臺灣還真是一個程式猿。黃先生非常勤勞，經常親自動手修車，有不懂的地方還不恥下問，向修車師傅們請教，師傅們也很喜歡他。

這家店才開業不久，因為服務比較好，價格實惠，名聲開始傳播出去，很多遠處的司機也專門開車到這裡維修保養。

店員請我到休息室等候，那裡有茶水咖啡，還有WIFI，電視等。我倒了一杯咖啡，打開筆記型電腦，聯網之後，開始檢查我前幾天的軟體運行情況。

如果一個人的基因圖譜已經測序出來，根據這個資料，是否可以推斷這個人的身體狀況，是否可以預測這個人以後會得什麼病？什麼時候發病？

答案已經清楚了，的確可以。現代醫學已經可以通過基因圖譜，預測推斷幾百種疾病的發生概率，越來越多的疾病，可以通過基因測序來進行預測，特別是像癌症這類與基因突變關係密切的疾病，根據基因的變異的情況，可以儘早制定治療方案和藥物，提前預防癌症的發生。

基因測序的想像空間遠不止如此，理論上講，知道了一個人的基因序列，那麼就知道了這個人的一切，包括他的長相，所有器官的情況，他的上幾輩的情況，他的能力等級高低，是否聰明，是否健康，是否有缺陷，壽命多長，將來會怎樣等等。總的來說，基因資訊是一個人的最高機密，但是這個機密又是如此容易被人獲得，一根頭髮，一塊皮屑，一口痰，都可以把他的基因機密洩露無餘。

當然以現在的技術，達到這個境界還有很遠的距離。現實情況是，基因和蛋白質的對應關係雖然已經摸清了上千種，但是人體蛋白質的種類到底有多少？誰也說不清楚，只能說，知道的越多，不知道的就越多。僅僅是這第一步，就仿佛是無盡的漫漫長路，看不到盡頭。至於蛋白質的組合會產生什麼效果，更是一個巨大的資料組合了。

不過幸運的是，到目前為止，我們還不需要研究所有的一切，我們只需要知道有哪些基因改變了，基因的改變造成了什麼後果，中間的過程是怎樣的。

如果一切外部條件都沒有改變，基因是可以無限複製，沒有突變的。可是隨著環境的改變：溫度，鹽鹼度，射線，濃度差，化學藥物，食物，

生物入侵等等，都在不斷刺激著基因產生變異，這麼多的可變數，都會對結果產生不可預知的影響，所以基因又幾乎是不可預測的。

當然基因的突變也不是那麼容易，不同等級的刺激，只能產生一部分的變異，那些不易變的因素，是我感興趣的地方，讓我可以互相印證，破解基因密碼，這也是我這套人工智慧軟體的精髓所在。

當我抬起頭，從基因密碼的世界抽出注意力，發現時間已經過去了兩個小時，店員還沒有通知我，按照正常情況，只是保養車的話，半個小時應該夠用了。

我收拾起筆記型電腦，起身來到接待台，那個店員正在忙著接待客人，看到我還在這裡，他不由得有些驚訝，趕忙查詢了一下維修情況，車輛的維修資料還沒有報過來，應該還在維修，他也不知道情況，準備進車間看看，我也決定跟著去。

走進車間，看到我的車還在升降臺上，周圍沒有人。接待員喊了兩聲，沒看到有人過來，他讓我等一下，自己走進了辦公室。

過了一會兒，接待員走出來，後面跟著臺灣的黃老闆，臉上青一塊紫一塊，嘴角還有被打破的血痕。黃老闆的身後，跟著三個人，都穿著修車的工作服。我十分詫異，上前問道：「老闆，您這是怎麼了？車修好了嗎？」

黃老闆眼神閃爍，急忙說道：「沒有問題的啦。我只是不小心撞到了。工作不小心的啦。車已經修好啦，你可以提車走的啦，走啦走啦有沒有，那個小朱，你請客人去招待處等一下的啦有沒有，我這就收拾好交車的啦。」

小朱領著我回到招待處，幾分鐘後，就讓我去門外檢查一下車輛，我坐在車中，發動汽車，發現一切正常，維修報警燈也關閉了。

我熄了火，準備下車去交錢，順便洗洗車，從反光鏡看到那黃老闆匆匆走出車間，三個維修工簇擁著他，走進一輛麵包車。最後上車的那個又高又壯的維修工，我看到了他的側臉，我驚訝地發現，他居然是在普陀山紫竹林禪寺撞我的那個壯漢，當時我也只看到他的側臉。

壯漢上車之後，麵包客車嗖的一聲就衝了出去，消失在街道中。我坐在車中愣了好一會兒，現在我可以確定，我一定是被監控了。而且我是一直被監控著。從我逃出來的那天起，我就被秘密監視著。

他們從來沒有放過我。我看起來是自由的，但我其實還是在籠子裡，還是在如來佛的掌心中，隨時會被壓在五行山下。

他們為什麼要抓走黃老闆？難道是因為他們要搜查我的汽車，黃老闆堅決不允許，所以被他們揍了一頓抓走了嗎？可憐的黃老闆。

我坐在車中，雙手緊緊抓住了方向盤，緊張恐懼的感覺讓我肌肉發硬，失敗沮喪的情緒開始蔓延：我是一個盧瑟，一個小丑，自以為逃脫了，其實根本就是他們在戲耍我。

我狠狠地在方向盤中間擂了一拳，汽車喇叭嗚叫了一聲，在車外的接待員拍拍我的窗戶，我打開玻璃，「老闆，您的車有問題嗎？」

「呃，沒事，我試試喇叭，挺好的。」我下車交錢辦好了手續，把車開到洗車區洗白白，然後我開著乾淨了的汽車離開修理廠回家。

一路上我的思想一直在努力掙扎，當你意識到有一幫人在暗中窺視著你，如同黑夜中的草原上，有一群野狼，在你看不到的角落盯視著你，你看不到他們，只能聽到野狼奔跑時沙沙的腳步聲，你下意識的衝動就是撒腿逃跑，遠離這裡，越遠越好。

可是理智告訴我，我逃不掉。我已經奔波了幾千公里，從鵬城逃到了家鄉，他們依然如同附骨之蛆一般跟著我，無論我到哪裡，也逃不掉他們的跟蹤。我的父母，我的朋友，都不是我說捨棄就能馬上捨棄的。

我回到房間，躺在床上，回憶著一段段被監控的情節，不知不覺昏昏入睡。

我隱身在高空中，向下俯視，月光下，在一片荒涼的山崗上，我的分身孫行者正手持金箍棒，

在和一個黃袍怪廝殺。那黃袍怪手持一把開山刀，氣急敗壞，向著孫行者猛砍，兩個人已經鬥了五六十個回合不分勝負。

我定睛一看，這黃袍妖在我眼中現出了原形，是一頭靛藍色的狼妖，身上卻只有很少一點兒黑色妖氣，白色的佛光占了多數，這只黃袍妖，居然是佛妖合練的妖怪，已經快要大成了。

我已經認出他來，這是天宮二十八星宿的西方奎木狼，他變化做了黃袍妖，下界與托生波月國公主的靈霄宮天香侍女私會，再續孽緣。可惜天香侍女和它並沒有緣分，黃袍妖剛被打跑，公主就急忙逃回到皇宮，和黃袍妖撇清了干係。

真正吸引我的，是我的分身體內吞下的那顆舍利子玲瓏內丹，這可是好東西，其中蘊含著大量的功德之力，正是我需要的。

我飛身而下，隱身直接鑽入分身體內接手了這具身體，看到黃袍妖揮刀砍向我的下三路，我一個筋斗翻身，躲過利刃，金箍棒借勢揮舞，正中黃袍妖的頭頂，當的一聲，黃袍妖身子一晃就消失不見。

我拿著舍利子玲瓏內丹，離開分身，隱入虛空中，那行者的神識清醒過了，對著妖怪的去路大喝一聲：「呔，妖怪，哪裡跑。吃俺老孫一棒。」一駕雲追上天庭，找那奎木狼的麻煩去了。

我拿著那顆雞蛋大小的，綻放著白色霧芒的玲瓏內丹，仔細觀察，玲瓏內丹是修煉截教功法的妖族，一身功法凝練之物；而舍利子是佛家修煉者凝練的功德精華，這兩者融為一體，的確是從未見到過。

一絲神識滲入舍利子，只見到無邊的純淨白色，居然是甚深佛法功德。以我五百年與佛祖五行山對抗的經驗看，這佛法功德的純淨度，居然比佛祖都稍稍超過一些。更加廣大慈悲，圓融無礙。

我靜靜地體會，神識逐漸深入舍利子內核，隨著領悟的深入，感覺我自身的功德之力在逐漸提升，這真是一件佛家至寶，可能還是一件遠古佛家至寶。可是它又怎麼會落在奎木狼手中，而且奎木狼修煉的佛光比這舍利子要低級得多，若不是行者變化成天香侍女的樣子，裝病欺騙了奎木狼，還真是得不到這件至寶呢。

當我的神識進入舍利子內核，陡然出現了一棵參天大樹，樹枝樹葉都是翡翠般的綠色，遮蔽整個空間，每一片樹葉都像是一個小小世界，在演繹著無盡的變化，站在樹下，各種明悟進入心中，無數疑團得到化解。這棵樹是一棵域外菩提樹神，或者說，是一個域外妖族，流落到我們這個世界留下的部分遺蛻。

傳說佛祖就是在菩提樹下頓悟，領悟了無上佛法，佛法妖法，其實並無差別。世上一切生物，最終盡皆平等。

我逐漸退出神識，將舍利子玲瓏內丹收入內府。這倒楣的奎木狼僥天之幸，得到至寶，秘藏至今，只是拿出來給那女人用了一下，就永遠找不回來了。這種不世出的至寶，需要好好地藏起來，慢慢地體悟，豈能拿出來招人耳目？

奎木狼神識不夠，都無法進入舍利子領悟至深功法，只是依靠長年累月的內丹感悟，才略有收益。估計他是接觸了佛法修煉者，發現佛家功法與自身非常契合，才能作為一個妖族，練出滿身佛光吧。

我看到了我的分身孫行者已經到了天宮，找到了逃回來的奎木狼，天庭降罪於他，到兜率宮燒鍋爐三年，等有功時才會放出來。

作為一個下界為妖的天庭星宿，這個懲罰未免太過於輕鬆了，想當年八戒和沙僧，一個只是酒後對嫦娥說了幾句葷話，一個失手打碎了王母娘娘的玻璃杯，就被發配凡間受苦，甚至變為畜牲，懲罰何其嚴厲。

黃袍怪到了人間，姦淫婦女都是輕的，他經常打家劫舍，殺人吃人，犯下滔天大罪。最近的一次，黃袍怪在皇宮喝醉了酒，抓過一個宮娥，哢嚓一口，就像吃蘿蔔一樣把人家給生吃了。

如此重罪，居然只是罰他燒鍋爐三年，這樣的輕鬆處罰，看來一定是有原因的。

唐僧因為三打白骨精攆走了行者，八戒因為

出去化齋偷懶睡覺，沙僧因為派去找八戒，結果剩下唐僧自己孤零零一個人，居然莫名其妙走進了黃袍怪的洞府，輕易送貨上門，這在西遊記的整個八十一次受難過程中，是最莫名其妙的一次。

而黃袍怪居然因為情人的一句話放過了唐僧，但又追到皇宮，把唐僧變成了一隻老虎，讓波月國的侍衛們上前一番刀槍伺候，如果不是六丁六甲護身，早就被凡人們砍死好幾遍了。這說明了一件事：奎木狼很想殺死唐僧，但又不想自己動手惹來因果，只能借助凡人之手。

奎木狼本身並不具有如此複雜的動機，只有天庭才是幕後的主事，他們不希望取經人能夠成功，佛教在東土的大興，必然搶奪天宮的利益，但因為多年內鬥，天宮虛弱不堪，連一個妖猴都無法鎮壓，更不敢得罪佛祖，給自己惹來禍端。所以只能派一個小人物，用矛盾可笑的小手段，去做一件不可能完成的任務。

第六十七章　跟蹤又跟蹤

這兩天，高教練不能出來訓練了，她白天下班後要上輔導課補習，晚上還有撰寫論文，後天參加職稱評定考試。

當醫生是非常不容易的，就像一個半工半讀的苦修人，一輩子都是讀不完的書，上不完的課，沒完沒了的考試，直到退休才能完事。所以作為一個病人，不要總覺得自己是個可憐人，對面那個給你看病的醫生，其實比你更苦逼。

結束了下午的工作，我決定自己去健身房稍微活動一下，肩膀上的狗皮膏藥，讓我不能大運動量的訓練，也不能洗澡碰水，但這一段時間形成的新習慣，讓我每天都想運動一下才舒服。

健身房在二樓，跑步機上透過玻璃就能俯瞰游泳池，今天是週六，游泳館裡有二三十個人在活動，那個俄羅斯大白熊又來游泳了，這傢伙的體力相當好，在泳池中一次遊了十幾個來回，爬上岸後走到籐椅上休息。

我看到了那個清潔阿姨走了進來，拿著拖把慢慢拖地，從上面的這個角度看，她在東張希望，仿佛在找人的樣子，過了一會兒，清潔阿姨抬頭，向上看過來，我們兩個人的視線碰在一起。我仔細打量這清潔阿姨，她狠狠地瞪了我一眼，我笑了起來，現在可以確定，這個清潔阿姨就是男人婆化妝易容的。

易容和化妝？我也會啊。我溜出健身室，來到停車場，打開汽車後備箱，拿出我的行李包，回到了更衣室裡。我換上一身工作服，戴上墨鏡，套上假髮，對著鏡子一看，還可以，不仔細分辨，一般是不會認出我來的。

我走進游泳館，看到大白熊再次從水池中爬上來，抖著渾身的肥肉，向洗浴室走去，而男人婆剛剛擦完地，拿著拖把走進雜物間。

我躲在一個屏風後面，觀察著這兩個地方，過了一會兒，大白熊從浴室走出來，已經換好衣服，走出泳池的大門，看來是要回去了。

男人婆化妝的阿姨，也走出雜物間，遠遠地跟蹤過去。我不禁好奇了起來，男人婆居然不是跟蹤我，而是跟蹤那個大白熊的。

我遠遠地跟著男人婆，看著她一會兒躲藏在行人的後面，一會兒躲在牆角，不讓自己被看到。我也學著她的樣子，利用行人和樹木、站牌的遮擋，不遠不近地跟著她。

那大白熊溜溜達達，一路上買了一包炒栗子，幾個蘋果，一些麵包，還有燒雞和紅燒豆腐，在小賣部買了一瓶白蘭地，看來是準備晚上回家吃飯。

男人婆化妝的阿姨遠遠地窺視著，而我大大方方走到馬路對面，慢慢超過他們，在車站的人堆中遠遠地看著兩個有趣的人。

她在跟蹤方面明顯是一個生手，鬼鬼祟祟，動作浮誇，很容易被人辨認出來。而大白熊也明顯知道有人追蹤他，時不時地躲在拐角的地方，用手中的小鏡子照看後面的情況，像一個蹩腳的演員，一本正經卻惹人發笑。

大白熊走了一站多路，拐進了一處公寓樓，男人婆也急急忙忙追了進去，我跟在一個送外賣的師傅後面，也走進了公寓樓。

大白熊已經不見了，她站在電梯跟前，緊張地看著電梯旁的樓層數字在變化，看來她是想看看那個大白熊住在幾樓。

我走到她身後，拍了她肩膀一下，她霍然轉身，看到我卻沒有認出我來，一臉疑惑的表情。我摘下墨鏡，朝她擠了一個媚眼，笑問道：「哎，你是小王吧。」

男人婆吃了一驚，叫道：「呀，是你小子。穿上衣服我都沒認出你。」

旁邊等電梯的外賣大哥噗的一聲笑了出來，我不由得低下了頭，要不是大家以前有一段兒交情，我是真的不想認識男人婆。

「你那個大屁股大胸脯大高個的女朋友呢？

今天沒見你帶她出來啊。對了，你怎麼也到這兒來了？」我後悔了。如果可能的話，我一定不會過來拍她肩膀，大家井水不犯河水，各行其是，歲月靜好。

「我……」

還沒等我開口，男人婆就打斷了我的話。「哎呀壞了，我忘了看電梯到第幾樓了。都怪你。都怪你。」男人婆跺著腳，嗔怪地向我說道。她沒有發現，一個穿著工作服，一身清潔工打扮的中老年婦女，現在像一個小女孩一樣發脾氣跺腳，看得外賣大哥目瞪口呆。

我頭痛不已，趕緊伸手拉著男人婆，「走吧走吧，我請你去吃飯，等下次再找那個大白熊吧。」

「不行不行，我這次一定要找到那個老毛子住在哪個房間。都怪你都怪你，要不是你，我就找到了。」男人婆頭搖得像撥浪鼓，說話像按了重播鍵，埋怨我道。

「你們是找那個大胖子俄羅斯人吧？我知道，他住在廿樓，二〇一二房間，經營一家貿易公司，專門出口射釘槍到俄羅斯。」外賣大哥說道。

真是踏破鐵鞋無覓處，得來全不費工夫，我問道：「師傅，您給他送過外賣嗎？」

「沒有，我給他隔壁二〇一一經常送，他們說隔壁那個大白熊，整了一屋子都是射釘槍，全都出口俄羅斯烏克蘭，現在老毛子工業不行了，連槍都要從中國進口。」外賣大哥笑道。

電梯的門開了，我跟著男人婆走進電梯，一直升到廿樓，順著走廊來到二〇一二房間，門口掛著「謝爾蓋裝修建材商貿有限公司」的牌匾，安裝了兩台攝像機，男人婆給門牌拍了一張照片，就和我一起下樓了。

其實我們這一次的行動非常冒險，那個老毛子就在門後，通過攝像頭，在螢幕上盯著我們兩個人，手裡拿著兩把改造的射釘槍。他一直在猶豫，要不要衝出門去，一槍一個把我們幹掉，然後跑出國去拿八佰萬美元獎金。然後回到烏克蘭，

開一家公司，經營射釘槍生意，一生就無憂無慮了。

但他明白，一旦開槍，他一定跑不出中國，一定會被抓到，到時候一分錢也拿不到，還要把牢底坐穿。

站到玻璃窗前，直到看著我們走出公寓樓大門，消失在街道人流中，大白熊才恨恨地放下槍，只能另找機會下手了。

「哎，我說你這個小王吧，你從鵬城一直跟蹤我到這裡，你不累嗎？你就沒別的事幹了嗎？」我對男人婆說道，「不過你救過我一次，我的確是很感謝您，我今天請你出去吃頓大餐吧。」

「嗯，嗯……」男人婆囁喏著，「我倆不是要跟蹤你，是真的有其他任務。」

「哼。你倆？你和那個大傻個子吧？」我說道：「就是撞我的那個。今天我看到他了，和一群員警一起，把一個汽車修理店老闆給抓走了。」

「他們以為任務已經完成了，要調我們回去，可是我認為他們還有其他人，我要繼續調查。決不放棄。就算大傻子回去，就算只有我一個人，我也要堅持戰鬥。」男人婆攥拳點頭，她的臉雖然是木訥的，可是眼神還是堅定的。

「你要是點頭動作再猛一點兒，臉上的假面具沒準兒就能震下來了。」我說道，「麻煩您把語言邏輯整理一下，他們是誰？他們又是誰？我完全無法把握您的意思啊。」

男人婆這才意識到臉上還有面具，伸手摸摸臉，說道：「哎呀，不好意思，我先找地方去卸妝。今晚我請你吃飯，謝謝你幫我找到那個老毛子住址。」

「上次您老親自下廚，已經請我吃過一次了，不敢再麻煩您了，這次在我的地盤，我請你啦。」我說道。

「呃，這個……不好意思，我想請您幫個忙。」男人婆難得這麼謙虛。

我好奇地問道：「沒問題，幫什麼忙。」

男人婆說道：「這個，今天下午和我爸吵了一架，老頭子說任務已經完成，我必須回鵬城，可是我認為事情還沒完，我決定留下來，抓住老毛子的犯罪證據，我想請你幫忙，嘿嘿，您看……」

「哦，幫忙沒問題，問題是我怎麼幫？」我痛快地回答她。

男人婆眼珠滴溜溜地轉動著，說道：「這件事很容易的，你幫我去激怒老毛子，讓他動手打你，然後我就可以抓住他，搜查他的辦公室，找到他的犯罪證據。」

我疑惑地問道：「你懷疑這老毛子到底是犯了什麼罪？」

男人婆眼珠還在轉，說道：「我們懷疑他與國際恐怖分子有聯繫，在國內開展恐怖活動。」

我氣得笑起來，說道：「國際恐怖分子？你居然讓我去激怒他。如果他殺了我怎麼辦？那老毛子渾身長滿了毛，胳膊像驢腿一樣粗。輕易就能扭斷我的脖子。你居然讓我去激怒他。」

男人婆拍拍我的肩膀，說道：「放心啦，有我保護你。我會在你身邊，當老毛子動手的時候，我會抓住他的。」

我上下看看男人婆，身高不到一米六五，體重不到一百二十斤，雖然制服我沒有問題，可是老毛子可是一頭大白熊啊。你能行嗎？我表示嚴重的不信任。

男人婆看我猶豫的眼神，再次用力拍我的肩膀，大聲道：「安啦，老弟，我一定會罩著你的。嗯。」

這一掌正好拍在狗皮膏藥上，拍得我肩膀好痛，我鬼使神差地答應道：「好吧，好吧，你可要保護好我噢。」

第六十八章．為難

我們回到游泳館，男人婆從清掃雜物間背著她的行李包出來，我開車帶她到我家。男人婆在衛生間揭下面具，好一番洗刷，又換上了正常的衣服，總算是恢復了正常的女子形象。

只見她穿著一件白色T恤，一件破洞牛仔褲，單薄平坦的身體一覽無餘。我搖頭道：「這都十月份了，晚上挺冷的，你穿這麼薄不行啊，你沒有厚一些的衣服嗎？」

「沒有哎，我也不知道這裡這麼冷。要不我還是穿工作服吧？」

我一頭黑線，那些清潔工工作服，大媽穿著都嫌醜，「得了吧你，你不嫌丟人，我還嫌丟人呢。走吧，哥陪你去買衣服。」

「買衣服可以，你幫我挑，我不會買的。」

「天哪。我都遇到些什麼女人？你不會買衣服？你身上的衣服是誰給你買的？」

「我同事從網上買的。我穿著還挺好。就沒讓她們退貨。平時我都穿警服的，我喜歡穿警服。」

我已經無語問蒼天，只好帶著男人婆進了大賣場。

這裡有不少服裝品牌店，以前我跟隨小潔逛過不少女裝店，有幾個品牌小潔比較喜歡，是鵬城生產的，港城設計師設計的款式，比較適合南方女孩的體型。

我們進了一家專賣店，這裡有一位看起來就比較有經驗的美女老闆，我請她幫忙參謀一下，根據男人婆的身形氣質，到底適合什麼類型。老闆問道：「先生準備給你女朋友買什麼衣服？正裝還是休閒服？」

我看看男人婆，男人婆無助地看著我，我回答道：「正裝和休閒服各配一套吧。適當保暖一些的，天冷了，她從南方來，什麼都缺。」

女老闆笑道：「那就配一套女士羊絨西裝，西褲，另外襯衣，小裙等；休閒裝配一套牛仔面料的衣褲。」

我點頭，和女老闆轉了一圈，拿出一套日式咖啡色套裝，遞給男人婆，要她進更衣間換上看看；我們又給她挑了一套稍微厚實一點兒的牛仔面料休閒裝，一件羊絨毛衣，一件小風衣，讓男人婆一件件換上看看。

男人婆換衣服走出來，商店立刻就感覺亮了起來，應該說，她有一種清水出芙蓉的清爽感，一種男孩子般英氣勃勃的朝氣感，很獨特，很吸引人。

女老闆感歎道：「真漂亮。年輕真好啊。能不能給你女朋友拍個照片，放我們店裡做廣告，我給你衣服打六折。」

男人婆開口道：「做廣告才給六折？不是應該免費送衣服的嗎？」

老闆尷尬地笑，我無助地捂住臉，對老闆說道：「鄉下女孩，沒見過什麼大世面，不用打折，該多少就多少。」

衣服花了六仟多元，老闆免費送了兩套內衣bra和一套秋衣秋褲，還送了幾件搭配的小飾品，一個女式包，一雙時裝鞋。

女老闆也來自廣省，還擅長化妝打扮，給男人婆輕掃蛾眉，淡施胭脂，塗上口紅，她立刻就煥然一新，平添了女人味。老闆和她用白話交流，嘰哩呱啦，只一會兒就成了好朋友，順便送給她一套化妝品，她高興得幾乎要和老闆結拜姐妹。

從內到外煥然一新，走在外面的大街上，她拉著我的衣角，蹦蹦跳跳，高興得要飛起來的樣子。女孩愛美是天性，就算是男人婆也一樣。

天色暗黑下來，我帶她去吃一家新開的網紅店，這是一家韓國海鮮火鍋店，最近超級火爆的。飯店門口的長椅上，坐著等著座位的有不少人，廊簷下還站著幾個人，我們走進門，服務員抽了一個號碼給我們，我們要和門外的人一樣，等著裡面食客吃完離開，空出桌子再進去。

深秋的平陽，這些天氣溫回升，晚上夜空晴朗，空氣涼爽，我們坐在門外的長椅上等待，這裡是美食一條街的盡頭處，風兒帶來各種美食的香味，燒烤的味道，麻辣燙的味道，川菜的味道。

「啊，想不到這北方的小城市，還是挺舒服的呢。」男人婆伸了一個懶腰。

我還在想著怎樣激怒一個大白熊，而且不會受傷的辦法，就問她道：「你讓我幫你激怒老毛子，你有什麼計畫沒有？」

男人婆說道：「很簡單，你看到老毛子從水裡出來的時候，你就指著他哈哈大笑，老毛子就會上來和你動手，只要他一碰你，你就馬上向後倒，我就衝上去制服他，就這麼簡單。」

我疑惑道：「這麼簡單？萬一他不上當，不動手呢？」

男人婆難得地思考了一下，說道：「如果老毛子不上火，你就指著他的鼻子，說鼻子大，他就會發火了。」

「鼻子大，鼻子大。這是什麼意思？」我好奇地問道。

「這是俄羅斯罵人的話，一般他們聽了都會發火。」男人婆點點頭。

「哈。我說你這個小王吧。看不出還很有計謀呢。我對您的佩服真是如濤濤江水連綿不絕，又如黃河氾濫一發而不可收拾。想不到您學貫中西，連俄語都十分精通，在下實在是萬分佩服。」我立刻諛詞潮湧，馬屁詞不要錢地拍了過去。

男人婆聽得心曠神怡，彈彈手指，淡笑道：「灑灑水啦。小事一件啦。」

等了大約二十多分鐘，邊聊天，邊流覽菜譜，順便點菜。

裡面終於空出位子，我們走進去坐下，這裡都是一個個小包間，有點兒日式風格，有榻榻米式的大炕，中間的桌子可以放下腳，還有彩色玻璃的拉門，裡面韓式風格的裝飾。

剛坐下，服務員就開始端上各種韓式小菜，每人一個火鍋，然後是自己點的魚片和海鮮，一小壺韓式燒酒，然後直接送上米飯來。

飯菜味道的確是不錯，我們兩個邊說邊聊，男人婆對這裡的飯菜很滿意，特別是米飯，東北大米配上粗玉米渣，香氣撲鼻，口感彈滑，讓這幾天吃膩了山東大饅頭的男人婆胃口大開，吃了兩碗。

當一個戴眼鏡的男服務員進來，給鍋子添湯，我忽然來了一個電話，我一看是陳建君打過來的，這就不方便讓男人婆聽到了，抱歉一聲出去接電話。

我走到飯店外面，接起電話，建君說她接到了前夫的電話，他說他的愛滋病已經到了晚期，性命只在旦夕之間，回想一生，最對不起的就是陳建君，在臨死之前，很想見見她。陳建君也不知道該怎麼辦，所以打電話來問問我。

如果設身處地地從陳建君的角度想，她應該親手殺了她前夫，一個把愛滋病帶給妻子的人，讓妻子墜入人間地獄，怎麼做都不過分。死，對那個混蛋而言，是一種解脫，還要去看他幹什麼？

「他還不知道你也得病的情況吧？那你就說你已經結婚了，還有兩個孩子，丈夫很愛你，讓他安心去死吧。來世不要再做人了。」我憤怒地說道。

「這樣不好吧？畢竟是快死的人了，畢竟夫妻一場，去看一看，如果他真心道歉，我也就原諒了他……」陳建君弱弱地說道。

「你心裡對他還有感情嗎？」我冷冷地打斷了她的話，她的話讓我心裡很不舒服。

「沒有沒有，你不要誤會。」陳建君的聲音很著急，她也是怕我誤會她，「我還不知道自己能活幾年，死之前是個什麼樣子。孩子們會怎麼看我。其實他並不是一個壞人，如果不是因為愛滋病，也許我們不會離婚，不是，不是那樣的，天哪。」陳建君逐漸語無倫次，哀哀地痛哭起來。

我費了好多功夫才逐漸安慰她停下了哭泣，最後居然鬼使神差地答應陪她一起去看她前夫，而且答應不會刺激他。她前夫就在山海市傳染病醫院住院，倒是離我這裡不遠。

陳建君計畫三天後過來，訂好機票會通知

我，到時候我會去山海機場接她，一起去醫院。

雖然我答應了陳建君，雖然陳建君只是我假冒的妻子，可是一想到要去探望她的前夫，我還是感到為難。再想到飯店裡，男人婆要我挑釁大白熊，又是一個麻煩事。

第六十九章　投毒案

當我放下手機，準備走進飯店的時候，忽然有五六輛警車飛奔而來，警笛長鳴中，警車衝進院子，持槍的員警飛奔進了飯店。

這是出什麼事了？男人婆怎麼樣了？我趕緊向門口跑過去。

在門口我被把門的員警攔住，喝問道：「幹什麼的？員警辦案，不准進入。」

我急道：「我和我女朋友一起來吃飯，她還在裡面。我要進去看看。」

員警架住我的胳膊，把我推到一邊讓開道路，幾個一看就是領導的警官，魚貫進入飯店。

最後的一個文職警官大聲吩咐道：「這裡發生了很嚴重的殺人案，必須封鎖現場，所有人不得進出，強行闖入者，一律逮捕。」

現場的員警齊省喊道：「是。」

我一聽居然發生了殺人案，更加擔心，大聲朝著門內喊道：「王美娟，王美娟，你沒事吧。」

本來準備進飯店的那個警官，又轉身回來，問道：「怎麼回事？」

門口員警說道：「王科，這人說她女朋友在裡面吃飯，急著要進去。」

那王科一臉怪笑，問我道：「別喊了，你女朋友是王美娟？她就在裡面嗎？」

「是啊。」我根本沒多想。

「那你跟我進來吧。」這王科一揮手，帶著我進了飯店。

飯店裡的食客們都被集中在大廳一角，都在交頭接耳地小聲說話，探頭探腦的看裡面的情形，誰也不敢大聲說話。

我看見了王美娟，她正在和幾個領導說話，手指指點著地上。

地上躺著那個給我們添湯的男服務員，一動

不動的，好像睡著了一樣。兩個穿著大褂的法警，應該是在驗屍，撥開了那人的眼皮和嘴巴，用手電筒照著看，點點頭在表單上寫字。一個法警站起來，走過去向警官小聲報告情況。

現場的員警越來越多，足有十幾個人，擋住了視線，王美娟沒有看到我。

這時候一個領導站出來大聲說道：「大家都聽著，現場的人員，請先到公安局做筆錄，然後就可以回家了。」

等食客們一一走出飯店，王美娟也看到了我，趕緊向我走過來，拉住了我的手。

我問道：「出什麼事了？」

男人婆眼珠子滴溜溜地轉著，指著地上的服務員說道：「嗯，這是一個國際恐怖組織案件，這個人也是目標之一，我在抓捕他的時候，他就服毒自殺了。」

「服毒自殺？」我詫異地問道；「難道是間諜？看起來好像睡著了一樣啊。」

「他在領子上縫了一枚氰化鉀藥片，我抓住他的時候，他咬碎了毒藥，當時就死了。可惡。這是個韓國人，潛藏得很深。」男人婆懊惱道，手抓用力。

我手腕一陣劇痛，奮力掙扎道：「放手，你這個男人婆，你出了錯，別在我身上撒氣。」

這時那個警官走過來，男人婆趕忙放鬆了手上的力道，向那人點頭道：「向局長，這位就是郝建輝，從鵬城來的。」

向局長向我揮揮手，說道：「知道知道，大名鼎鼎的名人嘛。郝教授，這次多虧了小娟機警，不然你就危險了。」

「咳咳。」旁邊的男人婆咳嗽兩聲。

那個王科長插言道：「向局，這位郝教授還是王警官的男朋友呢。剛才他在外面急著要衝進來找王警官，自己說的『我女朋友是王美娟』，我才帶他進來的。」

「哦。真的嗎？小娟你已經有對象了嗎？你看看，你爸還老同學呢。我一定要問問他，他跟我說，女兒小娟是個女漢子，男人婆，就知道練武，找不到男朋友，還讓我有合適的介紹給你呢？哈哈，這不你也自己找到了嗎？」說著還瞥了旁邊的王科長一眼。

「是這樣的……哎呀。」我剛要開口解釋，手腕猛的一緊，就被拉到男人婆身後。

「向叔叔，您別聽我爸胡說，我有男朋友了，只是沒有告訴他，原因嘛，您也能猜出來吧。這事您可要幫我保密哦。」男人婆嗲聲嗲氣地說道，我驚訝地看著她，無論她說話的內容，還是她說話的語氣，都讓我十分震驚，不過看著她骨碌碌轉動的眼珠，我明白了，這個男人婆正在撒謊呢。我倒要看看你搞什麼鬼。

這時候，兩個法醫警官走過來，年輕一點兒的法醫端著一小鍋湯，說道：「向局，這是罪犯下毒的這鍋湯，使用了劇毒氰化鉀，濃度很高，入口一勺足以斃命。唯一的破綻，就是聞起來有一點兒苦杏仁的味道，王警官居然能迅速判定是有人下毒，而且迅速抓到罪犯，實在是佩服啊！」

老法醫拿著一個瓶子，裡面裝著三粒白色的晶體，我一眼就認出來了，這是氰化鉀晶體。

法醫說道：「向局，在罪犯身上還發現了這三粒氰化鉀，這次只是投在一個火鍋中，如果罪犯大規模投毒，把它放到所有火鍋湯裡面，不知道會毒死多少人吶！幾百人都有可能。如果不是王警官及時破案，要是罪犯得手的話，肯定是一件有史以來最大的投毒殺人案，那就要了老命啊。」

向局長嚴肅說道：「所以說這是一件大案，我們要消除隱患，查清毒藥的來源，還要查清罪犯是否有同夥，特別是要嚴厲審查飯店的服務人員，要連夜審查，連續作戰，一個嫌疑人也不能放過。大傢伙兒都辛苦一下，這幾天有活要幹了。」

四周的員警們立刻挺身敬禮，大聲回答道：「是。」趕緊加快了工作的進度。

向局長對男人婆笑道：「小娟啊，這次多虧了你啊，我一會兒要向你爸爸道謝，你先回去休息吧，這段時間你不要離開平陽，這個案子一旦

有什麼情況，我需要找你配合幫忙。」

男人婆笑道：「好的向叔叔，我等你電話。」

走出飯店，我和男人婆坐到車中，我沒有發動汽車，只是靜靜地看著男人婆。

她被我盯得局促不安，眼珠滴溜溜地轉，嗔道：「看什麼。不是你說我是你女朋友嗎？我這是幫你圓謊，本姑娘犧牲自己的聲譽，幫了你一個大忙，你是不是應該感謝我啊。」

我冷靜地看著男人婆，說道：「那個韓國老闆為什麼要在我的火鍋中下毒？別告訴我那是你的火鍋，我不吃辣，火鍋湯是白的，你的加了辣椒，是紅的，這是我的那一鍋。」

男人婆的眼珠轉得更快了，「白鍋的就是你的嗎？也有可能是別人的湯啊。別自作多情好不好。」

我冷哼一聲：「哼哼，你別不是個傻子吧？還是以為我會和你一樣傻？你會到別人屋裡去聞火鍋湯的味道嗎？咱們屋裡只有你我兩個人，不是你的就是我的湯。」

男人婆還在轉眼珠，我氣得笑起來：「怎麼了？編不出謊話來了嗎？你一撒謊就轉眼珠，今天晚上你一直轉眼珠，累不累啊你，當心眼珠轉掉了啊。」

「今天晚上太累了，讓我到你家去睡一覺吧。有什麼事明天再說。好不好嘛。」男人婆有開始嗲聲嗲氣。

「韓國老闆下毒殺我，那個臺灣的修車店老闆，是不是也要殺我？他作案時被你們抓住了；那個老毛子，是不是你懷疑他也是要來刺殺我？三個殺手，都是外國人。」我冷靜地分析道。

我明白了，這是外國來的殺手，陳瑞理說國外有人要殺我，要我不要出國，看來就是這麼一回事了。我動了製藥集團的利益，他們不但要搞臭我，還要殺了我。

「你是怎麼發現老毛子也是殺手的？」我問道。

「我們一直監視你。我們早就知道有外國殺手要刺殺你。那個臺灣黃老闆經常到你家附近出沒，還在你家對面租了一套房子監視你，所以注意力都在黃的身上。老毛子曾經到你父母家去過一次，所以我懷疑他，別人認為是巧合，我卻不這麼認為。這個韓國老闆是意外發現的。以前大家都認為只有一個殺手，說實話，現在我也不能肯定還有沒有其他殺手了。」男人婆冷靜地說道，酷酷的樣子真是有幾分警官的風采。

「管他來多少殺手，我都要堅定地走下去。誰也不能阻止我。」一股豪情心中升起。「不論怎麼說，你又救了我一次，所以今晚上到我家睡覺吧，我同意了。」

「救你一命，只是報答我睡一晚？你以為你是誰？牛郎嗎？」男人婆怒喝道。「滾！」

第七十章　頭疼

早晨在乒乒乓乓的噪音中醒來，臥室外面傳來廚房鍋碗瓢盆交響樂，昨晚男人婆在另一個臥室睡覺，我被各種亂七八糟的事情糾纏，腦子很亂，只好到電腦上工作到很晚才入睡。

我睡眼惺忪地走進廚房，男人婆圍著廚師裙，一邊煮菜，一邊哼著小曲，窗外有清晨的陽光，一個年輕的女孩給你做早飯，心情莫名地就好了起來。

「早啊，這麼勤快。」我打招呼道。

「你醒了，大懶豬，都八點多了還早。」男人婆笑道。

「你真是有廚神的天賦啊，聞到這麼香的味道，再也躺不住了呢。」一個女孩能起來做早飯給你吃，這個一定要好好表揚。

「那是，我就是不做而已，一做飯就是最好的。」男人婆一甩短髮，傲然道。

我想起上次她喝自己做的粥，嘔吐出來的情形，笑道：「這次一定好好嚐嚐您老的手藝。」

男人婆指指窗外，說道：「你注意到沒有，那座公寓樓，正是老毛子住的那座，我記得他的房間，窗戶的方向，也正是衝著這裡。如果在他的窗戶上架設一部高倍望遠鏡，如果你沒有拉上窗簾的話，你在臥室裡和廚房裡的情況，老毛子會看得清清楚楚。監視手段很高明的。」

我悚然而驚，怪不得自己總是感覺有人窺視自己。我說道：「那我們儘快行動，把老毛子解決掉。」

上午在等待中度過，男人婆打電話給她的局長爸爸，彙報這裡的情況。

我接到了陳建君的電話，她後天的飛機，要帶著兩個孩子，還有兩個保姆來山海市，哺乳期的媽媽，總有很多出行不便，到時候，我會去機場接他們。

下午我們到了游泳館，等到了四點半，老毛子還是沒有來，派出監視公寓樓的公安也報告沒發現老毛子出現。

等到了五點，老毛子還是沒有出現，男人婆實在是忍不住了，命令執勤的公安們行動，直接打開老毛子的房門，施行抓捕行動。

當房門被打開，只見到滿屋子的射釘槍樣品，卻是人去樓空。這個狡猾警惕的傢伙，居然感覺到危險，悄悄地逃跑了。

更加奇特的是，樓宇的查詢錄影，居然沒發現老毛子出現的跡象，無論是電梯攝像機像機還是大堂的攝像機，都找不到他的蹤跡。就這麼憑空消失，沒有留下痕跡。

男人婆估計老毛子是走樓梯下樓，他肯定是經過了幾次易容偽裝，而且很熟悉沿途監控鏡頭的位置和角度，總是巧妙地躲過了檢查。

老毛子消失了，可是對我的刺殺危機並沒有解除。相反，他可能隱藏在暗處，隨時準備出手。男人婆說現在一定要留在我身邊，隨時提防老毛子的出現，於是她就在我家住了下來。

第二天中午，男人婆在廚房炒菜做中午飯，我在看著一本書，大門傳來了敲門聲，我透過貓眼一看，是職稱考試結束的高教練來到我家。

開門後，高教練甩著手昂首闊步就走了進來，說道：「哎呀，累死我了，總算考完試了，姑奶奶今天來你這兒吃頓飯，順便給你換膏藥……」

正說著話，突然就停下了，眼睛看著廚房門口，我轉頭一看，男人婆在門口斜著身子，拿著鏟子，正在打量著高教練。我趕緊介紹道：「這位是鵬城的王警官，特意來監護我的；這一位是高珊大夫，今天來給我換藥。」

兩個女人聽了我的介紹，都從鼻子裡哼了一聲。

高教練手搭在我的肩膀上，說道：「我現在是郝建輝的女朋友，也是一個骨科大夫，我聽說他的胳膊是一個武功很厲害的女警官掰斷的，那

人就是你吧？怎麼會派你一個女的監護他。不是應該派一個男員警嗎？」

男人婆做了一個很誇張的表情，驚訝道：「女朋友？他有老婆哎。你不知道嗎？喂，郝建輝，你不要是騙財騙色吧。」我氣得直翻白眼，一時開不了口。

高教練無所謂地說道：「我知道啊，我們的介紹人和我說過，他以前為了一件事，和一個大他五六歲的女人辦了假結婚，後來離了。你，不會是喜歡我們家郝建輝了吧？從鵬城巴巴的一直跟到這裡。」高教練放下了胳膊。

男人婆抱起胳膊，搖晃著飯鏟子，說道：「哦？明天他老婆要到山海市來，你的男朋友要去機場接他的老婆。還有他們的雙胞胎孩子。據我所知，他們還沒有離婚。」

高教練這一下子真的忍不住了，離開了我一步，轉身問我道：「怎麼回事？你們還有孩子？你們沒有離婚？」

我解釋說道：「嚴格地說，那不是我的親生孩子，是她做的試管嬰兒。我已經在離婚協議書上簽字了，她還沒有去辦，我會儘快和她把婚姻關係結束。」

說著話，我奇怪地看了高教練一眼，心想：你不是說我們只是糊弄父母，暫時在一起先談著嗎？怎麼你要當真了嗎？

高教練上前一步，挎住我的胳膊，笑著對男人婆道：「你看，這下你就明白了吧。明後兩天我都休息，我陪你去山海市，接你的老婆孩子，我們也認識一下。」

男人婆也趕緊說道：「我是為了你的安全，要寸步不離，嚴密監視你的一舉一動，明天我也要和你一起去。」

我頭疼不已，說道：「你們都去幹什麼？我的車坐不開這麼多人。」

男人婆驚訝道：「你的車不是七座的SUV嗎？我們三個，你老婆和兩個保姆，一共六個大人，兩個嬰兒，正好可以坐開，就這麼定了。同去同去。」

我十分頭疼，堅決反對，可是反對無效。

也許因為兩個人都是那種大大咧咧的女孩，或者是因為敵人的敵人是朋友，總之，兩個女人很快就熟絡起來。

她們一起吃飯，我成了上菜的服務員；他們聊天，我端茶遞水；他們約好下午一起學習打羽毛球，然後學習拳法；兩個人很快就成了無話不談的閨蜜，把我冷落在旁邊。

下午在羽毛球館，張姐也來到球館，她來訓練我，高教練訓練男人婆。我剛換上新的狗皮膏藥，活動不能太劇烈，只能練練基本功。

練武之人對所有體育的領悟都特別快，男人婆很快就把羽毛球打得像模像樣，與高教練打得有來有回，互有輸贏。

高教練直誇她進步神速，天賦極高，如果年輕時練羽毛球，肯定會成為職業選手，還拿她跟我比較，說我就是朽木不可雕也，糞土之牆不可圬也，一點兒成才的希望都沒有也。

練完羽毛球，兩個女人去拳擊房，男人婆教高教練打拳，砰砰的拳擊打在沙袋上，南拳非常重視實戰發力，打沙袋打木人是基本套路。

除了拳擊，還要練習腿法，男人婆很欣賞高教練的大長腿，柔韌性極好，輕易就能甩出鞭腿，力道十足。

拳擊館裡面有幾個年輕人正在練拳，都在好奇地看兩個女孩練習中國功夫，一個吹著口哨，流裡流氣的胖傢伙走過來說道：「兩位美女，打沙袋多沒意思，到擂臺上比劃比劃。實戰一下嘛。」

男人婆看看那個小子，說道：「中國拳法不戴手套，可以用腿，和拳擊的規則不一樣，對你們不公平。」

那個小子賤笑道：「美女可以隨便打我，就像打沙袋一樣，我戴一副厚一點軟一點的手套，保證打不疼你。嘿嘿，你就放心吧。」

男人婆面不改色，說道：「既然這位先生非要堅持，那就來吧。」

周圍響起了一片喝彩聲，看熱鬧的不怕事

大。兩個人站上擂臺，那個小子帶上了拳擊頭套，又高又胖，跺了跺腳，檯子都晃動，而男人婆卻顯得嬌小玲瓏。

台下的高教練十分緊張，她喊道：「喂，胖子，她可是一個員警，你小心不要傷了她。」

胖子淫賤地笑道：「我怎麼捨得。」輕輕出拳，像是要撫摸男人婆的臉。

男人婆小蠻腰一扭，右腳閃電般甩出，像一條皮鞭，啪的一聲，抽中胖子的小腿側面，胖子一聲慘叫，腿一軟差點兒跪倒，剛剛硬撐起身子，男人婆再次發力，一個右鞭腿抽中胖子的大腿側面。胖子大腿的麻眼被擊中，全身發麻，忍不住彎腿跪下來。男人婆下落的右腿在地上一點，再次飛起高鞭腿，一腳抽中胖子的耳朵。只聽到啪的一聲脆響，在場的所有人都忍不住轉頭閉眼，不忍直視。

胖子像是一卷破布袋，「砰」的一聲摔在檯子上，眼睛大睜著，嘴巴大張著，頭在地板上來回彈了兩下，就一動不動了。這一腳力道太猛，直接被打昏了。

男人婆在全場驚服的眼光中，拍了拍手，走下擂臺。胖子的兩個好友才敢急忙上前，給胖子掐人中拍臉澆涼水，胖子悠悠醒轉，一個屁也不敢放，低著頭捂著腫臉，領著幾個人灰溜溜走了。

看到男人婆如此英姿，高教練無比敬仰，滿眼都是崇拜的小星星，端茶送水，揉胳膊捏肩膀，狗腿的不得了。

我則不斷摸著自己的下巴，倒吸冷氣，腦海中還在不斷重播胖子被一腳抽暈的鏡頭，可憐的人。我曾經也被男人婆搞昏過，真是同病相憐啊。

這樣一頭母老虎，一個男人得要多大的勇氣，才敢把她娶回家啊。

第七十一章　探病

陳建君的飛機是上午十一點到達山海市流亭機場，我們到機場停車場後，停好車進入接機廳，飛機按時到達，過了一會兒，就看到陳建君拖著行李箱，帶著兩個保姆，抱著兩個孩子走出來。

我這邊的情況，昨天已經向她說明，要不然一個大男人帶著兩個女人，去接自己的老婆孩子，那是多麼詭異的一件事。陳建君聽了兩女人的身份，笑話了我半天，不過還是接受了我的解釋，只是要去醫院看望前夫的事情，就不希望她們兩個去了。

分手一個多月，陳建君看起來胖了一些，因為要給孩子們哺乳，胸前也明顯大了許多。今天她穿著一件束身風衣，紮著馬尾辮，面色紅潤，精神煥發，比我剛見時還要年輕，顯然孩子們給她帶來的是很多快樂。

我給三個女人互相介紹，她們微笑著握手打招呼寒暄，我感覺似乎是拳臺上的對手，互相打量，微笑著尋找對手的弱點，準備隨時迅猛一擊，女人都是天生的演員。

孩子們有兩個月大了，現在還在沉沉入睡，他們的眉眼已經長開了一些，隱約有我的小時候樣子，我抱過一個孩子，仔細地看著。建君笑道：「孩子隨我姓陳，我給兒子起名叫陳健，女兒叫陳好，還可以吧。」

我笑道：「男孩健康，女孩長得好看，很好。」

從孩子們出生到現在，煩躁的心情經歷，我居然沒有細細觀察過他們。嬰兒的皮膚極致的細膩，紅撲撲的嘴唇，在睡夢中輕輕抿嘴，眉頭輕輕一皺，眼皮彎出一道細細的弧線，真是兩個漂亮的嬰兒，我忍不住在嬰兒額頭輕輕親了一下。

七座的SUV坐六個人和兩個嬰兒，還有兩個

大行李箱，只能是剛剛能盛下，兩個保姆抱著孩子，坐在中間的兩個座位，把男人婆和高教練放到最後一排，還要在中間放兩個提包。陳建君坐在副駕駛位置，讓三個女人分開，至少耳朵能清靜好多。

穿過市區，汽車來到海邊的王朝大酒店，陳建君已經訂好了房間，她和孩子們一間，兩個保姆一間，我一間，高教練和男人婆一間。稍事休息整理，大家到樓頂旋轉餐廳吃自助午餐，窗外蔚藍的大海，五色斑斕的美麗公園，紅瓦隱沒在綠樹之間，美麗的山海與城市交融，景色讓人心曠神怡。

雖然與平陽距離不遠，可這卻是我第一次來到山海市，這是一座著名的度假休閒旅遊城市，風光確實殊勝。這裡的飲食口味與廣省更接近，海鮮蔬菜居多，食物講究原汁原味，新鮮生活為主，很合我們的胃口。

「建君姐，你既然來了山海市，為什麼不留下多玩幾天，這麼著急回鵬城幹嘛。你看這裡風景多好，多涼爽舒服，鵬城這時候還是挺熱的呢。」男人婆說道。

陳建君吃了一個蛤蜊，瞥了我一眼，笑道：「我可沒有那個福氣，人家大老爺甩了八個公司給我，每天要處理的事情數不清，哪有時間待在這裡啊。這次過來，主要是一個以前的親戚病了，到醫院去看看，明天中午就得坐飛機回去。」

高教練說道：「你親戚住哪個醫院？我好歹也是在醫院混飯吃的，還認識幾個人，也許能幫上忙。」

陳建君笑道：「謝謝了，高妹妹，我那個親戚早就住院了，也沒什麼事情，我下午只是過去看看，然後就回來。」

我對建君說道：「下午我送你一起去吧。」

建君點頭，男人婆說道：「我也要去。」

我嗔怒道：「看病人你去幹嘛。你又不認識人家。我們很快就回來，你幫著照顧小孩子吧。」

男人婆高興地說：「好啊好啊，我喜歡玩小孩，下午我來照顧他們。」

。。。。。。

飯後我開車帶著建君來到傳染病醫院，來到愛滋病人的樓房，這裡是一座單獨的兩層小樓，比起其他病房樓，這裡牆皮老舊，門窗玻璃也都比較舊。

走進病房，走廊陰暗而安靜。我們按照建君前夫留下的地址，走進一〇八病房，這裡有三個病床，只躺一個病人，在病床上睡著午覺，這個人很瘦，臉色煞白，頭髮鬍子已經花白，臉上似乎有一層灰色的氣息，粗重的呼吸，嗓子裡一股痰音。

我看看陳建君，她點點頭，這正是她前夫，離婚這幾年，已經變成了這副模樣。陳建君向我揮揮手，說道：「你先出去吧，我在這裡等一會兒。」

我來到走廊，坐在長椅上，我不知道陳建君看到前夫是什麼心情，憤怒還是憐惜，她掩飾得很好。

我無法猜透她為什麼要來看前夫最後一眼，在夜裡無法入睡的時候，在前途灰暗走投無路的時候，她是否也曾經詛咒過前夫，今天是大仇得報，心願已了，還是後悔當初的選擇，沒有盡到做妻子的責任，沒有讓丈夫修身養性，結果害人害己？

有兩個人從走廊的那頭走過來，一個是四十多歲的中年女人，攙著一個瘦弱的中年男病人，男病人看起來就像一根竹竿，衣服空落落地像是掛在架子上，他艱難地挪動腳步，氣喘吁吁，似乎每一步都要耗盡他的力氣。

走到椅子這裡，男病人說道：「不行了，英子，我要坐一會兒歇歇。」

那個叫英子的女人，扶著男病人坐下，他喘息了一會兒，說道：「英子，你和妹夫兩個人都要上班，這樣輪流看護我，你們太累了，受不了的。我怕把你們累垮了，還是出院吧，我回家住，拿藥回家吃吧。」

「行，哥，再住院兩天就滿一個月了，咱們也該出院了，回家住一段時間，如果不行，咱們

再來住院吧。」

那個男病人説道：「英子，這一次住院費，我算了算，就算大病報銷，自己也要花兩萬多，那些藥，特別是人血白蛋白和胸腺五肽免疫藥物，實在是太貴了，報銷又少，以後還是別打了，打了也延長不了幾天壽命，只能浪費錢。」

英子説道：「哥，你的肝硬化腹水，不打白蛋白不行啊。錢該花就花吧，不用心疼，只要活著就好。我們再找找，看有沒有人願意幹陪護，要是有人願意，哪怕只要白班陪護，我和關君晚上來陪護都行。」

那男病人苦笑道：「別找了，找了這麼久也找不到，這裡誰敢來幹陪護啊，嫌命長嗎？」

我聽明白了，這是兄妹兩個，哥哥得病了，只好妹妹妹夫請假來照顧，於是我説道：「你們好，我認識一個志願者組織，也許他們有人願意幫助你們。要不然你們給我一個電話，我問問他們，如果有人願意來，就聯繫你們。」

英子高興地説道：「謝謝您，謝謝，這是我哥，叫阿東，我們加個微信好友吧，如果您找到有人願意幹陪護，我們給一個白班二佰元，夜班二佰二十元，全天的給三佰六十元，比一般的陪護高一些，您問問行不行，不行我們可以再加點錢的。」

我點點頭，和英姐加上好友，這時候房間裡傳出一陣咳嗽聲，過了一會兒，建君走了出來，對我説道「我們走吧。」

我對那兄妹兩人説道：「好的，東哥，英姐，我先走了，有消息聯絡你們。」

開車回賓館的路上，陳建君只是坐在那裡一言不發，看著前方發愣。我問道：「你們説什麼了？看你悶悶不樂的樣子。」

陳建君伸手揉揉臉，深吸一口氣，説道：「沒什麼。他説自己已經是白血症晚期了，醫生説活不過幾天。他很後悔當時的放縱，快死了才知道什麼是最寶貴的，他説最對不起的人是我，不敢奢求我的原諒，他自己下地獄也是罪有應得，只希望我能聽他一聲抱歉。」

我們都沉默了下來，山海市是一座繁華的大城市，即使是下午兩三點鐘，道路車輛依然很擁擠，汽車在慢慢行駛。

我忽然聽到抽泣聲，轉頭一看，陳建君雙手捂著臉，身子顫抖著，淚水從手指縫隙流下來。我無言地拍拍她的肩膀，不知道應該怎麼安慰她。

她努力抑制住自己的悲傷，從紙盒中抽出幾張紙巾，擦乾眼淚，說道：「今天看到他，其實我一點兒憤怒也沒有了，只有害怕，很深很深的恐懼，害怕我有一天會像他這樣，也得上癌症，孤零零地躺在醫院等死，沒有人敢靠近我。」

我想到了那對兄妹，悠悠說道：「你放心吧，真有那麼一天，我會陪著你的，我保證。」

我們沒有再說話，一路上，我感覺有一道眼光，一直在盯著我，像是鎖鏈鎖在我身上。

第七十二章　離別

回到酒店，兩個孩子已經醒了，兩個女人正在逗著孩子玩，男人婆叫道：「建君姐，你的小baby太漂亮了，你看這又白又嫩的皮膚，大大的眼睛，眼珠還有點兒發藍呢。是不是外國種啊。」

陳建君笑道：「哪有什麼外國種，就是建輝的種。只不過是試管嬰兒罷了。」

兩個女人都驚訝了起來，抬起頭看著建君，高教練問道：「建君姐，你們做試管嬰兒，是因為你不能生育嗎？啊，不好意思，我不該這麼問的。」

陳建君搖搖頭，又低下頭，沉吟良久，說道：「其實，我和建輝是假結婚。當時建輝有一個未婚妻，叫小潔，他們非常相愛，本來就要結婚了，結果出了基因編輯的事情，女方的媽媽逼迫建輝離開小潔；建輝就找我幫忙辦理了假結婚證。我想要一個孩子，就借了建輝的種子，用試管嬰兒生下的這兩個孩子。」

建君轉頭看著我，微笑道：「現在事情已經過去了，建輝也給我寫了離婚協議書，等你有時間回到鵬城，我們再去民政局辦理離婚手續，還有你讓我保管的錢，股票，公司，都要還給你。但是，這兩個孩子是我的，你不能拿走。」

當著那兩個女人的面，說著離婚的事情，這的確不是一個好的場合，我說道：「不管是不是假結婚，我們總算夫妻一場，財產還是按照一般情況，一人一半，畢竟這公司也是你辛苦勞累才能賺這麼多錢。孩子歸你也可以，不過必須給我探視權。」

陳建君搖頭，堅定地說道：「那不行，如果只是一兩個億，一人一半也就算了！可是這麼多的錢，基本都是你賺來的，我只是一個拿工資的經理人而已，我不能要你這麼多。」

這時候高教練舉起手來，問道：「我先打斷一下，問一個題外話，他到底有多少錢？」

我看見高教練和男人婆都是一副好奇的樣子，不由得鄙視道：「我們不說題外話。看看你們的樣子，兩個財迷。」

陳建君笑道：「不算還未上市公司的固定資產價值和股份，只是現金和上市股票市值，截至昨天，一共是一佰二十一億六仟五佰萬人民幣。投資成仁新能源的股份一佰億元，現在至少會翻倍，有人已經出兩佰億收購這些股份；再加上八個公司的價值和股份，郝先生您的身價絕對超過三佰億人民幣。」

我想想我的財富，的確是有這麼多了，咱也算是一號有錢人了。

男人婆和高教練張大嘴驚訝極了，男人婆驚歎道：「哇呃。有錢人哎，好犀利耶。我對你的敬佩如滔滔江水連綿不絕，又如黃河氾濫……」

高教練接口一齊說道：「一發而不可收拾。」

我昂起頭，「謙虛」道：「錢財於我只是浮雲爾，也算不得什麼。」

兩個女孩立刻嗤之以鼻，嗔道：「有錢了不起啊。看你那個熊樣。」我怎麼忘了這兩個都是什麼德性的人，都是不太在乎錢，對物質不是太在乎的那種女孩。

高教練問道：「建君姐，那個小潔是什麼人？長得很漂亮吧？」

陳建君說道：「那是當然的，我見過的，很漂亮，很溫柔，大家閨秀的氣質，說話柔柔軟軟的，郝先生就好這一口，不像我們三個，雄性氣息太重，如果閉上眼聽我們說話，就像是聽三個老爺們說話。」三個女人一起哈哈大笑，我真的有抱頭鼠竄，離開這裡的衝動。

孩子們被三個母狼的嚎叫嚇得哭了起來，陳建君說道：「哎呀，忘了給他們餵奶了，我說怎麼憋堵脹呢，原來是乳腺不通暢。孩子們都餓了吧。」

男人婆用手擋著我的眼睛說道：「哎哎，那個誰郝先生，能不能有點兒眼力勁兒啊，哺乳時

間，無關男士請您回避一下。」我如聞天音，趕緊離開這裡回到隔壁我的房間。

三個性格相投的女人，很快就成了閨蜜一般的關係，一起嘰嘰喳喳有説不完的話，他們晚上把孩子們放到我的房間，三個人擠在一套房間裡面，聊天聊到很晚，不知道哪裡來的那麼多話題。

第二天她們一起去海邊跑步，到公園遊覽，吃過午飯後，我開車帶著她們向著機場駛去。在機場分別的時候，三個閨蜜抱在一起流下眼淚。

離別在即，我親親抱著的兩個孩子漂亮的小臉，如果將來我能夠正常生活了，希望我能在孩子們身邊，看著他們慢慢長大。

來到安檢入口，等男人婆和高教練距離遠一點了，我對建君説道：「孩子們要小心蚊蟲叮咬，他們的體質也許對蟲媒傳染病特別敏感，廣省夏天蚊蟲太多，最好做一套採蜜人的防蟄服，能護住全身的那種，也要囑咐孩子注意蚊蟲，千萬注意了。其實孩子們在北方住，會更好一些。」

陳建君和保姆們接過孩子們，笑道：「好了，我都知道，阿梅以前叮囑過我。」

「阿梅。好久沒聽到她的消息了，她還好嗎？還和你聯繫嗎？」我急切地問道。

「你總算是想起阿梅了。得虧你們當時還天天搞事呢，男人啊都一樣，轉身就無情。現在她也沒有和我聯繫。只是每個月的藥都會從國外寄給我，她應該沒事的。」

我懦懦小聲説道：「我和阿梅的事情，原來你都知道了啊？」

陳建君笑道：「呸，你當我是聾子嗎？那個賤人叫聲那麼大，我能聽不見嗎？好了，我走了，你回去吧，這兩個女孩，對她們好點兒，別傷了人家的心。」陳建君笑著拍著我的肩膀。

「我不會傷她們的心的，她們那麼厲害，我還害怕她們傷我的身呢。」我笑道。

和陳建君揮手道別，我開車帶著兩個女人回平陽。進入十一月，一股寒流南下，氣温只有十二三度的樣子，烏雲密佈，寒風卷起路邊的落葉飛舞。這是一個初冬蕭瑟的下午。

高教練說道：「建君姐真是一個好人，大姐姐的樣子，建輝，要不然你們就不要離婚了吧。我看建君姐也挺喜歡你的。」

我苦笑搖頭，說道：「你沒有見識過我的慘樣，喏，這個男人婆見過，就和坐監獄是一樣的。我是隨時可能再次坐牢的人，不能連累建君。」

男人婆難得沒有生氣，她說道：「建輝的確被逼得很慘，要不是被我碰到，他早就出事了。哎，建輝，我聽王局長說，你們省裡很重視你，衛健委要辦你，省裡說除非有最高法院的判決，否則誰在省內也不能動你。你慢慢等著看，別惹事，他們的部門要換屆了，新領導就不一定願意追究你的事情，那時候你就自由了。在這之前，你最好老實待在平陽。」

我知道這是有人幫我出頭了，我說道：「謝謝你們了，事情會慢慢好起來的。」

送高教練先回家，然後和男人婆回到我的家，打開門，看見客廳裡已經坐了六個人，聽到男人婆叫了一聲：「爸，你怎麼來了？」

除了王局長，還有本地公安局的向局長，兩個戴眼鏡的幹部，還有兩個幹警，警服與本地的制服明顯不同，屬於武警制服。

向局長說道：「哈，小郝啊，我給你介紹一下，這兩位是國安部的同志，這兩位是武警的同志，關於國外來的殺手，國家非常重視，派來了專業的幹部負責處理。他們有一些話要來問問你，對你的活動也有一些安排，你一定要服從指揮。」

我點頭道：「好的。」

那個戴眼鏡的中年人和我握了握手，說道：「郝先生，上次抓獲了兩名殺手，活著的那個臺灣人叫黃朝陽，經過審問，已經承認是受殺手組織派遣，到國內來刺殺你。我們和控制他的殺手組織取得了聯絡，現在已經部分掌握了他們的資料，這次一共派出三名殺手，到國內執行刺殺你的任務。除了那個已經自殺的韓國人河太賢，還有一個烏克蘭的謝爾蓋依然逃脫，我們正在組織追緝，現在可以確定的是，這個謝爾蓋還在國內，可能還潛伏在山海市內，所以你要特別小心。」

我問道：「那麼，到底是誰要刺殺我的？雇主是誰？」

中年人說道：「殺手組織拒絕透露雇主的資料，但作為交換，給我們兩個猜測的機會，我們第一個猜測是教會，他們說不是；第二次猜測是製藥公會，結果我們猜對了。可惜的是，製藥公會是一個古典神秘的組織，幾乎和殺手組織一樣的神秘，誰也不知道具體的結構和負責人。」

國安局是國家機構，果然藏龍臥虎，我說道：「你們有什麼需要我配合的，請不要客氣，直接說就好。」

中年人點點頭，指了一下兩個武警穿戴的人：「因為涉及國外殺手組織，這個案件就成為了國際反恐行動，由我們反恐局和武警保衛部隊聯合行動。我們將對你的行動以及接觸的人員實行全方位監控，任何試圖接近你的人，我們都會調查其身份背景，保證你的人身安全，希望能抓住這個謝爾蓋。」

「也就是說，我仍然是監視居住狀態。」我對監視居住的確是心有餘悸。

「不，郝先生只要和平時一樣，如果沒有必要，你基本不會發現我們，但是只要你一旦有危險，我們就會隨時出現在你身邊。你可以對我們完全放心，我們一定會保護你的安全。」

我總覺得中年人像是一個保險推銷員，雖然說得天花亂墜，可總有點兒讓人不放心的感覺。

第七十三章　見父母

男人婆搬出去了，王局長把她給拉走了，這段時間再也沒見到她。家裡少了一個做飯的女人，的確是有點兒不方便，我又開始重新打理廚房。

事情似乎沒有任何改變，我恢復了一週前男人婆出現之前的生活狀態，上午看看電腦，寫寫程式，下午休息一下，然後到健身中心活動，晚上接著寫程式。

狗皮膏藥很靈驗，我感覺肩膀有力氣了，羽毛球技術也有了很大進步，身體素質明顯提高，睡眠品質也好得多了，這都是高教練的功勞。高教練有時候到我家吃飯，有時候我們出去吃飯，我見過她的同事們，骨科大夫都是直截了當的人，很容易打交道。

我聯繫了營地篝火志願團，說了東哥的情況，他們幫我介紹了一個省城的團員，來到山海市做護理工作，英姐打電話感謝我，我說這只是舉手之勞，不用客氣。

很快就要進入十二月了，媽媽一直催我，要我有時間帶著高教練回家吃飯，讓他們看一看。可是高教練現在很忙，她即將奔赴西藏，做為期半年的援建醫生，這項工作是山海市各醫院每年都要輪流安排的事情，今年輪到了他們骨科，只有高教練無牽無掛，正是要求上進的時候，而且年輕身體好，能適用環境，於是就被安排上高原。

再過三天高教練就要出發，我被父母催得更急了，正在無奈之間，接到了高教練的電話，「喂，教練，有什麼事嗎？今天下午你還不能來球場嗎？」這兩天她醫院加班，沒有來打羽毛球，都是讓張姐陪我訓練。

「呃，是這樣的，呃，我爸媽一直催我，說讓我帶你去家裡吃頓飯，一遍一遍地叨叨，煩都煩死了，要不你抽時間來一趟？幫我擋一擋？」

高教練的話音極度不自信，這不像她平常的樣子。

「嘿，說到爸媽，我爸媽也催我帶你到家裡吃飯呢。我怕你不高興，都不敢和你說。要不乾脆，咱們找個飯店，雙方家長見面，一起吃頓飯，豈不方便。」我感覺這個方案不錯，大家都節省時間。

高教練歎了一口氣，說道：「年輕人，看來需要我給你普及一下戀愛常識。見父母是確認戀愛關係，屬於階段性成果報告，雙方父母見面，屬於總結性成果報告，一般是訂親的時候雙方父母才正式見面，你確定要大躍進直接訂親嗎？」

我趕緊搖頭擺手：「不要不要，你爸媽還不瞭解我，要是哪天我被關進監獄，再來一出逼郎斷親，我可受不了。」

「哼，只要是我高某人看中的人，誰也不能分開，就算是坐牢，就算是去死，我也會在一起。」

「高珊，我……」一個女孩敢對你說這句話，她的心意已經明明白白地展示在你眼前，「我們去看看父母吧，今晚到你家，明天到我家。」

見父母真的不應該搞突然襲擊，高珊的爸媽肯定是忙壞了，晚飯很豐盛，做了不少菜，買的烤鴨，燒雞，烤肉，還有煮的海鮮，高珊媽媽說都怪女兒太冒失，今天突然通知，沒有好好準備。我說這樣就很好了，我不太講究吃什麼的。

說實話我有點兒後悔，應該先見我爸媽，然後再來見高珊爸媽的，這樣給他們一點兒準備時間。

飯後，高珊拉著我的手到她房間看看，女孩的閨房，有一種淡淡的香氣，擺著好多玩具，家紡床罩窗簾大都是粉紅色的，想不到高教練也有一顆少女心。

由於常年打羽毛球的緣故，她的手又大又粗，掌心有種磨砂感，手指長而有力，很有力氣，幹活應該是把好手。

女孩子到了自己家的地盤，膽子就變大了，她拉著我的手，嘰嘰喳喳地介紹這間屋裡的一切，這是她中學的獎狀，這是她大學打工賺到的第一筆錢買的大黃鴨。我另一隻手輕輕攬住了她的腰，那平時像母豹子一般矯健的腰身，一下子變得像軟麵條一樣，癱在了我的懷裡。

門外面忽然傳來腳步聲，高教練騰的一聲，腰身恢復了彈簧的功能，從我的懷裡彈起來，我回頭看去，她媽媽笑著端著水果站在門口。

告辭離開的時候，天空中飄飄灑灑下起了小雪，今年入冬以來的第一場雪終於落了下來。

第二天下午，我開車到醫院接上高珊，一路往鎮上的父母家駛去。昨夜和今天上午一直在下雪，下午天色變晴朗，田野上鋪了一層白雪，道路上的雪被汽車壓實，在陽光下反射著寒光，車速不敢太快，平時一個小時的路程，今天跑了兩個小時才到。

回家發現媽媽病了，鼻孔插著棉花棒。爸爸在做飯，一個老道人打扮的人，正在給媽媽號脈。我趕緊過去看看她怎麼了。

媽媽說道：「高珊，快進來，我沒事，就是這兩天感冒了，屋裡乾燥，流了點鼻血。沒事，這不是把薛道士給請來了嗎。沒事的。」

這位薛道士我知道，在鎮外的一座小道觀的唯一的道長，已經快九十歲的人了，以前鎮上的老人，有個頭痛腦熱的，都不去醫院看病，到小道觀找薛道士開一副草藥，紮扎針，或者艾灸推拿一番，一般病就好了。老道也沒有什麼行醫資格，道觀也只有自己一人，平時自己種菜，糧食到鎮上購買，一身道袍不換樣，一副雪白的山羊鬍子從不修剪卻也不見變長。

把脈完畢，薛道士說道：「沒什麼事，天氣變冷了，也不要馬上把暖氣燒得太熱，熱炕溫度不要太高，你這是上火了，不用吃藥，多喝水，喝茶，吃點兒蘿蔔，自然就好了。」

媽媽說：「道長，我鼻子出血，總也止不住怎麼辦？」

道長笑道：「我給你刮一點兒你自己的指甲粉末，你吸進鼻子裡面，出血立馬就好了。」說著從診箱中拿出一支小平銼，一張桑皮紙鋪在桌上。

媽媽說道：「道長我自己銼，我自己有數，不疼。」媽媽把手上的幾個指甲銼了一些，道長笑道：「夠了，就這些就行。你把鼻子清清，把這個粉末吸進去。」

媽媽摘下鼻孔的棉條，到衛生間洗乾淨，出來後，薛道士遞給媽媽一根短吸管，媽媽把吸管插在鼻孔中，從桑皮紙中把那一小撮指甲粉末吸進了流血的鼻孔，我笑道：「媽，你動作很熟練嘛。像是吸海洛因的老手啊。」

媽媽仰著頭，不敢說話，過了一會兒，她低下頭，鼻子裡面果然不再出血了。

高教練驚歎道：「還有這樣的治療辦法啊。醫院都是用鐳射手術，先找到出血點，然後用鐳射把出血點焊上。這個辦法妙，一點兒都不疼，還不用去醫院。」

薛道士笑道：「這是本草綱目裡面記載的方法，人體本身就是一個藥庫，很多病症，用自己的身體就能治好，指甲，頭髮，皮屑，牙齒，胎衣，甚至尿液等等，都可以入藥治病。本草綱目就有一篇人部，專門介紹人體入藥的藥方呢。」

我說道：「這種事讓西醫的人知道，一定會說是邪門歪道，滅絕人性的治療方法。」

老道笑道：「西醫比中醫更厲害，你看輸血，器官移植，這些西醫的手段不就是把人體器官當藥來用嗎？中醫要向西醫好好學習，在疾病面前，最大的人性是治病救人，其他的都要往後放。」

媽媽說道：「薛道長可厲害了，前一陣鎮上有個得了肺癌的，醫院都宣判死刑了，被薛道長給治好了呢。」

「是嗎？」我驚訝道，「中醫能治好癌症？」

薛道長說道：「中醫沒有癌症這個概念，只有癰腫癤瘡這些說法，主要看起因的不同，治療方法也不同。那人屬於五行缺木，以至於風邪內侵，與濕毒相結合，故需熊膽人參扶助肝木之氣，用蛇蠍大毒之物祛風，常用薏仁茯苓解濕毒，經常用溫泉洗浴，呼吸森林空氣，慢慢調理，自然就會好的了。」

我和高教練如聞天書，聽得糊里糊塗的，互

相看了一眼，搖頭表示聽不明白。薛道長微笑道：「中醫流派繁多，各不相同，其實並沒有一門醫學叫做中醫。我們道門醫學，理論與現代中醫有很大不同，道家以性命五行為根基，命為天授，性乃自修，相依相成。」

看了一眼聽得糊塗的我們，歎了一口氣，說道：「輝哥兒從小機智聰明，只是太聰明之人，現實與理想之間，總是糾纏不清，有時間你到我的道觀，我給你看一看，開一點兒丹藥吧?」

我心想這老道士還真是有本事的，一眼看透我有心病，說道：「好的道長，等過一段時間我去您那裡看看吧。」

老道人說道：「好啊，那老道我就告辭了。」

媽媽趕緊說道：「建輝，你開車送送道長，外面冰天雪地的，剛才是你爸爸去接來的。」

我趕緊跟著老道出門，上車後開車出鎮只有一公里，拐上一道小山坡，就到了一座黃色的小道觀，老道說道：「到了，進來看看吧。」

我跟著老道士進了門，開燈後看到裡面乾乾淨淨的，收拾得很利索，院子裡有一副石磨，還有製藥的石臼，最奇特的是有一個煉丹爐，黑漆漆的坐在院子中央，像是長著耳朵的三節的葫蘆，有一人多高。

我圍著煉丹爐看了一圈，底下有一點兒白色的灰燼，中間有小門，打開就有一股清香的藥氣冒出來。老道笑道：「這煉丹爐只用椴木碳，燒完不留痕跡，所以很乾淨的。」

想到家裡還有高珈在等我，就趕快告辭離開，等以後有空了，再來拜訪老道。

第七十四章　第三次刺殺

今天的晚飯，媽媽眼裡只有高珊，不停地給她放菜，和她聊天，滿臉都是慈祥的笑容，整晚都不太看我，我感覺自己受到冷落了。

飯後媽媽擔心天黑路滑不好走，想留我和高珊在家裡住一夜，可是高珊醫院裡明天一早還有事，不能不回去。

夜晚又下起了小雪，路上幾乎沒有車，這一段道路兩邊有了厚厚的積雪，道路上白天灑了融雪劑，積雪已經清理乾淨，車速可以開到七八十邁，外面氣溫到了零下四五度，車內開著暖氣，很暖和。邊開車，邊看著車外的雪景，兩個人聊著天，說著今後的事情。

高珊歎氣道：「唉，早知道是這樣，我就不去西藏了。萬一我離開了，你是不是會和王美娟好上了？」

我笑道：「那個男人婆？別逗了，你只是力氣大一點兒，那位男人婆是暴力超強，你看看那天打擂臺的那個死胖子，男人婆只用了三腳，就昏倒在那裡，這誰敢娶她回家？哪天這位母夜叉一生氣，一腳就給你一個生活不能自理。誰敢要這樣的主，哎我說，你和她學功夫，我看還是適可而止吧。」

高珊假裝生氣道：「不許你詆毀我師父，我現在正跟她學本事呢。」

「啊，什麼？」我驚訝道，「你跟她學武？你做個優雅的美女不好嗎？那貨腦袋不好使，早晚把你帶溝裡去。」

高珊歎氣道：「現在要去西藏了，再想學也要半年之後，不知道還能不能見到師父。」

我聽到師父兩個字就頭疼，說道：「你還是在西藏好好工作吧，遠離男人婆，遠離變態狂，等你回來就能升職成主治大夫了，工資提高一大截。將來指不定還要靠你養我呢。」

「我養你，好啊好啊。」高教練伸出一根指頭來挑我的下巴，「來來來，先叫我一聲姐，讓我高興高興。」

「滾一邊去。沒大沒小的。你以後要叫我哥。輝哥。記住了。」我喝道。

突然，汽車的胎壓開始報警，我轉換顯示器到胎壓資料視窗，右前輪的胎壓下降到了安全值以下，並且還在不斷下降。我能明顯感到方向盤有了偏角，看來漏氣速度有點兒太快了。

我對高珊說道：「前胎漏氣了，這車沒有備胎，只能到修理廠去補輪胎了。你幫我搜一下附近哪裡有補胎的修車店吧。」高珊打開地圖軟體搜索，最近的修車店要兩公里之外，不知道這個時間還有沒有人上班。

按照導航進了這家修理店，還好，這是一家前店後家的店鋪，老闆披上棉衣，打開燈，我讓高珊待在車上，我下車和老闆說明情況。補胎十五元，老闆很快給拆下了輪胎，放在扒胎機上，還沒開始扒胎，就看到了輪胎上有個很明顯的釘子，拔出來一看，四棱形的，五六釐米長。

老闆說道：「喲，這種釘子少見啊，紮上輪胎撒氣會很快的。」說著手腳麻利地扒下了輪胎，拿去補胎了。我跺跺腳準備上車取暖。

這時候，一輛捷達汽車也來到門口，開著車燈，下來一個壯漢，身材像是一頭大熊，兩手拎著兩支東西，晃著肩膀就向我走來。

這身影，這動作，好熟悉，是那個老毛子，我看到他抬起右手，手中的槍管指向我。臥槽，刺客來了。

我身子一閃，撲向扒胎機後面，同時聽到砰的一聲巨響，子彈劃過我的胳膊和身體之間，打在後面的立柱上，劃出一道火花。

老毛子面無表情，另一支手的槍管舉起來對準我的腦袋，我幾乎是下意識地下蹲，同時抬起扒胎機上的輪輞，擋在我的面前，只聽到一聲槍響，子彈擊中了汽車輪輞。那輪輞是鋁合金製的，比較軟，子彈擊中輪輞，一股大力傳到我的雙手，

子彈穿過鋁合金露出頭來，就在我的眼前，還好沒有穿過來。

那老毛子罵了一句俄語：「蘇噶不烏特（俄語TMD）。」低頭開始裝子彈。

修理店老闆聞聲喊道：「幹什麼的？」

我從扒胎機下面的工具籃中抽出一支短撬棍，用盡力氣，朝著老毛子扔過去，他用胳膊一擋，悶哼一聲，側身橫移躲到車後。我再抽出一支撬棍，準備再次扔出去。透過車窗，我看到高珊撲向了車後，手裡拿著一根鐵棍，跳起來向著老毛子頭部就抽了過去。好一記兇猛的扣殺。

我心中著急，擔心高珊安全，大喊一聲：「鼻子大！」（後來查詢知道是俄語「賤貨」的意思），拿著撬棍就沖了出去。只聽「嘣」的一聲，高珊手中的鐵棍擊中了老毛子的腦袋，他暈暈乎乎轉了出來，我衝上去用肩膀狠狠撞在他身上。老毛子跌跌撞撞，搖搖頭，又抬起了手中的槍管指向我。

「砰」的一聲槍響，只見老毛子渾身一抖，胳膊甩到一邊。一輛汽車飛奔過來，車門打開，男人婆從車上下來。

她一隻手中拿著手槍指著老毛子，車上又下來兩個便衣員警，抓住老毛子的胳膊，掏出手銬，迅速把他銬了起來。

「師父，你可來了。」高教練悲嗚一聲，撲過去抱住男人婆。

男人婆收起手槍，拍拍高珊的腦袋，說道：「別怕別怕，師父來保護你。」

這百合場景看得我不禁頭大，我不由得喊道：「哎，你們倆看清楚點兒，被刺殺的是我。」

兩個女人翻了個白眼，鄙視道：「你又沒事，矯氣什麼？」

第七十五章　老道士

高教練去了西藏，男人婆也被調回了廣省，我又回到一個人的生活，獨自到健身中心運動。人生就像轉檯劇，總是面臨一幕幕不同的場景，不同的人物。

衛健委的人又找到了我，警告我不得進行基因方面的研究工作，不得發表研究成果。我現在仍處在受監控的狀態，總有人遠遠地看著我。

如果換作之前，我會很煩躁難受，但現在我有體育運動，我每週一次約張姐一起打羽毛球，這也是高教練委託她的。然後每週有一天游泳，兩天健身房運動，我喜歡上了慢跑，每天都是跑到健身中心再跑回來。

我去買菜做飯，還買了一些新的廚具，買了料理機，微波爐，烤箱等等，我製作出蛋糕，烤肉等美食。自己裝修佈置房屋，每天清掃整理，購買一整套窗簾，新的家紡品，添置了鞋櫃，進門玄關櫃，可以兼做酒櫃使用，我買了一些葡萄酒和玻璃酒杯酒具，有時候自己喝一點兒。我儘量每天給自己找點兒事情做，不可以停下來，一旦停下來就會胡思亂想，腦子就會進入死胡同。

每個週六我回到父母家，一起吃飯聊天，晚上我會在這裡睡一夜，週日下午再回平陽的宿舍。我會到小道觀去找老道士，和他聊天，看他製藥煉丹，老道自己動手，把藥物用小石磨磨成粉末，我也幫手試了試，小石磨用單手就可以轉動，但只是轉動兩三分鐘，我就胳膊酸痛，無力推動了；九十多歲的老道士，卻輕輕鬆鬆地轉動石磨，半個多小時後才停下來喝杯茶歇歇，然後接著轉動石磨，好像根本就不會累。

我見到老道煉丹，這煉丹爐有點兒類似蒸餾器，三層葫蘆的造型，他把白色的椴木炭條放在底下一層；中間一層是放各種藥物，有草藥，有

動物類的藥物，還有礦物等。炭火點燃之後逐漸加熱，藥物被逐次投入，有時候還要進行翻動攪拌，藥物的成分會慢慢蒸發，在頂上逐漸凝結，最後成為一粒粒丹藥。

冬日是煉丹的時節，老道說每三天要煉一爐丹藥，以儲備一年之用。老道有專門貯存丹藥的櫃子，像中藥櫃一樣，分門別類有四五十個小抽屜組成。拿下一個抽屜，發現抽屜的木料居然都是紅木製成的，抽屜的滑道都是用紅色的大理石，長時間的摩擦，兩者都盤出了温潤油膩的玉石質感，這個櫃子就是一件古董。

每個抽屜中都放著三個玻璃瓶，或者瓷瓶或者葫蘆瓶，不同的丹藥使用的瓶子材質不同，每個瓶子放著不同的丹藥，可以治療不同的疾病。老道用主要配方的名字命名各種丹藥，做成小卡片插在抽屜的前面，像什麼丹參柱石丹、沒藥莫羅丹等等，老道給我三本書，有《丹藥本草》《中國煉丹術》《紅蓼山丹藥配方》等，都是現代書，總結講述各種丹藥的用途，配方，煉製方法等。

老道說，這些丹藥除了用來治病救人，大多是雲遊的道友修煉用的丹藥，每年總有一些道友上門求丹，用於修煉時靜心，生神，補氣，辟穀等用途。

現代社會，修煉的人不但沒有減少，反而開始逐漸增多，一些年輕人也開始加入到修道中來，五年前有一個年輕女道人想拜老道為師，學習製藥煉丹之術，老道士認為她心性修煉不夠，還要雲遊天下，磨練心性。

老道說我心志受損，容易衝動傷身，需要慢慢調理，他給我煉製了一瓶芙蓉遠志丹，一共六顆，囑咐我一週一粒，用溫黃酒送服，要經常運動，還要做一些善行善舉，參加公益活動，讓自己心情愉悅。

這兩週我已經吃過兩粒，軟軟的，味道甜甜的，口感很不錯，但是過了一天，開始反胃，打嗝，從胃裡泛起一股很苦澀的氣味，很難聞的味道，一天後就會自動消失。我去問過老道，他說這是正常現象，排出來的是我的「戾氣」，這種氣不能通過正常的大小便和排汗來排出，只能通過這種方式。

我不能理解，這精神上的戾氣，怎會變成口氣排出來，不過神奇的是自從排出「戾氣」之後，感覺自己莫名地放鬆了很多。

我找到了一份新工作，在平陽的住處，社區裡有一座老年陪護中心，社區委員會組織舉辦的一座半公益性質的老人護理陪護機構，招聘陪護員，每月的工資只有一仟元，管一頓午飯。這裡有點兒像老年幼稚園，老人們早上自己或者被子女們送到這裡，這裡有各種棋牌活動，有同齡人互相說話，不會像在家裡那麼寂寞。

除了在陪護中心的二十多個老人，社區還招聘了一些陪護員，給一些在家的不能出門的老人上門服務，一般是送送中午飯，幫老人收拾一下個人衛生，做白天護理。

我的工作就是幫著陪護中心收拾衛生，給一個胖廚師當副手做午飯，收拾碗筷，幫著半癱瘓的老人上廁所等等，一般早上八點半上班，午飯後下午兩點半就下班了。

每天的事情排得滿滿的，雖然我不再做科研工作，可生活還是可以很充實，精神狀態也要好很多。

這一次的週六，我去老道士那裡，卻碰巧跟著他去出診一次。這是隔壁的鎮上一個中年女人被狗咬過之後，抱著僥倖態度沒有注射狂犬疫苗，病毒潛伏了幾個月之後發作，出現發熱頭痛，聽到響聲就會驚懼不安，肌肉抽搐，聽到水聲，就會不停做吞咽動作，渾身出汗，嘴角流口水，已經開始發作狂犬病。

病人送到平陽醫院，醫生說狂犬病致死率是100%，無藥可救，家裡準備後事吧。病人轉回鎮醫院，住在一間安靜的病房，隔絕刺激，注射營養液和電解液，肌肉放鬆藥物等，生死指望老天。病情一天天緊急，已經非常危險，終於有家人提議，死馬當作活馬醫，請老道士試試看。

老道士過來時，病人正在發狂想逃出病房，病房的門被緊緊關閉著，只聽到病人淒慘的叫聲，醫院護士都不敢接近病人，因為一旦被她抓咬見血，很可能會被傳染狂犬病毒。老道拿出一個小

碟子，倒上一點兒綠色粉末，讓護士打開門，進去之後向著病人一吹，粉末飄向她的臉，病人立刻就昏睡了過去。

老道士拿出一支很粗的三棱針，在一隻瓷瓶中蘸過藥水，給病人的頭頂、脖子、後背一連紮了三十多針，擠出了很多黑色的血液。然後取出同仁堂的玉真散敷在傷口上，病人被紗布包成一個粽子樣。

老道士拿出了一瓶麝香元青扶危丹，燒了一杯黃酒，趁熱放入酒中融化，等溫度降到溫熱時，送服進去。老道說這丹藥用了大劑量的東北大興安嶺麝香，這種香麝已經非常稀少，早就不准捕獵，天然麝香已經很稀少了，而人工養殖的麝香，藥效卻是差得很遠。

病人服用丹藥之後，一直沉沉睡去，此後幾天，老道給她吃了丹藥三粒，每日一粒，溫黃酒送服，每天要更換玉真散，三天後病人就清醒出院回家了。老道囑咐家屬要仔細調理身體，三月之內不能被陽光直曬，不能吃魚和海鮮，不能吃大蒜，三月之後就可以恢復正常。

這一套操作，直把醫院的大夫看得目瞪口呆，一般狂犬病發作的死亡率是極高的，西醫沒有治療辦法，只能指望病人自己的免疫力，幾乎就是無能為力的。治療的關鍵就是老道的丹藥，但老道說這病人幸好是發病初期，本身體質還不錯，抵抗力挺強大，但如果再晚兩天，神仙也救不了她。

老道給我看了僅存的一小瓶麝香，細細看去，這麝香居然和書上寫的不同，雖然粗看起來是棕黃色的粉末，可是仔細看卻是一粒粒細小的黃色沙礫一般，每一粒在放大鏡下放大了看都是八方棱形的晶體。當鼻子靠近時，突然聞到一股強烈的香氣，稍稍離遠一些，卻又聞不到香氣，讓人忍不住又要靠近聞一下，這香氣又會突然出現，像是被存儲在一個小小區域之內。

很難用語言形容這股香味，它很有立體感、層次感，強烈而響亮，帶給嗅覺以極大的快感，讓人迷戀不已。老道士說這是東北一個修道朋友拿來換丹藥給的，是十二歲以上的香麝自己排出的天生香，數量極少，異常珍貴。麝從三歲開始產香，十歲之後品質最好，這時會把一些完全成熟的麝香排出體外，麝會找一個樹洞仔細保存這些排出的香料，要找到這種香料是需要很大的機緣的。

如果香麝被獵人捕殺，死的時會排出死氣，獵人切下死麝臍下的香囊，取出的麝香叫臍香，因為含有這種死亡氣息，聞的時間一長就會有惡臭感，藥效就差遠了。有的麝在被捕獵時，會回頭咬破自己的香囊，這時候收集的香囊裡面混入了麝的唾液，麝香味道變得有一股尿臊味，不但無益反而有害了。

而養殖戶養殖的一般都不是香麝，因為香麝太膽小，稍稍有噪音人影，就會驚厥而死，根本無法飼養，所以養殖的只是馬麝、香鹿等動物，雖然有麝香的物質，可是含量和功能差得多。至於人工化學合成的，只是味道相似而已，藥效已經只是相當於薄荷或冰片的功效，僅僅具備普通的消炎殺菌的功能，做香水比較合適。

我對古典傳統中醫產生了很大興趣，跟著老道學習了一些道家醫學知識，可是老道說我的腦子已經被現代科學理論浸潤得太深，無法從根本上相信道家理論，也就不能真正學會道家醫學，現在只是粗略瞭解一些罷了。

十二月過去，新的一年到來，有時候接到高珊的電話，她在西藏很快就適應下來，一開始的高原反應讓她身體非常難受，不過年輕人身體好，僅僅一週之後就完全適應了，她跟著當地醫療隊上到五千多米的城鎮，為各地的骨科患者治療。那裡的醫療條件不全，高珊的工作特忙，幾乎就沒有休息日。

我給男人婆打去電話，她又回到了經偵大隊，現在到了辦公室工作，每天整理卷宗，做著很無聊的工作，她媽媽整天逼她去相親，去見七大姑八大姨介紹的男人，把她煩得不得了。回去的這些日子，她開始在飯店和媽媽學習煮菜，幫著打下手，廚藝提高很快，她媽媽很高興，一直誇獎男人婆有天賦，她甚至有了辭職回家接手飯店的想法，只是被王局長父親給制止了。

第七十六章　我的日記

一月十八日，星期六，天氣晴朗

春節快要來到了，看著人們為新年快活地忙碌著，我的心情也很變得愉快，人其實只需要一點點簡單的快樂，就很容易滿足。

今天接到了英姐的電話，她先感謝我幫他找的志願護理，的確幫了他們很多忙。護理員雖然只幹白天的看護，英姐夫妻晚上輪流來陪護，但這樣也讓他們不需要請假，工作也不太受到影響。

昨天，護理說他家裡幫他找了一份正式工作，他想這個月出院後，回家過年就不再回來了，英姐想請我再幫她另找一個護理，估計過了春節，東哥還要來住院。

我答應了幫她，我詢問了「營地篝火」志願團隊，應該能有人願意吧？

下午去看老道士煉丹，今天道觀門外停了一輛賓士車，一個氣宇軒昂的中年人，西服筆挺，一看就是成功人士，帶著兩個隨從在道觀中和老道說話，老道介紹說這位是省城來的一家大公司的老闆，也是一位修道者。

這位修道老闆拿走了三瓶修煉用的丹藥，是用一顆足有五兩重的牛黃交換的，這個牛黃顏色是金黃的，微微有一絲香氣，用手捏捏，像是硬橡膠球一樣有彈性。這牛黃也是煉製丹藥的名貴藥材，對火屬性的疾病有奇特療效。

一月廿一日，星期二，天氣陰

應該是真的沒有合適的人，今天「營地篝火」志願團抱歉地答覆我，真的沒有人能過去。

我給英姐去了電話，抱歉地說我幫不上她了，現在沒有人能來，要不等等看年後的情況，也許就有人願意來。

英姐絮絮叨叨地說了自己很累很累的話，我知道她擔心年後沒人幫忙，照顧她哥實在是不太容易。

今天在體育中心，我又看到了那個監視我的人。我仔細觀察過，他們一共有三個人，輪流監視我。我透過體育中心的單向玻璃能看到他，他卻看不到我。他站在車邊，低頭看手機，時不時的抬頭看著大門。

我忽然有一個想法，假如我去傳染病醫院的愛滋病病房，這些人還會監視我嗎？

如果他們到愛滋病醫院來監視我，那該是多有趣的一件事啊。一個致力於治療愛滋病的科學家，在愛滋病醫院裡被監視。多麼諷刺的效果。

其實我就可以做志願護理啊。這也是做善事。我決定，我要做。

一月廿二日，星期三，小雪

我給英姐去了電話，說我現在沒有工作，願意去做陪護。

英姐高興極了，問我什麼時候可以過去，我們約定過了年，初八上班之後過去。

談到報酬，英姐說給我二佰六十元白班，從早八點到晚六點，我說我是半公益性質，就這個價格，我全天陪護就行。

這把英姐感動的，連聲感謝，英姐和東哥是個老實好人，他們說連軸轉實在太累了，雖說是公益，他們也不能太占我便宜，週六週日他們可以看護，讓我休息兩天。

隨著春節的臨近，平陽這座小城市的馬路上，人流車流明顯增多，很多在外地工作經商的人回來過年，下面城鎮的人上來購物，商店掛滿優惠大酬賓的橫幅，車水馬龍，顯得特別熱鬧。這與鵬城春節的冷清形成鮮明的對比。

還有三天就是春節，體育中心放假了，我下午回到小鎮的父母家，一路上經過的村莊，鞭炮聲已經迫不及待地響起，人們貼對聯，做年貨，串門看親戚，在這紛紛飄落的小雪中，到處是過年的喜慶氣氛。

一月廿五日，春節，晴

我已經不太適應家鄉的過年，天沒亮，爸媽的學生們就來給老師拜年，老同事們也互相串門，一波波的人流，直到中午吃飯才歇了一口氣。

昨天大年夜，叔叔一家在我家過年，自從爺爺奶奶去世，每年的春節就是在我父母這裡過了。昨晚爸爸叔叔喝了不少白酒，有了醉意，今天早上老爸居然精神抖擻，毫無壓力，看起來身體真的不錯啊，希望他永遠健康。

今天我給老師們打電話拜年，他們都鼓勵我，要我不要放棄研究，不要理會流言蜚語，做自己想做的事情就好。

量子教授在巴西度假，聽得出來周圍音樂聲很嘈雜，那裡是晚上，正是狂歡的時間，他說自己正在努力忘掉過去的一些事情，只需要活在當下。人不要太為難自己。他喝了不少酒，喃喃重複著孟德爾老頭的話：人只是一堆分子的組合，時間的罡風會吹散一切。我勸他要好好照顧自己，有時間他會到中國來看看。

陳建君留在鵬城，與兩個孩子一起過年，她說這是她過的最好的一個新年，有兩個孩子的陪伴，她終於不再感到孤單。

高珊接電話的時候，還在值班，醫院裡很孤單，就她自己一個人，她說自己昨晚想家想哭了，這是她第一次沒有回家過年。援藏的生活雖然很累很艱苦，可她感覺到當地人對她的尊敬，覺得心裡很充實。

男人婆說這個年過得很糟心，父母一直逼她去相親，煩都煩死了，她說找個機會，她要離家出走，讓兩個老東西著急上火去吧。她想找陳建君，看看兩個小孩子。

下午志博表哥一家過來拜年，舅舅舅媽都過來了，表嫂子也難得休息，溫泉酒店過年放假只有大年三十和初一這兩天時間，明天就要接待各地湧來的遊客。表哥的土石方工程雖然工期很著急，但民工們只能正月十五以後才能上班，這幾天他也只好到酒店幫忙。

表哥夫妻有一個小女兒，上初中了，我給了

她一個一萬元的紅包，小姑娘高興極了，她宣佈從今年開始，過年的紅包都要由自己管理，不再上交了。

自從姥姥姥爺去世之後，舅舅每年的春節初一在我家聚會，供臺上擺著四個老人的照片，供著香火和供品。

女人們在廚房忙碌，爸爸和舅舅焚香禱告，保佑家人平安，年年團聚。

二月三日，初八，星期一，天氣晴

清早我坐長途車離開平陽，來到山海市，中午輾轉來到了英姐父母的家，東哥住在這裡，英姐自己家離這裡也很近，方便照顧東哥。

東哥比上次見到的時候更瘦了，已經無法自己下床，卻凸出了一個大肚子，醫院大夫說那是一個腸道腫瘤，已經長得很大，但東哥的體質已經太差，不敢動手術，也不能用化療放療，大夫說一旦使用，基本下不了手術臺，只能用藥物維持著。

東哥就像一棵枯萎著的樹木，慢慢地死去。我看著他的父母，滿頭白髮，一臉皺紋，正在給東哥餵飯，這真是一場巨大的折磨啊。

英姐說已經和醫院聯繫好，今天下午就可以過去住院，一會兒她老公就會開車過來接。

吃完中午飯，下午三點多點兒，她老公關君就開門進來了，戴著眼鏡，胖胖的臉上自帶憨厚笑容，很快我們拿起準備好的包袱，關君抱起包好被子的東哥，下樓放到了車上。

這裡距離醫院不遠，汽車拐了幾個紅綠燈，就到了醫院。

英姐和護士打了一個招呼，就直接帶著進了病房。剛剛過年，病人很少，床鋪隨便挑，我們找了一個靠南窗有陽光的床位。這裡是一樓，窗邊有一個門，推開外面就是一個花園，冬天只有孤零零的樹枝枯草。陽光照到床鋪上，床鋪邊就是暖氣片，冬天的供暖非常充足，暖氣片有些燙人，整個房間非常溫暖。

英姐給我說明照顧東哥的注意事項，特別叮

囑，幫東哥按摩和大小便的時候，一定要戴手套，平時沒事的時候，也要戴著口罩的，因為這個醫院各種病人特別多，要特別注意不要被感染。英姐特別囑咐，一定要小心動作，千萬不要劃破皮膚，絕對不能見血，要特別注意。

東哥的洗漱用品，牙膏牙刷，吃飯的碗筷等要單獨存放；兩個水杯要放在窗臺上；東哥還有專用的暖水袋，晚上要給他放到被窩裡。

英姐給我準備了陪護用的帆布床，可以半躺著休息，她說晚上打完吊瓶後，我可以在旁邊的空病床上睡覺，到明天七點起來，給東哥洗臉刷牙，收拾大小便，一般八點多，都會送來早飯。吃點兒早飯，然後就準備各項檢查，上午九點半開始打吊瓶，一般到晚上八九點鐘結束。午飯和晚飯可以在醫院餐廳點飯，有時候他們會來送飯。

英姐給我五仟元，這是半個月的護理費，每次都給我半個月的錢。

我的新工作，就要開始了。

第七十七章　病房

東哥喜歡聽收音機，他有一台帶SD卡的收音機，裡面錄了很多歌，張雨生是他最喜歡的。他說每次當身體難受的時候，他就聽聽歌，這樣就會好受一些。

已經到了晚上九點，今晚是入住的第一晚，還沒有開藥，東哥覺得肝臟的位置特別疼，越到夜晚，疼痛越是厲害，東哥說這幾天都是這樣，吃幾片止疼片，過一會兒就好了。

我用手輕輕按壓了一下他的肝臟部位，手指感到是特別硬的一塊，我知道不太好，就來到護士室。裡面有兩個值班的護士，都穿著全身護士服，戴著口罩，一個高個的，眉目清秀，正在記錄資料，我看了一下胸牌，她是護士長，名字是劉雯芝；另一個矮一點的，圓圓的眼睛，很活潑的樣子，胸牌寫著趙倩。

我把東哥的情況說了一下，劉護士長說道：「那是東哥啊，我們知道，來住院過三次了，他是肝硬化症狀，一直都是注射人血白蛋白的，這次沒有開藥，我需要問一下范主任。」

這個護士很負責，打了電話給她們主任，然後對我說道：「主任同意了，我讓東哥簽個字，就給他掛吊瓶。」說完就列印了一張單子，拿起來走向病房。

東哥剛吃過止疼片，稍稍好受了一些，看到她走進來，臉上擠出一絲笑容：「劉護士長，你來了。」

這位劉護士長說道：「來，我給你檢查看看。」她掀起東哥的衣服，輕輕按壓肝臟部位，皺眉說道：「腹水挺厲害的，最好注射白蛋白舒緩一下，要不然會有破裂的危險。」

東哥皺眉道：「好吧，那就注射一個吧。」東哥簽字之後，劉護士長出去準備注射。東哥對

我說道：「這個藥太貴了，這一瓶就要六佰多，而且還不給報銷。」

我對他說道：「東哥，這個藥是血液製品，數量少，要是報銷的話，根本就不夠用的，到時候價格肯定飆升，報銷的價格恐怕也要幾佰元。還不如像現在這樣，不報銷用的人少，價格也低一些。」

說著話的時候，劉護士拿著一瓶白蛋白晶體和一套電子注射器進來，她熟練地用生理鹽水稀釋白蛋白晶體，然後把注射器安裝在電子注射器上，設定好注射速度是1.8毫升每分鐘，然後拿起東哥的手臂，很熟練地扎針，黏膠布，動作麻利快速。

她觀察一會兒，轉身對我說道：「這個針大概需要一個半小時，注射完機器就會報警，你就按鈴通知我。」說完端著盤子出去了。

我對東哥說道：「這個護士業務水準挺高啊。」

東哥笑道：「這是劉護士長，是這個醫院水準最高的護士，我的血管比較細，有的護士手生，好幾次都札不上血管，劉護士長都是一次就札准，這裡的病人都喜歡讓她動手。」

東哥晚上要做一個腹部艾灸，能夠幫助活血通絡，我按照東哥的囑咐，到衛生間點燃艾灸，裝在艾灸盒中，給東哥放在腹部。

然後我坐下休息一下，仔細檢查一下注射器運行正常，東哥打開收音機，音樂頻道，一個男歌手滄桑的歌聲傳來：

當你走進這歡樂場，背上所有的夢與想；
各色的臉上各色的妝，沒人記得你的模樣。
三巡酒過你在角落，固執的唱著苦澀的歌。
聽他在喧囂裡被淹沒，你拿起酒杯對自己說。

聽著這歌詞，作詞者一定是一個經歷滄桑，對人生有很深感悟的人，東哥歎息道：「沒人記得你的模樣。真是這樣的啊。」歌聲接著唱道：

一杯敬朝陽，一杯敬月光，喚醒我的嚮往，溫柔了寒窗；於是可以不回頭的逆風飛翔，不怕

心頭有雨 眼底有霜。

一杯敬故鄉，一杯敬遠方，守著我的善良，催著我成長；所以南北的路從此不再漫長，靈魂不再無處安放；

一杯敬明天，一杯敬過往，支撐我的身體 厚重了肩膀；雖然從不相信所謂山高水長，人生苦短何必念念不忘。

一杯敬自由 一杯敬死亡，寬恕我的平凡 驅散了迷惘；好吧天亮之後總是潦草離場。清醒的人最荒唐。好吧天亮之後總是潦草離場。清醒的人最荒唐。

歌曲結束，我和東哥都不說話，怔怔地想著自己的心事。音樂頻道的女主持人開始嘮嘮叨叨，接聽聽眾的電話，順便給一個海參品牌做廣告。東哥靜靜地聽著，一會兒微笑，一會兒皺眉。我拿出洗臉盆和毛巾，到衛生間兌了溫熱的水，燙了一條熱毛巾，對東哥說道：「東哥，我給你擦擦吧。」

東哥點點頭，我從他的臉開始擦起，仔細地擦過脖子，前胸，後背，腿溝，手腳。東哥雖然很瘦但身上很乾淨，沒有一點兒褥瘡，看來在家裡照顧得很仔細認真。

東哥晚上刷牙不方便，只用漱口水清理口腔，這時候收音機的點播節目也結束了，東哥關掉收音機，對我說道：「小郝，別忙了，等打完吊瓶，你也休息吧。今天病房沒別人，你就睡著那張床。」

今天奔波了一天，我也真的有些累了，我洗臉刷牙之後，坐下和東哥聊天。東哥問我：「小郝，你多大了？」

「我卅二歲了，你呢東哥？」

「我四十九歲了，今年五月，我就滿五十歲了，不知道能不能活到那一天。我儘量試著活到那一天吧，活五十年就挺不錯了，很多正常人都不一定活到五十歲呢。如果活到六十歲就是正常人年齡，七十歲就是賺到了。」東哥笑道。

我安慰東哥道：「沒準兒哪一天，突然就有

什麼特效藥，就可以治好這個病了呢。那時候你和正常人一樣，活到七老八十也很容易呢。所以還是要堅持治療，維持好身體，不要放棄希望。」

東哥說道：「小郝，你比上次那個護理小王要好多了，小王只是白天在這裡，沒事就坐在那裡玩手機遊戲，有事要喊他好幾次才回音。小王也是HIV，我看他吃藥也不及時，還抽煙，有時候晚上還喝酒，第二天身上一股酒味，就和我以前一樣。小郝，你，也是HIV嗎？」

我搖搖頭，說道：「我不是的，我只是加入了志願者組織，我是自願來的。」

東哥歎息道：「是嗎？那可不容易。正常人大都不敢來這裡的。」

我說道：「也不是啊，你看你妹妹妹夫不是一直陪護你嗎？」

東哥愣愣地想了一會兒，點點頭說道：「是啊，真是難為他們了。十年前，當我和他們說起我得了愛滋病，他們都嚇壞了，說什麼都不敢相信。這麼多年過去了，他們也漸漸接受了現狀。妹夫說啊，權當我是和他一樣，得了糖尿病，這一輩子是治不好的了，不過只要每天吃藥，控制飲食，也就和正常人一樣了。嘿，也只能這樣安慰自己了。」

我說道：「說的也是啊，現在的HIV的確和其他慢性病很像了，只要能節制生活，及時吃藥，一般能保持很長時間的健康狀況。」

「說得容易啊，做到太難。小郝，所謂食色性也，這是人的兩大基本欲望，哪裡是說戒掉就能戒掉的。當時年輕，不懂事，每天喝酒，抽煙，麻醉自己……」

我擔心東哥又想起傷心事，岔開話題道：「東哥你很喜歡聽收音機啊。現在人都手機上網，不太聽這個了。」

東哥說道：「這麼多年聽習慣了，那個主持，是我的前妻。也快要五十歲了，怎麼樣，聲音聽不出這麼大年齡吧。」

我驚訝道：「是嗎？聽起來聲音還挺粉嫩的呢。嫂子一定是個大美人吧。」

東哥苦笑著拿過手機，翻出他們兩個以前的合照給我看，照片中年輕的東哥青春洋溢，穿著淡色的西裝，在櫻花樹下微笑著，是一個標準的帥哥，而旁邊的女人又矮又胖，雖然戴著墨鏡，也不像是漂亮的樣子，讓人以為東哥年輕時傍了個女大款呢。

「哇。嚎。真是啊。沒想到啊。東哥的品位還真是不一般呢。看來一定是真愛呢。」我讚歎道。

「我本來以為聲音好聽也能值個安慰獎，反正關了燈發揮想像都一樣，醜一點兒還安全，哪裡想到安全與否與美醜無關。我這一輩子啊，都毀在這個女人手裡了。」

「不會吧。這樣的也有人要？她……給你戴綠帽了？」我十分驚訝。

「那倒不是，她還不會給我戴帽子。小郝你還沒有結婚吧，我告訴你，女人要毀了你，有很多辦法，不一定非得給你戴帽子。」

「哦，願聞其詳。」

「一個女人如果不知孝順，就會毀了你的家庭親情；如果不知尊敬你，就會毀了你的社交朋友；如果眼裡只有錢，就會毀了你的理想；如果言語刻薄，就會毀了你的自尊。所以找女人一定要慎重啊。」東哥像一個哲學家一樣總結道。

我拍拍胸口，笑道：「還好還好，我還沒遇到這樣的女人。」

東哥撇撇嘴，說道：「那是你還沒結婚，沒看到大灰狼的尾巴，等你進了她們的圈套，你就只能聽天由命了。我告訴你吧，一個家庭的命運，其實是掌握在女人手裡的。你要慎重慎重啊。」

第七十八章　范主任

東哥晚上睡覺很晚，他說他以前就有失眠的毛病，要半夜一點之後才能睡著。

我的睡眠很好，十點以後很容易犯睏，有時候坐在那裡，靠著牆都能睡著，不過只要有人叫我一聲，或者鬧鐘一響，我就能馬上醒過來，這種優良的生理特性，是在實驗室裡培養出來的，我經常在實驗室裡睡覺，等結果出來，儀器的警鈴一響，我就能馬上醒過來。

我就這樣穿著衣服睡了一晚，在半夜一點起來幫東哥上廁所，就是在床邊有個坐便椅，中間有個洞，下面有一個桶，把東哥抱起來坐上去，等大小便完事之後就可以正式睡覺了。當早晨的陽光照到窗前，已經是早上六點半，我從東哥旁邊的病床上醒過來。

東哥七點起床，我已經洗漱完畢，給東哥擦臉，漱口，喝水，在他後背墊上靠背，扶他起來坐一會兒。窗外的花園裡，有麻雀在起起落落，嘰嘰喳喳，牆外傳來汽車的喇叭聲，上班的上學的人們已經開始行動。

七點二十分，妹夫走進門，帶來了早飯，有小米稀飯，麵包，小菜，火腿腸。每天英姐要早起做好早飯，上高中的孩子吃飽出發，妹夫就開車送孩子上學，然後回來就到醫院送來早飯。東哥喝點小米粥，吃一點點麵包，就不再吃了。

吃過飯以後，妹夫給我示範了一下怎樣給東哥按摩，要從肩膀開始，慢慢地揉肩，胳膊，後背，大腿小腿和腳，大概要十幾分鐘。

東哥說一般上午十點左右，妹夫會給他按摩。妹夫的按摩很舒服，這段時間，也是東哥享受的時間。我笑著說，妹夫按摩的手法也不是太專業，還不如我這個自學過按摩的人，以後我來給東哥按摩就好。

送走妹夫去上班，東哥按摩完後就會躺下，在八點一刻開收音機聽她前妻的節目，節目中她帶著一個年輕的男播音員，說著天氣路況和每天的話題。

節目到九點結束，東哥關掉收音機。這時候，早晨巡檢查房的大夫們就過來了。

這一幫人有十幾個，眾星捧月一般圍繞著一個中年男大夫，有兩個中年男女大夫在旁邊輔助，帶著五個實習的年輕大夫，還有護士長和護士幾人。一幫白大褂瞬間填滿了房間，我趕緊讓開地方，躲到病房的角落裡。

這個中年大夫走到病床前，詢問了東哥的身體症狀，又看了一下過去的住院記錄，吩咐道：「做一下B超，CT檢查，血液常規，肝功，免疫，標記物四項。」

然後伸手招呼一個年輕的實習大夫，「小汪，你負責進行病毒測序，那套新來的基因藥物生產線的製藥流程，就由你來主持吧。問一下這個患者是否願意參加實驗，好了去下一個病房。」

中年大夫領頭向門外走去，一轉頭看見了我，我也看見了他的臉，似乎有點兒印象，以前應該在哪裡見過。那人愣了一下，隨後就恢復正常，走出病房。

護士很快拿來了檢查單，東哥顯然對這一套程式很瞭解，他讓我去護士站借來輪椅，給他穿上保暖衣，推著他去另一座門診樓做檢查。

先從一樓做CT檢查，我們來的比較早，還沒有排隊的人，很快就做完了透視。

二樓做彩超，排隊等了幾分鐘，就開始輪到東哥，彩超的報告直接列印出來，附在檢查單後面。我看了一下，只見到裡面有五個字「占位性病變」，心裡一涼，這個詞其實就是腫瘤的另一種叫法，只是聽起來文明一些，似乎不那麼嚇人而已。

東哥的肝臟腫瘤已經很明顯，現在在十二指腸末端也出現了幾處，胰臟部位也懷疑是腫瘤先兆。當愛滋病毒破壞了免疫系統之後，體內的癌變細胞就無法被免疫系統消滅，從而開始了大量

繁殖。這種情況幾乎無法治癒，除非重建健康的免疫系統，否則癌細胞一兩個月內就會奪走生命。

抽血檢查是東哥最害怕的項目，他的體內血量很少，一共要抽六管血液，到最後兩管的時候，已經沒有血液流出，只能換一個胳膊重新採血。

全部項目檢查完，回病房的時候，已經快十一點了。病房裡又來了一個新病號，是一個戴著眼鏡的青年，他坐在病床上，正在不斷打電話和接電話，這是一個銷售員，做包裝產品的，業務很繁忙。

接到東哥媽媽的電話，問東哥中午飯想吃什麼，家裡熬好了雞肉雞湯，東哥要了番茄和香菇油菜，來一點兒米飯。

很快護士送來了吊瓶，有肝臟治療的藥物，有殺病毒的藥物等。給做滯留針的護士是曾護士，在東哥的脖子上做好了滯留針，調好了藥液流速，測量了東哥的脈搏，囑咐我吊瓶中的藥液快打完的時候，按鈴通知她，就會過來換藥。

東哥很有經驗，他說這種藥會讓他犯睏，他要睡一會兒，讓我也休息一下。

那個銷售員病號的藥物也送過來了，除了護士，還有一個年輕女人，她沒有化妝，滿臉疲憊的樣子，給他放下病歷單據，說道：「我要去上班了，你下午打完針就回家休息吧，先不要去上班了。」

男子說道：「不行啊，客戶單子太多了，我下午要回公司處理好。放心我沒事的，現在還不能在家休息，咱們的房貸每個月要七仟多，不上班怎麼還得起。」

原來這居然是一對夫妻，男的得了病，不知道女的是不是也得了病，無論如何，這對夫妻還在一起，已經是極不容易的了。

女人走了，東哥睡著了，那男子也停下了電話，靜靜躺著打吊瓶。這時候劉護士長進來，她到了下班時間，換了日常服裝。

她指著外面的花園，小聲對我說道：「郝教授，我們范主任想和您談談。」

「范主任？」我想起上午在查房的主任大

夫，點點頭，推開門，來到花園中。

范主任站在花壇邊，我走過去，他伸出手，我們握了一下手，范主任笑道：「郝教授還記得我嗎？我是范慶華，在鵬城聽過您講課，我還向您提問過呢。」

是的，我想起來了，當時我在鵬城傳染病醫院講課，關於抗原生產線的操作問題，當時全國有兩百多名醫生來聽課，這個范慶華提了兩個關於愛滋病抗原的問題，他一口的山海市口音，我還開玩笑給他過。

「老鄉啊，兩眼淚汪汪啊！」我們兩個相對笑了起來。

「真是想不到啊，那件事對郝教授的影響會這麼大，竟然淪落到這個地步，真是讓人感慨吶。」范慶華的表達能力的確不太行，我知道他沒有嘲笑我的意思，可我心裡還是不好受。

「其實現在我的狀況不錯，你看，我每月收入六七仟元，一週兩休，還管吃管住呢。這活兒呢還不累，最主要是不用費什麼心思。挺輕鬆的，挺好。」

「郝教授一身才華，埋沒在這裡，實在是暴殄天物啊。這個，我們醫院呢，剛剛引進了一套你們公司生產的抗原生產線，想用來進行免疫防疫工作，只是這套系統至今還沒有掌握好，達不到理想的效果。您看能不能請您來給我們醫院指導一下，您有什麼要求，也儘管提出來，我們一定盡力滿足您。」

我搖搖頭說道：「范主任，感謝您的賞識啊，不過我現在還在受到監控呢，不予許我進行科研工作，我擔心會給您帶來麻煩啊。」

范主任兩手攤開，左右擺擺笑道：「沒事的，這裡沒人敢來。要是監控的人有膽量進愛滋病醫院待幾天，看到愛滋病人的慘狀，他絕對會支持你的工作的。至於我嘛，我是不怕麻煩的了，整天和傳染病打交道的醫生，怕什麼麻煩。難道把我調到其他醫院？那不是成了獎勵了，呵呵。」

我點點頭，說道：「我現在正式的工作是看護，幫你調試抗原生產線，也只能在業餘時間，

我週六週日休息，這兩天可以，其他只能抽空試試。」

范主任笑道：「那你待遇的確比我好，我週六不休息，週日看情況休息。您看您需要什麼，工資或者專案專家費用？說個數我給你想想辦法。」

我擺擺手，「不要錢，白幹。你權當我是做慈善。范主任，你們想開展什麼專案？」

范主任挑挑大拇指，說道：「郝教授高風亮節啊。是這樣的，我想針對HIV，進行愛滋病抗原體的研製，能夠治療延緩一些發作期的病人，遠期的目標是研製一種HIV疫苗，能達到在一定時間內，可以對HIV病毒免疫的目的。」

我想起東哥的病情，說道：「好吧，那就從我手裡的這個病人開始吧。先進行病毒分離，然後進行RNA 測序，確定病毒變異情況，再根據測序結果製作納米引導環，這套設備你們醫院有沒有？」

范主任說道：「都有，而且是從你們公司買的，最新的設備，整個實驗室花了三仟多萬，國家非常重視傳染病醫院的醫療條件改善，有時間您去實驗室看看吧。」

第七十九章　抗原生產線

回到病房，東哥媽媽已經來了，白髮蒼蒼的她送來午飯，正坐在那裡仔細看著沉睡的東哥，看到我進來，對我笑道：「剛才看你和范院長說話，就沒過去打擾你，有什麼事情嗎？」

我說：「阿姨，范院長說，他們要上一種新愛滋病藥物，招收試藥人，問我東哥是否願意，我說等我問問東哥。」

阿姨說：「實驗新藥？會不會有危險？」

我搖搖頭，說：「阿姨，我聽范院長的意思，這次檢查東哥的狀況很不好，在多處發現了腫瘤，估計最多只有一兩個月的時間了。」

阿姨渾身一震，眼淚就流了下來，我趕緊拿過紙巾遞給她，說道：「既然已經到了這個程度，試試新藥那就沒什麼了。說不定還能治好呢。」

阿姨點點頭，深吸一口氣，把眼淚擦乾，說道：「好吧，那就試試吧，咱們一起和阿東說說，只要能治好他的病，讓他多活一些時間，我幹什麼都願意的。」

說了一會兒話，我看到吊瓶的藥水快到底了，就按響電鈴，過了兩三分鐘，曾護士就拿著新的藥物過來，換上了針頭，調整好流量以後，匆匆離開。

今天入院的病人明顯多了起來，每個病房都有兩三個病號，醫生和護士開始忙碌。阿姨說：「這一層樓有二十五個病房，每個房間都是三個床位，這個病怎麼這麼多的病人呢？一樓病人都是男的。二樓是女病號，只有四五個病房，人也很少，可能是女人不容易得這種病吧。」

我搖搖頭，苦笑道：「不是這樣的，女人更容易得病。只是女的有病大多隱瞞著。都不願意讓人知道。」

阿姨也搖頭歎氣：「哎，這樣不好，有病就

應該治，何況這個病還傳染。」

這時東哥醒了，看到媽媽在這裡，說道：「媽，你過來了。」

阿姨和我一起把東哥的靠背墊高，讓他半躺著，喝了一口水。我說道：「剛才范主任過來了，說起你的病情。」

「哦。怎麼樣？」東哥關注地看著我。

「范主任說他們醫院新上了一套抗原治療的設備，可以根據你的情況訂製新藥，雖然不能完全治癒你的疾病，但可以大大緩解現在的症狀。只是新藥肯定有一定的風險，想問你是否……」

「我願意。」東哥沒有一絲猶豫，「我現在都這個情況了，什麼新藥我都敢試。哪怕是死了，也算是為醫療研究做出了一點兒貢獻。」

「好。」我翹起大拇指讚揚道，「那我就回覆范主任，說你答應試用新藥了。東哥有慈善心，老天也會保佑你身體健康的。」

「去吧去吧。你去范主任辦公室一趟吧，我知道實驗新藥要填寫一些表格，你去辦好這個事，現在我媽在這裡，應該沒事，不用你在這兒，回來咱們一起吃午飯。」東哥是說幹就幹的急脾氣人。

我來到醫院主樓，找到范主任的辦公室，他正在吩咐兩個醫生事情，見到我進來，就揮手讓他們離開。

「走，郝教授，我帶你去抗原實驗室看看。」

我說道：「等一下，我想給東哥辦一個新藥實驗人專案，讓他免費試用一次。」

「行，只此一例，我們醫院花了幾仟萬上的設備，不可能都是免費使用，總要收回一些成本的。我們也要吃飯啊。」范主任笑道。說著從檔櫃裡面抽出幾張表格，填上實驗項目遞給我。

實驗室有全套的儀器設備，新型的抗原自動化生產線是湘南老黃工廠生產的，我仔細看看，外觀做工比以前高檔了很多，看設備上的說明和功能，比以前改進了很多，只需要一個人就可以操作這套生產線，效率也高了很多。

「這套生產線現在賣多少錢？」我問道。

范主任挑起大拇指，說道：「才伍佰萬。還帶一套兩通道簡化版基因測序儀。價廉物美，現在國內很多大醫院都買了，南方的醫院裡面，研發應用開展得比較好，治療效果很顯著。今年的醫學會上很多醫院都想要買，結果你們的工廠居然不接訂單，說三年的計畫都已經安排滿了。厲害。」

另一個實驗室裡，有一台最新型號的十六通道全功能拓撲罡基因測序儀，正在工作當中，這一台儀器的價格就要上仟萬元了。

我問：「范主任，你們醫院的基因測序工作量很大嗎？」

「當然，現在很多病人要求做基因檢查，建立個人基因檔案，醫療系統也在積極推進這項工作。現在國家基因庫雲系統已經開始運行，未來將建立一套天量的資料庫系統，我們這台機器每天的測序任務排得很滿，基本是廿四小時連續運行，每天的資料量超過600G，一點兒故障都沒有，這的確是台好機器啊。」

我也為公司感到驕傲，陳建君的管理的確是非常好。

其他實驗室裡面，單細胞流分離設備，消解理化設備，螢光高清顯微鏡，生物培養設備一應俱全。實驗室的操作人員都是研究生的水準，業務能力也不錯。

「很好，實驗室很完善，完全可以滿足製藥的要求。」我說道。

「那先從你的東哥開始，讓這些實驗員熟悉流程。以後再開始收費治療。」范主任憧憬道，「你說我一個病人一份抗原收五萬元便宜不？一個月卅個病人，三五一佰五十萬，四個月就可以收回抗原線的成本。利潤挺高啊。」

范主任其實是算錯了。這機器我當然瞭解，每次能生產十份抗原，三天一次，每月平均能生產一百份，如果一份伍萬元，每月是伍佰萬元，只要一個月就能收回生產線的成本，暴利得很，范主任的數學肯定是體育老師教的。當然這裡沒有蔑視體育老師的意思，有的體育老師也能兼職

數學老師。

我說道：「我覺得你適合做一個企業家，你一定能成大富翁。」

范主任得意地點頭道：「嗯，我也感覺我很有經營的才華。」

我笑道：「您總是低估利潤，高估成本，而且心狠手辣，白刀子進去，紅刀子出來，就像土匪搶錢一樣。」

范主任苦笑道：「你這是不當家不知道柴米貴啊。我們醫院看起來是國家養著的，其實也要自負盈虧，講究績效考核。整個醫院，各工種員工一千多人，人吃馬嚼，花費巨大啊。」

「得得得，您別跟我訴苦。我又不是你領導。不過我一直認為，醫德才是醫院的最高追求，而不是利潤。」

范主任說道：「你感覺一個病人每年五萬元的抗原錢很貴嗎？可是你知道癌症病人一瓶靶向蛋白抗原藥物要多少錢？每年多少錢？我跟你說，至少五六十萬元。」

我當然知道藥價為什麼這麼貴，我也曾經搞過新藥實驗，就是因為巨大的藥物實驗投入。極高的風險加成。專利的天然壟斷。所以藥物價格才如此昂貴。而訂製藥物的價格之所以便宜，就是因為不需要專利申請，不需要上市審核，也就沒有失敗的風險，所以成本低。

范主任說道：「你信不信，如果我要是把這個藥的價格定得太低，病人就不敢相信了，他們會以為這個藥不行，要不然不會這麼便宜。所以價格必須適當。郝教授啊，您是菩薩心腸。這麼好的生產線，價格這麼便宜。我覺得現在最恨你的人是那些藥物集團，特別是國外的藥物集團，你這是要砸爛他們的飯碗啊。估計他們現在殺你的心思都有了吧。」

我黯然點頭，說道：「您范主任真是明察秋毫，的確如此啊。」

回到病房，看到東哥側躺著一動不動，阿姨在小聲地勸說著東哥，我走過去問阿姨怎麼回事，阿姨說檢查報告出來了，東哥看後就不高興了。

阿姨什麼也不懂，也不知道怎麼勸說。

我接過報告仔細看了一遍，東哥轉過身來，說道：「小郝你看看CD4，只有58，以前我還有二三百，好的時候有五百多呢。」

我說道：「是的，東哥，這說明你的免疫系統已經很差了。如果不能儘快重建免疫系統，消滅病毒，那就很危險了。幸好這個新的免疫抗原治療，應該可以挽救你，我建議你試一試。范主任說給你一個免費試用的機會，需要你簽一個表格。」說完我遞給東哥這套同意書。

東哥連看都沒看，就從枕頭旁邊拿出一支簽字筆，在上面簽了字。

「好啦，不要擔心，明天早上醫院就會安排抽血做病毒分析，製成新藥大約要三天時間，你的抗原每三天注射一次，大約注射六次，就可以看看效果如何了。」

東哥擔心地問道：「小郝，你覺得這個新藥有沒有用？能治療這個病嗎？」

我安慰道：「聽范主任那個意思，這種藥雖然不能完全治癒HIV，但大大緩解還是可以做到的，而且安全性不用擔心。」

「嗯，能做到這個程度也是很好的了。」東哥點頭道。

旁邊床位的那個推銷員也探過頭問道：「我可不可以參加免費試藥，我也願意簽字。」

第八十章　基因新語言

東哥媽媽做的雞湯很好喝，我大口吃菜，大口吃飯，阿姨看著連連讚歎，東哥也能多吃了一些。

下午，推銷員的聯絡電話又開始繁忙了起來，他儘量壓低聲音，避免干擾東哥的休息。還好下午三點鐘，他的吊瓶就打完了，收拾一下，告辭離開病房回公司。

東哥讓媽媽回家休息，我說道：「阿姨，我剛才看過醫院的食堂，飯菜做的還是不錯的，每天的功能表可以從手機上看到，也可以預定好送到病房，很方便，價格也不貴。您不用每天來送飯，我們可以自己先訂飯吃，如果吃膩了，再請你送飯吧。」

東哥贊同道：「對對，媽，你們天天送飯太累了，跟妹妹妹夫說一聲，以後不要送飯了，我們訂飯吃。」

我看到阿姨猶豫的樣子，說道：「阿姨，如果家裡有好吃的，帶點兒來也可以，平時我們也吃不多，訂飯也挺好的。」

阿姨終於點點頭，說道：「好吧，那就麻煩你了，小郝，謝謝你了。」

送白髮蒼蒼的阿姨離開，回到病房，東哥今天的吊瓶也打完了，他百無聊賴地聽著收音機，我活動活動手腕關節，笑道：「東哥，我給你按摩按摩吧。」

人長時間臥床，肌肉很少運動，內臟長期處於平躺狀態，容易頭疼，眩暈，上火，便秘。這時候的按摩不能太用力，不可以擠壓關節等部位，需要輕輕揉壓穴位，慢慢活動關節。

我從頭頂太陽穴慢慢揉到後腦風府穴，用指肚輕輕敲擊頭頂，開竅清腦，東哥舒服地哼了起來。我慢慢揉壓後背肌肉，關元穴丹田穴附近順時針揉搓，上肢和下肢要幫他慢慢去伸展，輔助以揉壓和輕輕敲擊，活血通絡。腳底要用大力按壓，刺激神經末梢，讓身體活躍起來。

按摩進行了接近一個小時，我累了一身汗，東哥也累出一點兒汗來。我給他擦擦臉和脖子，他轉頭對我說道：「小郝，謝謝你，你按摩技術的確很高，我感覺渾身都放鬆了。」

我笑道：「東哥，生命在於運動，我這也等於是活動了一下。你也要盡可能地運動身體，催進血液循環，也會幫助恢復。」

第二天，實習醫生小汪和劉護士長進來給東哥採血，這是進行病毒分離和基因測序使用的。小汪醫生在出去的時候向我打了個手勢，讓我出去談。在走廊裡，小汪微笑道：「郝教授，您好，我是南方醫科大學生物基因技術專業畢業的，雖然沒上過您的課，可是久聞大名，請您多多指教。您加上我的微信吧，有問題我就和您聯繫。」

病房裡又增加了一個病人，是一個二十幾歲的青年，個子高高的瘦瘦的，臉色煞白。他的媽媽一直陪護著，跑前跑後地辦著手續。青年對媽媽的態度明顯很冷淡，而媽媽對兒子卻非常關心，不斷詢問需要什麼。

看床頭的病號牌知道，這個青年叫周偉，他媽媽看到東哥有我這樣的陪護，也想為兒子找一個，我說這可不好找，只能碰碰運氣。

今天在食堂打飯，我看到那兩個監視我的人，他們從平陽跟蹤到了山海市。兩個人也在排隊買飯，我戴著口罩，就站在他們身後，聽著他們兩個聊天。

一個說道：「朱哥，我們離這麼遠，能看到他在幹什麼嗎？要不我們下午進那個病房看看。」

另一個呵斥道：「你小子想當官連命都不要了是吧。要去你自己去，別怪我沒提醒你啊，要是你女朋友知道你去過那地方，她肯定和你分手。」

年輕的沮喪道：「那我們怎麼辦啊？姓郝的太壞了，躲到這個鬼地方。誰他媽敢進去啊。」

年長的勸道：「小劉啊，我已經找人開好病

假條，你也趕緊找人開個病假吧，這個活我是不能幹了，誰愛幹誰幹。」

年輕的說道：「那我找我爸說一聲，給我換一個部門？這樣影響不好吧？」

年長的笑道：「你爸是局長，想讓你上進，吃點苦那是可以的；可是這個活兒是玩命的買賣。虎毒不食子，你爸總不會送你去死吧。他肯定會找別人替你的。」

只怪我一口氣沒有憋住，噴的一聲笑了出來，兩個人回頭看到是我，居然覺得臉上掛不住羞愧，低頭走了。

第二天小汪發來微信，說他不知道怎麼去做基因靶點數據，想請我去教一教。正好今天上午英姐休班來到醫院，我就和她說去拿化驗單給製藥室，然後就來到了實驗室中。昨天一天，東哥的HIV病毒樣本已經提取出來，並且做了RNA測序。

雖然愛滋病毒RNA只有幾K的資料量，可是一般人看起來都是一大片ATCG的字母，讓人目眩。

只是在我眼裡，這些字母就像是五線譜上的音符，小說的欄位一樣，非常直觀清晰的內容。

我問道：「你調取了資料庫的標準對照表了嗎？」這套測序數據可以上傳資料庫，借助資料庫的海量資料，自動分析測序結果，指出變異的位置，幫助進行分析，定位靶點資訊。

小汪道：「調取了五個RNA，資料庫自動對比也出來了，可是系統給出了三十多個靶點結果，我不知道選哪一個。這不可能制取三十份藥物吧。」

我快速瀏覽著測序數據，有結果的部分用紅色字體標注的，一般只有二三十個位元組，最長的近五十個位元組。電腦自動給的結果，很多是不合理的資料，有些一看就是摻雜了廢欄位的資訊，有幾個是測序的錯誤資訊，有一些是有甲基化的遮罩資訊，都被我一一刪除，我在刪除的時候，要向小汪解釋刪除的原因，教給他篩選的條件設置等技巧。挑選到最後，只留下了兩個靶點。在把這兩個靶點對比之後，我選擇了一個看起來更合理的靶點，就以它為範本製作引導環。

這個過程讓小汪也學到不少東西，事實上，這一套抗原生產線，最困難的步驟就是靶點的確定，找出病毒變異的點位元，是需要分析者一定的經驗和天賦的。

其他的步驟就是標準操作，按照生產線的規定流程就能製作出合適的抗原，甚至進一步製作抗體肽藥物，以用於長期治療。

根據東哥現在的情況，這次製作的HIV抗原有兩種，一種是抑制性抗原，可以讓HIV病毒減緩繁殖速度，以減輕免疫系統的壓力，另一種是標記抗原，可以把被感染的淋巴細胞標誌出來，使得體內巨噬細胞可以辨識出帶病的淋巴細胞，剝離帶病淋巴細胞的外殼，讓B淋巴細胞產生抗體，或者抗病毒藥物發力，都會將暴露的HIV病毒殺死。

過了兩天，第一支抗原藥物製作出來了，注射的是抑制性抗原，之後兩天，東哥沒有什麼異常反應，沒有免疫過敏，HIV已經能夠騙過人體免疫系統，那麼根據它製作的抗原，也不會激發免疫過敏反應。

過了三天，除了注射抑制抗原，還注射了標誌抗原，東哥也沒出現過敏反應，一切正常。

以後也是過三天注射一次。到第四次注射的時候，東哥明顯愛吃飯了，米飯從以前的兩勺，現在能吃半碗，能吃一點兒魚肉和羊肉，也不再嘔吐了，這讓東哥媽媽非常高興。

到第六次注射的時候，東哥的臉上明顯有了一點兒紅潤的感覺，不再是灰暗的臉色。腹部也柔軟了很多，東哥甚至能在床邊站立一分鐘了。

再次抽血化驗的結果出來，東哥的CD4居然上升到了四百五十多，已經接近正常水準。超音波和核磁共振的檢查結果也發現腫瘤明顯縮小了。看來抗原治療的效果非常顯著，身體免疫系統的恢復很成功。

東哥看到自己的資料，對自己戰勝病魔恢復了信心，身體加速好轉。醫院非常重視這個病例，特別發表了論文，闡述治療的效果，刊登在一份

著名的醫學雜誌上。

病人們看到這個成功的病例，紛紛要求加入抗原治療，包括不是愛滋病區的癌症病人，也要求進行抗原治療，據統計數量至少有上千份申請。

這條生產線，每天能生產一個批次的抗原藥物，每個批次可以有十個單元，每月最多可以生產一百人份的抗原藥物。只是基因靶點的確定，小汪醫生的經驗還是不太行，經常都要讓我給他把關審核，後來又增加了兩名基因專業的醫生，水準還不如小汪醫生，即使這樣，也只能三天才能生產一個批次。

看起來這工作需要一點兒天賦，有些人看著五線譜就能準確唱出音樂，有些人卻總是學不會，除了不斷地訓練提高之外，還是需要不斷積累經驗，熟能生巧。

另外一個原因，就是基因的運算式的確太過晦澀，其實簡單來說，基因是用三個字母來表達一個氨基酸，然後一些固定的組合表示開頭或者連接，類似於標點符號的作用。

我就有了一個想法，是否可以發明一種字體，專門用來表達基因符號。我設想用漢字來表達一般氨基酸，用數字表示是否甲基化等。最難的特殊的標誌，基因中的特殊排列非常多，要用特別的容易辨認的符號表示出來，就要有一整套的對應符號。

我在週六週日待在實驗室裡，廢寢忘食地編寫這一套基因新語言，這就像是編寫一套鍵盤輸入法一樣，要對應編號和鍵盤輸入，還要看軟體的翻譯效果如何。

這是一套巨大的軟體工作量，還好有小汪他們幾個醫生幫我，他的電腦軟體水準也不錯，我們加班加點地製作這套軟體。

三月中旬，東哥健康出院之後，我在實驗室裡面又住了半個多月，這套資料登錄法終於調試完成。有了這套軟體的說明，小汪醫生他們讀取基因測序數據的準確性和快速性大增，已經能夠獨自製作基因靶點，而我在離家一個半月之後，又回到家中，沒想到男人婆居然在家裡等我。

第八十一章　反覆

打開平陽的房門，聽到廚房裡鍋碗瓢盆的聲音，還以為是叔叔嬸嬸過來了，探頭一看，卻發現男人婆圍著圍裙在做飯。我想起當時給了她一把這房門的鑰匙，人家熟門熟路就找來了。

「現在我來監控你，你的一舉一動都不能脫離我的視線。」男人婆嚴肅道。

「你們鵬城的員警怎麼來到山海市執法，這不符合條例啊。」我好奇道。

「沒辦法，京城的大爺都被你嚇跑了。本地的員警不願意接這個案子，推給省裡，省裡推給廣省，廣省說你是鵬城落戶，就歸我們部門處理，我主動申請，他們順水推舟，就把我給派來了。」男人婆把經過說了一遍，我想起京城來的那兩個膽小的監控人，不由得笑了。

「我的任務是把你每天的行為寫報告上交，所以請你配合我的工作。」男人婆端出湯鍋，舀了一碗湯，放在我面前，奇異的清香味道襲來，居然是霸王花排骨湯，加了胡蘿蔔和鮮玉米，金黃與橙紅色搭配，色香味俱全。輕輕抿口湯，味道醇香，沁人心脾，忍不住幾口就喝光了這碗湯。

「哎，真是懷念鵬城的這口湯啊，總算又喝到了。你現在的水準快追上你媽媽了，當時在醫院裡，王局長送來一份飯，其中你媽媽煮的湯真是讓人懷念啊。只要能喝上這個湯，被你監控又何妨？來來來，再給我一碗。」我遞過湯碗說道。

「不著急喝湯，先嘗嘗我燒的菜。」

一個清蒸魚，一個炒芥菜，還有一碗泰國香米的米飯。都做的味道相當好，已經遠遠超出了我的水準。我們兩個把飯菜吃得點滴不剩，滿意地拍拍肚子，笑道：「你有這炒菜的水準，誰能娶你當老婆就賺大了。」

男人婆頭一甩，傲然道：「本人是去當太太

的，可不是去當廚娘的。」

我又恢復了以前平靜的生活，每天上午編寫軟體，下午休息一下去體育中心訓練，現在的打球對手換成了男人婆，她的水準比我高一些，有時候我也會贏幾盤。

醫院裡小汪有搞不定的情況，他就發郵件來問我，我就幫他一起分析。其他時間，我都沉浸在我所創作的基因新語言上，用一個個類似漢字的樣子寫出基因組，對中國人來說比較直觀，容易閱讀，對外國人就不一定了，不過這不需要我來關心。

就像語言有文字和標點符號，語法分析一樣，基因語言也像一門語言，有各種固定片語，規則語法等等，各個物種的基因，就像是一篇篇小說，或者一幅幅畫作，基因片段就是組成小說的詞彙語句，組成畫作的圖元板塊。以前人們也有所掌握，現在用新語言方式更加容易分析。

我的手中漸漸完善了這套語法系統，通過小汪他們的試用，不斷反覆運算更新，已經比較完備。我把它放到國家基因庫的資料分析工具中，很快就引起不少人的興趣，有人試用後發現很順手，也有很多不喜歡的人，提出各種批評意見。

無論喜歡與否，但大家都承認這套基因語法系統，大大方便了基因的對比分析，電腦的解算速度大大加快，人工智慧分析軟體可以更好地使用。

顯然這是一個很大內容的軟體系統，需要大量的資料填充內容，需要大量的分析方法和工具模組。這也許需要幾十萬，甚至幾百萬幾千萬的語句程式設計，而這遠遠不是我一個人能夠做到的，還好有整個公司的團隊說明完善系統。

這段時間，是我難得的安靜時間，沒有瑣事的打擾，每天的體育運動讓我精力充沛，男人婆美味的烹調讓我享受。

我每天工作到晚上十一點，然後就是品質極高的睡眠；早上六點半醒來，洗漱早餐之後，七點半開始工作，一直到中午十一點半吃午飯；午飯之後，十二點半開始午睡一個小時，繼續工作到下午三點半，然後和男人婆到體育中心活動到下午五點，休息後吃晚飯，然後從七點工作到十一點鐘，這工作效率的確是很高。

高珊來電話，說她在西藏的工作得到當地群眾的讚揚，要求她再留在那裡工作半年，她也很喜歡當地人的直爽，就答應了下來。

「聽我媽說，我師父來平陽了，還和你住在一起？」高珊問道，前幾天高珊媽媽來看我，還帶了不少好吃的，結果男人婆從屋裡出來，撞了個正著。儘管我解釋說這是公安局監督我的人，高珊媽媽還是將信將疑地走了。

「是啊，又輪到她來監控了，還好這次沒有刺客來了。」我說道。

「我說你們兩個，既然都見過家長了，是不是應該抓緊時間訂婚了。我看你媽著急得都不行不行的了。」男人婆插口道，電話被她要求開著免提，說什麼都聽到了。

「別胡說。」我打斷她的話，手機裡沉默了一會兒。

「其實，我和建輝相親，只是為了我媽媽不天天催我。我們當時是有約定的，一旦自己有了喜歡的人，就會和平分手。建輝，前幾天我在出診的時候，遇到了雪崩，幸虧醫療隊中有個藏族小夥子救了我，要不然我就不能活著打電話給你了。那個小夥子我挺喜歡的，我想……」高珊沉吟著。

雖然心裡有點兒不舒服，可是我仍然說道：「你看，終於有一天，你遇到喜歡的人了吧。這是你的緣分到了，我永遠祝福你，祝福你找到你一生的伴侶。」

電話沉默了一會兒，高珊輕聲說道：「謝謝你建輝，也祝你和師父能一生幸福，再見。」

掛斷電話，我深呼吸一下，我對男人婆聳聳肩，說道：「喏，你看，這會兒你相信了吧，我們真的只是談著玩的。」

「你沒事就好。」男人婆回到廚房，忙她的煲湯去了。

剛過五一，英姐的電話打斷了平靜的生活，

東哥病情有了反覆，回到醫院之後，經過一週的治療，也沒有好轉，病情一天天嚴重了起來。英姐說希望我能夠再回來幫忙做陪護，我就答應下來。

我打電話給小汪醫生，詢問東哥的情況，他說東哥的情況很怪異，HIV病毒發生了很大的變異，而且變異的速度很快，新製造的抑制抗原幾天後就失去效果，跟不上病毒變異的速度。而抑制抗原失效後，標記抗原引導的殺毒就不起作用了。小汪醫生也希望我趕緊回來看看，這是第一例病毒變異如此之快的病例。

我對男人婆說了要去當陪護的事情，她居然也想和我一起去。這讓我大吃一驚。

「我去的地方是愛滋病的病房，那可不是鬧著玩的，很危險，你還是不要去了。要不然你在附近租個房子，我每天向你彙報工作行不行？」

「不行，你能進去當陪護，我也能。我不怕危險。」男人婆很堅決。

「姑奶奶哦，你是不是先徵求一下你爸媽的意見，他們如果不同意，我也不能帶你去的。」我勸道。

「幹他們bird事。我想幹什麼就幹什麼。你想擺脫我的監控，這不可能。」看來男人婆是和她爸媽鬧翻了。

「好吧好吧。到時候你要聽從我的指揮，這是要命的傳染病，日常操作要十分注意衛生防護，千萬要小心，要仔細聽我的講解，不懂得要多問，不要自作主張，聽明白了嗎？」我問道。

「知道了。」男人婆顯然心不在焉地回答我。

「聲音太小，我聽不見。」我大聲說道。

「YES，SIR！」也許員警訓練的時候經常這麼高聲吶喊，男人婆的聲音振聾發聵。

再次見到東哥，他的臉色灰敗，頭髮變得花白，仿佛是老了好多歲一樣，上次出院的時候，他的臉是有一點兒紅潤的，頭髮只有零星的白色。

我把英姐叫到病房外，問道：「姐，東哥是什麼時候開始嚴重的？」

英姐說：「剛出院那半個月，我哥的身體挺

好的，還能坐到桌前一起吃飯呢，可是後來突然變得沒有力氣，一週前頭髮忽然就白了很多，我們趕緊送他來醫院。醫生說情況很嚴重的，以前管用的抗原藥也不起作用了，關鍵是我哥現在很煩躁，一心只想死的事，小郝，拜託你多勸勸我哥，讓他心情開朗一些。」

我點點頭，說道：「我盡力吧，試試看。」

回到病房，驚訝地看到東哥正和男人婆聊天，東哥看到我進來，說道：「小郝，你女朋友說她也要在這裡幹陪護，是真的嗎？」

我還沒來得及回答，就聽身後門口一個女聲說道：「真的嗎？小郝，這是你幫我找的陪護嗎？」

我回頭一看，是周偉的媽媽，上次那個陰鷙青年的媽媽，曾經拜託我幫忙找陪護，我幾乎要忘了這件事。

「對啊對啊，我就是來做陪護的。」男人婆介紹道。

「太好了，謝謝您，您能過來見見我兒子嗎？我們談一談。」周偉媽媽熱情道。

「她剛幹這一行，什麼都不懂，有什麼避諱的事情，你和她好好說說，我也會跟她強調的。」我追著出去說道，擔心地看著男人婆跟著去另一間病房了。

第八十二章……求道

我來到小汪醫生的辦公室，現在的小汪醫生，已經成了汪主治醫師，業務非常繁忙，基因分析的工作每天要做十幾份，他是這所醫院唯一的權威大拿。看到我過來，汪醫師趕緊起來，說道：「郝教授，您來了，我準備好東哥的資料了，您看看。」

我看到HIV病毒的測序碼，現在都是用新語言標注的，我很快瀏覽下來，驚訝地發現病毒RNA的一些固定密碼也發生了變化，這是以前從未見過的情形。我又看了兩份測序碼，發現雖然是同一批次的資料，但卻有不同的變異，驚訝地問道：「這是有幾種不同的基因變異病毒，共存在他體內？」

汪醫師點頭道：「是啊，教授，還是您厲害，這麼一會兒您就發現了問題，我也是剛剛才發現的。幾種HIV變異病毒同時存在，攻擊其中一種，另幾種就大量繁殖，根本無法應對。按道理，病毒是不太可能幾種變異同時存在的，因為病毒之間也會互相競爭，可是現在應該是患者的免疫能力幾乎全部崩潰了，病毒之間不需要互相競爭，所以現在已經無法消滅全部病毒，只能依靠外來的免疫藥物維持，恐怕也維持不了多久了。」

我點點頭：「應該是這樣的，只能盡人事聽天命了。」

周偉媽媽是一家連鎖房產仲介的老闆，離異後獨自帶著兒子，含辛茹苦養大成人，她自己的事業也跟隨地產的興盛進入發達期。可惜她太嬌慣兒子，這小子有錢就出去玩樂，大學時期就染上了這個病。

聽男人婆說，當周偉見到媽媽領著男人婆過來，說是給他當陪護的時候，周偉本來灰白的臉色居然有了一絲紅潤，高興極了，熱情地和男人婆聊天，戴上眼鏡，仔細地介紹病房的設施，講述注意事項，特別認真，一看就是一個勾引小姑娘的老手。

周偉媽媽和她談的陪護是每天做白天陪護，從早上七點半到晚上七點半，每天工資三佰元。她在醫院對面有一處公寓房，免費給男人婆居住，用於晚上休息。我說美女就是被照顧的，這比我的條件要優越不少呢。

我週末也會住在這所公寓房中休息，有一個小房間歸我住，這裡有朝西南方向的陽臺，可以遠遠地看到海灣和港口，落日的景色很美。

「這個男孩被他媽媽慣壞了，就算是不得這個病，也已經是廢人。」男人婆道。

「他和東哥差不多，都是最晚期的病情，很難恢復了，周偉的併發症是白血病，比東哥的情況還嚴重，隨時都有死去的可能。」我囑咐男人婆道，「這時候的病毒最瘋狂，你要注意防護，雖然醫學已經證明僅僅皮膚接觸，不會傳染這個病，但你還是最好戴上手套，口罩也要戴好，經常用消毒液洗手，還有……」

「好了，我知道，我也學過一些護理知識的。不要只說我，你也要小心一些。」

東哥的病情發展很快，僅僅一週，腫瘤已經擴散到整個腹腔，肝臟上能摸出一個明顯硬球，腸道有三處大的腫瘤，胰臟上斑斑點點有五六處，甚至連腎臟都出現了腫瘤。

腫瘤已經堵塞住整個管道，現在東哥已經無法吃飯，只能用吊瓶注射營養液。要插入胃管，抽出自身分泌的無法排出去的液體。

東哥也知道自己已經到了最後的時期，現在已經放棄了活下去的欲望，這時候的人，已經沒有了對死亡的恐懼，反而急切地盼望著那一刻的到來，以超脫眼前的痛苦。

很多最後時段的患者，醫院都儘量把他們安排單獨病房，幾乎每隔一兩天，一般在深夜時分，就有人被車拉走，走廊上傳來家屬低低的哭泣聲，在靜夜裡像絲線一樣搖擺。

「真是一個好長的故事啊。」東哥打了一個

哈欠，走廊中的哭泣聲遠去消失了，「小郝，那些基因編輯的孩子，現在已經快三歲了吧，你再也沒見過嗎？」

「沒有。我也想看看他們長什麼樣子，有沒有異常現象，應該是沒有問題的。」我想起陳建君孩子們的小模樣，不禁微笑道。

「你說，孩子們都有免疫愛滋病的基因，如果把嬰兒的血液輸給他們的父母，會不會治好他們父母的愛滋病？」

「不行的，」我下意識地說道，「近親不能輸血，會造成免疫反應，很可能有抗宿主反應，直接致命。」

「哦？父母和子女不能互相輸血？這是為什麼呢？」東哥好奇問道。

「因為血液中會有淋巴細胞，兩者的基因很接近，受血者會以為這是自己的淋巴細胞，而不去防護它；但是外來的淋巴細胞卻會攻擊宿主的淋巴系統，會造成很嚴重的過敏反應，等一等……」

我忽然有個想法，如果用孩子的造血幹細胞，移植給HIV的父母，這樣抗宿主反應就能大大降低，如果能控制過敏反應的進程，讓受血者有一個適應的時間，也許就可以用孩子的造血幹細胞，治好父母的HIV。在歐洲已經出現過兩例Δ32 變異的造血幹細胞移植，治癒愛滋病的情況，相比起來，子女與父母的排斥反應要小得多。

我猛的坐了起來，只穿著一隻襪子，在水泥地上來回走著，像一個神經病一樣嘮叨著：「我應該找到那些孩子，他們是一個個治癒HIV的藥庫，只要是和他們基因近似的病人，都有可能得到治療。」

「是嗎？」東哥激動道，「也能治好我的病嗎？」

我看著東哥，搖搖頭：「恐怕很難，東哥，我現在也不知道那些人的資訊，即使我找到了他們，也要先實驗一個人，看治療方案是否安全，療效如何等等，至少要半年時間。」

「那我肯定是來不及了。不過，如果這個方

法真能治好愛滋病的話，我也會死而無憾了。畢竟是我給你提供的思路，對不對？」東哥微笑道。

「是的，東哥，你是一個天才，如果你從醫的話，一定能做出很大成就。」我讚歎道，忽然我想到了老道士，也許我可以試試看，沒準兒他能創造奇蹟也說不定。「東哥，我認識一個煉丹老道士，醫術很厲害，我親眼看見他治好了很多疑難雜症，你願不願意讓他來給你治治看。」

「老道士啊，可以啊，你快叫他來吧。明天妹夫休息，讓他開車和你一起去。」東哥現在什麼方法都願意試試。

胖妹夫的話不多，車速卻很快，一路高速公路，只要沒有測速攝像頭，他能把速度飆升到160邁，一個多小時就回到老家鎮上，老道士正在等我，旁邊還有一個年輕的女道士，皮膚黧黑粗燥，不施脂粉，神情鎮靜安詳，這就是老道所說的徒弟了，她的道名是瑞輝。

我在路上已經和老道說明了情況，老道帶著弟子一起隨車來到醫院，望聞問切一番之後，點點頭，說道：「我給他開一副丹藥試試看，明天讓瑞輝給你帶過來，一共三粒，一天一粒，你會感覺好很多。」

老道離開病房，路過走廊，看著一間間病房，一個個病人，歎了一口氣道：「這就是愛滋病啊，以前有幾個病人來道觀看過，卻不說自己是什麼病，病情和他一樣，想來都是愛滋病了。這個病無藥可治，病氣越過肌膚腠理，血脈內臟，直攻骨髓，病入骨髓，無藥可治。」老道搖頭歎息道。

「師父，如果用補充精元的藥物，提高病人的免疫力，是不是可以緩解病況呢？」女徒弟問道，看來這女徒弟也接觸過現代醫學。

「若體內先天罡氣未受大損之前，注意調理身體，補充精元，的確可以延緩病情。但一旦到了現在這個時候，體內如賊去城空，其先天罡氣即將耗盡，補充精元也於事無補。」老道耐心教導弟子。

「先天罡氣，那是什麼？」我好奇道。

「先天罡氣，是生命誕生之時，天地賜予的

一股生命之氣，誕生之後，先天罡氣就在不斷消耗，吸收各種物質和能量，轉化成後天之氣。先天罡氣總量是固定的，只能逐漸消耗，無法補充，耗盡之日，就是壽終正寢之時。」

這麼說來，先天罡氣有點兒像胚胎細胞和幹細胞的繁殖能量，他們的增殖並不是無限制的，而是有一定的次數，每次增殖會消耗他們的能量，最終失去增殖能量。

「玄幻小說中，道家有修煉先天罡氣的法門，你們道派之中沒有修煉方法嗎？」我問道。

「我們沒有那種高檔貨。」老道笑道，「先天罡氣若能修煉出來，人豈不是可是長生不老了？生命如果不能死亡，那就不是生命，而是邪惡。永生也意味著永寂，是真正的死亡。永寂最終意味著極端的邪惡，是為生靈所不容。」

老道的話引起我的沉思，人類的繁衍是通過精子和卵子結合而成，而精子卵子來源於染色體撕裂後的細胞，已經不是原來的細胞，原來的細胞已經死亡了。兩個被撕裂重生的細胞結合成胚胎細胞，死而重生，才具備了先天罡氣。

如果把細胞的先天罡氣的數值，稱作罡值，那麼胚胎細胞的罡值應該是最大的，其轉化的幹細胞罡值也比較高，而年齡越大的人，幹細胞經過多次分裂，罡值已經逐漸減少。如果強行用藥物催發幹細胞的增殖，罡值為零的幹細胞有可能會變成可以無限增殖的狀態，數量不受控制地增加，變得與癌細胞無異，最終會殺死其他正常細胞，非但不能救命，反而促使死亡早日到來。

在克隆實驗中，也會出現這樣的問題，克隆是把體細胞的細胞核，替換胚胎的細胞核，然後試管生育出新胎兒。且不說這種胚胎的生存概率極低，偶爾生下來的胎兒也有很多遺傳疾病，即使是極少數看起來正常的，壽命也是大大縮短。

生命是通過繁衍後代來獲得永生的，通過一代代的死亡活下來。

如果把死亡看成一種疾病，要治療這種疾病，只能從胚胎想辦法，這是一個繞不過去的關卡。

第八十三章　生命的真諦

第三天，瑞輝送來了一瓶脂香丹，是用安息香、蘇合香、乳香、沒藥、龍血竭、阿魏等樹脂類香料中藥合製，用錫紙包裹，彈珠大小，手感如QQ糖，打開是淡黃色的半透明膠體，散發陣陣香氣。

瑞輝說道：「此丹軟堅化瘀，振奮精神。雖不能救命，卻可以讓他好受一些，走得安詳，也只能如此了。」

丹藥入口即化，散發著幽幽的清香，三天之後，連東哥的身體和床褥都有一縷香氣。

東哥的幾個鐵哥們接到東哥的微信，紛紛來到病房探望，東哥沒有說自己的病情，只是很高興地和他們聊聊過去的高興事，病房裡傳來陣陣歡笑。

當年大酒店的那些漂亮姑娘，現在都變成了中年大嬸，變得無比豪放。她們肆無忌憚地調笑東哥，說當年東哥但凡給一個眼神，遞一句話，早就成東哥的人了，東哥也不會被收音機裡那個壞婆娘欺負。

收音機裡那個壞婆娘一直沒有來，而且警告東哥說，女兒馬上要高考了，不准東哥打擾她，影響女兒的學習。東哥說住院前女兒來家裡看過了，如果高考後自己還活著，就讓女兒過來看他最後一面吧。

周偉房間裡的病號挪了過來，是一個工地上的民工，三十多歲，身強力壯的，每天晚上來打吊瓶睡覺，白天到工地搬磚壘牆掙錢。

男人婆告訴我，醫生說周偉的白血病擴散入腦了，去世就這兩天。一般這種情況，會把病房裡的其他人移走。

周偉已經陷入了昏迷，體溫高得嚇人，周偉媽媽一直陪在醫院，用酒精棉給周偉降溫。她這

幾天不眠不休，一直守護在兒子身邊，不間斷地給兒子輕輕地按摩身體。她兩眼通紅，臉頰緋紅，頭髮蓬亂，瘦得嚇人。

男人婆勸她注意休息，不要搞壞身體，周偉媽媽只是平靜地笑笑，繼續做著按摩。

黃昏，血紅的晚霞照進病房，周偉忽然清醒了過來，兩眼直勾勾看著媽媽，說了一句「媽媽，對不起。」然後又昏迷過去，昏迷中一直在喃喃低語著，「對不起，對不起，對不起……」

直到半夜，周偉停止了心跳，周偉媽媽一直在給兒子按摩，沒有停下。

我和男人婆從醫院外面的壽衣店叫來人，給他置辦壽衣紙棺。壽衣店老闆和夥計動手給周偉換上衣服，戴齊壽材，還給臉上塗了一點兒胭脂，讓臉上有點兒紅色。

周偉媽媽只是呆呆地看著，當周偉被抬進紙棺，準備蓋板的時候，周偉媽媽突然衝了上去，一把推開蓋板，抓起周偉的胳膊，狠狠地一口咬上去。

她咬的是如此的用力，幾個人驚慌之下手忙腳亂的去拉她，卻也不能讓她鬆口。男人婆朝她的後頸砍了一掌，她這才把嘴鬆開。

她大叫一聲，撲在棺材裡，緊緊抱住兒子屍體，淚如雨下，聲嘶力竭，「偉偉，你帶我走吧。你帶我走吧。偉偉，沒有你我沒法活了。」

男人婆一邊往外拖她，一邊哭道：「姐姐，姐姐，你控制一下，別讓周偉走得不安心。」

生離死別，人生難過。我趕緊抽出紙巾給男人婆擦眼，如果用手搓紅腫的眼睛，還是有機會被傳染的。

周偉走了以後這幾天，男人婆一直陪著周偉媽媽，幫她度過最難受的一段時間，而我則在查詢研究抗宿主反應的論文，在眾多論文中，我發現了一篇造血幹細胞移植抗宿主反應的實驗論文，除了他們的資料比較詳實，方法實用之外，論文的作者引起我的注意，其中的輔助作者中，有張嘉璿的名字引起我的注意，當年的美女三人組，現在各奔東西，聯繫不上了。

我試著到那所京城著名大學的網站上查詢，找到了那位教授的課題組電話，冒充張嘉璿的朋友，要到了她的手機號。

張嘉璿聽到我的名字，也很激動，當年我承擔了一切，讓她們逃脫了危機。我說想要一些關於父母子女半相合基因造血幹細胞移植的資料，特別是供者是子女，受者是父母型的數據。

張嘉璿立刻心領神會我的意圖，她激動地問道：「輝哥，你是想做愛滋免疫移植嗎？這是個好主意啊。正好我這裡有二例半相合病例，其中就有一起兒子給父親提供造血幹細胞的事例。我這就把數據發給你。說實話，我一直有這個想法，Δ32 基因變異的孩子，造血幹細胞移植是否能治好父母的愛滋病。只是我膽小，不敢冒這個風險。如果你找到病人，需要有人幫忙，我隨叫隨到。」

我問道：「嘉璿，你有那些實驗夫妻的聯繫方式嗎？」

張嘉璿說道：「沒有啊，輝哥，這些聯繫方式都在阿梅姐手裡，我們都不知道，你有沒有阿梅姐的聯繫方式，只能找她才行。」

「我試試看吧，阿梅出國很久了，一直沒有聯繫方式。」

我試著問了陳建君，不出所料她還是不知道阿梅的電話。我找到了她父親陳瑞理的電話，電話卻是空號，看來已經註銷多時。

現在只有唯一一個線索就是南哥，那天在衛生間看到了南哥的真面目，他是京城一家著名網路公司的老總，大名鼎鼎，只是要聯繫到他可不容易。

這一天，東哥的病房來了一個新病人，是一個年輕的技校生，叫小春，剛剛被查出得了這個病。小夥子很擅長交際，他的父母和姐姐，經營著一家有名的茶葉品牌，很有錢。

小春的姐姐從老家趕來，給他安排住院事情，高薪聘請男人婆做白班陪護，只是打打吊瓶。小春身體倒沒有問題，患病初期，藥物也不多，陪護其實很輕鬆。

這幾天，小春的四個同學來看他，其中三個

是女同學，後來聽男人婆說她們都做過小春的床友。看他們的樣子，似乎也並不擔心。照小春的說法，就算得病了，不是還能再活十幾年嗎？死的時候也有快四十歲了，活著也沒什麼大意思。再說沒準兒過幾年就有治癒愛滋病的辦法了呢。現在醫學這麼發達，誰能說得准呢？

他的那一個男同學贊同道，「對啊對啊。我和你們說個有趣的事啊。昨天我和一個小妞開房，完事後，我就嚇她說我有愛滋病，結果那妞直接嚇傻了，像瘋了一樣大喊大叫。哈哈哈。膽小鬼。有什麼好怕的嗎？」

眼看進入了六月，東哥的情形急轉直下，雖然精神看起來不錯，但四肢已經僵硬，血管變得極細，即使小劉護士長的水準，也沒法順利扎針，他脖子上的血管很容易堵塞，按照范主任的意思，其實已經不需要再輸藥，就這一兩天的事情了。

東哥要媽媽把他的壽衣拿來，給他仔細看看，他不喜歡西瓜帽，要換成他喜歡的圓帽，一定要穿上那套白色純棉的內衣，他說火葬場的冰箱很冷，一定要穿暖和一些。

東哥媽媽強顏歡笑說道：「不要胡說，穿得漂亮點兒，早點兒托生到一個好人家，下輩子不要找我這樣一個無能的媽媽。」

東哥平靜地說道，「這輩子是沒辦法了，下輩子做牛做馬再報答媽媽吧。」

這天晚上，東哥平靜地走了，英姐和妹夫幫著媽媽給東哥換壽衣，英姐口中念叨著，「哥，慢慢走，別害怕。」淚水在她們眼中滾滾而下，東哥媽媽壓抑著哭聲，輕輕給兒子套上壽鞋，白髮人送黑髮人，傷痛加倍地苦楚。

男人婆心軟，哭成一個淚人。想到東哥這麼久的相處，我的鼻子也一陣陣發酸。

英姐遞給我一個信封，裡面鼓鼓的有一萬塊錢，我趕緊推回去，「英姐，你已經給我錢了，這是做什麼？」

英姐說：「這是你東哥留給你的，為了找到治療愛滋病的辦法，盡一點心意。」

火葬場的火爐冒著黑色的煙，焚化的紙錢

化作粉末飄落，彷彿東哥的靈魂在飄走，我默默發誓：「東哥，我一定要完成你的心願，你放心吧。」

參加完東哥的葬禮，我們回到公寓，夕陽西下，落日餘暉，我對男人婆說：「娟，我決定要去京城了，我要去找那些孩子，我要完成東哥的心願，就算我坐穿牢底，就算我粉身碎骨，我也絕不後退。你，準備怎麼辦？你要抓我嗎？」

王美娟點點頭，說道：「去吧，我和你一起去，我幫你打掩護，騙過他們。」

我驚訝道：「不行啊，以後一旦我暴露了，會連累你的。」

「連累就連累吧，我不在乎，大不了回家做廚師。」

晚霞映紅了小娟的臉龐，美豔不可方物，我癡癡看著她，說道：「小娟，你好漂亮。」伸過去在她嘴唇親了一下。

如同天雷勾動地火，她胳膊抱住我的頭，我們緊緊吻在一起，再也沒有分開。小娟的唇軟軟甜甜的，身體如同上緊發條一般緊緊纏住我，我們一起急促呼吸，一起屏住呼吸，一起攀上高峰。

她的手腳慢慢鬆開，我撥開小娟額頭的髮絲，露出如絲的媚眼，「好舒服，我們早點兒一起做就好了。」小娟歎息一聲。

經常體育運動的效果相當明顯，我又興奮起來，一挺身再次登堂入室，說道：「沒關係，我們可以補上。」

清晨在陽光和鳥鳴聲中到來，儘管昨晚一直忙著彌補沒羞沒臊的事，我們還是抽空訂了兩張今天去京城的高鐵車票。

「起床啦，大懶豬，洗臉刷牙，收拾一下，我們到外面吃早飯，再晚就要改簽車票了。」昨晚癱軟如泥，連連求饒的可人兒，現在生龍活虎；而昨晚生龍活虎的我卻癱軟如泥。

「嗯……」我伸了一個大懶腰，「不能改簽，我跟南哥秘書約好下午見面，不能遲到，起床啦。」

第八十四章　南哥

金黃色的麥田，連綿起伏的丘陵，在車窗外變幻，小娟抱著我的胳膊，頭枕在我的肩膀上，絮絮地說著不著邊際的傻話，我下意識地應答著，眼睛慢慢迷離，臉歪在她的頭頂，在輕輕搖晃的高鐵座椅上，陷入了沉睡。

六月的京城，已經進入盛夏，酷熱難當，下高鐵轉地鐵，行駛半個多小時，再次轉另一條地鐵線，半個小時後第三次轉地鐵，這一次行駛了一個多小時。當來到京郊，把小娟安排在酒店休息，我獨自來到設在此地的網路公司總部，已經是下午快三點了。

進入這座恢弘的辦公總部大樓，坐電梯來到頂層董事長辦公室，見到預約的秘書，她讓我稍等一下，南哥正在開集團高層會議，三點半就會結束。

坐在小會客室，等了一會兒，透過茶色玻璃，看到會議室的大門被打開，三個主管模樣的人垂頭喪氣地走出來，南哥特有的洪亮大罵聲傳了過來：「滾，滾你媽的。一幫王八蛋，養不熟的白眼狼，給你幾佰萬年薪，幾仟萬分紅，居然去貪污區區幾十萬塊錢，腦子有毛病，他媽的你的股票別想要了。立馬給我滾出公司，要不然我送你去坐牢，我×你媽的。」

又等了一會兒，幾十個部門主管領導紛紛出門離開會議室，南哥最後走出來，和秘書交頭接耳商量著，不時驚疑地向我這邊看過來。

我看到他來回踱步猶豫了幾次，才走向我所在的小會議室，推門進來。熱情地伸出雙手，他的握手習慣很壞，是用雙手疊加握住你的一隻手，在你手掌劇痛的同時，還要以很大的加速度搖晃你的胳膊，似乎是要誠心把你搞殘廢一樣。

「郝教授，久仰大名啊，光臨寒舍，蓬蓽生

輝，不知您有何指教啊？」

我翻了一個白眼，說道：「南哥，我們早就見過，就不要裝模作樣的了，你看我們是不是找一處比較私密的地方，認真談一談。」

南哥說道：「那到我辦公室來吧。」

走出會議室，他對秘書說道：「歐陽秘書，如果有人來找我，就說我有私事處理，暫不接客。」

董事長辦公室的密談室，是一間沒有窗戶的私密空間，在五百多平的大辦公室中間隔離出來，有很好的隔音效果，無線信號也不能進出，是保密談話的好地方。

南哥讓秘書送來兩杯咖啡，關門之後，南哥轉身向我深深鞠了一躬，說道：「郝教授，您為了給我們這些人保密，把所有的罪責都承擔了下來，我這裡先向您表示感謝了。」

我擺擺手說道，「董事長不必客氣，這次我來找你，的確是有事相求。」

「哦，不知是什麼事情？」南哥端起自己那杯咖啡，輕輕吹口氣。

「是這樣的，你也知道，你的孩子是經過基因編輯，具有HIV免疫能力的，那麼他們的造血幹細胞，有很大的可能性，能治癒他們父母的AIDS。」

「砰」一聲，南哥手裡的咖啡杯掉落在地毯上，咖啡流得到處都是，我趕緊彎腰拿起他的杯子。南哥從沙發上跳了起來，一個瞬移來到我面前，兩眼直勾勾地瞪著我，「郝教授，你說能治好我的愛滋病嗎？真的嗎？」

我把咖啡杯放在桌上，再次彎腰去找那個咖啡杯碟。南哥一把把我拖起來，摁在沙發上，急切道：「哎呀我的郝教授，都這個時候了，你還管那個杯子盤子幹什麼，你快告訴我啊。你要急死我嗎？啊。我叫你哥了。我的好哥哥，你快點兒告訴我吧。」

我點點頭，讓他先坐下，仔細和他說道：「南哥，你知道愛滋病是HIV病毒侵入了淋巴細胞，造成免疫力缺失。而人類的免疫細胞是由造血幹

細胞生成的，如果把你孩子的造血幹細胞植入你的身體，它們就會產生源源不斷的，具有免疫愛滋病毒的新的淋巴細胞，這些細胞會殺死體內被感染的細胞，甚至連骨髓中隱藏的病毒也會清理乾淨，徹底治癒愛滋病。」

「抽我女兒的造血幹細胞？」南哥猶豫道，「會對我女兒造成傷害嗎？如果會對我的女兒造成傷害，我寧願不接受這樣的治療。」

我聽得出南哥的聲音變得有些沙啞，雙手在顫抖。在生死抉擇面前，一個人能做到這個程度，已經是極大的勇氣和愛心了。又有多少人，在這個關頭不顧禮義廉恥，為了自己能活下去，什麼事都能做得出來。

「人體內的造血幹細胞會不斷繁殖，抽走一部分之後，會很快補充上來，對身體沒有大的危害。造血幹細胞是從血液中分離出來的，只占血液很小一部分，血液會輸回人體，也不會造成缺血問題。」我喝了一口咖啡，看到南哥急切的眼光，我像老師一樣仔細對他說道。

「這是一種已經廣泛使用的治療方法，特別是對白血病有很好的療效，臨床的各種突發情況，大都有了很多應對經驗，安全性還是值得信任的。不過，由於血液中造血幹細胞數量很少，傳統方法是採用藥物刺激幹細胞繁殖，然後獲得大量幹細胞。造血幹細胞不容易保存，必須儘快注射入病人體內，造成病人的嚴重排斥反應，所以以前都是先進行化療放療，殺死病人的骨髓再生能力，然後注入新的造血幹細胞，生成新的免疫能力。為了防止致命的排斥反應，病人終生都需要服用抗排斥相關藥物。」

「要這麼麻煩啊。」南哥猶豫著。

「現在的好處就是你是子女捐獻，半相合移植，排斥反應可以大大減少。這個世界只有同卵雙胞胎的基因是相合的，其他都有差異，雖然人類的 99.9% 的基因序列是相同的，但就是那不同的千分之一，造成了致命的排斥反應。父母子女有一半的基因是相同的，差異只有其他人的不到十分之一，所以排斥反應要小很多。但是普通人是雙方免疫細胞互相敵對的排斥反應，而父母子女的情況是你不會排斥子女，但植入的子女細胞會排斥你的，叫做抗宿主反應。」我停頓一下，看看學生的領悟情況。

顯然學生一時半會兒還不能理解這個新知識，他抓抓頭皮，苦笑說道：「郝教授你就直說過程，有什麼危害吧。」

我點點頭，說道：「治療過程是這樣的，整個過程要三次輸入你女兒的造血幹細胞，這樣每次數量不多，排斥反應會小很多。首先給你女兒注射一點兒幹細胞增殖藥物，劑量很低，毒副作用比較小。然後開始從你女兒的靜脈抽血，分離出造血幹細胞，把剩餘的血液回輸給你女兒。同時造血幹細胞要注射到你的血管中，這兩個手術會一起同時進行，速度要慢一些，這是為了提高你女兒的造血幹細胞適應你的免疫系統，有點兒像把熱帶魚放到新魚缸，要逐漸適應水溫和水質。這個的過程比較長，預計要二十多個小時，為了保證你女兒在這期間的安靜，要給她注射一點兒鎮靜藥物。我們準備不對你進行放射清髓，主要依靠你自身適應力，也許以後也不需要服用抗免疫藥物。總的來說，你女兒基本沒有大的危險，你的危險應該也不大。」

南哥沉默了一會兒，說道：「這麼說，治療過程還是對孩子們有傷害的，這件事還不是我一個人能決定的，孩子媽媽也有決定權，郝教授，要不然請你晚上到我家來，和我娘子談談？畢竟，孩子們的出生，她吃了很多苦。」

我好奇道：「孩子們？你們那次到底生了幾個孩子，是什麼樣的情形？說實話，我除了因為那次偶然看到你的臉，才知道你是其中一員之外，其他情況一無所知。你能跟我說說當時的情況嗎？」

南哥點點頭，說道：「當然沒問題，我們那次實驗，生了一對兒雙胞胎女兒，冰雪聰明，特別漂亮，是我的小公主。郝教授，晚上我帶你一起去看看孩子們，把情況和孩子媽媽講一下，還有一件事我要提前告訴你，孩子媽媽，並不是網

路上看到的我的妻子，我們一直沒有登記。她不算漂亮，可她是我最喜歡的女人。」

我不由自主的嗤之以鼻，「南哥的生活好精彩啊。」

南哥尷尬道：「沒辦法，我如果和現在的老婆離婚，我的股票份額就不足以擔任董事長，我會失去我的公司。你知道的，公司就是我的命。我只能這樣了。」

我擺擺手說道：「我對這些狗屁倒灶的事不感興趣，晚上到你家看看孩子，我要帶著我女朋友一起，我不想瞞著她。」

南哥說道：「只要郝教授信任的人就可以，對了，你女朋友可靠嗎？」

「她是一個員警，是派來監視我的。」

「什麼？」南哥跳起來，「這怎麼可以？你怎麼……哦，哈哈。原來被你搞定了，女朋友，員警，郝教授口味真是不一般哪。佩服佩服！」

「到時候你們化妝一下也可以。反正她不會舉報的，這你們可以放心，我保證。」我是相信小娟的，她不會騙我。

「我早就忍夠了，每天這樣遮遮掩掩的日子，真是我×了。郝教授都敢豁出去，我又怕什麼？如果有一天我們站在公眾審判的面前，我願意和郝教授站在一起。」

南哥是一個真漢子，一股暖流從我心中升起，信任和支持，我是有多久沒有這樣的感覺，「謝謝您，謝謝南哥。」

第八十五章　眼淚

夏日六月中的京城，天特別長，已經下午六點，天色依然明亮。南哥親自開著他的大淩志車，載著我來到賓館，小娟等在門口，看到我打開車窗朝她揮手，她開門上車，進來後就拉著我的手，依偎在我身上。熱戀中的女人總是特別癡纏，我摟著她細細的腰肢，也很享受這種感覺。

我朝著司機位置的南哥說道：「走吧，南哥。」

這傢伙回頭向小娟笑笑，露出一口白牙，應該說，成熟男人的魅力，對小姑娘的確還是有點兒殺傷力的。

「南哥，天哪，真的是你。你居然給我們當司機。」小娟驚訝道，從我懷中直起身子。

南哥戴上墨鏡，笑道：「很高興為美女服務，請坐穩扶好，下一站是我家。」這傢伙的確是很有勾引女人的手段。

南哥的這個家，在山腳下的一片私密別墅區，物業管理相當嚴格。

南哥介紹他的這位娘子叫阿霞，雖然不如網路上看到的那位元正牌老婆年輕漂亮，身材也顯得有點兒發福，但舉止溫柔，言語謙和，沒有那一位的張揚鋒銳，的確更適合做妻子。

「郝教授，我們見過面的。」南哥娘子笑道，「那時候在實驗室裡，你和阿梅醫生談話，我剛檢查完從裡面出來。不過我戴著口罩墨鏡，你看不到我的臉。」

我回想了一下，還真有這麼一回事，我笑道：「對，就是那一次，我和阿梅談話之後，就在衛生間遇到了南哥，如果沒有這個巧合，我都不知道找誰。」

我清清嗓子，認真說道：「這次我過來，是準備進行一個重要的實驗，理論上，用你們女兒

血液中的造血幹細胞，可以治癒南哥的疾病。」

「等一下。」南哥娘子抬手止住了我的話，「你是說可以治好南哥的那個病嗎？」她看向南哥，南哥點點頭。

我說道：「是的，很有可能。當然，這是一個開創性的實驗，結果如何，提前還不能百分百的肯定。」

「那，這個實驗對南哥有危險嗎？對孩子們有危險嗎？啊，不不，不是的，我沒有別的意思，只要能治好南哥，做什麼我都願意。只要不傷害孩子們。啊，不是，只要孩子們能安全。天哪，我不知道該怎麼說了。」看到南哥娘子矛盾的表情，混亂的邏輯表達，我知道，這個女人是很愛南哥的，南哥在她心目中的地位是要超過孩子們的，只是要逼這個可憐的女人做出選擇，的確是很殘忍的事情。

「嫂子放心吧。」我說道，「對南哥可能具有一些風險，有可能會有一些排斥反應，但可以肯定不會有生命危險。而對你們的女兒，只是會用一些毒性極小的藥物，使用之前會做一些檢測，安全性可以絕對放心。」

這時候，院子裡傳來孩子們的歡笑聲，南哥娘子打了個安靜的手勢，苦笑道：「是孩子們回來了。」轉頭擔心地看了南哥一眼，柔聲道：「爸媽白天接孩子們去玩，晚上送回來了。」

她的父母看起來六十多歲，一人抱著一個小女孩，兩個女孩應該有三歲了，摟著老人們的脖子，粉嫩的小臉貼著他們的臉，老人臉上的紅潤從裡向外發散出來，看得出來他們是如此寵溺兩個小女孩，她們是自己的心肝寶貝。

老人把孩子放下，故作艱難地直起腰，歎道：「豔豔和倩倩越來越沉了，姥爺快抱不動了。」

小姑娘給老人捶著腿，說道：「姥爺我給你捶捶腿，你就有力氣抱倩倩了。」

老人抬頭看到我，愣了一下，轉眼又看到了南哥，臉色刷的沉了下來，「你怎麼來了？不要再來騷擾我們女兒了，回家陪你的老婆吧。」

南哥表情很尷尬，低頭說道：「伯父伯母你

們放心吧，我一定會給小霞一個交代的，一定會讓小霞幸福。」

伯父鼻子哼了一聲，轉過頭去；伯母擺擺手，勸道：「好了好了，人家要來看看女兒，畢竟是人家親生的女兒，你能不讓他來看嗎？」

忽然伯父盯著我，上上下下地打量著，猶豫了一下，問道：「請問，你是不是電視上說得那個郝教授，在基因上搞出事的郝教授？」

我苦笑一聲，說道：「真是好事不出門，惡事傳千里，不才正是。」

伯父歎息道：「唉。我都不知道該感謝你，還是應該痛恨你。感謝你的是幫我們帶來兩個可愛懂事的外孫女，痛恨你的是讓小霞和這個混蛋再也分不開。小霞本來在他的公司做高管，卻被這個有婦之夫的混蛋勾引，就算知道他有這個毛病，也堅持要和他在一起。冤孽啊！嘿。」

我勸道：「伯父伯母，我相信南哥是真心愛著霞姐的，霞姐也是真心對南哥，要不然也不會給出這麼大的犧牲。有情人終成眷屬，我相信他們會處理好的。」

伯母插言道：「咦，對了，郝教授，你來找阿南和小霞幹什麼？有什麼事情嗎？」

我為難地看看霞姐，又看看兩個老人，不知道該如何向老人們訴說。他們老人的倫理觀念裡，不可能輕易接受這樣一種詭異情況的：一個人得了病，一種無藥可救的疾病，只有用孩子的血液才能治療，這個血液還要經過基因變異的。於是他就找了一個女人，人工受精，編輯胚胎基因，然後試管嬰兒懷孕，讓這個女人歷經艱辛，冒著風險生育出基因變異的孩子，等孩子生出來，長大以後，抽孩子的血液治療自己。

這得需要多麼冷酷無情的人才能做出的事情呢。當有一天孩子長大，當他（她）知道自己出生的目的，只是為了治療父親（母親）的疾病，自己只是一味藥物，一個藥人。這個孩子會怎麼想？對自己的人生價值會有怎樣的判斷？會怎樣對待自己的父母？這是一個致命的倫理問題。

可是人類的很多疾病，必須通過胚胎細胞才

能治癒，這是一個全新的醫療境界，也許是一個更加高級的醫學世界，對整個人類的發展，人類的進化，都是很大的機遇。難道僅僅因為倫理觀念就放棄了嗎？假如將來人類面臨一場大災難，頻臨滅絕，而只有胚胎技術可以挽救人類，那麼，生存和倫理，將如何選擇？

就在我躊躇不前，反覆斟酌的時候，霞姐那邊開口了，她激動地對父母說道：「爸，媽，郝教授來這裡，是要告訴我，阿南的病有救了。是真的。只要用豔豔和倩倩的造血幹細胞，可以完全治癒阿南。這真是太好了。」

我親眼看到霞姐爸媽的變臉戲，從驚喜，疑問，到愕怔，憤怒，只在這十幾秒之間。

「夠了。」老人喝道，他轉身面對南哥，「這就是你想要生孩子的目的嗎？讓我們的女兒冒這麼大的風險。就是為了給你救命嗎？」

「不是的。不是的。爸媽，你們聽我解釋，我是今天才知道有這個治療辦法的，今天郝教授才來找我，才跟我說這件事的。」南哥情急之下，連爸媽都叫出來了，我看到霞姐臉上居然有了羞紅色，似乎沒有顧忌爸媽的感受，只在乎那個男人。

我說道：「伯父伯母，這個治療方案是我在照顧一個HIV 患者時，我們聊天偶然有了這個想法，那個朋友現在已經去世了。從理論上講，這個方案應該可以治癒南哥，而且對孩子們沒有什麼傷害，安全性是可以保證的。南哥如果現在不想辦法治療的話，應該是活不了幾年的。無論如何，為了霞姐和孩子們，也要冒險試一試。」

房間裡陷入了沉默，我知道他們也很矛盾，要老人在頃刻之間，在倫理和生存之間做出選擇，是一件很難的事。

突然，我感覺有人在拉我的手，我低頭一看，是豔豔的小手在拉我的手，我蹲下身子，平視這這漂亮的小女孩，那大大的眼睛，長長的睫毛忽閃忽閃，白皙的臉頰，柔軟捲曲的黝黑頭髮，紅紅的小翹嘴唇，真是一個小美眉啊。

豔豔問道：「叔叔，我爸爸的病很可怕嗎？會死嗎？」

我嚴肅回答道：「很嚴重，很可怕。你爸爸活不了幾年了。」

一層霧水籠罩了女孩的大眼睛，女孩哽咽道：「叔叔，你能救活我爸爸嗎？」

我撫摸著她白皙柔嫩的胳膊，說道：「救活爸爸，需要豔豔和倩倩的血液，你們的血液輸給爸爸一些，就能救活爸爸。可是姥爺怕你們扎針很疼，不願意讓你們抽血。」

兩個小女孩一齊向我伸出了手臂，眼中喊著淚花，稚嫩的聲音叫道：「叔叔，叔叔，我們不怕疼，你抽我們的血吧，求你治好我爸爸的病，我們不要爸爸死。」兩個白嫩的胳膊擺在我的面前。

「噗通」一聲，我看到南哥跪在了地上，兩手抱過兩個女兒，緊緊地攬在懷中，一聲瘆人的慘叫：「我的心肝寶貝，我的小公主啊，爸爸對不起你們哪。」一眼淚從這個鋼鐵般的漢子眼中流了出來。

「爸爸不哭，爸爸別害怕，我們會救你的，我們不會讓你死的。」兩雙小手幫南哥擦去眼淚，可南哥的眼淚如同開閘的洪水，再也無法止住，多少個日日夜夜，擔驚受怕，孤苦無依，今天都得到了釋放，看著一個男人渾身顫抖放聲痛哭，讓我不由得也感到心酸。

我似乎聽到自己的心底咔嗒一聲，似乎是裂開堅冰的聲音，一股熱辣辣的液體從中噴發，湧上眼底，凝聚成一顆滾燙的岩漿，從我的眼中滑落。看著南哥抱緊女兒放聲痛哭，在場的每個人都忍不住落淚了。

當冰川融化，滴下第一滴眼淚，滾滾的淚水就再也無法抑制。我已經忘了自己最後一次流淚是什麼時候，很久很久了，我以為自己不會再哭，我已經忘了怎麼哭，可是現在我已經知道，我不是忘了怎麼哭，我只是忘了怎麼愛。

我感到心底的堅冰在融解，化作了肆意流淌的淚水，淚水似乎帶走了心底的黑暗冰冷，重現了一片空明溫暖，這是一種好舒服的感覺啊。原來眼淚才是治癒心靈的良藥。

謝謝你們，兩位可愛的小公主。

第八十六章　各論各的

張嘉璿的丈夫就是那位論文的發表者，京城大學生物系主任，魏教授，年齡比張佳璿大了十歲，看起來他們很恩愛。

我從他們身上看到了以前的我的影子，為了科學，願意奉獻一切的那種獻身精神。魏教授毫不猶豫地答應了進行實驗，「沒有問題，我們這裡有最好的醫療條件，我們和京城最好的醫院有合作，有自己的獨立實驗室，設備都是不錯的，完全對郝教授免費開放，只要您接受我們加入您的團隊。」

我說道：「那麼，我歡迎你們加入，不過免費就不必了，本人還是有一點兒錢的，先給你們三佰萬啟動資金，後續具體花費全部由我來承擔。」

張嘉璿笑道：「輝哥，我們家老魏同志雖然沒有您有錢，不過一兩個億還是有的，真的不缺錢。就讓我們給你免費一次吧，也算報答你對我的大恩大德了。」

魏教授笑道：「郝教授，我還真需要你幫個忙，MTN儀器公司好像是你學生的公司，你能不能打個招呼，我這裡要買一台他們的鐳射冷凍顯微鏡，現在的訂貨要兩年後才能交貨，能不能給我插個隊，先發貨給我。」

「沒問題，我打電話問問。」我給管冊打去電話，想不到這傢伙正在京城，這裡正在建設儀器公司總部樓，位於京郊的一個醫療技術產業園，管冊來視察進度。

「老師，晚上一起聚聚吧，好久沒見到您了。」

我笑道：「好，正好我這裡有幾個朋友，大家一起認識一下。對了，京城大學的魏教授是我朋友，他想要一台冷凍顯微鏡，你能不能給他先發貨？」

「沒問題，老師，我先調整一下順序，這個月底就給魏教授發貨，可以嗎？」

我扭頭問魏教授：「月底給你發貨行嗎？」

魏教授一臉驚喜，連連點頭。

「行，就這麼定了，晚上我安排酒店，地點我通知你。」我說道。

手機鈴聲響起，是南哥的電話，問我和魏教授談得怎樣。我說魏教授這裡沒有問題，改天找你確定一下時間和檢查項目。

南哥說要不然晚上一起吃飯，見見魏教授，阿霞姐也想見見張嘉璿，以前在鵬城的實驗室中，都是戴著厚厚的頭套，只能聽見聲音，看不到人。現在不管這些了，既然決定要堂堂正正做人，就不會再遮掩。

我想到管冊也要過來，問他我的學生也要過來，介不介意認識他，南哥說現在不介意別人知道他的情況了，可以見的，南哥來安排酒店，到時候霞姐和孩子們也會來，一起見見面。

放下手機不一會兒，管冊的電話又打來了，他說陳成仁董事長也在京城，聽說我在這裡，他要管冊也聯繫我，晚上一起見面。

晚上南哥安排的酒店是一家不大的私家菜館，在一間老四合院中，分外幽靜，只有我們這一桌菜。南哥夫妻和魏教授夫妻見面，孩子們也來了，她們很喜歡和小娟說話，霞姐和小娟帶著他們在一邊唱卡拉OK，清脆的童音唱起兒歌很動聽。

南哥和魏教授談話很投機，我們們大體確定了檢查和治療的時間安排。京城的交通擁堵是非常厲害的，管冊距離比較遠，這才珊珊來遲。

我的這個學生經過大場面的鍛煉，已經變得穩重成熟，和大家見面熟悉一番，管冊笑道：「老師，待會兒陳成仁董事長也會過來，他在京城的位置更遠一些。」

南哥問道：「陳成仁？是不是最近很火的那個成仁新型電池公司的董事長？我們集團也準備投資入股的。」

說曹操，曹操就到，東北人不抗念叨，陳成仁大哥推門就進來了，看到我之後，走上前雙手拍著我的肩膀，歎道：「老弟啊，你受苦了。」

我微笑道：「還好還好，已經挺過來了。」

大家坐下吃飯聊天，並沒有說起南哥的病情，管卌和陳成仁並不知道這事，只是說起了這兩年的公司發展。

管卌他們四個的儀器公司，年銷量已經超過了五十億人民幣，而且還在高速發展中。「建君師娘的規劃居功至偉，她收購MTN儀器部，使得公司變成了代理生產服務全面發展的公司，現在全國已經佈局完善，公司中心準備遷移到京城，國外的分公司也開始建立，已經在二十多個國家建立了上百個分公司，公司準備在港城上市，估計今年年底就能確定。」說完瞟了一眼坐在我身邊給我夾菜的小娟。

南哥笑著對管卌道：「管總，你們接不接受投資呢？我這裡有一間金融投資公司，願意提供足量的資金，協助上市業務。」

管卌笑道：「我只是小股東，沒有決定權的。」說著伸手指著我道，「我老師占股60%，他才有決定權。」

我正在吃松鼠桂魚，味道很好，搖搖頭對南哥說道：「現在的股票和資金都是我前妻陳建君管理，我可以給你她的聯繫方式，給你們牽線搭橋。」

南哥驚訝道：「60%的股票，年銷售五十億的公司，上市之後至少市值佰億。你的股票市值至少六十億，就交給了前妻？郝哥哥。我真得叫你哥哥了。」

陳成仁大哥喝了一口酒，說道：「南哥啊，這根本不算什麼。這位郝教授三年前交給我十五億美元的資金，擁有成仁新能源40%的股份，現在的價值至少三佰億人民幣。都是交給陳建君管理。還有好幾個公司……哎，我說郝老弟，我是實在忍不住了，我想問問你啊。陳建君什麼時候和你離婚的？怎麼就變成你前妻了？你們的小孩好像還不到兩歲吧？陳建君除了辛辛苦苦給你養大孩子，還打理公司井井有條，你可不能幹對不起陳建君的事。」

我真不知道該如何跟成仁大哥解釋，全桌的人都好奇地看著我，我嗯嗯兩聲說不出話來，小娟替我解釋道：「我和建君姐是好姐妹，建輝和建君姐當時是假結婚，是為了解除當時另一個婚約，建君姐已經答應離婚了，只是手續還沒有辦好，她同意我和建輝好的。」

「假結婚？別逗了，郝老弟，假結婚你會把幾佰億財產託付給她？」南哥轉頭心虛地看看霞姐，小聲說道：「看來我們的郝老哥有難言之隱吶。大家就不要問他了。相信他會處理好的。」

管冊舉酒杯對小娟說道：「既然老師和建君師娘還沒有離婚，那就還是我的師娘，小娟姐，等你們結婚後，老師要我改口，我再稱呼您師娘吧。對不住了，我先自罰一杯酒。」說著仰頭乾了一杯，看起來我這個學生對老師的花心極不滿意。

小娟端起酒杯，皺眉說道：「不用道歉，建君姐和我親姐姐一樣。咱們各論各的。你該叫她師娘還是叫師娘。不用在意。」說完一仰脖也乾了一杯。

我發現全桌的男人，特別是南哥，都用一種高山仰止頂禮膜拜的敬佩表情看著我，我實在是無話可說，難道我能把陳建君的真實情況告訴他們嗎？不可以的。除非建君自己來說。

我搖頭苦笑著端起啤酒杯，抬頭喝了一大口，卻被嗆進氣管，忍不住劇烈咳嗽起來，小娟趕緊給我捶背，拿手絹擦去身上的酒漬，殷勤伺候著。

我偷眼看去，桌上的人們，除了豔豔倩倩兩個小孩子到睡覺時間昏昏欲睡，其他人都瞪大眼睛看著我們。張嘉璿眼中充滿憤怒，幾乎要拍案而起，幸虧魏教授偷偷拉住她；霞姐看小娟的眼神有同病相憐和顧影自憐；而男人們的眼中全都充滿了求知欲，還有壓抑不住的嫉妒。

第八十七章　無欲則罡

三天後，南哥和豔豔倩倩的檢測報告出來了，姐妹兩個的情況非常理想，沒有藥物過敏反應，身體狀況沒有任何問題。她們的細胞基因也被測序並存儲在基因庫中，這是一批非常重要的資訊，以後尋找配對基因就可以直接查詢。

南哥的情況就不太好，病毒載量有點兒高，癌症係數也很危險，已經突破了正常界限，肝功的幾項檢測資料不理想，通過核磁共振高清三維成像檢查，在肝葉的縫隙中，發現了兩粒腫瘤病灶，屬於肝癌的早期症狀。可以說南哥的病症已開始進入發作期，愛滋病一旦進入發作期，極少有能活過三年的，情況已經很危急。

我把疾病情況對南哥講述之後，南哥並沒有害怕或緊張，微笑道：「這一天終於還是來了，郝老弟，老哥我的一條命，就拜託給你了。」

我嚴肅地說道：「南哥，救你的只能是你自己，即使手術成功了，你的造血幹細胞變成你女兒的了，擁有了HIV免疫能力，也許也能夠殺死癌細胞恢復健康。可是如果你不能控制自己的行為，還是會被其他疾病奪去性命。擁有Δ32變異的細胞，也許並不完美，也許對某些傳染病的抵抗能力比普通人還要更差一些。」

南哥點頭道：「老弟，你放心吧，經歷過這生死一劫，很多事我都看開了，無論這次治療是否成功，我都會與現在那一位辦好離婚，給阿霞，給孩子們一個完整的家，從此我的生活中只有我的家，我會關心孩子們的成長，用心體會每一次和家人相聚的時光，不會再像以前那樣荒唐。」

我點點頭，說道：「這就好啊，南哥，真正強大的免疫力是自制，是控制自己欲望的能力，欲望越強大，相應的需要自制力越強大，這種力既是先天自身具有的，也是後天修煉的，欲望和自制達到平衡，身體則能健康，所謂無欲則罡，並非沒有欲望，只是欲望被自制力所抵消，這時候罡氣就會自然生成。」

經過一週的準備，各種儀器設備和藥物都已經準備齊全，首先進行了一次聯合調試，協調具體手術的進度表，萬事俱備，準備開始手術。

三歲小女孩的血液中，造血幹細胞的數量比成年人要高數倍，雖然還不能滿足提取的濃度，但第一次提取幹細胞的數量比較少，可以不用注射幹細胞促進劑，但需要抽血的數量多一些。

滯留針在女孩的頸部，鮮紅的血液流入離心機中，提煉出白細胞層的免疫細胞，絕大多數血漿和紅細胞，大部分白細胞都被送回體內。血液的抽取是間斷性的，一次抽取一百毫升，處理之後，先回輸給女孩，過一會兒再提取一百毫升血液。這之間停留卅分鐘，孩子們可以玩一玩，休息一下。

這個過程要進行四十次，每一次的免疫細胞提取量都只有不到一毫升，在這極小的液體中，其中的幹細胞含量只有不到千分之一。需要經過一段段分離清洗，給最後的細胞群染色，造血幹細胞在紫色鐳射的照耀下會特別明亮，用流式細胞儀分離，細胞一個接一個從細小的管道經過，當明亮的造血幹細胞經過時，會被加上靜電，在磁場中被推入一個單獨的容器中，流式細胞儀總共有十六條這樣的線路，可以快速分離造血幹細胞。

即使孩子們已經入睡，手術仍然在按部就班地進行著，南哥在窗外擔心地看著輸血的孩子們，張嘉璿安慰道：「不用擔心，南哥，孩子們的造血能力很強，很快就能補充，不會損傷身體的。比起移植手術的幹細胞採集，這次的採集數量只有百分之一的數量。如果使用幹細胞促進劑，血液中的幹細胞數量會增加幾百倍，只需要一千毫升的血液就可以收集到足夠的造血幹細胞，但是幹細胞促進劑對身體的損傷機理還沒有摸清，有可能會損傷孩子的身體。我們準備採用一種新型的幹細胞增殖促進劑，這種藥物更安全，雖然增

殖率低一些也是值得的。」

南哥點點頭，說道：「如果我接受了孩子們的血液能治好我的病，我願意把我的血液捐獻出來，給其他的愛滋病患者治病，只有這樣，才能對得起孩子們。才能對我以前的罪過有所救贖。」

當孩子們的手術還剩最後兩次抽血的時候，南哥進入了手術室，開始接受幹細胞注射，注射速度非常慢，不到一毫升的幹細胞液被稀釋到一百毫升，慢慢滴入南哥的血管，整整注射了一個多小時。

南哥的身體如同一片新大陸，進入的造血幹細胞如同一小隊軍人登陸，這裡有適合生長繁殖的一切條件，這裡的軍隊不會排斥這一小隊人。

登陸小隊的數量太少，雖然有攻擊行為，但造成的影響也小，還不至於引起新大陸的反應。這些幹細胞在不斷繁殖增加，產生出各種免疫淋巴細胞。後來生成的新細胞，與環境更加適應，新大陸的軍隊（淋巴細胞），很多都已經得病，疲弱不堪，被新生的軍隊逐漸消滅取代，而且開始攻擊體內的病毒和癌細胞，隨著免疫細胞數量的不斷增加，最終將取代原來的免疫系統，消滅所有的病症。

手術完成後，南哥沒有什麼感覺，孩子們和媽媽回家，南哥要接受觀察。排斥反應，應該會在手術後一週到一個月之間發生，一旦發生，速度會非常快，有時候僅僅一兩天就會造成死亡，所以要特別注意，每天都要進行血相檢查，確定沒有排斥反應發生。

一週時間過去，南哥沒有出現異常現象，沒有過敏症狀，血檢結果來看，來自女兒的幹細胞生產的淋巴細胞，數量在穩定增加著，由於數量極少，所以還沒有表現出排斥症狀。

兩週過去，變異淋巴細胞的數量已經增多了一些，可能因為是在體內逐漸繁殖的原因，比較適應環境了，移植沒有出現排斥反應。情況比預料的要好得多。

一個月過去，南哥說現在自己越來越喜歡睡覺，睡眠時間達到七八個小時，躺下就能睡著，睡眠品質極高。他以前每天只睡兩三小時，有時候工作緊張的時候，能連續三四天不睡覺也沒事，全公司的人都佩服南哥精力充沛。

我說這是好事啊，這是身體開始修復自己的損傷。人必須要有足夠的睡眠，沒有人能例外，那時的「精力充沛」只是在透支自己的身體，得不償失的。

第二次手術如期開始，這一次提前三天給孩子們注射了新型造血幹細胞增殖促進劑，幹細胞的數量增殖了二十多倍，提取血液只用了兩個半小時，就提取了足夠的造血幹細胞。

給南哥注射之後，依然沒有排斥現象出現，也許身體已經適應了這種外來細胞，接納了他們。

檢查的結果令人興奮，南哥的 CD4 和 CD8，以及病毒載量都不斷好轉，甚至恢復到了接近常人的水準。

南哥的精神狀態也發生了很大改變，變得幽默，積極，平和，善解人意。他不再發火，與員工們開始有說有笑，即使碰到問題，也是儘量瞭解原因，從工藝或制度上解決問題。

南哥與各個股東的關係得到很大緩解，以前，其他股東根本沒有發言權，公司是南哥的一言堂，現在南哥會細心傾聽股東們的看法，與他們耐心交流，採取最佳的策略解決問題。股東們的關係得到很大提高，投資積極性也有了提振，第三季報的業績也大幅度提高，在股市上反應出來股價大大提高，南哥在公司的威信大增。

一個月之後，第三次手術進行完成，這次南哥將停止服用雞尾酒療法的抗病毒藥物，看病毒指數是否會惡化。

每週南哥都要抽血化驗，各項指標都在持續好轉中，肝癌的腫瘤塊也消失不見，肝功資料基本恢復了正常，癌症指數也降到正常水準。病毒載量已經是零。淋巴細胞指數也基本等同正常人。

現在可以基本確定，南哥的愛滋病已經治癒了。

南哥向他現在的妻子提出了離婚，在將兩人股份總量的 60% 給予妻子之後，終於達成了離婚

協定。這個女人野心很大，隨即以第一股份比例人的身份，要求替換南哥當選公司董事長。而南哥也向董事會提出辭呈，這也是他們離婚協議的一部分。

消息傳出，公司股價從高處跳水，連續跌停，股東們集體反對南哥辭職，並通過董事會授權南哥手中的股票擁有兩倍的表決權，強烈要求南哥繼續擔任董事長。

當南哥宣佈與霞姐結婚，並將繼續擔任董事長之後，公司股價連續漲停，回到了比原來更高的位置。

小娟的腰身異常柔韌，壓在身下如同騎在奔馳的駿馬上，我縱馬飛奔在大草原上，領略著大自然的無限美景，當雲收雨歇，我撫摸著懷中的人兒，那細膩的感覺讓人愛不釋手。

「輝哥，我爸媽明天他們要來京城看我。」懷中的人兒嬌喘細細，說出的話卻如同驚雷一般。

「什麼？那我該怎麼辦呢。」我緊張地說道。

「怎麼了。你不願意見我爸媽嗎？」小娟狠狠地瞪著我，手指已經擰在我胸前的一塊肉上，看來我只要稍稍搖頭，就有苦頭要吃了。

我不敢有一絲猶豫，低頭使勁親了親愛人的額頭，「我們都老大不小了，見過父母之後。過段時間等這裡結束了，我們就回鵬城結婚吧。嗯，是的，要結婚了。結婚之後，我們要設法找到阿梅，從她那裡找到聯絡名單，找到其他的基因編輯孩子，治好他們父母的愛滋病，建立基因測序檔案。還有建君的病，也可以治好了。」

小娟驚訝地坐了起來，問道：「建君姐的病？難道是建君姐也是愛滋病患者？那就是說，小健和小好也是基因編輯的孩子？」

我點頭笑道：「是的，這次基因編輯實驗，加上我和建君這對假夫妻，一共廿五對夫妻，卅八個孩子。如果都能治癒愛滋病，那麼以後愛滋病就有了確切的治療方案，不再是不治之症，我也可以從基因編輯嬰兒的罪名中解脫出來了。」

小娟重新趴在我的懷中，輕聲說道：「怪不得你說是你和建君姐是假結婚呢，原來你們就從來沒在一起過。那我就是你的第一個女人了，嘻嘻，真好啊。」

我的眼前出現了阿梅的笑臉，輕輕撫摸懷中佳人光滑的後背，說道：「想不到，當年那個抓我打我的女員警，以後一輩子都要生活在一起，一張床上睡，一張飯桌吃飯，一起孝順父母，一起打孩子，永遠都不分開。」

可人兒像白蟒一樣在我懷中扭動著身子，用鼻音嬌哼道：「孩子要多生一些，打起來才過癮。」

我不由得心頭再次燃起熱火，使勁按住這條不安分的大白蛇，嗔道：「呔，磨人的小妖精，不要動，吃俺老孫一棒。」

第八十八章　問罪

第二天是週末，南哥邀請我們到他家裡吃飯，別墅草地上，美式大燒烤爐噴出香味，我幫著南哥在爐前忙著翻動肉串，塗刷醬料，微笑著看孩子們滿地奔跑，大家端著盤子，隨意挑選自己喜歡的食物。

我很喜歡這種氛圍，這讓我想起在鵬城的龍眼樹下，野餐燒烤的情景，我有一種要回到那裡的衝動了。

大家坐在一起喝一點飲料，談起以後的計畫。南哥舉杯道：「首先感謝各位的幫助，讓我重新活了一次。謝謝。」南哥喝了一大口啤酒，「我決定成立一個基金會，先註冊資金一億元，為治療愛滋病使用，稍盡我一點綿薄之力。另外，我們一家決定，我們父女三人，現在都具有HIV免疫能力，我們願意作為造血幹細胞捐獻者，為拯救更多HIV患者做出貢獻。」

我們感動鼓掌，我說道：「我決定回到鵬城，在原來那所基因編輯嬰兒的地方，重新建設實驗室，我要找到其他的孩子和父母，先治療他們的疾病，並建立Δ32變異者資料庫，為以後消滅HIV做準備。」

張嘉璿說道：「我和老魏說好了，我也會過去幫你，進行實驗室準備和治療規劃，老魏會定期過去，讓我們為了徹底消滅愛滋病，加油。」

大家舉杯飲酒。

霞姐說道：「郝教授，有一件事我要告訴你，我們廿四個孩子的母親，在鵬城實驗室分手的時候，建立了一個私密的微信群。我們之間用暗語通信，我已經把南哥治癒的情況告訴了他們。他們很渴望找你治療。」

這個好消息讓我大喜，「是嗎，太好了！我正在為這個煩惱呢。正在想怎麼找到阿梅要人員名單呢。這樣吧，京城這裡不是太方便，我儘快回到鵬城，把實驗室準備好，我儘快採購好相關的設備，準備好之後就通知他們到那裡集合。」

南哥笑道：「好啊，到時候我們也去龍眼樹下集合，讓孩子們看看自己出生的地方，見見那些當時一起住院的朋友們。我還記得那棵大龍眼樹，結出的龍眼果特別好吃。」

我們熱烈討論著實驗室的細節，如何佈置，如何裝修，要準備哪些設備，我們對未來充滿憧憬。

當我和小娟回到酒店，剛進前臺，服務員說有人找我們。我回頭看到小娟的父親王局長，他和一個中年女人坐在沙發上等我們，小娟怯生生喊一聲：「阿媽。」

小娟媽媽嗖的一聲從沙發躍起，一步就竄到我們這裡，舉起巴掌拍在小娟的胳膊上，一掌打過，又一掌接著打過來，打在胳膊上發出啪啪的響聲，伴著白話的呵斥：「你個傻女子，過了春節就跑了，也不管你媽，你倒是跑啊，看我不打死你。」

小娟被打，縮到我的懷中，我的女人不能讓別人欺負，就算是她的媽媽也不行。我把小娟往我身後一拉，挺胸走到前面，「伯母，您好，小娟現在已經是我的老婆，以後小娟有什麼不對的，也只能是我教訓她，您應該放手了。」

「哦，是嗎？」伯母驚喜道，「你是小娟的老公嗎？這個臭女子，有這個好消息也不告訴我。該打。」

「你怎麼敢這麼做。到底怎麼回事？」王局長從沙發站起來著急問道。

小娟說道：「爸媽，我們到房間去說吧，這裡不方便。」

電梯中，王局長眉頭緊皺，憂心忡忡；伯母卻上下打量著我，看得出她對我還挺滿意的。

來到我們的房間，小娟給他們沖好茶水，安排他們坐好。王局長問我道：「你和陳建君還沒有離婚吧？」

還沒等我回答，伯母就觸電一般跳了起來，

喝道：「什麼？你小子居然是有婦之夫。你居然敢勾引我們家黃花閨女。我要活劈了你。」王局長冷靜說道，伯母果然老實坐了回去。

「安靜安靜。我問清楚再說。」

我看著王局長，認真說道：「我和陳建君已經有了離婚協議，這次回鵬城就會辦好離婚手續，然後與小娟結婚。」

王局長搖搖頭，問道：「我知道你和陳建君去年才有了孩子，轉眼之間，就另結新歡，拋妻棄子，翻臉無情，這樣的人，我怎麼可能放心把女兒交給你。」

伯母也怒道：「原來你是個陳世美。小娟，你怎麼找了這個渣男。」

小娟說道：「爸媽，你們聽我解釋，建君姐和建輝是假結婚，從來就沒有在一起過。他不是薄情的男人。」小娟深情地看著我。

伯母道：「你這個傻女子，這是他告訴你的吧？男人的話不能信，他說從來沒在一起，你就相信了嗎？也許是他無能。也許他不喜歡女的。都有可能。傻女兒，你不能和這樣的男人在一起，一輩子就毀了。」

我知道小娟媽媽是一個什麼人了，小娟說他媽媽四肢發達頭腦簡單，看來還真是沒錯的。

小娟說道：「爸，媽，我已經懷孕了。」我驚訝地抬頭看著小娟，小娟轉過頭，隱蔽地朝我擠擠眼睛，我頓時心領神會。

「什麼？你這個混蛋。我要殺了你。」伯母像一頭發瘋的母虎，怒吼一聲，就要撲向我。

王局長一揮手，攔住了伯母，皺著眉頭苦思冥想道：「等等，等等啊。讓我們整理一下思路啊。假如你們說的都是真話，郝教授的確沒有與陳建君在一起過，卻有了一對兒雙胞胎孩子，那只有一種可能，就是試管嬰兒。看小娟的模樣，郝教授應該是個正常的男人，正常的男人卻和自己的妻子沒有發生關係，除非……除非陳建君有病不能做那事。聯想到郝教授給愛滋病做嬰兒基因編輯，那麼說，難道陳建君是愛滋病患者？她也是你的實驗品，難道你拿自己的妻子做實驗品？」

我和小娟對視幾下，不由得為這位王局長縝密迅速的邏輯反應所震驚，這的確是破案的老手啊。

王局長接著說道：「這就對了。怪不得在那一年的基因大會上，記者問『如果是你自己的孩子，你會這麼做嗎？』你居然毫不猶豫就回答『是的，絕對的』，原來你已經做了，科學家用自己的身體做實驗的聽說過，用自己孩子做實驗，還是第一次聽說啊。佩服佩服！」

我說道：「王局長僅憑女兒的一句話就推斷出這麼多資訊，我也極為佩服的。」

小娟媽媽一頭霧水，問王局長道：「你們說的是什麼意思？」

王局長喝了一口茶水，微笑道：「那我們繼續推下去吧。從時間看，你和陳建君閃電結婚不久，應該就和你的前女友小潔分了手，小潔的媽媽是製藥集團老總，你基因編輯嬰兒的案子出事後，已經不適合做她的女婿。所以她逼你離開小潔，你找了愛滋病患者的陳建君結婚，就是為了和小潔分手，對不對？」

我點頭：「很對。佩服！」

伯母忽然驚叫道：「啊。我想起來了。你就是那個什麼基因剪刀手的，叫什麼什麼輝。」

「媽，他叫郝建輝。真是的。」小娟強調道。

王局長放鬆地蹺起二郎腿，一顫一顫地說道：「我看小娟的報告，最近幾個月的內容幾乎沒有什麼變化，我就奇怪了，你郝教授無緣無故跑到京城來幹什麼？你先別說，讓我猜猜看。你找到了一個孩子？對不對？」王局長看向了女兒。

我想可能是以前小娟和爸爸總愛做這種猜謎遊戲，而且樂此不疲，小娟下意識地點點頭。

王局長又說：「是不是這些孩子對治療愛滋病有幫助？哈，你們的實驗成功了。祝賀你們。」

小娟的臉上露出佩服的笑容：「爸，你還是那麼料事如神。」

王局長驚訝道：「你真的治好了愛滋病？這個方法可靠嗎？要是真的，你可就牛叉了。」

我說道：「現在一個患者已經完全治癒，其他的人我們也有了聯絡方式，下一步要逐個治療，看看是否還有問題。」

王局長問道：「你下一步打算回鵬城，繼續開始實驗？」

我點頭道：「對，重開實驗室。」

王局長說道：「但你私自開始實驗，很可能被判刑，那時候小娟怎麼辦？」

小娟說道：「沒事，我準備從公安局辭職，回家給老媽的飯店當廚師。」

伯母高興道：「哎，好。回家當飯店老闆，收入比窮員警高多了，老媽我一身本事，也要傳授給你，以後我幫你帶孩子，我來教他練武，你就管理飯店。」

王局長氣得一拍桌子：「胡鬧，我是說，萬一郝建輝入獄了怎麼辦？」

小娟無所謂道：「沒關係啊。到時候我天天去監獄給他送飯，保證他在裡面也白白胖胖的。」

小娟媽媽搖著老公的胳膊，嗔道：「虧你還混了個公安局長呢。連女婿的平安都保不了，還怎麼保護我們這些平頭老百姓的平安呢。這事就交給你了。」

第八十九章　不著急

回到鵬城，我和小娟已經決定住在實驗樓中，方便抓緊時間把各種物資購買齊全。

小娟一語成真，經過檢查，她真的懷孕了，孕婦自然要多加小心，實驗室的環境自然不太適合養胎，她就搬回家住了。

大斌已經擔任基因測序服務公司的總經理，擁有上百台第三代測序儀，每年的測序服務收入上十億元，他工作很忙，不過還是提前幫我採購訂貨，聯繫裝修公司等。

當我來到實驗樓，就已經可以入住，各個客房，餐廳，辦公室，網路，水電等已經完備，甚至已經開始往裡安裝儀器了。

再次見到陳建君，是在科技園三期新建的總部大樓中，就在實驗室的山腳下。這裡的建設速度很快，那時候還在搞基建的混亂場地，現在已經是道路平整，綠樹整齊，高樓林立。成為新的高科技聚集區。

陳建君的辦公室在集團總部頂層，透過玻璃窗可以看到半山腰的實驗室。大樓全都是嶄新的，入住這裡的，除了拓撲罡公司外，其他幾家公司都有聯絡處在這裡，另外這裡也是金融總部，負責各個公司的金融調度和審查，還有一家基因投資公司，負責投資國內外的股份，管理風投項目，注資新科技的研發，與大學和研究機構的合作等。

建君瘦了不少，臉色也有些蒼白，可能是最近太累的原因。小娟擔心地問道：「姐，你臉色不好，是不是不舒服？」

建君勉強笑笑，說道：「沒事，可能是感冒了。對了，小娟，聽說你懷孕了，祝賀你啊。郝建輝找你做老婆，是他的福氣。下午我們去辦理離婚手續，你們接著就去辦理結婚，婚禮我建議你們還是搞得簡單點兒。」

小娟說道：「結婚不用這麼著急吧，建君姐，怎麼也要離婚一個月再結婚比較好吧。婚禮就不用了，親戚朋友幾個熟人幾個，一起吃個飯就可以了，現在建輝不適合出頭露面。」

建君搖搖頭，說道：「現在最重要的是建輝委託給我管理的財產，要趕快轉移給你，以後要由你來做董事長，你要趕快和我學習如何管理公司。這些是相關的法律檔，小娟你來簽字吧。」

小娟趕快擺手道：「姐姐，你快饒了我吧。我哪裡會管理公司啊。我上學只是學過查案子抓人，當保安我可以，做飯開飯店也許我也可以，管理公司？還是這麼大的公司，我學不來的。」

我笑道：「建君啊，小娟是個什麼人你不知道嗎？她幹不了這個活。還是麻煩你吧，你就多辛苦一些。」

我看到建君神情糾結，低著頭不說話。我和小娟互相看看，也不知道該如何開口解釋。

這段時間給南哥治病的事情我們還沒有告訴建君，第一是南哥的治療是否確定有效，還要經過一段時間的考察；第二我沒有經過建君的同意，就把她的病情告訴了小娟，不知道她是否願意；第三是擔心離婚會讓她心裡不舒服，雖然口頭上她痛快地答應了，可心裡到底是怎樣的，誰也說不清，就像是我，看到建君，想到以前的種種經歷，心裡如果沒有一點兒想法，那也是不可能的。

「小娟，建輝，你們都是我最親的人了，有些最私密的話，我只能說給你們聽。小娟，你聽了不要害怕。建輝，你知道我要說什麼，我可以說嗎？」建君看著我問道。

我心裡頓時放鬆了下來，抬抬手，說道：「講吧，都是一家人了。」

建君看著小娟，說道：「妹妹，我和建輝是假結婚，從來沒有同過床，以前和你說過，你可能也沒有多想，其實是因為，因為，我有HIV，你明白了嗎？」建君小心翼翼地問道。

小娟笑了，說道：「我明白，姐姐，你知道我和建輝這一年多來都在陪著HIV患者。」

「我之所以要急著把資產轉移給你，是因為，我這個病到了晚期，前天去醫院查出了白血病症狀。有可能我會突然死去，妹妹，到時候健健和好好就要託付給你照顧了，姐姐拜託你，一定要把他們當做你的親生孩子一樣，你能答應我嗎？」淚水從建君的眼裡滑落，她握著小娟的手，緊張地看著小娟。

小娟轉頭和我對視了一眼，點點頭，轉回頭微笑著對建君說道：「姐，你不會有事的，你有救了。」

我把南哥的治療資料放在建君的腿上，笑道：「這事要從三年多以前，我去實驗室上廁所開始說起，那天我聽到一個很囂張的傢伙在衛生間隔壁打電話……」

聽我說完這個過程，建君長長噓了一口氣，歎道：「想不到啊，生孩子還能救命，建輝，如果把我們這些人的病都治好，你可是有大功德了。」

小娟笑道：「所以說，建君姐好人有好運，現在你就不要著急辦這些事了吧。我是不會管理金錢的，還是你自己來吧。」

建君擔心地說道：「孩子們還不到兩歲呢，是不是太小了，現在抽血恐怕對身體不好吧。還有，他們萬一要是不願意呢？以後長大了會埋怨我。」

我說道：「安全性不會有問題，孩子年齡小，血量雖然比較少，但恢復也很快，只要每次取血數量少一些，完全沒有問題，這個你可以放心。至於他們是否願意嗎，我去問問他們好不好？」

小娟拍手道：「好啊好啊，我也去，我好久沒見到健健與好好了，不知道他們還記得我不。」

我一年多沒有見到孩子們了，這姐弟兩個穿著漂亮的衣服，粉雕玉琢一般特別可愛，他們站在地毯上看著我們。建君說他們現在說話交流完全沒有問題，有時候還問一些刁鑽的問題，已經有了自己的個性，健健老實忠厚，好好古靈精怪，兩個人一直都是好好做主，健健跟屁蟲。

「原來你就是我們爸爸，不記得見過你。」

健健說道。

我尷尬地笑笑，說道：「爸爸以前有事來不了，以後我會經常來看你們。」

好好指著小娟道：「我記得你，你是姑姑，媽媽說你會和爸爸在一起。」

小娟抱起女孩，親了一下臉蛋，笑道：「好好真厲害，這麼小就能記住人了。」

好好問道：「媽媽說以後我們也要叫你媽媽，我們有兩個媽媽，這是為什麼？」

小娟說道：「以後到底是叫我媽媽，還是叫我姑姑，就要看你們怎麼選了。」

小姑娘好奇地問道：「為什麼呢？怎麼選？」

我說道：「那是因為媽媽得了很嚴重的疾病，可能不久就會死了，以後你們就要讓姑姑照顧了，所以要喊她媽媽。」

兩個孩子大驚，一齊喊道：「你胡說，媽媽不會死的。媽媽不會死的。」

我抱起兒子，說道：「媽媽不會死，除非抽出一些你們的血液，輸給媽媽。所以要看你們怎麼選，如果你們不願意輸血給媽媽，媽媽就會死的。」

兩個孩子趕緊把蓮藕一樣雪白粉嫩的胳膊伸過來，兒子道：「爸爸，你趕快抽我們的血吧，快點救救媽媽。」

女兒說道：「只要救活媽媽，以後我們就認你爸爸，爸爸，你快救救媽媽吧。」說著大顆眼淚就從大眼中湧了下來，真是一個水做的女孩。

我逗她道：「抽血很痛的，你們怕不怕？」

「不怕不怕，只要能救活媽媽。你來抽我們的血吧。」兩個可愛的孩子啊。

噗通一聲，我轉頭一看，建君軟倒在地毯上，她伸出雙手，兩個孩子掙脫下地，撲向建君。她緊緊抱住孩子們，嗚嗚痛哭，孩子們小臉埋在她的肩頭，也放聲大哭起來。

那一股熟悉的暖流，又從我心底升起，眼淚就這麼自然而然地流了下來。

感謝上天。為了這一刻，過去受到的一切苦

難都是值得的。

雖然已經春節了，可我們加班加點地工作，沒有休息，僅僅十天，大部分需要的設備已經安裝調試完畢，那些大型的檢測儀器不可能在這麼短的時間配齊，有一些檢測項目就約定在婦產連鎖醫院進行。

病人們逐漸到來，各項基本檢查依次進行，這一次，他們不再蒙面戴墨鏡，不需要再藏頭露尾了。

魏教授和張嘉璿夫婦也來到這裡，開始了造血幹細胞的採集。這一次直接使用了新型幹細胞增殖促進劑，上次的使用已經證明了這種藥物的安全性，能夠大大減少了採血時間。

治療方案依然採取三次注射的方法，第一次幹細胞移植數量比較少，出現抗宿主反應的可能性比較低，在住院觀察一週之後，可以間斷回家，每三天回來檢查各項指標，報告身體感覺情況。

包括建君在內，廿四對夫妻，一共有卅二名HIV患者，卅六名孩子，每個人都需要進行細胞測序，與之前生育時進行對比檢查。發現了七例癌變早期患者，隨著治療的進行，癌症的症狀也在逐漸消失。

第九十章　無怨無悔

鵬城的春天到來了，三月中旬，鮮花開放，後院的兩棵老龍眼樹開出密密麻麻的黃色小花，散發著香甜的味道，引來無數的蜜蜂採蜜。

小娟的肚子快要開始顯懷，我們抓緊時間辦好了結婚手續，婚禮也在醫院舉行，病友們一起吃飯慶祝，岳父岳母也來到這裡，小朋友們合唱婚禮進行曲，婚禮很圓滿。

當第二次採血注射，已經是四月份，實驗室的設備才完全齊備。這一次的幹細胞移植數量兩倍於第一次，移植之後，有一例出現了輕微的過敏反應，服用抗排斥藥物後緩解，以後再也沒有異常情況。

五月中旬開始第三次注射，所有人都開始停用HIV抗病毒藥物，一切都正常，每個人都在不斷好轉。當六月即將過去的時候，我向所有人宣佈，確定他們都已經治癒了可怕的愛滋病，每個人都歡呼流淚了。

在HIV的各個朋友群中，消息被散發出去，無數的病人來信要求加入治療。我逐個審查他們的資料，約定檢查時間。

首先是具備生孩子條件的病人，身體狀況允許的話，可以進行基因編輯試管嬰兒手術，我都建議做這個手術，所有生育和移植治療，時間長花費巨大，預計要超過佰萬元，歷時接近四年，只有患病時間不太長，足夠富裕的人才能承受。

家庭經濟困難的病人，很難承受這個花費，我給他們提出的方案是：除了利用一些社會捐款之外，對一些經濟困難的病人實行免費，但治癒後的病人以及嬰兒，以後在需要的時候，必須要答應提供幹細胞捐獻。

我和小娟、建君發起成立了一個慈善基金會，我們決定每年捐助一個小目標，基本保障醫院治療費用的財務平衡。

無法提供生育條件的，或者病情已經等不及的人，只能在造血幹細胞捐獻者中挑選基因配對者，這種幾率是非常非常低的，只有幾千分之一的可能性，但隨著免疫人群的增多，選中的幾率就會逐漸增加。

總的算起來，加上慈善捐款的幫助，醫院可以勉強維持財政的平衡。隨著治療人數的增加，收入增加後，可以平攤掉各種成本，希望就能夠降低價格，滿足各階段HIV病人的治療。

只是，現在我的「醫院」，還是沒有取得行醫資質的「非法醫院」「地下黑診所」。我知道一旦被某人告發，我就只能走進監獄，這些病人就沒人管了。

至少是到現在，還沒有醫院敢進行這樣的治療，「基因編輯生育」「愛滋病人輔助生育」，都是醫療界的禁區。

六月的時候，在非生育條件的病人中，還真的發現了一個配對成功的，和南哥的基因有75%的相合性，南哥勇敢地捐獻了造血幹細胞，從京城用飛機運到鵬城，給病人進行了一次注射。

這個病人的白血病已經到了晚期，自身的免疫系統已經非常微弱。我們先對病人進行了骨髓清除，使用放射療法，先殺死骨髓的造血能力，使其不能產生新的造血幹細胞，防止排斥反應，然後分六次逐漸進行移植。

異基因幹細胞移植的排斥反應很大，即使第一次的注射量很少，依然引起了排斥反應，病人全身腫脹，呼吸困難，經過注射抗排斥藥物，平安度過了危險期。

病人七月份再次移植，加大注射數量後，排斥反應不算太嚴重，只要使用少量藥物就可以度過，應該是免疫系統有所適應的緣故。

第三次移植已經是八月份，注射劑量再次調高，排斥反應就比較嚴重，病人出現了少量內出血現象，大劑量的抗排斥藥物才平息了病情。

以後的幾次，注射數量逐步減少，病人的排斥反應逐漸減少，直至完全適應。現在他已經停

止服藥，而HIV病毒載量也逐漸歸零，愛滋病已經治癒，而且白血病也基本治癒。為了防止排斥反應的發生，現在他每週吃一次抗排異藥物，根據情況調整藥量。

醫院經過挑選，在一個月的時間裡，已經進行了五十多對試管嬰兒編輯，進行胚胎挑選之後，所有懷孕的孩子都是純合子變異基因。

這裡面還有一個以前認識的病人，小春，這個茶葉富商的孩子，在姐姐的陪同下，來到醫院。和小春一起的，是一個同樣年輕的女孩，化了很濃的妝，穿的衣服也很暴露，一副滿不在乎的樣子。

小春的姐姐說道：「郝教授，求求您一定要治好我弟弟，我們願意給您捐款兩仟萬元，希望能幫助到您。」

小春笑道：「哈。輝哥，我第一次見你就知道你不是一般人，在山海市醫院我就說，愛滋病這幾年一定有辦法能治好，你還說我說得對呢。這一個是我馬子，也有病了。以前不知道是她傳給我，還是我傳給她的，反正是現在無所謂了。我們先生個小孩，然後治好我倆，然後就可以自由了。」

我搖搖頭，誠懇地勸道：「小春啊，愛滋病真正可怕的不是病毒，而是人的欲望。如果不能控制自己的欲望，不能節制自己的行為，即使愛滋病沒有奪走生命，其他疾病也會致命的。你以後要改變自己的行為方式，認真生活了。」

那個女孩笑道：「嗨，這個醫生挺有意思，你以為你是誰啊。賺你的錢就行了，廢什麼話呢。」

小春姐姐趕忙說道：「郝教授，他們只是孩子，還不懂事，你別怪他們，以後他們社會經歷多了，慢慢就好了。」

……

經歷過如此之多的病人，我已經完全具備醫生的能力。我現在沒有週六週日，每天都要工作超過十二小時，一直就住在實驗室裡。

中午我會在辦公室的沙發上午睡一會兒，只要二十分鐘，就可以大大緩解疲勞。

昨晚工作到淩晨三點，白天就有些疲倦。小娟快到預產期了，這兩天就會生產，現在住院觀察中。在這個時候，不論我有多忙，都必須到醫院陪伴小娟。

上午要進行各項檢查，我和岳母陪著大肚婆到各個科室走動，快中午了，我到樓下拿尿檢報告回到病房，岳母陪著她去排隊做B超，現在還沒有回來。

小娟簽約的醫院是市人民醫院，只是普通的公立醫院，沒有去高檔的私立醫院。小娟說自己身體很好，不需要那些精細護理，人民醫院就挺好。

婦產科的這一間產前病房，有四個床位，只有一個孕婦在和丈夫聊天，其他兩個上午檢查完，都回家吃飯休息。

昨晚只睡了三個小時，我靠在床頭，一陣陣疲憊傳來，昏昏睡去。

●●●●●●

一個穿著黑披風的老妖在前面駕雲逃跑，我在緊緊追趕，前面是一重重血色的濃雲，一條蜿蜒的洞窟直通到裡面，像是穿行在腸道中。

洞窟的盡頭，是一面漆黑的牆壁，散發著死亡的氣息。

那老妖逃到這裡，無路可走，老妖蒼老怪異的聲音響起：「齊天大聖，你我無冤無仇，為何苦苦相逼。」

我喝道：「你這域外妖怪，逃到這方天地，本分老實一些還則罷了，你不該盜取此地生靈能量，傳播瘟疫，我與你等誓不兩立，今天死在老孫的手中，也是罪有應得。你的那些同族，我也不會放過，總要一一剷除。」

這老妖喝道：「既然如此，那就同歸於盡吧。」說罷就縱身投入黑色牆壁。

那純黑色的牆壁吞噬老妖之後，頓時爆發，整個天地漆黑一片，變得空空蕩蕩。

忽然，一道閃電劃破黑暗向我劈過來，幾乎破開我的護身罡氣，威力非常驚人。然後，一道道閃電漫天飛舞，像鞭子一般抽了下來。我揮舞金箍棒，奮力抵抗。

雷電威力逐漸加強，卻變得越來越細小，最終變得幾乎無法看清。這雷電悄無聲息，卻威力巨大，劈開我的罡氣防護，燒灼我的皮肉筋骨，片刻之間，我已經傷痕累累。

「師父救我。」我向師父求救道。

一如既往，師父出現在那裡，卻是一道幻影，雷電不能傷。師父用拂塵指著我道：「你這潑猴，總是多管閒事，我且問你，經此一劫，你可後悔？」

一道肉眼無法察覺的黑色閃電，像鋒利無比的細絲，切下了我的一條胳膊，劇痛傳來，我渾身顫抖。可我仍然咬緊牙關，堅定道：「師父，除魔衛道，無怨無悔。」

「哎。」師父歎息道，「悟空，今後我不能再做你的師父了。」

兩道無形無影的閃電瞬間切掉了我的雙腿，可是劇痛也比不過師父的話傷心。「師父，你也不要我了嗎？」眼淚倏地流了下來。

不知道什麼時候開始，眼淚總是在感慨之際輕易便流了下來，感慨於生命的消失，感慨於大自然的美麗，感慨於愛恨情愁，悲歡離合。

「除魔衛道，無怨無悔，但具此心，便已成聖。聖者不需要師父，道友，恭喜了。」師父稽首行禮，幻影消失不見。

一道耀眼的光芒從內心升起，驅散了黑暗，衝破了烏雲。我稽首回禮：「多謝師父指點。」

（以後我再也沒有做過這種夢，只要自己心平靜了，在哪裡都一樣，即使是和家人分離，在鐵窗的背後，在冰冷的牢房裡。）

• • • • • •

睜開眼睛從夢中醒來，一張紙巾遞到我的跟前，我抬頭一看，淚眼模糊只能看得出是一個女醫生，我接過紙巾，不好意思地道謝，擦乾眼淚，想再次道謝時，卻聽得她說道：「輝哥，你還好嗎？」

這聲音曾經在我的夢中回盪過很多次，刻骨銘心，是小潔。我抬眼仔細看，果然是小潔。「小潔，你怎麼會在這裡？」我的嗓子有些沙啞。

「我在這裡工作，輝哥，我現在什麼都知道了。是我媽媽逼迫你離開我的。陳建君是愛滋病患者。我不應該不相信你。對不起，輝哥。讓你受苦了。」小潔哭了起來。

我頓時手足無措起來，結結巴巴說道：「沒，沒什麼，小潔，一切都過去了，你，你還好嗎？」

小潔握住我的一隻手，淚眼模糊，搖頭道：「不好，輝哥，我忘不了你，一直在想你，你能原諒我嗎？」

我看到門口，小娟在岳母的攙扶下，挺著大肚子走進病房來，我抽出手，歎口氣，小聲快速說道：「很多事情都變了，小潔，再也回不去了。」

小娟慌慌張張，快步走過來，神情有些緊張，急急忙忙對我說道：「輝哥，爸爸打電話來，說治療的事情洩露出去了，那幫人要來抓你，怎麼辦？你快先躲躲吧。」

岳母說道：「對啊建輝，要不然你先開車回老家，他們一時半會找不到你的。」

小潔在他們身後，眼光越過母女倆的肩頭，也緊張關心地看著我。

我搖搖頭，我不想再逃跑，也不會再害怕，我從容道：「小娟，媽，我不會逃了，我要看著我們的孩子出生，該來的，就讓他來吧。」

……

公安局裡，一個戴眼鏡的中年人道：「王局長，這是國家衛健委下發的檔，你們必須配合我們的行動，抓捕郝建輝，動作要快，不能讓他再次逃跑。」

岳父回頭問那一大幫員警道：「哎，我說，你們誰願意去抓那個治療愛滋病的大夫？」

所有員警一致搖頭。

「你看，這位先生，大家都害怕愛滋病，誰也不敢去啊。要不然，您找紀委的同志去執行任

務吧。我們承認能力不夠，這活兒我們幹不了。」岳父笑道。

「這個郝建輝現在是無證經營，非法行醫，屬於嚴打的範圍，你為什麼不執行任務？推諉扯皮，毫無作為，我要向上級機關投訴。」那人大義凜然道。

岳父笑道：「不管是不是非法行醫，人家能治好愛滋病啊，全世界獨一份。現在在愛滋病人心裡，這個郝建輝他就是上帝，他就是聖人。誰敢抓他？那些愛滋病人一人給你札一針讓你也得病，到時候怎麼辦？去監獄找郝建輝能給你治嗎？還是找您會治愛滋病？我是不會去的。誰去誰是傻子。對吧？」說著摘下了警帽，扔在桌子上，向身後問道。

身後的一片員警都摘下了警帽，一齊點頭道：「對對對，我們不去，我們又不是不傻，還沒活夠呢。」

●●●●●●

我站在產房門口，緊張地坐在椅子上，等待著裡面的消息，爸爸媽媽從老家趕來了，岳父母正和他們談笑著，說著產後的怎麼坐月子，怎麼護理，吃什麼，穿什麼，講究什麼。北方和南方坐月子有很多不同，需要統一口徑。

陳建君來了，她臉色紅潤了很多，精神很好。她朝我招招手，我走過去抱怨道：「有什麼事啊？在等著老婆生孩子呢。」

陳建君向我擠了個媚眼，向門外一指，神秘笑道：「阿梅回來了。」

我吃了一驚，走出門去，看到阿梅俏生生站在那裡，臉上是促狹的微笑，手裡還領著一個小男孩。他穿著白襯衣，藍色褲子，一本正經地像個小大人，眉眼之間，就像我小時候的照片一樣，一臉嚴肅地看著我。

我愣在那裡，阿梅蹲下，扶著小男孩的肩膀，微笑著指著我說道：「小輝，你不是一直哭著要找爸爸嗎？那個就是了。」

（完）

國家圖書館出版品預行編目資料

罡 / 徐聯軍作 . -- 初版 . -- 臺北市 ： 博客思 , 2021.2
面； 公分 -- (現代文學 ; 66)
ISBN 978-957-9267-79-3(平裝)

857.7 109014206

現代文學 66

罡

作　　者：徐聯軍
編　　校：周曉方
編　　輯：楊容容
封面設計：陳勁宏
出 版 者：博客思出版事業網
發　　行：博客思出版事業網
地　　址：台北市中正區重慶南路 1 段 121 號 8 樓之 14
電　　話：(02)2331-1675 或 (02)2331-1691
傳　　真：(02)2382-6225
E— MAIL：books5w@gmail.com 或 books5w@yahoo.com.tw
網路書店：http：//bookstv.com.tw/
http：//store.pchome.com.tw/yesbooks/
三民書局、博客來網路書店 http：//www.books.com.tw
經　　銷：聯合發行股份有限公司
電　　話：(02) 2917-8022　傳 真：(02) 2915-7212
劃撥戶名：蘭臺出版社　帳號：18995335
香港代理：香港聯合零售有限公司
電　　話：(852)2150-2100　傳真：(852)2356-0735
出版日期：2021 年 2 月 初版
定　　價：新臺幣 380 元整 (平裝)
ISBN： 978-957-9267-79-3